U0606567

中 国 当 代 作 家 论

谢有顺 主编

张大春论

中国当代作家论

谢有顺 主编

张自春／著

张大春论

作家出版社

张自春

■ 云南禄劝人，文学博士，陕西师范大学文学院副教授，日本早稻田大学访问学者（2019年9月至2020年8月）。在《文学评论》《中国现代文学研究丛刊》《民族文学研究》等学术期刊发表论文十数篇，主持国家社会科学基金西部项目等数项，研究成果曾获陕西省第十四次哲学社会科学优秀成果奖二等奖。

本书为 2018 年陕西师范大学中央高校基本科研业务费专项资金项目特别支持项目（项目批准号：18SZTZ01）阶段性成果

主编说明

自从到大学工作以后，就不时会有出版社约我写文学史。很多文学教授，都把写一部好的文学史当作毕生志业。我至今没有写，以后是否会写，也难说。不久前就有一份高等教育出版社的文学史合同在我案头，我犹豫了几天，最终还是没有签。曾有写文学史的学者说，他们对具体作家作品的研究，是以一个时代的文学批评成果为基础的，如果不参考这些成果，文学史就没办法写。

何以如此？因为很多学问做得好的学者，未必有艺术感觉，未必懂得鉴赏小说和诗歌。学问和审美不是一回事。举大家熟悉的胡适来说，他写了不少权威的考证《红楼梦》的文章，但对《红楼梦》的文学价值几乎没有感觉。胡适甚至认为，《红楼梦》的文学价值不如《儒林外史》，也不如《海上花列传》。胡适对知识的兴趣远大于他对审美的兴趣。

《文学理论》的作者韦勒克也认为，文学研究接近科学，更多是概念上的认识。但我觉得，审美的体验、"一个灵魂唤醒另一个灵魂"的精神创造同等重要。巴塔耶说，文学写作"意味着把人的思想、语言、幻想、情欲、探险、追求快乐、探索奥秘等等，推到极限"，这种灵魂的赤裸呈现，若没有审美理解，没有深层次的精神对话，你根本无法真正把握它。

可现在很多文学研究，其实缺少对作家的整体性把握。仅评一个作家的一部作品，或者是某一个阶段的作品，都不足以看出这个作家的重要特点。比如，很多人都做贾平凹小说的评论，但是很少涉及他的散文，这对于一个作家的理解就是不完整的。贾平凹的散文和他的小说一样重要。不久前阿来出了一本诗集，如果研究阿来的人不读他的诗，可能就不能有效理解他小说里面一些特殊的表达方式。于坚也是一个典型的例子。很多人只关注他的诗，其实他的散文、文论也独树一帜。许多批评家会写诗，他写批评文章的方式就会与人不同，因为他是一个诗人，诗歌与评论必然相互影响。

如果没有整体性理解一个作家的能力，就不可能把文学研究真正做好。

基于这一点，我觉得应该重识作家论的意义。无论是文学史书写，还是批评与创作之间的对话，重新强调作家论的意义都是有必要的。事实上，作家论始终是中国现代文学的一个宝贵传统，在1920—1930年代，作家论就已经卓有成就了。比如茅盾写的作家论，影响广泛。沈从文写的作家论，主要收在《沫沫集》里面，也非常好，甚至被认为是一种实验。中国现代文学研究界的许多著名学者都以作家论写作闻名。当代文学史上很多影响巨大的批评文章，也是作家论。只是，近年来在重知识过于重审美、重史论过于重个论的风习影响下，有越来越忽略作家论意义的趋势。

一个好作家就是一个广阔的世界，甚至他本身就构成一部简易的文学小史。当代文学作为一种正在发生的语言事实，要想真正理解它，必须建基于坚实的个案研究之上；离开了这个逻辑起点，任何的定论都是可疑的。

认真、细致的个案研究极富价值。

为此，作家出版社邀请我主编了这套规模宏大的作家论丛书。经过多次专家讨论，并广泛征求意见，选取了五十位左右最具代表性的作家作为研究对象，又分别邀约了五十位左右对这些作家素有研究的批评家作为丛书作者，分辑陆续推出。这些作者普遍年轻，锐利，常有新见，他们是以个案研究的方式介入当代文学现场，以作家论的形式为当代文学写史、立传。

我相信，以作家为主体的文学研究永远是有生命力的。

谢有顺

2018 年 4 月 3 日，广州

目录

绪论 "英雄不与常人同"：窥识张大春

    台湾作家张大春在文艺界——无论是在台湾文坛还是在大陆文艺圈——的知名度颇高，多产、风格和主题多变是其给人的基本印象，因此常常被冠以"文学顽童"之名成为文学写作的异类，同时也因为其知名度与巨大的影响力而居于台湾文艺界"主流"地位。大陆文艺界对其也并不陌生，祖籍山东、著名书法家欧阳中石是其姑父等使得他与大陆文艺界有着长期的密切来往，莫言、阿城等著名作家与他时有往来。就其等身著作中，在大陆出版过的至少有《雍正的第一滴血》（1988）、《公寓导游》（1989、2011）、《欢喜贼》（2000）、《小说稗类》（2004、2010、2019）、《聆听父亲》（2008、2014）、《四喜忧国》（2010）、《离魂》（2010、2013）、《城邦暴力团》（2011）、《大唐李白·少年游》（2015）、《大唐李白·凤凰台》（2014）、《大唐李白·将进酒》（2015）、《文章自在》（2017）、《春灯公子》（2018）、《战夏阳》（2018）、《一叶秋》（2018）、《见字如来》（2019）等16种，他还在不同场合表示他创作有旧体诗词数千首，并在北京举办过书法展，足见张大春创作产量之丰以及其创作门类之广。

    张大春一贯求新求变，仅从上述罗列的大陆出版物中便可以看到，他的创作所涉，从体裁门类上有小说、散文、（旧体）诗词、书法、文艺理论与评论等，就其题材来看，则有历史书写、武侠书写、反映现实（又可分为乡土现实和都市讽喻现实）等，而实际上在其发表和出版于台湾的作品中，还有重要的一类——杂文和批评，因此其创作可谓包罗万象、广博多量。由于张大春的文学追求重在求新求变，其作品无论是创作风格还是创作主题，绝少自我重复，因此，乡土小说、都市小说、成长小说、新闻小说、科幻小说、政治小说等类型的创作他都尝试过，而且一旦发表，往往在文艺界形成极大的反响。张大春似乎比较崇尚"偶然"，他曾表示"我的每一个短篇也都像是在遥远的二十多年或者是三十多年前的某个纵横交错的巷弄之中等待着更巨大的偶然"[1]，从这个意义上也就不难理解，为什么张大春的文学追求和文学写作能够给读者如此大的刺激感和新鲜感：在追求和践行恒定的价值取向的文学家往往容易走向刻板化写作的时候，张大春总是以其突出的创作实绩给人以巨大的震撼。由此，张大春对于任何一个读者来说，也如同他自己所言的"巨大的偶然"一样，冷不丁地给你一个冲击，猝不及防地开拓你的视野。

虽然张大春的文学活动引人注目，但大陆目前对其研究，以从某些角度对其研究和探讨的较多，而宏观、系统性研究的尚少，仅有几篇硕士论文的研究和部分专著（包括文学史）中的部分章节对其研究、观察较为系统。因此本书的探讨，将在基于阅读张大春的作品、了解张大春大致创作情况及其文学主张、在文艺界的影响等基础上对相关问题进行研究，以期管中窥豹，探究张大春的独特性及其于中文文艺圈的位置。而张大春的文学成长中，诸多因素对于其创作有着重要影响，无论是原乡文化背景还是台湾政治社会环境，抑或是知识从业身份，都或多或少决定或者影响了张大春的文艺观和文学创作方向。

1992 年，由钟肇政为总召集人的《台湾作家全集》收录《张大春集》，高天生在为其作的序言中写道：

---

[1] 张大春：《作品无终局，人生实偶然》，《文汇报》2010 年 11 月 19 日。

一九五七年出生于台北市的张大春，是同年代小说新秀中，少数受过完整中国文学学院训练，现在也在大学讲授文学课程的特出写手。山东籍的他，生活经验有异于一般平常人的特殊范畴，认知感受也别有见地，表现于作品是呈现丰盛的论辩吊诡色彩、优异的文字驾驭能力和微肖的复制技巧，使他快速崛起文坛，备受各界瞩目，但也有人从创造天分的检验过程，批评这是他永远无法弥补的瑕疵。^①

从这一段简短的介绍中，我们知道祖籍山东、成长于台北、受过高等教育并从事文化工作等，成为张大春生命历程的重要组成部分及影响其创作风格和成就的因素。下文就以此为线索，对张大春及其创作因素进行简单了解。

一、"山东人"张大春

在研究张大春的学术成果中，强调张大春的出身是一个比较普遍的角度，其中，强调他祖籍地成为考察他的文艺活动的文化元素，如有研究者就指出"原乡的山东文化传统为张大春的文学创作开辟出新的想象空间，成为他许多文学作品的潜在底色"^②，更有人在广阔的政治背景下强调张大春的山东人身份值得注意，因为在国民党退守台湾时期曾经有过复杂的烟台联中冤案，使得山东人一度"失语"，由此也决定了他们的政治态度的复杂性^③。

---

① 高天生：《学院里的文学异数——张大春集序》，《张大春集》，前卫出版社 2003 年版，第 9 页。

② 王云芳：《迁徙流变中的文化传统——域外鲁籍作家创作研究》，山东大学 2008 年博士论文，第 101 页。

③ 林铭亮：《讽刺与谐拟——论张大春小说中的讽喻主体》，台湾清华大学 2010 年硕士论文，第 62 页。

张大春于 1957 年出生于台北,父母是山东人,在 1949 年前后的政治变局中去的台湾。因此,我们考察张大春时,往往冠之以"台湾作家"之名分,但是对于张大春来说,"台湾"或者"台北"等身份似乎失去了自身的区分属性,因此,在多种场合下,张大春的自我介绍中,"山东人"这一身份是最为常见的。仅以其出版的作品上的作者介绍,就可以窥见张大春对自己的身份认同,更倾向于强调"山东"这一"原乡"。就笔者粗略的统计,在张大春所出版的作品中,至少有《时间轴》(1986)、《公寓导游》(1986)、《四喜忧国》(1988、1992)、《病变》(1990)、《大说谎家》(1990)、《鸡翎图》(1990)、《张大春的文学意见》(1992)、《张大春集》(1992)、《送给孩子的字》(2011)、《大唐李白·少年游》(2013)、《大唐李白·凤凰台》(2014)等十多种,突出或强调了其"山东人"身份,其中仅有《张大春的文学意见》、1992 年版的《四喜忧国》等介绍为"原籍山东",《送给孩子的字》介绍为"山东济南人",其余均只说其为"山东人"。

　　强调和突出张大春的山东人属性对张大春来说,不仅意味着自身身份和文化渊源的特殊性,更能够在呈现其写作风貌时对其所关注的历史问题印象深刻,同时,地域化的文化反映也被放在了台湾文学中的重要位置,从而增加了台湾文学的多元性色彩。

　　首先,在张大春笔下,作为"原乡"的山东似乎是一个割舍不掉的地缘脐带,它联通了作者与文学文化书写的重要营养交换渠道。通读张大春的创作,我们会发现,他的很多作品中往往将重要的亦真亦假的人物设置为山东人。如,其早期重要作品《鸡翎图》中的主人公蔡其实就是山东人,其后的作品中,《走路人》中的"我"和乔奇是离开山东老家的军人,《城邦暴力团》中的张大春父母是山东人,《没人写信给上校》中的上校也是山东人,到《聆听父亲》中,更是将写作对象变成山东懋德堂的祖辈父辈历史,不仅如此,在《一叶秋》中,张大春还刻意设置了作为"我山东济南懋德堂老张家"的"我高祖母""我奶奶"等，对故事进行评述、关联或者延伸。

其次，作为台湾的外省人二代，张大春的书写在文化认同上似乎有着明显的怀旧与依恋情结，使得他的作品在面对作为原乡的山东书写时，往往具有更多的温婉性，而对其他问题的书写，却往往更为激烈或激进。如《城邦暴力团》中对于"张大春"的父辈的迁徙历程的书写部分、《聆听父亲》中对于祖辈历史的书写等，都能让读者感受到张大春所拥有的深厚的情感，而《没人写信给上校》中，作者则多次以"作者的同乡"这样的立场说明给予上校（尹清枫）以很大的同情。在张大春的其他小说中，收录于《寻人启事》中的《神喇叭》一篇，则不仅写出了山东籍司机的口音、信仰、饮食等的山东特色，"我"的矛盾心态也仍然是温和的。

再次，山东作为中国具有标志性的文化源头，往往与传统关联密切。如有学者指出的那样，"在许多人的心目中，形成了这样两个公式：齐鲁文化 = 儒家文化，儒家文化 = 中国传统文化"[①]。张大春所从事的文化活动似乎也颇为"传统"：就读台湾辅仁大学研究所期间作的硕士论文是《西汉文学环境研究》，其后进行写作、教书，后当电台主持人，主要进行说书等活动，业余创作旧体诗词，练书法等。他的创作虽然风格多变，但传统因素所占的比重并不小，其《城邦暴力团》、"春夏秋冬"系列[②]、《富贵窑》、《聆听父亲》、"大唐李白"系列[③]等，要么针对历史进行综合性书写，要么在书写的过程中饱含传统因素。而张大春的文学文化观念中，古典／传统的意味是占据重要位置的，因此，从地缘文化的传播、继

① 魏建、贾振勇：《齐鲁文化与山东新文学》，湖南教育出版社 1995 年版，第 32 页。
② 即取法"说书"体并从古典文学作品中取材的小说集《春灯公子》《战夏阳》《一叶秋》《岛国之冬》，目前仅出版前三种。
③ 即以"大唐李白"命名的系列长篇小说，目前出版了三部，即《大唐李白·少年游》《大唐李白·凤凰台》《大唐李白·将进酒》。

承与发展的角度，出生于山东的因素往往对于张大春写作的价值理念有着构成性影响。张大春的作品中，对于中国传统文化的反映、对于古典文学形式的改造性运用，比比皆是。如《城邦暴力团》中就涉及诗词、字谜、绘画等内容，而出版的第一部散文性作品集《雍正的第一滴血》中的篇章，就从中国历史中寻找书写因素，涉及中国文化的诸多方面；而其"春夏秋冬"系列中，更是将诗词、说书文体、历史掌故等糅合成独特的文体。

二、眷村生活经历

在杂文集《异言不合》中，张大春在两篇文章里特别关注了"眷村"问题：《眷村子弟江湖老》《引刀遑一快，谁负少年头？——眷村子弟犯罪行为的军政渊源》。在文章中，张大春借由对"眷村子弟"犯罪这一现实，对社会历史原因所形成的眷村模式进行了深入的反思。他一再表示："我也是这个种名（即'眷村子弟'——引者注）之下的一员，深指我们之间所共有分摊的种种情感、情绪、情结。"[1] "我自己出身于眷村，当然不愿意一而再、再而三地看见眷村子弟经常出现在犯罪新闻里……"[2]

张大春很少对自己的身世、经历有完整的夫子自道，但却会在各种文类的作品中透露自己生活经历的点滴——而且无论是小说还是其他体裁的作品中的透露，多半有他真实的经历影子。从上述文章中，我们可以看到张大春对于自己的"眷村子弟"身份的敏感立场。而"眷村"不仅是一个历史性的问题，也成了一个文学、文化

---

[1] 张大春：《眷村子弟江湖老》，《异言不合》，皇冠文学出版有限公司1992年版，第116页。

[2] 张大春：《引刀遑一快，谁负少年头？——眷村子弟犯罪行为的军政渊源》，《异言不合》，皇冠文学出版有限公司1992年版，第123页。

问题——在 1980 年代以降的台湾文艺界，"眷村文学"不仅是一个闪亮的标签，也在丰富台湾文学书写、推动台湾文学多元化中有着重要作用，其重要标志就是一大批有影响力的作家在风格各异的文学作品中，或多或少地透露出对于"眷村"这个作家们生活成长的场域以及因为特殊历史而存在的空间的书写，其中，袁琼琼、朱天心、张启疆、张大春等都是其中的佼佼者。由于对眷村进行书写的作者们绝大多数都是在台湾出生的外省籍人士，是在眷村逐渐形成的过程中成长起来的一代，又随着眷村政策的变化而感受到了历史文化的变迁，所以他们往往被称作"眷村二代"。

所谓的眷村是指 1949 年跟随国民党政权到了台湾的大陆军政人员的家属所聚居的地方。随国民党政权到台湾的人众以百万计，但是，"入台以后，国民党就高喊'一年准备，二年反攻，三年扫荡，五年成功'的口号，所以，从祖国大陆去台的人们都准备着随时打回祖国大陆，根本没有长住的打算，一切都是在将就凑合"①。1955年以后，"打回祖国大陆"的理想逐渐破灭，因此，台湾政治层面上开始逐渐解决这些军政人员的居住生活问题，据说 1956 年，宋美龄发起"军眷筹建住宅计划"，至 1967 年结束之时，共建成 3 万余栋眷舍，分布全台 11 个县市，据不完全统计，共计 888 个眷村②。而"眷村文学"始于 1980 年代，"1978 年，台湾启动'国军老旧眷村重建'，原有眷村或原地改建，或拆迁合并，让眷村人在强烈感受变化中产生用叙事来表达眷村认同的愿望。而'眷村第二代'走出眷村，进入社会后，也会回望眷村，重新省视，眷村文学应运而生，其文学想象有着家与国、大陆与台湾、乡土与都市等的复杂纠结，在消解国民党的圣战神圣的同时，也有着精神创痛和生命悲悯"③。

---

① 刘台平：《眷村》，江西教育出版社 2013 年版，第 2 页。
② 苏木：《眷村子弟江湖老》，《民主》2016 年第 5 期。
③ 黄万华：《多源多流：双甲子台湾文学（史）》，花城出版社 2014 年版，第 290 页。

由此我们可以看到，张大春的成长经历及走上文学创作道路正好是眷村及眷村文化逐渐形成到"眷村文学"逐渐兴起的时间——张大春1957年出生，在眷村成长，1976年发表其早期重要的作品《悬荡》而逐渐成为台湾文坛的新秀。因此，眷村的成长经历与记忆时时在他作品中得到表现：在张大春的作品中，眷村生活、文化的书写及对于军人的关注无疑是很值得的角度。一方面，张大春常常给他笔下出身军人的一些人物形象以温情、同情，如早年作品中，《鸡翎图》中怀念故土的蔡其实、《行吟掠影——人过美浓三部曲之二》中退伍开店维持家人生计却会写诗的军人，以及直接写战斗场面的《龙陵五日》中的营长等人，《走路人》中身背追踪"走路人"任务的"我"及"我"的上司乔奇，都是作者赋予了深情的军人；而1980年代中期以后的作品中，虽然作者的情感态度有所变化，但无论是《将军碑》《没人写信给上校》等以将军书写著名的作品，还是《撒谎的信徒》《大说谎家》《城邦暴力团》等书写近现代社会历史并将其与现实相交连的作品，都或多或少地处理了军人、军队与其他社会政治力量之间的关系问题。另一方面，张大春的作品中也进行了各种形式的眷村书写，虽然张大春不直接以眷村为书写对象、抒情对象，但在他的作品中，作为背景出现的眷村往往成为特殊的生活场域给人深刻印象，比如《城邦暴力团》中的张大春与孙小五、孙小六等一起成长的地方就是眷村，张大春在小说中提到它的样子："在我们所居住的西藏路、中华路一带，当时总共有三大块老旧的居民住宅，六个日式建筑平房的公教宿舍，四个改建成四层楼公寓的眷村。"[1] 在《聆听父亲》中，他也借助梦说道："这个梦中的院子坐落在我现实的家的正前方，大门口的牌子上注明了台北市辽宁街——六巷五十二号。大门正对着一排空军眷舍，门口的小巷东西横走，巷北是光复东村、巷南的我们属于

---

[1] 张大春：《城邦暴力团》（第二册），时报文化出版企业股份有限公司1999年版，第96页。

复华新村。"① 在《寻人启事》中，作者则花了大量的笔墨书写眷村的小人物的生活经历、精神状态等；在《没人写信给上校》中，还借助刘楠的经历反思了从眷村成长起来的后代人的生存问题，《四喜忧国》中的朱四喜所生活的环境，也被认为是眷村的真实写照……

总而言之，出生和成长于眷村的经历，应该使得张大春对于自己所熟悉的眷村军政人员的生活状态包括精神状态比较熟悉，也由此激发了他在作品中对其进行书写的兴趣；同时，特殊的眷村生活环境也使得张大春以至于诸多眷村文学书写者在对眷村进行书写时，与台湾的本土书写判然有别——据亲历者说，眷村是生活条件虽然简陋但生活环境、设施自成一体，"住户们日常生活几乎不用走出村子，所以成为了一个与外面社会隔绝的独立小区"②。因此眷村的生活能够更多地体现出台湾的"外省人"的气息，同时，由于历史、政治原因所造成的父辈们的"大陆"情结，也必然地影响着后辈们成长过程中的历史经验的形塑。因此，作为"眷村二代"（往往与"外省二代"画等号）的张大春，在作品中书写眷村时，往往就会体现出对历史及台湾社会的反思，也往往带着对大陆"原乡"的幻象——尽管这种幻象比起父辈来说有着"隔代"之感，远不及父辈们亲身经历的那样刻骨难忘，但也恰恰是这种情感使得张大春这一代作家，能够在处理眷村留恋、大陆怀想与台湾社会反思的过程中，以相对客观的第三者立场来看待。就张大春而言，其眷村书写不仅有阶段性的情感渐变，更多地体现在无论是他在反思眷村文化所影响下的民众生活如《四喜忧国》，还是在处理眷村体制本身所带来的社会历史影响——如其杂文以及《没人写信给上校》——都能够以一种开阔的视野进行探索性观照。无论是被认为回归历史性的父辈温情书写的《聆听父亲》，还是类似于为小人小

---

① 张大春：《聆听父亲》，时报文化出版企业股份有限公司 2003 年版，第 41 页。
② 刘台平：《眷村》，江西教育出版社 2013 年版，第 2 页。

事立传的《寻人启事》，抑或是《城邦暴力团》等作品中涉及的眷村书写，作者的缅怀情绪均极少袒露，张大春更多地是借助眷村生活的背景，对历史、现实等进行另类呈现，并与其不同的形式探索在互文性的关联中，凸显出张大春写作的独特个性。

三、文学硕士与大学讲师

根据张大春在《聆听父亲》中的叙述，1970 年代以后，张大春应该已经逐渐地随着搬迁离开了此前生活的眷村①，再加上上学的原因，眷村经验逐渐成为他进行书写的记忆性资源，而他之所以能够在后来的台湾文学写作中大放异彩，则与张大春的才气有关，而张大春的才气的凸显，并非通过业余性的写作走向专业化作家之路，相反，张大春是个典型的知识分子，学历高，又长时间从事与文化相关的工作，这无疑为其开辟文学书写的知识场提供了得天独厚的条件。

张大春于 1975 年入台湾辅仁大学中国文学系学习，1976 年发表《悬荡》，并获得幼狮文艺全国小说竞赛奖，此后陆续发表了《干戈变》《剑使》《练家子》《无忌书简》《鸡翎图》等作品，1979 年考入辅仁大学中国文学研究所硕士班，1980 年出版第一本小说集《鸡翎图》，1983 年完成三十万字的硕士论文《西汉文学环境》，此后陆续发表大量其各类重要的文学作品。在辅仁大学中国文学研究所研究班学习前后，他在《中国时报》的"人间副刊"、《时报周刊》、《中时晚报》副刊等任主编秘书、编辑、主编等，1986—1998

---

① 张大春写道："我们那个老复华新村的居民在 1970 年和 1971 年间相继迁出已有二十年屋龄的土墙瓦顶的日式眷舍，搬到城市西南角位在西藏路上四层楼钢筋混凝土公寓，成为一个新的聚落形式。"见《聆听父亲》，时报文化出版企业股份有限公司 2003 年版，第 54 页。

年间，他在台湾辅仁大学、文化大学等任讲师①。

　　简单梳理张大春从 1975 年到 1998 年间的学习、工作历程，可以看到，期间除了短暂的例行当兵以外，张大春所从事的工作都是与文学文化密切相关的。这样，比起文艺界不少作家要么学历不高而社会人生经历十分丰富（如余华、残雪等），要么社会经历丰富而学历也不低（如艾芜、格非、张承志）而更多地以生活经历为创作基础，张大春的创作经验则更多地基于自己的文化学习、作品阅读及个人的才气。之所以突出这一点，是因为从整体创作来看，张大春的创作不仅风格多变，而且其作品中的知识性特别明显。其最开始的创作——主要指 1970 年代中后期的创作——就在多元性、知识化方面初见端倪，如其《悬荡》就既有成长小说的某些特色，也有社会人物的心理描写，而《鸡翎图》却有着较为明显的"乡土文学"特色，《干戈变》《荡寇津》等则属于历史小说，其《新闻锁》则有校园文学的痕迹……而其"无忌书简"系列②就表现出了浓厚的知识性色彩。进入 1980 年代以后，张大春的作品更是在内容、形式方面一再变化，其作品除了体裁上包括小说、文论、评论等外，在内容上古今中外的知识均有所牵涉，故事性的、新闻性的、江湖会党的、政治人物的、市井小民的、书写历史的、介绍知识的……无所不包，仅从文体特征上就至少有"乡土小说""魔幻写实小说""后设小说""都市小说""政治小说""武侠小说"等类型，可以看

---

① 以上信息总结自刘晓南博士的《张大春访谈录》（收于其 2006 年在北京大学的博士论文《第四种批评》，第 145—146 页），《张大春自选集》所附《张大春写作年表》（世界文物供应社 1981 年版，第 307—308 页），张大春《城邦暴力团》第 16 章（见时报文化 1999 年版第二册第 130 页）、第 26 章（时报文化 2000 年版第三册第 70 页）以及廖俊逞、张孟颖整理的访谈《〈水浒〉两好汉　回归传统搞叛逆——张大春 vs 吴兴国》（《PAR 表演艺术杂志》2007 年 9 月，第 177 期）。

② 即张大春早期创作中的具有文论性质的系列文章《传语风光共流转》《渐老逢春能几回》《龙种自与常人殊》《咫尺应须万里》《转见千秋高古情》《百年粗粝腐儒餐》《正直原因造化功》《为觅霜根数寸栽》等，收录其 1981 年出版的《张大春自选集》中。

出张大春写作所涉知识之广、之博、之杂。由此，张大春的写作就在发挥知识分子的知识经验长处方面表现得异常突出，因此在他的文学观念中，"知识"——哪怕是被评论家、研究者总结为"伪知识"的知识——始终占据着重要的位置。就如有人询问到他的求学、任教经历对其文学活动的影响时他干脆地回答的那样"让我一辈子尊重客观知识"①。

1990年代，诗人、学者王家新曾经"猜测部分作家和诗人将由过去单一的思考型、抒情型、经验型或感觉型向知识型转化，由规范的体裁写作向混合型转化"②。实际上，张大春这种"混合型""知识型"的写作，从1980年代就开始了，其《写作百无聊赖的方法》《天火备忘录》《印巴兹共和国事件录》③等就糅合了新闻、科学、自然、人文、政治等因素与知识，从而呈现了另类的综合性知识，这些作品中都没有很明确的单一情感或观念，在其后的《时间轴》中，则兼有科幻、历史、情感、宗教等因素的混合。到最极端的《本事》（1998）中，张大春更是天马行空，将古今中外各色知识（或者伪知识）、奇闻怪事交杂在一部作品中，甚至以三篇论文的形式自编自导了"猴王案考"一案，使得后来的研究者、评论者在如何定位这部作品时，产生了极大困难。④

由此，我们在考察张大春的写作时，如果结合着他的身份、职业，或许就更能够看出作为一个地道的知识人的他在坚守自己对于小说的信仰——据说张大春说过："小说是我的宗教。"⑤因此在进

---

① 刘晓南：《张大春访谈录》，见刘晓南：《第四种批评》，北京大学2006年博士论文，第146页。

② 王家新：《夜莺在它自己的时代——关于当代诗学》，《诗探索》1996年第1辑（总21辑），中国社会科学出版社1996年版，第11页。

③ 为行文方便，除特别注明外，《印巴兹共和国事件录——菲律宾政变的一个联想》在本书下文叙述中均简写成《印巴兹共和国事件录》，不再一一说明。

④ 有人认为《本事》一书应该当作散文看，有学者则认为它是小说。

⑤ 张诵圣：《冲决知识的疆界——评张大春〈小说稗类〉》，《当代台湾文学场域》，江苏大学出版社2015年版，第147页。

行纯粹的文学工作的1970—1990年代，张大春的写作也可以说是他的知识探索与发掘的过程，也就是在此前后，张大春陆续出版了他的重要作品：《鸡翎图》（1980）、《张大春自选集》（1981）、《雍正的第一滴血》（1986）、《时间轴》（1986）、《四喜忧国》（1988）、《欢喜贼》（1989）、《大说谎家》（1989）、《病变》（1990）、《化身博士〔危言爽听〕》（1991）、《张大春的文学意见》（1992）、《没人写信给上校》（1994）、《文学不安》（1995）、《撒谎的信徒》（1996）、《小说稗类》（卷一，1998；卷二，2000）、《本事》（1998）以及"大头春"系列①，以及他出版于1999—2000年的长篇大作《城邦暴力团》②等。而这些作品，无论是内容还是形式方面，都始终是在变化中的，这些作品不仅能够体现出张大春的知识兴趣一直在变，也充分说明，作家在创作的过程中所呈现出来的知识积累的广博多样。同时，也正是在此期间，张大春的作品大量获奖，如《悬荡》获幼狮文艺奖（1976），《鸡翎图》获第一届时报文学奖（1978），《伤逝者》获时报科幻小说首奖（1984），《墙》获第九届联合报小说奖（1984），《将军碑》获时报文学奖首奖（1986）、1989年获吴三连文学奖等等。可见，在张大春从事文艺活动的前二十多年的时间里，不仅是他学习和创造知识的重要阶段，也是他借助知识创造（或虚构）而奠定其在文艺界的重要位置的时段。

如果说小说类的作品虽然充满知识甚至张大春自己的点滴经历，但毕竟与现实有距离，因此其笔下的各类知识容易走向伪知识，那么在此期间张大春出版的评论集《化身博士〔危言爽听〕》、《异言不合》以及文学理论《小说稗类》等所呈现的知识，更能体现张大春的知识性探索及其兴趣。从中我们可以看到张大春对于历

---

① 包括1992年的《少年大头春的生活周记》、1993年的《我妹妹》、1996年的《野孩子》。

② 《城邦暴力团》1999—2000年出版分为四册，2009年出版分为上下册，2011年上海人民出版社出版简体版，也分上下册。

史、现实、政治、文化、文学等都有着很精准的把握和理解。尤其是《化身博士》中，作者不断"化身"为各色人等，站在各种角色立场上陈说自己。而且张大春兴趣广泛，似乎对各种知识都充满好奇心和探索欲望，如在《化身博士》的《使用说明》中作者所说的那样："化身博士对文学、艺术、语言和插花的广泛兴趣使他逐渐脱离本行，日渐讨厌诗，有时喜欢听六〇年代的摇滚乐和京戏，更多的时候拒听流行歌曲，并且每隔三至五日便修正一次他对人生、社会、政治以及地球环境的看法，同时在朋友之间制造传播学及人际关系上的困扰。人们永远无法确认他的言行立场，因为他随时以言行确认'永远'是人世间最为匮乏的资源。"[1] 因此，其《张大春的文学意见》（1992）中，就包括作者对于小说、批评、文学现象及京剧、音乐、电影、绘画等方面的评论与研究，《文学不安——张大春的小说意见》（1995）也囊括了对小说相关问题的评论、对外国作品的评论、对历史小说的评价、对都市小说的批评等，所论述作家既包括台湾作家，也包括大陆作家、外国作家，《小说稗类》（1998、2000）中则更多地回到了中国传统，从中国古典文学作品、笔记、历史著作等中探寻小说的新质地……

总之，张大春的知识人身份决定了其在文学艺术各方面的探索与知识糅合、再造的多样性，其作品中多元知识的呈现是普遍景观。虽然综合地来看，张大春的作品中的批判、讽喻、谐拟等色彩还是比较明显的，但并没有像很多生活经历型写作者那样会随着经验的固化而走向写作的自我重复，反而几乎每出一部作品，都能够给人以新鲜感和刺激感。可见张大春的知识学习、吸收能力了得。这种对知识的信仰、对新意的迷恋，使得他的作品往往很难用某种固定的知识术语来衡量，因此被称为"文类杂交"[2]，其本身

---

① 张大春：《化身博士〔危言爽听〕》，皇冠文学出版有限公司 1991 年版，第 16—17 页。

② 这个词汇为张大春自己提出，见杨锦郁整理：《创造新的类型，提供新的刺激：李瑞腾专访张大春》，《文讯》总 99 期，1994 年 1 月。

也以"文坛顽童"著名。而仅从这两个称谓，我们也可以推断，张大春是极其率性的，也堪称真正的知识分子，在他笔下，嬉笑怒骂，都成文艺——他甚至在《撒谎的信徒》中讽刺台湾民进党主席李登辉、在《没人写信给上校》中批判性地书写尹清枫被害案、在《大说谎家》中讽刺宋美龄——因此，张大春也确实是一个地道的"狂者"。

四、作为父亲的张大春

从 1998 年起，张大春的生活状态逐渐有所改变，先是 1997 年自己的父亲摔伤，张大春精心照料中心态产生了变化，其次是 1998 年张大春与叶美瑶女士结婚，不久，儿子张容出生，2001 年，女儿张宜出生，由此，张大春由此前的纯粹的知识人增加了一个重要的身份：父亲。身份的新变似乎让张大春对于文学、对于生活的态度有所转变，因此在此期间他辞掉了大学讲师的教职，到广播电台主持新闻、主持说书节目，在报刊上开专栏等，而一贯富于变化的张大春又逐渐回到了古典意味和气息浓厚、文化性极强的写作尝试中。

1999 年以后，除了《城邦暴力团》这样的力作陆续出版（1999—2000 年出齐 4 册），张大春的创作有几个动向：其一是饱含温情的家族史小说《聆听父亲》（2003）出版，形成了从祖上到自己儿子辈的张家家族几代人之间的对话；其二是张大春开始了新的历史性知识的创造（或改编）尝试，先后出版了"春夏秋冬"系列之《春灯公子》（2005）、《战夏阳》（2006）、《一叶秋》（2011），"大唐李白"之前三部《大唐李白·少年游》（2013）、《大唐李白·凤凰台》（2014）、《大唐李白·将进酒》（2015）以及《富贵窑》（2009）等创造性运用历史知识与形式的作品；其三，张大春的个人作品选集陆续出版／重版，如《最初》（2002）、《公寓导游》（2002）、《四喜忧国》（2002）、《台北随手：张大春自选集》（2008）、《我妹妹》（2008）等；其四是由于注重子女的教育问题，张大春将此前一贯比较注重的文字意识、文章观念及其个人的相关研究以散文化的笔法写出，分别有《认得几个字》（2007）、《送给孩子的字》（2011）、《文章自在》（台湾2016）、《见字如来》（台湾2018）等力作产生，由于其特殊的结合文字知识、文化知识和教育理念的形式与内容，在文化界形成很重要的影响；其五，进入新世纪以来，张大春与大陆的文化往来越发频繁，其作品陆续在大陆出版简体版，甚至有的作品在台湾与大陆同时出版：2000年莫言主编的《欢喜贼：张大春中短篇小说选》出版，其后影响力极大的文学理论作品《小说稗类》于2004年由广西师范大学出版社出版（后有该社2010年版，成都天地出版社2019年版），《聆听父亲》于2008年由上海人民出版社推出（后又有2014年版），《认得几个字》于2010年由上海人民出版社出版普及本，2010年海豚出版社出版了其《离魂》（2013又出一个版本），2010年广西师范大学出版社出版了《四喜忧国》，2011年上海人民出版社出版了《城邦暴力团》，2018年九州出版社出版了"春夏秋冬"系列，而其"大唐李白"系列、《文章自在》均在出版台湾版差不多同时，由广西师范大学出版社出版大陆简体版，《见字如来》也在2018年出版了台湾版（新经典图文传播有限公司），2019年就出版大陆版（天地出版社）……

从人生经历层面上看，比起1997年前的阶段，一些新的因素确实是造成他创作新的作品的动力，如1997年张大春的父亲摔伤，让已近不惑之年尚未结婚的他"宅男的人生变了"，他"忽然开始想：得抢救点什么"，因此1998年，他根据此前他看过的他六大爷的《家史漫谈》，开始用与自己未出生的孩子对话的形式书写《聆听父亲》，并且自己约定"不用任何技术解决问题"，紧接着他结婚、第一个孩子出生，但作品终于还是在"熬了四年"之后完成了。[①]
这部作品出版后受到很高的评价。家族意识的重述、家庭生活的变化尤其是子女出生、成长，必然会带来新的写作动向，正如有作者所言："等到一双儿女进入学龄、开始写作文，身为家长的张大春开始直接面对孩子们的'作文之难'。联想到自己从小受到的语文教育和遇到的老师，结合多年来写作的经验和心得，张大春觉得可以用一些文章为例，去写写为文之道，体会并享受写文章的自在感觉。"[②] 因此张大春以教育、启发孩子学习、教育文章写作等形式先后出版了《认得几个字》《送给孩子的字》《文章自在》《见字如来》，尤其是前两部中，启发孩子、对孩子进行教育与文字本源、意义变迁及运用等因素相结合，有着很明显的"亲子教育"特色，后面两部虽然孩子在文章中出场得不多，但是无论是文章写法讲解还是文字本源探析，都延续着前两部的"教育性"本意，有人谈及张大春的《聆听父亲》和《认得几个字》时认为："两本书的共同之处，在于连接了祖辈与子女、历史与传承，张大春于是以一种'温良恭俭让'的形象定格在大陆读者面前。"[③]这用来总结从《聆听父亲》到其后的四本文字、文章"学"著作的风格，似乎也是适用的——几部作品虽然在评论者眼中定位不同，但它们均有散文化特征，同时也都借由作者所了解、探索到的历史、经验等，与下一代对话，以日常性言说形式传播历史性知识。

从创作风格上看，自从《城邦暴力团》以武侠、现实来言说历史并言说中国传统性文化（其中的"竹林七闲"有较明显的传统文化如诗、书、画、食、士等寓意）以及《小说稗类》（卷一出版于1998年，卷二出版于2000年，后来的版本合为一本）开始从笔记体、说书等传统小说元素来论述现代小说以后，张大春的作品中更

---

① 刘志凌记录整理：《讲故事的人——张大春对话莫言》，《台港文学选刊》2009年第5期。

② 丁杨：《张大春：会写作文不见得写出好文章》，《中华读书报》2017年2月15日。

③ 杨时旸：《文学"顽童"张大春》，《中国新闻周刊》2009年8月31日。

多地在探讨中国传统的文学形式在现代文学中运用的可能性，并根据他自己的实践指出了几条路子。张大春表示："大概从四十岁开始，我越来越倾向于不读有现代标点的书，读没标点的古书越来越多，光这一点就够说明我对文学的态度了。"① 所以无论是"春夏秋冬"系列还是"大唐李白"系列，抑或是《富贵窑》《离魂》中，张大春都借助以说书为主体的传统形式并对文学写作进行改进，创作小说，不仅如此，在他的作品中，被叙事的人物和故事也都回到了古代，因此古代的传奇掌故、民间故事、科场轶事、武林秘闻等等都进入了他的小说，而且在写作的时候，传统说书的形式大量被使用，书场术语、旧体诗词、秘史、笔记、地方志等都进入了其小说中，从而给读者明显的古典、传统性阅读感受。但张大春又不是沉浸在自己的古代／传统癖中，而用时不时出现的叙述人／说书人的口吻观照人性、观照现代。

由此看来，张大春四十岁以后，从内容到形式的现代、后现代意味的作品新创较少而选集或重新出版较多，就有着总结此前创作的现代性因素并逐渐回归对传统中国文化的现代转化的倾向了。正如张大春在 2008 年重新出版《我妹妹》时所言：

> 继续创作这件事唯一显示的重大意义，即是"跨越了一个打了结的人生阶段"。我脱离了熟悉的生活圈，卸除了熟练的写作习惯，更漠然与冷静地看着九〇年代成为上一个世纪的遗骸，承认自己不但不了解"我妹妹"，也不了解"单纯的爱与信赖"，就像我不了解梦一样出现的作品——作品则总在跟我告别，而我一向是直到与记忆中的岁月重逢之际，回过神来，才明白自己告别了什么。②

---

① 张大春、丁杨：《张大春：〈城邦〉之后再无难事》，《中华读书报》2011 年 1 月 26 日。

② 张大春：《重版自序：重逢的告别》，《我妹妹》，印刻文学生活杂志出版有限公司 2008 年版，第 42—43 页。

在一些场合，张大春表示："自己每天做很少的事。六点半起床，七点看着老婆送孩子上学，之后直到下午两点，在家练字、写诗、读书、做家务，下午三点至五点做电台节目，之后与家人晚饭，帮孩子温习功课，然后再去读书写作，每天往复。"① 这确乎是他在四十岁以后的生活，以个人的独特方式在电台说书，根据自己对于中国传统文化的坚持并用实际行动维护之似乎成了他生活的重要部分。但并不是说张大春由此就进入停歇、隐退阶段，更不意味着他的文学文化活动逐渐"固化"——一直力求创造新形式、新内容以葆有文学（尤其是小说）的变化性品格的张大春，从未停止过探索，而仍然借助传统说书等文化文学形式不断进行探索，如《春灯公子》中以一场有着神秘感却由名气极大的春灯公子所主办的春灯宴为线索串联了中间的十九则故事，而这些故事看似相互独立，其实又相互关联和补充，分别作为第二十次春灯宴以前的十九个"品"，补充了春灯宴的完整性，然而第二十次如何，作者又故意绕开去了……而《大唐李白》中，作者则通过虚构与史实的交叉互证——包括证伪与证实——来重新呈现不一样的李白或者说张大春所理解的李白，而异类、多元知识包括历史的、文化的、文学的等，仍然是张大春不断在编制作品网络结构的方方面面，他甚至将自己所作的诗混杂在小说中以假乱真以突出他所理解的李白。而《认得几个字》《文章自在》等，则以散文化的笔调来呈现文字的点点滴滴，但又不仅限于文字、文章知识的考证、呈现，而在作品中加入了很多生活情趣，如孩子的故事、字谜、文字问题以及别人的文章案例等等，如他谈及自己的《见字如来》所说的那样："每一篇文章变成两块，一块是我，一块就是字。而也的确，每一个字呈现在书里面的时候，它包含了两个层次的意思，大致上《见字如

---

① 杨时旸：《文学"顽童"张大春》，《中国新闻周刊》2009 年 8 月 31 日。

来》这个'如来'好像就是指我个人的生命，看到这些字也好像看到我的过去"，"和我的成长连接在一起。"[1]

也就是说，虽然人生经历有所变化，作者的写作态度和情感、兴趣有所转移或偏向，但是对于张大春这样一个探索性极强、不断变化写作风格的作者，他新世纪以来近二十年来的文学活动并未趋于单一。这一点从其文化活动中就可窥见一斑，如2019年4月，他在北京时间博物馆进行了"包括张大春创作的文言文、诗、词、歌、赋等形式"的个人书法首展；[2] 2013年张大春作词、周华健作曲的音乐专辑《江湖》发行，2018年与周华健合作创作音乐剧《赛貂蝉》，2007年张大春与吴兴国合作创作京剧《水浒108》……总而言之，张大春不断在文学内部跨界，也不断地在文学与艺术之间跨界，以其旺盛的精力和超人的天分打造出不同类型的作品。据他自己说，他还计划出版旧体诗词集（目前的出版物中仅见《见字如来》中附一小部分读帖心得）《平生师友》以及同名散文集等。[3]

以上主要从人生经历的角度对张大春的创作历程做整体概述。就其具体创作而言，也可找到一些阶段性的特征，有的特征与张大春的人生经历阶段性有重合之处，如1998年张大春结婚、不再担任大学讲师以后，其创作更多地回到了读传统知识和创作方法的拟写中。当然，学界对张大春的创作已经有不少划分标准，如1992年就有人根据张大春的陈说将其创作划分为1976—1979、1979—1983、1983—1988、1988年以来等几个阶段，[4] 也有人将其分为

---

[1] 华文：《见字 见人 见故事：莫言张大春对谈〈见字如来〉》，《文艺报》2019年3月22日。

[2] 《台湾作家张大春大陆首办书法展》，《北京日报》2019年4月22日。

[3] 丁杨：《张大春：会写作文不见得写出好文章》，《中华读书报》2017年2月15日。张大春在《文章自在》序言中说他没有出过严格意义上的散文集。

[4] 石静文：《张大春创作的生命力——对世界充满好奇，对自己捉摸不定》，《四喜忧国》，远流出版事业股份有限公司1992年版，第237—239页。

1976—1985 年的"写实期"、1986—1988 年的"魔幻虚构期"、1989—1996 的"谎言主体期"、1997 年后的"流动性本体期"等，[①]也有学者将其分为《鸡翎图》时期、《公寓导游》时期、《大说谎家》时期、《城邦暴力团》时期、后《城邦暴力团》时期等[②]。在本书中，为了论述方便，也将张大春的作品的阶段性作一定的界定和区分，主要将其分成三个阶段：第一个阶段为 1976—1983 年，此时期正好是张大春上大学到硕士毕业的阶段，算作张大春创作的初期阶段，作品中的写实色彩较浓、关注的问题相对来说较为"传统"，作品主要收录于《鸡翎图》《张大春自选集》中。第二个阶段从 1984 年张大春开始在《蛤蟆王》等作品中尝试运用魔幻现实主义手法、后设手法等开始，到 1998 年的《本事》止，张大春进行了各种各样的写作类型的尝试，而且其尝试受西方小说技法的影响比较明显，所创作类型涉及后设小说、魔幻现实主义小说、科幻小说以及他所创的"新闻小说"乃至"周记小说"等，题材上又涉及城市小说、政治小说、成长小说等，此时期的作品比较多，仅结集出版的就有《欢喜贼》《公寓导游》《四喜忧国》《病变》《时间轴》《大说谎家》《没人写信给上校》《撒谎的信徒》《本事》等，可能是创作最丰富的阶段。第三个阶段从 1999 年《寻人启事》及《城邦暴力团》等开始——如果从"志怪小说"角度来看，则可从《本事》开始——作者一方面对此前的创作技巧进行沉淀，另一方面又在作品中加入更多传统技法，进行了新的融合，而且系列性创作比较突出，如《城邦暴力团》（最开始为四册，张大春多次表示还有前传、后传等其他内容未写完）、"春夏秋冬"系列、"大唐李白"系列，张大春甚至曾透露《聆听父亲》已出版的只是原先预计的第一

---

① 郑书怡：《写实、魔幻与谎言——张大春前期小说美学探讨（1976—1996）》，台湾东海大学 2009 年硕士论文，第 8 页。

② 解昆桦：《平行时空、伪知识：张大春〈城邦暴力团〉武侠叙事研究》，台湾中兴大学 2018 年硕士论文，第 20—24 页。

部，① 而小说中，笔记体、史料、说书形式等大量被运用，题材也绝大部分回归到了古典。同时，1999 年以后的张大春在散文类的创作中也更加突出，尤其是他涉及文字的几部著作，在他的文学文化活动中也日益突出，他开始更多地关注中国传统文化及教育问题等。

张大春曾在谈到"英雄豪杰"时总结说，与"英雄"有关的俗语中，"无论英雄发达或沉睡，他们实在引人侧目"，"中国字的字义早已昭示了这一点：那些特出的人、那些伟大的事、那些高超的情感、那些动人的故事，各有面目，但是皆非寻常之辈所能争取赢得，最关键的一点就是他们不与人同"。① 他将这一篇文章的标题取名为"英雄不与常人同"，这用来总结张大春的创作可能再适合不过了。由我们上述的总结、阐述可以看到，张大春一直在以质疑的姿态创造各种令人耳目一新的文体，并以从不重复的姿态呈现给读者不一样的内容和阅读体验。因此，他在台湾文艺界关注度一直很高，地位很是重要，如有学者所说那样："台湾当代文学的多产作家张大春，可说几乎每推出一部新类型、新题材的实验性作品，文坛便会有许多相关的推介、书评或是讨论文章接续发表。"② 张大春的特殊的人生角色使得他在面对文学／文化时，常常以一种跳动的姿态深处文化／文学内部，有时又跳出文化／文学，指着文化／文学对读者、受众进行旁观者式的揭发，时而又对写作表现出一种超强的自信，时而又对写作本身指指点点，他不断将自己的真实感情、态度隐藏在作品的后面，又不断在作品中言说和解剖自己……在张大春的作品中，我们往往一方面为他的语言、才气、故事讲述能力和开拓创新能力折服，另一方面我们在看完他的作品之余又往往会陷入到一种怀疑中：张大春到底要为我们表达什么？这一切都

---

① 张大春：《见字如来》，新经典图文传播有限公司 2018 年版，第 133—134 页。

② 陈建忠：《论外省第二代作家的（台湾）历史书写与后现代技法——以张大春、林耀德与朱天心的小说为探讨对象》，台湾中兴大学 2008 年硕士论文，第 2 页。

需要我们去猜谜。而由于张大春总是在作品中给出各种知识/伪知识，这就使得他的作品往往给人充实的获得感，然而又因其知识呈现的蒙昧、不完整性给人强烈的不满足感……

张大春是文坛的"异类"、是"怪胎"、是"异数"，也是"巨大的偶然"，对他的创作的评价、研究、阐释，也不可能有"终局"。作为文学史上出现的风格独异的人，也是具有极大影响力的台湾作家，连身份和创作个性独异的黄锦树都说："台湾像我这一代的写作者大概很难否认在技术上或多或少曾经受惠于张大春那总是在示范如何写作小说的小说写作——他仿佛有着强大的欲望，企图在他自己身上'经验'或谐拟现代小说史。"[1]他给人们提供很多东西，又留下很多空白，他曾经表示他对读者的要求很高——他表示："读者若不与作者角力，或许就当面错过，忽略了那正经八百的述说之中，含藏着若干虚拟的情节。反过来说，有些看起来荒唐无稽之处，于史料上却可能斑斑有据。读者越刁钻，就越能发现交融两岸之景的趣味。"[2]他自己对于创作作品的要求也很高，这都源自于他的文学观念和追求，也源自于他独特的山东人/外省二代/眷村二代以及纯粹的知识分子等的独特身份、经历，使得他面对文学创作时多了一份理性与睿智，往往能够以第三者、旁观者式的主体对文学本身进行探索和表达，而减去很多作家笔下那种挥之不去的留恋、回忆等感情。但无论怎样进行探索和表达，张大春实际上始终保持着他对文学创作的独创性的坚守和野心，这种野心与他追求文学的自然、自在性有关，也使得他中年以后的文学作品中逐渐地摆脱了各种影响——诸如马尔克斯、艾柯等——而转入到对中国传统元素的化用中，很明显，张大春想要通过一己之力回到中国传

---

[1] 黄锦树：《技术革命、伪知识与中国书场——环绕〈小说稗类〉的对话》，《谎言或真理的技艺：当代中文小说论集》，麦田出版社 2003 年版，第 241 页。

[2] 澎湃新闻：《张大春对谈傅月庵：〈大唐李白〉是小说还是历史？》，腾讯网 2015 年 6 月 21 日：https://cul.qq.com/a/20150621/010306.htm。

统，甚至在反思文言和白话的关系中，建构独立的中国性文学体系。从这个角度来看，张大春的影响力那么大，又都是必然的，是他自己的探索、创新和坚守赢得的结果，是现代文学产生以来文学走向的偏颇或者说文学的未来缺乏明朗性的疗救之"药引子"。可见，我们整体地研究、总结张大春的文学创作及其经验，无疑对反思文学的发展，是有着重要的借鉴意义的。

第一章　不安的"稗类"：张大春的文学观

虽然整体而客观地说来，张大春的文学生涯及其影响力必然地以其小说创作为主，毕竟张大春的小说创作在数量上要超过其他门类，而且他的作品的数量也远远超过台湾甚至中文写作圈绝大部分同年龄段的其他作家，而其文学理论，尤其是《小说稗类》，确实让很多人感到震惊，如黄锦树总结的那样，"对于喜欢把小说家张大春划归后现代的后现代技术派们，《小说稗类》很可能是他们脆弱的脚指头碰到的一块铁板。在这里，老张不止严肃、正经八百，不止没有'去中心''无深度''谑仿''拼贴''能指漂浮''无以决定'，而非常明显的是向特定的中心回归：中国小说。"① 仅就大陆读者而言，就有人说："大陆读者了解张大春大多是通过 2004 年版的《小说稗类》。"② 张大春的作品在大陆的出版与传播确实远远落后于他的创作实际：张大春的文学创作起步于 1976 年，1980 年出版第一部小说集《鸡翎图》，但大陆出版第一部作品是 1988 年的《雍正的第一滴血》（宝文堂），而且内容属于历史掌故，是散文性作品，1989 年才出版了其《公寓导游》③，而被认为是张大春的

---

① 黄锦树：《小说话——评张大春〈小说稗类〉（卷二）》，《谎言或真理的技艺：当代中文小说论集》，麦田出版社 2003 年版，第 461 页。

② 吴虹飞：《张大春：在任何社会都不是主流》，《听我讲话要小心：文化名人访谈录》，武汉出版社 2011 年版，第 175 页。

③ 张大春：《公寓导游》，文化艺术出版社 1989 年版。

代表作品的《城邦暴力团》一直到 2011 年才出版了大陆版①，而 2004 年张大春的《小说稗类》由广西师范大学出版社出版以后，张大春的作品才更多地在中国大陆出版简体字版。所以张大春的最具探索性和影响力的作品，除了部分研究港台文学的学者或热爱、关注港台文学的人士外，并没有在大陆及时得到关注。事实上，张大春的文学理论除了最有名的《小说稗类》，还有不少，而且绝大部分要早于《小说稗类》发表或者出版。只不过如黄锦树所说的那样，张大春对文学技术的书写和分析，很少有大论述框架，而比较接近纯粹的玩味或品味技术②，所以较少被讨论到。

张大春是一个文坛的异类，是文化水平很高的知识分子，其文学理论方面的探索和表达，是极有深度的，文化界虽然很早就对张大春的《小说稗类》所表现出来的文学观念表示折服或惊叹，但系统地关注其理论的研究尚极少，所以本章就先从其文论性的文章和著作入手，梳理并探寻张大春的文学理论主张的特殊性。

第一节　文学的"修理"：张大春的文论书写

一、张大春的文论概览

作家的文学理论性表达往往包含着作家的创作理念。虽然张大春给我们的感觉是不断追求新意、进行新的探索和尝试，但其文论文章却也能够体现出其创作的诸多因素，而且是具有体系性的。纵观张大春的创作历程，其文学理论的探索和文学观念的表达并非《小说稗类》中才有，更不是近年来颇受关注的《文章自在》中才

---

① 张大春：《城邦暴力团》，上海人民出版社 2011 年版。

② 黄锦树：《技术革命、伪知识与中国书场——环绕〈小说稗类〉的对话》，《谎言或真理的技艺：当代中文小说论集》，麦田出版社 2003 年版，第 244 页。

体现出来的——而且根据前文的论述，笔者更多地将此作看作是张大春的文字学／文章"学"著作，将在后文专章论及，在本章将不做重点分析——而是起步于其上学期间的理论性思索和写作学探索。

从时间上看，张大春的文论写作开始于其上大学期间——也即1970年代后期，最典型的是后来收录于《张大春自选集》、作者统一加了副标题"无忌书简"（之一—之八）的系列文章。根据作者在文末标注的写作或发表时间及《自选集》附录的"张大春写作年表"，这八篇文章应产生于1978—1980年之间，历时三年，此时的张大春一方面在积极完成大学学业（1979年毕业），另一方面则积极进行文学创作、走向文坛，或许是接受教育及自己阅读中的感受良多，抑或是自己的创作实践更能引发自己的文学思考，所以此时期他对写作问题有很深入的关注，而且不仅仅体现在写作和发表专门讨论文学的文章，还在其他文章中表现出来，如在《话别春风——寄蔡兴济老师》中，就借助悉心指导"我"写小说的蔡老师（文中用"您"）的话表示小说要注重情节、不能过多"花巧"以及自己对于写作的"大智慧"的思考等①，其他文章如《沉思·抚创》、"人过美浓三部曲"、《时序》等，虽然并未直接言说文学，但也都在讨论信仰、历史、技艺、语言等与文学创作息息相关的问题。

1983年张大春完成了硕士论文《西汉文学环境》，随后入伍，其后他的文论探讨性作品系统性创作的较少，直到1992年，他出版了《张大春的文学意见》（远流出版），1995年又出版《文学不安——张大春的小说意见》（联合文学），1998年出版《小说稗类》（联合文学，第一卷），2000年出版《小说稗类·卷二》（联合文学）。进入新世纪后，张大春的文论性写作更多地倾向于将其融入到文字、文章学习散文中，与此前的文论从内容到写作风格上都有比较大的差异，所以其文学专门性不如新世纪以前部分，故此留

---

① 《张大春自选集》，世界文物供应社1981年版，第181—184页。

在后面散文类部分讨论。由此，我们可以看到，张大春的文论性作品主要集中于1990年代，但在1970年代就有很多深入的思考与探讨；1983年硕士论文完成后到1992年间，张大春的创作进入多元探索阶段，其文论性写作没有系统性表达（期间有评论性文章发表），1992年前后其批评锋芒得到大力彰显，分别出版有《化身博士〔危言爽听〕》（1991）、《异言不合》（1992）、《张大春的文学意见》（1992）三部评论集。《张大春的文学意见》可以说是此时期他的批判性和思辨性在文艺方面的集中体现，所以这部集子中的文章，除了探讨张大春一贯关注的小说，还包括电影、音乐、戏剧、绘画及文学现象等。1995年的《文学不安——张大春的小说意见》中，张大春基本在关注小说的问题，但该集子中的作品偏向于作家作品评论，然而，从《文学意见》到《小说意见》，可以看到张大春的文学观念逐渐沉淀。到《小说稗类》，张大春将其自身的阅读经验、创作体验进行系统化的提炼，将他独特的小说创作观念呈现了出来，而他的这种创作，又不同于普通的创作心得、感想，更不像理论家的论著写作，却在创作观念、角度、技法等方面挑战了很多既有观点，从而成为其文学理论的总结，也因此形成了巨大影响。

不过，上述梳理仅限于出版的作品中所体现出来的张大春的文论呈现。对于作者而言，表达自己的文学观念和想法的方式是多种多样的，自己写文章或著作、发表演讲或报告、接受采访等均可以表达，但对于张大春而言，除了自己写理论性著作、发表评论，他的文学观念在自己所写的多种序言中、在演讲和报告中以及接受采访中，也都有所体现。如《鸡翎图》的序《言不尽意而已》、《寻人启事》的序《过错》、《我妹妹》2008年重版的序《重逢的告别》以及前文所提及的2010年大陆版《四喜忧国》的序《偶然之必要》等，都或直接或间接地表现出张大春的文学观念；在他自己的报告、演讲类的文章如《我所继承的中国小说传统》（《台港文学选刊》2009年第5期）、《李白同谁将进酒》（收录于《文学思奔——

府城讲坛2015》,"国立"台湾文学馆)等,也都不只是单纯的作品创作谈,而访谈类作品中更是处处透露出其另类的创作观点——仅从采访者编发的文章题目就可见一斑,如《张大春:创作在分配我》《创造新的类型,提供新的刺激》《张大春:我是一个非常优秀的小说工匠》等。

但除此之外,张大春还有一个"绝活",就是在作品中探讨文学写作的问题。如《旁白者》中,作者让写作者雷芸"告诉我","文学脱离了人生就只有风花雪月、无病呻吟"[1],在《写作百无聊赖的方法》中,更是从读者的方面表述他的创作思路[2],《城邦暴力团》中,作者不仅写了"张大春"这一角色,还在作品中讨论诸如"理想的读者"这样的写作问题,《没人写信给上校》中也用多个段落讨论读者问题、作品留存问题、写作的材料问题、真实问题等……由此也使得张大春的虚构性创作与理论、知识的探析和呈现往往界限不明。

总而言之,张大春通过文字给我们呈现出来的文学理论性的探讨及其文学观念,就如同他的小说意义、主题等一样,是散落在他的文字的海洋中的——甚至有人因为张大春有关"猴王案考"的三篇文章(有着论文、学术争鸣的形式却是作者自编自导的一出戏)被认为是小说而疑虑:《小说稗类》是不是可以当小说来看?[3]从这一点也可以知道,张大春的文论书写也是一种极其认真的写作。

二、自我的"清涤"与建构

张大春在文学创作初始期就置身于理论性探讨的行列中,是和

---

[1] 张大春:《公寓导游》,文化艺术出版社1989年版,第62页。
[2] 张大春:《公寓导游》,文化艺术出版社1989年版,第86页。
[3] 苏七七:《小说像稗草一样——评〈小说稗类〉》,《第一感:70篇声色笔记》,上海文化出版社2006年版,第8页。

他的非理论性的创作和探索互补的。也就是说，张大春的文论书写并不纯然是学术性的理论总结或推进，也不纯然是基于自己创作实践的经验之谈，而是在理性化、学术化的讨论中保持着文学化、情感化的成分。理论性的探析一般而言是理性化色彩比较浓的，所以体系性往往比较强，而形式方面可能就偏严肃或单一，而虚构性的创作往往有着较浓的感性化特征，张大春早期以"无忌书简"系列为代表的文论文章所进行的，就是结合了文学性、感性化的形式甚至语言，却又有其理论沉思的深度的写作。在这些篇章中，张大春一方面以其广博的阅读涉猎积累创作经验，一方面也以自己的思辨能力建构新的理论楼宇。而张大春的理论性建构又不是推倒一切式的，而是基于自己的深思、思辨而达成的对文学的自省。

张大春曾写道：

> 如果说小说的诠释是基于描述，那么小说的描述是什么？描述的程度与限制又是什么？在根本上，小说的"真"是不是能够趋近普遍及恒久的基准？我个人的诠释又是否经得起这个基准的考量呢？困惑于诠释者所必需的严苛自责，我再三地想着：少不更事，却编织叠架搜寻铺陈了四年，用以捕捉个人经验的意义尚且不足；又何以关说于社会的种种沧桑？然后我必须警觉地想起：小说的"虽小道，亦有可观"之处在哪里？微渺的重要又在哪里？①

由此可以看出张大春正是基于自己的创作实践对自己所从事的创作本身如何具有深刻性、如何具有"基准"而进行思考。而此时他的文学理论的探索也因之有着"成长"性的特点，张大春也乐于借由文字谦恭地自我反省："也唯其当我知道了：自己是在以游戏

---

① 张大春：《言不尽意而已》，《鸡翎图》，时报文化出版事业股份有限公司1981年版，第2页。

文字来捕捉成长踪迹的时候，才寻索出执笔人无可奈何的限制；他只合是个无言独化的凡夫俗子，所足以妄求者，不过是笔沾墨润地清涤自己罢了。"①

　　然而要是由此就断定张大春在一味自谦的反思中毫无所得，那就大错特错了。实际上，张大春一边在疑惑文学写作的问题，一边却借助观察别人的写作、书信往来和观点辩论等方式，以充分自信的姿态表明自己的思考不仅基于广博的文学知识，更对别人的"弱点"有着清醒的认识，由此建构起了自己的文学观念。他不仅借由批评"写乡土"的习作者的认识回应小说为"小道"的观点："你所耕耘的却是文苑中最肥腴的一方土地"②，并以对方的"乡土"经验焦虑指出："当这样的一个题材被开拓出来，为你所熟悉；为你所关怀；为你所热爱，你便紧一紧胳膊上驮负的那些历代文人的感召；紧一紧简册里使命自觉的动力，反身投奔孕育你的母根……"③他还通过与友人的辩论、对友人的写作进行评价或是通过书简往还，讨论文学的才情、论风格与个性的关系、谈真诚的反省、谈感性和理性、谈主题与内容的关系、谈"腐儒"气、为"为艺术而艺术"论辩解……而在这些论述中，作者以清醒的头脑和深刻的认识在评述别人的不足中，表明自己的立场：

　　　　你说：怀疑你还能写出任何足以改善当前这个社会的东西。——其实该说：怀疑你自己是否还能写出有感动力的东西，或说是否还能针对着日新月异的社会和时代，提升你作品的艺术层面；而不应根据你原先的怀疑，便进而否定了文学在今天的社会里具有实效。只是时下，你我执

---

① 张大春：《缝书记》，《张大春自选集》，世界文物供应社1981年版，第8页。
② 《传语风光共流转——无忌书简之一》，《张大春自选集》，世界文物供应社1981年版，第189页。
③ 《传语风光共流转——无忌书简之一》，《张大春自选集》，世界文物供应社1981年版，第190页。

笔的人应对着前所未有的功利文明，那工作将更艰巨就
是了。①

张大春批评"坊间充斥有许多庸俗的文学作品确是肤浅与褊狭，它们的虚伪往往是'矫情'的"，却也批评友人"广漠的野心"②，他在评价了友人的写作状况后表示"如果你坚持写作，就现实生活而言，那也无意于浪掷青春"③，但他也肯定友人"正因为你年少，才敢于这样自省，敢于吐露这样的自省，如今有不算少数的文艺人已不愿这么做了"④。因此可以见得，他在对文艺问题进行思考时，是自信甚至自以为是的，也是冷静甚至是冷峻的，他似乎希冀借助和他一样对文学感兴趣的年轻人及对他们的观念、态度、方法等的幼稚、简单、褊狭的分析，建立起一套乐观而又客观、现代而超越现代的文学理念系统，因此他以友人的言行、表现出发，在文学史中，在杜甫、韩愈、刘勰及艾略特、里尔克、布丰、波特莱尔乃至覃子豪等古今中外的作家、理论家的理论论述中探寻适宜的、合理的理论观念的可能性。然而张大春的态度又是谨慎的，是辩证的、充满着反思和思考的，又是在理论总结中指向创作实践的。正如他在提出一系列问题之后所说："然而若是身为艺术家、文学家，则必须时刻以这些疑问向自我求取诠鉴；但是在创作时他又必须丢开它们，以免为作品枷套上一层责任，一层先觉目的。"⑤

① 《为觅霜根数寸栽——无忌书简之八》，《张大春自选集》，世界文物供应社1981年版，第241页。
② 《转见千秋高古情——无忌书简之五》，《张大春自选集》，世界文物供应社1981年版，第216页。
③ 《百年粗粝腐儒餐——无忌书简之六》，《张大春自选集》，世界文物供应社1981年版，第226页。
④ 《咫尺应须万里——无忌书简之四》，《张大春自选集》，世界文物供应社1981年版，第209页。
⑤ 《正直原因造化功——无忌书简之七》，《张大春自选集》，世界文物供应社1981年版，第235页。

三、文坛的"蔑视"与反抗

在早期的文论中，张大春就表示自己愿意代表"文学的卫士"，并要"验明正身"①。但彼时的张大春初入文坛，对文艺界充满虔敬——从他早年出的作品集中的序中可见他对文艺界是有着感谢、学习的姿态的。但是随着自己阅历的增加、作品的增多，张大春在文艺界的成就越来越突出，他自己对于文艺界也越发熟悉，因此，他在作品中更多地显示出了他的反思性和批判性，他的作品一改早期潜然存在的抒情意味，而在其中更多地呈现出讽刺、谐拟、挖苦等成分。因此其《公寓导游》(1986)、《四喜忧国》(1988)、《欢喜贼》(1989)等集子中的篇章，都充斥着对人性、民族、国家、历史、城乡等主题的反思、批判或重评，或者对于文艺界的一些习以为常的现象进行表现甚至挖苦。如他表示：

> 小说的序大约不外乎"导读""析论"或"推销"这几种功能，不是由批评家对作品实施解剖，就是由作者展开自剖。话题不外在目录到封底之间的几百页语言游戏里打转，兼及作者全部或部分的生平、履历，有的可能还涉嫌夹带几行感谢状或道歉启事，提醒读者：这部小说或小说集的完成实非一人之功过。②

他甚至借助别人的说法直接指出："起码在高度上，那些排在扉页之后，正文之前，或者正文之末、广告目录之先的赵钱孙李王二麻子序、导读、前言、跋、补序、后记者流，都有那么点儿掩人

---

① 《转见千秋高古情——无忌书简之五》，《张大春自选集》，世界文物供应社 1981 年版，第 215 页。

② 张大春：《陌生话》，《公寓导游》，文化艺术出版社 1986 年版，第 5 页。

耳目的味道。"① 在别的场合，他还用玩笑的方式在自己的序中说："我必须毫不客气地指出这本书之所以能够出版必须归咎于以下几位先生……"② 由此可见，张大春显示出了他"文学顽童"的特征，在似乎是本该庄重的场合以另类的方式玩弄、调侃起了文坛，用深处文学创作旋涡中的自身经验，将文艺界的普遍的规则或现状公之于众——而这些规则有的人未必会像张大春这样来客观看待，有的人即便知道其文化圈子性甚或广告包装性等的存在，也未必敢于说出。因此，我们仅从上述例证，虽然并不能就断定张大春是一个文艺界处处树敌的"狂人"，但至少可以看到，他对当代中国文艺界的很多现象，是站在独特的立场表示出不屑的。

更多时候，张大春在借助其文论性文章对文艺界的现状进行批评。如，他说："这可能是整个消费社会中从事任何一种形式之文本评论者最无奈的顾虑：某些文化产品越经批驳就越能销售，而制造这一类文化产品的人也从而辗转出另一套价值的逻辑；从'我很烂，可是我很红'到'我很红，因为我够烂'再到'我很烂而红那是因为让我红的人更烂'。基于这一套认知的方法，非但让劣质的文化产品得以借由销售的业绩来取得'劣质'本身的正当性，同时也使消费者、甚至评论者一致成为拥护劣质文化产品的共犯。"③ 对于充斥文化市场质量低劣却畅销无阻的作品的批评，是不无激烈的。他同时也表示："此间文学界多年以来讲究'小说结构'。崇尚'形式完整'的氛围未必会因为一部（严格说来是半部）《丹凤眼》而改弦更张，然而它毕竟能够提醒读者以及批评家：北京'说话人'自有一套气定神闲的吸引力，让人不经意地品味出：写小说

---

① 《轻蔑我这个时代——为〈文学不安〉所写的狂序》，《文学不安——张大春的小说意见》，联合文学出版社有限公司 1995 年版，第 10 页。

② 张大春：《自序》，《雍正的第一滴血》，时报文化出版企业股份有限公司 1986 年版，第 1 页。

③ 张大春：《污蔑小说，也污蔑色欲——新人类小说的劣质性》，《张大春的文学意见》，远流出版事业股份有限公司 1992 年版，第 225—226 页。

和读小说都不必'搞得太辛苦',小说也不必因承受过重、过深的主题负担而膨胀成一种既载道、又言志的论述（discourse）。"① 这是借由一部作品对文艺界的"形式主义"化的定见进行了反驳。

也许对于社会上的种种，张大春有着强烈的表达欲望，因此他直接以当时的重要人物（主要是政治人物）、重要事件作为写作和批评对象，暂且不说《化身博士〔危言爽听〕》《异言不合》中的浓郁的讽喻、批判风格，其小说创作中的《没人写信给上校》《撒谎的信徒》《大说谎家》等用时事作为题材来写作的作品中，对于作品中的人物、当时社会政治的虚伪、勾心斗角、尔虞我诈等的揭示，就很明显，很具锋芒。张大春自己也毫不隐瞒自己对于时代政治、文化等的不满，他表示："轻蔑我所处身的当代，真是唯一能让我从创作中获得愉悦的事。"② 他基于自己"对这个时代台湾挂牌'文学类'作品的作者和读者相互迎合、喂哺的生态有十八年以上的亲切了解"，得出了自身的"轻蔑"经验："我知，故我轻蔑。"然而，轻蔑不只是表示蔑视之后敬而远之，张大春对于文艺始终保持着难得的自省意识，他通过跑马拉松的例子，反思"置身在我这个时代的这样的文学环境里"，要"收起对整个时代和自己的轻蔑，迈步跑上前去"，因为"望之不似跑者的冒牌儿真会让文学这个事业都不安的"。③ 由此他走向了反抗："我半生的志业（以及可见的一生的作业）都是小说，看人不把它当成个东西，自然有抗辩不可忍。"④

由此，我们便可以看出，张大春对于文学创作，始终是抱有

---

① 张大春：《我爱扯闲篇——简说〈丹凤眼〉的叙事风味》，《张大春的文学意见》，远流出版事业股份有限公司1992年版，第22—23页。

② 《轻蔑我这个时代——为〈文学不安〉所写的狂序》，《文学不安——张大春的小说意见》，联合文学出版社有限公司1995年版，第11页。

③ 《轻蔑我这个时代——为〈文学不安〉所写的狂序》，《文学不安——张大春的小说意见》，联合文学出版社有限公司1995年版，第13—15页。

④ 《说稗》，《小说稗类》，联合文学出版社有限公司1998年版，第9页。

野心的，他试图以自己的努力，改变文学界的看似普及然而细细想来却往往是偏见的观念，改变文艺界的圈子化、政治化、权力化等现状，而他的努力，并不局限于他所擅长的小说，还在其文论、批评杂论中，一览无余地体现了出来。从这个角度出发，再来看待张大春的文论，可知其以《小说稗类》为代表的文论，为什么能在读者中引起极大的反响——张大春这种目的、导向明确的写作，并不仅仅是对自己阅读和创作经验的总结，而是深思熟虑的结果，他试图通过文学理念的新创见，改变既有的观念，对文艺界的流行的观点、思想甚至整个文学秩序提出质疑。

总而言之，作为文坛的"轻蔑者"——他甚至把轻蔑当作一种信仰，借助对兰陵笑笑生的评价表示："笑笑生文如其名地展现了中国小说史上的另类信仰：一个整体性的轻蔑。"[1] 张大春以自己广博的知识——其"无忌书简"系列及两本"意见"以及《小说稗类》中的评论涉及古今中外、文学、艺术、政治等——融创新知，力图影响或扭转人们的文学观念。借用评论家评论他的话语来说就是：张大春并不相信文艺界的很多"老生常谈"，而是通过他的各式写作，"目的在'颠覆'人们看待文学创作或文学阅读时所倚借的一些习惯和期待"[2]。

四、文学的"修理"与检视

仅仅说张大春对于文艺界的蔑视和反抗更多地是对于文艺界的诸多问题和现象表示不满，而借助文学创作或文论性的写作以"狂"态起而反抗之，是不够的。事实上，张大春虽然对文艺界的现状表示出了不满，并且以语言文字进行了反抗，但他仍然有不为

---

[1] 《说时迟，那时快——一则小说的动作篇》，《小说稗类》，广西师范大学出版社2004年版，第67页。

[2] 蔡源煌：《八〇年代的宠儿——张大春》，《四喜忧国》，远流出版事业股份有限公司1992年版，第232页。

一般人所知的野心，那就是对文学理论和文学创作以及读者之间的关系的反思。他在接受访谈时被问及写《小说稗类》的情况时，曾直陈：

> 因为我对小说的理论很不耐烦。尤其是批评家喜欢借用不同学术领域的理论来解释小说，甚至用简单的叙述性的话就能解释的东西，他偏偏用非常抽象的术语或者套语，挟学院所谓权威优势来宰割作品，我就觉得我应该站出来修理一下。当然目的也不是在修理别人，我觉得作者的文论应该更多地被注意到。简单地讲，就是看不惯学院的理论，小说内在的美学可能代表着某种哲学或理论，就看我们有没有熟练的工具去做。那么作为一个小说家，我当然有义务去干这份工作。是不是一个优秀的小说家我不敢讲，但我要强调我一定是个非常优秀的小说工匠。工匠不对自己的作品形成美学，这就没有天良了。①

　　或许正是这种对于专业的、学院化的文学批评风气的不满，张大春的文论写作相比较于文学理论著作或者论文的体系化写作而言，是散点式的，其观点充分融入到自己所阅读到的材料的组合和自己思考的文字陈述中——当然，其1983年完成的硕士论文体系还是很强的，但那属于学院式文学研究著作，与我们所讨论的张大春的文学观念等有一定区别。这种散点式的知识、观点呈现从形式上来看确实打破了纯粹理论性论文的"烧脑"与枯燥，但却给人一种亲切感，而张大春的观点又都是在众多的材料举隅中将自己另类、新颖的观点流露出来，因此是融合了知识编织与呈现的思考与沉淀，可以说是融合了理性思考与感性表现的新的散文化创作——也难怪他的融合了历史典故（但不一定是真的）、材料、游记、奇闻

---

① 伊乐：《文坛顽童张大春》，《行走台湾》，金城出版社2010年版，第179页。

异事等的《本事》面世以后有关其体裁是小说还是散文很难定论。例如，张大春有一篇曾经引起过很大反响的文章，讨论鲁迅著名的作品《秋夜》中的名句，"在我的后园，可以看见墙外有两株树，一株是枣树，还有一株也是枣树"的语言问题。张大春首先假设这个句子如果出现在小学生作文中，很可能被评为不简练或直接被修改，他指出，一旦修改后，我们就不能体味鲁迅站在那里逐渐转移目光、审视枣树的境遇，因为鲁迅之所以这样写，是给读者安排一种观察情境以进入后面对天空等的描写，而不是描写枣树的。当然，作者并不是因此来专门讨论鲁迅的语言问题，而是紧接着讨论现代作家如何发现"白话文究竟有多少能力足以表述平凡大众的全面世界"的问题，强调的是鲁迅时期作家的语言的"巨大的、得以成功地复写整个世界的能力"，认为它们不仅告诉读者"看什么"，还要达到暗示他们"怎么看"的问题；紧接着他借助废名、凌叔华、徐志摩等人的例子，说明鲁迅那个时期或者说五四时期的小说语言修辞是被诗化、散文化乃至散文诗化了的，几十年后的我们在语言教育中依然充斥着那种诗化、散文化、散文诗化的语言，但作者反思道：我们今天可以对那些作品嗤之以鼻，但我们所使用的语言，却是他们所遗留下来的语言——但那已然是语言的尸体了，因此"20世纪末的小说家的修辞学是清理和检验这样的语言尸体"，这种清理和检验应该是让小说的语言"不必贴近诗也不必倚侧散文"，并要"在自己的语言实验场求取冒险"，而这种冒险"有一点儿轻视与很纯洁的幸福"①。

张大春正是用这样看似散漫的行文逻辑给我们制造一种知识获得的惊喜。按理来说，这篇文章标题就能很清楚地表现出他所要指向的当时文艺界的小说语言的问题，其重要观点便是最后几个段落的内容，亦即20世纪末的小说家应该反思小说语言的独立性实验和

① 张大春：《站在语言的遗体上——一则小说的修辞学》，《小说稗类》，广西师范大学出版社2004年版，第26—31页。

开拓、创新的问题，但是他能够严丝合缝地将鲁迅的名句进行细致的分析和全新的尝试，也能根据废名等人的作品中的例子进一步证明他所想要生发的观念的基点——五四时期小说语言的诗化、散文化、散文诗化等问题。因此，整篇文章并没有什么高深的理论，也没有纯粹学术论文写作的形式化的规范，也没有对理论大家的高深的论述的引用分析，而以通俗而巧妙的语言表达方式让读者在惊奇中逐渐体悟出张大春对于现代小说语言的反思。文章中涉及了语言问题、文学史问题、作家作品的思路问题等，可谓广博高深，但也并没有由此而陷入老套的立论中。如此，我们确实可以看到张大春对于学院式的文学理论的反叛，也能看到作为一个小说家在阅读大量的文学作品的基础上的高屋建瓴。同时，张大春并非要借由对几十年的白话文的发展和运用，来给读者一个普遍的大道理，而是通过反思小说语言的历史性变迁指出，白话文的发展过程中，语言也需要随着时代的发展而进行自我实验，因此，既然按照当下的语言规范来看待那些"语言的尸体"会觉得不合时宜，那么何不对这些深深影响过我们的语言的尸体进行检查和清理，以建立不再依托于诗化、散文化等的小说自己的语言。也就是说，张大春所指向的，还是当下的文学的独创性的问题，只不过他是从语言问题入手来探讨的。

张大春对文学做到的"修理"与检视并不是直接地告诉你如何如何，而是借助全新的观点、角度指出新的问题或者危机。乍一看他这种缺乏理论体系化及论文程式的写作让人把握不住他要说什么，感觉处处都有新意——仅就他对"两株枣树"的解读，当年就有人看后觉得"震惊和羞愧"，认为这是"最为独到、最为精辟、最为细致和最为令人信服的分析与阐述"①。但他却剥茧抽丝地剖析给你看，最终指出了小说语言的当代性问题，而这个问题并不是借由理论家来完成，他将其解决的任务交给了小说家。由此，对理

---

① 杨邪：《两株枣树》，《名作欣赏》2003 年第 2 期。

论家的无视和对小说家的期待就成了他破坏理论和创作的界限的重要工具。正如上述引文中所说的，他由此试图让人们关注"作者的文论"问题——而这，从张大春这样一个博览群书的作者来看，是既有理论基础，更是有实践依托的。

由于要达到张大春所谓的"修理"与"检视"，张大春的文论性文章就自然而然地表现出了另类的风格。如，前文提及的"无忌书简"系列，虽然内容都是在谈论文艺问题、写作问题，但是呈现形式却都不重复：第一篇是对着"舞文弄墨"的"你"的创作观念而生发的，第二篇对与"我"一起"谈文论艺"的"你"的观点进行阐发，第三篇是针对在信中"劈头劈脸"给四句诗的"你"的诗句大发议论，第四篇则对一个不满于做"青年摄影家"的人而发，第五篇对学大众传播的"你"谈文艺，第六篇对有未完成的小说稿的友人谈论问题……总而言之，虽然都是"书简"，但作者却在不同的文章中设计出不同的对象，以引发其对文学的某一方面的问题的阐发，而对于书信中的"你"，作者所表现出来的态度也是等等不一的，有批评的，有哀其不争的，有认同的，有对其提出友善的建议的，有基于其观点阐发新观点的……不一而足。这种以书信体的方式表现文学思索本就有别于很多作家的自说自话式的表达，而多了对话性，而且张大春的文章在针对对方的观点、言行等进行思辨的同时，常常伴随着很多情节性、抒情性的描写。如第八篇中，他首先写的是和友人的离别，他写道："车站里满是过眼的匆匆行色，惟你如一壁中流的静观砥柱，冷冷地注释着往来熙攘的千帆……当你的背影向我渐远渐小，我才忽然觉得这一送送得好，送出我自己的一身抱负来。"[1] 乍一看，和小说没有多少区别，然而，作者紧接着话锋一转，由"我"惦记着"你"的游记再到"你"的"文学就是一种幻灯片"等的言行，逐渐进入到张大春所要讨论的

① 《为觅霜根数寸栽——无忌书简之八》，《张大春自选集》，世界文物供应社 1981 年版，第 237 页。

文学与时代的关系，而且其后的论述中，也时不时让"你"的观点、生活、想法等穿插着出现，而不是纯粹地论述深刻的问题。这一系列中的其他几篇都有这样的风格，因此其文风其实是介于散文和论文之间的，甚至还有不少小说的笔法。在《文学不安》《张大春的文学意见》《小说稗类》等中，张大春照样不是正正经经地写论文，而基本上都是针对于某一作品、某一现象进行评价，如其最有名的《小说稗类》里共收二十七篇文章，副标题都是"一则小说的……"结构，看似张大春缺乏整体、系统的把握能力，只是将各种知识、文献倒出来。而实际上，不仅这些他所呈现给读者的小知识、小观点充满趣味、充满生气，就像小说吸引读者的往往是一个个小的情节一样，而且从他的副标题中所涉及的主题，如（一则小说的）"材料库""政治学""主体说""修辞学""本体论"等，就可以看出张大春的文学观点其实是有其系统性的，只不过是他不屑于按照学院派的论述体系来进行书写罢了——仅从张大春的硕士论文《西汉文学环境》及其仿拟学术论文进行写作的三篇"猴王案考"文章①，便可知道获得中国文学硕士学位的张大春的学术功底及其对学术文章的写作是极其精熟的。

总之，张大春的文论写作从形式上是有着极强的创新意识的，从写作目的来看，张大春的文论写作并非一般地表现自己的创作思考，而是有着很明显的深度和创新意识的。在这些写作中，他一方面想要以此对自己处身的文学创作活动有不断地总结反思，另一方面又根据自己的亲身体验对文艺界的种种现状进行批评，以净化文艺界的不良风气，同时，他也通过文论写作试图打破理论与创作的隔阂，试图以自己广泛的阅读和深入的思考，用独具特色的表达形式达到作家的理论的升华以及文艺界理论性写作（主要由学院派在

---

① 即《猴王案考——孙悟空考古探源事件》《"猴王"是赃物？——向张大春质疑猴王问题》《本来都是我，何处惹猴毛？——敬答淮上客关于"猴王"的质疑》。均收录于张大春《本事》（联合文学出版社有限公司 1998 年）中。

进行）以试图真正沟通理论与创作——而这一问题恐怕是现代文学产生以来一个普遍性的问题，张大春就曾质疑，世界上恐怕"不会有一个按图施工、依小说与小说理论的体系培养出来的小说家"①。不过，吊诡的是，如上文所论及的那样，张大春作为一个知识分子写作者的典型，甚至也算是有着浓厚的学院派渊源的——如高天生所言："一九五七年出生于台北市的张大春，是同年代小说新秀中，少数受过完整中国文学学院训练，现在也在大学讲授文学课程的特出写手"②；更诡异的是，当时的文艺界似乎更看重的是他的论著——高天生在论及他的创作时说他"除了本行的学术论著外"，还包括历史通俗、科幻等等小说③，从这一表述或可窥知一二。而正是这样一个"学院的另类"，又站出来反对学院化的作风，或者说试图扭转学院派不关注作者本身的理论思索的作风，可谓是一种错位了。然而，这种现实与实践的错位，或许也正是张大春的另类特征生发的文化土壤和文学场域。

第二节　"另类知识"的虚构与编织：文学的定位问题

一、辩证的文学"史"观

张大春曾说过一段话：

> 历史是创造出来的。这个简单的命题之所以绝难为史
> 家或历史学者接受乃是由于"创造"一语隐含着"虚构"

---

① 《有序不乱乎？——一则小说的体系解》，《小说稗类》，广西师范大学出版社2004年版，第2页。

② 高天生：《学院里的文学异数——张大春集序》，《张大春集》，前卫出版社2003年版，第9页。

③ 高天生：《学院里的文学异数——张大春集序》，《张大春集》，前卫出版社2003年版，第9页。

"杜撰""发明"以至于"无中生有"等涵义。这些涵义对
孜孜于史事之征引印证、史料之考较辨讹、史实之求真还
原的史家或历史学者而言，不啻是一种折辱。然而，深究
历史之作为一种"叙述"，吾人又不得不承认：经由种种
媒介所"保存"下来的历史记录都有其囿于某种诠释基础
（如文化的、政治的、宗教的乃至于意识形态的）限制；所
谓"保存"云者，也只是而成为一种"重塑"工作。①

　　这段话中，他对历史"创造"的文学性因素进行了深刻的分
析。实际上，张大春对于文学、历史十分关注，在他的文论中既对
文学史本身进行异质性观察，又对文学与历史之间的复杂关系进行
全新的阐释。
　　首先，他对进化论的文学史观及其创作指导意义进行了反思。
张大春从小说写作的角度表示，写小说的人"注定与一整部及其身
而止的小说史遥遥相对"，因为我们会在文学史中"为这个有志于
成为小说家的少年打造好一个从小说源起时代直到当世的阅读环
境、一桩巨大的教养工程，使之一步步在浸润于小说发展历程的训
练之中，发现一代又一代的小说如何踵事增华，抑或折枝萎叶。务
使其体系性地认识古今中外小说演替的各种技术，甚至美学原理"。
如此，写作者就可以对小说（文学）有纤毫不错、分寸不乱的理
解。② 这一表述很明确地指出了文学史的功能，但是，张大春站在
创作影响的角度看到，文学史的功能却是微妙的，它不仅不能让写
作爱好者成为伟大、成功的作家，反而会提供与人生、当下现实相
差别的"零落错乱"，因为小说史（文学史）的形成"自有一套减

---

① 《以小说造史——论高阳小说重塑历史之企图》，《文学不安——张大春的小说意
　见》，联合文学出版社有限公司 1995 年版，第 77 页。
② 《有序不乱乎？———则小说的体系解》，《小说稗类》，广西师范大学出版社 2004
　年版，第 1—2 页。

法"，在其发展过程中偶或出现的经典作品之间，有着漫长的停顿、衰退、缩减甚至逆变。① 也就是说，张大春看到了文学史所承载的功能的同时，更加强调文学史本身的复杂性，在这一复杂性的背景下，文学史所提供给我们的经验、知识便是有限的、被筛选或过滤过的。由此一来，张大春对于文学史所拥持的进化论提出质疑："小说之有史，未必然（甚至必不然）要追随其那套'后而转精'的进化之说，小说的起源也未必然（甚至必不然）要归返于'较不成熟'的初民远古。"② 更有甚者，张大春曾经激烈地否定文学史的存在意义："文学史是近代大学虚构出来的东西。如果真的有文学史的话，文学史应该是活的，一代人有一代人的范式，一代人有一代人的文学评价标准。"张大春说，"文学史这个东西太怪了，我对它百思不得其解。我认为它不应该存在，文学史把我们夸张到不可思议、不能承受的地步。让我学写文学史，还不如让我当道士炼丹呢！"③

其次，张大春试图打破历史与小说的认识界限，将历史与小说放在同一类型、可以互相偷换的位置。他首先借助司马迁《史记》中的记载指出：项羽在垓下之围中，曾向最后二十八骑展示自己的勇武，但其后又在与乌江亭长的对话中表明二十八人均战死了，且其后项羽也很快就殒命了，那么《史记》中所记载的他与二十八骑之间的生动对话，又是由谁说出来并传到两百年后的司马迁耳朵中的呢？由此他断定，此一情节中，司马迁已然大胆使用了小说家的手法（即虚构）书写了历史，接下来他更借助晚于司马迁近一个世纪的刘歆在《西京杂记》中增加了虚构性细节来表现司马相如和卓

---

① 《有序不乱乎？——一则小说的体系解》，《小说稗类》，广西师范大学出版社2004年版，第3页。

② 《读错了的一部史——一则小说的起源点》，《小说稗类》，广西师范大学出版社2004年版，第21页。

③ 石剑峰：《张大春：学写文学史，不如炼丹》，《东方早报》2008年4月4日。

文君的事情表明，这虽然很明显是小说情节"窜入正史"，但却增加了《司马相如列传》的可信度。如此等等，通过诸多例证，张大春表明，虽然庄子发明了小说之后，中国的小说经历了漫长的"减法"，"但是这并无碍于司马迁悄悄将虚构的手法携入所谓正史的书写，无碍于皇甫谧为理想中的隐士立下所谓的传记，无碍于刘歆将无处可以容身的饾饤见闻、散碎记录加工揉制成笔记小说的先河"，他甚至更大胆地指出，连刘向的《列女传》《说苑》《新序》以至《战国策》，"又何尝不可以视之为小说？"① 也正是由于这种打破历史和小说，将二者的真实性互证的关系突出的观点，使得张大春对于"历史小说"的全新观念远播开去。在论述台湾著名作家——也是张大春的老师高阳的历史小说时，张大春指出高阳的小说"透过一看似小说的雄辩整体，汇罗各种容或不出于'正史'的典故知识来重新建筑一套可以和'正史'之经典地位等量齐观的历史论述"②，他甚至直接将高阳的这种独特的历史书写表述为"借着小说而大事'重塑历史'"③，因之，张大春借由评论高阳的小说的立场而指出，要打破"历史是真实的，小说是虚构的，各有职司，不相杂厕"的观点和"读（历史或历史小说）者必须相信历史叙述的正当性、合法性和由之而衍出的解释性"的看法④。这一打破历史的可信性与小说的虚构性的观点，使得张大春所创造的词汇"以小说造史"成为其写作的自我写照，也成了评论家们概括张大春的文学历史观念的标志性词汇。可见，张大春的这一独特发明，形成了

---

① 《有序不乱乎？——一则小说的体系解》，《小说稗类》，广西师范大学出版社 2004 年版，第 6—10 页。

② 《以小说造史——论高阳小说重塑历史之企图》，《文学不安——张大春的小说意见》，联合文学出版社有限公司 1995 年版，第 90 页。

③ 《摇落深知宋玉悲——悼高阳兼及其人其书其忧愤》，《文学不安——张大春的小说意见》，联合文学出版社有限公司 1995 年版，第 100 页。

④ 《江水江花岂终极——论高阳历史小说的叙事密旨》，《文学不安——张大春的小说意见》，联合文学出版社有限公司 1995 年版，第 95 页。

极大的影响力，而且这样的影响，在张大春的历史题材的写作中表现也很明显，可以说是一个重大的发明，正如张大春在别的地方，借助对武侠小说建构大叙述、大历史的系谱性的解释，指出"让传奇收编史实"是一个"重大的转折"[①]一样。

再次，张大春提醒人们辩证地对待小说中的历史书写问题。由于他对小说与历史的界限进行了打破，因此他借助意大利著名文艺理论家、作家艾柯的《傅科摆》中对傅科的"历史是不连续的"这一观点的"播弄"，指出作品所营造的世界，一是人们所熟知的并且"大约以之为真"的历史，另一个则是交织着误会、巧合、穿凿、附丽的"虚诞的历史"，以此警醒人们，我们所信以为然的历史，其实是某种"论述"之下的产物，因此阅读的过程中我们要不断补充我们的知识，才能对其加以拆穿或辨识。[②] 张大春还借助历史主义的影响角度，阐释胡适书写《白话文学史》（上卷）时带有民族的忧忡，因此它带有实用色彩、目的论色彩，其最终指向为："历史书写不必然是还原过去生活的真相，却更可以在透过精心设计的书写之后，著史者已然重新解释了也改造了历史。"[③]

可见张大春想要通过历史与小说的复杂性、辩证性，说明这两者看似截然不同，实际上充满了相互勾连甚至密切联系的意蕴。在某种意义上，读者在阅读历史和阅读小说的过程中所能获取的经验其实是差不多的，而这个过程中的知识获得，正是张大春对文学与历史关系进行反思性定位的着眼点。

---

① 《离奇与松散——从武侠衍出的中国小说叙事传统》，《小说稗类》，广西师范大学出版社 2004 年版，第 283 页。

② 《理性和知识的狎戏——〈傅科摆〉如何重塑历史》，《文学不安——张大春的小说意见》，联合文学出版社有限公司 1995 年版，第 63—64 页。

③ 《离奇与松散——从武侠衍出的中国小说叙事传统》，《小说稗类》，广西师范大学出版社 2004 年版，第 273—274。

二、文学是另类知识的表现

张大春在早年的文论中就曾对尼采"通常一个人的知识越贫乏，为人越凡俗，他便越善于交际"的话发挥道："我想在这段话下面，应该附有其他的注脚：除了善于交际，他也善于自足；善于辩难（护）；善于疏懒。"[1] 可见张大春对于知识的追求是很明显的。

由于对固定的、演进式或者进化论式的文学史知识的质疑和否定，张大春更多地关注于被塑造的经典产生的间隙的复杂性及历史虚构的可能性，因此他的文学史观念或者文学写作本身便指向了具有明显不确定性的另类知识。他从卢梭的教育入手，认为他虽然暗示教育不可能，却完成了他的教育论，所依循的，正是"另类知识"的拼图。张大春说："小说家所提供的则是另类知识"，这种知识是对"正确知识""正统知识""主流知识""真实知识"等的对抗，而后者的维护者往往才看不上小说，将其看作"小道""刍荛狂夫之议"[2]。张大春进一步通过上文提及的司马迁、刘歆等人的例子，将他们虚构入历史中的情节表述为"窜入"，由此创作者便形成了对人们已经具备的知识的"冒犯"，而且这种"冒犯"是包含各个层面的："在冒犯了正确知识、正统知识、主流知识、真实知识的同时以及之后，小说还可能冒犯道德、人伦、风俗、礼教、正义、政治、法律……冒犯一切卢梭为爱弥儿设下的藩篱和秩序。"[3] 张大春甚至大胆断言：

当小说被写得中规中矩的时候，当小说应该反映现实

---

[1] 《渐老逢春能几回——无忌书简之二》，《张大春自选集》，世界文物供应社 1981 年版，第 197 页。

[2] 《有序不乱乎？——一则小说的体系解》，《小说稗类》，广西师范大学出版社 2004 年版，第 5—6 页。

[3] 《有序不乱乎？——一则小说的体系解》，《小说稗类》，广西师范大学出版社 2004 年版，第 12—13 页。

生活的时候，当小说只能阐扬人性世情的时候，当小说必须吻合理论规范的时候，当小说不再发明另类知识、冒犯公设禁忌的时候，当小说有序而不乱的时候，小说爱好者或许连那轻盈的迷惑也失去了，小说也就死了。①

可见张大春已经将另类知识的表现看成了小说（文学）的生命力所在。由"另类知识"所标榜的文学，也必然地要对正统的、既定的小说价值体系形成反拨和否定。这也正是张大春不断求新求变的文学追求与实验的根基所在：正是不断追求"另类知识"（有别于固定知识）的驱动，文学创作才有可能在不重复经验、不落入俗套的尝试中"使小说史上对小说的定义打开一点"②、"重新定义这小说的本质"③。

基于这样的对另类知识的可能性、广阔性的认识，张大春站在一个广阔的视野来定位小说。他认为小说是"用通俗语言书写、记录的（romang，romanga），带有想象、杜撰成分而未必直须吻合经验或法定事实的（fictive，ficticious，fictio），以及新鲜、新奇的（neo，nova，new）"，它本身就是一种知识。但小说的知识性往往会因为其虚构性而遭到质疑：不符合逻辑（非科学）、不道德（非伦理）、与现实无关（非实用）等，这就需要我们"在知识阶层的主动考掘中'站向高处'、冲决知识的疆界"，甚至要"建立一座以全世界为畛域的图书馆"，以构成"小说之认识论的尺幅"。④

张大春继而表现出其对"百科全书式"书写的浓厚兴趣。既然

① 《有序不乱乎？——一则小说的体系解》，《小说稗类》，广西师范大学出版社 2004 年版，第 13 页。

② 李怀宇：《文坛顽童张大春》，《亲爱的风流人物》，南方日报出版社 2004 年版，第 178 页。

③ 韩春丽：《张大春一半宅着，一半"放浪"》，《唯时间与理想不可辜负》，北京时代华文书局 2014 年版，第 28 页。

④ 《冲决知识的疆界——一则小说的记忆术与认识论》，《小说稗类》，广西师范大学出版社 2004 年版，第 87—97 页。

文学书写需要建立在"以全世界为畛域的图书馆"基础上，那么，拥有渊博的知识便是张大春所向往和肯定的最佳状态。而在艾柯身上，张大春找到了惊喜和共鸣。在论述艾柯的《傅科摆》时，他从艾柯所故意书写的米歇尔·傅科入手，认为他引起了我们对"被埋藏的知识"发生兴趣，这种知识因为人们基于权力关系、道德需求、真理渴望而建立起其他知识而被掩埋了，这就成了艾柯"以知识从事虚构"的基础，因此他把艾柯的叙述看作是融入了理性和知识的论述陷阱，警醒读者怀疑我们所熟知的历史，其实也支持某种理性和知识的运作和印证。① 在另一篇文章中，张大春高度赞扬了艾柯的小说《昨日之岛》探索"被禁制的知识"的同时，总结道："但凡是知识的可能性在哪里，小说的领域就开展到哪里"，小说家就是要使所谓的故事如迷宫，如"开放式的百科全书"。张大春在西方文学中发现了这个"书写传统"，竭力强调其"发现或创造知识的可能性"、"想象以及认识那疆域以外的洪荒"的倾向。但张大春又不迷恋于这种"发现"的惊奇，反而走向上文所提及的张大春的"反省"意识："试图以作品发现或创造知识可能性的小说家也只有在面对他一无所知的世界的时候，得以借由想象的虚构加以认识才能确知自己的位置。"②

张大春对于"百科全书式"的另类知识、被掩埋的知识的追求还表现在他对于工具化的知识传播角色的质疑与反思中，如在《本事》中，他借助对地图的认识说："我相信：旅游根本不需要读地图，就像看电影根本不需要读《本事》一样。这个信念的背后应该是有一套理论的；那就是：人若有认识世界的能力，则不应假借人自身之外的能力去认识，越是借助于方便工具所得到的知识，越

① 《理性和知识的狎戏——〈傅科摆〉如何重塑历史》，《文学不安——张大春的小说意见》，联合文学出版社有限公司 1995 年版，第 61—63 页。

② 《不登岸便不登岸——一则小说的洪荒界》，《小说稗类》，广西师范大学出版社 2004 年版，第 199—200 页。

容易在我们无能验证的情况下被减化和淆惑。就拿地图来说吧，在航空公司提供的大比例尺航线图上，太平洋的中心有这么一条南北纵行的换日线，常识告诉我们：越此线而东须减去一日，而西则须加多一日，这是多么虚假的一条线。一如地图上所有的经线、纬线、子午线、赤道线、时区线，乃至街道线，它们看来都是在自然界从未真实存在过的直线。大约就是在通过换日线的时候，我这样告诉我的妻子：'真实的自然界从不制造任何一条直线；自然界根本不存在直线。人类从画出史上第一条直线开始，就在扭曲这个世界。（我接着用拳起的两根指头敲了敲她面前的地图）所以，凭地图是不可能理解真实世界的，你要知道。'"① 所以，异类知识甚至是伪知识的重要性正是小说本身的特性，正如黄锦树所总结的那样："小说作为一种特殊的知识形式，其知识性格，一言以蔽之，即伪知识。"② 可见张大春的小说观念中，小说（文学）就是要在看似常识的人们习见常闻的观念、知识中寻找不同的观察角度，以发现另类的、不为人知或被掩盖的知识。这种知识无疑是潜藏着巨大的价值和威力的——从张大春的创作中，我们便也可窥见一二。

三、文学的偶然性与巧合性

张大春对于文学的偶然性的关注和追求可能由来已久。他在早期的一篇作品中以很奇特的随意书写想要说的话并将其意思连缀起来的方式思考人与人之间的交往的奇特情绪变化。他在前记中说，他们几个朋友是因为偶然聚在一起的，他将他们之间的交流语言记

---

① 《本事——我和我妻子的赋格练习》（代序），《本事》，联合文学出版社有限公司1998年版，第10—11页。

② 黄锦树：《技术革命、伪知识与中国书场——环绕〈小说稗类〉的对话》，《谎言或真理的技艺：当代中文小说论集》，麦田出版社2003年版，第249页。

录下来，也许会让人"意外地发现：人类寻求沟通是如此艰辛；又如此殷勤"。在文末，他像诗歌一样将这些句子排列在一起，并总结道："它们之间有不少微妙有趣又隐若无解的契合……相信世间多少非属耆群的人们，也愿意经由这样的因缘来捕捉自己，以及彼此。"最后又以"附志"的形式表示其取名"时序"的想法——"它无所不在，因缘就轮回其中。"[①] 虽然此时他没有以文论的方式来表现自己对于某种巧合、偶然性的理解，但是从中可以看到他对于这种"无所不在"的"意外""偶然""巧合"的发现和关注，并由此来反思人与人交往（所谓"因缘"）的问题。

实际上，偶然性因素不仅仅存在于生活实际中，在文学创作中，这种偶然性可能也是很常见的。张大春对此进行了深入的观察，实际上他也正是由对人生的思考进入文艺方面的偶然性的探讨的。他表示："人生在世，错过的要比经历的事多、而且有意思；至于所谓经历的事，则百分之百纯属偶然而已。把上面的这几句话合起来，几乎就是我全部的信仰了；那就是人生没什么意思，也没什么道理。"接下来张大春由他现实生活中经历过的"偶然"事件引出：很多事情都是"纯属偶然的巧合"，他借助自己创作《寻人启事》的"困难"表示，自己的过往不只有一个偶然点，而是俯拾皆是，遍布无数个、无限个偶然点。他最终的发现是："原先看似个别的、孤立的——也就是我一向以'纯属偶然的巧合'视之的——那些经验，居然可以跨越时空的阻隔，彼此呼应、相互印证。"将这种发现放置在创作中，就自然而然地形成了张大春所一直倡导的"另外的可能性"[②]。也就是说，人生处处是偶然，正因为如此，文学写作也处处存在可能性。用夫子自道的说法，就是："为艺术而艺术？为人生而艺术？在我成长的岁月里，这份争议一径是各方各面关于创作起源和目的关注焦点。唯有离开这个焦

---

① 《时序》，《张大春自选集》，世界文物供应社1981年版，第297、305、306页。

② 《错过》（代序），《寻人启事》，联合文学出版社有限公司1999年版，第9—25页。

点，我才能辨识出创作也可能是基于偶然的发现。反过来看，意义重大的偶然发现，恰恰是某个出其不意的神悟：原来我们所曾坚信的、固守的、顺理成章而以为着的一切，可能通通是误会——也就是说，原来我们曾经在每一个人生的片段里都错过了我们的人生。讲得更浅显些，人生是一连串的错过，而创作则是对于这错过的发现。"① 很明显，张大春试图摆脱传统的历史性的为人生还是为艺术的论争，以避开二者的方式重新创造文学的可能。张大春曾表示，他对启迪他写作的一个作家的观点记忆犹新："驱动（drive）我写小说的，是寻找事物之间因果关系的好奇心；尤其是那些彼此没有关系的事物。"他把它说成"无关的有关"，"无关的有关这一组辩证的话词毕竟在我创作的认知里扎下了根脚"②。可见他写作中对这种关联不大、多属偶然的因素的执著理念。而这种偶然又是无处不在的、绝对的，写作的过程也由此变成了一种漫长的等待：

> 每一部作品的启动与完成都含有绝对的偶然性。小说里的各个元素都在彼此瞻望等待。有时它们不约而同地浮现，有时它们七零八落地消失。写作的过程反而像是我走在巷子里寻觅着前方不远处左拐右弯、扑朔迷离的陌生身影。严谨地说来，我从未真正完成过任何一部长篇小说；我的每一个短篇也都像是在遥远的二十多年或者是三十多年前的某个纵横交错的巷弄之中等待着更巨大的偶然。③

另一方面，张大春也借由文学和文学史的定位和重解，来突出他对文学的偶然性的发现。如前文曾论及的那样，张大春不相信

---

① 《偶然之必要——〈四喜忧国〉简体字版序》，《四喜忧国》，广西师范大学出版社2010年版，第6页。
② 《无关的有关——〈战夏阳〉简体字版序》，《战夏阳》，九州出版社2018年版，第1—2页。
③ 张大春：《作品无终局，人生实偶然》，《文汇报》2010年11月19日。

进化论及一切认同体系性的脉络性发展论，反而更热衷于可能随机的、偶然的文学机缘。如他对小说史及小说的起源的观点是：

> ……小说的出现与发展反而可能是随机的、跳跃的、忽而停滞且退化的、忽而沉寂过千百年漫长的岁月、忽而活泼泼猛浪浪地发了新芽。不同时代的小说家有幸能启示出他对人类处境的新看法，又找到了一个表述此一看法的独特形式，这个小说家便成为小说这门艺术的起源——无论他出生于三千年前或者五百年后，无论他是否代表那一个"当世"，也无论他"肖与不肖"，更不论他承袭因蹈或旁行斜出于什么传统。[1]

用张大春这种发现去看待作品，便可以想见，创作其实也只不过是"由于作者偶然摭拾而已"，张大春还很生动形象地设想，卡夫卡在创作《变形记》时，或许只是在看到一份杂志上的图画时"神秘的灵感倏忽掩至"，"于是，那张图片被挂上了格里高尔的墙壁，成为日后无数捕捉、搜寻乃至不吝发明作品意义的读者自行创造想象果实的园地"。[2]

他总结自己的短篇、长篇创作的变化时表示，认为自己之所以在某一个时间之后开始"告别短篇小说"，因为短篇小说的随机性往往会被"精彩片段"激起不耐，"仿佛说更多的话、编更多的事、添加更多的人物——也就是动更多的手脚，既可以遮掩那取材的随机性，又能构筑那存在的合理性"，因而"长篇之长，原来并不只是篇幅，而是更具体的质疑并且勘验'偶然'"。足见张大春是将偶

---

[1] 《读错了的一部史——一则小说的起源点》，《小说稗类》，广西师范大学出版社 2004 年版，第 21—22 页。

[2] 《多告诉我一点——一则小说的显微镜》，《小说稗类》，广西师范大学出版社 2004 年版，第 153 页。

然看作是小说的贯穿性的特征的。但张大春又不因此就否定偶然性以外的其他因素，相反，他以一贯的辩证的观点来看待问题："长篇小说的写作者显然不得不以架构宏大、细节完足的假象来呼应他置身所在的世界，他将偶然性的片段推向必然性的整体，并不是扩充或恢弘其规模，而是采取完全异端的思维方式，抛开了先验的感悟，建构了后设的理性。"①

总之，张大春的偶然性文学观并非放任自流无谓地等待偶然带来的冲击，而是在不断扩种自己的知识畛域、思维界限的文学理性的追求。

四、文学的虚构与想象及谎言编织

张大春对于历史、生活现实的逻辑性表示质疑的同时，也表现出了他对虚构与想象的关注。他对小说的特性的总结的很重要的方面，就是小说是"带有想象、杜撰成分而未必直须吻合经验或法定事实的"②。不仅如此，如前文所述，张大春在论及文学与历史的时候，就一再强调虚构性因素对于史实的建构作用。在他的文学观念中，我们所依托的史料等的真实可信度都是值得怀疑的，他指出："我们一向以为足以相信、凭靠的史料，和我四岁、五岁的时候，那种混杂着想象、虚构和现实材料的故事情境并无二致。"③

张大春对于现实中的文学活动，也以辩证态度看待虚构与现实的问题。他从读者的角度分析道：有的人可能比较喜欢阅读新闻，但有时候也可能"一头钻进另一个乱七八糟的虚构世界里去"，同样，有的人虽然可能较为欣赏虚构，但有时候也许发现新闻比小说

---

① 《偶然之必要——〈四喜忧国〉简体字版序》，《四喜忧国》，广西师范大学出版社2010年版，第15—16页。

② 《冲决知识的疆界——一则小说的记忆术与认识论》，《小说稗类》，广西师范大学出版社2004年版，第87页。

③ 张大春：《我所继承的中国小说传统》，《港台文学选刊》2009年第5期。

精彩，由此，我们靠记忆与作品对话时，有时候用现实记忆去与虚构的世界交流，有时候又会用虚构的记忆质疑现实世界。在这个互相作用的认识基础上，他提出了"新闻小说"的概念，它"其实只是一种试图以'虚构'来编织'现实'、同时也用'现实'来营造'虚构'的记忆处理方式"，由此，张大春试图将虚构和现实都看作同等重要的创作因素，打破"现实/虚构"二元论①。突破虚构和现实的界限不仅可以将小说的范围扩大，还能在开拓创作本身的同时将写作者本身的认识也进行放大或者确认。正如张大春在论及"百科全书式"书写传统时所言的那样："维系这个传统的目的当然不是为了教育或者炫学，而是发现或者创造知识的可能性；不是去依循主流知识、正统知识、正确知识、真实知识甚或实用知识所为人规范的脑容量疆域，而是想象以及认识那疆域以外的洪荒。试图以作品发现或创造知识可能性的小说家也在面对他一无所知的世界的时候，得以借由想象的虚拟加以认识的实证才能确知自己的位置。"②

当然，张大春对文学的虚构性的认同其来有自，张大春本来就是以小说创作见长或者说以小说创作出名的作家，而小说本身便承载着更多虚构和想象的特质。张大春曾表示："在大学时代，我就是希望成为一个以写虚构小说以愉悦我的朋友、我的读者的作家。"③这样的追求在具体创作中自然会逐渐形成较为固定的想象、虚构甚至编造的模式和习惯，就像张大春自己在作品中所说的那样："写作使人的语言具有更强烈的歧义和虚构性。"④而实际上，

① 《一切都是创作——新闻·小说·新闻小说》（代序），《张大春的文学意见》，远流出版事业股份有限公司1992年版，第10、13—14页。
② 《不登岸便不登岸——一则小说的洪荒界》，《小说稗类》，广西师范大学出版社2004年版，第200页。
③ 张大春：《山河入梦：父辈一代的生活》，蒋述卓主编：《闻道》，上海人民出版社2013年版，第187页。
④ 《写作百无聊赖的方法》，《公寓导游》，文化艺术出版社1989年版，第70页。

张大春之所以对虚构有如此的迷恋，与他对文学的追求有很大关系，张大春一向对于文学的独特知识情有独钟，因此他的文学叙述往往是指向另类、富有新意的知识的。他曾在分析、评价艾柯的作品时，认为存在有一个"古老且自由的书写传统"，"这个在东西方不约而同出现的书写传统所着意者，诉诸以叙述体处理、开拓、扩充，甚至不惜杜撰、虚拟、捏造所谓'知识'。不论'知识'被宗教或政治打压、缩减、剥削或利用到如何荒谬贫弱的地步，这个书写传统都能够保存或制造出重重超越禁制之外的智慧。"① 这也正是张大春着迷于虚构的目的——虚构也能创造另类知识和智慧。

对虚构的执迷和追求的极致是谎言的编造。张大春曾经在《战夏阳》中借"我"与司马迁的对话表明自己的虚构、捏造及其效果："如果你不希望《史记》的读者有一个正确的历史认识，以你操纵文笔的能力，何患而不能像我在这一行一样，变造蜚语，颠倒虚实，凭空杜撰，反正就是无中生有，不也一样能让人们读得津津有味而信以为真吗？"② 这种"无中生有"的编造、虚构技术其实是张大春有意为之的，它其实就是一种撒谎的艺术。张大春曾直言："任何一个想写小说或者写过小说的人大概都能体会，你得找到撒谎的基本技巧，掌握它。许多朋友都会特别强调我的作品虚虚实实，真真假假，是真的东西把它写成假的，把假的写成真的。"③ 谎言在文学中的重要性也似乎是张大春关注的重要内容之一。如在《转见千秋高古情——无忌书简之五》中以柏拉图"文学编织空洞的谎言"的说法参照说明文学的内容与主题的关系，④ 又用亚里士多德的"开头、中腰、结尾"论，表明其让作品完整性的谎言诞

---

① 《不登岸便不登岸——一则小说的洪荒界》，《小说种类》，广西师范大学出版社2004年版，第197页。

② 《战夏阳——司马子长及其同行的对话》，《战夏阳》，INK印刻出版有限公司2006年版，第13页。

③ 《"变态"张大春》，《北京青年报》2011年3月17日。

④ 《张大春自选集》，世界文物供应社1981年版，第214页。

生，① 在论及他所推崇的"百科全书式"时，也说那是小说家毕集"雄辩、低吟、谵语、谎言于一炉而冶之"② 然后才形成的状态。张大春还更直接地将自己的文学理念反映在其小说创作中，在《大说谎家》中他更直接说："我们都是大说谎家，小说有说谎的权利，新闻有说谎的义务。"③ 在《化身博士〔危言爽听〕》中，他也直言："小说家，就是靠说谎赚钱谋生的人——就这么简单。"④

张大春在评论艾柯的作品时说，艾柯将各种类似于论文的东西融入到了小说中，如果艾柯是个狡黠的学者，却像开一个玩笑一样在《傅科摆》中显示了知识的巨大慑人魅力，而人们也诱使他竟然能在什么理性驾驭下将知识变成了谎言。⑤ 可见张大春对于艾柯的谎言编织的惊叹，但这也许正是张大春对于虚构产生的知识的新功能的追求：如何运用有效的方法和技能，将知识和理性编排成新的谎言？

五、文学的政治性问题

文学和政治之间的关系历来是一个极其复杂的问题。但是张大春却站在特别的立场对其进行了论述。他表示："过度专注于政治意义或价值的解释或批判之所以成为一套显学，正因为过度专注。换言之：不泛化，不成政治。不戴有色眼镜，不成政治。不套用阴谋论，不成政治。不预存成见，不成政治。不行使语言勒索，不成

① 《福斯特在摇摆——一则小说的因果律》，《小说稗类》，广西师范大学出版社2004年版，第34页。
② 《不登岸便不登岸——一则小说的洪荒界》，《小说稗类》，广西师范大学出版社2004年版，第199页。
③ 《大说谎家》，远流出版事业股份有限公司1990年版，第317页。
④ 《小说家》，《化身博士〔危言爽听〕》，皇冠文学出版有限公司1991年版，第106页。
⑤ 《理性和知识的狎戏——〈傅科摆〉如何重塑历史》，《文学不安——张大春的小说意见》，联合文学出版社有限公司1995年版，第64页。

政治。"① 也就是说，作品中的所谓政治，往往是过度"语言勒索"的结果，张大春还借助左拉的《洗澡》进行逆向分析：有多少政治，就有多少种持文本向作品展开的语言勒索。"这样的语言勒索先验地假设作品中应有一吻合于后世读者所必需的正义。倘若缺乏或不能吻合彼一正义，就是坏作家的坏作品，反之则是好作家的好作品。"② 张大春由此将政治看成作品以外的影响因素，它们往往经过评论家的期待与评述而与小说关联起来。而作品本身却有着它自己的"政治"，张大春将其称作"小说自己的政治"，在这种内在的"政治"中，"小说家经由作品本身'思索、创作并想象'种种意义与价值，不劳向流行的论述寻求'正确性'的托蔽，也不向它们进行语言勒索。小说在自己的传统中过度专注地革命，不期而然或许还启迪了别的领域，但是真正的小说家并不在意这些。"③

　　基于此，张大春警示读者，"人类亘古以来的巨大灾难（包括个人之难以豁免地走向死亡毁灭），也都可以透过政治人物、阶级、事件和制度所呈现的不公不义来得到答案"的历史性认识以及"受过基本文学训练的大学生都可以振振有词地指着一本毫无政治寓意的作品说'这里面有政治。'或者'没有政治也是一种政治'"的二十世纪的认识的片面性，因为其之所以如此，是因为历史上的教廷的控制和当下对"模棱两可"的疑虑，对"不真实"的憎恶，对"非关政治"的否决，它们使得书写的"一定程度的自由"被剔除。由此，张大春希望文艺界、希望读者们能够破除限制，在作品中"窥见写实主义莅临之前的想象力；模棱两可的幽默在那里，不登大雅的荒诞在那里，玩世不恭的喜剧在那里，未曾被剔除的一定程

---

① 《一起洗个澡——一则小说的政治学》，《小说稗类》，广西师范大学出版社 2004 年版，第 54 页。

② 《一起洗个澡——一则小说的政治学》，《小说稗类》，广西师范大学出版社 2004 年版，第 56 页。

③ 《一起洗个澡——一则小说的政治学》，《小说稗类》，广西师范大学出版社 2004 年版，第 60 页。

度的自由也在那里。"① 也就是说,文学需要多样性,不能处处被政治所裹挟。

张大春由此批判了文学只是哲学和科学的点缀、只是权力和政治的粉饰或载体、文学没有用、文学只是工具——而小说只是工具之一种的观点。② 正如有人总结的那样,张大春的观点源头其实是这样的:"小说永远在质疑和挑战我们所看到的世界,始终因为自身的孤独和对更广阔空间的渴求,在不停打开新的地图,不管江湖还是庙堂,政治或是历史,都不过是其中一两张而已。"③

但同时,张大春也看到了政治和文学之间的关系的不可截然分开性。他批评将艺术和色情绝对化地二元对立时表示:"'艺术修养'形成一种知识阶级的特权之后,它只会'狗咬尾巴团团转'地去喂哺那个曾经哺喂过它的艺术形式和传统,它和'形成'它的两者相互运作成一个完整的诠释循环。从而它也就没有能力在自身所隶属的'文化实体'之中制造出冲撞禁制区域的能量——质言之:一旦'艺术的归艺术的,色情的归色情的'(或艺术的归艺术的,政治的归政治的),这门艺术,以及所谓的'艺术修养'就失去了它和此一特权性知识阶级以外的一切禁制区域的联系。"④ 在评价《沙皇暗杀者》所显示出的艺术家或者说知识分子对历史的看法时,也表示,这可以是"非政治性"的,但也正是这种"非政治性"隐藏了它对权力系统的悄然作祟的巨大实力。⑤

---

① 《预知毁灭纪事——一则小说的启示录》,《小说稗类》,广西师范大学出版社 2004 年版,第 139—142 页。

② 《一个词在时间中的奇遇——一则小说的本体论》,《小说稗类》,广西师范大学出版社 2004 年版,第 14—15 页。

③ 丛治辰:《张大春〈城邦暴力团〉:逃脱的叙事与铺展的地图》,《文艺报》2011 年 5 月 20 日。

④ 《禁区在哪里?——艺术/色情的最后一次决裂》,《张大春的文学意见》,远流出版事业股份有限公司 1992 年版,第 278 页。

⑤ 《替沙皇平反——从一部电影看苏联的"反动"史观》,《张大春的文学意见》,远流出版事业股份有限公司 1992 年版,第 269 页。

也许就是对于文学与政治之间的关系的不迷信及辩证思维，张大春在批评"政治预言小说"时才表现出了如此决绝，"当人类逐渐明了到'自己的未来'早已被自己拱手交给政治去决定的时候，政治预言小说便带着浓重的自怜气味诞生了：而且这一类的作品多半要让读者在灾难的恐惧中发觉政治之毁灭性"，并认为政治预言小说是"令人惊慄、恐慌和不忍卒读"的。①

此外，张大春实际上还经由其文学与政治的关系进一步反思文学基于社会问题的观点。他观察到：台湾小说广泛地"取材于社会现状"找到了植入欧洲文学以狄更斯、福楼拜、屠格涅夫、托尔斯泰等人所示范的艺术性必须基于社会性质上的传统的媒介，因此"丰富作品题材"便拥有了自身技术层面的美学价值以及"关切社会""暴露社会问题"等道德和政治理念，如果作品不能明显呈现或者明显地抗拒这些理念，就不会受到批评家的关注。②

总而言之，张大春的文论中，他并没有表明文艺必须反映、反思政治，而是以更广阔的视野和角度，千方百计地想要让文艺（尤其是小说）剥离于政治幽灵的缠绕，以保持其独特的体系和意义，摆脱文学需要依托或者与政治挂钩才有影响力、才有其意义的观点。由此，文学就没有必要为了批评家或者读者的政治想象与期待而让自己屈服于某种"语言勒索"，或者让自己困于不必要的"道德焦虑"，即"写作者被决定论宰制、书写对现实灾难之无能为力的处境"③，以表现出作为"稗类"的野性和自由，生发或者说挖掘出文学的多样可能性。

---

① 《来自世界大战的消息——从政治预言小说看〈黄祸〉》，《张大春的文学意见》，远流出版事业股份有限公司 1992 年版，第 45—49 页。

② 《那个现在几点钟——朱西宁的新小说初探》，《张大春的文学意见》，远流出版事业股份有限公司 1992 年版，第 103 页。

③ 《预知毁灭纪事—— 一则小说的启示录》，《小说稗类》，广西师范大学出版社 2004 年版，第 138 页。

第三节 文学的"造反"：文学风格与技术问题

张大春曾以其广博的知识论述文学的可能性视野，他认为，庄子在先秦那个"极度尊重文字的历史情境里"大胆、放肆地"作践"文字，扩大了文字的领土，其"抟扶摇而直上，不知几万里也"也就不仅仅包含着题材的开拓，还有着认识论上的启蒙。他说，"'Epistemology'。是的，一个文字可以造反的可能性，一个知识疆界的冲决点。"[①] 可以说，追求"造反的可能性"正是张大春的写照：这不仅在张大春的创作中表现突出，在其文论中也表现明显，他试图以常人少有的视角关注文学，视野广阔而又深刻。

一、多元体系：创作类型与风格

前文曾论及，张大春对待文学与政治的关系时，试图扩大文学的独立性而尽可能摆脱从读者、批评家角度所施加的牵涉政治的"语言勒索"，而试图发现文学本身的多样性。他用房龙的评价表明自己的立场："世界上如果到处都是哈姆雷特，那住起来才吓人哩！"[②] 由此也可以看出，张大春对于文学多元性的追求，我们可以看到，张大春的创作从早期到目前，其风格与类型是不断变化的，而从他的文论中，我们也可以看到他对于文学多样性的追求或者包容性。除却前文以及论及的"新闻小说""政治小说"等，仅从他的文论性作品中所涉及的，张大春关注的文学类型或风格就达十多种，如历史小说、乡土小说、都市小说、乌托邦小说、武侠小

① 《冲决知识的疆界——一则小说的记忆术与认识论》，《小说稗类》，广西师范大学出版社 2004 年版，第 94 页。Epistemology 为"认识论"，张大春在该文的前面部分有深入阐释。

② 《预知毁灭纪事——一则小说的启示录》，《小说稗类》，广西师范大学出版社 2004年版，第 142 页。

说，甚至色情艺术、鬼故事、童话等都在他的论述范围内。但是，张大春对待这些不同的文学类型和风格，又不是简单地对其进行肯定或评价，而是从独特的文学本质化的角度对其进行总结，指出其固化的不良影响，或从更新更全面并且贴近文学本身的角度对其进行新意义的发现。正是在对这一系列的或通俗或严肃或文学或文艺的文学类型和风格的或褒或贬，或参与或旁观，或欢迎或拒斥的过程中，张大春对文学艺术的多元性体系被建立了起来。

在诸多文学类型中，张大春关注最多的恐怕是历史小说了。不仅其作品如早期的《干戈变》等到后来的《城邦暴力团》再到近年的"大唐李白"系列，都与历史有关，其文论中也有独到的论说。张大春对于历史小说的态度主要通过对其师高阳的评价或纪念表现出来。前文曾引述他对历史的"创造"的观念就很有代表性：历史是创造出来的，就免不了有虚构、杜撰、发明等因素，从基于史料说事的角度，这些都是不可容忍的，但是从叙述的角度来探究历史，保存下来的历史纪录都是有着"重塑"因素的，张大春看到其中的奥妙："从'重塑'的观点申论，小说家——尤其是'历史小说'作家——的作品尽管多为史家或历史学者讥为'助谈'，却也别具深意。"① 由此，张大春突出了高阳的"挟泥沙""跑野马""走岔路""卷枝蔓"等是"对现代小说的一个重要贡献"②，因此他警示读者，要摆脱历史和小说的分野壁垒，摆脱读历史小说必须相信历史叙述的正当性、合法性和解释性等的观念，来肯定高阳"在小说和历史之间捭阖出入的成就"，因为高阳的历史小说"是一个文学的问题"③。由此，他在其文章中竭力肯定高阳的"以小说造史"

---

① 《以小说造史——论高阳小说重塑历史之企图》，《文学不安——张大春的小说意见》，联合文学出版社有限公司 1995 年版，第 77 页。

② 《以小说造史——论高阳小说重塑历史之企图》，《文学不安——张大春的小说意见》，联合文学出版社有限公司 1995 年版，第 84 页。

③ 《江水江花岂终极——论高阳历史小说的叙事密旨》，《文学不安——张大春的小说意见》，联合文学出版社有限公司 1995 年版，第 95 页。

的目的，强调其叙述、虚构的合理性。张大春始终清醒地看待小说的叙述功能，以此来看待历史。在论及艾柯的《傅科摆》时，他即看到书中蕴含着两个对立的世界，"其中一个是吾人所熟知、也大约以之为真实的历史；另外一个是基于某些误会、巧合、穿凿、附丽而罗织成型的虚诞的历史"，他看重的是"这两个世界各自有其'连续性'的解释，而这两种解释也各自依赖着某种理性和知识"，因此他认定作者艾柯借助书写给读者制造"借'假'疑'真'"的机会，让其思考，历史真相就是某种"论述"的产物[①]。

对于推理小说，张大春也有深入的探讨和研究。他揭示：推理小说有着"对于超越逻辑事物的逻辑性探索"这一基本心智活动，作者和读者通过离奇的凶杀案、神秘遭遇、各种另类的巧合、悬疑和真真假假的证据等完成了捉迷藏式的判断力角逐，成功的推理小说要在揭露"最后的真相"时让读者感觉到错愕、惊奇，以及自己推理能力之不足。但是，他又从一百五十多年的推理小说发展中，发现了1930、1940年代以后的"冷硬侦探"型小说——即侦探本人卷入事件成为当事人甚至受害人、有更多的感情受挫的推理小说——的"非理智崇拜"因素，由此总结出"从'理智崇拜'到'非理智崇拜'是推理小说很特殊的一个自我颠覆"，并更进一步认识到"我们迷信逻辑的论述，也迷信悖反逻辑的论述；这两者之间居然还有'推理'得出来的因果关系"[②]。"冷硬派"（侦探小说）在"工业都市兴起而大量出现的各种犯罪、人际纠葛以及不复纯真的人生观和价值观所带来的冲击"中脱离了福尔摩斯式的传奇传统，因此它暗含着对都市的恐惧和疏离的揭发和反省，但这种揭发和反省往往"隐遁于通俗剧式的暴力和具有强烈影像感的动作之下，也

---

① 《理性和知识的狎戏——〈傅科摆〉如何重塑历史》，《文学不安——张大春的小说意见》，联合文学出版社有限公司1995年版，第63页。

② 《推理的造反——从理性到非理性一百五十年》，《张大春的文学意见》，远流出版事业股份有限公司1992年版，第73—77页。

淹没在读者对挫败英雄重振传奇魅力的阅读期待中"，所以当作者发现"冷硬派"产生五十多年后的赤川次郎在其作品中多了"一点轻妙的笔法"之后，感觉到了莫大的新鲜——"如果我们比'冷硬侦探'还要更'冷硬'，'轻妙'恐怕就是我们唯一需要的修辞学了。"① 同样，张大春在马波的《芥末黄杀人事件》中看到了作者"拆穿推理小说之故弄玄虚"、"堂而皇之地嘲讽推理小说这个'类型'的伎俩"，认为其在作品中不断呈现"案情正文"，并不是戏要细心的读者，"反而是在严肃地指陈、剥露百余年来推理小说中大量'不容轻忽'的叙事之千篇一律指向'案情'、而终于在'真相大白'之际得到巧妙归属的情况实在过于虚矫了"。是在告诉读者"这个'类型'的作品之'故弄玄虚'并不只是推理过程中的诸多陷阱，更多的反而是在这种'类型'的作品里，叙述为了护持推理之严密，早已不惜斥逐了人生中的诸多'真相'"。由此，他高度肯定认为这部作品体现了"一部成功的反推理小说是如何在造反的写作行动中向一个有着百余年创作传统的'类型'致敬的"②。

乡土文学在台湾现代文学发展史上是一个重要的文学类别。对于此，张大春也曾积极关注过（其初期作品往往被认为有乡土文学特质），而且一直以比较独特的立场来对其进行认识和观照。他在论述都市文学时，按照城乡二元对立的观点指出，乡土小说有着抗拒或者试图推翻并重建城市逻辑的悲剧英雄以及对农业社会的眷恋、对卑微际遇的悲悯、对贫穷困苦的同情、对单纯价值的坚持、对富裕虚荣的不屑、对机械理性的挣脱、对商业文明的焦虑等等，它有着浓郁的传奇性和抒情性，并常常插叙过往，干扰顺时性叙述，表达乡愁怀旧情感，在可憎的现实（城市）和可爱的过去（乡

---

① 《冷硬派变形虫》，《张大春的文学意见》，远流出版事业股份有限公司1992年版，第89—98页。

② 《推理死亡证明书——〈芥末黄杀人事件〉的诡戏》，《文学不安——张大春的小说意见》，联合文学出版社有限公司1995年版，第133—138页。

村）的对比中表现二元张力，形成"城／乡"对立的美学解释。①
对这一问题，张大春在步入文坛初期就有过反思性的观察，他曾经
借助其所认识的出身乡村的写作爱好者的态度发表了一通议论，他
认为"'乡土'在比较狭义的解释之下，就是你所说的'你的环境
里的那些'，如群山围绕和垦殖的自足等等"，而这一题材被开拓
出来，被熟悉、关怀、热爱，写作者便可以"反身投奔孕育你的母
根，点亮长夜不熄的孤灯，摊展连绵成卷的稿纸""反哺着"，他
提醒初学写作者不能因为乡土而自己限制自己，被绊住了脚，因为
乡土提供了源头，而不是渊薮，因此要以其为基础进行提升，要走
出情绪化的感动，走出"自己用题材和语言所构筑的工事"，走出
"限制和自卫"②。对于"乡土文学"，影响比较大的是1977—1978
年前后的"乡土文学论争"，那时张大春刚步入文坛，但已经及时
地对其进行观察："最近，'乡土'成为一个敏感而尖锐的问题，它
命义所涵盖的广狭，和它内容所牵涉的范围，以及它在传播上所造
成的肢解，曾经数度引发了许多热心的笔耕之士，以笔代枪，在耕
地上用各种注脚和诠释展开争论"，但他也指出，"长久以往，论题
本身已经成为一种疲劳，视听的效果也就松弛而软弱"，并指出问
题的解决还需要等待。③ 果然，十多年后，张大春对于这次"乡
土文学论争"的评价显得更为理性，他认为，论争并不是有关文学
课题的论争，而是意识形态的论争，是"左""右"两派以"乡土
文学"为幌子的抗争和杀伐，是"言论钳制时期"的"丢帽子的热
闹"，其中受伤害最大的是文学，一些无法纳入"乡土文学"的作

---

① 《八〇年代的都市文学——一个小说本行的观察》，《文学不安——张大春的小说
  意见》，联合文学出版社有限公司1995年版，第113—114页。
② 《传语风光共流转——无忌书简之一》，《张大春自选集》，世界文物供应社1981年
  版，第189—192页。
③ 《传语风光共流转——无忌书简之一》，《张大春自选集》，世界文物供应社1981年
  版，第189页。

品、作者因此受到专断对待或曲解；[①] 他甚至不无激烈地批判道，论争中"口口声声爱台湾的那些作家或者××主义者，他们最后是在毛手毛脚地践踏真正的现实，或者用糖衣包裹着非现实的某些虚幻的鸦片，而冠之以乡土文学之名，试图透过简单的伦理温情去掩盖农村真正的问题。可是他们却成为了最大众的符号"。他反思道："糟糕的是他一直不停地假借文学之名留在现当代台湾文学史上"，但论战本身对台湾的文学作品和作家了无贡献。[②]

关于"武侠小说"，张大春不仅在《离奇与松散》中着力强调它的"巧合""离奇""松散"，甚至提出了"从武侠衍生出的中国小说叙事传统"的概念[③]，还强调武侠小说可以进行异质性的探索——也就是说可以从非大众所理解的层面进行开拓和试验："武侠我们现在称为市场作品、庸俗作品、通俗文学。为什么呢？武侠小说所寄生的江湖，那个武林那是不存在的。我的问题在于，我如果要摆脱所有跟现实之间的关系，进入一个无所依傍的江湖，那么这个作品就会跟过去的武侠小说没有太大的不同。所以……就在我研判那个十字路口的各个地方该出现什么的时候，我记得非常清楚，大致上就脱离了比较陈旧的小说阶段，在完全没有任何人帮忙的情况下，进入了一个新的小说写作的境界。"[④] 他甚至更为直接地表达过："武侠小说没有一个'应该'的样子。""它可以各种各样，可以发生在任何地方，我只是把场景从悠远荒渺的古代拉到了我的身边。我就是要和传统武侠小说反着来。"[⑤]

在论述"都市文学"时，张大春一面指出不能以"世代交替"

---

① 《丢帽子，砸招牌——言论钳制时期的意识形态论争》，《张大春的文学意见》，远流出版事业股份有限公司1992年版，第211—216页。

② 张大春：《一场伪乡土文学论战》，凤凰书品编著：《文学还活着》，文化艺术出版社2011年版，第109页。

③ 《离奇与松散——从武侠衍出的中国小说叙事传统》，《小说稗类》，广西师范大学出版社2004年版，第261—273页。

④ 《"变态"张大春》，《北京青年报》2011年3月17日。

⑤ 郦亮：《张大春：我是一个文坛逆子》，《青年报》2011年5月10日。

的简化模式认为"乡土文学"之后的 1980 年代是"城市文学"或"都市文学"的时代，一面告诉世人，1970 年代"城市"或"都市"就是文学重要主题，另一方面又通过李昂、平路、朱天心等人的创作新变引导人们思考：最值得掌握的现实究竟是什么？他认为，这一问题挑战小说家们面对各种斗争与支配的课题如权力、资源、财富、性和身份认同等，这些课题反而激发小说家们放弃疑惑，而"自己构筑现实，经营历史，甚至颠覆小说叙述的本质"①。他也指出，"新小说"将传统小说中属于"虚构"的人物塑造、情节布局、抽象主题等所支撑起的"伪饰的现实"加以摒弃，作家又未放弃叙述、未放弃语言，其所设置的人物形同道具，也具备情节却不为指向结局等等特征，强调"作者的叙述得以任意调配那些充塞于平凡生活中支离破碎的经验和现象，而且并不负责求得这一实验的'结果'或'结论'"，以参照突出朱西宁"台湾地区第一位新小说家"的文学创新。② 他在论及"乌托邦小说"的时候也矫正道："认为乌托邦就是'文学家对现实政治不满而聊寓抱负于空想国度，可能知识生糙鄙陋的俗见'"，紧接着他由作品逐渐解读出："乌托邦宜乎是一个时间凝结的孤岛，是以仅宜乎以'见闻简报'的叙述形式来回避那基于辩证逻辑的质问"，其发展是"无始无终"、"像天堂一般停滞"的、"不存在的"，由此他过渡到对"乌托邦之失落或反乌托邦"，因为它恰恰与"乌托邦"相反，它在小说中必会植入能表现时间的内容，他以解冻时间的视角来观察发现，从乌托邦到反乌托邦仅仅是信仰能力丧失的一小步，由此观之，"'时间'非但不曾凝结，反而释放出人类文明发展的诸多可能"③。

---

① 《八〇年代的都市文学——一个小说本行的观察》，《文学不安——张大春的小说意见》，联合文学出版社有限公司 1995 年版，第 111、122 页。

② 《那个现在几点钟——朱西宁的新小说初探》，《张大春的文学意见》，远流出版事业股份有限公司 1992 年版，第 123—124 页。

③ 《时间凝结的孤岛——乌托邦小说与小说中的乌托邦》，《文学不安——张大春的小说意见》，联合文学出版社有限公司 1995 年版，第 37—49 页。

张大春并不回避那些不入众多人的研究和关注视野的文学艺术门类或风格，在好几篇文章中总结了它们的类型特征、地位或者对其创作及存在状况进行反思，如他在论及平路的作品时指出"小小说的'点到为止'是个'宿命'，这个'点'总在收场的高潮（意外、矛盾、惊诧、恐怖……）中'揭露同时收束'作者的议论"[1]。他写文章从心理学、道德教训等角度深入分析鬼故事存在的原因，并分析鬼故事的类型来源、写鬼故事的名家、鬼故事中的欲望教训等，却又总结道：台湾文学界一直没出现鬼故事的力作，并非因为没有能人，也不是因为缺乏传统，而是因为"我们的作家和读者都太想为这种原本可以发掘人性压抑的文类赋予过多的现实教训，是以反而增益其压抑。等而下之的作者便只能在鬼故事里为读者设计一些名人崇拜或肉欲刺激的游戏"[2]。他也为童话辩论说："童话如果被某种批评策略视为较'低级'的文类，其原因或许不该归之于童话受众之'年幼无知'，反而在试图以童话遂行教养实务的成人没有能力了解或相信：童话的叙述学可以有翻新的机会。"[3] 再如，有关"色情"，张大春一方面呼吁正确对待文化自由，一方面又对他认为的不合理的部分进行激烈的批评。他指出，"艺术与色情"之所以是一个被讨论和被争辩的话题，是因为社会上存在"文化实体"，将其列为禁制区域，而被认为能够分辨"艺术"和"色情"的有"艺术修养"的人并不能够形成冲撞禁制区域的能力，因此色情艺术就是被悬搁的禁区，因此他呼吁对"艺术 / 色情"问题进行讨论，以发现"我们这个'文化实体'畏忌着更显彻底的自由"[4]。张大春对

① 《"巧智"之外——小说平路的小小说》，《张大春的文学意见》，远流出版事业股份有限公司 1992 年版，第 31 页。
② 《鬼见亦须愁——近年台湾鬼故事扯什么鬼？》，《张大春的文学意见》，远流出版事业股份有限公司 1992 年版，第 217—223 页。
③ 《逃家 / 回家的孩子——童话中所蕴藏的禁制与渴望》，《文学不安——张大春的小说意见》，联合文学出版社有限公司 1995 年版，第 23 页。
④ 《禁区在哪里？——艺术 / 色情的最后一次决裂》，《张大春的文学意见》，远流出版事业股份有限公司 1992 年版，第 275—279 页。

台湾在1990年代翻译出版的亨利·米勒1934年出版其后被禁的《北回归线》的色情描写则大为反感，指责它是"以粗鄙的语言包装了任性、骄纵、浅薄、枯燥的平庸化'自动书写'来驯服色情"的，以及它得以出版所体现出来的"我们"（指台湾社会——笔者）的贫乏[①]……

上述还只是张大春论及的文学类型或风格中的一部分，我们由此可以看出，张大春并没有执着于某一种类别或风格而让其"一家独大"，而是以充分包容、开放的姿态对待各种不同的文学风格、类别。但是他的出发点和基本目标却都一致：张大春总是以很开阔的视野从文学本身来论述它们，并且总是试图摆脱习见常闻的观念、观点，肯定新创的特质或反叛因素。可以说，张大春正是在这样开阔、包容性的理论视野下，试图建构集合创新、实验的多门类的文学艺术综合体系，以打破或者挑战那些普通的认识事物的惯性甚至惰性。

二、小说的信仰：主题、速度与开拓洪荒

如前文所言，张大春是要以小说为"志业"的人，所以实际上他的大部分文论都是基于小说而发的。他曾表示，"动作书写的变革牵涉到小说家对这份行业（或志业）的基本信仰"[②]。张大春的文论中，有一部分关注的是小说的恒见、重要的因素，但其关注点又是和一般的文学理论所关注的不一样的，而是在强调其重要性的同时，以广博的知识、丰富的例证指引到新的层面，让其更接近文学本质。

---

① 《以粗鄙驯服色情——〈北回归线〉测量你的贫乏》，《文学不安——张大春的小说意见》，联合文学出版社有限公司1995年版，第68—69页。

② 《说时迟，那时快——一则小说的动作篇》，《小说稗类》，广西师范大学出版社2004年版，第67页。

（一）主题

张大春在创作初期就曾对友人的有关主题的看法进行过辩解，其友人的观点为：文学所包含的本质（内容）虽然不一定都有哲学指向，但它毕竟是作品的主体，主题是内容的焦点，是作品的心脏和要害，主题一旦简单、通俗或陈旧，文体就不会高深。张大春认为，从千百年来的情况看，作品的主题陈旧似乎无法避免，因为文学作品所要抒发的感情等都是类似的，关键在于，即便表达同样的主题，不同的作家的辞章、文采往往才是我们要细细玩味的，作为"焦点"的主题能折射出千万心态，它的重要性是经过艺术转化呈现的"姿色"，给人以"净化"，所以主题无所谓新旧，也不能割裂开看待，而要与表现辩证联系地看待；主题需要经过"适当"的转化融入、消解，而不是表面化的，他借助刘勰的说法——"为文造情"还是"为情造文"，来衡量作品的主题的可靠性，表示自己追求主题的深度和广度，但是它应该是水到渠成地表现出来的，不应该"矫情"[①]。总而言之，张大春的观点是：作品的主题不一定要看得过重，不一定就要有深厚的哲学指向，但所表现的主题一定要是真挚的，不能是矫作的，在表现主题时也不宜表面化、浅显地表现，在此基础上，作者的文学手段、语言运用等方面的才华等也是很值得关注的。

近二十年后，张大春的观念和角度似乎未变，但更加成熟了。他在《金鹨鸪是什么——一则小说的主题曲》中，更详尽地论述了他对作品的"主题"的看法。他从一贯反对流俗看法的不合理的地方入手，首先指出"主题一词既已系乎一个'主'字，则其余皆属其次，成其从，服其率理，所谓本立而道生，纲举而目张，那么——何庸作品为？"由此他指出，追求和探讨"主体意识""主题思想"实是"检查制度的延伸"，会让艺术求媚于"时代政治正确性的流

---

① 《转见千秋高古情——无忌书简之五》，《张大春自选集》，世界文物供应社1981年版，第214—218页。

行"，读者也不得不在"世故而有教养的意见领袖的引领下检查作品"。他认为，发现主题虽然是一个必要的方便操作，但它也只是对作品理解的一个开始而已，他以音乐举例说明，主题并没有健康与否、正确与否、深刻与否等问题，只有完整与否和经得起重复和展开与否的问题，因之，它往往会与小说的篇幅有关：篇幅短，容纳的主题相对单一，篇幅长就不可能仅有一个单一主题。张大春举宋人笔记《刘先生》，从三个互不联系的部分记录刘先生的行为但却有隐含其中的一致主题——扫除一切——来说明："能够经得起重复与展开的主题势必能够辐括出小说所必须处理的许多细节，也正是这样的主题使人物的个性、情感、动作、生活、处境、思想成为这个主题的隐喻"，"主题使得平凡琐屑的人生细节、庸俗杂陈的世态表象与凌乱起灭的意识流动浮现了意义。"他接着联想到中国传统诗学中的"兴"：它表现得极不准确，却也因为如此使得其后所引出的内容有着广泛而自由的联想，能够有多样的指向和意义，正如温庭筠《菩萨蛮》中的"新帖绣罗襦，双双金鹧鸪"的创新一样；小说家如乔伊斯等，一旦厌倦了将主题放在文前、次第展开的技法时，就会"创造新的技术"。但无论如何，主题都不能被缩减成主旨，它始终有其独特的意义和价值。①

对主题的分析和探求往往是我们进入对小说的理解的重要步骤，但张大春提示我们：文学作品的主题并非一个固定存在于作品文本中的东西，它是多元的而且更多时候是隐匿、贯穿在作品中的——或前或后——而且文学作品的主题并不是单一的，所以理解作品中的主题也因此不能抱着机械地探讨其"中心思想"的态度，而应该从多个层面、多个角度探讨作品中隐藏的多元主题和意义。

（二）情节

张大春在探讨莫言的小说时，曾对福斯特"启发小说动力的

---

① 《金鹧鸪是什么？——一则小说的主题曲》，《小说稗类》，广西师范大学出版社2004年版，第243—251页。

是人物而非情节"的观点表示不认同，而提出了"以情节为中心的小说"的说法，它"根本不在乎'现实中的人性'或'人性的现实'有多么复杂，它也不意图在虚构的体制中捏塑（或曰'捏造'）一些'类似真实'的人物，它只是要让读者回到那个非常原始的、'追问后来怎么了'的状态中，经历一连串悬疑、惊奇、满足和颠覆"。① 也就是说，张大春是极其看重情节的，"情节中心主义"也就是他的一贯主张。在早期，他就借助老师的写作指导表示："小说动人的地方不在修辞，你要问在哪儿呢？在情节。知道吧？情节才是吸引读者的关键。""小说里的描写可不能抢了情节的光彩去，懂罢？""能不卖弄词汇，躲在情节上用点儿力，那才行哪！"②

张大春还专门就福斯特的"'国王死了，然后王后也死了'是故事。'国王死了，王后也伤心而死'则是情节"及其对"情节"的定义进行了细致考察。他认为，福斯特这一论述只能简化我们对"情节"的理解，却"丝毫无助于我们对'因果律为什么会是情节的根本特征？'这个问题的深刻认识"，他质疑道："为了显示作品本身之'完整'而规范出来的因果律凭什么成为情节的根本特征？"也就是说，为什么前有"国王死了"，再有"然后王后在花园里散步"这两句话的话，为什么一定要将其联系在一起？由此，张大春反对刻意的切割、挑选和筛滤，质疑预设的统一性、完整性，而主张突出叙事艺术自己的时间、符合作品的计时器和丈量万物的新尺度。因此他一方面肯定"国王死了，然后王后在花园里散步"的句子提供了情节，另一方面又试图挖掘其间连在一起的种种事实，这就需要我们的好奇、猜测、想象和思考③——这正是张大春一贯的立场。

① 《以情节主宰一切——说说"莫言高密东北乡"的"小说背景"》，《文学不安——张大春的小说意见》，联合文学出版社有限公司 1995 年版，第 141—142 页。

② 《话别春风——寄蔡兴济老师》，《张大春自选集》，世界文物供应社 1981 年版，第 181—182 页。

③ 《福斯特在摇摆——一则小说的因果律》，《小说稗类》，广西师范大学出版社 2004 年版，第 32—37 页。

由此我们可以看到，张大春对于小说中的情节是极其看重的，他把小说中情节的重要性看得比人物重要。但对情节的关注并没有阻止张大春进一步思考，并对情节本身以及情节与情节之间的关系进一步考察，认为情节本身是有其自由、复杂的关联的，情节单元与情节单元之间的关系也不一定是因果的。这正是他在别的地方所表述的："一部小说可分割成若干情节单位，各个情节单位之间又有一种彼此巩固、支持的因果关系。然而，从另一方面看来，因果关系亦非必然。"[1] 这样，张大春从亚里士多德一路走来，经过福斯特，再经过中国武侠叙事，最终在莫言的"情节中心主义"的创作中，进一步探寻情节的自在性的问题。

（三）速度

张大春给我们呈现了一个我们可能很少专门关注的现象：有的小说篇幅上很长，但整体给人的印象是短篇，有的作品篇幅上很短，但给人的感觉很长。如《尤利西斯》很长，但它写的内容时间跨度不到一天，《金锁记》篇幅不长，但读者好像能够实实在在感受到三十年的跨度。这就涉及小说的"速度"问题。张大春借助昆德拉的言说，结合老舍、张爱玲等的作品把这一问题当作一种技巧的把握情况分析。他通过老舍五千字的《断魂枪》中对沙子龙的描写，如动作少、文字简短等，以及老舍对此的满意，表现沙子龙"五虎断魂枪"之神秘、沙子龙之沉着、枪法之快等。同时通过《倾城之恋》的三部分的不同的时间感的分析，表明作者可以通过时间感的差异表现出白流苏和范柳原的"迫不及待"与白公馆的缓慢对照、映衬。这二位作家都重视小说角色内部的意志，以其去生发象征意义，在他们的笔下，速度感"像诗一般"。张大春深刻地看到："小说里的速度感宜乎不只是音乐性的、不只和节奏有关、不只是'运用较长（短）篇幅处理事件真正时间之长（短）'，速

---

① 《离奇与松散——从武侠衍出的中国小说叙事传统》，《小说稗类》，广西师范大学出版社 2004 年版，第 269 页。

度感还必须渗透到角色内部、渗透到叙述内部、渗透到意义内部。"由此，他强调速度感作为"意志里的诗"，是一流作家会从各个角度进行体现的无法测量的东西。[①]

可见，张大春这种关注小说中的速度安排的观念，既可以让读者不会以刻意的时间表象线索去体验作品，也指向让作品中的人物形象、环境、线索等都隐含着时间快慢的节奏性。

（四）开拓洪荒

前文一再论及张大春对于艾柯的"知识探索"的肯定与爱慕。张大春曾从艾柯身上看到一个"古老而自由的书写传统"，强调它以叙述体来处理、开拓、扩充甚至杜撰、虚拟、捏造"知识"，无论环境如何恶劣，它都能保存或制造各种超越禁制的智慧：

> 在彼处，近两千年前的小说家先驱把他们对深化、历史、现实、科学、哲思、梦境、妄想和谎言等一切可以用语符载录的文本糅制成一个元气淋漓、恢弘壮阔的整体；既不忧心结构是不是完整匀称，也不顾忌情节是不是挟沙跑马，既不操烦事件是不是切近经验法则，也不畏惧角色是不是反映真实人性，不须精心缝制一个准确的叙事观点，更不须勉励打造一套时髦的正义态度。但凡是知识的可能性在哪里，小说的领域就开展到哪，如迷宫，如丛林，如万花筒，如一部"开放式的百科全书"。[②]

张大春对这样的状态情有独钟，因此他曾表示，只有一个词能"支持"小说：（πIΣTHMH，他解释道：

---

① 《意志里的诗——一则小说的速度感》，《小说稗类》，广西师范大学出版社 2004 年版，第 69—76 页。

② 《不登岸便不登岸——一则小说的洪荒界》，《小说稗类》，广西师范大学出版社 2004 年版，第 199 页。

这是个希腊字：（πIΣTHMH。一个极富诗意（或者极富隐喻性）的词。它由两个字根（πI 和 IΣTAMAI 组成。（πI 可以翻译成"在……之上"，也就是英文的"on"；IΣTAMAI 可以翻译成"站着""站在"，也就是英文的"standing""tostand"。把这两个字根组合起来则须补充原字根并未容有但是必须赖之以成完整意义的主词和指示代名词。整个（πIΣTHMH 的意思是"1'mstandingonsome-wherehigh."——"我站在高处"。在一般通用的英文中，它被译为"science"，中文是"科学"。但是，如果仅以原先的（πIΣTHMH 按之，我宁可将之视为"学问"而（πIΣTHMH 同时也是另一个英文字"epistemology"的字根。"episte-mology"："知识论""认识论"。[①]

于是张大春在面对小说的书写时，就站在一个比较广阔的视野上要求"冲决知识的疆界"，希望"建立一座以全世界为畛域的图书馆"，以透过小说构建知识。最后他总结艾柯的创作为"航行（或搁浅）于一个在世界上一切秘密知识都揭露（这似乎遥不可及）了的时代中看来仍属洪荒的知识海洋；海中真伪并置，虚实交叠，这将使自以为掌握了知识（登岸）的人更谦逊一点"[②]。

这也正是张大春所提供的小说的可能性。即，利用小说去进行一切可能的知识的开拓。他曾说："在好的小说中，我希望自己负得起责任，我第一个想到的是，这个小说能不能使小说史上对小说的定义打开一点。就是说，过去人们都以为小说是这样一个东西，

① 《冲决知识的疆界——一则小说的记忆术与认识论》，《小说稗类》，广西师范大学出版社 2004 年版，第 91 页。
② 《不登岸便不登岸——一则小说的洪荒界》，《小说稗类》，广西师范大学出版社 2004 年版，第 205 页

我想我的小说是把它的疆域拓宽一点。好的小说还能显示小说的自由，不能显示出这门艺术的自由的小说，大体而言，就是故事而已。"① 显然，这种"小说的自由"，便是任意开拓的自由。

三、"旁行斜出"的"造反"：离题、执迷与腔调

张大春曾说，胡适曾和弟子谈论如何去寻找中国文学史上没有代表时代的文学时指出，不能向"古文传统史"中去找，而要从旁行斜出的"不肖"文学里去找，这其中就包含着"反"的意思："每个时代都有许多旁行斜出的豪杰，不能在前人染指已久的文学体制里'自树立耳'，于是变奇，于是搞怪，于是便造了反。"② 虽然说这样"造反"，张大春是很鄙夷的。但是我们借助"旁行斜出""造反"这样的词语的字面意思，来看待张大春对文学艺术的诸多看法——乃至于他的诸多创作——便可以发现，张大春作为诸多文艺界人士眼中的"异类"，确实都在走着"旁行斜出"的路，不仅如此，他通过创作、通过个人阐述，也在不断反击着诸多文艺界的流俗观念或者偏见——尤其是对学院派的"反击"。由此，他的一些在别人看来可能太过出格的提倡，表述为"旁行斜出"的"造反"亦无不可。

（一）离题

如张大春所言，"从一位自信十足的作文教师，或是字斟句酌的修辞学者的眼中看来，离题通常不是什么好事"，"离题"本身确实不为大部分人所喜爱。但张大春通过其知识梳理，告诉我们："离题和可笑是沆瀣一气的，离题与庸俗取乐是差堪比拟的，离题

---

① 李怀宇：《文坛顽童张大春》，《亲爱的风流人物》，南方日报出版社 2004 年版，第 178 页。

② 《读错了的一部史——一则小说的起源点》，《小说稗类》，广西师范大学出版社 2004 年版，第 20 页。

是穿插在'正文'里调剂读者和观众绷紧了的神经的，只是读者和观众奔赴伟大、壮美和严肃的悲情清涤终站沿途的野草闲花。倘若离题是一项技术，它也会须是一项为了达到次要目的（说白了：雅俗同欢、智愚共赏的重点就是提供俗人、愚人一点乐子）的次要技术。离题尚未为人视为一种美学。"张大春接着以日本志贺直哉的《雨蛙》分析，指出作品中的"雨蛙"一段，与故事情节发展比起来，"似乎只是一个纯粹的离题"，但张大春通过故事情节、寓意的解读以及从作者与读者之间的沟通角度，指出离题"是一个美学手段，也是一个叙述功能"，他指出了其寓意所在，"明明是离题，却以之命题，显然在暗示离题这一叙述功能本身之意义性。《雨蛙》中那么简短的一个意外、一个即兴、一个无关宏旨的窗外风景之所以构成美学手段的道理也在于此：角色（赞次郎与小关）经历过一次不堪回首的出轨事件之后，各自的生命都有了'离题'的渴望，都有了正好和向心力（对婚姻生活和文学涵养的单纯虔敬）对反的发现，而小说家则将此一文本内部的寓意转化成与之相应相扣、若合符节的离题技法"，并认为作品中的主人公看到的是雨蛙而不是别的动物也恰到好处，这正体现出作品的魅力。① 所以他的观点是："就像不该有一盘下到天荒地老而仍没有战果的棋局，规模长大的小说，反而更该随时给读者'这就是结局了'的错觉。这种错觉，会让读者在强攻一段漫长或艰难的段落之后，得到放松的趣味。但是当这放松感容或会让读者放弃阅读的时候，作者就得施以离题的手段，令读者踏上看似下一个、全新的好奇旅程。"②

从具体的分析和论述中，张大春将"离题"这一少见或者很少受人待见的方法上升到了深厚的美学、叙述学高度，将其看作作者把

---

① 《两只小雨蛙，干卿底事——一则小说的离心力》，《小说稗类》，广西师范大学出版社 2004 年版，第 179—186 页。
② 澎湃新闻：《张大春对谈傅月庵：〈大唐李白〉是小说还是历史？》，腾讯网 2015 年 6 月 21 日：https://cul.qq.com/a/20150621/010306.htm。

握创作的技术的一种。这正是一种看似突兀，却是意外之笔的写作技巧或倾向，这也正是他论及的高阳的"跑野马"——让小说中的人物"顾左右而言他"，其所言者，有时候是与故事主要情节有关的、可以引起联想的，有时候也是和故事主要情节全无关系的[①]——一种发展或者极端化手法。

（二）执迷

张大春从契诃夫的小说以及契诃夫与托尔斯泰的对比中，看到了两人不同的地方，但同时也看出两人相通的地方，或者彼此之间的影响："由托氏高贵的情操所主导的一波未平一波又起的持续谴责（包括无尽无休的自我否定）之于契诃夫，何异于另一种执迷？托氏追求简约、质朴和纯净的境界在现实中不得不摇身一变成为反对知识文化的积累，这在契诃夫而言，又何异于另一种谵妄？"而张大春重在说明：契诃夫超越了对女人的谴责，而进入一个更巨大的也是他所向往的主题——执迷。张大春认为契诃夫在《可爱的女人》《小公务员之死》《第六病室》等所写的人物，都是保持某种谵妄并且对其很执着，才导致的悲剧。"可爱的女人更巨大深切的悲哀是：活在自己的执迷之中，无法逃遁。"以此，张大春表明："契诃夫并非更多地掌握了客观现实或人生真相，而是他花了更大的力气去控制自己对道德或宗教的执迷。于是他才能看见卑微小人物之所以卑微的原因，以及高贵学问家堕落于'议论过于丰富'的底细。"[②]

实际上，张大春从契诃夫的写作中所想要得到的启示，并非契诃夫的作品问题，也不是他笔下的人物的悲剧或者其所负载的批判性，而是表明一个态度问题，张大春曾经自己解释说："像契诃夫这样的小说家如果有任何谴责之意的话，只是针对那个试图放声议论、

[①] 《以小说造史——论高阳小说重塑历史之企图》，《文学不安——张大春的小说意见》，联合文学出版社有限公司1995年版，第81—82页。

[②] 《谵妄的执迷——一则小说的疯人院》，《小说稗类》，广西师范大学出版社2004年版，第170—177页。

徒托空言的自己而发出。他所寓言的真相是：深度就在表面。"①

也难怪张大春在《谵妄的执迷》的最后举了沈从文《长河》中的农村人将蒋介石搞的"新生活"看作"共产党"一样的实体来对待，其实我们看到的表象——谵妄的执迷，也即民众的不清醒的"入戏"感，又有谁真的相信其表象？恐怕清醒的读者都能够看出其反讽意味吧。由此，张大春在提醒我们"唯有走出执迷才得洞见谵妄"②时，其实并不是他提倡可以书写那些看似愚笨并坚持自己的愚笨（的认识）的人，更多的还是希望我们从这种"执迷"中走出，看到"谵妄"后面的更丰富的意义。也就是说，张大春所坚持或肯定的对谵妄的执迷，并不是推广写不觉醒的精神不正常的群体。

（三）腔调

小说家的创作往往会形成自己特有的写作风味，这就是张大春所谓的小说的"腔调"。但张大春并不是要提醒作者只保持自己的"腔调"，或者提醒读者某某作家有什么样儿的腔调，因此，虽然他说腔调"一定程度上决定了意义"，但他批评道："熟悉'文体论'的评者对小说家素有的腔调（包括取材和修辞）持一'定性'的看法。小说家一旦改弦更张，易腔变调，便视之如'本格之外'。"张大春从苏轼一贯被认为是"豪放"派却也有"打着红牙板唱起了闺情"的一面，从司马中原一贯写作走南闯北的英雄却又写作过女性角色身上的缠绵故事等入手，说明：

> 腔调的确常可以被取材与修辞决定，不过，它也可以是一种语言策略。作为语言策略，小说的腔调容有完全反对的功能和意义：读者或为之催眠而越发融入文本表面的

---

① 张大春：《关于一点点的契诃夫》，《PAR 表演艺术杂志》2010 年 10 月，第 214 期。
② 《谵妄的执迷——一则小说的疯人院》，《小说稗类》，广西师范大学出版社 2004 年版，第 178 页。

情感；或有所警醒而幡然侦知文本内在的讽刺。两者在小说家那里是并存的，在读者那里却只能撷拾其一——要么，随之歌哭；要么，付之讪笑。

但是，张大春又指出，即便语言策略高明，当腔调是装扮出来的时，也会有"不慎滑走的时刻"，但"反而是在腔调的破绽显现之后，我们对那些作家向未言明、言而未明乃至不屑言明的意图，得到了灵目般的透视，可以追踪万里"。张大春通过上述论述以及白先勇模仿张爱玲的"腔调"的结果，说明，"看小说、读小说、沉迷于小说而终于写起小说来的人"首先感受到的往往是故事里所流露出的腔调——作家留下的影子。因此张大春最终的观点为："踩着前面的影子……因为小说家必须有唯其一己所能关切所能陈述、所能体现的意义。"①

也就是说，张大春看似好像提倡认识作家创作要有腔调，但实际上并不是要作家拥有一个腔调后忸怩作态，他所指向的其实还是其一贯追求的创新、改变的问题。张大春更为直白地表达道："惯有写作腔调是我最大的敌人，当小说看起来像小说，我就不想写小说了。""我们一些想象建立在我们熟悉的讲话、叙事的腔调上，换言之，我们对真实的认知，也许不是因为事情是真实的，而是它的叙述方式，让我们感觉真实而已。"② 所以张大春一直在试图以辩证的、变化的观点来看待腔调的问题，也即，一个作家要不断认识别人的腔调，也要认识到自己的腔调，并且要不断地超越既有腔调。作为读者或写作爱好者或者批评家，也应该看到作家改变腔调的合理性。

---

① 《踩影子找影子——一则小说的腔调谱》，《小说稗类》，广西师范大学出版社 2004 年版，第 77—84 页。

② 陈晓勤采写：《张大春："城邦"之后将推〈爱玲宴〉》，《南方都市报》2011 年 5 月 10 日。

（四）不厌精细

张大春看到，虽然中国人的观念中，除了天子外，人们的生活细节很少付诸文字。但事实上，历代纪传、志怪传奇、笔记、小说等，不管是正史还是稗官，都扩大记载范围，披露更多人的生活细节，尤其是小说，更承载着越来越详细地描写生活细节的功能。在文艺作品中，从《三国演义》《水浒传》《红楼梦》等到当今的反映民初的影视剧，对于生活细节的描写其实都是"不厌精细"的。张大春反对历史学家和社会学家将小说看作人民大众起居注，强调一些"慧眼匠心逸出于常人常识之外"的小说家"在看似无意义亦无价值的生活细节上见证小说自身的意义与价值"的看法和实践。张大春给"不厌精细"的定义为：不吝于讲究、不惮于繁琐、不惧于从枝微末节处穷研旁人、众人乃至所有人以为无意义之意义、以为无价值之价值。这正是张大春所希望于小说家或读者所注意的：也就是要在繁琐、细碎的故事写实中见其独特意义，哪怕是令读者思考的过程。正如他借助对朱西宁的小说的分析所论的那样：朱西宁借助角色的无知和读者的全知让偶或了解真相的读者去体悟善恶、是非之间，仍有无数繁复、不厌精细和不被视为有意义乃至无解决的生活细节。它们使得读者无暇去探讨复仇、结婚、死亡、营救与战争等而不断在逗留盘桓中达成了思索的教育。[①] 当然这一论述可以说是对前文论及的张大春评论朱西宁的"新小说"的补充，但张大春在此精细地从影视文化和古典作品出发，看到了"不厌精细"的生活细节的描写并不仅仅是学者或者评论家所解读的那样蕴含着政治讽喻，而其进行书写本身就蕴含着呈现生活、文学教育等与读者进行直接沟通的自身意义，这反而更能显示出小说叙述的另类意义，正如他评价朱西宁的"新小说"时所说的那样，其正好能表现

---

① 《不厌精细捶残帖——一则小说的起居注》，《小说稗类》，广西师范大学出版社2004年版，第108—117页。

"破坏叙事观点以展现叙述魅力的企图"①。

张大春论述细节问题时，曾表示："细节因之而显示了想象的两个层次：其一是透过文本'还原'（其实是'重塑'）世界的能力，其二是'解释'（其实是'创造'）那个经由'还原／重塑'出来的世界能力。"②仅从这个角度来看，其倡导的"不厌精细"的书写虽然不一定为大多数人所认同或遵从、所欣赏，但是其本身所指向的文学解释、认识世界的能力开发作用，是不言而喻的。

四、回望传统：书场、笔记与离奇

黄锦树认为，张大春在《小说稗类》中，在对待米兰·昆德拉对西方小说传统的揄扬时拈出传统中国笔记小说的庞大遗产对抗以欧陆为中心的小说史观。③这一观点似乎值得商榷，但张大春确实在其文论中的一个重要内容就是站在回望传统的立场进行对中国文学的观照，如他常常在论述中，总结记体小说的独特风格、分析书场叙事的技巧，探讨公案小说、侠义小说的本质等。在论述中，既重现古典文学的诸多"关节"，也暗含着对其叙事技术的借鉴倾向。

（一）书场

前文提及，张大春对于传统说书颇感兴趣，并且将其作为职业中的一个组成部分（在电台说书）。

在理论思考方面，他也对中国传统的书场叙事进行过总结与"开发"。张大春从听闻自高阳的一则说书者花三天"扯闲篇"以满足一个听者的要求的故事，怀疑章回体小说的"定本"的可靠性，

---

① 《那个现在几点钟——朱西宁的新小说初探》，《张大春的文学意见》，远流出版事业股份有限公司1992年版，第105页。

② 《多告诉我一点——一则小说的显微镜》，《小说稗类》，广西师范大学出版社2004年版，第153页。

③ 黄锦树：《技术革命、伪知识与中国书场——环绕〈小说稗类〉的对话》，《谎言或真理的技艺：当代中文小说论集》，麦田出版社2003年版，第242—243页。

因为它是融合了诸多说书人即兴凭空的、敷衍铺陈的众说纷纭中采撷修补而来，因此其中的内容肯定不乏那些无名书场和尤名说书人随机应变、信口开河的成果。他认为书场中的说书刻意随机应变、不断翻新："在书场中，故事可以无限延伸，说书人纵使一部书说一辈子，也可以时翻新变，日出机杼。而且每说一次，都可能会因为书场中当下的氛围而改变。书面文本没有这个条件，也就在深刻的层次上失去了这种技艺与美学。《红楼梦》经曹雪芹'批阅十载，增删五次'，而作者却没有一次公开说讲、随机应变的经验，也就是说，此书没有书场上的实兵演习，遑论后世的现代小说家了。"[①]

经过文献中对俞樾的记载及其编书的情况，张大春突出了"闲中著色"——也即说书人增加的精彩的内容而"定本"中所无。在中国书场中，本自有一套闲情，"专在无事处生事"，而吴敬梓的《儒林外史》的故事和角色的衔接转折，正是将其发挥到极致的代表。从《儒林外史》《水浒传》的一些情节中，可见"闲中著色"充满着书场叙事的想象及小说叙述的"野性"，吴敬梓的作品正好表现出了充斥于茶肆酒楼的中国书场充满野性的叙述恰恰成为讽刺腐儒及僵硬制度的"理想形式"，这种书场语境对于后世形成过重要影响。

张大春总结出中国书场传统及其语境：

> 既然中国书场本身是一个传统，书面写下的"定本"便只是这个传统的一个部分、一个角落、一个片段。深掘广探，之所以称其"闲中著色"，便可能是基于不同时空的、后世异地的读者误以为说书人或作者叙述撒泼放野闲说废话；其实对彼一时空的、当世在地的书场听众而言，洒碗面汤或误场演讲却可能是兴味极足的段子。那兴味出

---

① 澎湃新闻：《张大春对谈傅月庵：〈大唐李白〉是小说还是历史？》，腾讯网 2015 年6 月 21 日：https://cul.qq.com/a/20150621/010306.htm。

自说书人与其书场听众互享共有的语境。[①]

　　呈现书场的"闲中著色"也好，表现书场叙述的"野性"也罢，张大春对于传统书场文化或者中国书场传统的见解表明他的思考，这样一个传统对 20 世纪后的小说家来说，又如何对待？是"再造"还是"重现"它？他思索道："失落了书场传统及其语境的小说家"，如果要在当下对其有所继承的话，其实是很困难的，因为"现代人对小说叙述的容忍力无法承受这样的闲情和野性。"[②] 此外，张大春还在书场中看到了另外一种民间："说部的作者一向不以为自己拥有或独断了作品的内容，也不以他人运用了自己的'创作'元素为忤，同时也不认为自己借用了前人或同行的文本作为材料就是什么抄袭剽窃"，在这个场域中，情节、人物、道具等都可以相互流通[③]——所以他曾说《水浒传》的作者为"作者集团"[④]。可见，张大春看到了民间的开放、自由，也看到了其构建文本的另外的可能性。

　　（二）笔记

　　张大春说："笔记之庞杂、浩瀚，之琳琅满目、巨细靡遗，连百科全书一词皆不足以名状。总的看来，笔记可以说就是一套历代中国知识分子眼中的生活总志。"但是，由于大部分笔记暴露了文人的阶级趣味、彰显出书写时的专业技术细节，以及笔记浩瀚无绪、无从检索等原因，但它便于记忆，更重要的是它是"纯属中国"的东西，因为当今的所谓短篇小说、长篇小说等都不是中国固

---

① 《叙述的闲情与野性——一则小说的走马灯》，《小说稗类》，广西师范大学出版社 2004 年版，第 192 页。

② 《叙述的闲情与野性——一则小说的走马灯》，《小说稗类》，广西师范大学出版社 2004 年版，第 194 页。

③ 张大春：《我所继承的中国小说传统》，《港台文学选刊》2009 年第 5 期。

④ 《说时迟，那时快——一则小说的动作篇》，《小说稗类》，广西师范大学出版社 2004 年版，第 63 页。

有的，而中国自己的小说其实就埋藏在书场中、章回小说中以及汗牛充栋的笔记中。这本是一个很值得反思的情况，然而，汪曾祺继承中国笔记体的现象或许更值得反思："汪曾祺小说的好处时有论者提出，却还没有谁这样放肆地指出：新文学运动以来，汪曾祺堪称极少数到接近唯一的一位写作'中国小说'的小说家，一位深得笔记之妙的小说家。"张大春以笔记为参照，高度赞扬汪曾祺的《鉴赏家》为"神品"，他的笔记性质的小说书写"非但不曾'取用'笔记，甚且在'打造'笔记。他用字精省，点到为止。对于现当代小说理论家、批评家信手拈来又随手祭出的'叙事观点''心理分析''性格刻画''神话原型''国族寓言''政治讽喻'……丝毫未见措意"。但汪曾祺这样的写作姿态又是他刻意为之的努力，它正好是"今人早已习焉不察的短篇小说寻出一个逼近中国古代笔记传统的新领域"，这恰恰是我们所忽视或者鄙视的。

以上便是张大春在《随手出神品——一则小说的笔记簿》[①]所体现的观点。我们由此可以看出张大春对于传统笔记的深入的研究，以及对于文学创作尤其是短篇小说取法古代笔记的期待。他看到了中国笔记的丰富博杂，也看到了他的故事叙述的精彩、动人魅力，更从文学材料的角度发现："此一在'艺术转化'上也好，在'现实功能'上也好，皆取姿甚低的笔记写作无意间体现了我所谓中国叙述学的重要精神：降低'写作'意义（包括作家及身可享的名利及作品流传可久的影响）使之趋近于俗见之'材料'的精神。"[②]在此《随手出神品——一则小说的笔记簿》末尾，张大春借助汪曾祺"这种东西没有了，也就没有了"的说法表示了自己的态度："除非小说家和读者都有大无畏于开拓另类书写与阅读的勇气

---

① 《随手出神品——一则小说的笔记簿》,《小说稗类》, 广西师范大学出版社 2004 年版, 第 98—106 页。

② 《卡夫卡来不及找到——一则小说的材料库》,《小说稗类》, 广西师范大学出版社 2004 年版, 第 212 页。

和智慧，管它有没有理论的支持赞助，批评家的倡议附庸。"[1] 这也是张大春的追求，是他回到中国传统的，重新看待"另类"中国文学书写传统的反思。

（三）离奇与松散

"离奇与松散"是张大春在《离奇与松散》[2] 中借由论述武侠小说所衍生的中国小说叙事传统而提出的，它实际上主要指由武侠小说的"合传"性质与书场叙事所形成的松散与巧合。

有关松散，张大春认为，作品一般被要求有"统一性"，为了吻合统一性，作品的各个元素必须彼此巩固、支持，不能彼此巩固、支持的元素便失去统一性而使结构松散。就"小说是一种传记"的认识而言，小说会被分割成各种细小的情节单位，并以其间因果关系之必然与否来判断某个情节单位是否能与其他的情节单位彼此巩固、支持；若否则是为结构上的不必要，也就是结构上的缺点，同时在写实、求真、布局严密、教化端谨的种种需索之下失去了"说废话"的自由。但从书场叙事的角度来说，松散性质也正是中国传统书场的叙事特质。张大春指出，如果无法看出书场里的小说与浮纸面上的小说之别，而径以"无挂漏，无闲字"的主张和"布局"的讲究一律衡之，也许就难以见识到：在尚未失去在场语境的那些说话人口中，松散可能正是小说的趣味之所在——一种"不急欲观后文"、不忙于寻求结果的趣味。

有关巧合，张大春指出，全无缘由、来历的情节单位为巧合。巧合在小说里不仅不需要符合因果律，甚至是对简便因果关系的一种拒绝。巧合在小说里只有两种极端相反的、与因果关系之间的辩证：一、巧合是完全没有也不需要解释的——即巧合的构成是排除

---

① 《随手出神品——一则小说的笔记簿》，《小说稗类》，广西师范大学出版社 2004年版，第 106 页。

② 《离奇与松散——从武侠衍出的中国小说叙事传统》，《小说稗类》，广西师范大学出版社 2004 年版，第 261—283 页。

因果律的；二、必须经过错综复杂的因果关系，最后拐弯抹角获致一个出奇但合理的解释。他还深刻地论述道：作为传奇的关键性元素，巧合——离奇遭遇的高度象征，可以称之为传奇的叙述者的"识别证"：如果一个读者能够认同其他属于传奇的文本元素，却不能相信或接受巧合，那么传奇之于此人便根本无法成立，此人之于传奇也不会是一个有效的读者。传奇必须透过巧合这一拒绝简易因果关系的设计才得以展开其叙述。高明的作者会想尽办法让巧合看起来"事出有因"。

张大春细致地分析了上述因素或者说武侠小说的特征后，认为武侠小说的定位也就是其为武侠立传，并且往往是交错的合传等，形成了武侠小说的系谱，正是在这一系谱中，既离奇又松散成为其独特的特征，而系谱本身成了其区别于古典公案小说、侠义小说的标志。这正是"中国武侠小说所延展衍生的一种叙事传统"①。而这样从对武侠小说的角度回望中国小说的传统中，离奇、巧合或松散，其实也暗合了张大春所强调或表达过、实践过的对创作的虚构性、偶然性等的追求。

第四节　追寻"理想读者"：文学的创作、接受与批评

张大春在讨论朱天心的作品时，认为其《春风蝴蝶之事》《从前从前有个浦岛太郎》等作品"泯削了小说里的情节、动作、对话和角色，其实往往也就剥落了读者阅读小说这种体制的文本时一个主要的习惯——那个追问'后来如何？'的习惯；取而代之的是读者会追问'何以如此？'"。所以她的小说的"论述形式上并不试图为读者营造一个以时间为主轴（从前如何如何，后来如何如何，最

---

① 《离奇与松散——从武侠衍出的中国小说叙事传统》，《小说稗类》，广西师范大学出版社 2004 年版，第 264 页。

后又如何如何）的阅读情境……她无视于小说叙事传统中的时间轴恐怕也正是出于另一种'时间角力'的意识了"①。由此我们可以看到张大春对于创作者的创作态度及读者的感受、反应是相当关注的。不仅如此，这也是张大春在文论中一向关注的并能成为其特色的重要组成部分。这就是以读者为重要指向的文学理论导向。

一、"冒犯"的创作

张大春的作品中常常给读者提供各种各样看似庞杂的知识或者线索。他曾说道："然而，应该也就是在这段时间，我对文学'创作'这个概念起了彻底的质疑。身在此行之中，竟不甘于冠戴此行之名，也出自一个本质性的理解：在这个世界上根本没有原创这回事。我们总是在足迹杂沓的泥沙上留下既被他人覆盖、复被后人踏掩的乱痕——苏东坡早就告诉过我们这一点，在他那著名的雪泥鸿爪之句里，关键词也是'偶然'。"② 因此，他在谈及自己的"春夏秋冬"系列时，就表示："我的任务是用我的方式把那些故事重新说一遍，用我的方式重新串联，这种方式甚至有一些伪学术，用这些伪学术面目吸引读者，编造一些比古人还高明的技术。"③ 这其实与上文论述过的张大春一贯坚持的文学在于提供"另类知识"是相通的。在论及自己的创作时，他自己也表示："……就好比我们更宁愿这本书能够带来一种没有目的的阅读，或者是没有功利的对于知识的好奇和追求，比起世俗的名利追逐，权力攘夺，看起来好像有趣得多了。我总想利用这样的东西来刺激我的读者，是一种看起

---

① 《一则老灵魂——朱天心小说里的时间角力》，《文学不安——张大春的小说意见》，联合文学出版社有限公司 1995 年版，第 131—132 页。

② 《偶然之必要——〈四喜忧国〉简体字版序》，《四喜忧国》，广西师范大学出版社 2010 年版，第 10 页。

③ 石剑峰：《张大春谈传奇、侠义和武侠写作》，《东方早报》2009 年 8 月 16 日。

来消极、退让的思维。"① 这也正是张大春在文学创作及文论写作中所表现出来的倾向：对读者阅读作品并从作品中发现、获得新的知识的期待。

如前文所述，张大春认为文学是另类知识的拼图，认为这块拼图是对一切正统知识甚至道德、人伦、风俗等等藩篱和秩序的"冒犯"，也就是对现有秩序和陈规的挑战，他强调道："冒犯他们固然不足以表示小说的价值尽在于斯，但是小说在人类文明发展上注定产生的影响就在这一股冒犯的力量；它不时会找到一个新的对象，一个尚未被人类意识到的人类自己的界限。"② 这种"冒犯"无疑是指向一切定规、陈见的，这其中必然也包含着一般作者的"俗见"，或者说对读者所形成的固定的价值观念的"冒犯"。因此，我们或许也可以说，对张大春而言，创作本身便是一次次的冒险，是一次次对社会秩序、规范乃至读者习闻常见的事情的"冒犯"。由此，不难看出，张大春对文学活动中的读者为何会那么关注了。因为追求另类知识的书写和呈现不可避免地会对读者形成刺激，也就自然而然地形成了对他们的"冒犯"。而张大春的作品中的知识、现象甚至故事等，往往都是他通过各种虚构、想象或者材料拼凑起来的，所以对于读者来说，"欺骗性"的"冒犯"可能是最多的，但是也往往是最难发现的。张大春曾夫子自道："我选择了写作。小说写作逼迫我去想象别人是怎样获得惊奇、悬疑的满足，获得被欺骗或是被愚弄的乐趣。大家不喜欢被欺骗或被愚弄，但我认为恰恰相反，甚至到最后明了的一刹那，人会有一种快感。"③

在张大春看来，"一个完全被动的读者是不可能存在的。因为任何一个读者都有可能只凭借记忆去向他面前的作品提出问题，其

---

① 《"变态"张大春》，《北京青年报》2011 年 3 月 17 日。

② 《有序不乱乎？——一则小说的体系解》，《小说稗类》，广西师范大学出版社 2004 年版，第 13 页。

③ 宾果、苏苏：《张大春：一个时代特立独行的书写者》，《共鸣》2011 年 4 月号。

区别只在那个记忆库容量的大小而已"。① 但是,"……作品只要是对某一特定读者有说话的能力,就有可能对这个读者产生深刻的意义"②。所以小说写作者和读者之间就会形成比较特殊的关系,张大春将其称为"信任能力测验":

> 无论文论作者将读者分成哪些等级类别(治丝益棼的学院从业员还可以在"标准"和"理想"二词之上再冠以"次"字、"准"字、"超"字,无穷生法相),也无论读者是否拥有足够丰富的阅读训练、文化教养、想象能力、推理才智或者知识基础,小说永远在提供一项"信任能力的测验";对小说一无采信或一无所疑者皆非小说可与言者。这项"信任能力的测验"也没有"信得多比较好"还是"疑得多比较好"这般速成的标准。我们只能先订立一个公理——axiom,一个当然的事实,无须证明的预设,作为某一组推理、演绎系统的最初前提;这个公理是:不同的小说在测验不同的信任能力。③

这种小说创作观念很显然,是在作者与读者之间设置了智力屏障,通过作品让二者形成了彼此之间的猜谜和解谜,用张大春在论述推理小说时的话便是,小说作者和读者之间的"判断力的角逐"④。在这个依托文本、依托文字的活动中,"作者戏弄读者,而

① 《一切都是创作——新闻·小说·新闻小说》(代序),《张大春的文学意见》,远流出版事业股份有限公司 1992 年版,第 11 页。

② 周卉:《小说技巧遮蔽了深度:台湾作家张大春被质疑"聪明而不深刻"》,《文汇报》2010 年 11 月 6 日。

③ 《将信将疑以创世—— 一则小说的索引图》,《小说稗类》,广西师范大学出版社 2004 年版,第 162—163 页。

④ 《推理的造反——从理性到非理性一百五十年》,《张大春的文学意见》,远流出版事业股份有限公司 1992 年版,第 73 页。

读者则于小说中测验了自己对世界的信任能力"。[1]

二、追寻"理想读者"

既然作者要通过作品与读者之间形成"信任能力测验"，张大春就不仅对写作者有着严格的要求，他甚至对读者都有很严苛的要求。这就是他所说的"理想（的）读者"，他自己是这样说的：

> ……显然，龙芳当年执意要将一部在高阳看来"写得糟透了"的故事拍成一部中日合作、耗资巨万的电影，以及陈秀美会在一部堪称体大思精、学术严谨的著述小题记感谢一个从来没能也不可能提供她任何史料的人，其用意是一样的：在他们的心目中，都有一个"理想的读者"。这个"理想的读者"能够透过残破散碎的文本完全了解作品的意义，且基于这份了解而诉诸某种符合作者所预期的行动。龙芳和陈秀美所要做的正是去勾逗、触犯甚至挑衅这个"理想的读者"——让我们暂且保留对此一语词的记忆。[2]

据说他曾很激烈地说："读者不是平白无故当的，他妈的他是消费者，花钱不见得就是大爷，他是要有文化准备的。"[3] 话语虽然比较激烈，但由此也可以看出他对于自己所谓的"理想读者"的高

---

[1] 《将信将疑以创世——一则小说的索引图》，《小说稗类》，广西师范大学出版社2004年版，第165页。

[2] 《城邦暴力团》（下），时报文化出版企业股份有限公司2009年版，第315页。张大春在《小说稗类》中也提及这一概念，其表述为："艾柯只不过是在《悠游小说林》一书里开了自己一个玩笑，并且借由这个玩笑来阐述他对'标准读者'（the standard reader）和'理想读者'（the ideal reader）的论述而已。"见《将信将疑以创世——一则小说的索引图》，《小说稗类》，广西师范大学出版社2004年版，第162页。

[3] 徐振宇：《狂生张大春　那些个认真悲伤的假人》，《新京报》2018年1月27日。

标准。对作者和"理想读者"之间，张大春认为需要某种隐性的关系，他称之为"隐性契约"。"小说必须有一个作者跟读者之间的隐性契约。在这个契约的第一条就是放慢阅读速度。我永远不会假设我的读者不懂或者不愿意懂。我相信读者都是能负担且消化得了，而且还可能会从中获得快感。""作者如果脑子里面有太多读者，就会想方设法去讨好不同的人。我会假设一个读者，不多，就这一个。而且他懂我，所以我要为他写。如果不去讨好第二个读者，作为书写者就会有比较准确的判断，就不会葬身或者流失于这个市场的大潮之中。""一个作者如果连一个理想的读者都没有，等于自说自话，过于自私；如果是超过两个以上麻烦就大了，越想讨好更多的读者，作品就越容易落入俗套。"①

如此，我们就可以看到，为什么张大春在其文论中，论及读者的地方俯拾皆是。有时候他会强调读者接受专业的（文学）训练与否的影响，如在论及"记忆"时，他说："经书写而流传的文本非但不再帮助记忆，反而在利用读者记忆的丧失而成就其自身的存在与价值""小说确为他的读者建立了一套记忆"，但又强调："一个未经专业训练的读者在任何一部小说的中间部分忽然读到了几页或几十页之前曾经读过的某些元素时，有如拾获韵脚、复按音节、重聆同一调性、找到对位的依据、再睹日月星辰出现在相同的宫位之中，体会到秩序与和谐。"② 在《推理死亡证明书——〈芥末黄杀人事件〉的诡戏》中，他也说"一个毋须受过文学专业训练的读者可以轻易地发现：马波真是个嘴碎的家伙……"③ 有时候他又强调运用读者的技术性，如他说："苏东坡和高阳都运用了读者接受（信）适量讯息以建立全面讯息之正当性、合法性和解释性的技

① 赵辉：《张大春：历史是不是一面平整的镜子》，《台声》2014 年第 3 期。
② 《冲决知识的疆界——一则小说的记忆术与认识论》，《小说稗类》，广西师范大学出版社 2004 年版，第 88—90 页。
③ 《推理死亡证明书——〈芥末黄杀人事件〉的诡戏》，《文学不安——张大春的小说意见》，联合文学出版社有限公司 1995 年版，第 135 页。

术。"① 他还辩证地看待读者的角色，一方面他说："小说家之幸存乃基于他有不垄断这世界意义的义务。一种将信将疑的义务，读者也于焉有了接受戏弄的权利。"② 另一方面又借由分析张爱玲的作品表示"读者也的确有权力狐疑：我们停在这儿干吗？"③ 有时候他也强调读者的接受意义："它（寓意）立刻吸引了喜欢或习惯在小说中发现确凿存在于现象之下的意义的世故读者——他们是批评家、小说研究者和学院里的文学教师；这种世故的读者和贝娄这样的作者是打造小说意义的共谋。尽管他们互不相识，然而双方都熟练地知道对方会将意义埋藏在什么样的细节之中，以及到什么样的细节里寻找意义。"④

因此，虽然不期待读者的数量之多——他甚至表示自己"我当然不会担心读者看得懂看不懂我的作品，我连有没有读者都不担心了"⑤，但其实张大春不断提供各种另类知识，其实还是希望有"理想读者"的出现的——就像他曾经在《公寓导游》的《陌生话》里面好奇读者会怎样去阅读该书一样。因此，当有在采访中询问受众对他的作品的接受情况的时候，他还是表示过"如果有读者去读然后发现不同，我很感动"⑥。

三、批评的视野及自律

张大春在其文论中也提出了一定的文学批评观念。

---

① 《江水江花岂终极——论高阳历史小说的叙事密旨》，《文学不安——张大春的小说意见》，联合文学出版社有限公司1995年版，第96页。

② 《将信将疑以创世——一则小说的索引图》，《小说稗类》，广西师范大学出版社2004年版，第167页。

③ 《多告诉我一点——一则小说的显微镜》，《小说稗类》，广西师范大学出版社2004年版，第146页。

④ 《多告诉我一点——一则小说的显微镜》，《小说稗类》，广西师范大学出版社2004年版，第159页。

⑤ 《偶然之必要——〈四喜忧国〉简体字版序》，《四喜忧国》，广西师范大学出版社2010年版，第14页。

⑥ 《大圣张大春》，《香港文汇报》2008年9月8日。

张大春常在其文论文章中批评、嘲讽批评家，从而试图以此表明，批评家要视野、心胸开阔，知识广博，并要善于从实践中增加批评的可行性及其厚度。张大春曾不无激烈地表示过对"学院派"的不屑，认为他们有"利益团体"，对年轻人是个"咒"，"流行的这个主义，那个主义，通常会搅扰我们自己真正对小说的认识"①。因此他在其文论中也对批评家进行了多个层面上的指摘，试图表达自己的理解。如他在《四喜忧国》简体字版序中说："从某一方面来说，像是可以带着点嘲谑的意味，我让那些面容肃杀、笔触庄严、满心期待'大论述'的批评家们失望——他们总有机会在私下的场合善意提醒我：不要再写《少年大头春的生活周记》这种东西了。是的，这种东西一口气可以卖上二十几万本，恐怕也是我根骨媚俗的铁证，更何况也就是在这个畅销的基础上，我居然还成为唱片制作人、电视节目主持人，甚至信用卡和威士忌酒的代言人。"②言下之意是批评家们不能容忍一个作家的风格多元，人生经历的丰富。他说，为小说寻找寓意的批评家比语言作者或编者辛苦，"小说家挽弓抻臂一箭射出，批评家则尾随而发，在箭矢落地之处画上一个靶位，然后他可以向尚未追踪而至的读者宣称：这部小说表达了什么什么以及什么，符合了什么什么以及什么"③，批评批评家尾随式的肤浅的批评。再如，他定义"语言勒索"为"规定作品必须有批评家发现、发明并认可的严肃意义"④，也批评批评界的不切实际的规范工作。在讨论有些小说的细节时他也表示："反正总

---

① 吴虹飞：《张大春：在任何社会都不是主流》，《听我讲话要小心：文化名人访谈录》，武汉出版社 2011 年版，第 178 页。

② 《偶然之必要——〈四喜忧国〉简体字版序》，《四喜忧国》，广西师范大学出版社 2010 年版，第 14 页。

③ 《寓言的箭射向光影之间——一则小说的指涉论》，《小说稗类》，广西师范大学出版社 2004 年版，第 41 页。

④ 《一起洗个澡——一则小说的政治学》，《小说稗类》，广西师范大学出版社 2004 年版，第 54 页。

有闲慌多智的批评家会为一块臃肿繁缛的描写找出它应该容有的意义来的。"[1] 在评价小说的结构时，他又表示："这诚然是没有创作经验的批评家借术语、套理论、浇模灌铸所无能参悟的。"[2] 很明显地批评没有创作经验，套用模式、术语进行作品解读及批评的批评风气……

其次张大春借由一篇批评龙应台的批评缺点的文章——《做"指引"？还是做知音？——评〈龙应台评小说〉》，表达了批评家在做批评工作时要自律、理性的观念。在该文中，张大春首先表明，文学批评要有独立的见解。他表示："文学批评得以广受瞩目显然有其主客观因素。以前者而言，必须是由于这样的批评有独到的简洁。以后者而言，则必然是此独特的见解引发了读者的共鸣——同感以及反感。"其次，他表明，对待批评工作要辩证看待问题。他指出："足以构成争执的话题、论题或课题未必全然出于挨批评的闹情绪、失面子、不甘心等。从另一个方面看，有理可辩的争执往往由于持论者对'题'的定义互相圆凿方枘、扞格不入。从辩证的角度言之，定义是整个推论的必要条件，然而从认知的角度言之，定义却不那么确定和充分了。"因此，"文学批评"的定义可宽可窄。"一个没有自足辩证体系的批评如果披上了一件理性的外衣，则很可能道出一个偏执的观点。"再次，他在总结罗列了龙应台的杂文写作的五个非理性、情绪化的特征和逻辑方法以后，表明了自己的立场，即文学批评工作者既要有独立的精神，更应该有着相当的自律，而且要辩证："我写这篇文字的用意，当在提醒一个'谔谔之士'，以及提示一种'反对者'的精神，在实际批评工作中，批评家必须要秉持着极端严格的自律与辩证，而不能披着理性的外

---

[1] 《多告诉我一点——一则小说的显微镜》，《小说稗类》，广西师范大学出版社2004年版，第146页。

[2] 《意志里的诗——一则小说的速度感》，《小说稗类》，广西师范大学出版社2004年版，第72页。

衣，陷入一个偏执自闭的陷阱。"①

总之，在张大春看来，文学批评工作需要批评家有着开阔的视野和广博的胸襟，而且要从实际出发，公正、自律、理性地开展，而不能以表面上神奇夸张的理论术语及没有深度的跟风、夸夸其谈却漏洞百出的批判文风等陷入到偏执的、非理性的批评中。

---

① 《做"指引"？还是做知音？——评〈龙应台评小说〉》，《张大春的文学意见》，远流出版事业股份有限公司 1992 年版，第 173—200 页。

第二章 "创造新的类型，提供新的刺激"：
张大春创作的多元类型

    前文说过，张大春是一个探索性、创新意识极强的人，他会不断地在作品中求新求变，尤其是在 1980—1990 年代，他的探求极富代表性。他回忆，台湾在上世纪 80 年代中期，颇为流行"昆腔和马派"——昆德拉和马尔克斯，"有人认为小说家要从向前辈的学习和模仿开始，我也写了几篇，但是一个游戏规则一旦尝试过，第二次再玩就不耐烦了"。[①] 他甚至"一点不谦虚"地说，他在 1980 年代"扮演很重要的角色"，"《四喜忧国》《将军碑》《如果林秀雄》《大说谎家》和《大头春》，都为文坛起了新的刺激"，而他自己"要不断地去提供刺激"，而不是"写一些空的东西"，以"超过七〇年代作品所表现的活力"[②]。实际上张大春是一个不断寻求自我超越的人，他的作品很少重复的地方，即便是同一个系列的作品，也往往在风格和方式上有很大的改变，如同样可看作"大荒野"系列，《欢喜贼》中就以一个少年"我"作视角，到了《富贵窑》中则全变成了第三人称叙事；[③] 更明显的是"春夏秋冬"系列已出部分，[④] 虽然

---

① 宾果、苏苏：《张大春：一个时代特立独行的书写者》，《共鸣》2011 年 4 月号。

② 李瑞腾：《创造新的类型，提供新的刺激——李瑞腾专访张大春》，《文讯》总 99 期，1994 年 1 月。

③ 《欢喜贼》出版于 1989 年（皇冠杂志社），标有"大荒野系列之一"，2009 年出版《富贵窑》时（时报文化），同时收录《欢喜贼》，虽未标明同属一系列之类，但两部作品有延续性，如地点的归德乡、人物的朱能等，故而可同时归入一个系列。

④ 已出《春灯公子》《战夏阳》和《一叶秋》三部（台湾：2005、2006、2011 年，大陆：2018 年），据闻，系列中的第四本《岛国之冬》将先于台湾出版大陆简体版，但及至本书写作完成时，尚未见到。

都从古代文化中寻找材料，但风格、形式差异都很大。总体而言，张大春的创作，早期的有写实的特征，1980 年代以后则有魔幻现实主义、后设小说、科幻小说、新闻小说等。为了更好地展现张大春的创作面貌，下文首先将其划分为以主题为标准的类型、以写作风格为标准的类型，但这样的划分以及各类型名下的类别，更多地是为了叙述的方便，有的只是在张大春的作品中有类似性特征，有的是张大春自己"发明"的概念，而张大春的作品中，其实更多地有着他自己所言的"文类杂交"的特质。

第一节　在主题与对象之间：以主题为标准的类型

从主题的角度来说，由于张大春的书写对象复杂多变，除了同一系列中会在写作对象上有所重复外，大部分作品中很少对同一对象重复利用（书写），而且即便是对同一对象进行书写，其主题也是变化着的——如《少年大头春的生活周记》和《野孩子》都写大头春，但一个主要写学校里的成长，一个写在社会中的情形；同样是《大唐李白》，其第一部、第二部、第三部中的李白的人生阶段不一，作品主题也不同。而即便是在同一篇（部）作品中，张大春所涉及的主题也不是单一的，如《城邦暴力团》中，既有武侠、江湖书写，也有历史探秘，还有成长主题等。下文所总结的，仅是对张大春作品中所涉及的类型进行整体性观察的结果。

一、"成长小说"

"成长小说"本是一个意义界定尚不统一的词，有诸多学者、研究者的论述对其进行过考察，尤其在对西方文学的研究中，成果丰硕。据学者的考察，此词本身来自西方，有着不同的词源和意义流变指向及复杂的阐释维度。① 也有学者在辨析的基础上认为，成长小说是对一个或几个人的成长经历进行叙述，反映人物思想和心理从幼稚走向成熟的变化过程的小说，其关键是主人公迈向成熟，具体而言其特征有：叙事包含人物的成长、具有亲历性、有较明显的模式化特征、主人公在磨难之后获得了对社会、人生及自我的重新认识等。② 也有研究者在分析、总结了中外各种有关"成长小说"的界定以后认为："成长小说就是讲述个体在'内心自我'与'外部规约'的激烈争夺中最终做出重大的人生选择、形成自己的世界观和人生观的小说。这个成长过程也就是个体在这内外两种力量的联合作用下最终形成'现实自我'的过程。毋庸讳言，这种联合作用在很多情况下的实质表现是激烈碰撞。"由此，该学者认为，"成长小说"并不要求主人公的成长方向必须是积极向上的，普通人失败的成长同样可以成为成长小说的主题，同时，成长小说不一定是表现个体由幼及长全部经过的鸿篇巨制，并且该类型所指涉的"教育维度"其实并不是学院教育而是"人生教育"，因此，将其说成是"教育小说"也是不合适的。③ 上述界定和分析无疑是站在一种广义的角度上来分析成长小说的，它以比较开阔的视野较客观地来看待成长小说，从而将此概念更多地集中于"成长"本身。

由上述观点来观照张大春的小说，那么，很明显地，张大春的小说中的"大头春"系列——《少年大头春的生活周记》《我妹妹》及《野孩子》④，是有着很明显的成长小说的特征的：描写青少年、书写成长中的叛逆及出逃、在世界观上与其他力量形成冲突等。虽然三部小说的写作方法和视角不一，甚至主人公的年龄也有差异，

① 张国龙：《成长小说概论》，安徽大学出版社 2013 年版，第 10—22 页。
② 芮渝萍：《美国成长小说研究》，中国社会科学出版社 2004 年版，第 7—8 页。
③ 徐秀明：《20 世纪中国成长小说研究》（2007 年上海大学博士学位论文第 2 辑），上海大学出版社 2010 年版，第 29—33 页。
④ "大头春"系列分别出版于 1992、1993、1996 年，因为作者都挂名"大头春"（在作品中叫"侯世春"）而得名。

但毫无疑问，作为一个系列性的写作，它们在张大春的创作生涯中的独特性是不言而喻的。一方面，这三部作品的创作有着文学市场的轰动效果，另一方面，这几部作品的创作及其成功有着巨大的偶然性，另外，这三部作品恐怕也是张大春所有作品中最具有现实普泛性影响的——在作品中，张大春化身青少年，说教育问题，说流浪问题，对学校教育体制表达不满，说女孩子的成长等等，这恐怕也是它们之所以形成很大影响力的原因之一。尤其是《少年大头春的生活周记》，在当年甫一出来，就形成很大影响，成为畅销小说。张大春曾不无自豪地表示："我可以很坦白地讲，我在台湾的确曾经出过几本畅销的书，比如说《少年大头春的生活周记》，非常典型的被称为顽童的作品。"[1] 同时，在张大春眼中，这部作品可能是"生产—回报"效率最高的一部。他说当时"写了四十篇、五十篇，就大卖了。这是我投入最少，但卖得最多的一本书"[2]。可见这一部作品产生时，正合时宜地表达了当时台湾社会的心理特征，因此本来是以小孩子为视角的作品，在文学市场上却得到读者和批评家的青睐和关注。

　　不过，即便可以看作成长小说，"大头春"系列的"成长书写"也有其独特性。有学者曾就"成长小说"进行了分类，认为可以从成长主体是否生成和读者与作者之间的关系进行分类，按照前一个标准，则可以分成主人公完成成长、主人公拒绝成长、主人公虽未完成"成长"但具备了顿悟潜力三种；按照后一个标准，则可分为成年人写作供未成年人阅读并对其成长进行指导的、并不专门针对未成年人的成年人自我成长的记忆书、多为给同龄人阅读的未成年人在成长中的自我书写等。[3] 如果按照这样的标准，那么，张大春

---

[1]　周卉：《小说技巧遮蔽了深度：台湾作家张大春被质疑"聪明而不深刻"》，《文汇报》2010 年 11 月 6 日。

[2]　《张大春：人生识字忧患终》，《北京青年报》2008 年 3 月 27 日。

[3]　张国龙：《成长小说概论》，安徽大学出版社 2013 年版，第 44—52 页。

的"大头春"系列就算不上成长小说的典型。

其一，从"成长"的完成角度来说，"大头春"系列的几部作品其实都没有体现：在《少年大头春的生活周记》中，最后部分说"我现在根本不会去问什么，很多事必须要自己才能解决……"①看似好像有着不少成长的"觉悟"或者说"顿悟"，但作者在小说最后面又加了与前面的以周记形式出现的部分不一样的一部分《你以为怎样》，在对"山地人"的困惑中结束：老师说不能叫"山地人"而要叫"原住民"，大头春"觉得很奇怪，我爸爸落跑住到山上，我以为他已经变成山地人了，可是我爸爸并不是'原住民'啊?"，老师并没有回答他，反而让他不要对什么事情都"我以为我以为的"②。《我妹妹》的结尾，则以"我妹妹"在"我爸爸"出轨对象——女画家的画展上的疯狂地对"疯狂"和"遗传"的怀疑而结束。《野孩子》则以"假如"为题表现大头春的成长困惑结尾——张大春甚至表示，为了结束他这一系列写作，实际上是将《野孩子》中的大头春写死了。③

其二，从创作者的角色和目的来看，这几部作品也没有很明确的区分度。张大春在写作这几部作品时，已经是三十多岁的人，以一个成年人，"化身"为二十多岁的年轻人（《我妹妹》）尚不至于会造成很明显的违和感。但是，"化身"为一个小学生，并以第一人称的写作角度进行创作，而且获得了广泛的认可，可见张大春的把握能力之强了。但是，这几部作品的产生，按照张大春自己的说法，其实纯属偶然：《少年大头春的生活周记》是因为当时在《中时晚报》副刊工作的张大春受到负责人严曼丽的催稿——为"作家生活周记"写稿时，张大春想到了小学生的周记形式并受《牯岭街

---

① 《少年大头春的生活周记》，联合文学出版社有限公司 1994 年版，第 171 页。

② 《少年大头春的生活周记》，联合文学出版社有限公司 1994 年版，第 189 页。

③ 《张大春：在任何社会都不是主流》，《听我讲话要小心：文化名人访谈录》，武汉出版社 2011 年版，178 页。

少年杀人事件》影响而作的，刊出后形成连续性的专栏，一年后结集出版；《我妹妹》则是《少年大头春的生活周记》的出版人初安民计划出续集，并刺激张大春，如他不应命，则要找他"瞧不起"的"当红女作家"用"大头妹"为名写续集，于是张大春被刺激，立马拟出提纲，用了二十六天即完成的作品；《野孩子》也是几年后初安民再次找张大春，他觉得"必须有个了断"，于是花了十二天时间写完了。① 也就是说，张大春在创作这几部小说时，并没有提前就有个完整、缜密的计划和设计，都是属于"临时起意"型的。那么，三本书虽成系列性，但并未构成延续性也就在预料之中——三部作品中，第一部写十多岁的少年，第二部以一个成长到近三十岁的男性书写其妹妹的出生、成长到二十来岁的情况，第三部又回到十多岁的少年。

这样，无论是从写作角度还是作品的"生产"来看，这个系列似乎都是游离于成长小说的类型之外的。但这部作品确实得到了很大的反响，如《少年大头春的生活周记》刚出版不久就有人观察到的："这本书不仅得到青少年读者的回响，也引起了许多初入中年读者的注意，因为它书写的形式和反叛、质疑、困惑的声音唤醒了许多人共同的回应。"② 但是张大春再有才，也不可能真正做到随手就能写出有影响力的作品，就如有研究者总结出，胡金伦、黄锦树等曾认为"张大春是清楚意识自己该如何设计小说，如何有效吸引读者眼光、刺激市场销量"的一样，确实，张大春也定然会"先确定文本思想主题的呈现，表达方式，也会考虑读者的"③，也就是说，虽然思考、设计的时间很短暂，但是张大春在作品写作之初，

---

① 张大春：《重版自序：重逢的告别》，《我妹妹》，印刻文学生活杂志出版有限公司2008年版，第8—13、37页。

② 齐邦媛：《评介〈少年大头春的生活周记〉》，《少年大头春的生活周记》，联合文学出版社有限公司1994年版，第174页。

③ 丘心灵：《探讨张大春〈我妹妹〉中对虚构与文学功能的反思》，拉曼大学文学士（荣誉）学位论文2012年，第43页。

还是有其设计在里面的。所以作品中仍然有作者的非时序叙事、心理描写、后设等一贯的技巧在里面的。更为重要的是，作品确实写出了"成长主题"。如果说《少年大头春的生活周记》和《野孩子》中所写到的时间比较短——只写了大头春在国中时期的一些经历，那么，《我妹妹》中的书写，既写出了"我"的成长过程中的一些经历、心态，更写出了"我妹妹"从出生前家人对她的期待到她在成长过程中的诸多情况，及至她怀孕、打胎后的"疯狂"。因此，三部作品中都含有成长过程中的诸多困惑、对成年人世界的不满或好奇、试图走自己的成长路等"成长小说"所拥有的内容。只不过张大春的观念、主题等是隐藏在打乱时序的点滴的书写中的，而作者也不愿意以讲通俗故事的形式给读者呈现少年的完整的成长阶段性——说白了，他在作品中还是更多地"把寻找意义的责任推回给读者"①。从而形成了张大春式的"成长小说"。

不过，如果说张大春的小说中，只有"大头春"系列有成长小说的因子，那就过于狭隘了。这一系列的作品中，确实都是写的青少年，也都是写的成长中的经历和心态等，而与成长小说有着诸多契合的地方。但是如果从广义的角度上来讲，张大春的其他小说中，对成长的书写也是很常见的，只不过由于小说中的主题有前文所言的那样，往往不是单一的，所以解读起来时，这些成长书写，并不一定被关注到。如张大春最初获奖并由之步入文坛的《悬荡》，其实就有着很明显的成长经验书写因素：小说中写了一个二十岁的青年因为停电和不少游客被"悬荡"在空中期间的所见所闻所思所感，而他此前曾经因为联考落榜爬到楼顶试图自杀。作品最后写道："刚才悬在那里的时候，许多的感觉，许多的思虑和顾念，一时之间，打心底漫上来，让我觉得自己是神经过敏一场。"②

---

① 杨照：《多重文体的渗透、对话——评张大春〈少年大头春的生活周记〉》，《少年大头春的生活周记》，联合文学出版社有限公司1994年版，第179页。

② 《鸡翎图》，时报文化出版事业有限公司1981年版，第19页。

这是有着成长小说的所谓"顿悟"取向的，尤其是作品中写了他对车厢里的人由油然而生的厌恶、不屑等到对其产生同情甚至赞美等心态的变化。在张大春早期的作品中，描写青少年成长经历或者获得某种领悟、思想变化的内容和主题的其实并不少，如《鸡翎图》（1980）、《张大春自选集》（1981）两部集子中，《龙陵五日》中被放置在战场上的少年孤儿、《剧情》中吃过晚饭后不想补习功课的中学生、《捉放贼》中偷东西而最后捉住了别的小偷的大学生以及《练家子》中上大学的学生及其往日同学等，以及《夜路》里的编剧、《四强风》中叙述成长经历的青年、《新闻锁》中被开除的学生等，其实都或多或少地有对成长过程中的经历、经验的书写。其后的作品集《公寓导游》（1986）中，《蛤蟆王》《墙》《透明人》《旁白者》《醉拳》等篇，也都有着对成长过程中，认识自己以外的世界的表现。甚至后来《四喜忧国》（1988）中的《如果林秀雄》，也有着很浓厚的成长书写意味。

比较另类的是《公寓导游》中所收录的一篇《姜婆斗鬼》以及其后"大荒野系列"之《欢喜贼》（1989）的诸篇中，[1] 作者化身为一个古代／神侠世界里的少年，叙说身边的人的种种奇异经历。有学者从作品中的"我"及小伙伴们身上看到了"一条'离家——成长'的旅程"，"从《欢喜贼》小好汉的故事中他们从童年过渡至少年然后离家的情节，可以借着过渡仪式与狂欢节的角度，将发现其中更深入的成长意涵"。[2] 而到了《城邦暴力团》中的"张大春"及孙小五、孙小六的成长，更是交融到了武侠与历史政治的纠葛中去。不仅如此，还有人看到了张大春近年出版的"大唐李白"系列中的前两卷中蕴含着"成长小说"因素，认为在这两卷中"李白的

---

① 《欢喜贼》收录《欢喜贼》《秀才下乡》《破解》《佛爷出土》《高猛买》《大槐树》《水擂》七篇有关联的小说。

② 陈海茵：《从度节到渡河——张大春〈欢喜贼〉中的少年出走》，《"国立"台北教育大学语文集刊》第29期，2016年4月。

成长历程自然也是未完成的，但惟其未完成，却能让我们重新体会成长小说的核心况味：追踪个人融入漫漶社会与历史的过程，在'两个世界'中体会折中或妥协的必经阶段，它经常不是冒险的，更加是日常生活的、被常态所包围的、反英雄的，此中正是成长主题中最不是确定之因素，亦是'浪漫'的李白或野生如稗的小说精神中最能不确定之因素"。①

张大春对于自己的成长性书写其实是有其自觉性的，他曾经总结道：

> 每一代的中年人都被称作、也大都自觉是社会的中坚。当青春逐渐剥落之际，他们的主要关切之一似乎是担心下一代；因为后者在中年人的眼里总是对世界欠缺责任感、对传统欠缺敬意、对权威和体制有过多的敌意。于是中年人事业里相当重要的一部分是和下一代的自主性相颉颃的——他们潜秘地在教育、文化的机制之中布置暗桩，试图迟滞下一代在权力或性方面的启蒙，有时甚至为这一类的暗桩蒙覆上道德的粉饰。然而微妙的是：通常也在这个时候，中年人想起了自己的成长经验，想起了自己的启蒙，甚至怀念起那一切。②

这用来评价张大春的小说尤其是"大头春"系列以及最初的《悬荡》所获得的影响——张大春曾表示，《少年大头春的生活周记》出版以后形成了很多类似的专栏，作品到2002年自己主动终止出版为止，售卖二十余万册，《我妹妹》共销售十六万多册，虽然

① 黄念欣：《李白的学习年代与漫游年代——从"成长小说"论张大春〈大唐李白〉首二卷的几个问题》，《大唐李白·凤凰台》，广西师范大学出版社2014年版，第364页。
② 张大春：《他们都是怎样长大的？——小说里的少年启蒙经验》，《文学不安——张大春的小说意见》，联合文学出版社有限公司1995年版，第24—25页。

"算是彻底失败之作"，但也和《我妹妹》一起被译成英文、法文、日文出版，《少年大头春的生活周记》《我妹妹》还先后被改编成影视作品、舞台剧等①；而《悬荡》发表当年就获得幼狮文艺奖。也就是说，虽然张大春在上述文章中类似站在中年人的角度来说，但其所谓的"总是对世界欠缺责任感、对传统欠缺敬意、对权威和体制有过多的敌意"的总结，恰好是张大春笔下所表现的青少年的状态，而作为一个从青少年逐渐写来（张大春最初写作《悬荡》时十九岁），向中年过渡的他，正好也希望借此书写表现另一种"启蒙"与"怀念"。这也是前文所引齐邦媛文章表示《少年大头春的生活周记》不仅影响了青少年读者，也影响了中年群体的缘由。

二、都市小说

"都市小说"或"都市文学"严格说来不仅仅只是由主题方面的原因而形成概念，实际上它是1980年代台湾文艺界的一个重要思潮。这一思潮由林耀德等人大力提倡和践行以后，形成了很大影响。黄凡（也是都市文学的倡导者和实践者）不仅写过《都市：文学变迁的新坐标》《80年代台湾都市文学》的理论性文章，还积极进行都市文学的写作，如《恶地形》《大东区》《圣诞节真正的由来》《垃圾》《健康公寓》等，此外他曾与林耀德一起主编过颇具规模的《新世代小说大系》，包括政治、都市、工商、乡野、心理、科幻、历史／战争、校园、武侠等十一卷十二册（希代书版有限公司1989年版）。根据痖弦的总结，林耀德的"都市文学""主要是表现人类在'广义都市'下的生活情态，表现现代人文明化、都市化以后的思考方式、行为模式，他的多元性、复杂性及多边形"，它要捕捉的，是"都市背后的精神，一种都市精神"，表现都市主题

---

① 张大春：《重版自序：重逢的告别》，《我妹妹》，印刻文学生活杂志出版有限公司2008年版，第9—37页。

时"态度上不走两极路线，它的情感应该是多元的，有憎恨也有歌颂，有排拒也有拥抱，不受既定前提的牵制，也不受意识形态的左右，在一种完全自由的情况下进行文学的表现"。①

学者方忠也总结道，台湾都市文学在解构前代人的价值体系同时，"扬弃了传统写实主义，不再以人物或情节为中心，而把不断变迁、更替、重建的都市景观作为主题。都市的富丽井然与卑污杂乱交替并存，空间顺序被大厦和公路切割零散，时间顺序也被各种高科技声讯录影任意扭转。传统写作按部就班的时空模式已不能满足描绘这种全新时空序列的要求，因而他们采用魔幻写实、超现实、后设小说、反小说等后现代主义的各种前卫技巧，使都市文学与都市社会一样呈现令人眩目的景观"。②

由此可知，都市文学在台湾的 1980 年代确实是一个一方面由此前的乡土书写逐渐转向对城市生活中的诸多方面进行书写的文学，另一方面它也结合着 1980 年代台湾文艺界的多元文学尝试风潮，对传统的社会写实主义进行反叛。由此，其实，都市文学恰恰是在对乡土文学的反思中建立起来的。这当然有一个大的文学环境的变化，即此前文学二元论模式经由前文曾提及的 1977—1978 年前后的"乡土文学论争"而逐渐瓦解，新的多元化文学思潮逐渐形成。正如有学者总结的那样：

> 标举介入社会的左翼文学与强调爱国主义的右翼文学，在八〇年代前期因着政治氛围而分别受到压抑，其中，七〇年代以农村为据点抨击都市的创作脉络，迄八〇年代改为从都市索求农村的慰藉，亦即乡土作品的精神为之丕变，意不在改造农村，甚至衍生出叙事套式：感伤主

---

① 痖弦：《在城市里成长——林耀德散文作品印象》（代序），见王昶编：《林耀德散文》，浙江文艺出版社 1999 年版，第 3—4 页。
② 方忠：《多元文化与台湾当代文学》，文化艺术出版社 2011 年版，第 127 页。

义的滥情与千篇一律的悲剧架构。在"文学反映人生"这一概推式的理念下，"关怀台湾"的乡土写实批判力、行动力消解无踪，而表现在文坛守门人（gatekeeper）副刊的编辑理念上，即是《中国时报》人间副刊于 1981 年 7 月 5 日迄 8 月 23 日推出近两个月的"人间副刊版面设计展"，此外包括专栏"流行歌曲沧桑记"（1983.03.17）、"时装的故事"（1983.05.24），以及以一千字为度的"短歌"（1984.08.06）等，揭示人间副刊此前营造的乡土氛围逐渐转变为中产阶级情调的流行文化。更遑论七〇年代以来即倡议"人生即文学"的《联合报》联合副刊，其 1985 年的编辑方针在于"扎根在百万人之间"，为了因应现代人无暇阅读长篇连载，要求作家尽可能在六千字内完成作品，"联副一日刊完，读者一日读毕"。①

张大春成长于这样一个旧的文学体系逐渐改变、新的潮流和思潮逐渐生成的时代，而他又是一个不断求新求变、寻求自我超越、寻求"新的刺激"的作家，必然也在"城市文学"的潮流中受到影响。他曾写作过文章《八〇年代的都市文学——一个小说本行的观察》论述城市文学，也是在对乡土文学的考察和对照基础上进行的。在他的文章中，一方面他将台湾的城市文学书写提到 1970 年代初开始的王祯和、白先勇等人对城市的反映中；另一方面他从文化环境和背景的角度分析 1970 年代末两大副刊——《联合报》和《中国时报》的副刊在基于工商业发展和经济实力的提高而组织文学评奖以后，聚集了很多知识分子，开辟了民间化的文学繁荣路径，因此 1979 年黄凡的《赖索》的出现及其稍后的《零》《大时代》《伤心城》《东区连环泡》等，具有划时代的开拓意义，"他总是愿意让

---

① 张耀仁：《再思考八〇年代都市文学之"反叛"：以王幼华〈健康公寓〉与张大春〈公寓导游〉为探讨核心》，《台湾学志》第 15 期，2017 年 4 月。

叙述者丧失准确的时间感以便汪洋恣意地喷涌他对资本家、政商关系、宗教、知识分子及其所寄身的学术文化圈、大众传播媒体、较高的阶级和品位、愚昧的（被愚昧的）小人物、道德败坏、色欲男女、时尚……几乎一切的敌意。黄凡的嘲笑之声则仿佛永远萦绕在都市之中"。然后，他总结了进入1980年代以后台湾"新世代"作家的城市文学书写状况，认为此时期文字工作已全然为城市里的行业，1940年代以后出生的作家们又在更强大的都市环境中成长、历练，所以有更丰富权力、财富、性等方面的资源暴露及面对渎职的内外冲突，因此以女性居多的作者们如朱天文、苏伟贞、萧飒等等"常为读者勾勒出意象鲜明细腻的心理状态或动作，甚至有意牺牲掉都市律动本身的节奏感"，在此基础上他高度赞扬了平路、李昂和朱天心等人的创作特色及成就，并指出这些作家（都市文学写作者）深刻地思考在现代都市中，在权力、资源、财富、性和身份认同等的复杂关系中，"最值得掌握的现实究竟是什么？"①

这无疑是在亲历者的经验的基础上对文学进行总结和观照的结果，但同时也是对张大春自身的都市小说创作的侧面反映：张大春在1980年代中后期所创作的颇具影响力的小说，正好体现出了作品中的人物在城市里生活的状态，以及张大春对于"最值得掌握的现实究竟是什么？"的思考。在数量并不算多——张大春每一类型的创作数量都不多——但却独具特色的作品如《公寓导游》《四喜忧国》《饥饿》以及稍后的长篇《大说谎家》等中，都市往往是一个包容性极强然而又让生活于其间的人物在无所适从的乱象中各自或者彼此完成掠杀的场域。在复杂的都市里，人们如果追随导游参观"一栋极其普通的十二层楼公寓"，认识了"这栋大厦的每一个成员"之后，"就会发现他们之间有多么的亲密"②。于是在"导

---

① 《八〇年代的都市文学——一个小说本行的观察》，《文学不安——张大春的小说意见》，联合文学出版社有限公司1995年版，第108—122页。

② 《公寓导游》，文化艺术出版社1989年版，第143—144页。

游"的带领下，读者可以看到住在公寓里的不同的人彼此之间几乎没有直接的交集，却因为隐然的某种关系而又有着彼此无法摆脱的关系。毫无疑问，作者通过城市的庞大存在体——公寓这一容纳城市人口的"利器"来书写城市里的人及其生活的复杂性。而在另一篇《饥饿》中，作者则将生活在乡下的原住民巴库引离家到城市，却让其一步步沦为靠吃东西表演成为城市人的广告标志而逐渐异化的形象，最后因为吃电脑而爆炸毁灭。其他作品如《四喜忧国》中的朱四喜，在充满报纸的城市现代生活中自己又是一个受到党国思想的深刻影响的底层人民，最后表演了一场以不识字的底层人发表全国性文告的闹剧；而《大说谎家》中的诸多人物则在城市生活中彼此欺骗，书写城市生活中多种关系的乱象图谱。《晨间新闻》虽然书写的是虚构的外国人的情形，但作品中也写的是现代工业文明影响下人与人之间的关系的错位、理解的异质性或者语言的疏离等；《长发の假面》也写的是现代人在城市中生活后的多样面孔。到了后来的《寻人启事》《城邦暴力团》等中，城市作为背景也让诸如余干事、姜师傅、苦桑得以施展各自的能耐或伎俩，也给"张大春"等人提供了出租车、澡堂、剧院等与各色武侠、神秘人物交集的空间——而且作品中时不时出现台北的街道名称。

　　都市小说虽然只是张大春的实验的一部分，但他由此也丰富了张大春甚至是 1980 年代台湾的都市文学的书写模式。有学者指出，张大春的《公寓导游》在都市文学中"提供了一个理想的理论测试场域"，"具有原创性的地位"，它所体现出的空间性、偶然性等因素体现了都市破碎的、分隔的、各自分离的空间结构特征，又通过全知观点可视化了区隔空间，补救了都市人狭隘的视野，而其都市小说中，"提喻法般的，或说以偏概全的认知方式，也同时作为都市作家的修辞策略，因而创造了都市典型人物与通俗剧的情节，《长发の假面》《晨间新闻》与《寻人启事》都是例证"。[①] 这确实是

---

① 　谢世宗：《张大春小说中的都市特质：以〈公寓导游〉为中心的空间叙事学分析》，《中国现代文学》第 30 期，2016 年 12 月。

张大春的都市小说于文学所提供的经验：张大春的都市小说书写，是有着强烈的自我实验意识却又有着通俗化倾向的另类书写。这一因素在其后的《城邦暴力团》等作品中并未消失。

三、政治小说

正如有学者所指出的那样："一座都市的发展，脱离不了政治现实。政治的变迁，推动都市向前或往后发展。人类生活在大都会中，永远被政治情境所包围。因此，政治与都会／都会与政治，或政治都会／都会政治，是正反向指涉的可能性。"① 张大春站在文学类型发生学的角度论述台湾都市文学时，认为 1979 年黄凡的《赖索》有着极其重要的地位，但同时，它也被认为是 1980 年代台湾政治小说的开创性作品："此小说出现的最重要的意义是：代表政治小说的典范诞生了。""黄凡采用赖索的观点，让他的意识漫流，表面看起来时空错乱，其实自有内在结构。人物穿梭在前后时空、跳跃的串连场景、快速的转换镜头，在在让读者于断层间隙里寻找意义，这些手法不只新颖独到，而且配合时代的节奏感与心理特质。"② 可见，在 1970 年代末以后的台湾文学创作及文学思潮中，不同类型之间的交集是很明显的。

一般认为，台湾政治小说在 1950 年代就有，但是真正兴起于 1970 年代末，尤其是到 1987 年台湾"解严"以后仍不断出现政治小说创作。台湾政治小说有其错综复杂的生态，根据学者的考察，其作者有曾因批判政治而被捕入狱者、从底层立场书写日据时期政治压迫及斗争者及站在自由和尊严角度揭示社会进步道路的知识分子等类型，而其创作也被认为可以分为回顾和反思台湾政治斗争

---

① 胡金伦：《政治、历史与谎言——张大春小说初探（1976—2000）》，台湾政治大学 2001 年硕士论文，第 99 页。

② 郑明娳：《台湾政治小说的现实投射》，《华文文学》2007 年第 2 期。

史、描写当代台湾政治事件、政治寓言书写等类型。[①] 台湾当代政治文学的发展是持续性的，进入新世纪以来，仍有不少作家涉及这一题材的创作。1994 年，郑明娳所主编的《当代台湾政治文学论》[②]及 2006 年邱贵芬所编的《台湾政治小说选》[③]可以算作阶段性总结。前面提及的 1989 年由黄凡、林耀德主编出版的"新世代小说大系"中，政治卷即为第一卷，编者在"前言"中在简单总结过去的政治小说的情况后，表示：

> 进入 80 年代后，整个台湾政治发展的步调突然加遽，
> 尤以晚近几年拜经济发展与中产阶级崛起之赐，令世人惊
> 讶的开发与民主快速成型，同时也对"社会主义中国"造
> 成了压力。
>
> 新世代作家自不免于深思这个主题，然而思考的方向
> 与立场已不同于前辈作家。可以这么说，新世代作家不再
> 独钟于一贯的"政治批判与写实传统"（也就是揭穿国民
> 党政治黑暗面的书写传统）。反而以其不受拘束的语言与
> 形式技巧，重新丰富了政治小说的面貌。[④]

这样的观察的确是比较符合 1980 年代台湾政治小说的情况的。作为"新世代"的代表性作家之一，张大春的作品《将军碑》被收录了该卷中。同时，这部作品在张大春的作品中，恐怕也是名声极响亮的一篇，他在作品中以混乱的过去、现在、未来书写将军武镇东的一辈子经历的诸多事情，来思考人生的真真假假。作品中由于独特的将军书写，和黄凡的《将军之泪》一起被认为是"台湾后现

---

① 王淑芝：《台港澳及海外华人文学》，东北师范大学出版社 2015 年版，第 174 页。

② 《当代台湾政治文学论》，时报文化。

③ 《台湾政治小说选》，二鱼文化。

④ 《〈政治卷〉前言》，黄凡、林耀德主编：《新世代小说大系·政治卷》，希代书版
有限公司 1989 年，第 12 页。

代小说的先河"①。张大春的作品中，对政治的书写也是很常见的，如早期的《鸡翎图》虽然没有直接书写政治，但也有人指出了它的"政治影射"——蔡其实所养的鸡"隐喻了一些外省族群流落台湾，寄人篱下的命运"②。其后的作品中如《墙》《透明人》《印巴兹共和国事件录》《四喜忧国》《大说谎家》《没人写信给上校》《撒谎的信徒》等，均属于主要对政治行为、政治人物（包括军方人物）的言行、活动进行书写的作品。这些作品中，张大春竭力通过各种创新了的形式，如对新闻体的运用，对各种档案、日记等材料编排运用等，揭露政治及政治人物的虚伪，甚至对政治人物进行讽刺、影射，对现实的政治性案件进行大胆改造利用等。

张大春常被说成"狂人"，他不仅在作品中讽刺、揭露和批判政治，在其《异言不合》《化身博士〔危言耸听〕》中，对政治也毫不掩饰地进行批判。他在《异言不合》的序言中说，"鸡鸣狗吠之徒"（即张大春所言的文人）为什么不好好搞创作却要"干政"呢？"因为从来也没有哪一条宪法规定过文人只能写哒哒的马蹄、撒哈拉沙漠或六个梦"，"要说文人适不适于论政？文人应不应该论政？文人论政可否达成某某效果？……这些都是不实惠的问题。"③可见他对于政治的关注，是贯穿于他的文学活动中的。因此，张大春的作品中，对于政治的讥讽，也都是不遗余力的，他往往站在一个自由知识分子的立场对政治的虚伪性、政治家所扮演的角色的"异化"——不断撒谎、倾轧、明争暗斗等进行无情的揭发。有学者注意到，政治小说之所以形成气候，有一个重要因素值得注意，那就是出现了一定数量和质量的长篇小说。④的确，长篇小说由于其容

① 陈荣彬：《战后台湾小说中"将军书写"初探》，《台湾文学研究集刊》第 11 期，2012 年 2 月。

② 胡金伦：《政治、历史与谎言——张大春小说初探（1976—2000）》，台湾政治大学2001 年硕士论文，第 178 页。

③ 《自序：鸡犬不宁》，《异言不合》，皇冠文学出版有限公司 1992 年版，第 4—5 页。

④ 吴奕锜：《论八十年代台湾文学中的"政治化倾向"》，《汕头大学学报（人文科学版）》1991 年第 4 期。

量大，可以容纳更多的材料，放在张大春身上来说，他的作品从《墙》《透明人》开始，就不断在作品中营造各种相互利用、窃听、互相背叛等政治的所作所为的氛围，后来的《将军碑》《四喜忧国》等虽然风格独特、影响力大，但是容纳的细节并不太多，到《大说谎家》《没人写信给上校》《撒谎的信徒》等中，更以广阔的体裁优势大量书写各种档案资料伪造、窃听、暗杀、斗争等，活生生地体现出政治的复杂生态。

面对政治，张大春常常显示出狂傲的一面，如他说："我碰到那些当权的人，也不是特别地要冒犯他。事实表明，每一次碰到这些大人物，我都多有得罪。这也没办法。在台湾，越是一个重要的政治上的人物，他就越笨。碰到笨人，你当然要好好地教育教育他。"[1] 他常常以"轻蔑我这个时代"的姿态"一会儿大谈 NBA 职业篮球赛，一会儿高论占星学和紫微斗数，一会儿又耐不住要调侃流行歌曲中命意荒谬肤浅的歌词，一会儿还没忘了要开一个政治人物和社会新闻的玩笑"[2]，当然，他也没忘了时不时强调："最善于把'自己的未来'拱手交给政治去决定的，无疑是中国人。"[3] 这正是张大春政治小说中的态度。

总之，张大春的创作中，政治也是一个极其重要的贯穿性的主题，除了上述主要书写政治的小说外，其后的《城邦暴力团》甚至近年的"大唐李白"系列、"春夏秋冬系列"等中，实际上也处处散发着对政治书写的余光，而且依然呈现出政治的无比复杂性，他甚至在《少年大头春的生活周记》及《我妹妹》中也穿插入政治性的新闻和桥段。张大春的政治小说之所以影响大，也因为他在对政

---

① 《张大春：在任何社会都不是主流》，《听我讲话要小心：文化名人访谈录》，武汉出版社 2011 年版，第 181 页。

② 《推理死亡证明书——〈芥末黄杀人事件〉的诡戏》，《文学不安——张大春的小说意见》，联合文学出版社有限公司 1995 年版，第 135 页。

③ 《来自世界大战的消息——从政治预言小说看〈黄祸〉》，《张大春的文学意见》，远流出版事业股份有限公司 1992 年版，第 50 页。

治进行揭露、批判的同时，不断加入各种形式的创新与试验，如后设、魔幻写实、新闻小说等因素。有人总结1980年代的文学时，认为"政治文学"只是其间文学多元化格局中的一个组成部分，但是，"由于这些作品本身所蕴含着的深沉的社会责任感和忧患意识，也由于其在艺术上所达到的水平，它们有理由也有资格成为最能够反映台湾80年代社会风云变幻的代表性作品和文学倾向"。① 这对于1980年代的文学评判无疑是比较恰切的，不过，如果用来评价张大春，那么，可以将其时间拉到1990年代甚至更长。

四、历史小说

历史书写也是张大春小说中的重要主题，但由于张大春的小说中历史往往是一种反思、试验的场域，所以其历史小说也有诸多复杂性。在最初的创作中，张大春就曾贡献了几篇小说《剑使》《干戈变》和《荡寇津》，分别回到古代战乱频仍的征伐时代——魏晋南北朝和晚唐、五代十国时期，书写战争背景下不同人物心理的变化，小说着重刻画的并不是大的历史变迁，更多的是书写历史的复杂性和人物在特殊背景下的人性的变异、心理的扭曲等。在他笔下，被历史塑造成大人物的人如苻坚、黄巢等，陷身于名声、仇杀、背叛等的危机之中，无法把控地变得焦躁、暴虐。

对历史小说，有学者曾综合分析了别人的阐述后，作出如此定义：

> 历史小说必须兼具历史的和小说的成分。从历史的成分来说，它通常以史实而且是重大历史事实为对象或背景。重大史事通常是读者所曾听闻甚至已然熟知的，因此历史小说如果植基于此等史实之上，读者便不会对它的内

① 吴奕锜：《论八十年代台湾文学中的"政治化倾向"》，《汕头大学学报（人文科学版）》1991年第4期。

容产生晦涩的观感，这是它所以具有通俗特性的原因之一。从小说的成分来说，历史小说必须具备一般小说的叙事特征，也就是必须将一些人物置放于情节当中，透过文学语言建构出一个完整的历史故事。综而言之，历史小说必须为历史作"逼真的创造"，"逼真"是为了顾及史实，而"创造"则是文艺活动的本质特征，因此在不影响历史大势主线的原则之下，为了将零碎、不完整的历史记录加以连贯，或者为了作者的某种理念，或者为了其他原因，历史小说容许作家将作品中的人物和情节注入虚构的成分，但创造的虚构不能和逼近史实的效果相冲突，亦即不能超越于历史环境所允许存在的尺度之外。①

由此看来，张大春的上述几篇早期作品，确实都算得上是"合格"的历史小说的。作者对于淝水之战、黄巢起义后等的历史事实背景的描述，是建立在历史真实的基础上的，而作者所着重突出的，便是战争背景下人的独特的心理特征及其变化。所以《剑使》中不断坚持使命将血书和宝剑传下去的薛无患，虽然其实并不知道自己真正的目的而显得荒诞，但作品中也是比较符合历史情境的。《干戈变》中的苻坚，《荡寇津》中的黄巢、李克用等人的狡诈、残忍、暴虐等，放在战争、动乱的背景下，也更能显示出历史及政治的复杂性。

张大春对历史情有独钟，他在《雍正的第一滴血》的序言中曾表示：

我却一向在历史里找趣味。地大物博代远年湮的中国确实拥有许多趣味的资料：神奇的、荒谬的、诡异的、粗鄙的、邪恶的、矛盾的、暧昧的……人事和情结。它们之中的一小部分被一代又一代的历史医生、历史工匠、历史

---

① 刘秀美：《五十年来的台湾通俗小说》，文津出版社有限公司2001年版，第213页。

美容师加以诊断、整建、化妆，印制在当代的历史教科书里，提醒后世子孙：华夏五千年的真相和意义如何如何，其余的一大部分则被放逐于这个理想国之外，成为"野"的、"稗"的、"资谈助"的、"不可信"的。

我的趣味企图则促使我拆掉"历史是一纵的连续体"的巨大迷思，卸下使命感的伟大包袱，看看构成历史教科书上的当代史观的材料究竟是些什么？然后我发现：无论正史也好、演义也好、神话传奇也好、笔记小说也好，都成为类似的东西——它们反映出一代又一代叙述历史者的诠释态度、风尚和理想。其中有许多材料看起来琐碎、散漫、抬不进历史的大成殿，我随手撷拾了一些，扫之描之，觉得弃之可惜，集之可喜，从而断断续续地挖掘、抄录、覆案了十多篇文字，总成此书，沿用原先在《时报周刊》初发表时的专栏名称，字之曰：历史扫描：雍正的第一滴血。[1]

由此不难看出，张大春对被淹没在大历史中的细碎、异类史料的关注。因此无论是《雍正的第一滴血》里面对历史的另类总结和看待，还是后来的"春夏秋冬"系列从野史稗闻中搜取改造的史料，其实都代表着张大春对历史的另类的阐释。

不过，综合看来，张大春的纯粹的历史小说数量并不多，但其历史书写却可以分为两类：一类是对中国古代历史的书写，这一类多以较完整的历史小说形式呈现，除了上述三篇短篇小说外，另有近年的"大唐李白"系列[2]，另外在其科幻小说《时间轴》（1986）中，也穿插了不少晚清历史——尤其是 1880 年代中越边境、中法战争相关的不少事情；《刺马》《大云游手》则本身就是截取清代的

---

① 《自序》，《雍正的第一滴血》，时报文化出版企业股份有限公司 1986 年版，第 8—9 页。

② "大唐李白"作者计划有四部，目前已于 2013—2015 年间出版了前三部《少年游》《凤凰台》及《将进酒》。

事情进行描写的①。另一类是近现代书写，这一部分没有单纯书写的篇章，主要表现在《城邦暴力团》中，作为其中的一条线索，从1937年到1980年代的国民党政权的政治发展过程中与地下党会之间的关联，是其中重要的一条线索，即陈思和所说的三条线索之———"从1937年二老（'老头子'和'老爷子'）会面，漕帮八千子弟参加抗战开始，一直到万砚方流落台湾，因暗中阻止'反攻大陆'计划而被狙杀的风雨民国史"②，甚至有人在对其进行评价时还直接指出：它其实"像是一部私人演义的民国前史，'武侠小说'不过是幌子"。③另外在《撒谎的信徒》中，也书写了不少现当代历史。此外，如果放宽来讲，那么《本事》虽然基本都是在讲（伪造）外国为主的各种文化知识，但是其中有一些如《神仙去势》等，还是有历史书写的倾向的。

张大春有关台湾历史小说家高阳的几篇文章高度赞扬其"以小说造史"及其"跑野马""挟泥沙"等历史小说的书写方向和方法，可以见得张大春对于历史小说对高阳有诸多认同；④同时，张大春也多次对艾柯《傅科摆》《玫瑰的名字》等作品中的"伪造历史"，模糊小说与历史的界限的手法表示赞赏⑤。可能受二者的影响，张

---

① 这两部作品于1980年代后期在报纸上连载，故事情节等可参见朱双一著：《近二十年台湾文学流脉："战后新世代"文学论》，厦门大学出版社1999年版，第320页。

② 陈思和：《城邦暴力团》，陈思和、颜敏选编：《行思集——台港澳暨海外华文文学论稿》，花城出版社2014年版，第42页。

③ 李奭学：《魔幻武林——评张大春著〈城邦暴力团〉》，《误入桃花源——书话东西文学》，浙江大学出版社2014年版，第41页。

④ 参见张大春《以小说造史——论高阳小说重塑历史之企图》《江水江花岂终极——论高阳历史小说的叙述密旨》《摇落深知宋玉悲——悼高阳兼及其人其书其幽愤》等篇，《文学不安——张大春的小说意见》，联合文学出版社有限公司1995年版，第77—107页。

⑤ 参见《理性和知识的狎戏——〈傅科摆〉如何重塑历史》《不登岸便不登岸——一则小说的洪荒界》，《文学不安——张大春的小说意见》，联合文学出版社有限公司1995年版，第59—64页、195—205页。

大春的历史小说对知识的虚构、伪造和任意编排，是很明显的，如《城邦暴力团》《撒谎的信徒》等中，很多有关历史、政治的事情，虽然作者写得看似很真实，但都是虚构的，如国民党与美国之间的桐油交易、蒋介石的病等。而更明显的是《大唐李白》，在作品中，张大春对各种知识进行编造，诗歌、历史政治、货币等博杂的资料融合于叙述之中，使得作品的叙述性一再受到推阻、减弱。因此，有人曾开玩笑，读《大唐李白》像是读论文，张大春则回答说：

> 你说《大唐李白》所运用的正史、笔记是其中一部分，对我来说，同样要紧的是还有许多研究者的材料。它们来自诸多学院中无以数计的学者以大唐为范畴的海量论著。建筑、商务、交通、海运、经济活动、宗教仪式、娱乐事业、婚丧礼俗……的确十分繁琐。

> 《大唐李白》既被目为一本小说，总得找到它流动的河道。小说认为，当然不会是一条天然的渠道，有时藉地势，有时凭天雨，有时发人力。打这个比喻是在说明：有些作品被视为反映了某一时代的生活现实，这个"反映"活动多半在"小说"两字之名下，就理所当然地被视为（甚至被要求为）虚实相间、真伪驳杂，但是与历史也就有了一定的距离。相对来看，历史也被目为一条长河，而且更自然地与人类过往存在的现实相吻合，无论是不是史家，读史者总相信那长河的本质是千真万确的。

> 从虚实相间、真伪驳杂的立足点上说，右岸的史料与左岸的传奇并非截然两分之相，因为书史者也会自出机杼，司马迁就是绝佳的作手；相对而言，讲述传奇的人也常透视了珍贵的现实，不然史学家不会从那么多笔记里去爬梳、印证历史的动态。[1]

---

[1]　澎湃新闻：《张大春对谈傅月庵：〈大唐李白〉是小说还是历史？》，腾讯网 2015 年 6 月 21 日：https://cul.qq.com/a/20150621/010306.htm。

由此可见，张大春发展和延续了其老师高阳的历史小说的创造，将诸多看似合理性的可能性都呈现在小说中，以另类的、打破通俗叙述的界限的方式进行叙述，同时也试图营造全新的阅读空间和阅读体验，以寻找"理想读者"与其之间的沟通与交流。

五、武侠小说及乡野传奇

说起张大春的武侠小说，读过他的作品的人定会想起《城邦暴力团》。这部小说里面确实有着大量的对于各种江湖帮会的描写——主要以"竹林七闲"为线索写老漕帮与洪门及政治之间的各种关系。不过，如上文所提及的那样，这部作品是有多条线索的，其中作者主要描写的，即，陈思和所说的，从漕帮老大万砚方死后，他和他的朋友留下的几部著作，逐渐拼凑起清代民间传说中的江湖会党的内部争斗史，但这一部分确实也正如陈思和所言，"失之繁琐"了些。① 不过，大量繁复的、错综复杂的史料和时空交错的书写，却也恰恰能够体现出来张大春的武侠小说写作的特点。武侠小说本来是一个通俗文学的门类，张大春却借助它，将严肃的近现代史、繁复的资料考证和"张大春"等人的成长史结合起来，制造出另类的文本。有人就说它是一部"奇书""反书""隐书"。②

对武侠小说的写作，当然源自于张大春对其的热爱。在1981年的《张大春自选集》序言中，他就表示他此前的梦想："我想写一部有绣像小人儿的书。胡乱编它歌某朝某代，只消有英雄人物、有刀枪武艺，便少不了趣味。"③ 1986年出版的《时间轴》中，他就

---

① 陈思和：《城邦暴力团》，陈思和著、颜敏选编：《行思集——台港澳暨海外华文文学论稿》，花城出版社2014年版，第42页。

② 兴安：《〈城邦暴力团〉：奇书、反书、隐书》，《伴酒一生》，敦煌文艺出版社2015年版，第146—147页。

③ 《缝书记》（自序），《张大春自选集》，世界文物供应社1981年版，第5页。类似的记忆张大春也在《城邦暴力团》大陆版（上海人民出版社2011年版）的序言中提及。

创造了两个大侠形象：纪一泽和陆九洲。所以到了《城邦暴力团》中，他大量地书写老漕帮的各种武艺／技艺的传承及其与政治、与江湖上其他帮派之间的恩怨、往来等。但是，张大春毕竟不是一个传统的武侠小说作者，比起金庸等的"新武侠"来说，也有着天壤之别。有人曾总结说："打破'侠客生于古代'的潜在时空界限，将小说的时间放置民国抗战期间，而其下限开放性地延伸开来，甚至延伸到我们生活的当下。这就让武侠小说这一想象性文体获得了更多的现实意味。在小说人物上，张大春总是让他们负有双重或多重身份，兼具各式异禀，穿行于常态的、理性的世界和秘密的、神奇的地下社会之间。书中涉及的七位老人，均是大隐隐于市的高人，本领也练至出神入化，主人公孙小六更兼众师之长。但小说人物几乎都面临逃亡与无所遁逃的生存困境，于是，这部武侠小说成为一个'逃亡'的寓言故事。张大春正是以武侠的虚拟想象空间，表达一个现代人逃离体制、逃离种种媚俗、拥有自立的精神世界的渴望，也实现着其自身的精神逃亡。这种表达，未必没有他的眷村记忆的影响。"①

张大春在《城邦暴力团》中所呈现出来的世界，确实与传统的武侠小说有着很大的区别。首先，小说中武侠只是其中的一部分或者一条线索；其次，如果按照学者刘秀美所言，武侠小说一般离不了表现"武""侠""情""仇"②，那么《城邦暴力团》中所述的这些方面的内容，都是极其散碎的。更为突出的是，作品中所表现出来的"武林"的秩序，也完全超出常人对武侠的超然世外般，自有一套正义、自由的想象。有研究者将其称作"《城邦暴力团》式文类破溃"，它的内涵为：

---

① 黄万华：《多源多流：双甲子台湾文学（史）》，花城出版社 2014 年版，第 294—295 页。

② 刘秀美：《五十年来的台湾通俗小说》，文津出版社有限公司 2001 年版，第 114 页。

"江湖"笼罩在"庙堂"之下，暴力权力不仅没有"下放"至民间，"江湖"还被种种暴力权力挟持着前行。尽管江湖会党最后舍弃了集体斗争，转而依靠"被选中的""星主"的个人力量。遗憾的是，民间的、个体英雄自然的和超自然的优势所伴随的"令人不安"的优越感，在此已经全然消失。武林前辈告诫自己的弟子："习武之人，力敌数十百众，最喜逞英豪、斗意气，扬名立万，还洋洋自得，号称'侠道'。我有一子，便是受了书场戏台上那些朴刀杆棒故事的蛊毒，如今流落天涯，尚不知落个什么样的了局。"即使是《奇门遁甲术》占卜批文中暗示的"星主"孙小六，虽一身武艺，会的全是当行技艺里的精髓，却混迹在社会底层，遇事畏惧、退缩。他所有的才艺不过是为了"逃"，以及帮助叙述人张大春"逃"，逃离武林至尊、白道恐吓与光天化日之下救国救民的大计。

　　中国的侠客形象，虽然常常具有因正义感而产生的颠覆性焦灼，却一般不会卷入与法令和政权的斗争之中，甚至他们所破坏的从来不是正当与合法的管辖权力（其合法性自然是由"庙堂"制定的）。这种状况有助于达到武侠小说这种文体类型的最大目的：标出"监守自盗"以维护正义感和公正感，以及弱者可以得到一位保护人是天意使然的观点。在这样的优雅前提下，仔细辨认《城邦暴力团》中"江湖"与"庙堂"的是非恩怨以及"英雄"的"狡兔死走狗烹"，如果此时一定要将其与既往的武侠小说传统勾连，那它也只能被视为一部"逃离"乌托邦的幻想作品。①

---

① 孙金燕：《武侠文化符号学：20 世纪中国武侠文本的虚构与叙述研究》，四川大学出版社 2015 年版，第 153—154 页。

简言之，就是《城邦暴力团》中所塑造的世界看似是武侠世界，实际上它只是对卑微的底层人物的描写而已——他们在作品中大多数时候在"潜逃"或者"逃跑"，根本就谈不上武侠小说给人们提供的侠义、正义、英雄气概等的幻想。另一方面，则是陈思和所看到的是作为知识分子对知识分子问题的反思："张大春先生却以后现代的观念来重书武侠故事，既不在于表彰社会并不存在的浪漫主义理想，也不在于发泄人们内在的匮乏，当然更不是塞万提斯似的嘲笑武侠的过时，他通过一部江湖沦落史认真思考了知识分子面对民间社会的尴尬处境。"① 因此这种武侠小说，绝对是"张大春式"的，或者说，作品中的武侠部分，只是一种手段或者工具而已。这也是使得《城邦暴力团》定位困难的重要因素。同时，张大春又让江湖和历史相交错、串联，他曾说："武侠小说的世界总和'某一个朝代'的历史有关，而小说家即使不笃守正史，他们彼此之间相互因循、模拟或补充，也很有默契地组织成一部甚至很多部'武林秘史'。"② 总之，张大春的武侠小说也出离于传统武侠小说的模式和风格。

之所以如此，当然也要归因于张大春的创作风格，他总是不愿意自我重复，总是希望创造新的形式和刺激，正如他夫子自道的那样："在 1998 年，我在报纸上正式推出这个作品的时候，我告诉自己，我不要反映社会，我也不要去冒犯公共价值，我只要写一个武侠的故事就可以了。武侠我们现在称为市场作品、庸俗作品、通俗文学。为什么呢？武侠小说所寄生的江湖，那个武林那是不存在的。我的问题在于，我如果要摆脱所有跟现实之间的关系，进入一个无所依傍的江湖，那么这个作品就会跟过去的武侠小说没有太大

---

① 陈思和：《城邦暴力团》，陈思和著、颜敏选编：《行思集——台港澳暨海外华文文学论稿》，花城出版社 2014 年版，第 44 页。

② 《正牌功夫——历代武林绝技、高手实录》，《雍正的第一滴血》，宝文堂书店出版社 1988 年版，第 75 页。

的不同。所以既然孙小六从五楼跳下来，我就让他落在我家附近的一个地方。就在我研判那个十字路口的各个地方该出现什么的时候，我记得非常清楚，大致上就脱离了比较陈旧的小说阶段，在完全没有任何人帮忙的情况下，进入了一个新的小说写作的境界。"①可以说，张大春也如此带领我们进入了武侠小说的一个新境界。

《城邦暴力团》确实比较另类，而且在张大春的创作中确实具有代表性。实际上，张大春在其他的作品中，同样也表现出了武侠特质。这主要包括两种，一种是散见于"春夏秋冬"系列中的武侠短故事，如《春灯公子》中的《达六合——艺能品》《韩铁棍——勇力品》及《一叶秋》中的《郭老媪》等，都有很明显的武侠因素，只不过作者在讲述他们的故事时，并没有将故事放在复杂的人物交错及环境背景中。但即便如此，作者也往往使出了铺张、回转等手法，制造让人意想不到的结局。

如果说上一类小说数量较少而整体特征不够明显，那么，张大春小说中的另外一类作品则因为数量较多而有着更多的类型特征：收录于《公寓导游》（1986）中的《姜婆斗鬼》，初版于1989年的《欢喜贼》以及出版于2009年的《富贵窑》两部集子中的故事，却呈现出了另一种特色。这些小说中，作者将故事背景设置在虚构的古代的某一个乡镇、山野上，形成了一个相对固定的场所，人物虽然也有离开、回来（包括入侵或路过），但大部分人物形象是固定的。这些人在这样的场域中，彼此之间或者与闯入者之间不断斗智、斗法、斗艺，俨然一个自在的世外世界。这一类作品中，由于1989年初版的《欢喜贼》标有"大荒野系列之一"，2009年出版的《富贵窑》又是《欢喜贼》和《富贵窑》的合集，因此我们可将其统称为张大春的"大荒野"系列小说。由于《欢喜贼》初版时，著名作家司马中原为其写了序，司马中原被认为是乡野传奇类作品写作的大家。所以张大春的这一系列，自然也是受到过司马中原的影

---

① 《"变态"张大春》，《北京青年报》2011年3月17日。

响而创作的。①

有关乡野传奇，刘秀美的解释为：

> 乡野传奇类通俗小说包含范围广泛，举凡古老奇异的
> 传授、人物传奇故事、神秘事件、灵异传奇等都可用为写
> 作题材。和别种小说比起来，这类小说比较接近野史和民
> 间传说，作者往往用记录所见所闻的笔调来叙事，而以具
> 有传奇性的人物或事件为叙述重点，因此小说中往往充满
> 惊奇、冒险的趣味，颇能引发读者的兴致。然而由于题材
> 来自民间见闻，因而乡野传奇的作者必须具备爬梳眼见耳
> 闻事件的功力，同时拥有丰富的民间知识和特殊的人生阅
> 历，才能将奇异内容写得多彩而逼真。②

用这个标准来看，那么上述张大春的"大荒野"小说是很符
合"荒野传奇"的定位的。张大春的这一类小说，首先在于作品的
背景设置的非现实性。张大春在《欢喜贼》的七篇文章及《姜婆
斗鬼》中，都设置了一个未成年人"我"，通过"我"来看待各种
神奇怪异的事情。这些事情既有功力深厚的能人与鬼的斗争（《姜
婆斗鬼》），也有地方势力对外来势力、知识分子的捉弄（《秀才下
乡》），更有群落之间相互报仇血拼的江湖行为（《水擂》），有极端
的婚恋故事（《破解》）……但作者故意将故事发生的背景具体化到
历史的某一个时段，又进行散漫叙事，如《欢喜贼》中的诸篇，作
者将其发生背景设置为几百年前的流放贼的地方——归德乡，《姜婆
斗鬼》中则将其放在了水口镇，到了《富贵窑》中，背景变成了马
鬃山下。

---

① 学者吕正惠就明确指出《欢喜贼》是模拟司马中原。见《战后台湾文学经验》，生
活·读书·新知三联书店 2010 年版，第 12 页。

② 刘秀美：《五十年来的台湾通俗小说》，文津出版社有限公司2001年版，第114页。

这一系列小说的特点之二在于传奇色彩很浓。作品中的人物，要么有异能，要么有着穿透阴阳两界的能力。如《富贵窑》里的焦老太太有一身很厉害的功夫，而《姜婆斗鬼》中的"我"（曹小白）和《富贵窑》中的李元泰妻子等，能见死人，还能和死人说话。

其三，是故事的荒诞性。如姜婆最开始被塑造成大英雄式的人物，是人们遇到困难所期待出现的人物，最后通过与别人的斗争及其揭发，让人怀疑她原来是最大的施害人？《富贵窑》中的几股力量，总是要互相斗争，但又总是迟迟不行动；《欢喜贼》中的海师傅，一直被塑造成众人的师傅，但从未展现过其武艺。

其四是有内在的关系规范。如《姜婆斗鬼》中的镇长、《欢喜贼》中的海师傅、《富贵窑》中的焦老太太，实际上是最有威望的人，其他的人虽各有神通，但都要在自己的地位上行事，小孩子们更是不断受到限制……

总之，张大春的荒野传奇中也处处存在着武艺、技艺的比拼，它们一定程度上可以看作是张大春的武侠小说的延伸。但实际上，无论是武侠小说也好，荒野传奇也罢，张大春都将自己的文体、文本试验渗透在写作中，形成了具有个人风格的另类书写。

六、"家族小说"

"家族小说"似乎是近一二十年来受关注度较高的一个小说类型。陈思和曾在提出"'历史—家族'民间叙事模式"概念的基础上论及家族小说，他认为莫言的《红高粱家族》出现后，民间叙事发生了历史转向，其中之一就是对"家族史"的叙述，"作家通过对旧家族史的梳理，尤其是对农村家族形象的重塑，来表达和叙述民间历史的记忆，这与老人在昏黄灯下怀旧讲古的形态有点相似，却与学校课堂里被灌输的意识形态化的历史内容划清了界限。'五四'新文学传统中没有家族小说，只有家庭小说，作家是把旧式家庭作为旧文化传统的象征，给予了无情的揭露和攻击；当代作家则将家族作为怀旧的象征，在血缘关系上绵延的几代人的命运中建构起一个与历史变迁相对应的怀旧空间。"不过，陈思和是基于民间叙事模式这一理念来论述 1990 年代的大陆长篇小说的，因此他所强调的是"家族 / 家族史"在民间叙事、历史叙事中的特殊位置，但他同时也看到了台湾、香港文学中，"'历史—家族'叙事模式的存在"，对这一模式，陈思和的解释为："在'历史—家族'民间叙事模式中，核心是重塑民间历史，那么，家族史是民间历史的主要载体，而神话和民间传说往往成为其标志性的话语特征。"①

也有论者指出，"家族小说"应包含的条件为：记述的是一个家族的至少两代人的命运，作品以展示人物在 20 世纪的命运为主线，小说中往往寄寓着作者、世代对"中国现代性"的认识和实践②。

按照这一标准来看，张大春备受关注的《聆听父亲》也可以被容纳到家族小说中的"历史—家族"叙事模式中。这部小说讲述了张大春从曾祖父一辈到张大春一代的两百多年的历史，同时又更多地强调了 1949 年迁台后父亲与儿子之间的家庭关系，甚至作品中还设置了一个另类的"你"——未出生的张大春的下一代。但是，与别的家族 / 家族史书写不同的地方在于，张大春的家族 / 家族史书写以冷峻的态度来书写祖辈、父辈的经历，就如有学者所指出的那样："没有任何逻辑理念的预设，没有道德价值的褒贬和忌讳，更没有一般读者预期的主题阐释或者象征隐喻（但又可以说，全书充满了各种实有的隐喻和讽喻），作者甚至把'爷爷当过汉奸'这一段让他感到羞耻汗颜的历史，考据出具体的脉络与情境，连同父亲年轻时加入'庵清帮'的具体入会、盟誓、证件的细节，都加以一

① 陈思和：《试论莫言〈生死疲劳〉的民间叙事》，《思和文存第二卷·文学史理论新探》，黄山书社 2012 年版，第 103—105 页。

② 刘卫东：《被"家"叙述的"国"——20 世纪中国家族小说研究》，中国社会科学出版社 2010 年版，第 67 页。

一呈现。"①

但是，在这样看似客观的叙述中，作者实际上也寄托着对家族历史的特殊的情感：首先，在于家族历史及记忆的延传性，张大春通过自己与祖辈之间的对话、祖辈与祖辈之间的对话、自己与下一代（可能的下一代）之间的对话，试图让家族历史得到传续（包括祖上"懋德堂"的种种、一代一代延续的家族理念等）；其次，张大春试图在叙述中表现出来代际之间的亲情，尤其是记述自己的父亲与自己的时候，其情感流诸笔端是很明显的；再次，在这一文本中，虽然看似很"民间"，但是张大春所依持的家国理念仍贯穿其中，包括对于长辈加入黑帮及自己的父亲一辈如何到了台湾等的书写，实际上都包含着作者对于大的历史及家国环境下个人道德、观念标准的树立等的思考。正如有学者指出的那样："张大春在《聆听父亲》中也说：'所有的故事，都是在让聆听的人能够面对遥远未知的路途。'这本以祖辈和父辈为圆心的家族史述，是说给未出生的孩子听的，然而这个叙述中的'你'同样可以象征着能与家族叙述产生对话的读者。既然把特定的历史叙述出来，就必定包含着特定的对象或期许。联系到当下台湾文化场域内几乎已变成集体无意识的'历史的无关'，回忆叙述携带的历史能量就更值得重视。"②

也就是说，家族史的建构不仅仅是家族本身所呈现出来的状态，还有历史、文化意识及当下社会的侧面反映或反思。如，有学者就总结作品中对"外省二代"的情感书写和对山东文化的复制或复原，更看到作品中有"'党国'精神控制以及三民主义的失落"③。

张大春曾坦言《聆听父亲》的创作经过为：1988 年他到大陆探

①　苏炜：《历史的肉身》，《读书》2004 年第 2 期。
②　陈舒劼：《新世纪以来台湾回忆叙述中的历史构图与认同测绘》，《东南学术》2016 年第 6 期。
③　陈美霞：《家族记忆、身份认同与原乡情结——论张大春的〈聆听父亲〉》，《现代台湾研究》2012 年第 2 期。

亲四十余天，期间提及要记录家族历史，其六大爷提供了一份《家史漫谈》，1997年自己的父亲在浴室摔伤，由此激发了他书写的计划，那就是要"抢救点什么"。他特意强调："在写《聆听父亲》整个过程里面，我一直反复地告诉自己，不要用技术解决任何问题，尤其不要用成熟的写作叙事技术，也不要借用他人的技术来写作，这起码对自己的家族算是聊表敬意。"[1]因此这一文本实际上比起张大春其他的创作甚至很多家族小说来看，确实很另类。首先，它摆脱了大部分家族小说写名门望族在大历史中的变迁，而摒弃国家、民族等大的历史概念和意识的干扰，只写小的一个家庭的几百年的发展史；其次，他运用近似实录的方式来写，减弱作品的虚构性因子——也由此，很多人将其看作"家族传记""回忆录"等[2]。不过，即便如此，这部作品仍应看作小说，而且是家族小说或者家族历史小说，因为作品中的言说毕竟还是小说的成分居多，再加上对后代的"你"的运用——也即对话性的运用，本来也是张大春的一种尝试。也就是说，张大春一再强调这部作品没有技巧，恰恰本身包含着另类的技巧。

实际上，张大春对于自己的家族史的建构不仅仅在此篇中呈现，在《城邦暴力团》中他就花了不少篇幅将"张大春"的家族迁台及张大春的成长（其中包括"我老大哥"张翰卿）作为重要的线索之一来叙述，而在其他的地方，如《寻人启事》（包括序言）中，他也时时透露出自己的家族成长、教育的一些情况，在后来的《认得几个字》《见字如来》等中，也都有不少家族性的成长经验的呈现。而其他作品中，其实也存在着一些家族、家庭情况的呈现和描写，如《我妹妹》《将军碑》等中，只不过家族的历史及精神、理念的延传在其中并不突出而已。

---

① 刘志凌记录整理：《讲故事的人——张大春对话莫言》，《台港文学选刊》2009年第5期。

② 苏炜：《历史的肉身》，《读书》2004年第2期。

可以说，《聆听父亲》虽然文本比较独特，但确实是张大春尝试家族小说写作的重要文本，张大春也通过自己尝试性的文类试验，如时序交错、第一人称与第二人称相组合等，开拓了家族书写或者说丰满了家族小说的形体。正如有学者所说的那样："《聆听父亲》显然具备脱颖而出的潜质：他对儒家文化传统的现代反思、审美方式上的含蓄蕴藉以及形式层面的文体创新等等，不仅仅拓展了家族史书写的历史深度与情感张力，更为儒家文化传统在现代社会的异域传播提供了一个成功的典例。由此，《聆听父亲》的存在价值不仅仅是文学试验层面的，更具备了深远的文化传播意义。"①

第二节　在风格与技术边上：以风格为标准的分类

上一节主要是从写作对象和题材入手，分析张大春的创作中尝试过的文学创作类型。前文说过，张大春是个"不安分"的作家，据说他自己也曾表示自己很难安分于某种写作方式或风格，几乎每隔两年他就要换一种写法，如历史小说、科幻小说、武侠小说、侦探小说、乡野传奇及自创新闻小说、周记小说等。② 本节将从呈现形式、方法、技巧和风格方面来看张大春作品中出现的类型尝试。这些形式几乎都是张大春在自己的文章、访谈中所提及或是他认同和推崇的，有的甚至是他自己提出来的。

一、新闻小说

"新闻小说"有时也称"新闻立即小说"，是张大春竭力推崇的

① 王云芳：《家族史的现代书写——评张大春〈聆听父亲〉》，《现代语文》2008年第4期。
② 胡金伦：《政治、历史与谎言——张大春小说初探（1976—2000）》，台湾政治大学2001年硕士论文，第33页。

概念。他在《一切都是创作——新闻·小说·新闻小说》一文中，从读者分析的角度入手，认为无论是阅读新闻还是阅读小说，都会基于记忆历史、新闻、小说及各种各样的其他知识，形成与作品之间的对话，所以有时候会用"现实"的记忆与虚构的世界交流，有时候又会用"虚构"的东西与现实交流，所以并非真假分明的，正因为有记忆，所以读者有阅读和理解的主动权和控制权。基于此，他说：

> 所谓"新闻小说"——一个被我发明出来的小说类型，其实只是一种试图以"虚构"来编织"现实"，同时也用"现实"来营造"虚构"的记忆处理方式。当新闻刊布的那一刻，小说家开始发问："如何让这则新闻渗透到小说里去？"在小说发表的那一刻，读者开始发问："如果没有这则新闻的渗透，小说如何？"当新闻本身不复被任何人记忆，小说家和读者会一起发问："这些到底是新闻还是小说？"这三个问题都是关于"创作"这回事的问题，它既属于作者，亦属于读者更属于读者；只要读者一直这样地发问着，他就不会接受那种肤浅的"现实/虚构"二元论，他会明白：一切都是"创作"，阅读也是，记忆也是。连"真/假"的问题都是我们创作出来的。[①]

也就是说，所谓的"新闻小说"就是从作者的角度将新闻融入到小说创作中去，从读者的角度将一切看作是有小说质地的，因此它强调的是现实/虚构基于记忆的不确定性（因为会糅合多种材料）所生发出来的意义的复杂性和多元性的问题。即是说，新闻和小说这两个分别看似真实和虚构的门类，站在创作的角度，是可以形成沟通的。所以张大春在提出这一概念时，实际上是潜然表明一个态

---

① 《一切都是创作——新闻·小说·新闻小说》（代序），《张大春的文学意见》，远流出版事业股份有限公司1992年版，第9—14页。

度：对新闻和小说同时表示怀疑，创作就是要制造"信以为真又但愿是假"和"信以为假又但愿是真"的阅读效果。这与前面提及的张大春对于虚构的关注甚至是他玩弄文学的一贯"作风"是相互印证的。

当然，有关"新闻小说"这一概念其实在张大春之前早都有人提及了，如，早在 1936 年，方之中就发表过一篇短文《论新闻小说》[①]，说日本、苏联曾经讨论过这个问题，但他在文中主要强调新闻小说的短小便捷性和反映现实的及时性观点。日本的《文学》杂志也于 1954 年第 6 期做过专辑，分别发表论文 5 篇、笔谈 6 篇以及四人的一次座谈等。另据台湾"国立"政治大学新闻研究所编的《新闻学研究》第十三集（1974 年）所收录的《中国大众传媒注解书目（上）》（杨孝溁等作），以及羊汝德主编的《采访与报道》（台湾学生书局，1977 年）所收录的文章看，在 1960 年代以台湾政治大学新闻学研究所为主的学术研究中，"新闻小说""新闻文学"研究便是其中重要的一个支脉，如 1963 年陈勤的硕士论文就名为《新闻小说研究》（台湾"国立"政治大学），同年林友兰将约翰·海尔赛（John Hersey）的 *The Novelof Contemporary History* 译作《论新闻小说》发表，陈谔则在 1967 年发表《文学与新闻文学——谈新闻文学的涵义及其范围》等。但这些文章都是出自于新闻学研究学者的，他们更看重的是新闻媒介性质的文学。因此张大春所提出的"新闻小说"，与在他之前被提出来的"新闻小说"从内涵到外延的指向性，都是有区别的——张大春更注重的是新闻被用来参与文学的虚构与理解的问题。

张大春提出新闻小说这一概念，与其自身的文学经历及文学理想相关，他曾经不无自豪地总结道："我在'民国'七十七年担任《中时晚报》副刊主编时，请了作家黄凡和林耀德来写新闻小说，可是由于两个人之间笔触不一，一直没有真正写出新闻小说的特质。

---

① 方之中：《论新闻小说》，《夜莺》第 1 卷第 2 期，1936 年 4 月。

后来我自己卸任主编后，心想非得把自己对新闻小说的这个概念写出来不可，因为在全世界，只有华人地区的报纸每天有副刊，而也只有在台湾的人每日有机会这样写，而在台湾，更只有我有条件写，因为我本身写小说，又在'晚报'工作，'晚报'除了截稿时间很急外，没有其他限制，我想全世界大概只有我能发明'新闻小说'这种文类，倒不是说我有多厉害，而是因为客观条件的配合。"[1] 表面上看，张大春说这话似乎有点年少轻狂的感觉，但结合张大春的文学经历，他确实有这样的便利，及时关注和利用新闻材料，将其融入到小说中，又将创作出来的作品如同新闻小说一样及时在刊物上刊载。

　　另一方面，提倡"新闻小说"，也是张大春对新闻媒介尤其是自身有很深切的从业体验的报纸——特别是报纸副刊有着深刻的认识的结果。张大春曾深入分析过报纸媒介的重要性，尤其是在台湾文学发展中起到过的独特作用："因工商业活络、长期受报禁庇翼而快速成长的报纸媒体借大量广告而聚集的雄厚资本使原本就较具竞争力的业者更具招徕之力，联合与中时这'两大报系'便逐渐掌握了除电视之外最富资源及公信力的媒体。报纸媒体的副刊既然原本是华文新闻纸的一大特色及传统，更于长期以来不断吸收一批又一批无法鬻文为生的文学人才，当报纸不得增张（报禁解除之前最多以三张全开纸为限）而文学副刊又独占十到十二分之一（含广告篇幅在内）的时候，版面的显著性与人力资源的充沛性使得文学成为十分突出的论述形式，这个论述形式既然可以在言论钳制较紧的时期以微言大义的巧饰吸引知识分子与都市中产阶级，亦有效地消化了报业体本身所吸收的文学人口之生产力。围绕着文学副刊的读者、编者以及透过这两者长期以来相互默许的作者遂于七十年代以降逐渐形成一个隐然无形却确然存在的共谋圈。"[2] 也许正是这个

① 李瑞腾：《创造新的类型，提供新的刺激——李瑞腾专访张大春》，《文讯》总 99 期，1994 年 1 月。
② 《八○年代的都市文学—— 一个小说本行的观察》，《文学不安——张大春的小说意见》，联合文学出版社有限公司 1995 年版，第 116 页。

"共谋圈"的发现，让张大春在文学活动中看到了新闻作为沟通作者和读者之间的关系的重要性以及将其混杂在小说中的可能性，于是不仅在创作理念中提出通过其沟通读者与作者之间的想象、虚构与现实理解，更在自己的作品中，大量实践，推进"新闻小说"这一独特的创制的发展。

就创作实际而言，张大春也并非在他提出"新闻小说"改变的1990年代初才尝试所谓的"新闻小说"的写作，在发表于1981年的《新闻锁》中，他就涉及了新闻写作、过往记忆等问题，只不过不是作为正面的系统的东西来表现的。收录在《公寓导游》（1986）中的《印巴兹共和国事件录——菲律宾政变的一个联想》一篇整体上就是以报道的形式来"叙录"印巴兹共和国的政变历程的，作者还在小说最后加了一部分类似于"后记"的东西："你读过，也听过很多这种口吻的大众传播报道，可能会信任报道的事件属实。问题在于：你的信任建立在对这种报道的口吻习惯上。这种口吻可能只是叙述一些联想而已，我们要详细考证一番。"①《天火备忘录》中，直接开辟"新闻资料部分"和"回忆资料部分"，形式上全然是新闻报道。其后的《晨间新闻》不仅写由新闻引发的事儿，还不断将新闻内容穿插入小说中。真正大量进行"新闻小说"写作的，是张大春提出这一概念前一年出版的《大说谎家》。张大春曾多次提到这部小说的写作方式：每天上午到他所工作的报社，看三十余份报纸，挑选当天的新闻进行编排、改造，在"晚报"刊载出来以前，只要再看到新的新闻，都有可能重新改造，然后加上一半自己的东西，进行连载。② 所以这部小说中，叙事中就有很明显的特征，

---

① 《印巴兹共和国事件录——菲律宾政变的一个联想》，《公寓导游》，文化艺术出版社1989年版，第126页。

② 参见《张大春：在任何社会都不是主流》，《听我讲话要小心：文化名人访谈录》，武汉出版社2011年版，第177页；陈娟：《张大春，像孙悟空一样写作》，《环球人物》2017年第9期；李瑞腾：《创造新的类型，提供新的刺激——李瑞腾专访张大春》，《文讯》总99期，1994年1月。

一方面，张大春设置了以数字为排序的类似于"箴言"的条目，全文共 176 条，有的像是总结道理，如"78. 库房包不住炸药，纸包不住火，嘴巴包不住机密，信仰包不住谎言"，有的像是普及知识，如"33.《选情新闻》的谎言浓度大约在 84% 到 89% 之间。稍高于'此间并无政党协调'说辞的 81%，稍低于'无凤神话'的 99%"，有的像新闻消息，如"83. 据传：《大说谎家》将交行政院出版，然消息人士透露：俞揆将公开指出此一传闻之措辞不很'得体'（发音 dirty）。"等，在内容上又融合着各种情感仇杀、暗杀监听、探案等内容。

张大春多次提及他对"新闻小说"的发明，看来自己对它还比较满意。仅看作品出版时封面上的广告也可见一斑：

全世界第一部"新闻立即小说"

小说家张大春每天早上到报社将当日新闻写进他的长篇小说里，然后在当天的《中时晚报》刊出。他将新闻事件与小说情节融合交织，还不时夹插一段"箴言"，如真似幻，蔚为奇观。

大说谎家？大说谎家？

什么是新闻？什么是意义？什么是记忆？什么又是历史？这世界上有真实这回事吗？还是充斥着谎言？《大说谎家》里，大家说谎，这其中有道理存在吗？

一气呵成，好看过瘾！

从 1988 年 12 月到 1989 年 6 月，半年的连载之后，《大说谎家》终于可以一气呵成读完。这本书极可能是本年度最好看、最过瘾的一部小说。①

---

① 《大说谎家》，远流出版事业股份有限公司 1990 年版（第五刷），封底。

从这广告中我们几乎能了解到作品是怎样创作的，作者如何创新，想要表现什么思考；从中，也完全可以看到作品的特色。

可能是由于在报社工作的原因，张大春对新闻报道似乎特别敏感，也有他独特的认识，作为媒介的报纸、广播等传播的新闻消息，自然是多元的，作者借此进行了文化的反思，并在文学创作方面加入了更多的虚构、捏造等内容，使得张大春的作品独开生面，对文学的样式进行了开拓。然而，张大春也并不是为了形成影响或者作品的叫卖而浮于表面地创造新闻体小说形式，反而是要通过文类的创新，传播他的更深层次的理念和思考，这从上文所引的广告内容中就能看出。还有学者更加深入地分析道："张大春对传媒的警觉孕蓄于他探求的哲学层面，那就是'对于历史的怀疑'和'对于新闻本身的虚构性质'的思考，这两者又被结合在一起，从而在对传播媒介的深刻反省中表现出一种力图走出历史'迷宫'的人生观。《新闻锁》（1981）、《晨间新闻》（1986）、《公寓导游》（1986）、《大说谎家》（1989）等小说，或机智地反讽，从而揭示被视为'公正''客观'的新闻传媒却无处不在地渗透进虚假性；或以禅似的勘破，指点出历史从来不会自动呈现，而历史描述往往会带来历史遮蔽；或以纯新闻的客观笔调构筑虚拟世界，让人惊愕于现代传媒环境的虚幻不实及其对人的支配……而所有这些，都表明张大春的清醒，他意识到日益多样化的都市传媒提供的'虚假'世界越来越多构成记忆，构成历史，而被人当作'真实'保存、流传下来，所以，他的创作就要让人警觉历史本质上的虚假性对人的支配，这种支配比传统的权威、秩序、等级、依附关系对人的支配更难以摆脱。"[1]这个分析可谓深刻、精辟，是符合张大春的创作的。

---

① 黄万华：《多源多流：双甲子台湾文学（史）》，花城出版社 2014 年版，第 313—
314 页。

二、科幻小说

胡金伦指出:

> 台湾的科幻小说以其天马行空的情节，时间感的压缩，光怪陆离的器械背景取胜；同时立基于台湾的现实生活，又试图超越这个现实环境，介于写实与非写实之间，或作耸人听闻之科学预言/寓言。科幻小说表面上纯属个人想象，但其所论所述，其实深饶历史文化意义。因为没有过去，何有现在，更不用说未来。科幻小说以反写实笔调，投射了最现实的家国危机，政治思潮嬗变现象，指出人类想象，言说过去/未来世界的方向及局限。[①]

的确，从这个角度来看，张大春的科幻小说有其独特的台湾文学价值和地位。张大春的科幻小说主要创作于1984—1990年间，1984年，张大春发表了《大都会的西米》和《伤逝者》，同年《伤逝者》即获得《中国时报》科幻小说首奖。1986年，张大春出版了他的第一部长篇小说《时间轴》，也是一部科幻小说，1990年他又出版了小说集《病变》，收录了《大都会的西米》《伤逝者》及另外的两篇小说《血色任务》《病变》，其中，《血色任务》是和《大都会的西米》一脉相承的，《病变》较为缺乏科幻性。刘秀美定义科幻小说时说："科幻小说是小说家立根基于科学所作的幻想性叙事作品，它必须兼具'科学''幻象''小说'等三个因素。"[②] 还有一些小说也可以从广泛意义上归入科幻小说的行列，那就是《写作百

---

① 胡金伦:《政治、历史与谎言——张大春小说初探（1976—2000）》，台湾政治大学2001年硕士论文，第35页。

② 刘秀美:《五十年来的台湾通俗小说》，文津出版社有限公司2001年版，第172—173页。

无聊赖的方法》《天火备忘录》《透明人》等，在这些作品中，张大春其实也表现出了虚构的科技力量对于人的影响或者人在面对着自己创造出的科技产物时的态度。如《写作百无聊赖的方法》就塑造了一个科技的产物——试管婴儿百无聊赖，即赖伯劳的形象，作品的主旨就是"我"（也叫张大春）去写作百无聊赖的事情，通过对"写作"进行写作，也批判和讽刺那些社会学家、语言学家等研究百无聊赖的学者，只不过由于这篇小说的"后设"技巧比较突出，一般学者不太关注其所写的科学方面的事情。而实际上，张大春的科幻作品中，思考各种被塑造出来的人的生存状态，是一个很重要的主题。如《大都会的西米》《血色任务》中的西米、西撒（合成人），《伤逝者》中的安大略等。

和其他类型的创作一样，张大春的科幻小说数量不多。但是，他的创作又很契合台湾当代文学的情景，具有代表性。有学者总结说：

> 回顾台湾文学场域的科幻发展，"科幻"文类一开始就被台湾主流科幻论述怀抱着实用目的而收编，自我区隔于次文化的通俗性之外，以建构"本土科幻"为名，试图塑造"正统"的"精英科幻"类型，针对"想象读者"推广新的"知识文类"，因而带动台湾主流科幻论述的阐发。标举"时代文学"的旗帜下，台湾主流科幻论述以未来文学主流与科学启蒙教育来争取"科幻"的文学定位，却导致科幻文类僵固在"形塑经典"的想象中，面对既存的通俗科幻，只好采取排他性的思考策略进行文类改造并透过科幻奖与反复批判来巩固指导路线的正确。然而"正统／通俗"文学阅读法则的根本矛盾，牵制了科幻议题的开展，台湾主流科幻论述转向要求文类创作的"正当性"，因此在文学地位上力求与"主流文学"齐驱，在科学叙述上谨守"现实科学"规范，在文学建设上坚持"中国风

格"的民族特征，以严肃态度刻画出"本土科幻"的范型，却也积习成常掣肘科幻论述的灵动应变。①

　　一般而言，科幻文学有着充分发挥想象力的特质，因此它如同武侠一样，往往与通俗文学关系更亲近。但是，我们看以上几篇张大春的作品，不仅很少缺乏通俗性、大众化的因素，反而是极其考验读者的：在作品中，时序往往交叉繁复，故事情节也都凌乱、破碎，作者不愿意直接讲述一个个生动的故事，反而不断改变叙事方向，也不断转变故事中的矛盾冲突，作品中的形象也往往不是单一的，可能随时转换或者时不时又透露出角色的性格的另一方面等等。这种书写很明显就是如上述引文中所说的那样，对精英立场的坚持和向主流文学的靠拢。

　　整体看来，张大春的科幻小说数量很少，但正如学者所说，"数量不多，但质量颇高"，其《伤逝者》被称作"探讨记忆与遗忘纠葛关系的杰作"②，备受评论家关注。整体而言，《伤逝者》《大都会的西米》《血色任务》可以算作一类，这些作品中不断探讨在分层次、等级的社会中，处于地位比较低或者处于交叉地带的人／物类的主体性、记忆、爱情如何受到压制、监听等的问题，如《大都会的西米》《血色任务》中的合成人，就是被剥夺了与自然人同等权利的群体，不断受到监控，但他们还必须随时喊着"我爱大都会"，其中的隐喻是很明显的；在《伤逝者》中，不仅"畸人"和蟑螂为伴，作为最底层的被宰制对象，安大略这一看似地位不低的人得知自己的身份——怀旧分子的后代后，也陷入到巨大的迷茫中。这类作品构成了陈思和所说的是"科幻与通俗文学二元对立的

① 林健群：《台湾主流科幻论述评析》（代序），林健群主编：《在"经典"与"人类"的旁边：台湾科幻论文精选》，福建少年儿童出版社 2006 年版，第 36 页。
② 林建光：《政治、反政治、后现代：论八〇年代台湾科幻小说》，《中外文学》第 31 卷第 9 期，2003 年 2 月。

模式"："小说中科幻成分不是作为故事情节的一环来展开，而是组成一个独立的故事，并且在原通俗故事框架中产生出不和谐的效果，以科幻成分的独立意象来消解原作品框架本来的通俗含义，以此来提升作品的品质"①。也就是说，这一类科幻小说通俗性不强，主题深刻，作品更多地包含知识分子话语和政治批判。

张大春的长篇《时间轴》与上述诸篇风格有所差异，可算作其科幻小说创作的另一类。这部作品出版时，张大春在序言中说，它是"纯粹为满足自己的少年幻想而写的小品"，他"要使《时间轴》成为给孩子读者的试验"，所以无论作者如何声称小说"既无教育使命、又缺乏娱乐效果"②，但作品所呈现出来的风格，确实与张大春别的小说都有所不同——他可能是张大春所有小说中故事性最强的一部。小说分别写了四个小光球指引、带领、陪伴以至护送下，四个不同的人"穿越"时空，回到了1880年代的广西与越南交界附近，与当时当地的人、事之间不断关联又想不断逃脱的事儿。因此，作品确实如学者所言，是属于青少年科幻、偏重娱乐与科学教育的。③

不过，与其他小说不同的是，一般的科幻小说都会虚拟一个新的科技空间及全新的科技化的人物角色，而《时光轴》中却缺乏这些方面的设置，而仅仅设置了四个有独异功能的小光球，更多内容则是在它们护送、影响之下的四个人物回到一百多年前的历史中的各种冒险及其感受。因此，严格意义上来说，它确实是可以归入"穿越小说""冒险小说"等类型中。但正如有学者研究和总结的那样，虽然看起来它像"以清朝为背景、以武侠为情节，铺排开来的

---

① 陈思和：《创意与可读性——试论台湾当代科幻小说》，陈思和著、颜敏选编：《行思集——台港澳暨海外华文文学论稿》，花城出版社2014年版，第207页。
② 《自序》，《时间轴》，时报文化出版企业有限公司1986年版，第1—2页。
③ 林建光：《政治、反政治、后现代：论八〇年代台湾科幻小说》，《中外文学》第31卷第9期，2003年2月。

140

一部穿越时空的奇幻冒险小说",但是,因为外来生物、穿越时空的要素,它也确实可以算科幻小说。[①]另外,张大春曾经自我总结说:《时间轴》套的是"'时间隧道'的老模子,进入这个隧道的根本不是'少年英雄',而是一个学究型的老太太、有过窃盗前科的小贩、爱幻想而不坚的美丽的老小姐、一个喜欢惹是生非的记者,还有四个没有容貌的小光球"[②],但作品中,四个小光球的带领确实有着很明显的少年冒险的风格和意味,因此,作为"给孩子读"的定位,也就表明它确实是少年冒险题材。但是,作品中呈现给我们的,并不仅仅如此。在作品中,一方面有现代人和一百多年前的人的价值观念的冲突,如第十五章中,纪一泽与阿陈和徐香香一路行走,总觉得阿陈有大侠风范,对徐香香(爱上纪一泽)的柔情蜜意、阿陈和徐香香对他的讥讽等,都没能理解;另一方面,也写出了很多人性的地方,如尚达儿院长对田妈妈等人的帮助等;在此基础上,贯穿整部作品的,其实是对历史的反思,如第四章(刚穿越回去),小紫球就说,"你们人类的历史到处都是这种死结",小绿球直接说:"时间轴是一个很特别的存在体,根据你们那个时代的学者研究,人类的存在方式是不可能接触到时间轴的。换句话说:如果人'走'到'过去'或者'未来'的世界里,他可能会对那一个时空环境有一些影响。但是,如果他改变了历史,它本身存在就会有问题的——"[③]可以说,这正是这部小说的最重要的主题,所以小说中的人物回到过去以后,一方面要面对过去的现实的干扰、追杀等,另一方面又总是反思自己的行为举止是不是会改变历史或者影响历史。从这一点上看,作品的特色是很鲜明的。

王德威在论述晚清科幻小说时说:"科幻小说对不可知世界的

① 郑淑怡:《写实、魔幻与谎言——张大春前期小说美学探讨(1976—1996)》,台湾东海大学 2009 年硕士论文,第 29—30 页。

② 《自序》,《时间轴》,时报文化出版企业股份有限公司 1986 年版,第 2 页。

③ 《时间轴》,时报文化出版企业股份有限公司 1986 年版,第 34、38 页。

向往与描摹，除了表现在科技神怪事物或乌托邦的想象上，也常可得见于对时空架构的重组上。小说家们亟须超越躯体的束缚，时间的极限，乃至地理的障碍，以探寻另一种生存情境的可能。对时空观念的再思也必然影响到寻常历史意识的定位，由此产生的曲折对话，最为可观。"[1] 可见张大春的《时间轴》中，对历史的思考和定位的意识是很明显的。这也是张大春总是在历史性的书写中加入了很多价值观念的新理解的体现之一。

有学者曾总结说，中国的科幻文学有过三次繁荣期，在70到80年代之间，张系国、黄凡、张大春、平路、宋泽莱、林耀德等台湾的优秀作家，曾经"在真正意义上铸造了中文科幻的'黄金时代'"。他对比道："被意识形态噤声的郑文光这一代大陆作家，并未能在八十年代为大陆的科幻文学带来真正繁荣。而张系国、黄凡等以更为自由的想象，在科幻中注入人文的想象力量，在语言实验、文体创新、思维深度各方面都有相当自觉的探索。台湾人文科幻与大陆新时期科幻的出现，相互之间没有直接关联，但两者有许多共性。至少，两岸的作家都试图将科幻从'娱乐'和'少儿'文学的范畴中提升出来，以建立一种不同于现实主义，但能与之形成对话的严肃的文学表现。"[2] 张大春的科幻小说虽然数量不多，却在科幻小说的纯文学性、知识分子性或者说严肃性上，进行了很重要的开拓——他的科幻文学作品中，形式探索、后设等技巧的运用、交叉并列叙述等的运用，无疑让科幻小说变成了非娱乐化、减弱少儿因素的主流化创作。

---

[1] 王德威：《贾宝玉坐潜水艇——晚清科幻小说新论》，《想像中国的方法：历史·小说·叙事》，生活·读书·新知三联书店1998年版，第54页。

[2] 宋明炜：《新世纪科幻小说：中国科幻的新浪潮》，陈思和、王德威主编：《文学》2013春夏卷，上海文艺出版社2013年版，第6页。

三、后设小说

　　后设小说①恐怕是张大春借鉴并在创作中使用后在其创作中影响最深远的小说类型。黄锦树论及张大春和骆以军的师徒关系时说过："张大春正是八〇年代台湾小说界的指标性人物，在以文学奖作为守门机制（授予写作者入门身份）的文学体制内拥有绝对的影响力，他的小说观念对那个年代浮起的小说写作者甚至可以说是具有强大的支配力。"②而张大春之所以形成如此巨大的影响，恐怕绝大程度上在于他在1980年代把"后设小说"这一概念及其所负载的文学技能运用到台湾文学创作中以后，有学者就总结道："张大春的《公寓导游》（1986出版）与《四喜忧国》（1988出版），堪为八〇年代台湾后设小说的代表，并引领风潮，在文学界与书市皆造成广大回响。"③足见张大春的"后设小说"创作的影响力。

　　有学者以表格的形式罗列分析了张大春从1976年到2009年的创作情况，从其中我们可看到张大春从1985年的《最后的先知》开始，到2000年的《城邦暴力团》结束，共创作后设小说七部（其中有一部同时为新闻小说），具有"后设"意味的小说九部，有后设兼魔幻写实的两部④（见下表）。这么大的比重在不断追求变化和创新的张大春来说，不可谓不惊人。可见张大春对于"后设小说"确实比较迷恋和擅长。

---

① 后设小说，即metafiction，大陆一般译作"元小说""元叙事"，台湾几乎都作"后设小说"，本书中为了论述的方便，一律采用台湾的"后设"说法，但引用到大陆的文献时，均用原引文，但除特别说明，均指"元小说"，将不一一注明。

② 黄锦树：《隔壁房间的裂缝——论骆以军的抒情转折》，《谎言或真理的技艺：当代中文小说论集》，麦田出版社2003年版，第340页。

③ 洪鹏程：《试论八〇年代台湾后设小说的定位：以张大春〈公寓导游〉与〈四喜忧国〉为分析对象》，《新竹教育大学人文社会学报》第5卷第1期，2012年3月。

④ 黄清顺：《"后设小说"的理论建构与在台发展：以1983—2002年作为观察主轴》，丽文文化事业股份有限公司2011年版，第296—298页。

张大春作品中的魔幻、后设因素统计表

发表时间	作品	"后设"因素
1985 年 6 月	《最后的先知》	具"后设"意味
1986 年 1 月	《走路人》	后设小说
1986 年 3 月	《旁白者》	后设小说
1986 年 4 月	《写作百无聊赖的方法》	后设小说
1986 年 4 月	《透明人》	具"后设"意味
1986 年 4 月	《印巴兹共和国事件录》	具"后设"意味
1986 年 5 月	《天火备忘录》	具"后设"意味
1986 年 7 月	《公寓导游》	后设小说
1986 年 10 月	《将军碑》	后设兼魔幻
1986 年 12 月	《晨间新闻》	具"后设"意味
1987 年 5 月	《自莽林跃出》	后设兼魔幻
1987 年 9 月	《如果林秀雄》	具"后设"意味
1987 年 12 月	《四喜忧国》	具"后设"意味
1989 年 9 月	《大说谎家》	后设小说（新闻小说）
1992 年 2 月	《猴王案考》	具"后设"意味
1994 年 8 月	《没人写信给上校》	后设小说
1996 年 3 月	《撒谎的信徒》	具"后设"意味
1999—2000 年	《城邦暴力团》4 册	后设小说
2003 年 7 月	《聆听父亲》	似已搁置"后设"

说明：

（一）本表中信息采集自黄顺清：《"后设小说"的理论建构与在台发展：以 1983—2002 年作为观察主轴》，丽文文化事业股份有限公司 2011 年，第 296—298 页。

（二）原表中与"后设"无关的内容此处略去不录。

有关"后设小说"，学界关注度很高，而且在 1980 年代的文学创作中，对中国大陆和台湾，都形成了风潮。但大陆随着 1990 年

代以后马原、余华等先锋派作家转向，对此手法的运用也逐渐冷淡，而在台湾，一直到1999—2000年张大春的《城邦暴力团》，都还在创作中使用。对于这一来自西方的概念，历来定义也颇多。有大陆学者梳理西方"后设小说"的概念时指出，西方对此的解释有"在小说的创作中直接关注小说创作本身"、"关于小说的小说——即在小说自身内部包括对其自身叙述和／或语言身份的评论的小说"、"元小说是我们对这样一种虚构作品的称谓：它为了对虚构和现实的关系提出疑问，便自觉地系统地将注意力集中在它作为人工制品的自身状况上。这种小说通过对其自身的建构方式提出评论，不仅审视记叙体小说的基本结构，而且探索文学虚构文本以外的世界的可能的虚构性"等的说法。[①] 而台湾1995年曾翻译出版了帕特里莎·渥厄的《后设小说：自我意识小说的理论与实践》，这本书中说："后设是赋予虚构性创件的一个术语，这些创作在有自我意识地和系统地把注意力引向它作为艺术事实的地位，以便于就虚构与现实的关系提出询问。为了对其自身的结构方法提出评论，这些作品不仅要检验叙事小说的基本结构，而且要探索文学虚构作品之外的世界所可能具有的虚构性。"[②] 张惠娟则说："'后设小说'metafiction是西方文坛近三十年来的一个文学现象。随着60年代以来社会、文化等领域中自我意识的觉醒以及学界对于语言功能的研究，小说作为一反映现实的媒介也再次受到质疑，而有种种颇具试验意味的作品出现，借由各类手法，探索虚构和真实的关系、语言文字的迷障、读者和作者的角色、写作的问题等，自觉地省思小说创作的林林总总。自我指涉特质甚浓，因之也被称为'自觉小说'（self-consciousfiction）。"[③]

---

① 刘辉：《后现代主义小说中的戏仿》，北京语言大学出版社2012年版，第55页。

② 帕特里莎·渥厄著：《后设小说：自我意识小说的理论与实践》，钱竞、刘雁滨译，骆驼出版社1995年版，第2—3页。

③ 张惠娟：《台湾后设小说试论》，孟樊、林耀德编：《世纪末偏航——八〇年代台湾文学论》，时报文化出版企业股份有限公司1990年版，第299页。

可见"后设小说"里一贯的是作者对自己的小说写作过程及方法的思考、总结和呈现，并在小说中体现出来。如，大陆作家开"先锋文学"先河的马原在他的《虚构》中，第一节里交代自己的写作："比如这一次我为了杜撰这个故事，把脑袋揿在腰里钻了七天玛曲村。做一点补充说明，这是个关于麻风病人的故事，玛曲村是国家指定的病区，麻风村。""毫无疑问，我只是要借助这个住满病人的小村庄做背景。我需要使用这七天时间里得到的观察结果，然后我再去编排个耸人听闻的故事。我敢断言，许多苦于找不到突破性题材的作家（包括那些想当作家的人）肯定会因此羡慕我的好运气。"① 所以，强调虚构，基本上是大部分"后设小说"的特征。

前文已总结过，张大春的文论观点中，很重要的一点就是强调虚构，所以在他的小说中，"后设"方法的大量运用，与之也是相互印证的。张大春的"后设"方式还不仅仅是在于在作品中告诉你作品如何如何，而是包含着多种方面的。如，有人就曾以《走路人》为文本，探讨其"后设"技巧为：反写实、读者介入、干预读者阅读行为等②，但实际上张大春的"后设"也不止于此，在《写作百无聊赖的方法》中有一段话：

> 接下来，我只要向科技中心调回当年百无聊赖寄自监狱的信件资料，再加上他口述的回忆资料，就可以正式展开写作了。也许就套用"神秘的魔宫气数"的叙述方式，以复合人称的语调，经营那种一群脏小鬼一起看恐怖影片的气氛，带领我的读者参观一处隐藏着无数谜圈、杀机和洗脑危险的监狱。而且根本无需白费力气解开什么谜底；（现在的读者简直把推理小说之类的玩意儿当成听过一百

① 马原：《马原文集（1）：虚构》，作家出版社1997年版，第3页。
② 曹婉恩：《论张大春的〈走路人〉》，黎活仁主编：《台湾后设小说研究》，文史哲出版社1998年版，第140—144页。

次的老笑话），以免矛盾性、冲突性、虚构性以及丰富性不够。百无聊赖的角色嘛，就是一个永不忏悔的死刑犯好了，他谋杀了亲生的母亲，娶了亲生的父亲——这很符合最新的气数理论；至于为什么安排这样的情节，其实一点也不重要，反正文艺复兴运动以来，读者解读作品的花样儿越来越多，他们是多数，多数人的头脑永远比作者一个人的头脑好，他们总会想办法创作出百无聊赖为什么杀母娶父的动机来的。——写到这里，我忍不住要再一次歌颂我们今天少数服从多数的和谐的社会体制，它至少使艺术和文学在取得大多数人谅解的情形下有了生机。是的，每一个读者都可以透过他的认知来帮助创作者解释作品的原意，那可真替我们省了不少事，以便我们有精神从事更复杂而诡秘的创作。至于读者，不也正像自我演出舞台上的歌者舞者一样，获得了自我偶像的满足吗？让我们齐声为三十年前本世初那群以投票方式发起文艺复兴运动的读者致敬（我准备下个月在该运动三十年纪念会上发表一篇谢文，追思那一代可敬的读者，他们曾经在运动之初被许多顽固分子斥为"鼓励无知与卸责创作者的艺文叛徒"，然而历史证明他们的投票行动是明智的）。①

这一大段中，前面部分说自己要怎样写作有关百无聊赖的作品的打算，属于在小说中出现的虚构，尤其是百无聊赖杀母娶父；紧接着破折号后面突然岔开说社会感悟，然后又转移到论述读者的重要性，"让我们"一句与读者形成交流，最后的括号中又好像跟读者讲述自己的秘密一样。也就是说，在这一段落中，就有虚构呈现、评论（文学、社会）、与读者互动、自暴计划等。

在其他的作品中，这种以括号的形式不断跳出小说之外说别

① 《公寓导游》，文化艺术出版社 1989 年版，第 86—87 页。

的事、说小说的事的，或者不断对自己的写作进行交代的，比比皆是。如《印巴兹共和国事件录》的开头直接说"我尽量以资料的面貌来叙录此事"，暗示下面的叙述有新闻体特征，最后一段说："你读过，也听过很多这种口吻的大众传播报道，可能会信任报道的事实属实。"[1] 将读者放到作者面前交流。而《如果林秀雄》中分别以"如果林秀雄……"来叙述，表明林秀雄压根儿就没有如叙述中的一样，所叙述中的都是作者的推测和猜想，同样《城邦暴力团》中的结尾，也连续利用六个"或许我应该如此开始述说"及夹杂在中间的"以上多少多少叙述为失败"，表明"我"的叙述就是一个不断尝试的过程。而《大说谎家》《没人写信给上校》等中，则作者不断跳出来该书怎样、作者怎样，"《没人写信给上校》的小说作者论起这部片子……"[2] "本文作者欣然通知全世界所有堂堂正正的小说家和小说读者：……"[3]《大说谎家》中，不仅有"作者案"，还有"编者案"，书中还有一处专门框起来，说"为了除暴安良，大说谎家从除夕至年初三止，共四天不写稿，要去格杀黑道分子，以俾大家过个太平年"[4]。据说，是由于该书最开始是在报纸上连载，到春节放假时，作者突然又跳进文本中去参与（干涉）情节发展了。[5]

正是通过种种作者跑出跑进文本的方式和形形色色的后设，张大春的小说跳出了早期的写实风格较浓的模式，转入到了1980年代引领风潮的后设小说的写作中。在他的作品中，作者的角色常常自以为是地干扰读者，但是他又很注重与读者的沟通，制造读者和作者的在场感及交流氛围。但这又不是他所要达到的表面目的，更重要的是他要告诉读者他的虚构性及他对一切现实、写实的不信任。

① 《公寓导游》，文化艺术出版社 1989 年版，第 117、128 页。

② 《没人写信给上校》，联合文学出版社有限公司 1994 年版，第 320 页。

③ 《大说谎家》，远流出版事业股份有限公司 1990 年版，第 132 页。

④ 《大说谎家》，远流出版事业股份有限公司 1990 年版，第 119 页。

⑤ 胡金伦：《政治、历史与谎言——张大春小说初探（1976—2000）》，台湾政治大学 2001 年硕士论文，第 167 页。

正如学者朱双一在 1990 年代就观察到的一样："后设小说乃以有关创作问题、特别是语言文字能否反映相关题为题旨的小说。由于作者常在作品中直接露面，与读者交谈，陈述有关创作问题而当成双重叙述观点，以及基本情节与后设部分相互交叠的套层结构。这种设计不仅易于造成一种扑朔迷离的艺术情趣，更主要在于提醒读者注意小说创作的虚构性和语言的不可靠，进而提升对一切符号加以'后设'的分析和思考的高度自觉。对于语言反映真相功能的质疑，不仅直接出现于张大春典型的后设小说，如《写作百无聊赖的方法》等作品中，甚至成为一条主线，贯穿于他的各类型小说创作中，以不同形式（从整体形象到顺便触及）表现出来，使这些作品也涂染'后设'意味。……张大春的后设小说，并非单纯地以具体情节从事抽象思维，审视艺术的本质和文字的'言意'困境，而是并行不悖地甚至偏重于现实生活的反映。这是张大春后设小说的特点，也是它们的优点。"①

　　总之，张大春的后设小说不仅独具特色，虽然他不是后设小说在台湾的开创性人物——在他之前有黄凡的《如何测量水沟的宽度》，所以张大春实际上后来居上，形成了台湾后设小说的创作极其重要的主力之一，所以，据说，黄凡曾自己说："张大春呢？……他把我的一个短篇《如何测量水沟的宽度》贴在镖靶上天天用飞镖射。"② 然而，也正是这种无休止的探索，让张大春的文学创作对文学形成巨大的冲击，读完他的作品，读者往往会陷入到种种虚构的陷阱中，或者跟随张大春的文本呈现思考小说是什么的问题、真实是什么的问题等。正如黄锦树对张大春"小说本体论"的评价一样："对他来说，所谓小说的本体论，是……穷尽说故事的荒诞可能性的叙事活动本身——就小说而言，仿佛除了让小说成为

---

① 朱双一：《近年台湾小说艺术模式的变革》，《福建论坛》1993 年第 1 期。

② 黄清顺：《"后设小说"的理论建构与在台发展：以 1983—2002 年作为观察主轴》，丽文文化事业股份有限公司 2011 年版，第 295 页。

149

小说，没有其他的目的。在这里，可以隐约地听到'让文学成其为文学'的形式主义回声，也即是回到文类的最低限度的要求也是最纯粹的要求以自身为目的。"① 这样追求文学的纯粹性，无疑与上文论及的张大春对于文学尤其是小说的艺术性的坚守有关。不过，张大春也并不只是一味地做文学形式的探索和试验，进行虚构和想象，细究起来，他的作品中仍有更深层次的内涵，那就是"它同样隐含式地指向一种社会批判"②，所以，我们从《写作百无聊赖的方法》中可以看到作为试管婴儿的百无聊赖所面对的社会问题，从《如果林秀雄》中我们可以反思台湾的教育等问题……

四、魔幻现实小说

魔幻现实小说即魔幻现实主义小说，在台湾，有时也称"魔幻写实主义小说"，它产生自 1930—1940 年代的拉丁美洲，是一个影响巨大的写作流派，正如陈众议所言：它的发展过程涵盖了半个多世纪的跨度，"三四十年代产生、五六十年代进入高潮、七八十年代盛极而衰。它算得上是拉丁美洲小说的第一个独创性流派，标志着拉丁美洲文学的成熟，对世界文学尤其是第三世界文学的发展提供了可资借鉴的发展模式"。③ 但对中国的影响，无论是在大陆还是在台湾，一般都在 1982 年哥伦比亚作家加西亚·马尔克斯④获诺贝尔文学奖以后。所以在台湾，它与后设小说在写作人口中的运用，是差不多同时的，这也是前文提及的，有人曾列表分析过张大春的

---

① 《谎言的技术与真理的技术——书写张大春之书写》，《谎言或真理的技艺：当代中文小说论集》，麦田出版社 2003 年版，第 213 页。
② 吴尚华：《台港文学研究》，安徽人民出版社 2007 年版，第 166 页。
③ 陈众议：《魔幻现实主义小说导论》，柳鸣九编：《魔幻现实主义经典小说选》，真知文化出版社 1995 年版，第 12 页。
④ 台湾一般译作贾西亚·马奎斯，为行文方便，下文除了直接引用外，其他地方均用马尔克斯，不再一一注明。

不少小说是既属于后设小说又属于魔幻现实主义小说的原因。

魔幻现实主义顾名思义，可以理解为在现实主义的书写中加入魔幻、神奇的色彩。"所谓'魔幻现实'，一般而言，是把现实放置于一种魔幻的环境中描写，使用超乎常人理解的'魔幻方式'的艺术手法（如：融合东西方神话和传说；接受欧洲现代文学技法，使用超现实主义中的手法、意识流，颠倒时空、生死不分、虚实交错的多角度叙述、蒙太奇、心理描写、象征、夸张、荒诞、幻觉等等，融合众多手法）来反映'现实'（包括人所感知的现实、历史现实、内心的现实等等），达到对宇宙现象的揭露，以及社会事件的抨击等目的。"[①] 词典的解释为：

> 魔幻现实主义作家主张把客观世界、主观世界、神话世界和象征世界等全部纳入文学世界中来，构成一个包罗万象的艺术天地。在写作上借用东西方及本土、民间或古代神话、传说、幻想、幻境、夸张等制造一种超自然而又不脱离自然的神奇气氛，通过奇幻迷离、异象丛生、叙事交错、人鬼相通的魔幻世界的折射间接地揭示拉丁美洲严酷的现实生活。以最新颖的手法汇集大量不可思议的奇迹和最纯粹的现实生活来深刻地反映拉丁美洲的历史变迁和社会面貌。这种独特的创作思想和创作方法受到后现代主义者的青睐。[②]

可见其基本精神还是现实主义的，但是具体写作中又会将非现实的很多因素融合进去，以展现社会及人物心理的复杂性等，由此也增加了小说的神奇性或者说传奇性效果。

---

① 张简文琪：《张大春魔幻现实小说与其"后设书写策略"》，高雄师范大学 2008 年硕士论文，第 22 页。

② 王锡华：《魔幻现实主义》，王治河主编：《后现代主义辞典》，中央编译出版社 2004 年版，第 468 页。

除了后设小说，张大春也是台湾"新世代"小说家中比较早地进行魔幻现实主义小说创作的作家。根据研究者的统计，张大春1984年的《蛤蟆王》就算是魔幻小说的雏形，此后陆陆续续有带魔幻色彩的创作，一直到1999年的《寻人启事》(见下表)：

张大春作品中的魔幻、后设因素统计表

作品	发表时间	所含类型
《蛤蟆王》	1984 年 10 月	魔幻雏形
《最后的先知》	1985 年 6 月	魔幻、后设
《走路人》	1986 年 1 月	魔幻、后设
《旁白者》	1986 年 3 月	魔幻、后设
《写作百无聊赖的方法》	1986 年 4 月	后设
《透明人》	1986 年 4 月	魔幻、后设
《印巴兹共和国事件录》	1986 年 4 月	魔幻、后设
《天火备忘录》	1986 年 5 月	魔幻、后设
《姜婆斗鬼》	1986 年 6、7 月	魔幻、后设
《公寓导游》	1986 年 7 月	魔幻、后设
《时间轴》	1986 年 7 月	魔幻、后设
《将军碑》	1986 年 10 月	魔幻、后设
《晨间新闻》	1986 年 12 月	后设
《饥饿》	1986 年 10 月—1987 年 5 月	魔幻、后设
《长发的假面》	1987 年 4 月	后设
《自莽林跃出》	1987 年 5 月	魔幻、后设
《如果林秀雄》	1987 年 9 月	后设
《四喜忧国》	1987 年 12 月	魔幻、后设
《大说谎家》	1989 年 9 月	魔幻、后设
《猴王案考》	1992 年 2 月	后设
《没人写信给上校》	1994 年 8 月	魔幻、后设

作品	发表时间	后含类型
《撒谎的信徒》	1996 年 3 月	魔幻、后设
《本事》	1998 年 8 月	魔幻、后设
《寻人启事》	1999 年 7 月	魔幻、后设

说明：

（一）本表中信息采集自张简文琪：《张大春魔幻现实小说与其"后设书写策略"》，高雄师范大学 2008 年硕士论文，第 6-7 页；

（二）原表中为"中华民国"纪年法，此处一律改为西元纪年法；

（三）原表中与"魔幻""后设"无关的内容此处略去不录；

（四）由于标准不同，本表中的类型划分与上述黄顺兴所分差异较大，本表暂未作对比统计。

虽然研究者的标准不同，所划分的类型结果有差异，但是仅就此表中，我们也基本可以断定，张大春的作品中，运用最普遍的确实是后设及魔幻现实主义因素。这也与张大春的喜好有关，后设小说和魔幻现实小说中有很多虚构因素，这恰好与张大春的主张不谋而合，因此在作品中大量运用也就顺理成章了。张大春自己也曾多次谈及 1980 年代到 1990 年代间对西方文学影响台湾文学的情况。如他曾说，当时的台湾出现了新马潮、仿昆潮、后设潮等三个新的文学潮流，"新马潮"是仿学马尔克斯的"魔幻写实"，"仿昆潮"是模仿米兰·昆德拉小说中充满大言泷泷的雄辩或议论，"后设潮"则是不断暴露作者的写作意图和过程。[1] 多年后他也回顾到，台湾在上世纪 80 年代中期，颇为流行"昆腔和马派"——昆德拉和马尔克斯，"有人认为小说家要从向前辈的学习和模仿开始，我也写了几篇，但是一个游戏规则一旦尝试过，第二次再玩就不耐烦了"。[2]

---

[1] 朱双一：《1992 年台湾文坛趋向》，姜殿铭主编：《台湾一九九二》，吉林文史出版社 1993 年版，第 169 页。

[2] 宾果、苏苏：《张大春：一个时代特立独行的书写者》，《共鸣》2011 年 4 月号。

实际上，早在1980年代中期以前——一般认为的文学"西潮"来临前，张大春就创作过颇具魔幻色彩的作品：在1978年的《夜路》中，他就创作出一个编剧走夜路时与"鬼魂"对话的情节，作品中的编剧一方面担心自己的"江郎才尽"，另一方面又不断表现对主任的不满，由此在萧飒的夜路上幻化出一个无形的"鬼魂"，并不断地和自己对话。小说就在不满情绪的表现、编剧笔下的作品、夜路上的所见、与鬼魂之间的对话等的多元交错中，呈现编剧的思想意识的矛盾性。

学者朱双一曾分析上世纪80—90年代台湾文学的新变，认为小说模式有组合模式、幻设模式、后设模式等。其中，"幻设模式的共同特征在于作品中的超自然的幻想式设计。它突破了情节模式所遵循的契合于人们的现实认识的因果律，以其非自然、非现实的变形事物、事件构筑其形象体系。虽然有些作品有完整、连贯的情节，但未必所有作品都如此，因为它们主要依靠超乎人们自然认识的新奇想象，唤起读者特殊、新鲜的艺术感受和审美情感，至于情节连贯与否、生动与否，反而退到次要的地位了"。他认为，幻设模式主要包括魔幻、变形、科幻等类型，"魔幻写实作品乃受南美魔幻现实主义的影响和启发而产生，代表性作品有张大春《最后的先知》《饥饿》，杨照《黯魂》等。此外，如王幼华《模糊的人》、张大春《将军碑》、蔡秀女《干燥的七月》、李潼《恭喜发财》、王祯和《老鼠捧茶请人客》，以及林耀德长篇《一九四七高砂百合》等，也带有魔幻写实的成分。这类作品常赋予人物某种超自然能力，如代代相传的预见能力，穿透时空、周游于历史和未来的本领，也常描写一些超自然的神奇现象，如啾啾哀哭的干缩人头，或祖灵显圣的神迹。这些设计除了艺术的新奇感外，还能使作品涵纳较多的民族历史文化内容。其中典型的作品往往既大胆触及台湾重大政治事件和现实题材，又蕴含古老的民族历史和神话，从而达到对现实的深邃历史观照。"①林耀德也说:"魔幻写实的幻设作品则以张大春的《将军碑》《饥饿》等篇最为成功。"②吕正惠也认为,《将军碑》是马尔克斯获诺贝尔文学奖后张大春受到影响的结果,是他这一时期的代表作。③

确实,张大春的小说中,魔幻现实色彩还是很突出的。在他进行各种试验早期的《蛤蟆王》确实已经体现出了魔幻现实主义特色。小说以小孩子视角来写:我(拴柱子)因为患了眼病,奶奶和二婶等不相信西医,而相信"偏方",于是抓了只蛤蟆把肚子剖开挖出其肝来敷,同时又再次把蛤蟆肚子缝上扔到田里,据说它会变成蛤蟆王。果然,等"我"眼好了之后到了田里去,真发现了那只有缝纹的蛤蟆,它果真变成了蛤蟆王,带领成千上万的大小蛤蟆往前跳去。同时,作者也写到,参加革命党的四叔也"摘心挖肝的不得好死"④。这篇小说篇幅很短,所以尚没能体现出更多的魔幻现实色彩,但是让蛤蟆被挖空肚子却死而复生成为蛤蟆王,确实有着特别明显的魔幻现实因素了。

最经常为人称道的是张大春的《将军碑》和《饥饿》。在《将军碑》中,张大春打破时间顺序,让将军武镇东穿梭在时空之间。作品的第一段就说"除了季节交会的那几天之外,将军已经无视时间的存在了","如果没有起雾和落雨的话,他总是穿戴整齐,从淡泊园南门沿小路上山,看看多年以后的他的老部下们为他塑建的大理石纪念碑"⑤。这种"多年以后"的运用已经神乎其神了,后文还不断叙述他和传记记者、儿子等人之间的各种谈话,最后看到他死后他儿子等人在他的纪念碑前的纪念活动,尤其是听到纪念的

---

① 朱双一:《近年台湾小说艺术模式的变革》,《福建论坛》1993年第1期。

② 林耀德:《台湾新世代小说家》,《台港文学选刊》1989年第5期。

③ 吕正惠:《近期台湾文学的"后学"论述》,朱栋霖、范培松主编:《中国雅俗文学研究》第1辑,上海三联书店2007年版,第198页。

④ 《公寓导游》,文化艺术出版社1989年版,第21页。

⑤ 《四喜忧国》,远流出版事业股份有限公司1992年版,第11页。

悼词中那些被他认为不属实的定位之时，他很生气，大吼着，撞向了纪念碑。作品中的武镇东形象不仅穿梭于过去、现在和未来之间，也在生、死两界之间任意穿梭，作者如此塑造并不是要讲述鬼怪传奇，而是要借由他的种种，来反思人的记忆的问题，同时还有不少历史、现实问题的反映。因此，张惠娟评述说："张大春的某些作品向被归为'魔幻写实'之列，然而一如詹宏志所称，张大春'用了魔幻写实的技巧和面貌，可却没什么"写实"的企图（或诚意）……其中甚至还包括一个命题："天下没有写实这一回事。"《将军碑》是一个很好的例子。此作品描述一位战功彪炳的将军晚年'能够穿透时间，周游于过去与未来'，其部属更聘请传记作家，请他口述回忆录，'好为大时代留下历史的见证'。然而回忆录无法掌握历史的'真相'，甚至是否有所谓'客观'的'史实'皆成问题。幻影与现实交融，过去与现实交织，更烘托出此一作品的诡异气氛。将军的回忆，传记作家写就的回忆录，将军之子的记忆——何者是真？何者是幻？回忆不等于历史，作品不等于真实，张大春意图打破写实迷思的企图于此可谓一览无遗。"①

至于《饥饿》，其实更具有多重意味。小说中的巴库为雅美族人，他走出了落后的家乡，先给人表演吃释迦为老板招徕生意。因为他食量惊人，后来又被挖墙脚去表演吃香肠，成为香肠公司代言人，他依然表现不俗，并逐渐发生了心理的变化，想要到台北去发展。到了台北后，他为了赚取生活收入，在厨子——也是引诱及激发他到台北的人——的帮助下改变了自己的形象，并继续发挥他的能吃的特长，成为城里各种与食品相关的行业竞相争取去做广告的宠儿，算是一个红人。但其实他慢慢地发现，他自己的地位并没有改变，而仍然是跟厨子一类整天在一起的底层。但是他为了生存，依然每天大量吃各种东西，有的是食品，有的不是。最后，竟然有

① 张惠娟：《台湾后设小说试论》，孟樊、林耀德编：《世纪末偏航——八〇年代台湾文学论》，时报文化出版企业股份有限公司1990年版，第301页。

人来争取他答应去吃有史以来第一台电脑兼传真机，巴库接受了任务，开启了吃电脑表演。然而，当吃到最后一团线路时，"嘣"的一声，他的肚子撑破了，所有他吃过的东西，那些未曾消化的东西倾倒而出，充塞了整栋楼宇，并逐渐蔓延开去，"犹如天女散花般覆盖着我们这个首善之区"[①]。小说不仅写出了城乡之间的差异问题，也表现出了对现代文明的深刻反思，正如学者评价的那样，张大春用"吃"这一动作象征了人们追求文明，却被"文明"吞噬的过程，"巴库的遭遇则象征了人在都市被迫吞下大堆无用的资讯，以求适应环境求得生存的处境。'饥饿'在此蕴涵了双重内涵，它一方面象征了人们对文明，尤其是物质文明的渴求，一方面又反讽了在饱食各种现代文明产物后，人们精神层次的贫乏、空洞"[②]。

在其他作品中，张大春这种魔幻现实主义的方法经常性地会被运用。如《走路人》中的走路人会飞，《没人写信给上校》中写上校的鬼魂和《没人写信给上校》的作者讨论影片，《大说谎家》中的麦德伟看见谁的照片就成为谁的样子，《自莽林跃出》中会哭泣、说话等的头颅等等。可以说，除了被认为最具代表性的《将军碑》和《饥饿》，张大春已经把魔幻现实和他强大的虚构能力捆绑在一起，任意使用，将其糅入作品写作中。当然，张大春也并非单纯地以此来玩弄技巧，而更多地是为了呈现出他所想要引领读者进行思考的方向。因此，詹宏志甚至说他用了魔幻写实的技巧和面貌，可却没什么"写实"的企图（或诚意）……其中甚至还包括一个命题："天下没有写实这一回事"，实际上张大春是"打着红旗反红旗，拿着魔幻写实的形式把写实和魔幻都捉弄了一番"[③]。这种评价，倒也符合张大春"顽童"的身份。

① 《四喜忧国》，远流出版事业股份有限公司 1992 年版，第 227 页。
② 方忠：《多元文化与台湾当代文学》，文化艺术出版社 2011 年版，第 136 页。
③ 詹宏志：《几种语言监狱——读张大春的小说近作》（序），《四喜忧国》，远流出版事业股份有限公司 1992 年版，第 6 页。

五、笔记体小说及说书体小说

张大春曾讲，他继承的中国小说传统有三个：史传、说部和笔记。他说："中国的史传是容许掺杂着史传作者的虚拟之笔的"，"回到了说书人的身上去讨论一个叙事，我想特别强调一点，也就是跟刚才的史传略有不同的，是我认为中国的小说还有一个特色，就是它不是一个单一的作者，运用一个单一的文本，形成一个单一的创作所有权，甚至它跟个人创造、个性创造这几个形而上的概念，是无关的"，"撰写笔记的作者，往往希望借由笔下所记的故事，而得以名其人。然而，笔记作者还可能有不至于扬一己之名声于后世者的写作动机。我所谓另一个基本心态就是他们有在'史外立史'甚至于'史外造史'的企图。"[1] 这样，反映在张大春的创作中，就是他创作的小说中，既有历史小说的因素，也有笔记体小说和说书体小说的因素。由于历史小说我们前面已经讨论了，所以在此总结一些他的小说中的笔记因素和说部因素。

张大春对中国传统的文学类型很关注，并在他的理论中论及中国传统笔记及汪曾祺的笔记小说特色、古代书场小说、武侠小说等。对于汪曾祺的笔记小说，他更是显示出高度的赞扬。他说："新文学运动以来，汪曾祺堪称极少数到接近唯一的一位写作'中国小说'的小说家，一位深得笔记之妙的小说家。"[2] 他曾说，"某些小说家提供了我遥不可及的典范，他们之中的一个是契诃夫，另一群则是像郑仲夔一样的笔记作家们，如果要举出一个现当代的名字，我愿意先提到汪曾祺。"[3]

毫无疑问，汪曾祺形成了现代小说取法传统笔记的重要典范，

---

① 　张大春：《我所继承的中国小说传统》，《港台文学选刊》2009 年第 5 期。

② 　《随手出神品——一则小说的笔记簿》，《小说稗类》，广西师范大学出版社 2004 年版，第 103 页。

③ 　《偶然之必要——〈四喜忧国〉简体字版序》，《四喜忧国》，广西师范大学出版社 2010 年版，第 5 页。

那么其"用字精省，点到则止"的特点，以及张大春在总结笔记小说的使用时所提的"随手"之用，和笔记的"神采"的保留，正是打造"神品"的可能性的明证，因此，将其运用到创作中，那也是必然的事。这包括两方面，一是从笔记中寻找可资创作的材料。他曾说，自己搜集了很多笔记资料，"原始朴素的故事里有一切关于文学起源的奥秘"。他说："我大量搜集了从魏晋南北朝到清代这段历史脉络里的一些笔记，它们在西方现代文学的定义下，不见得是合格的文学作品，却有六个字足以形容发现它们的乐趣，叫做有'可喜可愕之机'。这过程是在不同的文学传统之间游走、寻找趣味，并且锻炼小说家写小说应该先说什么，后说什么，应该藏一些或露一些什么，应该怎么调度悬疑、惊奇跟满足的能力。"[①] 但对材料的单纯罗列运用，并不是张大春的初衷，"笔记往往是简陋而直白的，但是要替这种材料找到更迷人叙述的曲折模式"。[②] 这就牵涉到张大春笔记小说的第二个因素。二是借鉴笔记的写法进行写作。然而，借用笔记的写法并非亦步亦趋，张大春看到了"绝大部分的中国笔记小说里的故事一如中国古乐曲那样，是一种线性的发展形式"[③]，这对于创作各种现代主义、后现代主义小说的张大春来说，可能并不合适，因此他借助自己的例子说明对材料的改造的可能性。他说，他从《清稗类钞》中，读到过一则笔记，写作《刺马》时使用过，"还暗中动了手脚，声称小市里向有'快熟贱不二'五字诀作规矩，即手脚要快、交际人头要熟、脱货出价不可任意哄抬、禁止讨价还价等。是的，'取用'之不足，还可以改头换面添油加醋"。[④] 这就是他的笔记体的创作方法。

① 袁欢：《张大春：人间稀奇事，听说而已》，《文学报》2017 年 12 月 28 日。
② 张兰亭：《可喜可愕，七问张大春》，《齐鲁周刊》2018 年第 10 期。
③ 《金鹧鸪是什么？——一则小说的主题曲》，《小说稗类》，广西师范大学出版社 2004 年版，第 248 页。
④ 《随手出神品——一则小说的笔记簿》，《小说稗类》，广西师范大学出版社 2004 年版，第 102 页。按：《刺马》为张大春在报纸上连载但未写完的作品，同样的还有《大云游手》，为历史小说。

大概是张大春写作、出版《小说稗类》的前后，他的写作风格也随之有了很大改变，其中之一就是笔记体小说形式或因素在他作品中的大量运用。如1999年出版的《寻人启事》，他自己说这部小说"写的是几十个在我过去半辈子人生之中与我错身而过的人。他们那里有的是我的亲戚、有的是我的同学、有的是邻居、有的是朋友，还有的连朋友都谈不上，顶多不过点头相识的交情……我试着完全摈弃官场运用的叙述技巧、也刻意排除一向讲究的形式美学盲目地就是在还我笔下的人物一个真实面目"。① 这实际上恰好与他论及笔记小说时所说"从另一方面说，更多更多的笔记唯有在保持其本来面目的时候才能见神采"② 息息相通。所以在《寻人启事》中，每一则故事都短得出奇，往往在千来字的叙述中给读者呈现某些人——绝大部分是普普通通的人的一些言行。如《神喇叭》讲一个山东籍出租车司机时不时讲自己信仰的宗教道理，但面对道路情况又大开骂口；《仙人老李》则讲老同学的怪异性格：一方面生活邋遢，另一方面又爱尝试、变花样，取得的生活层面上的"成就"令人羡慕……

　　在此之后，张大春出版的《离魂》一书，也是张大春的笔记体小说的重要性代表，该书收录作品共十一篇，其故事基本选自古代笔记材料，但是作者在写作时又加入了诸多自己的想法、虚构和拼贴，然后将自己的评价三言两语道出。从而形成了篇幅短小、文字精练、故事充满生趣而又有所依本——作品本来就是取材于吴炽昌的《客窗闲话》及《续客窗闲话》，实在是笔记味儿十足。如《现世报》中，一开始就说"宋代实行'榷酒制度'"，然后对此稍作解释，并引用了《都城纪胜·酒肆》里的说法作证明，然后紧接着就很平白简短地讲沈一怎样开酒垆，怎样买了丰乐楼，怎么遇见看着

---

① 《错过》（代序），《寻人启事》，联合文学出版社有限公司1999年版，第13页。
② 《随手出神品——一则小说的笔记簿》，《小说稗类》，广西师范大学出版社2004年版，第102—103页。

富贵的客人去奉承而得到银子等，最后沈一兴高采烈回到家跟妻子一说才发现，原来这些银子是道人施法将自己城里的家中所有捶打捣碎而成。紧接着他笔锋一转，又讲下一个小故事去了。再如《放枪》，一开始就评论科考几句，然后开始说张天宝的遭遇，如何不会考试，怎样混营生，因为当了幕僚主人出事还是得硬着头皮考试，又怎样遇到富家子弟王福康，怎样被他手下引诱没去考试等，最后又让他和王福康一道得中，怎么回事呢？原来是找了枪手，偏又逢家人去世，失去资格证，于是张天宝的证件被骗去，枪手写完，把自己的也写上了，还签了张天宝的名儿，于是这么巧地考中了。

在进入新世纪以来其他几部作品中，其实，除了《聆听父亲》以外，"大唐李白"及"春夏秋冬"二系列中，都有着浓厚的传统因素。这几部作品，连同《离魂》，实际上对传统叙事模式的运用都是综合性的。这里就先梳理一下张大春的"说书"情结，前面论述张大春的文论时，曾论及，张大春有回归传统叙事的倾向，因为他对"书场"叙事颇有研究，在《叙述的闲情与野性——一则小说的走马灯》《离奇与松散——从武侠衍出的中国小说叙事传统》等文中细致地分析了传统说书、武侠叙事等中的离奇、松散、野趣等因素。而实际上，影响张大春写作的重要因素之一，便是中国传统文化。在《鸡翎图》的序中，他就透露在四岁时，其父亲就给他"口授"《西游记》《三国演义》《水浒传》及"岳传"等的事情①，在《张大春自选集》的序言中再次提及因为他上小学，而他父亲破例改变一天说一回而奖励一回的事儿②。此后他多次提及这个记忆，甚至将其写进了《聆听父亲》及后来的文字"学"散文中，可见说书必然也会给他造成影响，再加上他一再提及他的老师高阳给他说的说书

---

① 《书不尽意而已》，《鸡翎图》，时报文化出版事业股份有限公司1981年版，第3页。

② 《缝书记》（自序），《张大春自选集》，世界文物供应社1981年版，第6页。

人为了迎合有钱的听书人的要求而连续三天都岔开说的书场例子[1]，他对于说书的兴趣与思考便也逐渐渗透到他的创作观念以及创作实际中。除了前文已有总结的他对书场叙事的关注，他还曾自言自己创作的"说书"情节："我有时会不厌其烦地将一个尚未写出的故事说给不同的朋友或家人听，察其言色、观其动静，很能得知这故事值不值得写出以及应该如何使用'可喜可愕'的手段写出，也有些时候，讲个三五次，越说越无趣，还会彻底抛弃写作的念头。"[2]

在张大春的作品中，说书形式从《城邦暴力团》中就大量运用，在《离魂》、"春夏秋冬"系列、"大唐李白"中，运用得都很多。作品中时不时出来，"话休絮烦""且说""当下……""闲话暂且不表"等说书常用语，甚至跑出来和读者对话，如《放枪》中第一段评价了科举考试后，发问道："你说奇怪不奇怪？"[3]《城邦暴力团》中还专门出现了"楔子"，《春灯公子》的结尾以"赋就五古一首"结尾，与传统小说中的用诗词——定场诗——来总结如出一辙，而《战夏阳》中结尾设置的评述部分，也是对传统说书中最后对听众／读者进行教化的模仿……

不过，如上文所述，张大春的创作中对笔记体的运用、对说书体的运用，往往是交杂在一起的。如有人曾总结说："张大春本人这些年来也在尝试为传统侠义和武侠小说注入新的尝试，比如《城邦暴力团》里'把现实嵌入江湖'，在《欢喜贼》和《富贵窑》中进行语言试验，在'春夏秋冬'系列中用西方现代主义手法重写笔记故事。"[4]"春夏秋冬"系列要出版大陆版时，就有人宣传道："在'春、夏、秋、冬'里，张大春自《聆听父亲》的现实与家族史的

---

① 张大春在《小说稗类》中的《叙述的闲情与野性》及《我所继承的中国小说传统》中均提及此。

② 澎湃新闻：《张大春对谈傅月庵：〈大唐李白〉是小说还是历史？》，腾讯网 2015 年 6 月 21 日：https://cul.qq.com/a/20150621/010306.htm。

③ 《离魂》，海豚出版社 2010 年版，第 102 页。

④ 徐振宇：《狂生张大春：那些个认真悲伤的假人》，《新京报》2018 年 1 月 27 日。

凝视、《城邦暴力团》的庞杂密语、暗号与阴谋体系中启程，归返一个日头炽艳而翳影益发密致绰约的世道江湖；重拾起'东家听来西家播弄，夜里梦见醒时摆布，乡间传说市上兜售，城里风闻渡头搞故'的说书行当，在彼此间看似毫无关联的短篇传奇中，在一则则故事中，说书人闭门读笔记，开口变传奇，不图借古讽今，但盼今人能自故事里跋涉于传闻、闲话、猜度与算筹之间的古人行径里，看出一些意思。"① 也就是说，这一系列中，既有明显的说书特色，也有诸多笔记小说特点。《大唐李白》属于历史小说，傅月庵在评价它时也注意到了它的古典综合性："小说是虚构（fiction），历史小说却无法全然虚构。它有点像'考古'，在有限的遗迹、遗物上，恢复旧貌。当然，旧貌不可能完全恢复，因此得想象、填补，更重要的是诠释。'大抵有基方筑室，未闻无址忽成岑'，参考资料对历史小说的重要性于此可知。《大唐李白》最为人所讶异的也正在此，正史固然参考到了，更多的是笔记小说，且不仅唐代的，甚至后来的也都参考了，很多篇幅，还可看出那是当代唐史研究的最新结果。"②

张大春的作品中的笔记体、说书体的运用，正与前文所述的他对于回归传统的追求有关，但这种回归并不是原汁原味保留传统，而是进行创造性的改造，如有人评价的那样："文化传承，剥落是常态，延续是机缘，在他的长篇小说里，时常能看到传统书场叙事中偏离主题的'跑野马'，许多'离题'片段，伏线千里，犹如流动不居的碎片在大背景下兀自燃烧，这些由笔记、说部带来的教养正是张大春念兹在兹的古体小说命脉所在。这种承继，不仅体现在写作上，张大春还在电台说书，从《江湖奇侠传》《聊斋》说到

① 《张大春经典传奇笔记小说"春、夏、秋、冬"中文简体版将首次面世》，原载凤凰文化 2017 年 10 月 9 日。见 https://www.wenxue24.com/kssd/wxkx/28502.html。
② 澎湃新闻：《张大春对谈傅月庵：〈大唐李白〉是小说还是历史？》，腾讯网 2015 年 6 月 21 日：https://cul.qq.com/a/20150621/010306.htm。

《封神演义》《水浒传》。"[1]

而张大春对传统形式的改造性运用，更多的还是要以此表达他对文学的思考，因此其作品中往往交织着更多的虚构、想象、编造、撒谎等技巧。由此，他的作品虽然使用了不少看似很地道的说书形式、笔记形式，但正如很多人看到的那样，他在做的工作，实际上还是现代、后现代的。石剑峰在访谈中就发问道："不过很明显，您的笔记书写受到西方现代主义的影响，比如《战夏阳》中，您和太史公穿越时空对话。"张大春则回复道："这是耍流氓。在《一叶秋》和《岛国之冬》中有更明显的耍流氓，简直把袁枚、纪晓岚、洪迈他们说的故事，巧取豪夺，但是一定改头换面、移花接木、脱胎换骨。改头换面、移花接木、脱胎换骨是三个不同的手法，用这三个手法进入故事，也就无所谓是否有现实精神。"[2] 可见，张大春对于自己的试验，是一种有着充分的认知的有目的地进行的，绝不是无意间发现并使用了古典形式。张大春在谈及《富贵窑》和《欢喜贼》时，甚至直接表明自己的创作是指向语言的尝试：

> 这是一个纯粹的语言尝试，语言上既不白话也不方言，生造出了一个以语境为主角的故事，语境让人掉进去。小说里有几个问题，比如裴家两个儿子是坏蛋，他们后来到底死了没有？死了又怎么活过来？这是谜团。还有绿眼儿秃狼，那场大战结果如何？也没有交代。为什么？这两个问题我用原先的语境无法解决，所以要换一种写作方式，也许是考证，也许是电影，一定要换一种语境才能把剩下的故事说明白。现在你所看到的，就是一个语境操作。所以你看，《欢喜贼》和《富贵窑》在语言上是有差别的，前者的叙事者是我，是单一观点，到了《富贵

---

① 徐振宇：《狂生张大春：那些个认真悲伤的假人》，《新京报》2018 年 1 月 27 日。
② 石剑峰：《张大春谈传奇、侠义和武侠写作》，《东方早报》2009 年 8 月 16 日。

窖》就是全神观点了，但这两种方法都无法说完我想说的故事。所以，与其仓促写完，不如停下来。《富贵窖》的故事剩下的不多了，大概还有十万字，不是写前传也不是接下去写，要插在里头，我想我已经找到方法继续写下去了。①

　　《富贵窖》《欢喜贼》是张大春的"大荒野系列"作品，背景不是现代的，因此作品中的古典和民间意味比较浓，张大春却要在其间有"让人掉进去"的语境、故意不交代一些情节、要用"全神观点"，但其目的又是讲故事，由此我们也可以看到张大春的传统方法的使用，实际上只是一种工具化的化用古典，并不是要返古。这一点，王丽娜深刻地认识到了："作者的'回归'不是简单的'怀旧'情结，而是立足中国传统文学根基上的一次后现代写作试验。首先，这是作者对中国古典小说叙事的一次新的审美体验过程。说书人全知视角的叙述满足了读者期望听到精彩故事的诉求，也使作者得以跳出文本和读者对话；而说书人插科打诨的叙述态度加之跑野马的叙述风格则带给读者一种'游戏文本'的体验，使读者摆脱规范与习惯的束缚，摆脱小说之主题意义之类的附加值，单纯感受故事的精彩。"②

　　总之，无论是笔记小说也好，说书体小说也好，张大春化用古典因素所要达到的目的，都可以指向张大春对于文学的虚构、知识呈现、理想读者的寻找等追求，所以他这些小说与单纯的笔记、说书比起来，给人的感觉也是不一样的。正如张大春在出版新书时所表现出的那样："独立的传统叙事方式，与西方现代的小说传统，要在一个作品里面能够碰面。这一点对我来讲，是一个非常大的召

---

① 石剑峰：《张大春谈传奇、侠义和武侠写作》，《东方早报》2009 年 8 月 16 日。

② 王丽娜：《中国文学传统下的后现代试验——以台湾作家张大春的小说为例》，《杭州师范大学学报（社会科学版）》2013 年第 4 期。

唤，也是迷人的使命。"① 这样，取法于传统又进行现代化的改造，就成了张大春的巨大的尝试和创新，"张大春讲述了古代小说中的一则关于离魂的故事，他在自己的小说中，把原来笔记小说故事的结尾做了修改：'陈三公子想起和父亲作的那些诗，眼泪流了下来，为了见父亲特意剃光的胡子又重新长了出来。'重新长出的胡子正代表故事中重要的隐喻，张大春说此处强调的心理觉醒是西方小说情感的一个核心特质，中国传统小说中是没有的。"②

第三节　类型杂交：多元类型的交融、复现

前文所论及的诸多类型，也还只是张大春所涉及的小说类型中的一部分，除此之外其实他的小说中还有诸如推理／侦探小说（《大说谎家》《没人写信给上校》）以及"探子王系列"——《迷彩叛将》《我们的罪恶》③）、论文小说（"猴王案考"及《城邦暴力团》中的部分）等。对于大部分张大春的作品来说，其实更多的是多种类型的交互使用。这也使得张大春的尝试十分"现代"，文类的创新实验走得很远。

一、张大春的"类型杂交"学

1999—2000 年，《城邦暴力团》首次出版（四册）时，曾在底页封面上写着这样的广告语："继高阳之后，再掀台湾小说书写新境。集结现代与武林、现实与传奇、暴力与爱情，以繁复迷离的线

---

① 和瑞宝：《张大春：创作在分配我》，《东方文化周刊》2018 年第 6 期。
② 袁欢：《张大春：人间稀奇事，听说而已》，《文学报》2017 年 12 月 28 日。
③ 这系列作品笔者未见到，参见朱双一：《近 20 年台湾文学流脉："战后新世代"文学论》，厦门大学出版社 1999 年版，第 321 页。

索，构成一部空前绝后的奇异武林史，是张大春近年来最具爆炸性、纯中国魔幻写实代表力作。"这短短一段话，就透露出这部作品的多元类型：历史小说、武侠小说、魔幻写实小说。

这不仅仅表现在《城邦暴力团》中，如他的小说《大说谎家》就同时杂糅了魔幻现实、后设、新闻等类型的诸多因素，《本事》中的篇章也兼有笔记小说、魔幻现实主义小说的要素，至于《将军碑》《饥饿》等小说中，魔幻与后设的因素的存在也很明显，而其"春夏秋冬"系列、"大唐李白"系列及《离魂》、"大荒野"系列等，则兼具历史、笔记、说书、武侠等因素。

这就涉及张大春的文类定位与追求。前文曾一再提及，张大春是一个不断寻求创新、追求"刺激"的作家，他在接受访谈时曾多次表示自己对于固定规则的"不耐烦"："如果一个游戏已经形成规则了，无论是换一个人做或者哪怕是同一个人做，第二次都会极端乏味。"① 所以在形式上，张大春一直在不断探索新变的可能性，所以"他的作品几乎一本一个样"②。而具体到某一部作品中，他就会不断地做各种积累，"任何一部小说，我想到就可以放到小说里"，甚至他将小说的创新看作一种必然："人不死、债不烂，有一种我不能依赖聪明的点子、俏皮的形式、新颖的手法而必须呈现的作品，还在很遥远的地方等待着我。"③ 而这一求新求变的目的，就是要开拓小说本身的内涵、外延，哪怕是小说写得不像小说。这样，融合多种类型并化作新的文类形式，就成了张大春的重要写作特征。在谈及《大唐李白》时，他曾自己陈说道：

我就是想着，有没有可能写出不像小说的小说？现代

---

① 刘志凌记录整理：《讲故事的人——张大春对话莫言》，《台港文学选刊》2009年第5期。

② 张大春、丁杨：《〈城邦〉之后再无难事》，《中华读书报》2011年1月26日。

③ 刘志凌记录整理：《讲故事的人——张大春对话莫言》，《台港文学选刊》2009年第5期。

的小说，无论是以故事情节为主的，还是以写实题材为导向的，是表达爱恨情仇的，还是重视社会探索的，都已经疲惫不堪。我就是不想让它看上去像小说，或者一打开就闻到那股扑鼻而来的"小说"气。所以我要去掉现代小说的气息！之前我在《城邦暴力团》中做过这样的尝试，这一次做得更彻底一点。我尽量让这部小说看起来像客观叙述的状态，它就变成这样一个融合野史、传记、小说、诗论的面貌。[1]

这样，融合了多种类型的小说，逐渐淡化了小说的故事情节，也延缓了小说中的冲突，确实与一般意义上的小说有了很大的差异，但张大春并不以此为羞，反而有一种自得其乐的满足感："我并不担心它'不像小说'。如果每个部分都'像小说'，就等于对小说这个写作方式没有开拓。"[2]

可见，张大春的"类型杂交"，作为一种文学观念，是建立在开拓小说的边界的基础上的。有关"类型杂交"，张大春曾有过比较全面的论述。他说："我以为文学家的类型如果不杂交的话，就生不出创造性的东西，类型只有透过杂交，才有新的变化，产生新品种。否则侦探小说只能是侦探小说，科幻小说就只能是科幻小说。"他还大胆地不无"粗鲁"地想象：白人和黑人配、红人和黑人配，只是一个小工程，"我们为什么不能将人和凤凰配，也就是发明出一种不存在的东西再和存在的东西相配，彻底突破基因工程，这样才算是一个发明"，因此，写小说也一样，要创造出凤凰来和人配，"如此配出来的东西才能流传下去"。同时他认为：要注入新的生命力，才能延续文学的生命力，类型杂交便是增加生命力

---

① 傅小平：《张大春：我认为自己是一个小作家》，《四分之三的沉默：当代文学对话录》，广西师范大学出版社 2016 年版，第 138 页。

② 傅小平：《张大春：我认为自己是一个小作家》，《四分之三的沉默：当代文学对话录》，广西师范大学出版社 2016 年版，第 139 页。

的重要方式之一。他曾以自己正在创作的有关武则天的作品说，哪部作品中有作者的自传，有学术论文，有历史小说、史料、色情及后设小说等，他希望作品出来以后能够给人以启示，让他们发现身边有很多材料可以使用，同时也将科幻小说、历史小说、史料和自传等都当作类型，而自己这样做是有意的，这样会更彻底，更"技巧"①。

由以上可知，张大春的文学"类型杂交"学有如下含义：首先，文学需要创新，就需要从类型上进行杂交。这说明，张大春的最终或者说基本指向，就是对小说本身进行创造，推进、开拓小说的疆界。其次，类型杂交可以在现有的类型上进行杂交，也可以创造全新的形式与现有形式进行杂交。张大春之所以在早期作品中的写实明显的基础上逐渐发展到不断穿梭在诸如新闻体、魔幻现实、后设等类型中，又化用考证、论文、自传等形式插入小说中，就在于他的创制基于现有又发挥现有类型。再次，张大春的类型杂交最终指向于延续文学的生命力和活力。这一点很重要，前面提及张大春对于文学媒介的变化很敏感，那么，到了现代，"小说应该是怎样的"这样的问题便是张大春所看到的问题，所以，怎样让小说看着不像小说却又是小说，正是张大春的思索，也是他通过类型杂交要达到的目的——至少从创作实际来说，张大春确实不断"刺激"了读者，保持了文学的活力。最后，张大春的"类型杂交"并不是只追求于表面的刺激，或者是浅尝辄止，而是有目的有意识地开展，以希冀彻底地对文学本身以及文学创作生态有所改变。

张大春这种"类型杂交"，反映在作品中当然随处可见，虽然这往往可能被批评者认定为故意"炫技"，但张大春确实通过其尝试和探索"开发"了小说及读者。新闻小说《大说谎家》可能是张大春自己较为满意的典型之一，有评论家分析道："《大说谎家》摆

---

① 李瑞腾：《创造新的类型，提供新的刺激——李瑞腾专访张大春》，《文讯》总99期，1994年1月。

明列出炫目复杂的文类杂交，刻意将作品意义持续控制在多歧不稳定的状态。当日的新闻、明显会具影射意味的角色、袭自通俗剧的荒诞剧情，再加上故作深奥、玄妙姿态的箴言等等，逼迫读者不得不提高警觉，设法寻找相应的理解策略。"① 这或许就是张大春想要达到的目的。而他自己对《没人写信给上校》也解释道："这是一部看似以真实新闻事件为背景、题材而写的小说，由于本是涉及军队采购内幕，涉案诸方势力随时都在本来已经云山雾罩、难以厘清的案情侦办过程之中不断释放出各种匪夷所思的剧情，其目的不言可喻：是要让案子陷入更深沉、更紊乱的迷障里失却面目。于是我便刻意采取一种以大量随文附注的方式，穿插叙事。"② 也就是说，之所以用这么多复杂、多元的类型，就是为了阻止小说像是侦探案件一样，让读者跟着走。这无疑是推动了小说概念的现代意义的解构和建构。当然，张大春也并不只是如此简单在形式上进行试验，正如朱双一所言，张大春并非纯粹的形式主义者，他在《没人写信给上校》中就有明显的批判性。③ 其实，在《大说谎家》《城邦暴力团》等中亦然。

张大春说过："任何一个创作者，只有三个字'不甘心'，从不甘心开始，以另外三个字'不费力'结束。就是说，哎，你们小说是这样写的？小说不应该是这样写的，所以，我才要写小说。所以，世界上才会有那么多小说。""可是，写到什么程度算适度？对我来讲，怎么样能不费力地写出别人没有写出的作品，能够重新定义这小说的本质，这就是我的执著。"④ 所以，张大春的"类型杂

---

① 杨照：《多种文体的渗透、对话——评张大春〈少年大头春的生活周记〉》，《少年大头春的生活周记》，联合文学出版社有限公司1994年版，第179页。

② 张大春：《小说与诗的不期然而然——〈一叶秋〉简体版自序》，《一叶秋》，九州出版社2018年版，第17—18页。

③ 朱双一：《1994年台湾文学概要》，姜殿铭主编，全国台湾研究会编：《台湾1994》，北京出版社1995年版，第165—166页。

④ 韩春丽：《张大春一半宅着，一半"放浪"》，《唯时间与理想不可辜负》，北京时代华文书局2014年版，第28页。

170

交"学，一方面达到了对小说的本质的重新定义的企图，另一方面也可以说是他不甘心于自己的创作的结果。不过，从他的作品中可以看到，他在作品中的类型杂交的运用，也达到了"不费力"的结果——他对此法的运用，已到炉火纯青境界。

二、类型多元的后现代指向

1990 年代初，朱双一曾总结台湾小说艺术模式的新变革，认为至少有"心理—情绪模式"、象征模式、复合模式、幻设模式、后设模式等："台湾作家普遍具有同步于世界文化主流的愿望。由于台湾处于工业文明向后工业文明的过渡阶段，其文学表现也呈现现代主义和后现代交织的现象。幻设模式中的魔幻写实和变形记小说等类型，可见西方现代主义文学影响的明显痕迹。然而，解构主义、后现代主义等世界新兴哲学、文化思潮更吸引了一批前卫、年轻的台湾作家的眼光。这就是与它们关系更为密切的复合模式、后设模式、科幻类型等，在台湾得到更充分发展的原因之一。"① 张大春正是受到解构主义、后现代主义等思潮影响而崛起（转变为）文艺界探索性极强的作家之一，也往往被认为是最具代表性的作家，如王国安在考察台湾的后现代主义小说时，就说，张大春作为 1980 年代"最受瞩目的作家"，有着极强的实验性质，"在提到台湾后现代小说的时候，张大春的小说更是不会被论者所忽略。而更重要的是，观察'台湾后现代小说'，张大春的小说比起林耀德、黄凡两人的小说其实更具分量。"②

的确，张大春等人从 1980 年代中期左右开始的创作实验，无疑正是在西方的影响和冲击下对台湾文学的丰富和开拓。而台湾文

---

① 朱双一：《近年台湾小说艺术模式的变革》，《福建论坛》1993 年第 1 期。
② 王国安：《台湾后现代小说的发展——以黄凡、平路、张大春与林耀德的创作为观察文本》，秀威信息科技股份有限公司 2012 年版，第 8 页。

学在 1980 年代由黄凡、张大春、林耀德等人以"后设小说""魔幻现实主义小说"为旗帜所引领的风潮，正是台湾的后现代主义小说思潮。他们在 1980 年代"对于传统的写实主义已经感到不足，这时'魔幻写实'与'后设小说'传入台湾，刚开始是全面接受，后来是选择性接受，如早期的张大春与黄凡皆曾全面接受魔幻写实主义与后设小说，写出如《将军碑》《赖索》《写作百无聊赖的方法》《如何测量水沟的宽度》……等实验性作品"[①]。

有学者借由台湾后现代主义的"起始"——黄凡的《如何测量水沟的宽度》（1985）为例，总结台湾后现代小说的特点为：（一）"开放"的文体；（二）"自我指涉""后设语言"与"括弧按语"；（三）"雅俗界线的泯除"[②]。按此来考察张大春的小说，确实有随处可见的"后现代"的影子。而对于张大春来说，最能够代表其后现代写作特征的，就是各种各样的文体实验，也即"张大春不同体裁的小说作品标明他的写作进入了后现代的写作游戏时期"[③]。

文体类型的多元实验既是张大春的"不耐烦""不安分"的文学性格的体现，也是接受后现代思潮影响的结果。张大春曾表示：

> 这个认识（指站在读者角度想象作品的"惊奇"——笔者）铺陈到写作里的时候，我就成了一个喜欢玩一些不一样的叙述技术的人，特别在八十年代中期的台湾，学者声称有那么一种东西，叫"后设小说"，流行过一段时间；还有一种文风，叫"魔幻写实"，也流行过一段时间；昆德

---

① 周芬伶：《圣与魔——台湾战后小说的心灵图像（1945—2006）》，转引自王国安：《台湾后现代小说的发展——以黄凡、平路、张大春与林耀德的创作为观察文本》，秀威信息科技股份有限公司 2012 年版，第 9 页。

② 王国安：《台湾后现代小说的发展——以黄凡、平路、张大春与林耀德的创作为观察文本》，秀威信息科技股份有限公司 2012 年版，第 59—164 页。

③ 毛毛：《角色写作与二度写作——台港小说的两种后现代现象》，《当代文坛》1994年第 1 期。

拉的作品一部一部地引进，于是和贾西亚·马尔克斯前后脚风靡了一段时日，可以称之为"昆腔"和"马派"。

　　当我开始模仿，我就觉得不耐烦，可是我还是写了几篇，感觉上一方面模仿了贾西亚·马尔克斯，一方面也嘲弄了这个类型。可是一旦再三为之，连嘲弄就都不耐烦起来：这里面除了向前辈致敬的意思之外，也有透过临摹来发现"讲故事是怎么一回事"的自觉，之后没有几年，我就把读小说、写小说这两件事掺和到一起，写了（也是我在大陆出的第一本书）《小说稗类》，它原先在台湾出版的形式是两卷，到了大陆就合成一本了。

　　不管是昆德拉、卡尔维诺，还是纳博科夫，甚至这两年的劳伦斯·卜洛克以及史蒂芬·金，许多写小说的人大约都不能免于回头追问自己：讲故事究竟算是一个什么样的行业？这个问题问久了、写多了，也渐渐不耐烦了，我给自己定了两百七十几个题目，我写了三十个就不想写下去了。就好像一闪身走过去二十步，一转身跑到了巷子的另一边，突然发现这个速度或者是这个距离，不是特别超越了什么，甚至觉得我一写就好像重复，一写就好像抄袭了。[①]

　　因此，对这些西方引进的能激发"后现代"尝试的作家创作风格的模仿是张大春的"后现代"的一个层面，另一个层面却是不断地对它们表示"不耐烦"、对它们进行"嘲讽"。也就是说，张大春在模仿西方作家的创作的时候，又不断地对其进行修补、嘲弄或者是超越，朝着他所期待的小说方向发展，从而让他的创作风格独异。这就使得张大春如他自己所言的那样，在某一个时期——80年

---

① 刘志凌记录整理：《讲故事的人——张大春对话莫言》，《台港文学选刊》2009 年第 5 期。

代的末期，"乐此不疲地在形式上作各种奇怪的尝试"①。正如学者朱双一在上世纪末总结的那样："在张大春20年来创作的《鸡翎图》《时间轴》《公寓导游》《四喜忧国》《刺马》《大云游手》《欢喜贼》《大说谎家》《病变》《少年大头春的生活周记》《我妹妹》《没人写信给上校》《撒谎的信徒》《野孩子》《本事》等长、短篇小说集中，就囊括了写实、科幻、后设、魔幻写实、黑色幽默、历史传奇、现代侦探、政治影射，以及所谓'新闻立即小说'等令人眼花缭乱的小说品种。"②

　　不过，这些形形色色、多元类型的尝试，并不是仅在单篇作品中单一地体现出来，张大春是将这些多种多样的类型尽可能地运用到各篇小说中去，从而一方面让他的类型定位无法进行，另一方面又让类型在彼此吸收、交错之间，形成全新的效果，达到了他所谓的"类型杂交"所产生的新意。因此，即便是他多次言说的"新闻小说"《大说谎家》，也并不就是类型名称本身——新闻——的简单罗列，而更多时候是指向政治的，又融合后设、魔幻现实主义等因素的；至于《公寓导游》《饥饿》《将军碑》诸篇，也不断以各种类型的影子碎片化地呈现故事的边边角角。因此有人曾从角色的角度评价张大春道："新生代作家中真正的角色作家是张大春，他的小说几乎无所不至，推理小说、武侠小说、魔幻现实主义小说、新闻立即小说和历史题材小说等等小说体裁，他都做了全面的尝试。而这些小说和小说形式并不明确指向作家主体这样一个圆心，而是缺乏规则地松散地排列着。"③

　　正是这些多元类型的松散排列，张大春完成了对后现代的指向

---

① 刘志凌记录整理：《讲故事的人——张大春对话莫言》，《台湾文学选刊》2009年第5期。

② 朱双一：《近20年台湾文学流脉："战后新世代"文学论》，厦门大学出版社1999年版，第318页。

③ 毛毛：《角色写作与二度写作——台港小说的两种后现代现象》，《当代文坛》1994年第1期。

和后现代风格与意义的呈现，但反过来，也正是后现代的影响让张大春的小说叙事类型充满着多元尝试的探索，并依托于这些多元的"类型杂交"，张大春一次次地给读者抛出了"什么是小说？""什么算小说？""小说何为？"等等隐然于文本之后的质问，让读者在阅读的过程中，自然而然地成了张大春所预设的可能的"理想读者"。而这一整个过程，无疑充满着开放性、后设性等"后现代特征"，张大春也由此打破了雅和俗的严格界限————一切都交由读者来完成。

同时，正如王国安所言，张大春与黄凡等人在借鉴西方的形式的时候，并未一味追求西化，"而是小说家以敏锐的观察将台湾剧变中的社会形态转换为小说形式，加之评论家的推波助澜，以及其他小说家的模仿使用，使台湾正式进入了后现代小说蓬勃发展的年代"。[1] 这样，张大春的多元类型尝试，和其他台湾后现代小说家的创作一样，其实是一种结合了本土的后现代尝试。

---

[1] 王国安：《台湾后现代小说的发展——以黄凡、平路、张大春与林耀德的创作为观察文本》，秀威信息科技股份有限公司2012年版，第159页。

第三章 "大历史的角落里的光"：
张大春的创作旨趣

    从1976年发表短篇小说《悬荡》步入文坛以来，四十余年，张大春始终笔耕不辍，不断进行探索。而他的探索不仅仅在文学形式、技法方面表现突出，在创作题旨方面也十分明显，从早期的类似乡土的写作，到近年来对历史、笔记故事的留恋，张大春在形式实验的同时，也不断开拓其创作题旨。张大春曾在《城邦暴力团》中留下了一节"历史的角落"，表示"我更无从想像，在大历史的角落里，无数个和我一般有如老鼠的小人物居然用我们如此卑微的生命、如此猥琐的生活，在牵动着那历史行进的轨迹"。[①] 又在《聆听父亲》里打下一道"角落里的光"，却担心"我生怕到了你坐在我膝头上的那个时刻，我已然不会有勇气向你透露：自由的失落、惩罚的折磨、囚禁的永恒以及命运的巨大……诸如此类的想法，因为对一个孩子来说，它们听起来像是诅咒，将倏忽从角落中掩扑而来。而我们没有能力预见"。[②] 如果结合二者，或许能够概括张大春创作的题旨要义，在大历史的角落里，卑微的生活也好，猥琐的生活也罢，自由的失落抑或惩罚的折磨、囚禁的永恒及命运的巨大，等等，不都是把握不定又充满偶然的点点微光吗？

[①] 《城邦暴力团》（二），时报文化出版企业股份有限公司1999年版，第191页。

[②] 《聆听父亲》，时报文化出版企业股份有限公司2003年版，第22页。

第一节　乡土的影子：在原乡与眷村周围

在绪论部分，笔者曾梳理了张大春的人生经历并大致将张大春的创作分为三个阶段。张大春祖籍山东，出生于台北，在台湾特殊的区域眷村生活了十多年，又是在乡土文学的论争前后走上文坛的，所以张大春第一个阶段（1976—1983）的创作，写实色彩比较浓，一般学者都将其看作（乡土）写实阶段。如吕正惠说："张大春初起于文坛的时候，乡土文学正在盛行。他遵循乡土文学的写实风格所创作的《鸡翎图》获得一九七八年时报文学小说优等奖，并得到评论家的一片赞赏。在当时的文学气候下，这是完全可以理解的正统的乡土文学，在内容上强调乡土写实，在语调上较为愤怒、哀伤而沉重。张大春以一个年轻、有活力、富幽默感的外省人身份，确实给了写实小说一股清新的活力。"[1] 朱双一也说："张大春的早期作品并未越出一般写实小说的范畴，只不过显露若干特别之处，如较明显的突破陈腐事物束缚的企图，以及较多采用时空交错、理性分析手法等。"[2] 也就是说，张大春在进入我们上一章所讨论的各种小说类型的实验之前，有几年的时间在进行的是较为传统的现实主义写作。这个"写实期"，他的写作特点有人曾总结为："其一，由于创作期间主要在作者就学以及服兵役的年轻岁月中，因此小说主题'大多绕着个人的贴身经验或家庭生活为主'，重复性较高，集中在年轻人与大环境的对抗或妥协、年轻男女的感情、乡愁等主题上发挥，人物的取材对象不外乎写眷村内外老中青三代的外省人故事。其二，写作技巧较为统一，与后来因为对于已写过

---

[1] 吕正惠：《战后台湾文学经验》，生活·读书·新知三联书店 2010 年版，第 280—281 页。

[2] 朱双一：《近二十年台湾文学流脉："战后新世代"文学论》，厦门大学出版社 1999 年版，第 318 页。

的小说'形式'的不耐而频频'换招'出击的情形有很大的差别。其三，小说中有浓厚的人道精神，叙事者的语调常弥漫一股温和而忧郁的气息，笔者相信这样的原初浪漫主义情怀，是后来擅于以文字伪装自己、以理性驾驭敏感性的小说家张大春的另一种本质的表现。"[1]

在此并非要强调张大春的初期写实有多大特色，而是要说明，起步于1970年代、正值台湾乡土文学火热的年代，张大春的创作中有着诸多乡土现实主义文学的影子，这表现在他的题材上，则是由早期写作开始表现的具有乡土化意味的一些写作主题，在其后来的创作中经常出现。这主要包括几个方面：其一，对山东原乡的书写和表现；其二，对自己所成长的台湾眷村的书写；其三，对台湾本地的农村的反映。其中，第一点，在张大春于1988年到山东老家探亲之前，并无实际接触，所以更多的是出于想象；第二点，由于承载着张大春的成长记忆和经验，在其作品中出现较多；第三点的书写经验来自于客观的了解，更多地出于对台湾现代化的反思——或者说是张大春从事城市小说写作时的对立面的反思——因此出现不多，但恰恰是被表现得最为深刻的部分。

一、原乡的想象

所谓"原乡"，"直观的说法通常解释为'原来的家乡'，相对于现在的家乡，'原来的'一词不仅暗示着'原乡'在时间上的今昔对比或是空间中的景物已非，更有着从'现在的'定居家园去追索'原来的'已失落家乡的憧憬想象，原乡可谓是一种完整的在地想象空间"。[2] 对张大春自身来说，其原乡，就是山东老家，但是他

---

① 郑淑怡：《写实、魔幻与谎言——张大春前期小说美学探讨（1976—1996）》，台湾东海大学2009年硕士论文，第16页。

② 帅震：《原乡的面影——20世纪台湾文学中的原乡意识》，九州出版社2014年版，第11页。

178

自己又没有真正的这样的记忆，对山东原乡的记忆是经过父母"在地化"之后所形成的，所以张大春说："我又不是单纯的土生土长的台湾人，父母带给我的影响，也很难清理掉。……对你这样那样的影响，反映到你的作品里，其实会比你想象的要复杂得多。"[1] 表现在张大春的作品中则是，他笔下的部分人物老家在大陆后来却到了台湾，融入到台湾的各层面的生活中，有的有了官衔，有的是普普通通的民众，有的娶妻生子，有的孤独终老……具体又包括两种，一种老家为山东；一种不是山东或者作者虚化了老家的省份名。其中老家为山东或者有过山东经历的比较多，张大春往往根据自己的广博的知识，对山东的风土人情、地域性格等进行一些呈现。

张大春第一篇作品《鸡翎图》中的蔡其实，就是一个部队里"开口老家，闭口老家"的大陆北方人，说话都不离"俺"的乡音，在部队驻地，他养了三十多只鸡，都有名有号的，对它们如同亲人一样，遇到鸡与鸡之间的不公平行为他会教训它们。原来，鸡的名号都是现实中存在的人的名字，如"大柱子"就是蔡其实的奶名，"二愣子"是弟弟的名字，自己十三岁离开家，离家前还和弟弟抢毽子，挨了揍。所以对他养的几十只鸡，都呵护如亲人，不仅不舍得卖它们，甚至都"不上秤"，所以当部队要转移驻地时，所有人都卖了各自养的鸡，唯独蔡其实在对它们一一交代后"处死"了它们，将它们全打烂、拧死，并按照老家的祭奠方式给它们烧了香、做了祈祷，因为他觉得他的鸡"不贱卖"。对这部作品，有人评价道：

> 在这一篇节拍紧凑、篇幅精简的作品中，作者以一个一生苍茫的老兵对一群有名有号幻似他家族的鸡之间不寻常的亲密情感，示现那被岁月流逝得只剩乡愁的空白人生。当一个人孤绝得必须把乡愁、亲愁、一切的情爱完全

① 傅小平：《张大春：我认为自己是一个小作家》，《四分之三的沉默：当代文学对话录》，广西师范大学出版社2016年版，第146页。

投注在一群鸡身上的时候，我们实难想像那是一幅多么绝望，多么令人心酸的人生图像。在时代的劫难中离了家、背了乡，让思念乡愁充塞他一生的老兵，临了只得把一切的思念、一切的情愁封闭起来，只能偷偷地暗中自欺地把自己照顾的鸡幻想成自己的亲人家族，让那对鸡群的抚爱呵护、喃喃的独语暂解乡愁、暂寄心灵。一个人无依得需要寻找一个自己就可以揭穿的假象来攀附时，我们应该可以感觉到那被封闭的情感有多深。[1]

作品中确实突出了蔡其实作为一个十多岁就离开家的人的"乡愁"，这种乡愁必然是日积月累的结果，表面上看蔡其实对于现实（台湾）生活有很大的适应性，不仅能够遵从一切命令，发生了事情即便流过泪水也很理性很镇定地说"没事"。但实际上，他的乡愁是极其浓的——一方面，不管过了几十年，他口中的话语仍然是乡音极浓的"俺……"；另一方面，他通过养鸡并赋予它们自己以及自己家乡亲人的名字的形式，达到了对家乡亲眷的"复原"性再现，也就使得面对鸡群能够以对人的感情、思维对它们进行教训、养育。由此，蔡其实看似无意却十分有意地呈现出了自己的"原乡情结"：在他的生活中，无论是出于忏悔也好、出于思念也好，他已经以模拟的方式将思乡之情化在对有着自己的理想的、有名有姓的鸡群身上。可见，张大春的作品，对于这种原乡的书写，是感人且深刻的。

其实，在早期的作品中，张大春对这种原乡情结的书写并不在少数。他早期的创作中，有一个系列叫"人过美浓三部曲"，一般被当作散文来看，但其中的第二篇、第三篇[2]也有对几个老家在大

---

[1] 《〈鸡翎图〉简介：写实文学的新原野》，《台湾乡土作家近作选》，台湾乡土作家近作选委会 1980 年版，第 274 页。

[2] 即《行吟掠影——人过美浓三部曲之二》、《唐家旧卒——人过美浓三部曲之三》，见《张大春自选集》1981 年版。

陆的老人的描写。如，一个四川籍的军人和一个客家人寡妇重新结合，他将提前退伍的退休金在小镇开了个店，店名取为"粤川"，此外，来自大陆的人所开的店铺名称等，也都带着对家乡和过往的思念，如"双桂第""广善堂"，或者是带个"唐"字、带个"荣"字等。

不过，纵观张大春的作品，对"原乡"的书写莫过于在作品中设置形形色色的山东人形象。如《走路人》中的"我"和乔奇——执行追寻"走路人"时"我"的领导——都是山东人："从乔奇和我离开山东老家、在抗日战争中干少年兵起，我们打到安徽打到江西（还去游历过庐山圣地），打到湖北打到四川，一路打下来，五年然后十年，每天——我是说每天——都以战争训练生命"[1]，可想而知，从少年时代开始，一路到了台湾，已经离开家乡很多年了。但作者也并不在作品中直接书写二人对家乡的怀念之情，反而是通过一组简单的对话，将对山东家乡的感情透露出来：

> ……"你不需要太紧张。"乔奇突然说："台湾的山不比咱们菏泽的难走。""你他妈的才紧张！"我瞪他一眼，良久之后才说："这算什么山嘛？小鼻子小眼睛跟他妈乱葬岗子一样。"他笑了笑："看着吧，明年，明年咱们回去登泰山。"……[2]

作品中的两人被分派去追寻"走路人"，当任务不明确时，"我"还以为会被分派到内地而激动，当得知任务是去侦察有神异功能的"走路人"时，也想象把他们派到大陆去打听自己父亲的下落。在台湾的鸡笼山里穿行，一方面通过与老家山东的山与台湾的山对比，化解了两人的所谓的"紧张感"——这种感觉与其说是两个执

---

① 《走路人》，《公寓导游》，文化艺术出版社1989年版，第46页。

② 《走路人》，《公寓导游》，文化艺术出版社1989年版，第43页。

行任务者对执行任务的对象、环境等的不熟悉、神秘性而产生的不安，毋宁说是他们远离大陆家乡而身处台湾"异地"的陌生感、疏离感、漂泊感；另一方面，又通过山东家乡和台湾两处的共同的山，勾起了两人对于遥远的家乡的思念，所以"明年回去登泰山"看似只是不经意间说出的话，实际上却是对于重回故乡的期许，然而，故乡何其遥远，工作又何其艰巨，重复了的"明年"实际上已经打消了回到故乡的坚定性和可能性。由此，在特殊的境遇中，对原乡的感情愈加暴露得明显，也愈加深切。

张大春曾表示："我举这个例子（顾闳中作《韩熙载夜宴图》——引者）是想说，有的人有很强的国族情结，我就比较淡。有时候我会说自己是世界人，但其实是担待不起的，除国语之外，我就只会说英文，我配做个世界人吗？而我又不是单纯的土生土长的台湾人，父母带给我的影响，也很难清理掉。……对你这样那样的影响，反映到你的作品里，其实会比你想象的要复杂得多。"[1] 张大春的父母辈是 1949 年特殊时代背景下到台湾的，事实上，初到台湾的大陆人，正是在国民党"反攻大陆""光复大陆"等理念的感召之下投身于工作中的，也就是说，很多人心中抱有难以抹去的"回到大陆（故乡）"的期待以至于形成了某种情结，他们在台湾的生活、工作必然带着"暂居""暂住"等的特征，因此，相对于台湾本土居民来说，便难免有着文化、身份认同与交融之间的种种复杂情况。张大春虽然属于迁徙一代，但也正如他所言，其父母给他带来的影响是难以清理的。因此，这种"外来者"的尴尬，在张大春的作品中，都有着体现。如《少年大头春的生活周记》中，大头春（侯世春）的家庭生活很不完满，父母经常吵架，乃至于后来离了婚，原因之一就是身份差异引起的不同的人生观——甚至上升到政治道路的认同问题——因此，张大春曾借助大头春在西班牙旅游途

---

① 傅小平：《张大春：我认为自己是一个小作家》，《四分之三的沉默：当代文学对话录》，广西师范大学出版社 2016 年版，第 146 页。

中听闻、目睹了其国内民族冲突后的感想说："巴斯克人常常用定时炸弹炸警察，他们说警察是'西班牙人'，不是'巴斯克人'，还叫'西班牙人滚蛋'，这一点倒是跟台湾很像。妈妈是台湾人，爸爸是山东人，所以妈妈就叫爸爸滚蛋了，现在爸爸和我滚到西班牙来，还跟别人商量移民的事，我希望不要搞到后来我也变成西班牙人，那样又会被巴斯克人赶走。这种人生不是太衰了吗？"①

可见这种"外乡"的忧患意识，确实在以外乡人（山东人）身份与本土人之间的融合中，有着很大的影响。因此，可以说张大春给我们呈现的外乡人在台湾的身份尴尬，就有着摆荡在"明天回去"及害怕"被本地人赶走"之间的一面，其原乡想象就与台湾在地生活的不安全感有着重要的关系，因此到了《没人写信给上校》中，张大春就以"老乡"的身份对被杀害的尹清枫上校表示了诸多同情，他甚至将相同的"原乡"背景看作是"天数"："小说家亲耳听见上述三个（指作品中暗害上校的刘楠、郑正光、朱道生——引者）叽叽喳喳交换着他们对上校不满及准备处置的意见。老实不客气地说：这叫'冥冥中自有定数'，原籍山东省济南市的小说家撞上原籍山东省济南市的上校冤案。"② 实际上，在小说的一开头，作者其实一再强调写作者是"不认识上校的人"，但作为"同乡"的"小说作者"与被杀害的上校，也逐渐形成了某种基于原乡的情感关联，于是作品中逐渐让"小说作者"与上校发生更多关联，"小说作者"甚至成了个掌握录音资料的"办案人员"，更设计出上校死后的鬼魂与自己交流的多个场景。由此可见，激发作者写作小说的因素，并不仅仅是尹清枫案的独特性或者上校"冤案"的迷离特征，作为共同原乡的"流散客"，无论是文化认同还是身份地位，都有着更多的话语和情感的共性，因此在书写或者构想出上校案件的种种因素时，张大春也释放了对原乡的诸多情感。如在言及"大

① 《少年大头春的生活周记》，联合文学出版社有限公司1994年版，第141页。

② 《没人写信给上校》，联合文学出版社有限公司1994年版，第138页。

哥"这一词语时，他就对其山东化的文化内涵进行解释："大哥一词到某些地区则为骂人语；如鲁西一带，称人'大哥'意指对方如'武大郎'，娶妻潘金莲，偷汉西门庆……我们的上校是山东济南人，他就是听不得外人称他大哥的那种人……"如果说这是直接呈现山东原乡的语言文化，那么作品中对饮食习惯的间接表现其实也颇有意味，有一次上校在路上走着，差一点被车撞——他自己解释为"有人想制造假车祸搞我"——目击者的有声有色的叙述中就提及，当上校被突然飙过来的车撞了一下时，上校当场就发了火，把手里的东西扔了过去砸到了车："你们猜他用什么丢那车子？——猜不到对不对？告诉你，是两粒山东大馒头，哇兮！ K 上去直响的；不知道用什么做的硬馒头。"[1]虽然写的是上校遭遇车祸这样可能暗含阴谋的事儿，但是上校用硬邦邦的山东大馒头砸向撞他的车的动作、声音，至少说明上校对于原乡饮食习惯的坚守，也透露出张大春对于原乡的生活的想象。

张大春在面对自己的特殊身份时，常常以韩熙载的故事作比，他说："这是个非常长远的传统。五代的韩熙载就有首诗，'我本江北人，今作江南客。还至江北时，举目无相识。清风吹我寒，明月为谁白。不如归去来，江南有人忆。'……界定人的归属感和认同感，除了国族本身的概念之外，还有人和这个世界的熟悉关系，人与人之间的关系网络，或者所谓的乡俗礼仪。比如我在某个礼仪乡俗之中会找到非常稳定的人际关系，于是这个乡俗就会在从东到西、从南到北不断迁徙和移居过程中扩散、扎根。我觉得中国人的韧性不是因为安土重迁而来的，因为安土重迁永远要接受漂泊和迁徙的挑战，而在这个挑战的过程中，'安土重迁'的概念会变成一种文化在各个地方扎根、开花。"[2]在他笔下确实也有着诸多带有原

---

① 《没人写信给上校》，联合文学出版社有限公司 1994 年版，第 118、170 页。
② 张大春：《一场伪乡土文学论战》，凤凰书品编著：《文学还活着》，文化艺术出版社 2011 年版，第 95—96 页。

乡意识或者特征而又在他乡扎根、开花的例子。如《神喇叭》中的山东籍计程车司机，说着"鲁西腔的山东话"，吃着葱油饼，但是一个信了教的教徒，因此时不时对我这样的乘客布道，看到街上骑车的情侣竟然大发感慨："你瞧见了没有？那就是爱，是爱呀！（然而，说到这里他开始摇头，居然生气起来）这种爱只不过是肉体的爱！色情的爱！这种爱是下流的，不能算是真爱；真爱是耶稣对人类的爱呀！那才是伟大的爱呀！"无疑，作者对这种宗教化了的偏见的保守、传统观念，是持保留意见的。但张大春似乎更看重多元文化交错中的变化性："对于典型的鲁西山东人来说，'爱'这个字大约可以归入于'肉麻类'的，世世代代的山东人可能终其一生没讲过这个字。而这位开车的老乡能如此侃侃言之，足见地域特性也终有不可抵敌的摧毁力量了。"[①] 也就是说，张大春对于原乡的想象情感，其实也并非一味地怀念和想象原乡的一切文化，而看到了其可能的也是现实的变化性，原乡也成了一个不断被塑造的想象性客体。所以他笔下的人，即便是山东人，也并非都是有着所谓的家乡人良好气质、性格、品德的形象，而是充满种种现实可能性的。如《最后的先知》中的杂货店老板马老芋仔，就是一个会说带山东腔的国语的，"来自北国的穷乡"，靠其退伍金在岛上开了杂货店，但他却并非一个形象光彩的人，买下发动机挨家挨户劝人家装电线、收取定额月租，却跟人说自己的善良；当外来人到他店里咨询事情，他见人没有买东西的打算就会显得冷淡；他曾经和"党部委员"配合作秀给别人看，让人觉得"党部委员"亲近本地居民；他对不同的造访者，会根据对方的需要"言说"（吹嘘）不同的自己；他在记者面前攻击本地父从子姓的姓名习俗，当别人找上门来他又赌咒发誓自己从来没说过……可以说，如此的山东人，负面形象是很突出的。张大春并未刻意包装自己同乡的人物形象，而更多地写出了人们的复杂性，如尹清枫的暴脾气、专断气性，台北街头的山

---

① 《寻人启事》，联合文学出版社有限公司1999年版，第38页。

东计程车司机的街骂，甚至当过汉奸的"祖父"（《聆听父亲》）等，他直言不讳地写出他们生活中的种种弱点，而不因为原乡怀想而对其进行美化。

如果说对山东人形象的书写只是掺杂着原乡想象的文学形象塑造，那么张大春的带有家族自传性质的《聆听父亲》，却以自身情感经验与家族史变迁的虚构与非虚构的交杂，更真切地展现出对原乡的想象性书写深度。作品中的原乡想象所包含的因素至少包括三个方面：原乡的景物/实物想象，交杂着国家/民族情结的原乡"版图"想象以及精神层面上的原乡情结。对原乡景物的书写在于，作者充分发挥了其想象力，力图通过听闻、感知到的知识——1988年张大春曾到山东老家探亲，还原自己祖家所处的山东济南"懋德堂"的风景。他借自己的父亲的视野叙述道：

> 他蹲在济南市朝阳街老家南屋的一条小水沟边，看见一朵石榴花从树梢落下来，一落落进水沟里。石榴花端端正正落在水面上，仿佛迟疑了一下，转了个圈儿，好像回头看一眼石榴树和树后挂着"有容德乃大，无欺心自安"油漆木刻联匾的懋德堂，打个颤，便顺着清澈的沟水流下去。那沟里流的是泉水，从北屋我奶奶房后不知道哪块石板底下冒出来，取径于青石砖的缝隙，绕过西厢房后檐下的两棵梧桐树，便往地里凿成了一条天然的小沟。老祖宗们建懋德堂时刻意留了这沟，取其源头活水、源远流长的意思。这沟得了纵容，自西徂东、穿越三进的院落，甚至还在会合了另两个泉眼之后爬上高坡、潺潺折向南流，在二进的东厢房下，它笔直地朝地面刻出砖石和泥土的楚河汉界。这一如刀斧般锐利、决绝的线条可能是地球上惟一一条自然天成的直线。老祖宗们不敢违逆天意，只得顺沟建筑屋基。传说住这排厢房的子孙与族人不会十分亲

睦。我四大爷是个现成的例子，他叫张萃京，死时身长不满一尺，从没见过他下面的三弟二妹。我四大爷在二进的东厢房里出生又夭亡之后，这排屋子就算是废了。据说到打日本鬼子的时候充当过点校新兵员额的临时司令部，我二大爷还在那里捡着两把缺把子手枪和两千多发子弹。日本人进城前半天，我二大爷试着扔了一发子弹在小泉沟里，看冲不冲得走它。那发子弹（用我父亲的话说）"像一颗鱼雷一样就给泉水冲跑了"。我二大爷索性把所有的子弹全倾进沟里。半个时辰之后，子弹一发不剩。它们有如挨号排队的一般，一发接一发沿沟斜斜滚入一进花厅的地底下，流向西屋，再从石榴树后头冒出来，大致上仍是一列纵队，一路流出院墙之外，顺着整整七年以前我父亲追赶石榴花的路径，一口气注入小清河。①

美国学者温迪·J.达比曾说："风景是一个严格的等级秩序的产物，它把权力关系神秘化了。"② 张大春写这一祖家的风貌时，确实有着家庭权力方面的潜在意味：自己的爷爷并不喜欢作为第七个儿子的父亲，因此父亲在遭遇一次痛打之后在观赏居住之处的风物中离开家。但这恰恰将张大春对于祖家的居住环境、房屋建筑等以文学想象的方式进行了还原，在这一过程中，祖家几代人赖以生存的原乡风景既有着象征家族延续精神的联匾，也有着讲究风水的源流设计，更有古老的迷信及抗日战争的历史穿插，这样，祖家所居住的地理空间及其周边风景，不仅构成了原乡想象的空间实体，更承载着精神层面上的父亲的少年成长记忆、家族训规、国族历史等因素，使得原乡想象与书写既有亲身体验所带来的真实感，又有承载

---

① 《聆听父亲》，时报文化出版企业股份有限公司2003年版，第16—17页。

② 【美】温迪·J.达比：《风景与认同——英国民族与阶级地理》，张箭飞、赵红英译，译林出版社2018年版，第44页。

多元文化记忆的厚重感。

有学者总结道:"移民最热衷的是复制原乡……国民党迁台,在台湾以各种方式复制失去的大陆,以大陆地名及中华传统的四维八德命名脚下的土地,公权力的作用使普通地景具有政治文化与意识形态的内涵。光影变幻,台湾岛内的权力结构发生了挪移,城市化进程也使地域建构颓败凋零。"[1] 从国家层面上来说,则是在现实的生活环境——台北的地理空间中,兼有着地理版图方面的原乡版图设计与复原,这本来是属于政策层面上的大环境对于大陆原乡的想象,但张大春在作品中不厌其烦地对其进行了细致描写:

> 我出生的这个名之为台北的城市亦然。当时大部分的街道也容有一种隐喻式的修辞意旨。比方说,辽宁街。辽宁街一百一十六巷东西横走,走到西旁的尽头,挡在前面那条南北向的黄土石子路就是龙江街。龙江街冲北走下去,又会遇着一条较早拓宽且铺上柏油的马路,长春路。顺着长春路再往西走,就会碰上吉林路、松江路。辽宁、龙江、长春、吉林、松江……它们都是中国东北地方的大城市甚至省份的名称。以之而命名的街道则占据着台北市当时开发范围的东北角,在将近半世纪之前,这样命名街道的意思是在随时提醒行走在此城街道上的人们:我们已经因内战战败而失去的版图仍在我们的脚下。当然,历经近五十年之后,这些街道名称的符号意义有了重大的改变,大版图仍在脚下的隐喻自最初的激励或提醒人们"毋忘故乡"之外,丛生出各种解释态度。首先,都市的发展使原先的东北、西北、东南和西南都变成不同时代阶段和实用功能上的城市中心,都市的地理边缘也逐渐向天然畛

---

① 陈美霞:《家族记忆、身份认同与原乡情结——论张大春的〈聆听父亲〉》,《现代台湾研究》2012 年第 2 期。

域的极限伸展，这使街道名称呼应中国版图的原始权想显得坐标零落且方向错乱，最后，就像人类所曾寄以深刻寓意、丰富喻旨的一切命名一样，失落了意义。[①]

这样，张大春从历史、国家的层面上对台北的大陆版图复制进行了解释，这种解释和说明本身并非毫无感情，生活于台北这样的版图规划中，大陆（原乡）就在脚下的意识势必激发着、刺激着每一个熟悉大陆版图的人的故园情感，由此原乡情感也必然表现得更加浓烈。而张大春自己却不仅仅停留在解释政策化与个人情感相结合的版图复制，而更多地进行了人本身历史来源的思考：

> "我从哪里来？"变成一个历史问题之后，非徒吸引了个四五岁孩子的注意力，它本身也融合了看起来比个体生物性操作更大、更重的东西，它是血缘的、家庭的、种性的、地理的、国族的以及带有信仰性格的。更深沉的部分是，这个问题对同一语句的哲学命题产生了排斥。人们不得不在一个这样庞然、巨大、重要的大我范围里去思索"我从哪里来？"的时候停伫深入发问的脚步，从而不只一代、两代甚至三代的人不得不在他们认识整个世界的基础上有一个版图以及一套换算式：龙江的西边是松江、吉林……在为这整个首善之区的街道命名之际，命名者首先假设：不知道中国地理的人是应该在台北接受迷路的惩罚的，甚至，不知道"民族、民权、民生"以及"忠、孝、仁、爱、信、义、和、平"这些纲领或德目的人也活该要冒绕冤枉路的危险。或者我们应该把这套设计作善意一些的解释：那些无知或忘记了中国版图（主要是行省及大城市名称）、无知或忘记了中国传统道德的人可以在这个城

---

① 《聆听父亲》，时报文化出版企业股份有限公司2003年版，第53—54页。

市里重新学习、认识"我从哪里来?"的课程,以免迷失。如果我们真的因此而不至于迷失,那绝对是因为我们已经有了一个完整的版图、一套固定的换算式,而且拒绝了那个哲学上的"我从哪里来?"的问题。[①]

对于哲学上的"我从哪里来"的追问毕竟还是玄虚的,但对于张大春来说,这一问题有着更实际的指向,基于父辈自家乡的"离散"所形成的家族身份区隔(与祖家人分离)与基于政治原因的生活分离(与原乡分离)的纠葛所造成的复杂感情,只会增加对大陆原乡的期待与想象,因此在不断的追问与回避追问中,原乡的样子可能更加清晰,而这样的原乡的清晰面貌随着时代的变迁只会越发模糊,但越模糊越挥之不去的印象可能还会在对下一代的讲述中继续被塑造。所以,版图之于台北和版图之于台北的外省人,就有着其独特的原乡情感保持功用。

不过,风景也好,版图也罢,毕竟是容易逝去的,但精神层面上的训规一旦形成文字传统,便难以真正地被抛弃于无形,所以张大春在《聆听父亲》中所写的家族训规,可能是出现频率最高的原乡意象了。因此从高祖张冠英那一代所确立的家族训诫就以联匾的形式传承下来:"诗书继世,忠厚传家""绵世泽莫如为善,振家声还是读书",父亲到了台湾后,虽然没有因地制宜地进行匾联的变更,但是基本精神并没有改变,而仍然延续着祖家的风俗及内容:"这年岁末,我父亲递给我一张纸条,上写两行:'水流任急心常静,花落虽频意自闲',中间横书四字:'车马无喧。'接着他说:'这是曾国藩的句子——原先就贴在咱祖家北屋正门上——你给写了贴上罢。'一直到他从公务岗位上退休,我们那栋楼年年是这副联。"这样,父亲通过写春联、对联等对张大春进行了文字教育和启蒙,也将祖家的诗书传统延续了下来,这种传承,当然更多的是

---

① 《聆听父亲》,时报文化出版企业股份有限公司2003年版,第56—57页。

传统文化教育的一部分，张大春的父亲在送张大春入学时，甚至将张大春的宗教信仰栏里写了"儒"[①]——可见，这种附带着家族乃至传统文化传承的精神，在张大春的父亲，已经变成了一种信仰。而这种家族性的文化训规，作为家族性的箴言、格言、手抄故事等形式流传的过程，也正是负载着家族文化的原乡文化的传承和复原的过程，这甚而成了一种写作情结——张大春不仅在《聆听父亲》中大量书写祖辈的以语言、文字传承的训规、法则经由不同的辈分流传下来的点点滴滴，也在《一叶秋》中专门设置了"一叶秋"的故事形式，将祖辈老太太乃至于自己姑姑的家族女性口中的故事、规则、训规，进行了阐发。

二、眷村的记忆

大陆原乡在张大春而言，虽然扭结着他的家族与故土情怀，但毕竟这种情怀是拜父辈的讲述及自己的知识、记忆探索而来，而作为眷村二代，张大春的童年经验则更多地基于其眷村经验获得，而眷村相对于大陆原乡，有着更多的空间实感，而因为同一行业的外来人的聚集，眷村实际上也承载着更多的还原大陆原乡的功能，因此，从语言到饮食习俗，再到文化教育等，都或多或少的是大陆原乡的延伸。正如有学者所言的那样："对于眷村第二代而言，只有'眷村'才是他们生于斯、长于斯的地方，'中国'存在于父辈的故事中，更像一个想象的符号；虽然他们和父辈同样居住在眷村这个'共同体'，但父辈是骄傲的，他们是不安的。"所以他们需要在成长经验和父辈的零散的叙述或者还原中，获得海峡另一边的文化体系建构："中国传统文化……对第二代眷村人来说，这种认同是灌输、是熏陶，更需要去寻找、去记住的。"[②]

---

①　《聆听父亲》，时报文化出版企业股份有限公司2003年版，第115、11页。

②　王丽娜：《论张大春小说的文化传承因素》，《文衡》（2009卷），上海大学出版社2010年版，第297页。

不过，张大春虽然也是眷村二代，也对眷村进行过不少书写，但他的书写又是零散的，他将对眷村的环境、变迁、人物生活情况及生活面貌等以流散的方式穿插于他的各类写作中，而几乎未专门集中写作过眷村。这当然与张大春的写作立场有关，更与其个人经历和社会认识有关。学者胡金伦曾探讨了张大春的眷村书写的特殊性。他认为，比起朱天心等人的眷村书写，同属于眷村二代的张大春不仅在小说中淡化"眷村"，而且所书写的眷村也处处充满破败景象，而张大春自己在接受采访时也不像朱天心一样维护眷村形象，反而表现出一种疏离态度，因此他认为："张大春小说中似有若无的眷村空间，以及不以强调外省人身份的主题，往往有意无意间淡化了他本身的眷村（外省人）色彩。"因此张大春的小说就会给人（读者）少了"眷村味"的感觉，显示了张大春"在小说创作中所隐藏或投射的个人矛盾情结"，由此，他得出这样的结论：外省第二代作家普遍书写眷村小说，这是他们族群独有的个人经验，但其更多地体现作家个人的主观认知，"结果也只呈现了外省人在眷村的生活面貌，无法成为全台湾外省人论述的代表"[1]。这样的观点未必完全客观，但是放在张大春身上来说，确实体现出了张大春的创作与别的作家创作之间的分野：当作家们都以充分的感情唤醒眷村的记忆并对其进行亲近时，张大春以其一贯的姿态表现出其理性、冷静与克制，因此他的小说中的眷村书写便多了几分冷峻和反思，而缺乏热情的赞美和怀想。也就是说张大春笔下的眷村书写由此也有着与大陆原乡书写和表达共通的地方：一方面他以自身的经验回想眷村的生活及自身基于眷村的成长经验；另一方面他又能够走出眷村生活的自我迷恋，从而将对眷村的相关问题的思考放置在大的环境背景中去探查其所附着的政治、权力等的走向或趋势。

　　据此，张大春的眷村书写也确实存在着胡金伦所谓的"矛盾

---

① 胡金伦：《政治、历史与谎言——张大春小说初探（1976—2000）》，台湾政治大学2001年硕士论文，第58—61页。

性"：他一方面也常常在作品中对其生于斯长于斯的眷村生态进行描写；另一方面，他又对眷村的独特存在进行反思，同时，张大春也对眷村的变迁进行总结。

张大春笔下的眷村书写其实可以分成两个部分，这两个部分有着对比的意味，但应该都是他生活过的地方的写照——如前文所言，张大春自1971年左右换过住所。对于前一阶段其所生活的眷村，根据张大春的叙述，是在辽宁街一带，这儿的居所环境应该很一般，因此张大春在叙述时，确实如胡金伦所言，充满着颓败气息。如《城邦暴力团》中，他说自己父亲藏有一幅画："当年在南京东路、辽宁街的老眷舍家户之间，都是竹篾子芯儿糊黏土砌成的土墙，逢上地震就裂，长长一道墨子，现成是个凿壁引光的态势。家母便把那画张挂起来，正挡住那裂痕，也屏阻了隔壁刘家小鬼窥伺的眉眼。"张大春甚至将画中的开阔宅院与自家的居所作比较，"有好一段时日，我每天站在墙边，仰脸观看那张画，非常羡慕古人居家能有那么大的一座宅院。比之我们住的鸽笼眷舍，其宽敞舒适不知凡几"[1]。在《我妹妹》中，"我妹妹"要出生前，"我"因为生病，便被"扔在我爷爷住的那个破烂眷村"，后来"我"及"我妹妹"突发奇想要摄录"我奶奶"的食谱，作者也顺带写道："在我拍下的录影带上，破烂眷村里用木杆、竹篱、石棉瓦拼搭起来的破烂厨房是第一景"[2]。张大春也曾通过梦境写出了辽宁街自己家住所的环境："大门口的牌子上注明了台北市辽宁街一一六巷五十二号。大门正对着一排空军眷舍，门口的小巷东西横走，巷北是光复东村，巷南的我们属于复华新村。"[3]地理空间的记忆对于成长中的少年来说，或许并不常常真正在意其空间格局的特色，因此张大春的书写中，眷村本身实际上是次要的，重要的是附着于眷

---

① 《城邦暴力团》（下），时报文化出版企业股份有限公司2009年版，第215、216页。

② 《我妹妹》，印刻文学生活杂志出版有限公司2008年版，第46、148页。

③ 《聆听父亲》，时报文化出版企业股份有限公司2003年版，第41页。

村而生发的生活场景、生活情境。在张大春笔下，眷村的生活记忆中——尤其是在《城邦暴力团》中，恐怕澡堂是一个相当重要的意象：

> ……这个占地很有几坪大的洗澡间成为我成长岁月中不可或缺的一个记忆场景——长年湿滑而倒映着惨白日光灯管如蚕蛆蠕动的水泥地面、时刻挥之不去沁人心脾的美琪牌药皂气味从排水口蒸腾而上直达没有天花板的屋顶托架、向西向南开了两扇小小方形气窗透进来的天光之中飞舞着无以数计的浮尘，以至于纵横盘走于墙沿和梁柱之间到处洇出水渍铁锈的自来水明管，它们属于我的十三岁到十八岁之间、当时看来了无生气且窒人欲死的抑郁青春，算是在家和学校之间勉强可以供人短暂盘桓的避难所，意味着其实令人无所遁逃于天地之间的巨大命运覆盖之下一个小小的喘息角落。……①

这一记忆场景既是"我"们的成长的重要场域，也是眷村的一个半开放的空间，所以在我所在的眷村中长大的男性（"我"以及"我"的师兄们）在此学会抽烟、说脏话、讨论两性话题等中逐渐完成了成长。这一眷村场景毫无疑问既是张大春成长记忆的复现，也是澡堂以及武馆的开设人彭师父、彭师母等人忘却过往的江湖／原乡记忆而重新隐入生活中的重要空间。类似的眷村空间还有游泳池——"它其实是一个半宿区、半招待所的小社区；占地数千平大约有一个卫兵排的军力。早在一九六零年代初期刚兴建的时候即盖成四层高楼，附设一个二十五公尺长、十五公尺宽的室外游泳池和一个标准篮球场。从我九岁那年开始，几乎每个夏天的每一天——

---

① 《城邦暴力团》（三），时报文化出版企业股份有限公司 2000 年版，第 101 页。

除了周一游泳池例行换水不开放之外，我都是那个池子的主顾，或晨或昏、或由晨至昏，总泡在池子里。那是一个让南京东路到松山机场一带许多眷村小孩不至于在炎炎夏日无所事事的乐园，进出全凭一张游泳证（由孩子们在军事机关任职的家长代为申办）。"[1] 可见眷村的生活环境中，实际上能让张大春等同一代人有着较好的成长体验的空间环境也是存在的。

那么，为什么张大春站在家居情况角度而言的眷村就成了"破烂眷村"——他甚至将《四喜忧国》中的朱四喜及其邻居的家写成不事粉刷、贴满报纸而经不起雨水冲刷的破落景象——而对于成长中的眷村环境和场域又多了一分较富情感的热情呢？恐怕这与眷村本身有关。前文曾言及，眷村是国民党退守台湾的产物，"为了解决 150 万以上激增人口带来的居住与生计问题，政府开始兴建房舍或安排宿舍，并将新移民以军种、职业、特性等，分别群聚于一定范围，即为现在所知的'眷村'"[2]。事实上，张大春所居住的眷村环境可能与别的眷村一样有其恶劣的一面，但是作为眷村这一政治产物，它本来就享有政治的眷顾，因此张大春在《城邦暴力团》中借助"我老大哥"张翰卿——老漕帮成员——对在江湖帮派中的生活的"奇怪的比方"表示："你好比说住罢，住这眷村；你好比说吃罢，吃这眷粮、破瓦泥墙、粗茶淡饭，这和从前咱们帮里的庵堂没有什么两样，可大家伙还是一般快活。"[3] 可见住在眷村是有着各自的一些"优待条件"的，从上述《王班长》中的游泳证的办理——"由孩子们在军事机关任职的家长代为申办"——也可见一斑。有研究者也指出："正常来说，眷村居民对其居住房舍均只有建筑物及地上物使用权，并无房屋所有权，但也不必缴纳地价税及相关

---

① 《王班长》，《寻人启事》，联合文学出版社有限公司 1999 年版，第 68 页。

② 李荣洲：《从游移到回归——张大春小说的离散与认同》，台湾成功大学 2009 年硕士论文，第 21 页。

③ 《城邦暴力团》（一），时报文化出版企业股份有限公司 1999 年版，第 113 页。

租税金。"① 张大春也曾夫子自道:

> ……眷村是个相当封闭的环境,一方面语言封闭,另一方面政治氛围封闭。国民党政府迁台以后刻意营造的某些政治意识或思想钳制,正好都具体地施展在眷村这些马前卒身上。
>
> 眷村的建筑一般都分成几排,第一、第二排是临街的,对都市的发展比较敏锐,后边几排就稍微迟钝一点。我们那个眷衬后头还有空军眷村,空军的孩子比较活泼,而且老实讲经济条件也比较好。
>
> 我们属于国防部的眷村,村里中校、上校满地走,不像很多眷村是士官级或尉官级的军人。比如住我们隔壁的郭老先生,后来我才知道他是著名的电视剧编剧,还有我们左边那家邻居,从军中一退伍,立刻就在银行有了相当好的职务。所以回想起来,我们那个眷村算是比较富裕的。
>
> 眷村的另外一个特色是"江湖",第一、第二、第三排的子弟跟外面社会之间的互动来自于他们如何内聚,如何形成械斗团体。当然他们也坚持某些自己相信的正义,这种情况下帮派就出现了。还好我住在最后一排,不然以我火暴的个性,肯定是马前卒的马前卒。②

因之,张大春的眷村书写在不够热情的同时,却多了一份反思。如其在《干事开店》中说:"干事是'复华新村'的村干事,干事的店叫'复华商店','复华商店'的隔邻是'复华幼稚

---

① 李荣洲:《从游移到回归——张大春小说的离散与认同》,台湾成功大学 2009 年硕士论文,第 22 页。

② 张大春:《一场伪乡土文学论战》,凤凰书品编著:《文学还活着》,文化艺术出版社 2011 年版,第 94 页。

园'，我们都在'复华幼稚园'里混过几年。一园子小朋友有五个叫'复华'，别以为我们年纪小，不明白'复华'的意思，安徽腔叫的'复华'是孙复华，四川腔叫的是李复华，湖南腔叫的是丁复华；倘若扯开嗓子叫，叫的必然是何复华，剩下的那个永远得连名带姓叫余复华。"[1] 一连运用十余个"复华"，"复华"作为国民党退居台湾初期的政策教育对民众的生活的影响，其深远可想而知。很明显，这是对于眷村生活遗留下的台湾政策及受其影响的文化进行了嘲讽，也就是说，作为外省二代，张大春已经看到了父辈们到台湾以后随着国民党政权所塑造的领袖崇拜所期许的"反攻""光复"早已幻灭，而印上时代烙印的眷村空间地名甚至人名，也成了眷村历史的遗留，由此张大春显示出了经过父辈及国民党的教育政策所涵化后的理性。由"光复"理想所引导的，是眷村中的新一代人对于父辈的军人情结的继承，但这种继承有时候并非作为军人的良好素养和品德，反而会走向另外的极端。张大春在《没人写信给上校》中就塑造了一个"世代"的眷村子弟成为世代化的痞子的形象，其代表人物是同为上校的刘楠。作为出生于"二战"以后的世代，刘楠从小就在广播剧中听到少年参军的诸多故事，因此投身军旅，但他们也被培养成了绝对服从、心口不一的形象。张大春不无激烈地将其看作是"大瘪三、大笨蛋"，并且认为他们的世代以及后人，即便当上军官，也改变不了痞子的本色，因为他们有着绝对服从长官的信念，并且有"我们都是全天下最爱国的人，所以我们一定就是全天下最优秀的人"，而实际上他们只不过是虚伪的心口不一的人而已，张大春认为这样的人有千千万万[2]。在作品中，张大春将刘楠塑造成了一个与卢正直等人害死尹清枫上校的人，可见张大春对于刘楠这一形象的负面塑造，是充满鄙视和仇恨的。而这样的人物出自于眷村，恰好让人反思眷村人的教育问题乃至于战后

<hr />

① 《寻人启事》，联合文学出版社有限公司1999年版，第40页。

② 《没人写信给上校》，联合文学出版社有限公司1994年版，第46—47页。

台湾的军人政治问题，批判的锋芒流于笔端。

正如张大春所言，眷村虽然为政治原因而建立，但其有着重要的"江湖"气，所以张大春也毫无保留地对此进行了书写。他写道："从民国四十年代开始，几乎像是一种时髦的风潮，以各地眷村为范围的外省军工子弟纷纷成立了各种名曰帮、会、联盟的青少年械斗组织。有的还举行歃血仪式，出入组织所在的地区时需盘查口令、勘验信物，俨然有雄霸一方之势。这种类似小孩子办家家酒的游戏很快便有了成长和发展——不只在数量上时见增加扩大，本质上也有了重大的改变。随着参与成员年龄的增长，原先打架滋事、发泄精力的活动，变成有系统、有目的、更有种种策略手段的火并行为。帮派与帮派之间因为彼此看不顺眼而导致的意气之争，也逐渐演变成染有图利色彩的地盘纠纷。"① 因此他笔下的这些有各种背景的眷村江湖帮派，打群架者有之，当地痞太保者有之，更有甚至，兵工厂子弟们还根据各种关系制造枪弹秘密交易。对这样的眷村江湖生态，张大春也曾从社会环境的角度进行过分析。他认为，眷村本身的设计就让眷村子弟与外界之间形成了堡垒，"在这堵围墙里面，清苦自足的现实生活装填着周转不完的忧患意识、思乡与怀旧病、集体的使命感、共荣共辱心、江湖义气、爱国的自我高贵感。眷村弟弟如果不能复制父兄所曾经经历的人生，使这些塑造其人格与性格的意识和观念得以持续在一种安全、封闭的情境中顺利运转，他只有两种选择：叛离那些属于眷村的情感、情绪和情结；抑或在那个隐形堡垒之外的大社会追寻、印证以至于重塑眷村的一切。""忧患意识可能浅化成强烈的不安全感，思乡与怀旧病便可能强化了对现实或本土文化的鄙夷，集体的使命感、共荣共辱心和江湖义气则使之有意无意重视'外省军眷出身'的胎记而利于组织帮会或形成族群，至于爱国的自我高贵感却极可能因着种种利益和尊严上的挫折而扭曲成'国家亏欠我'的敌意与'国家抛弃我'

① 《城邦暴力团》（三），时报文化出版企业股份有限公司2000年版，第160—161页。

的自卑。"① 可见，张大春对于眷村所出现的帮派的成因的分析，有着强烈的自我经验总结的成分，它也是台湾社会面对眷村乃至于眷村改造以后的社会生态的反映。眷村后代（多为军眷后代）的行为及其遭遇的社会影响，在张大春看来，更多的是国家政治、政策对眷村定位的区隔性所造成的不良影响。正如学者所分析的那样："随着台湾政治环境的风云变迁，不同族群的地位也在变化，1970年代台湾在外交政治上的挫败使得本土呼声愈发强烈，蒋经国时代开始进行本土化政策，大量起用台籍人士担任官职，一改以往由外省人主导的局面，眷村（外省人）的地位，从曾经主流的位置到被边缘化，由一个强势团体变成弱势群体。"②

张大春经历过自己曾经生活过的眷村的变迁，目睹了眷村的变迁的过程，也使得张大春自己在文学书写中呈现出了历史性的眷村变化，也即眷村的现代化的问题。当然，这一书写之所以在张大春的写作中凸显出来，并不是因为他缅怀过去的眷村生活，也不是因为他理性地反思眷村本身，而是因为张大春的眷村书写实际上关联着 1970 年代的乡土文学及 1980 年代的城市文学。张大春早期的创作的确乡土写实意味很浓，但是进入 1980 年代以后他却一下子变成了文坛的现代实验性代表，究其原因，亲身经历过眷村的现代化未必不是重要因素。有学者曾分析道："当大部分眷村作家还在专注于描写眷村生活的点点滴滴时，张大春就已经开始了自己对历史与记忆的怀疑。在小说《将军碑》中，张大春致力于探讨历史的罗生门，走出早期眷村文学缅怀、感伤的叙事氛围，反思、质疑曾经被人们津津乐道的历史和个人回忆，试图追问历史究竟是谁的历史，个体回忆究竟有多大的欺骗性。"③ 但这种改变并非该学者所

---

① 《眷村子弟江湖老》，《异言不合》，皇冠文学出版有限公司1992年版，第117—118页。

② 王丽娜：《论张大春小说的文化传承因素》，《文衡》（2009 卷），上海大学出版社 2010 年版，第 297 页。

③ 行超：《孤儿的流浪与成长——论 20 世纪中后期台湾文学中的"孤儿意识"》，《南方文坛》2015 年第 6 期。

言的 1980 年代末才开始，它甚至可能生发于 1970 年代。张大春曾多次对其从旧眷村搬到新改造的居所进行书写，如在《聆听父亲》中，他说："我们那个老复华新村的居民在一九七零年和一九七一年间相继迁出已有二十年屋龄的土墙瓦顶的日式眷舍，搬到城市西南角位在西藏路上的四层楼钢筋混凝土公寓，成为一个新的聚落形式。"[1] 新的地方是这样的："在我们所居住的西藏路、中华路这一带，当时总共有三大块老的居民住宅，六个日式建筑平房的公教宿舍，四个改建成四层楼公寓的眷村。"[2] 也就是说，新的环境仍然是眷村，但很明显，新环境已经有了很大变化："我的家，西藏路一百二十 五巷临街第四栋四楼公寓的底楼，隔着一百二十五巷——这巷子可以会车错驶，比一般较窄小的街道还宽绰——对面就是莒光新城了。莒光新城不知道已经盖好多久，住户似乎都已迁入，窗光鳞次，透着白、透着黄，有人家怕热不怕冷，大冬天还开着吊扇，将室内的灯光闪得忽明忽灭，打赌那一家子日后都要得散光眼。"[3] 显然，这样的新的眷村居住环境，比起旧的泥墙瓦顶、裂缝漏光的眷村，已经充分地城市化了。这种城市化、公寓化的变化曾一度让张大春及小伙伴们高兴不已："眷村拆迁改建之前，我们一家，还有孙老虎以及另外一百多户'国防部'文武职官的人家都住在这城市的头一号……当时我们这些孩子听说全村都要搬到四层楼的公寓里去住，简直觉得做人也升一等。我和小五经常搭十二路公车到南机场，再沿着日后铺成西藏路的大水沟边走一程，来到新村舍的工地。在处处有回音缭绕的空屋子里大声喊着：'这是我家，这是我——们——家。''我们家！''我——们家——'"[4] 这样的生活变迁既衬托出了此前眷村生活的压抑、艰难乃至底层化的心灵印

---

① 《聆听父亲》，时报文化出版企业股份有限公司 2003 年版，第 54 页。
② 《城邦暴力团》（二），时报文化出版企业股份有限公司 1999 年版，第 95 页。
③ 《城邦暴力团》（三），时报文化出版企业股份有限公司 2000 年版，第 24 页。
④ 《城邦暴力团》（二），时报文化出版企业股份有限公司 1999 年版，第 104 页。

记，也表现出少年成长中对于新生活／城市化生活的向往，也是眷村变化的寓言：眷村逐渐脱离了其落后、古旧、与别的群体隔离的生活空间而走向了文明、交流。然而，张大春对眷村的变化的书写并没有停留在改变的惊喜，而增加了回望变化历程的反思，因此，当居住在新的眷村公寓多年后的他，在和孙小五、孙小六一起出逃的过程中，在楼顶时想到的一方面是曾经离家出走的体验：

> 这么站在离家直距不超过八十公尺的十二楼顶上，穿过灰蓝色的夜空看自己的家，很让人平白添加一点惆怅的甚至怜悯的感觉。我几乎可以从我家的窗户里透出来的一丁点微光知道这房子里正发生着什么——在一扇透着黄光的窗户里家母已经睡熟了。她是那种落枕就着、离枕就醒、中间一个梦不做、做了也记不起来的人。隔壁透白光的房间里一定还正襟危坐写他的战争史的则是家父。他在"国防部"史编局搞中国历代战争史搞了二十多年，白天上班就写字、晚上下班就画图，一画起战争地图来的时候他比家母还不容易叫醒。
>
> 我从几十公尺外的高楼上望着这两扇窗户，蓦地感到一阵非常没有头绪、没有来历的酸楚。仿佛生来二十一年之间，我第一次看见自己的生活，也第一次朦朦胧胧地发现自己不想待在那改建过的四层楼公寓房子里的原因——我根本不应该属于那一黄一白两扇窗户里面的世界，我想过的是另一种其实我还不曾接触、也无从想像的生活。[①]

这是基于眷村生活所感悟的成长经验，也是少年成长中的自我觉悟和人生定位与目标寻找。但张大春也由此走向了更深层次的反思，站在多年后的角度为当初的情感、情绪，感到"羞赧"："之所

[①] 《城邦暴力团》（二），时报文化出版企业股份有限公司1999年版，第103页。

以羞赧，并不是因为四楼公寓老旧了多少，而是我们村子里这些老老少少从来也永远不可能因为换了幢房子而真正改变我们的生活；我们从来也永远不可能拥有另一种生活。孙老虎还是当街撒尿，孙妈妈遇事就拿脑袋顶人，家父每天带着古人的部队在白纸上行军布阵，家母从不记得她做过什么梦。而小五，除了钩帽子织毛衣缝布鞋之外，还是缝布鞋织毛衣钩帽子。我则暗暗祷告上天下地各路神明佛祖：让我的大学一辈子读不完，让我一辈子住在宿舍里——哪怕像只老鼠。"[①] 这种思考的深刻性在于张大春觉悟到了作为眷村居民，虽然经历过眷村的城市化改建而看似融入到了城市生活或者更为现代化的生活中——也即更深入地融入到了本土化的生存环境中，但作为眷村人的身份认同和命运，并不能因此就得以改观。也就是说，张大春通过眷村建筑形貌的改变，不仅未曾因此而感觉欢天喜地，反而看到了更深层次的生活固化的眷村生活生态。这种洞见，无疑正是张大春的深刻处，也是张大春反思眷村及眷村生活的重要立场。这实际上也是眷村人所面临的困境，正如学者所言：

> 对于外省族群来说，眷村改建后，新的居住空间往往是公寓式的国宅，使得原来省外族群"家屋"的空间形式与意象产生了剧烈的改变，使"原本在都市中集中的，块状分布，水平的地景形式，在极短暂时间内被'毁灭式的'改造"，取而代之的是一种现代性式的景观。然而这种景观却有如现代性的灾难，一方面因为都市文明所带来的资讯泛滥与跨国资本主义的冲击，所以台湾的本土特色被稀释与抽离，而丧失了可以辨识、认同的客体。另一方面，他们仍需要时间来适应新的家屋产生新的记忆，积累情感与认同。所以在省外族群移居到台湾主流社会之后，却仍无法展出新的认同主体，来"替代"旧的认同模型，

---

① 《城邦暴力团》（二），时报文化出版企业股份有限公司1999年版，第104页。

这其实也是一个很重要的原因。[1]

由此可见，张大春对眷村的书写有着很明显的超越性，他既书写眷村，又更多地对眷村本身的诸多问题进行反思；既怀想眷村的生活及成长经历，又超越于成长的感伤与怅惘书写；既从历史性记忆中言说眷村，又创造眷村的新的象征意味。可以说，张大春已经比较理智也比较早地明确其父辈的原乡想象的渺茫性——"我记得小时候父亲提到任何一件事，都会有一个明确的台词：哪一天回去了……他有一个想象的国度，这个国度既不存在于他所面对的现实，也不存在于他所追溯的过去，冀望于未来很显然是渺茫的。"也更理性地认同了自己的身份："我的感受里是'漂泊的根'，落在哪儿就在哪儿扎根，扎着扎着又会觉得，我还可以再漂回去。我的家庭比较特别，我是孤丁，父母就生了我一个，我父亲非常注重人文教育，他大概把漂泊感和文化联系在一起了，认为掌握了某一种人文修养，似乎就掌握了扎根的地方。"[2] 这也许才是张大春对于眷村及眷村生活的真正的认识，也是他有别于别的书写眷村的眷村二代／外省二代的理性思考。

三、本土的"遥望"

张大春没有在台湾的农村社会长期生活的经验，但他常常借由乡村的书写，反思文明的问题。从创作初期开始，张大春除了"一切蓬勃的文体莫非自民间、自乡土中来"[3] 这样的文学认识，还对

---

① 陈国伟：《解严以来（1987～）台湾现代小说中的家族书写》，台湾中正大学 2006 年博士论文，第 276 页。

② 张大春：《一场伪乡土文学论战》，凤凰书品编著：《文学还活着》，文化艺术出版社 2011 年版，第 95 页。

③ 《传语风光共流转——无忌书简之一》，《张大春自选集》，世界文物供应社 1981 年版，第 190 页。

城／乡、文明／古典所负载的意味进行过反思。他借助旅游反思道："感觉是身在文明，你就会生起那种都市里旧有的，十分原始的文明欲望：要洗个热水澡、洗净奔程中披覆的滚滚风尘，仿佛那风与尘注定是不洁的，而文明的你患染某种洁癖。"在现代文明观的笼罩下，反倒是乡下"平平凡凡的田野，平平凡凡的红砖灰瓦没有院墙的农舍，竟成了一种适于被冷落的奢侈品，或奢侈的品尝"，所以小镇所承载的确是"文明之外的遗产，是平平凡凡的古典"。但是，现代人"披了满肤文明的毛孔，顾忌着风与尘的乡土是多么的鄙陋却又渴于那种凝姿的、平淡的，属于古典的空气"，他借助旅行说明，现代人是在"被空间所分割的时间"里去"感觉""刹那的新鲜"。不过，张大春似乎更愿意客观地来看待这种矛盾，他说"文明人"也曾"群居成格格不入的鸟笼，大约便是怕染患某种古典的乡思，却发觉林栖总不似笼栖那样易于窒息；笼栖也不如林栖那样难以迁徙"。由此进一步说明："文明不断地在制造、追逐陌生"，而"古典也有逼人、陌生的另一面"①。

也就是说，张大春对于城市／乡村的观察视野，是站在更广阔的"文明"角度的思索，所以前文论及他对"城市文学"的讨论，也并没有将二者置于对立的位置来选择自己的立场。从他的作品中，我们一方面可以看到他对城市生活的反思，另一方面，他又对乡村在现代化过程中的遭遇予以同情。因此，他笔下的烟农有着"我们的儿子都不种烟草的，他们到工厂里去做。差不多再十年八年，我们也不做了，不能做了嘛！"②的感慨和无奈。小乡镇上的老伞师的手艺也没有年轻人愿意继承了，他的儿子说，现在"几乎没有人肯学做伞了"，因为不好学，"起码要跟师父跟个四五年，现在

① 《浪游涉思——人过美浓三部曲之一》，《张大春自选集》，世界文物供应社1981年版，第256—265页。
② 《行吟掠影——人过美浓三部曲之二》，《张大春自选集》，世界文物供应社1981年版，第271页。

的人没有耐心了"①。这似乎是乡村在现代化过程中的痛，张大春说道：

> 在田在乡似乎总要以土地里盛发的翠绿来弥补人们中间稀薄的青春。或者，田乡原就是宜于老卒去驰顾、童兵去瞻望的沙场。我也曾听说过那些离乡的壮丁们更艰难的闯荡，他们先要拔除一些属于田事的根性，到城市或者都会重翻新一层模样，是种稻的土采来制瓷瓦器忍受更热辣辛酸的煎熬。这些都是村野中新生代渐渐学会也必须学会的课程。②

这样站在城市和乡村之外的观察，必然会对城市、乡村的思考都站在现代化、文明进步等角度对二者进行冷静的"遥望"。因此张大春对由乡村走入城市的新一代，怎样糅合泥土的气息和城市里的生活节奏，有着更多的理解和期待。但对于城市中"被空间所分割的时间"里的生活，他也进行了质疑，因此在四川籍写诗老兵的继女谈及他和带有几个孩子的寡妇结婚后不被乡民所理解——不相信他会善待几个继子女——而抱怨乡下小镇居民"太保守、太固执"之后，他反思道："即使在一个更文明的社会里，诗人的苦衷会被周围开放的胸怀所察知么？他能获得谅解么？他真的毋须到奥义中找寻那只适于自己翻阅的解脱么？然而大都会的熙攘之间，是否能诞生这种纵然只写得几篇二流诗的诗人呢？"③

张大春早期创作中的台湾乡土反映更多的是与外省到台湾的

---

① 《行吟掠影——人过美浓三部曲之二》，《张大春自选集》，世界文物供应社 1981 年版，第 276—277 页。

② 《行吟掠影——人过美浓三部曲之二》，《张大春自选集》，世界文物供应社 1981 年版，第 270 页。

③ 《行吟掠影——人过美浓三部曲之二》，《张大春自选集》，世界文物供应社 1981 年版，第 278—279 页。

人有关而书写大陆人融入到台湾社会以及乡土遭遇现代化变迁的怅惘，1980年代张大春对本土乡民／岛民的关注，则从更为广阔的视野中反思了诸如人性、民族、现代化、城乡对照乃至"后殖民"等更为棘手的问题。张大春的这一类创作篇章虽然不多，而且均包含着浓厚的实验色彩，如后设、魔幻现实等，但他以独特的视角写出了原住族众的生存状态及面对时代变化的本族神话质疑、解构乃至对外面世界、外来文明的张皇失措。

在《城邦暴力团》中，张大春写了一个台湾本地特殊族群——"走路人"："……在各族山地同胞间有一跨部落的'走路人'行当存在。这种'走路人'师徒相传，每传一代弟子皆是自各族中拣选体格壮硕、耐力逾常者是为周游于全岛部落之间的信差或专仗角色。这种'走路人'终身不娶，其所司之事便是自基隆附近的小丘陵入山，沿棱线遍行全岛，传递部落间大小信息。由于身份不俗，使命特殊，'走路人'每至一处，便会受到倾其丰盛的酒食款待，且有美女服侍，务使惬洽。此外，'走路人'决不介入各族之间的争战，其所行走的棱线路径亦属绝对机密，非师徒相授者外人无一知晓。"[1] 然而，这一神秘的人群最终被台湾情治部门所关注，其中的"消防顾问洪子瞻"——即洪门首领洪达展之子竟然设计出了"火攻之计"，在阿里山小火车站附近放火烧了一栋居民楼，然后试图引诱在各族山地同胞之间传递信息的"走路人"出现。可见本地族群在台湾的政治生态中所受的关注，然而，这种关注更多的是政治势力为我所用的企图，因此，《走路人》中的"我"，面对追踪"走路人"的神秘棱线通道任务时，表现出的是一种非认同性歧视，认为自己与其并非"同胞"。小说中，被追踪的"走路人"看似简单、单纯，吃完东西都会留一点，对一直追踪他们的"我"和乔奇挥舞双手，露出白牙微笑，但也由于其神秘的没有立场的传递信息的特殊身份，他们遭到的是怀疑、是利用：他们的秘密通道被间谍所利

---

[1] 《城邦暴力团》（三），时报文化出版企业股份有限公司2000年版，第224—225页。

用，他们的行踪也就遭到了军方的追踪和监控。小说借助"我"——执行追踪其秘密通道的军人的口吻说："我们几乎已经确认：对方笃定发现了背后的跟踪者。问题是：他们会用什么样的心情来看待我们？——敌人？不对。他们在各族之间，根本无所谓政治立场，哪里有什么敌情观念？猎人？也不对，他们一定知道：没有一个猎人甘心承受跟踪另一个同行以获取猎物的羞辱。友人？更不对了，他们何必躲闪友人呢？"[①] 毋宁说，作为政治力量也是外来力量的"我们"与间谍之间的政治斗争关系，冲击和影响了作为本土人的"走路人"的生存状态，并且他们自在的状态被上升到了政治化的监控、怀疑中，本土因素由此从自在、自由的单纯的生态中被赋予了"敌我"关系，面临着前所未有的冲击和改变的可能困境。这种困境在《如果林秀雄》以及《饥饿》《最后的先知》中，则更具体且更深刻地表现为文明的幻想与冲突。

《如果林秀雄》的情节大致为：五寮村的林家孕妇在分娩前做了一个奇怪的梦，林三婶去找媒人婆简罔市圆梦，八十五岁的简罔市正在吃此前在别人婚筵上偷留的冰糖冬瓜和柿粿，被林三婶的突然造访和其转述的梦惊到而噎死，死前本来要说"贵人要出世，但是不应该生在这么没地理的所在"，却只说出"贵——贵——贵——"就断气了。林三婶因此认定林秀雄以后会是贵人，因此林秀雄七岁要去搬布袋戏时，他爸爸虽然打了他耳光但同意了，林三婶却执意阻挠，因此林秀雄没入成布袋戏班，而进了学校。但是林秀雄上学由于报到的时间不巧，被分到乙班，他是唯一一个此前没有学过国语的同学。一次，他因为学到课本知识，带着自己家最小而且被过继给总生死胎的廖家的弟弟来发，学习逆水游水的鱼，从六坎逆水游水而上，结果来发被水淹死。廖家后来找到林秀雄，希望他以后能生孩子姓廖，条件是出林秀雄一切上学的费用。后来林秀雄果然继续上了初中，初中毕业后本来要报考空军院校，但

① 《走路人》，《公寓导游》，文化艺术出版社 1989 年版，第 51 页。

是由于他爱眨眼睛，被口试官认为仪容不雅而拒录，因此他上了高中。高中上完他又考上了大学森林系。但上大学期间，林秀雄参加暑期大专青年乡野服务队回到五寮村，却发现县政府要拓宽家乡一带的产业道路路面，并且征用五寮村廖火旺家一带的一片土地作为中继站。村里人尤其是廖家人很高兴，但是林秀雄却站在一个知识分子的立场上跑出来抗议县政府的施工破坏五寮村的生态环境，并激烈抨击政府部门的教育、政策"诡计"，使得工程迟迟不能开展。这一切引起了村民们的不满，也遭到了文教记者等人的批评、质询。林秀雄写了不少文章，然而除了极少数在校刊、系刊发表以外，大部分遭遇各种报刊媒介的退稿。失望中的林秀雄跳进溪流，以尸谏的方式试图引起人们对山区环境受到漠视的问题的关注。

张大春在小说结尾写道，林秀雄的事情被隔壁村的杨春和写成小说，"这篇小说被翻译成日文之后，观光团举着一幅幅的小旗子翩然来到五寮，以怀旧兼考古的心情和眼光搜寻着一个文明古国现存的最后传奇"。的确，《如果林秀雄》是一篇充满后设技巧并兼有魔幻现实主义色彩的小说，从主题方面讲，他的特色或者深刻性不仅仅在于作者通过"如果林秀雄……"这样的方式将林秀雄的生命轨迹中可能出现的岔路，也就是林秀雄和现实情况不一样的人生可能性，进行了种种可能的假设和分析、想象，如，假如林秀雄七岁去学了布袋戏，他的生命又会怎样，假如上小学时被分到甲班又会怎样，如果初中毕业报考空军院校成功又会怎样，高中毕业去罐头工厂当出纳员又会怎样等等，但这一切的假设都是作为一个生命个体的林秀雄所不能左右的。就如林秀雄在廖火旺远亲家寄宿读书期间的感悟一样："林秀雄的一切早已被这个容纳他的世界决定了。他的所作所为，以及所有的思想，都是这整片山区的产物。他无法挣脱，一如幼小的躯体无法逆流泅泳、降落伞无法飞升一般确定。他只有一种'可能'，那就是他'已经如何'。也正因为这样，他所做的任何事都不是他能负责的，一切皆导因于注定他的世界。"① 张大春通过林秀雄的成长经历表明，林秀雄的一切生命轨迹都是被乡间社会的种种因素所左右着的，因此他所设计的种种"如果林秀雄……"的可能便试图寻找出林秀雄具有自主性的一面有可能带来的命运的改变，但是从出生到上大学，林秀雄并没有一次真正主宰过自己的命运，这甚至让他的思想上有了上述引文中的"觉悟"：山区决定了一切，命运已经如此。因此他甚至产生了对命运的完全认命态度："从此以后，他对任何人、任何事、任何理念或者错误都能如此理直气壮。这方法实在太容易了。'你只要相信"结果就是原因"就对了。'他对自己这样说。"由此他甚而发明了自己的一套辩证的人生哲学观念："你看，是人在玩尪仔，还是尪仔在玩人？""你看，是人在看布袋戏，还是布袋戏在看人？""你看，是我在嚼槟榔，还是槟榔在嚼我？"当然，林秀雄最后还是走向了"觉悟"，走向了抗议，走向了独立地摆布自己命运的尝试——也由此走向了悲壮的命运的终结。

张大春无疑通过种种假设，试图阻止林秀雄的悲剧性命运的发生，但也正是这种假设，最能够突出林秀雄被山区文化权力结构框架所设定的命运的悲剧，此其一。其二，张大春也通过对山区乡民们的落后、愚昧、无知的书写，衬托出现代社会文明到来的艰辛。林秀雄从小生活的环境——靠符、靠解梦、靠土地公来解决人生大事的封闭、落后的空间，导致了林秀雄的最初的命运——去学布袋戏，并不能实现，更导致了"之前没听过也没读过国语"的林秀雄，不仅被分到了乙班，还因为用土语定义降落伞为"天公放屁"而被班上的同学狠揍、厮打。这不仅无形中影响了林秀雄的命运，也影响了他们本身的悲剧。如林秀雄带着弟弟来发游泳发生事故后，村里人都认为廖家是不祥的象征而与他保持距离；也是由于他

---

① 《如果林秀雄》，《四喜忧国》，远流出版事业股份有限公司1992年版，第117、123页。

们的愚昧无知、贪图小利而欣然接受政府对五寮村土地的征购，并对自己村子里出现的"最高级知识分子"的林秀雄冷言冷语、说风凉话，逼迫他走上了极端的尸谏之路。其三，张大春还通过作品对政治、教育界、新闻媒体进行了冷嘲热讽式的批判，而这些都是导致林秀雄悲剧的重要原因。如，他通过林秀雄的文章揭露"有关单位保留土地公庙却拆除民房，用意在假借敬神的虚矫身段来掩饰他们灌输村民盲目追求功利、追求文明、追求开发建设而不择手段的卑劣思想"。他也揭露新闻界的"不务正业"，它们不仅不刊登林秀雄的评论、揭露文章，反而经常发表一些吸引人眼球的没有价值的新闻："台北传播界对那条产业道路没有什么兴趣，更不相信拆几栋房子、砍几棵树、铲掉几家山坡果园就会破坏什么生态环境。他们宁可披露一些符仔仙和灵媒在预言、占卜、解梦、猜奖方面具有奇验的真实事迹。要不，深入报道某个赖五轮机踏车行游四方、终于打入电视频道、成为民俗剧坛巨擘的布袋戏班子的奋斗历史也是不错的。"[1]；他甚至以林秀雄对教育过他的曾老师的"归罪"揭示不良教育对人的成长的影响——曾老师曾经在林秀雄用本地土语认为降落伞是"天公放屁"而遭遇同学打骂后认为林秀雄是说脏话，是侮辱别人的爸爸。

《如果林秀雄》正是通过林秀雄的成长、觉悟的过程，写出了山区村子五寮村面对现代文明的冲击时的内部冲突，张大春着意于愚昧、落后的乡民对于既有的充满迷信、命定观念等的价值体系的固守和对知识的蔑视，对个人奋斗和抗争的压制和阻挠。实际上，作品中的冲突还暗含着对知识、权力的批判，张大春说："距离权力核心越远的地方所发生的一切就越肮脏、越邪祟、越野蛮。"他还以咀嚼槟榔比喻表示："槟榔——作为一种边陲贱民的可憎食物——其实只不过是一个巨大的权力机器咀嚼之后任意唾弃到远方

---

① 《如果林秀雄》，《四喜忧国》，远流出版事业股份有限公司1992年版，第118、121、123页。

的一种渣滓罢了。"① 由此来看待林秀雄的遭遇和经历，可能再准确不过了，所以无论是将林秀雄暴打一顿的乙班同学还是对林秀雄进行教育的曾老师抑或是采访林秀雄的文教记者，都显示一种外来文明蔑视、贬抑山区固有文化的自以为是的姿态。而更为悲哀的是，山区人们的愚昧、落后、麻木之程度之不可想象，只有本土出身的知识分子林秀雄看透了渗入的知识、权力对民众的愚弄和控制，民众却因其短视而将林秀雄逼向绝路。而在另外的两部相互关联的作品《最后的先知》及《饥饿》中，张大春又以一个小岛上的村集为背景，将相对落后、封闭的乡野空间的族群生活面对的冲击推及历史认同、城乡冲突等层面。

　　《最后的先知》主要处理岛上应对现代文明、外来力量的危机及其变化。在孤立的小岛上的一个家族有独特的社群空间和历史、生活习俗与家族神话。这个家族的独特风俗在于，长子出生以后父亲要改名和长子一样，而孙子辈往往遗传爷爷辈的性格，男性家长都有很强的预言能力，父子之间往往是紧张的对立关系，男性、女性及孩子吃的鱼都不一样，男子未成家不能搭建自己的棚屋等。自创始人——巨人伊拉泰以来，已经繁衍了无数个家族成员，经历了四代人。但是由于独特的家族关系，"这四代祖孙有如两组敌对于街道两边的陌生人，互相观望、试图和好、却彼此无奈"②。特殊的族人关系使得他们依托各自的能力和关注点传递着不同的族群神话，如巨人伊拉泰撵走入侵的怪人，自己的胸腔有会长青苔的洞，自己预言自己将被星星砸死并且成真，小老宋古浪（即第二代的高努来）的死是因为其父亲曾经预言"你会饿死"等等。同时，由于封闭、落后的生活环境的限制，他们对于新的事物也有着独特的认知体系，如孩子换牙齿被说成是恶霸霸枯砍偷走牙齿，录音机被说成是吃声音又吐声音的怪物，男子打领带被认为是将内裤穿在脖子

① 《流徙之战》，网络与书编辑部编著：《无限界》，现代出版社2011年版，第123页。
② 《最后的先知》，《四喜忧国》，远流出版事业股份有限公司1992年版，第157页。

211

上等。这样，张大春塑造了小岛上的居民的封闭、落后、迷信等特质。然而这样的空间里，并不是安全、太平的，岛民们的生活不断受到外来力量和因素的影响，如，神话中的巨人伊拉泰所打退的"海上怪人"，其实是几个美国人，他们的出场在村民中的印象是："怪人长着金黄色的头发，都和巨人伊拉泰差不多高，一身椰肉的白皮上也布满了细绒绒的金毛。他们在一个台风夜过后的黎明登岸，用手心喷出的火光驱散岛民。"① 他们将巨人伊拉泰的胸口射穿，巨人伊拉泰愤怒之下赶走了他们。随后岛上的生活就更加不太平了，如紧接着来的是一个日本人，屠杀了三十个岛上的青年，为"美国人"报仇，逼迫巴苏兰抽烟等；然后有汤玛斯到岛上传教，然后又有被称作"党部委员"的秃头来进行政治作秀，然后还有又瘦又白的"病人"——人类学家到岛上搜集材料，有官方在岛上建筑肥料厂，有女记者来采访……这些外来的力量不断冲击和影响着岛上的生活，如老宋古浪在日本人来了以后学习了日本语，在汤玛斯传教后花了七天时间钻研《圣经》等，依靠其很强的学习能力变成了博学的人；"病人"的搜集材料让伊拉泰不断地编造并丰富本族的神话历史；要在岛上建肥料厂的官方行为引起了小伊拉泰等人的强烈抗议；女记者的采访报道让岛民陷入到思想情感的混乱中等。

张大春借助女记者的话表明，"文化的冲突是多方面的"②，《最后的先知》中的文化冲突，都是本土文化与外来文化之间的冲突，它至少包括部族神话与小岛历史的冲突、西方宗教文化与本土文化的冲突、现代价值观与落后保守的价值观之间的冲突以及官方权力与岛民文化认同的冲突等。从历史的角度，小岛在巨人伊拉泰以来就充满着外来势力的入侵，如美国人、日本人、国民党人等不

---

① 《最后的先知》，《四喜忧国》，远流出版事业股份有限公司1992年版，第161页。
② 《最后的先知》，《四喜忧国》，远流出版事业股份有限公司1992年版，第165—166页。

断进入，以各种方式对岛上形成了影响，如枪杀、屠杀、资源掠夺、土地侵占等，但是本土的神话却对此进行了消解，几代人过去了，他们却仍沉浸于巨人伊拉泰的神话和预言中，第三代伊拉泰在故事讲述中不断将神化了的祖辈故事掺杂着现实感受呈现给"病人"，而第四代小伊拉泰也在讲述家族流传下来的故事，"在对方凝聚的眼神和不住地颔首之下，他隐约也觉察到这个岛和这个家族毕竟有一些足以骄人的贡献"。而实际上，对家族故事的讲述只会越来越美化家族记忆，从家族史及岛上与外来力量冲突史上来看，巴苏兰的感受才更加真实，她发现，"无论是伟大的巨人伊拉泰、博学的老宋古浪或她最亲爱的丈夫，这个家族里所有的领导者都无法提出应对外地人的有效方法"，因此小岛／家族的历史实际上也只是一部被侵略的历史而已。从宗教的角度来说，本土所信仰的是预言、神话等神秘玄奇的迷信思想，因此人死是因为霸枯砍带走了他们，巨人伊拉泰也能够死而复活，对当下的生活进行预言，如对自己的孙媳妇说，不要生太多的孩子，对自己的孙子说，岛的东边会盖很大的建筑等，巫婆狄薇穴居山洞，将一切濒死的生命看成自己的儿女。而传教者汤玛斯则以西方的视野揭穿狄薇的所谓的女儿其实是弃婴，并想找船送她去医院，试图在她死前救其一命，但由于他动作和语言粗暴了些，受到了本地人的冷视："人们在这时发现一向慈爱和气的汤玛斯神父在死亡气味的包围下也发疯了，没有人敢多停留，就立刻跑回家去。"无助的汤玛斯神父只能跪在地上祷告，后来他表示"对这里已经无能为力了"，因此接受了死亡，后来死在海港里。但汤玛斯神父也影响了老宋古浪，他将汤玛斯给他的《圣经》研究了七天七夜，变成了博学的人，但他也因此会对家人宣扬基督教思想，"经常提醒家人在用餐前要合掌'祷告'，感谢'天父'赏赐的食物"，由此引发其父巨人伊拉泰与他更剧烈的冲突，他发作道："鱼是你儿子捕的！鱼头是你父亲挖的！田螺是你妻子捉来的！你去'祷告'罢你会饿死。"①

　　现代价值和保守观念的冲突既表现在外来文化价值体系与本土价值观念的冲突上，也表现于本土年轻人接受了新思想以后价值观念改变与既有价值观之间的矛盾中。如作为外来的现代文明人的代表，"病人"到岛上搜集研究材料，他试图通过录音记录伊拉泰的家族故事，但伊拉泰更在乎的是录音机里自己的声音，因为他"感觉那是个唯一能够抗衡时间的东西"，因此对他来说，"故事本身实在不是重要的"，于是他面对录音机，"把这家族里发生的一切以及从未发生的一切混杂在一起，并不认为自己正在编织美丽的谎言让'病人'不时陷入他民俗研究工作的泥淖之中，缠祟在混淆的叙事逻辑里"，直到"病人"实在忍受不了，让他讲一点逻辑，他又因为不知道"逻辑"是什么而对名为罗姬的人大谈其谈："罗姬就是狄薇的女儿，眼睛里长了两片鱼鳞……"而家族的第四代小伊拉泰，不仅是一个懂国语的人，也是一个对家族固有规则进行反抗、破坏的人，他破坏家族里的"没有结婚，不可以盖自己的棚屋"的规则，自己盖了棚屋，还和母亲巴苏兰说："我已经二十岁了，二十岁就算'成年人'，成年人要独立生活，我可以吃灰色的鱼了，当然也可以盖自己的棚屋。"他还关注女孩子的教育问题，也打破了只是一个人在房间不开两扇门的规定，更不顾母亲所强调的"我们是主人，不可以在吃饭前和客人吵架"的规矩而不断和女记者争辩，很明显，虽然岛上的村庄落后、愚昧、迷信，但是家族内部的年轻人已经在做着重要的改变了。而这种变化无疑也有着很明显的自我觉醒意识，所以"所有的年轻人"都认识到当局在岛上建盖核能废料场是"断子绝孙的仓库"时，既意识到了政治当局对他们的蔑视——认为他们是野蛮人，也认识到了盖这样的场子的危害性，因此小伊拉泰和其他的年轻人曾在夜间去拆掉那建筑的鹰架。

_____

① 《最后的先知》，《四喜忧国》，远流出版事业股份有限公司 1992 年版，第 154、159、161、162 页。

214

不过，这种破坏不可能阻止外来势力对小岛的伤害——其实它只不过是外来因素对小岛的众多危害之一而已，因此，当女记者到小岛上采访时，虽然口口声声表示自己"我只是个记者，并不代表官方或岛方，我只希望能了解双方的问题，我不能做价值判断"，但她还是说出了岛上的人民"野蛮"的话语，甚至自己都承认，"是的，我是把他们当成野蛮人"。[①] 这也进一步导致了小伊拉泰等的悲剧，当女记者以猎奇的姿态书写岛上的生活时，她在看似"客观"的描述中——写出别人和自己私下说的东西——不仅引发了本地居住的外来者马老芋仔与本地土著之间的矛盾，也引发了本地人群小伊拉泰与别的年轻人的矛盾，使得马老芋仔两年后死去，小伊拉泰不久后就消失，而岛上的庞然大物——"巨人伊拉泰的新居""巨大的国宅"核废料场耸然建成，只有语言学习能力极强的伊拉泰逐渐觉悟到岛上的自己家族的一切历史的真相，如自己的爷爷是被美国人打死，自己的父亲是得了厌食症而死，这些都与本族神话和预言相差甚大……而女记者的文字报道，与解决现实问题或者说反映现实真实问题，可以说去之千里。

无疑，张大春写出了外来文化冲击、影响下小岛本乡对自己的神话的建立过程，也写出了其逐渐崩溃的过程，但外来因素的入侵，对现实的扭曲，对小岛的歧视、利用等诸多的不公，在作品中也得到了体现。因此，在这样的多元冲突中，岛民遭遇到的是一个个巨大力量的冲击，他们始终处于弱势、劣势地位。

《最后的先知》处理岛上的文化冲突问题，而《饥饿》则制造了走出小岛到现代文明——城市追求生存的神话的破灭。小说中的巴库是伊拉泰家族的第三代，由于第二代的老宋古浪生育能力极强，共生育了十六个子女，而老宋古浪又是"一个只会念圣经、学日文、说国语而不会养活任何人的疯子"[②]。所以其中的一个儿子

---

① 《最后的先知》，《四喜忧国》，远流出版事业股份有限公司1992年版，第155—156、157、160、165页。

② 《饥饿》，《四喜忧国》，远流出版事业股份有限公司1992年版，第180页。

巴库不满足于在岛上游乞的生活，离开了小岛，先在一个释迦园里工作，但是老板发现了巴库的能吃的才能，因此给他开更多的工资让他不再做苦力活，而专门在游客面前表演吃释迦，以为农场的产品做广告，引起了很大的反响。不久，来福牌肉类加工企业股份有限公司的经理找到了巴库，将其挖去高雄表演吃香肠，他依然表现良好，但是经不住厨子的鼓动和诱惑——他一再鼓动巴库到台北发展，因为那里有钱有女人，有自由。巴库对"自由"特别心动，于是在厨子的不断挑拨离间中，巴库和经理之间的矛盾越来越多，巴库也毅然辞职离开，到了台北。但是由于巴库的形象黑丑，厨子为了达到利用其能吃的特长继续表演吃招揽自己投资入股的夜宵店的目的，让把库过了九个月"暗无天日"的日子：不能出去见光，每天给他喝厨子偷偷掺了砒霜的红酒，涂乳液等，将巴库改造成一个白净帅气却像自己的妹妹马塔妮的人。但在厨子的精明的设计和操作下，巴库不仅在厨子所入股的夜宵摊成为广告推广方面的要人，而且逐渐成为食品广告圈的大红人，厨子等人也趁机从中赚了很大一笔钱，甚至入股了更多的店，并结了婚。但巴库也逐渐开始变化，如吃东西表演时开始打饱嗝、会突然放屁、会晕倒、会打瞌睡等，观众们以及厨子等人也不断期待新鲜事发生。因此当一个日本人突发奇想，要让巴库表演吃下一台米乐达个人电脑兼传真机X-2108并将过程摄录下来时，厨子欣然接受。在万众瞩目中，巴库的表演还是出了一些小问题，如吃第一台中间打了个嗝，吃第二台中间睡着打鼾，在最后的机会——对方只提供三台电脑表演——时，进展一直比较顺利，但是当他吃完所有的键盘、终端机、传真机的主体，将要吞食最后的线路时，"嘣"的一声，巴库撑破了肚子，他此前吃进肚子里的东西一股脑儿迸出身体。

这部作品所写的，是从一个巴库所言的"含混着原始、奇幻、疏离和封闭色彩的风情"的故乡小岛走出去寻找现代文明的寓言。巴库知道作为本土族群的岛民与外界的差异，"我们就是穷，又没有自由、没有学问",因此竭力改变本土的生活现状。所以他要离开小岛时,为了能够"离开这个偏僻、荒瘠、幽暗以及充满饥饿的小岛",他甚至不在乎自己以后要做的工作是什么:"他不在乎释迦是什么,随便是什么都可以。"来福公司将他挖去高雄,他兴奋地念叨:"要去大地方了,要去大地方了。"而当他到了高雄,在厨子的引诱鼓动之下想要"带马塔妮去台北"时,他的理由就是厨子对他的鼓动所说的台北有自由:"你不是说到台北比较自由,想做什么都可以吗?"而当他放弃一切听从了厨子的鼓动和引诱到了台北时,却又遭到了长达九个月的闭关改造,他再次感觉到"这样过日子更加不自在了"①。也就是说,作为一个期待与现代(城市)文明遭遇的雅美人、乡民巴库,在遭遇了在家乡游乞、偷东西等日子以后,好不容易有了机会走出小岛,一步一步与自己所想象的文明——自由接近,却反而越来越不自由,从而一步步陷入到了现代文明的牢笼中。因此,巴库始终没有变,但是外界力量却时时操控着他、规约着他,如在金宝园表演吃释迦时,当他对业务方面有怀疑、好奇,老板教育他"顾客永远是对的";到了来福公司,他被带去烫了头发,定制了西服,并被要求两天内刷白所有牙齿,不许嚼槟榔,经理还告诫他,"你要牢牢记住,以后你就是公司的人了,随时随地都代表公司,不能破坏了来福牌的形象——健康、活力、卫生的形象"②;到了台北以后,厨子为了能够利用巴库的形象赚钱、获得立足之地,不仅将他闭关达九个月之久,更将其生活、饮食节奏进行了牢牢的把控,巴库被变成了女性化的形象。从此他已经更加不自由,因为一切都被控制在厨子等人手中、控制在资本手中、控制在观众/顾客的喜好中,乃至于最后表演吃计算机,也完全没有选择的余地:巴库被异化成了一个城市文明中的工具,他追

---

① 《饥饿》,《四喜忧国》,远流出版事业股份有限公司1992年版,第171、175、177、191、199页。

② 《饥饿》,《四喜忧国》,远流出版事业股份有限公司1992年版,第177页。

求文明、自由的场域变成了吞噬他的本性和消解他的追求的地方，并最终让其遭遇了毁灭。城市、文明、大地方等曾经离他如此之近，又离他如此之远，看不见的权力时时操控着他，无论走到哪里，来福公司的经理所言的"我们是一个有制度的公司，一切都要照制度"都潜在地拿捏着他，所以进入城市、享受城市文明最终变成了制造垃圾，并且自己也成了垃圾的一部分。

巴库的悲剧表明现代人的虚伪，也表明本土封闭、落后的因素遭遇现代化的尴尬，作者"假借文明之名诱引原住民离乡行剥削之实"①。这种批判包括两个层面，对于巴库来说，是将巴库引诱到城市，将其变为工具，逐渐毁灭他，因此现代人、现代资本带着（城市）文明的诱饵呼唤了巴库，也改变了巴库，更毁灭了巴库，遗忘了巴库——一旦他和自己所吃进肚里的垃圾融为一体，就"谁也不会再提起巴库了"。而另一个层面则将同样走出了偏僻小岛的马塔妮再次打回故乡。小说中的马塔妮虽然在巴库之后离开家乡，但她离家之后就到了台湾，所以她自认为"自己是家族中第一个深入文明的分子"，但是她混得也不好，只是在蛇药摊子唱歌招徕顾客，但学会了城市里比较酷的东西，比如骑摩托车等。但是当巴库被厨子怂恿离开来福公司到台北以后的一天，马塔妮到来福公司找她哥哥的时候，来福公司的经理出于对巴库背叛公司的报复，欺骗马塔妮说巴库回家了因为有家人死了，本来要嫁给药店老板并且药店要成立新公司、将要参加一场重要的巡回演出的马塔妮以为她大哥宋古浪死了，只得赶回家乡，从此放弃了城里的生活。她又回到家乡那个"经过一百万年也不会改变的小村集"，并将自己的被欺骗发火于大哥宋古浪乃至并不在场的巴库，"她觉得二十分钟不够长，说不完她这些年辛辛苦苦卖药唱歌所受的委屈、折磨"②，随后她打消了再回台湾的念头，并逐渐丧失了回去的勇气，而再次

---

① 何明娜：《张大春短篇小说研究》，台湾师范大学 2004 年硕士论文，第 43 页。
② 《饥饿》，《四喜忧国》，远流出版事业股份有限公司 1992 年版，第 196—197 页。

融入到本土的生活中。但是，经历了外面的"文明"的马塔妮，已经发生了变异：她一天比一天年轻、"越活越回去"，当然也越活越简单，因此被金宝园的领班奸污怀孕并生了儿子，因为她无抚养能力而被送给巫婆狄薇。而周围的一切并没有改变，如，村里还是会因为马老芊仔家的电视上放出和自己一样的哥哥的影像而认为他家有恶魔霸枯砍，面对自己被奸污生下孩子，家人不仅不寻找罪魁祸首反而因为生了儿子而表现出关怀等。

张大春在《饥饿》中所要表达的，是本土原住民面对现代文明的痛苦、悲剧体验。文明世界在巴库、马塔妮的幻想中，是充满自由和生气的，然而，事实并非如此，它就像马塔妮回到故乡时对访客离去所感慨的那样，"欺骗来了，背叛去了"，也如宋古浪疑惑的电视机一样，"会把男人变成女人，把女人变成男人"。因此追逐文明的巴库最后只能给自己大大的疑问："可是他自己想要见识的大都市在哪里？——他永远和厨子、退休警官、皮条客、女演员共同挤坐一辆属于后四者之中任何一个人的车子从'摄影棚'的小房间到'现场'的大房间，从第一个餐厅到最后一个餐厅，大城市在哪里？海阔天空的地方在哪里？自由自在、想干什么就干什么的事情在哪里？"① 总之，张大春借助《饥饿》，"反映了原住民在文明世界中的自我迷失"，"用反讽的手法表达对原住民的关怀"②，他将本乡本土的神话传说放置到与现代文明的交错之中书写，一方面写出了其落后、慢节奏的一面，另一方面也写出了它改变的迟缓、改变的悲剧、改变的艰难。所以巴库的悲剧是对本土的遗忘中的迷失——最开始他还时不时回想起家乡，但这种怀想越来越少；而马塔妮的悲剧则是在落后的本土本乡的生活节奏和现代文明的缝隙之间寻求突破的艰难，因此她回归之后已经没有能力再返回城市。不

---

① 《饥饿》，《四喜忧国》，远流出版事业股份有限公司1992年版，第198、216、221页。

② 张简文琪：《张大春魔幻现实小说与其"后设书写策略"》，高雄师范大学2008年硕士论文，第56—57页。

过，不论是巴库还是马塔妮，都经历过了觉悟的过程，但是走出一个困境的他们又在另一个环境中被异化了，最后在外力的夹击中，只能走向毁灭或疯狂——面对文明世界，他们没得选择。

张大春站在客观的立场对本土居民及其生活进行了全面的反思，尤其是在面对现代生活节奏、他者文化或文明的入侵、影响时，考察本土文化如何在受到震颤中表现出自己的姿态。在他笔下，冲突是多元的，张大春更强调的是艰难的、矛盾的应对过程，显然，矛盾中的乡土因素往往被现代化所冲击，处于劣势地位。张大春以望远镜的方式遥望了本土本乡文化的可能性，也顺带批判了所谓文明世界的虚伪、狡诈、欺骗。正如其《醉拳》《自莽林跃出》中所表现出的那样，无论是哪里，其实处处充满着看不见的规则和利益关系。

总之，在乡土文学论争背景下起步进行创作的张大春，其创作中常常将乡土化的主题作为重要关注点——这也是现代化的中国各地面临的重要课题。

第二节　成长的逆反：少年与青春叙录

一、张大春的成长书写

提起张大春的成长书写，熟悉其创作的人定能想起其"大头春"系列，这也是张大春化身成为一个成长主体——此系列都以第一人称书写——进行成长叙述并且引起重要反响，也得到比较充分的研究的一类创作。实际上，成长书写是张大春创作中的重要主题，除了"大头春"系列，在他的作品中，早自第一部作品《悬荡》（1976），晚至《大唐李白·少年游》（2013），都有明显的成长书写的痕迹，只不过由于不同的作品所表现出来的成长主题角度不一。

从创作时间来看，张大春早期的书写中，成长书写较多，如黄锦树所言："从《悬荡》里想自杀的重考生、《剧情》里准备联考的青少年和他的父亲、《捉放贼》里头捉贼及做贼的大学生、《咱俩一块儿去——闲居赋》里头老夫妻闲居的日常、《再见阿郎再见》中为反映妓女'悲惨生活'而花钱嫖妓访问妓女的年轻作家、《练家子》里最终'我要回家'的脆弱呻吟、《夜路》中遇袭的作家和疑遭鬼附身的狗最终相濡以沫，'红砖地上，两个影子竟也连成一整片黑了'，《四强风》中多话的贼向受害者'我们不是那种，那种，坏，坏人'的结巴表白，连标题都很新文艺的《星星的眼神》中的离乡的老艺人、混流氓的孙子、未被染黑的外乡女孩，'带她回去、带她一起回家去！'的多情呢喃，《鸡翎图》中的老兵及他当做家人豢养的那群投注了深情的鸡……都带着一种青春、单纯的感动或哀愁，或者不知所措"①。而且张大春早期成长书写中的知识分子（高中生、大学生）书写比较多，如《悬荡》《再见阿郎再见》《新闻锁》《剧情》《捉放贼》《星星的眼神》《练家子》《夜路》等，甚至散文化的"无忌书简"系列及"人过美浓三部曲"中也包含着明显的成长体验，不过此时期也有《龙陵五日》《四强风》这样的关注孤儿、底层偷盗者等的成长叙事。1980年代中期以后，张大春的创作视野更加开阔，成长书写在其创作中相对来说占比重有所减少，但涉及成长书写的创作却也更加深入、开拓性更强，实验性色彩浓厚。从主题上讲，知识分子成长题材有《透明人》《墙》等，同时有复杂社会环境中的成长书写，如《蛤蟆王》《醉拳》《如果林秀雄》《饥饿》等，张大春更在1980年代开创了一个独特的空间和场域中的成长书写形式，那就是《姜婆斗鬼》及《欢喜贼》中的成长书写，作品中的书写被放置在某一个非当下时代的空间中，成长书写也呈现出不同的面相；1990年代则创作了青春成长书写的"大

---

① 《谎言的技术与真理的技术——书写张大春之书写》，《谎言或真理的技艺：当代中文小说论集》，麦田出版社2003年版，第208—209页。

头春"系列——《少年大头春的生活周记》《我妹妹》和《野孩子》；而世纪之交的《城邦暴力团》中，成长书写也是很重要的一条线索，不过这条线索综合性比较强，既有知识分子的成长（作品中的张大春的成长），也有社会环境中的成长（如孙小六、孙小五），同时孙小六、孙小五的成长又与异类的武侠／江湖空间有密切关系；到《聆听父亲》中，张大春则在写家族史时，也写出了从曾祖父到自己几代人的成长的点滴情况，尤其是"我"的成长体验。至于《大唐李白·少年游》，则李白的成长完全融入到了一千多年前的历史中。

成长是一个复杂的话题，如有学者所言："成长与否，并非单一事件、结果就能认定，受到家庭、同侪、学校、小区、社会文化影响，对成长历程的回溯、反思、省悟，就是成长的最可疑之处。"[1]从成长的具体情况而言，张大春的作品中可以分出少年成长书写、青年成长书写，如《欢喜贼》《蛤蟆王》《龙陵五日》及"大头春系列"可归入前者，其他的大部分成长书写可归入后者。但笔者觉得按照成长背景、场域的分类更能够体现出张大春成长书写的特色，因为在不同的背景中成长的个体，所接触的人物、环境、事件不同，被塑造的性格层面、树立的价值观念等更具有复杂性。按此来分，张大春的成长书写可以分为如下几类：

其一，在社会环境中的成长。此类书写的成长主体在某种社会环境中与诸多因素形成关系，并逐渐获得成长的觉悟、思想的升华、人生阶段的变化或生存经验的获得、世界观的形成等。影响该主体完成成长的，可以是某一个社会场景，也可以是多个社会场景或某一段历史背景。如《如果林秀雄》从出生到死亡的过程，就是在成长环境中多种因素合力挤压下走向悲剧的成长历程；《墙》《饥饿》《透明人》《四强风》《练家子》等作品中的成长背景，都是相

---

① 许静文：《台湾青少年成长小说中的反成长》，台湾台东大学 2008 年硕士论文，第63页。

对来说比较开阔的，因此涉及的成长的面更广一些。而《悬荡》中的成长因素则在相对单一的社会情境中完成，其他作品如《再见阿郎再见》《醉拳》《星星的眼神》《夜路》等，主人公完成成长的环境背景都是相对狭窄的社会空间或场景。

其二，教育环境中的成长。此类成长因为主人公的成长或成长因素的体现往往在教育场中进行，如《捉放贼》《新闻锁》中的大学、《少年大头春的生活周记》《野孩子》中的国中，此外《如果林秀雄》中其实也涉及了林秀雄上过学的小学、初中、高中及大学，但是学校背景并不是该作中的主要环境。在学校环境中的成长，成长主人公所面对的人物、事件等会相对比较单一，一般为学校里的教师、同学及其他人物、教育体制、学习环境等，所以此类环境中的成长往往会直指教育问题，或是知识的获得，或是师生的冲突，或是教育问题的反映，或是品德的树立等。

其三，异类场域中的成长。此类成长的书写主要为作者设置了相对封闭的空间、场景，成长主体在其间经历种种事情及心境的变化。此类书写要么将成长放置在艰难的环境中，让其在遭遇厄运、战争等恶劣的环境下获得成长及性格的塑形；要么设置非现实的空间场域让成长主体遭遇种种事故完成成长；要么想象历史人物的成长情况。如《龙陵五日》中的少年石柱，在经历了艰难的战争之后，遭遇了营长、葛大胡子等的牺牲及战争中无数人的受伤、死亡，学会了在打仗中的坚韧、担当和拼搏、向前冲的勇气等；《姜婆斗鬼》则将曹小白放在不知是什么时代的水口镇，让他在目睹人鬼斗法中了解世界上的恩仇问题；《欢喜贼》中将故事放在清代的归德乡，书写特殊群体中的种种事情，并以屎蛋儿的第一人称视角描写乡野传奇，也让其走向成长；《大唐李白·少年游》则在糅合种种材料的拼贴组合中想象历史人物李白的成长情况。

当然，青少年的成长离不开家庭环境，所以上述分类中的书写，几乎都与家庭环境有关，如《龙陵五日》中的少年是孤儿，所以家庭因素的影响表面上不明显，但是，参军报仇的情结其实也表明家庭对其成长的影响；而《少年大头春的生活周记》虽然以周记方式来写，但是其内容中有很大一部分为家庭关系；《我妹妹》《聆听父亲》中，涉及成长部分则绝大多数受家庭关系的影响，如《我妹妹》中的"我妹妹"，其成长过程是不断地在爷爷奶奶、爸爸妈妈及"我"——哥哥的影响之下完成的，《聆听父亲》中涉及成长（包括祖辈人物及"我"），也主要在表现家庭关系，《剧情》及《蛤蟆王》则主要截取短时间之内的家庭生活场景中的事件来体现青/少年的（成长）感受。至于《城邦暴力团》，则如上文所言，是具有综合性的，家庭的、社会的、学校的、江湖等的背景都涉及，由此也使得这部作品的"成长"书写有很强的综合概括性，如毕文君所总结的那样："作家在此表述中是以检省过往记忆的视点重新看顾这部作品。无论是作为作家的张大春，还是作为小说叙述人的'张大春'，或作为小说里四个有关成长故事主角之一的人物张大春；也不论是小说内的虚构人物，还是小说外的作家本人，可以肯定的是《城邦暴力团》中构筑的成长主题是对作家曾显露于《我妹妹》《悬荡》《再见阿郎再见》《如果林秀雄》《饥饿》这几部中短篇小说中有关'成长'二字最为丰盈的涵括。"[1]

二、成长书写面面观

文学作品中的成长书写的指向是多层面的，正如学者所言那样："拿'少年'当作新生命勃发的意象，且赋予改革变化、救亡图存的意义，'发现少年'与'想象中国'息息相关，自晚清以来可见端倪。然而，当'少年'进入现代小说创作，特别是在台湾文学的范畴中，持续和国族寓言纠缠不已，更进而在'台湾'抑或

---

① 毕文君：《类型化写作中的历史隐喻与知识困局——以张大春的〈城邦暴力团〉为例》，《文艺争鸣》2013 年第 2 期。

'中国'的矛盾中徘徊，复杂化了成长小说可能带来的被诠释的面向。"[1] 就张大春而言，其笔下的成长书写确实涉及多个层面，既有少年成长心态的描写，也有对（成人）世界的批判，也涉及成长少年的自我品格塑造和经验的获得乃至所谓的"反成长"[2]等等。

（一）叛逆

张大春曾说："……整个人类的文明设计，对于少年而言，都朝着推迟两种行为能力去设计。一是性能力，另一种是行使权利的能力。大凡讲究教育的国家，都会告诫青少年：你得到成年之后才慢慢逐渐拥有性的正当性，以及行使权利的正当性。"[3] 的确，成年人和未成年人乃至年长的人和相对较小的人之间，总是会被社会划出某种界限，这种界限很多时候指向的是禁忌。尤其对于未成年人来说，因为强烈的好奇心，所以越是成年人设为禁忌的东西越要去尝试，从而走向了叛逆之路。如《水撄》中的几个少年因为被成年人在水撄的热闹天关在祠堂里，心理愤愤不平，想方设法逃出去。闪哥气愤地说："再一说，就兴他们老辈儿的到水撄上放生意，就不许咱们去蹭蹭么？他娘的！越是得不着，咱就越想是不是？"[4] 几个小伙伴果真各出主意逃出去，但在韩来喜的挑动之下，他们纷纷冲动上台应战，最后被韩来喜困住下不来台，他们的海师傅不仅姗姗来迟，到场了也不救他们，让他们自生自灭——少年们当然也因此积累了更多"成长的觉悟"。

可见，当青少年感觉到外界对自身的限制有着不公的倾向时，往往走向思想和行动的反抗之路，形成叛逆。也有些时候是，青

① 杨佳娴：《台湾成长小说选增订版·序论》，《台湾成长小说选增订版》，二鱼文化 2013 年版，第 8 页。

② 许静文：《台湾青少年成长小说中的反成长》，台湾台东大学 2008 年硕士论文，第 56 页。

③ 魏可风整理：《文学对谈：聊聊——阿城 VS. 张大春》，《联合文学》第 10 卷第 4 期，总 112 期，1994 年 2 月。

④ 《欢喜贼》，皇冠杂志社 1989 年版，第 239 页。

少年对于外界的行为、动作看不顺眼时，愤而揭露或者说出激愤的话，对现有、既定规则形成叛逆。如《少年大头春的生活周记》中，大头春的爸爸妈妈总是吵架，大头春看出他们总是因为政治观点和态度不同而吵架，其实彼此早都看不顺眼对方了。于是实在看不顺眼，说出惊人的话语，让大人也想不到："我实在看不过去，就问他（即爸爸——引者）：你们为什么不离婚算了。爸爸很奇怪我会这样讲，就说：'哪有小孩子希望父母离婚的呢？'我只好告诉他我现在和以前不一样了，我觉得看不顺眼的人最好不要在一起，不然哪一天他们气起来吃毒药连我也要被毒死，那我不太衰了吗？"①大头春这样的说辞和想法，无疑是对自己父母的关系的不满，也是对外界既定观念的反叛，反而显现出成长中的少年的坦率和成人世界的复杂、矛盾。

《剧情》中的丁百强，因为面临着联考，吃完晚饭老姊一再提醒他去补习，他不愿意去，不仅不搭腔其姐的话，而且故意去打开电视，放大音量："他就那样蹲着，膝头抖啊抖，不得意也要得意的。手还按在旋钮上，他用那种慢到几乎教自己也觉不出来的速度，继续放大音量，猜得出远远的背后，老姊那张猪肝脸。"但是，老姊依旧不依不饶，他又故意找报纸搜寻电视节目，故意把报纸翻得哗哗响，"电视节目栏就在眼前，装作找不着的样子，稍一用力，撕破了"，他妈妈看不下去，也说了几句话，他的心思便变成期待有一场吵架："最好吵起来。有好些日子没吵吵了。先是他和老姊，再来，妈和他，老姊也加进来。他不在乎，越是人多他越觉得过瘾。"②丁百强的表现，很明显是对其姐姐所代表的外界强加的压力的反抗，而这种反抗不仅仅表现于他和姐姐之间的言语冲突和对抗，还扩大到期待事情闹大，在更大的事件——吵架中，回避自己要去补习的事实，拖延时间不去做自己所不愿意做的事情。

---

① 《少年大头春的生活周记》，联合文学出版社有限公司 1994 年版，第 54 页。
② 《鸡翎图》，时报文化出版事业有限公司 1981 年版，第 22—24 页。

《捉放贼》中的几个大学生，因为乱扔垃圾被舍监老汪指责，但都不承认，甚至栽赃说是别的宿舍的人丢的。而当老汪由此骂环境污染、核子试爆乃至人类自取灭亡时，他们又频频点头；当他骂完离开还不小心落下一百块钱时，他们又喜滋滋地计划把它拿去买各种好吃的。作品对于老汪当然有很多讽刺、揶揄成分，但是，几个大学生的表现，也充满着对管束他们的老汪的反叛性，是青年学生的叛逆心态的写照：他们懒惰——甚至乱丢垃圾是因为算计到"从我们这里走到厕所后面那个大垃圾箱要跋涉一条长廊、三层楼梯，来回便是两条长廊、六层楼梯"①，他们贪图小便宜，他们甚至偷盗，但是面对老汪这样的干涉者，他们又显示出青年人的反抗，虽然这种反抗不是严肃的，但这也是自由散漫的青年大学生对于生活中的规约的叛逆。

当然，有些时候的叛逆可能只是某种情境中的临时反应，如《城邦暴力团》中，作者叙述道，1965 年，"我"刚读完小学二年级，有一天正准备出门练游泳，这时候他父亲突然禁止他出门，说"今天不要出门，你老大哥要来"，"我"不明就里，随口说了句"他来干我什么事？我要去游泳"，引得父亲给了他一巴掌，还被关在厕所。这里的"我"当然并非有意识、有准备地反抗父亲，但是当青少年面对自己不感兴趣的事情影响了自己在乎的事情时，便自然地会有这样的反应。因此，被关在厕所的"我"，后来一直偷听着外面的父亲和老大哥之间的谈话，尤其是得知父亲不让自己出去是因为害怕老大哥在外面招惹不该招惹的人物时，更加好奇，也有了更多的代入感，好不容易被放出来的"我"便对他们所谈熟记于心，用问题干预了他们本来不想让"我"知道的事情，因而再次被父亲轰进厕所关了起来……所以这里的"我"的叛逆，几乎都是不经意间对限制自己的话语的无意识的挑衅。

总之，叛逆是青少年对既定规则、秩序及人为规定的禁忌的试

---

① 《鸡翎图》，时报文化出版事业有限公司 1981 年版，第 41 页。

图冲破、反叛、顶撞，他们站在自己的角度期待自身的自由，世界的公平、平等或者是对事情的真相产生浓烈的好奇，因此在言行举止中对被限定的界限进行触碰。张大春的作品中的叛逆书写当然也是多样的，它充分体现了张大春对青少年成长的关注和相关问题的深入思考。

（二）启蒙

康德说启蒙运动是"人类脱离自己所加之于自己的不成熟状态。不成熟状态就是不经别人的引导，就对运用自己的理智无能为力。当其原因不在于缺乏理智，而在于不经别人的引导就缺乏勇气与决心去加以运用时，那么这种不成熟状态就是自己所加之于自己的了"。而且他说"必须永远有公开运用自己理性的自由，并且唯有它才能带来人类的启蒙"①。因此可以将成长书写中的青少年走向成熟的过程中，自发、自为地对世界产生理性的认识看作是自我启蒙。一般的启蒙往往在教育中形成，启蒙本身也是一个与教育息息相关的概念，但是对于成长书写来说，自发、自为的启蒙或者说自我教育的发生、变化及完成反而更能体现出成长的意味。

在张大春的创作中，这种成长过程中的启蒙性表现得也很突出。前文说过，他早期的作品处理成长题材或者话题、成长因素时，更多地处理的是成长中的知识分子，1990 年代以后甚至常常以第一人称的方式来书写少年、书写自我的成长经历，如"大头春"系列、《城邦暴力团》及《聆听父亲》等，这样不仅更容易将成长经验更切实地呈现出来，更能够形成与读者之间的交流，更进一步说，其实它对于表现主题有着积极的效果。一般成长小说或者作品中的成长书写都往往会／要指向成长教育，教育的过程中比较重要的因素就是启蒙，所以以第一人称来写自己的事情也好，以第一人称来编造故事也好，以非第一人称来书写自己的学习、成长经验也好，其实都有作者本身的影子和自我书写的因素，也即有

---

① 【德】康德：《历史理性批判文集》，商务印书馆 2009 年版，第 23、25 页。

自传性成分，而张大春曾经表示："也只有当自传成分渗入教育小说的原型之中，'启蒙'才逆转成具有自觉意义的活动。"[1] 如此看来，张大春早期基于自己经验的成长中的知识分子书写还是稍微上了年纪以后对成长经验的复现——张大春写作"大头春"系列时已经三十六七岁，出版《城邦暴力团》时已过不惑之年，而《聆听父亲》出版时，两个孩子已分别有五岁和两岁——都有着启蒙的重要指向。

《如果林秀雄》中的林秀雄，虽然中学时代有着一种对山区的一切决定自己的成长因素有着认命的态度，但是上了大学以后的他，却逐渐产生了作为知识分子的身份觉悟。当自己回乡参加服务队正好赶上政府部门要征村里的土地作为中继站而受到村民的热情接待时，他原以为是自己身份的原因，后来知道了真相以后，他首先有着空欢喜的感觉，然后对政府的行为"有些不谅解和不愉快"，紧接着他进一步得到自我启蒙：他"开始反省并决定在这个村中担任最高级知识分子的角色"，因为"他已经念了这么多书，就不能做令村人无视于他的存在"[2]，于是他走上了抗议之路，写文章激烈抨击政府的行为，乃至最后以死为谏。

《姜婆斗鬼》中的曹小白，最开始将姜婆看作神话一样的安全依托或者说靠山，以为她是正义的象征，当别人打听姜婆时，他还以姜婆的故事换钱。但他发现了自己的特异功能——能看见鬼，并通过与他母亲、司马威等的鬼魂接触逐渐了解了真相尤其是目睹了姜婆的霸道之处为鬼魂揭露并被村民证实其欺凌外地过客司马威等的行为以后，他对世界的认知可谓做了重大的换血性改变，因此他变得"绝口不再提"姜婆的故事了，因为他认识到："那些个故事，

---

[1] 《他们都是怎样长大的？——小说里的少年启蒙经验》，《文学不安——张大春的小说意见》，联合文学出版社有限公司1995年版，第28页。

[2] 《如果林秀雄》，《四喜忧国》，远流出版事业股份有限公司1992年版，第120—121页。

真真假假的，连我都分不清，我可不想穷糊弄。"[1] 可见，曹小白通过姜婆斗鬼的亲身经历——他既是旁观者也是参与者，获得了认识世界的一块跳板，那就是学会对世界的怀疑，因此，姜婆故事本来是别人讲述——连姜婆自己也讲述——中确立起来的有一套故事逻辑性的传奇，曹小白误信了被言说的故事的真实性，因此在印象中建立了姜婆的伟岸的英雄形象，但当他自己经历过与鬼魂打交道的过程并逐渐拼贴起过去事件的图景时，发现了故事编造的明显痕迹，由此也改变了对事物的认识。然而，成长是逐步的，经历了姜婆斗鬼的现实的曹小白产生的觉悟远远不够，随着成长，新的自我启蒙也逐步完成：

> 姜婆的故事之所以值钱，我是到很久很久以后——到我赶起十几头驴，走在北省的荒天野地里——才慢慢儿明白其中缘故的。人总得相信点什么，才好离开自己的爹娘，离开自己的家，而又觉得冷清又无助。也直到那个时候儿，我才发觉：姜婆之所以那么强悍霸道，不外是她比什么人都冷清无助而已。[2]

《四强风》中的"我"——胖子，和其他几个人一起入室盗窃，发现屋子里还有一个女人，这时候"我"的小时候的成长记忆逐渐被唤醒，自己的姊姊怎样在叔叔对"我"的打骂中救助过自己、她又是怎样遭遇被其情人抛弃等的经历浮上眼帘，因此当同伙中的"鸭子"想要对屋子里的下女生出歹意时，他想方设法阻止了"鸭子"，同时也激起了他对自己的女朋友雪珠背叛自己的不好的回忆，又让他"有一点后悔，刚才不该阻止鸭子的。真的，她那样把全副的希望统统交给了毛头的可怜相，只会使我更难堪"。可以说这是

---

[1] 《公寓导游》，文化艺术出版社1989年版，第189—190页。
[2] 《姜婆斗鬼》，《公寓导游》，文化艺术出版社1989年版，第190页。

一个善良而又矛盾的少年，一方面他还保持着人性良好的一面，另一方面他又有着流氓帮派中的雄心和痞气，因此当他们中的头头毛头和"鸭子"发生冲突时，站出来劝解的他幻想自己像一个老大了："我忽然有一种感觉，现在是我当家了，从来也不会这样，但是，当我狠狠地逼住这两个畜生，他们这么一前一后地推挤着我，我会有一丝轻微的快意：他们只是我养的两头爱咬架的狗。"不过，经历过险境、经历过记忆的冲刷，"我"甚至包括"当家"的毛头，他第一个阻止了"鸭子"，并且和房间里的下女说话时最开始失口说"我们不是那种，那种，坏，坏人"，然后才意识到失言，改口说"我们也是坏人，你只管闭嘴"——表现出了善良的一面，因此，当几个人偷了东西离开公寓时，发现了车上有闪着红色的灯的警车，"我竟然希望那辆警车是冲着我们来的，我们四个"，"或许，最好的解决，彻底解决的办法就是这样，我们一起给抓住，大家一起当家做主嘛"，因此他做出了行动，"吹着口哨，朝街口的红闪灯走去"，并且对自己的决定表现出了得意："我猜我是笑了一笑。"[1] 这样，作为一个混迹于社会上的流氓、偷盗分子，完成了自己对自己的身份的确定，对自己的人性的寻回，毋宁说他不满足于自己因为在社会底层、被社会抛弃而变坏、堕落，反而通过自我疗救和自我教育，找到了真正的自己的出口。

诚然，成长书写中的启蒙，大部分时候是经历过某些事情之后的顿悟，如《悬荡》中的"我"经历了缆车的悬荡，其间完成了思想观念的"震荡"而有新的觉悟；《少年大头春的生活周记》通过自己亲戚的种种表现，觉得"亲戚多了人会变得很假仙"[2]；《我妹妹》中的"我"，在面对母亲的反常时"在心里跟自己说：你现在是大学生了，要开始承担一些重大的事情了，你爸爸在外面有女人，你妹妹除了拉提琴屁事也不懂，而你妈妈疯了"[3]，从而完成成人

① 《鸡翎图》，时报文化出版事业有限公司1981年版，第127—155页。
② 《少年大头春的生活周记》，联合文学出版社有限公司1994年版，第62页。
③ 《我妹妹》，印刻文学生活杂志出版有限公司2008年版，第107页。

形象的确立等；但有时候的自我启蒙，也有可能是在别人的诱发、激发之下对世界观形成了新的看法和认识，从而走上较为独立、理性的思考。如《饥饿》中，巴库在来福公司上班，厨子总是鼓动、怂恿他到台北去，并挑拨他和经理之间的关系，还对他说世界充满欺骗等，说得多了，巴库也"逐渐了解：人心里面也有许多新奇的东西"，"觉得自己以前真是什么都不懂"①，由此他也确实逐渐地对自己、对世界有了一些觉悟，从而在经理要和他续签合同时拒绝了而到了台北去追逐自己的梦想。《墙》中的女主人公，则在曹地衣的刺激、逼迫之下，一步步觉悟了洪以及整个组织对自己的利用。

（三）抗争

成长的过程是一个复杂的过程，所以成长本身是一个很值得关注的话题，正如有学者所说："成长的议题是不容遭意识形态抹煞的。"② 但是，成长的过程又是串联着一个个冲破禁制的过程。对于少年来说，他们需要逐渐认识社会／成年人所设定的事物、观念的界限，正如张大春自己说："……整个人类的文明设计，对于少年而言，都朝着推迟两种行为能力去设计。一是性能力，另一种是行使权利的能力。大凡讲究教育的国家，都会告诫青少年：你得到成年之后才慢慢逐渐拥有性的正当性，以及行使权利的正当性……（青少年）在文明的设计上他们是更'值得'被压迫的。"③ 因此在书写少年的成长时，怎样处理他们对于世界的规禁的认识、对正义的认识等，从而走向反抗，也是重要内容，也是一个重要的话题。对于青年书写来说，则更多地体现为让他们了解到社会对他们的不公、世界上文明的短缺等，从而走向奋争之路。

林秀雄对政府部门以拓宽道路为借口的征地的抗议，不仅是出

---

① 《饥饿》，《四喜忧国》，远流出版事业股份有限公司 1992 年版，第 193 页。

② 戴华萱：《成长的迹线：台湾五〇年代小说家的成长书写〈1950 — 1969〉》，万卷楼图书股份有限公司 2016 年版，第 15 页。

③ 魏可风整理：《文学对谈：聊聊——阿城 VS. 张大春》，《联合文学》第 10 卷第 4 期，总 112 期，1994 年 2 月。

于知识分子的良知与觉悟，也是对多年成长过程中压制、影响他的成长的环境、体制的抗议。而上述《水搐》中的几个少年对于被成年人设定会出事而关闭于祠堂的不满，也是对于成人的规则的不满与抗争，而《破解》中的巴三顺，甚至因为被人欺骗娶了极其丑陋的女子来秀而以离家出走的方式进行抗争。《龙陵五日》中的战争年代父母双亡的少年石柱，跑了很长的路程想要从军打仗，先是谎报年龄以抗争军队对于年龄太小的孩子不能参军的限制（或保护），当经历了部队里的艰难困境，在营长、葛大胡子等人的影响下，不仅获得了枪，而且在磨练中，逐渐成为一个合格的部队人物："他强忍着背脊上的疼痛，站直了。"[1] 他在抗争着，参与了战争，更获得了特殊险境中的成长经验。

《我妹妹》中的"我"和妹妹，家庭生活环境看似完整，但是并不完满，如爷爷和奶奶之间经常有冲突，爸爸更是逼疯了妈妈并长时间在外面有情人，所以"我"和妹妹从遗传的角度认为报复有遗传性，因此在爸爸和他的情人办画展时，在爸爸致辞的当儿走进画廊，爸爸注意到两兄妹的到来他高兴万分，因此紧接着骄傲地介绍自己的一对优秀的子女，还将其归结为自己的良好的遗传，然而，"我妹妹"却"抓起麦克风，嫣然一笑"，开始发言，在介绍自己的雕塑作品时，对她爸爸进行了疯狂的报复："我的作品，是'刚刚拿掉一个小孩'；之所以会有这个作品，一方面是因为我不太清楚那个小孩的爸爸是谁；一方面也是因为我不放心我自己的遗传。我妈妈疯了，今天刚刚住进疗养院，我想，这样的遗传不会很好。谢谢！"[2] 显然，在这么多的观众在场的画展中如此说话，不仅表现出了对自己的爸爸的强烈不满，将父女矛盾公之于众，另一方面也将自己的怀孕并打了胎的事儿展现给大家，同时，更为重要的是对其爸爸的话语形成了有力的反驳，必然让其下不来台。这种报

---

① 《张大春自选集》，世界文物供应社 1981 年版，第 85 页。

② 《我妹妹》，印刻文学生活杂志出版有限公司 2008 年版，第 200 页。

复是"我妹妹"以及"我"对家庭成长环境长期不满的结果，也是对不良的成长环境的抗争，两兄妹长期目睹爷爷奶奶之间的争执、父亲的外遇及其对母亲的残忍的逼迫，必然在心里形成了阴影，在画展上，他们终于找到了合适的机会表现自己的情绪。

《新闻锁》中的娄敬，莫名其妙遭遇不白之冤，因为赵教授的撒谎，被学校退学。而实际上，娄敬在上赵教授的课的时候就因为不满于赵教授讲自己的回忆录、和学校的关系、自己的兼校董等身份等，所以将其布置的有繁琐要求的"新闻写作研究"写得像文章训练一样。因为害怕让父母伤心，娄敬一直不敢和家人提起自己被学校退学，但是学校把通知书寄给了家长之后，娄敬和自己的好友唐隐书一起寻找到了人证、物证：有同学可以证明他的上课情形、教授布置的作业他们能找到，但无论是找教务处的承办先生、注册组主任还是教务长，都已经不能挽回局面，一方面学校已经发了通知不能收回成令，另一方面其实是赵教授和教务长等有他们一套商量好的理由。而娄敬的反抗并不在于让学校收回成命，而"只是陈述事实，请学校做主证明赵教授的决定不合法"、"今天我要坚持的，只是请学校了解：那位教授的学术修养和人格操守都出了问题"，因此，"即使真相大白，我也要办离校手续"，"至于我个人的学位"则是"我不考虑！"[1] 因此，即便他早已知道"我的任何态度都对事实没有意义"[2]，但他依然坚持找各个部门，试图揭露真相。娄敬的态度表明当他面对自己的不公时，虽然明知已经无法挽回，但他更重要的是想要弄明白真相，但实际上，他发现，越想要弄明白真相，对方越会拧成一股绳找各种借口和理由商定否定真相的策略。娄敬的抗争——仅仅是想要弄明白真相的抗争，是极其无力的，因此当知道真相的工读生女孩想要告诉自己所目睹的对方的操作时，他选择了拒绝——不再花费时间做无畏的挣扎和抗争。

---

① 《张大春自选集》，世界文物供应社 1981 年版，第 100、103 页。
② 《张大春自选集》，世界文物供应社 1981 年版，第 94 页。

而在《墙》和《透明人》《醉拳》等中，主人公都面临着世界秩序的某种操控、欺骗，但他们逐渐产生了某种觉悟，而走向了抗争、逃脱之路。虽然作品没有着重写出这些人物的抗争，但是他写出了他们的认识过程，如《醉拳》中的"我"逐渐认识到了"吸血鬼"等人的虚伪的鼓动以及拳击赛场上的商业操作与包装行为，选手实际上成了被规定了言行的表演者，因此他最后的一拳，不仅仅是打向阿披勒的，实际上也是打向整个拳击表演赛、整个世界的。《透明人》中的"我"——张敦，在被唐叔吸收进了"组织"以后，逐渐"成长"成了一个合格称职可以说业绩可观的间谍，但是随着岁月的增长，他越来越发现唐叔对他的控制，觉悟的过程也是走向反抗的过程。《墙》中的"她"，逐渐知道自己在政治活动中的被操控、玩弄的位置以后，逐渐走向了反抗："我不愿意被你们耍！""谁也别想要我，我们走着瞧！"并且在曹地衣的威胁下，奋力甩手走出去。[①]

《大头春》中的"大头春"——侯世春，则在学校遭遇不公平对待，在家里又没有很好的成长环境，所以选择了逃离家庭、逃离学校，混迹于社会的边缘群体中。"……张大春笔下逃家逃学的大头春……透过一个未成年孩子的眼光去窥看倾斜的现实，在胡说八道的自以为是中，包含着纯真和世故。"[②]

总之，青年或者少年们在成长的过程中逐渐发现了自己的身份、地位和角色等，也看出来了社会对自己或自己的同伙的倾轧、剥削等，或者是社会秩序的不公，因而走向了奋起反击之路，这是成长中经常会有的内容，也是完成成长的重要仪式。

（四）批判世界

张大春的成长书写中往往会显示出成长中的主体面对成人世界

---

① 《公寓导游》，文化艺术出版社 1989 年版，第 17 页。

② 杨佳娴：《台湾成长小说选增订版·序论》，《台湾成长小说选增订版》，二鱼文化 2013 年版。

或者现实社会的规则及其虚伪性时的坦率的反应。如《新闻锁》中的娄敬的遭遇，就是对教育体制及赵教授这样滥用教育者的权柄的批判，同时，作品中还通过娄妈妈的故事讲述说明了人性复杂性：当她把娄敬的事跟一个年轻的同事讲述时，那位同事直接认为赵教授有权评分，一定是娄敬不对，是娄敬太锋芒毕露，她"说做人要圆一点，说老师究竟是老师"①。事实上，这样的偏见不仅仅表现在这个年轻的同事身上，娄妈妈最初知道娄敬被学校退学时的感觉也是认为："教授年纪大、见识广，当然懂得比你们年轻人多。再说，无论如何人家究竟是老师啊！而且，为什么他对别的学生不这样，偏偏对你？你跟别人不一样？将来进了社会，你这样要吃亏啊你"，因此她教育娄敬要"内方外圆"②。作品以这样的小情节表明社会上的人们的思维惯性的固化，已经到了不分青红皂白的地步了，也正是如此，也更加衬托出了娄敬的品质，正如他妈妈所言，"他硬，硬的有道理"③。

以成长中的少年为视角来揭露成年人对真相的遮蔽或者说成年人的虚伪，也是成长书写中的重要一面。在这类小说中，作者一般设置第一人称视角来书写，写出成人世界的复杂性，并在驱魅的过程中，获得了成长的经验。如《姜婆斗鬼》中的"我"——曹小白，从小就笼罩在姜婆的"英雄故事"中，还靠此获得了收入，但是当新的鬼魂闯进小镇，"我"的特异性功能展现了出来——看得见鬼，如此逐渐地获得了真相，打破了姜婆神话，而对于过去的事情，其实大部分成年人都知道，但谁也不愿意揭开，反而借助"我"，揭露了此前自己眼中的大英雄、护身人姜婆的欺骗性及残忍性。曹小白能够大胆地揭发姜婆的蛮横跋扈："姜婆她蒙事，她骗人的；不信你们听司马威自己说——"④通过大胆揭发，不仅获得了成长的

---

① 《张大春自选集》，世界文物供应社 1981 年版，第 101 页。
② 《张大春自选集》，世界文物供应社 1981 年版，第 94 页。
③ 《张大春自选集》，世界文物供应社 1981 年版，第 101 页。
④ 《公寓导游》，文化艺术出版社 1989 年版，第 188 页。

阶段，还获得了众人的认可，成长可以说更上一层楼。同时他也大胆表现对他父亲的不满，当他父亲听了他母亲的鬼魂给他说的事情后，不相信他，还跟他母亲的鬼魂说"冤有头，债有主"时，曹小白忍不住了：

> 我爹这话一出口，不由得我一股恼火直往上冒，想起多年来他一心只向着外人，遇着什么事都缩头缩脑，可就是对自家人凶狠严厉，大小事有一点儿动静，罪过便往自个儿身上揽，深怕人家不知道咱们是有多么犯贱的人，刘贵田那么欺负我，他连个屁也不敢放。越想这些我越气，也猛地一捶桌子："我娘死一回还不算？死了你还要冤枉她？"。①

这不仅是对成人世界的不满和批判，更是曹小白成长过程中对家庭环境的不满的积郁的爆发。虽是少年眼光和角度，但也揭发得深刻、真切。

在《欢喜贼》中，虽然作者把人物生存的空间设置在清代的某个偏远集镇归德乡，但小说中的批判性也是多方面的。首先，作品一开始就批判了政治方面的巡抚把几百号"捻子"放到归德乡这个原来的大荒就是个"毒计"："咱们捻子上的好汉爷齐聚一处，方便他们整治；好汉爷一动弹，官里就来兴师问罪了"，同时，作品中更批评了政治人物的狂傲：归德乡的团练教头丁三喜，仗着自己在地位低的贼户乡做点小官，就大放厥词："三爷我就是王法！抚台大人把你们圈了进来，就由三爷我牧着，明白了这个道理，你们才有洗心革面、重新做人的一天。"在《佛爷出土》中，狗栓子进城的奇遇最后发现是官商勾结的结果，因此一气之下他放了一把火把官家获利的街市烧了。其次，作品中还批判了人们的惯见、偏见，如《破解》中，明明巴三顺因为感觉被骗，娶了一个奇丑无比

---

① 《姜婆斗鬼》，《公寓导游》，文化艺术出版社1989年版，第182页。

的女子，无法忍受，离开了归德乡，但是民众却说来秀是嫁给巴三顺后"变成夜叉精"，认为这是巴三顺的报应、归德乡的报应，"没有人会说：来秀原本就生得那副德行"，不仅如此，外乡人也站在看热闹的角度落井下石地说："可不？来秀那么标致的姑娘家怎么一嫁到归德乡去就走了样儿呢？咱们，唉！咱们安善良民想娶还娶不到，这好好儿一个姑娘家却坏在一块贼地里上了！"同样，这种偏见已经到了颠倒黑白、混淆是非的地步了。《秀才下乡》中，当听闻将有秀才到乡里来时，归德乡的众人都议论纷纷，说他是充军的，是个现成的哑巴，"犯进咱们乡里来，无论是落籍的秀才也好，教书的秀才也好，仿佛都有笑话可说"，海师傅甚至将其看作政治目的，认为"读书的下乡没好事"，是安插的棋子，让小辈们读书多了，过几年他们的偷盗之术就无法被年轻人传下去了，"读书的是块什么东西？有多少心眼儿就吃多少刀眼儿"，总之，归德乡的民众几乎都认为"秀才算个啥？""就算来个状元在咱们乡里也不敢抬头走路的"。这种对读书人的偏见、歧视后来当然被证实了是错误的，秀才——黑大汉后来在归德乡的民众生活中占有重要位置。同样，以成长中的少年的眼光看待成年人的虚伪、偏见，可能更容易表现出世界的复杂性。在"秀才下乡"以后，虽然民众有偏见，但是归德乡的七个小伙伴还是跟着秀才念书了，但在海师傅的茶棚里，人们还是不断议论秀才。当瞎了一只眼的端木大爷一再说秀才个头大心眼小以及"但凡进过学的尽长小心眼儿，还不光小，小又多"时，"我"——屎蛋儿觉得这话骂人骂得厉害了，"我听着不大过意，当下指着端木大爷那双眼窟窿，道：'你瞧见人家的心眼儿啦？端木大爷！真是好眼力。'"这一通讽刺和揭露表现了少年对于成年人主观臆测、无根据的胡说八道的不满和批判，少年的反抗性也跃然纸上。在《水摅》中，面对韩来喜对归德乡、海师傅的挑衅，大人们都不见了踪影，反而是几个刚从祠堂逃出去的小好汉上台打抱不平，被困困住了，他们当然也期待着海师傅等人——他们感觉到他们在场——来救场，但偏偏迟迟不见他们的踪影，因此开始怀疑："莫非真像韩来喜说的那样：归德乡净出些缩尾缩头的捣子？这么一忖，不觉让人恼了。"于是"我"大声喊了起来。[1] 这看似是少年的冲动和对世事的不明真相，但也表现出少年对于成年人做事不够光明磊落的不满和批判。

总之，张大春笔下的成长书写的批判性是多维度的，既有对政治虚伪、黑暗的批判，如《墙》《透明人》《如果林秀雄》等中对组织、政府等的批判；也有对落后文化的批判，如《蛤蟆王》《如果林秀雄》中对于乡民们的落后、愚昧思想的批判；还有对社会政治、教育等各层面的批判，如《新闻锁》中的教育机制和教育当权者批判、《饥饿》中的城市生活批判等；更有对人性的弱点的批判，如《再见阿郎再见》中对于灾难面前数落妓女的围观者以及没有救助妓女的作家的批判、《少年大头春的生活周记》所写的看见小狗想方设法救助晕倒的老年人而路人却对其冷漠万分甚至指指点点等。而在人性批判中，站在少年的视角批判成年人的世界的复杂、虚伪，往往更加凸显成长主体面对社会的冲击所进行的经验积累，如"大头春"系列中对父母、长辈等的虚伪、暴躁及其给后代造成的阴影的批判等，反而更让人印象深刻。

（五）成长的矛盾性

张大春笔下的青春成长书写有一部分充满着矛盾性：一方面具有社会叛逆性，另一方面又总是承载着社会价值观念等的反思。如《剧情》中的"丁百强"，一方面面对姐姐"逼迫"自己去补习时，显示出了强烈的反抗性，但当面对自己的父亲时，却又表现出胆小、坦诚的一面，他主动跟父亲坦陈了自己在学校里和人打架的事儿，同样，面对邻居太太的对比，他毫不在意，但是当得知父亲瞎诌吓走了她时，他又表现出一种满足感和同情心；《捉放贼》中的年轻大学生，一方面确实充满着青春的叛逆性，如到餐厅

---

① 《欢喜贼》，皇冠杂志社 1989 年版，第 14、20、25—26、28、29、37、90—91 页。

偷东西、讽刺舍监老汪并对他进行反叛、生活邋遢不讲卫生等，但是捡到老汪的钱又能主动还给他，在发现有人偷东西时也挺身而出去抓了贼；《练家子》中的"我"，一方面对于朋友参加拳击比赛等抱有兴趣和期待，但是当看到他们在竞赛场的不留情面造成了双方的身体伤害时，又力劝他们放弃比赛；《四强风》中的几个年轻人，都是城市小流氓，偷盗东西、玩弄女性，但当团伙的作案与"我"的记忆相互交织时，"我"不仅阻止了"鸭子"侮辱女性，还期待警察早点将自己的团伙抓捕；《星星的眼神》中的金根，在城市里当小混混，当得知自己的爷爷被同伙取笑欺侮时，也立即挺身而出……

正如有学者所说的那样："矛盾心态是青少年时期的一个突出特征：期盼与失望、理想与行动、独立与依赖、自恋与自贬、茫然与憧憬等等，都以不同方式和程度出现在青少年文学及成长小说中。"[1] 张大春笔下的这些成长主角，也面临着上述的这样那样的矛盾。有的矛盾指向的是自身面对社会时的迷惘与不确定性，如《悬荡》中的男主角面对游览车中的人时，最开始都充满着嫌弃与鄙夷，尤其是那个被称作"女泰山"的胖女人，但是当因为停电导致游览车被悬荡在空中以后，面对不同人的不同的表现，他逐渐对这些人产生了认识上的改变，因此，等车重新开动以后，他自己也进行了反思，并且还乐意一会儿跟大家一起拍合照。毫无疑问，对别人的前后矛盾的观念、想法，既是成长过程中的年轻人的心态的真实写照，也是在成长的过程中的心态、认知转变的过程。

即便是少年，也常会带辩证因素地看待自己身处的环境，所以《野孩子》中的大头春，在沦为"野孩子"的时候，一方面想到了学校里的考试、写功课等"恐怖的事情"，但另一方面也会想到和小伙伴们之间往来的开心的事情，因此，觉得"学校其实也还算可

---

① 芮渝萍、范谊：《成长的风景——当代美国成长小说研究》，商务印书馆 2012 年版，第 31 页。

以"，但当阿妮说他是野孩子时，他又反击道："我哪是啊！"因此，面对别人认为他因为有家而与他们不一样时，他"心里其实有一点点堵烂"："为什么好像每一个人都在你刚开始觉得快乐的时候给你挫折感呢？真搞不懂！在学校，老师随时会说：'你难道要庸庸碌碌过一辈子吗？'在家里，我妈随时会说：'你难道要像你爸爸那样三天打鱼、两天晒网、一事无成吗？现在我出来开始要混了，你们又说我其实跟你们是不一样的人。'"[①]大头春的尴尬处境在于自己的身份地位的特殊性，也在于他对外界的认识、认同的矛盾性。面对家庭、学校、社会的他，有着认同的错位和不解，因此，学校也好、社会也罢乃至自己逃离了的家庭，无疑都还是有召唤力的，因为他确实无法真正割舍其中的任何一个而与它们一点关系都没有，这一点不像阿妮所说的阿治、牯牛、小新疆等没有家的人，他们已经没有了退路，因而只能在他们所混迹的黑社会里生发更多的认同感，因此阿妮才认为大头春与他们不一样。不过，让成长主体身处这种矛盾的环境中，也是让他们更快获得成长的一种途径或方法，或者说也是成长得以完成的一个重要的步骤。因为这是一个社会化的表现，它表现为"由时空变化带给主人公的新视野、新体验和认知发展。具体地说，从个人的眼光转向更多的观察视角，更广泛的社会维度，逐渐从自我为中心转向对共存、共享的认同，从非白即黑的简单思维模式转向接受客观世界的复杂性、多样性和矛盾性，从而获得心理和道德的健康成长"[②]。因此大头春的成长正是基于他所处的环境的多元变化让其对社会、对外界的认识有着多元复杂的视角转换的过程，从而其成长增加了色彩和丰富性。因此，当《少年大头春的生活周记》中的大头春和爸爸出国几天后，就开始有了新的矛盾和感悟："不过出国一阵子，我还是会想家，想妈妈，

---

① 《野孩子》，联合文学出版社有限公司1996年版，第156—157页。

② 芮渝萍、范谊：《成长的风景——当代美国成长小说研究》，商务印书馆2012年版，第375页。

和那些同学，他们大概又在考试了吧？"①

　　不过，对于成长主体，尤其是成长中的青少年来说，最为常见的矛盾可能是成长的期待与自身的定位之间的矛盾了。也就是说，虽然身为小孩，但往往会期待自身的成人角色的完成，并以此带着这种虚假的认同来看待问题。如《少年大头春的生活周记》里的大头春，在过生日时的感觉是："在这个暑假的前夕，我好像并没有特别感到兴奋，反而有一点淡淡的忧愁，因为我又老了一点，各方面也没什么进步"，面对家人（成年人）送给自己的礼物，则认为"真没办法，老人就是这种以为别人永远长不大的人"，对大人之间的关系又体现出了不在乎的态度，还说"人长大了就不会太在乎某一天是不是快乐"。这种认同是已经把自己当/模拟成一个成熟的成年人看待了。然而，自己也时不时暴露自己是小孩子的特点，如他说："我发誓以后长大一定不要结婚。"在他爸爸担心他时，他看到爸爸其实是担心他变成"问题少年"，因此说，"如果有一天我变成问题少年，那也是我的事，我也不会告诉他，因为我快要长大成人了"②。也就是说，他还是明确自己身为一个未成年人的，其"长大了"的一切言说，只不过是自己的幻想性认同而已。

　　综而言之，成长中的矛盾性在于自身身份认同的多元因素的交互影响，也在于成长本身的接受外界事物的心理结构的影响。就像张大春借助大头春的感悟所总结的一样："人生真是奇怪，别人不准你讲话时你很想讲什么，等到可以讲时你又不想讲了，唉！这就是人生的矛盾啊！"③

三、《欢喜贼》：异类空间中的成长书写

　　设置特殊情境表现成长的复杂性、社会人心的险恶等，则是

---

① 《少年大头春的生活周记》，联合文学出版社有限公司 1994 年版，第 142 页。
② 《少年大头春的生活周记》，联合文学出版社有限公司 1994 年版，第 167、62、68 页。
③ 《少年大头春的生活周记》，联合文学出版社有限公司 1994 年版，第 82 页。

《欢喜贼》中表现极其明显的特色。

《欢喜贼》中的少年一代是在积极参与归德乡的诸多活动中不断获得成长的经验的。作者特意将归德乡设定为安置并监视贼户的特殊场域，因此归德乡的民众一方面处处受到管控、歧视甚至要忍受饥荒、贫困，另一方面又显示出豪侠仗义、英雄气概。在少年一代，作者设置了飞哥、闪哥、狗栓子、来宝、万花皮、尤二尾子及"我"——萧屎蛋等"小好汉"，他们在归德乡这样的特殊地方成长，又耳闻目睹了老辈的发展历程及其中的诸多人事传奇，因此一方面他们学习武艺，另一方面也锻炼"偷艺"，同时也在秀才黑大汉的带领下学习文化知识。在日常生活中，他们也积极参与各种事情。如当赶车运粮的麻六爷遇到"白俄"的抢劫并在黑大汉的预料之中又回到渡口时，七个小伙伴连同万花皮的师傅段七爷一起就靠小孩子的智慧收拾了"白俄"并使困境中的段七爷化险为夷，充分表现出了归德乡的小孩子们的聪明才智和勇敢（《秀才下乡》）；当有外来人来势汹汹在水擂上傲视一切、目中无人又千方百计激发他们的师傅——海师傅时，本来被关在祠堂里、被严格限制活动以免惹出祸端的少年们，在对被限制活动的不满、对外界的好奇等心理的驱使之下，设计逃出管束——逃出祠堂、逃出归德乡，并主动迎难而上去挑战了一腔仇恨的复仇者——韩来喜，却纷纷被困住。此时，集体性的少年叛逆、少年的拼杀勇气以及少年的正义感，纷纷在作者笔下涌泄出来了。然而，成长的矛盾性也恰恰在此时最容易体现出来：在面对强大的困境时，少年的无助心态、矛盾心态也体现了出来——他们一方面有一种豁出去的姿态，另一方面又对长辈的救助抱有幻想，同时也在这样的困境之中体会到人生的哲理：

……韩来喜抖鞭作势要打，我凑了句嘴说："你打死咱们哪！"来宝也说："咱们归德乡死人死得多了。'死得多／下得多／穷命养起猪抱窝／英熊不把仇来报／阎王面前说一说'。"飞哥、闪哥也跟着唱上了："'外乡的路客荒上过/休把恩怨向人托/你砍咱的头/咱缩咱的脖/你占咱的地/咱挪咱的窝/路客逞豪气/捣子赖里活/好汉不吃眼前亏/千年王八万年龟'。"唱着、唱着！咱们六个都有些灰心丧气的意思了——说不得！哪儿有人给自己唱送终歌儿还唱得这么带劲儿的？可咱们越唱、肚子里越觉窝囊：好容易逃出了归德乡，半大不小的屁事儿没搭上一茬儿，教人给困住等死还不算，居然又想念起家里的老辈儿来！老辈真要能出头救起咱们，他也活不到老辈儿这岁数了。老辈儿的不来救咱们也活该不能怨什么；换了他们给人困住等死，咱们照样儿缩脖挪窝儿。好死不如赖活着——这是祖宗爷爷娘传下来的规矩。这规矩底下有什么许人打杀报仇的，只会须是伤不着自己才成。[1]

《欢喜贼》中不仅有这种群体经验的获得和少年集体的成长经验，更有个体的成长经历所彰显出来的对外界的认识。在《佛爷出土》中，狗栓子就是这样一个独自完成成长经验的获得的少年。狗栓子因为困躲在麻六爷的粮车上睡觉，一不知觉就被麻六爷拉进县城里去了，于是他在惊叹于城里另一个丰富多样的世界时，因为眼馋看上了大街上卖的酱肉，没忍住发挥了自己的偷盗技能，却被发现、被追赶。情急之中有自称王秤砣的人威逼利诱中想办法让其脱险，但是也因此欠的一个人情而被王秤砣缠住，他需要借助狗栓子的力量去替换"佛爷"，以保住自己的贩卖龙骨的生意，狗栓子在半信半疑中被王秤砣许下了有漏洞的承诺，只得去帮助他。然而，临行事之时，聪明的车夫看出了门道，告诉了狗栓子真相所在——王秤砣和县太爷等是一伙儿的官家人，狗栓子被骗了。于是狗栓子在警醒过来之后，一方面完成了"任务"，另一方面偷偷地在县太

---

[1] 《水擂》，《欢喜贼》，皇冠杂志社 1989 年版，第 254 页。

爷和王秤砣的势力范围内放了一把火，以报复自己的被骗和打击县太爷等人的利益……

书写成长经验也并非一直书写自己的品德高尚、遇事勇敢与聪明机智，《佛爷出土》中的狗栓子反而处处显示出"反崇高"的一面，比如在城里忍不住偷吃酱肉、面对王秤砣的逼迫不仅不像乡里人所期待那样"可不能答应"，反而是"当下就答应了"等等。而在《高猛买》一篇中，更是将成长少年的"顽劣"体现得一览无余。该篇写"我"出师"开桃源"，不偏不倚遇到的敌手正好是永安州水境塘口的暴发户高猛买及北五省几个大人物：有威望的佟燕山、有气派的欧阳吾肇、有功夫的鲁天然及有医道的杜三白。"我"和五人第一次接触，恰逢他们"伤害"一个"臭要饭的"，怕伤害到"我"，我却趁此机会"算计"他们，差点要了佟燕山的命，正在危急之中，那高猛买偏偏觉得"我"讨人喜欢，身手利落，"一相就中"，"我"便顺势演了一场戏，哭着说是来投靠高猛买的，于是成了高家的人，连姓名都被改成了"高升"，还顺势向高猛买要了五十两银子——而此前麻六爷谈起高猛买有钱有势，谨防花钱把"屎蛋儿"买了当下人任意使唤时，"我"还义正词严地说："放屁！小爷由得人买？"而在其后与五人斗智斗勇过程中，我也使出了诸如撒尿冲人等伎俩，最后"开桃源"成功，也是因为正赶上敌手的五个人和龚瞎子斗法失败……此篇中的少年的成长，实际上更多的是呈现了一个十岁的少年初入世界的狂傲、理想化，与现实之间的差异以及人在特殊境遇中的自我调适等，比如遇到一个老者，自己看不起他最后发现正是传说中的龚瞎子等。

不过，《欢喜贼》中所体现出来的成长，无论是价值观念的正确还是在偶然中获得成功的定位、人生的经历，或许都不是作品价值能够获得突出的地方。反而是让处处受到限制——政治的、观念的限制的这样一群人，所显示出的对既定秩序的不满和对命运的抗争，从少年的身上反映出来，就更加深刻了。正如《水撂》中的：

其实，小好汉谁也不会说的，未必然是顾忌端木家传的铁砂掌，倒缘乎着咱们人人心底有个小旮旯儿，那是海师傅、段七爷、端木大爷、我娘甚至花鞋二婶儿他们老辈儿的都不知道的——咱们可都不想在荒上杵一辈子。说穿了，小好汉哪个不明白：干贼户能有多大出息？真要放不下飞檐走壁、挑灯挖墙的本事，起码也得像咱们老大哥朱能哥、巴三顺那些好样儿的，到外地干飞贼，干发了吃喝嫖赌，干不发攒钱落户，至不济失风见官下书房，人头落地不过碗大的疤，好歹是自己给自己定规矩。杵在咱们乡里可就大不然了，慢说尤二尾子、万花皮这些还不曾出师的，就拿飞哥、闪哥来说吧，他俩出师倒有四五年了，勾当也干过不少。按着县太爷和海师傅定下的规矩……还有海师傅自己定下的规矩……可有一桩：打从朱能哥和巴三顺远走高飞、一去不回之后，哥儿俩可就犯了嘀咕："发也罢、死也罢横竖他们可以不回来，在外间见东识西多么自在！咱们就这么犯贼？脚脖子上总得拴上根绳儿，去去就回、去去就回？"①

张大春之所以以少年的视角来书写整部《欢喜贼》，恐怕这一段话最能够体现其目的，也最能够说明整部作品的主旨了。正是身上背负着沉重的"原罪"性的枷锁，使得归德乡的男女老少都被限定在了固定的生活轨道中，不能得到自由。而朱能、巴三顺作为年轻一辈们的出走，正好打开了少年们的幻想世界，也刺激他们认清了自己所处的世界的真面目。由此，思想的叛逆、代际的价值观念冲突以及成长少年的复杂心态的交织，让作品在表现归德乡的复杂处境时，更加有力，也使得被限定的空间里迸发出了少年的活力。

---

① 《欢喜贼》，皇冠杂志社 1989 年版，第 219 页。

总之，《欢喜贼》虽然将时间设置在晚清的某个时代，但并未过多触碰大的历史、政治，而只是在作者设置的归德乡这一空间中书写民间、民间化的生存状态、民间化的群体意识及家群思维，以及少年成长的启发——或者启蒙，作者在巧妙地设置成长中的少儿视角的传奇书写中，加入了无比丰富的与成长相关的意蕴。正如有学者所说的那样：

> ……从少年成长的脉络观看《欢喜贼》中的七篇小说，发现皆不断地触碰到启蒙的主题，从首篇《欢喜贼》中，主角第一次展开母亲所教授的金针绝技，成为了乡中的小好汉，经历五年以上的多番风波：《秀才下乡》里搏命救人、懵懂于读书学习与好汉技艺之间的矛盾，《破解》中一场荒诞婚礼所揭露的大人世界里，谎言与真实一体两面，《佛爷出土》中第一次进入大城市里，遭遇的种种事件，《高猛买》里，十岁小好汉第一次出师"买卖"，《大槐树》里的杀人、吃人事件，则成了《水擂》里报仇事件的"因"，而后者所造就的"果"，便是少年们离开从小生长的归德乡。其中纵使转换过时间里的主角，如《佛爷出土》里的狗栓子，《大槐树》里屎蛋儿的姥姥，但总有个孩童之眼在看着、说着这些故事，孩童逐渐变成少年，少年终须回应心中的召唤，遭逢自己的命运，最后展开离家的旅程，文本中具体的"家"便是他们所生长"归德乡"，但同时"家"也作为一种童年隐喻，隐喻着一个天真美好、受到保护、但必然流逝的伊甸园。[①]

---

① 陈海茵：《从度节到渡河——张大春〈欢喜贼〉中的少年出走》，《"国立"台北教育大学语文集刊》第 29 期，2016 年 4 月。

四、"大头春"系列：多元交杂的成长逆反

"大头春"系列分别为出版于 1992 年的《少年大头春的生活周记》、出版于 1993 年的《我妹妹》和出版于 1996 年的《野孩子》，由于三部作品最初出版时张大春均化用笔名"大头春"，并且都以第一人称叙述，所以在张大春的创作中颇为另类，受关注也很高，影响也很大：三本作品不仅很畅销，发行量很可观，还分别被改编成了电视剧、舞台剧等。大部分评论家、研究者更强调这三部作品之间的非连续性，如《我妹妹》刚出，杨照就说，虽然都以"大头春"来写并用第一人称叙述，《我妹妹》却绝不是《少年大头春的生活周记》的续集"[1]；也有研究者表示"这三本书并无前后续集的紧密关系，三本各自独立"[2]。这三部作品确实无论是出版时间还是故事内容上，均有比较大的差异，尤其是《我妹妹》与另外两部比起来，差异比较大：首先，书写对象变成了"我妹妹"及"我"而不再只是"大头春"本人；其次，作品的写作视角为一个二十七岁的男性回顾自己及其妹妹的生活历程，也就是说其实它是成年人视角；再次，作品中充满着感伤意味，比起另外两部显得更为"严肃"。而另外两部不仅作者、主人公用同名，作品中的人物形象如大头春的同学黄木南、翁家平等是重复交叉的，此外两部作品中的父母、爷爷奶奶形象也是一贯的，作品中都写到大头春的移民加拿大的女同学——也即他的初恋。但两部作品的差别也是很明显的，一部叙述在学校的学习、生活，另一部叙述的则是"出来混"，即离开家和学校后的情形。

不过，三部作品都是"上了一定年纪"了的张大春化身为少年 /

---

[1] 杨照：《青春的哀愁是怎样一回事——读大头春的〈我妹妹〉》，《我妹妹》，印刻文学生活杂志出版有限公司 2008 年版，第 208 页。

[2] 王丽樱：《大头春系列中青少年形象及成人世界的塑造》，台湾台东大学 2004 年硕士论文，第 9 页。

青年而创作的，又具有系列性，那么从成长、启蒙的角度来看，这三部作品的体系性还是很明显的。张大春曾言："行过中年的小说家'重温'少年启蒙经验隐然含有一刀两面的意义。他们一方面是站在确认其身为中年人（甚至更老）饱经世故而怀有某些深刻人生洞见的位置上发言，一方面又不得不在重返天真的叙述视野之际体验到年轻人种种茅塞顿开的热情和执着；而这两者之间其实往往是有冲突的。于是这一类的小说家经常背负着中年人和年轻人相互的、双重的疑虑。"① 因此作品中其实充满着张大春重回青少年时代一方面站在青少年视角思考问题，另一方面又融会了自己对社会、世界的看法的另类叙事。具体而言，作品中涉及的成长因素及其所负载的意义指向是多元的，而成长主体的成长又是符合其心理特征却又非按正统轨迹的成长。

首先，三部作品中都表现出了大人世界的失序性。

对于成长中的少年来说，成人世界的点点滴滴都会影响到其成长的体验，也会影响到其启蒙的过程。然而，在"大头春"系列中，成年人的世界本来就是不完善的，他们自身以及彼此之间就充斥着虚伪、残忍、暴虐、偏见以及明显的功利性等反面性的东西，更遑论树立榜样引导成长主体健康成长了。如《少年大头春的生活周记》中的爸爸妈妈，首先因为一个是台湾人，一个是山东人，就因为有着不同的政治认同——爸爸支持国民党，妈妈支持民进党——而吵架，让大头春觉得"我们家有时候太政治化了"，等他们以政治为接口的吵架所透露出的婚姻不和让大头春实在忍不住了说"你们为什么不离婚算了"时，爸爸却又反过来怪"我"："哪有小孩子希望父母离婚的呢？"等到后来妈妈信了佛，又对政治毫不关心，还说"谈政治就是'妄语'"，使得需要在周记里记录"重要新闻"的大头春也觉得"看到政治新闻也没什么感觉"了；不仅如

---

① 《他们都是怎样长大的？——小说里的少年启蒙经验》，《文学不安——张大春的小说意见》，联合文学出版社有限公司1995年版，第25页。

此，妈妈的变化还有更严重的影响：大头春参加了学校的棒球队，老师让多吃肉和牛奶补充营养，但是妈妈信佛以后家里早晚饭不吃肉，中午吃肉也让大头春觉得腥，但确实有吃肉的诉求，结果妈妈"以为我自己想吃的'念力'在作怪，还跟我说了一大堆佛的道理"[①]。在孩子面前吵架、以自己的观点影响孩子，本来就是不应该的，甚至还因为自己的喜好影响孩子健康成长的饮食，那就更加"不合格"了，何况这是整天和孩子生活在一起的父母，不仅要树立好良好的榜样，还应该对孩子进行良好的家庭教育的。然而，张大春笔下的父母，甚至更糟糕，《我妹妹》中的父亲，每周四都要逼迫自己的妻子承认其有来自家族遗传的精神方面的疾病，太太沉迷了以至于两个孩子都窥探了很久也没注意——或者是不在意，再加上他自己早就在外面有了情人，孩子们也早都知道了，所以两个孩子目睹了父母的不正常的关系，性格表现得也比较怪异，他们最终对其进行了报复的"恶作剧"。《野孩子》中的妈妈，作为一个广告界的成功人士，在儿子离家出走后，表面上"思子心切""盼儿早归"，但实际上只是她的自我包装：为"文教基金会"募捐、为自己的"广告女强人"做形象广告，因此她在不了解侯世春的出走的真实情况下妄自断定孩子毁损公物、殴打师长，因此表现出真诚的"忏悔"表演："不幸既然铸成，陈玉芳痛定思痛，决心不理会'家丑不可外扬'的俗套，勇敢地站出来，以她自己的惨痛遭遇为题材"，设计海报。这样，侯世春的妈妈借助对儿子的莫须有的行为事实的"忏悔"和"反省"，以及看似真诚的"……孩子！妈妈在这里，家在这里，回头的路在你心里；给妈妈一个机会：让我们一起成长！"的呼唤，为募捐活动增加了效果，更为自己的形象增添了光彩。然而，与事实毫无关系的广告语言，只会让被冤枉损害公物——焚毁卷子的孩子更加痛恨社会的虚伪，因此他愤愤然表

---

① 《少年大头春的生活周记》，联合文学出版社有限公司1994年版，第10、54、156、55—56页。

示："你们就去永远寻找我罢!"① 陈玉芳不仅平时没有好好管教孩子，对孩子的遭遇缺乏实事求是的关心，更配合社会各界进行虚假的宣传，很显然并不是一个合格的母亲应该做的。

不仅如此，家庭关系中的爷爷奶奶、外公外婆一辈也并不能给孩子做好榜样。因此《我妹妹》的一开始，爷爷奶奶就因为"王八蛋"的无谓的问题进行争论，在面对治疗"我"的病的时候，他们之间更是因为宗教问题起了很大的冲突：爷爷认为"我"被没有宗教信仰的奶奶带着去让一个娶了日本婆子的兽医给治病是无法想象的，对奶奶进行"厉声阻止"，因此被奶奶踹了一脚，爷爷便喊道："异教徒! 你这个异教徒! 法利赛人!"奶奶在其逼迫下进了教堂，进行了祈祷，即便如此，他还借助《圣经》里的话对奶奶冷嘲热讽。再加上对爸爸"用各种知识去探索我妈妈、了解我妈妈、折磨我妈妈的过程"的深谙，使得"我"乃至"我"妹妹想到"表情也会遗传吗? 动作也会遗传吗? 声调、语气和态度也会遗传吗? 情绪会遗传吗?"②《大头春的生活周记》中的爷爷奶奶、外公外婆也一样，爷爷奶奶要到大陆探亲，奶奶为此配了一副新眼镜，但舍不得戴，爷爷为此打电话让大头春劝奶奶，大头春因此感到恼火："这种小事也来烦我，我实在不知道该说什么好。"③ 为了挽救爸爸妈妈的婚姻，家里的各种亲戚都来了，表现出一副很祥和的样子，但是"以前爷爷总是嫌外婆小气，奶奶也总是说外公'土里巴鸡'，外公说奶奶什么我已经不记得了，不过外婆最讨厌爷爷'满口大蒜味'的事恐怕全台南的人都知道"。令大头春觉得："现在大家都假仙得要命，拼命互相拍马屁，太肉麻了。"④《野孩子》中的奶奶也是，遇到大头春家的三口人，对不同的人，说不同的话。

<hr />

① 《野孩子》，联合文学出版社有限公司 1996 年版，第 141—144 页。

② 《我妹妹》，印刻文学生活杂志出版有限公司 2008 年版，第 188—190 页。

③ 《少年大头春的生活周记》，联合文学出版社有限公司 1994 年版，第 152 页。

④ 《少年大头春的生活周记》，联合文学出版社有限公司 1994 年版，第 62 页。

不仅父母如此，爷爷奶奶如此，成年人都喜欢将自己的观点、看法，主观地强加给成长主体，如《少年大头春的生活周记》中的玉芬阿姨是女性主义者，而爸爸又有大男人主义倾向，因此"爸爸星期三到学校来接我去吃麦当劳，问我一些家里的情形，还说玉芬阿姨是女性主义者，要我小心一点，不要被她洗脑了。其实玉芬阿姨也要我小心，不要被大男人主义的教育洗脑。我认为他们都太看不起我们年轻人的脑子了"。① 这势必会使得成长主体成长过程中产生价值观念的混乱无序以及认同的困难。而小舅则在寒假里欺骗大头春让他不要写作业了，因为他看到作业本子印得漂亮，怀疑学校和厂商有勾结，他要去捅破，因此在他的鼓动下大头春果然没写作业，但小舅压根儿都是随口胡说，欺骗大头春玩的。《我妹妹》中的陈大夫，作为一个精神科医师，对于妹妹、妈妈的异常状态的诊断不仅一点都不符合事实，反而靠其对于弗洛伊德的时髦性认识，跟"我"讨论起"我"作品中的自我问题。可以说是对本职工作的不尊。

其次，作品中也揭露了社会无规则性。

"大头春"系列中，也充满着对社会的虚伪、权力控制、无知等的批判。一方面，作为书写成长中的青少年的作品，作者在作品中对教育制度、教育行为进行了无情的嘲讽和批判。《少年大头春的生活周记》中，通过周记的方式，对教师的评语——其实也是学校教育进行了几次"抗议"：一次是大头春在日记里根据自己的经历表示他妈妈的多疑让他觉得"女人实在不容易沟通"，结果老师的评语说"不可以用女人不懂男人来歧视异性"，大头春抗议说"我哪有歧视女性"！在这里，导师的评语明显是具有偏颇性的，也就是说，作为一名教育者，并没有做到公正评价一件事情，教育孩子，反而对学生进行了错误的"矫正"；另一次是周记中都在写大头春和自己的好朋友戴万青绝交的事情，因为对方用成绩来"ㄍㄚˋ"（gà）他，而对他来说"这是非常严重的事，比什么爆炸案和两党

---

① 《少年大头春的生活周记》，联合文学出版社有限公司1994年版，第117—118页。

协商都严重"。但是老师的评语却让他反思是不是因为竞争和嫉妒心理，因此大头春很生气，认为："我有我的原则，老师说过：做人要有原则。我的原则就是：朋友如果用成绩ㄍㄚˋ你，要比用刀子ㄍㄚˋ你还过分，是可忍，孰不可忍。"这也是对教师的评价的不切实际的不满。还有一次是一家杂志社到同学中调查学生吸安非他命的情况，声言不会将调查结果给校方来检查、处罚学生，结果调查结束后说自己吸食过安非他命的同学纷纷被抓去追问，还要罚站在大镜子前，大头春认为这是一种欺骗行为。导师在评语中却为校方辩解，说并没有处罚学生，只是要调查安非他命的来源。大头春在日记里抗议道："说话不算话就是食言而肥。"① 显然，当少年大头春目睹和经历的事情被导师找理由进行搪塞和辩解以后，与事实不符合的理由更表现出学校教育方面的出尔反尔，教育机构尚且如此，更何况别的地方呢！大头春的抗议和不满，也就自然而然地流露出来了。而在《野孩子》中，大头春更是莫名其妙被河马主任冤枉焚毁了试卷，大头春表示不满、生气而冲撞了他，竟然被校方进一步污蔑为损坏公物和冲撞老师当作反面教材。河马主任在教训侯世春时，竟然用拳头敲打了他并说，"像你这种货色，去混黑的也是个小瘪三"②，也完全失去了一个教育者的样子。

除了教育制度，教育行为本身，作品中还涉及很多社会的虚伪事情。如，《野孩子》中陈玉芳对儿子的呼唤广告，不仅表演得十分认真、投入，以一个名人的身份试图引起社会对"青少年问题"的关注，教育主管单位和警察单位跟着也对此问题进行假惺惺的"关注"，还妄下预测："已掌握特定线索，侯小弟不日内应可返家。"③ 然而实际上并没见行动。而《少年大头春的生活周记》中的小舅，在当了大记者以后曾经被一个女监察委员请去开帆船，"把

---

① 《少年大头春的生活周记》，联合文学出版社有限公司 1994 年版，第 149、169 页。

② 《野孩子》，联合文学出版社有限公司 1996 年版，第 16 页。

③ 《野孩子》，联合文学出版社有限公司 1996 年版，第 142—143 页。

那里的大官都罩得死死的，假如那些大官不好好接待他们，就会被她 K 得很惨"。可见权力的任性，然而这样的社会规则，让少年大头春改变了观念："只要我们好好努力，将来到社会去做一个可以 K 一 K 大官或有钱人的人，照样可以拉风过日子。"①《我妹妹》中的"我"在当兵期间，和妹妹的通信受到了检查，只因为信件里面提到小时候的妹妹吃大便的事，第二天蒋介石死了，就被关禁闭三星期，因为被认为这是污蔑国家元首，但实际上这是真实发生的事情。《野孩子》中的总统茶，不仅表现出人们对政治的追逐，更表示国家层面上的政治的虚伪；而作品中的许叔和阿虻之间的声势浩大的谈判，其实也只是简简单单的寒暄交流……张大春借助少年大头春的视角写作为一派的大哥的虻哥："因为我一直觉得虻哥应该是个非常凶猛、强悍而且武功和枪法都一级棒的人。可是他看起来真的像一ㄊㄨㄛˊ松松软软的吐司面包，被压一压就凹一块，连弹都弹不起来的样子所有的人都不会相信：一ㄊㄨㄛˊ吐司面包就这样跑来叫许叔帮这个忙、帮那个忙，还一下子发给小心将、阿治和牯古几千块又几千块，还摸摸我的头，说：'看不出来哦！生作这呢古锥吶！'古锥个鸡巴啦！一个大哥讲起话来像你奶奶或外婆实在是逊毙了！一点都没有大哥应有的风范。"②可见，连混黑道的大哥都失去了大哥的风范，少年是失望的。

再次，成长的逆反。

由于成人榜样的非健康完整性，往往会导致成长主体在面对外界的影响时，生发出不健康、不完善的认识。从而导致其成长要么会早熟，要么会变得不健康，表现在行为上则要么对社会上的各种事儿的看法往往偏向于看开一切的无所谓状态，要么待人接物不像社会所期待的那样。如《少年大头春的生活周记》中，大头春的爸爸妈妈离婚时，他妈妈说她和他爸爸之间在很多方面都是完全不同

① 《少年大头春的生活周记》，联合文学出版社有限公司 1994 年版，第 116 页。
② 《野孩子》，联合文学出版社有限公司 1996 年版，第 209—210 页。

的人。这使得大头春反思："如果这两个人是完全不同也不能一起生活的人，我不就更怪胎了吗？我是他们生的，总有一天我也会变成和自己完全不同的人，也要决定不能和自己一起生活，那我宁可去得自闭症算了，要不然得蒙古症也好一点。"因此当妈妈一直哭时，他表现得比较冷漠："我没有劝她或安慰她，因为这是她自己要做的事，哭有什么用？"甚至以没时间为借口说："干我屁事啊？"就走开了。[①]《我妹妹》中的妹妹，在十来岁就以早熟的眼光看出爸爸有了外遇，并以此问哥哥，哥哥认为这是不可探触的东西，因此回她"干你屁事"，妹妹由此也学会了对自己认为是禁忌的东西发出"干你屁事"的回绝。而"我"在八岁时候，也冲口而出并且再次强调让爷爷奶奶惊到并因此讨论半天的"爸爸是王八蛋"，"我"妹妹后来更上一层楼，随口说出"王八蛋""荒谬""很贱"这样在大人、正常成长环境和规则中不应该、不允许出现的词或者与她的年龄不符的词。甚至曾游戏性地总在别人说的话后面加上"正相反"。《野孩子》中直接就以"废车场公告"的方式表示："这个世界上只剩下大哥、废人和死人，早就没有什么青少年了。"[②]更显示出少年对世界、对自身的看法和认同，是反社会规则的，也是反抗性的逆向的认同。以至于当侯世春被河马主任诬为烧毁卷子的主犯、殴打师长等，而在自己的爸爸又跑路了以后，不小心接到河马主任电话的他装作自己的小舅接起电话说自己的爸爸过世了。这既是对自己处境的无奈，也是对爸爸、老师等成人世界的行为的严重不满和反抗，然后他就决定要离家出走了。

有学者认为："'反成长'的青少年成长小说则往往将带有教育理想的主题传递对象由青少年转向成人社会，它所表现在主题上的特征有：超越道德判断、反社会化、反戏剧化。"[③]也就是说，反

① 《少年大头春的生活周记》，联合文学出版社有限公司1994年版，第88页。

② 《野孩子》，联合文学出版社有限公司1996年版，第9页。

③ 许静文：《台湾青少年成长小说中的反成长》，台湾台东大学2008年硕士论文，第78页。

成长因素的出现意味着只是书写某种过程而不进行严肃的道德教育总结、书写成长主体对社会的对抗性以及在作品中留下韵味无穷的开放式的结尾等。如果站在这个角度来看，张大春的作品中有着浓厚的反成长的意味。这不仅表现在《我妹妹》中的不愿意成长："十八年后，我摇着头答复我妹妹：'像我的话，就不要长大'"，"倘若我在烧成一只小蚂蚁的那时就死去，也许不会变成一个只能例行躯体游戏仪式的家伙；要不也许我的某一部分早在那时就已经烧死了，而活下来的部分只会去寻找和它同类的躯壳——那些并不喜欢自己的躯壳。"① 更表现在三部作品中的少年的叛逆、反常、出走等，并不表示他们本身的精神状态与社会认知真的有问题，而更多的是表示这些少年在成人所主打、主导的世界中所受到的冲击、影响甚至伤害。他们之所以要报复，之所以要出走，正是源自对成人世界乃至为各种虚假、阴暗势力、因素所控制着的世界的不满。正如有学者总结的那样："小说中青少年面对的问题，实则再一次地暴露出成人的无能，其不在于彰显现实社会中青少年所面对问题的实际状况。"② 因此，也就有杨照所看到的意义：《少年大头春的生活周记》表明无论是青少年自己还是家长，对青少年成长的焦虑不安可以从大的社会环境中提供发泄、纾解的途径的不足，而《我妹妹》的冷漠性书写，让"我们开始反省过去习惯看待青少年成长经验的方式"③。

无疑，"大头春"系列并没有为人们提供解决青少年成长的疗救方式或应对策略，但是作者在缺乏线条感和缺乏逻辑性的时空交错中，要么以某种并不清晰的"很多事情必须靠自己才能解决"的觉悟（《少年大头春的生活周记》），要么以对"遗传"的疯狂的质

---

① 《我妹妹》，印刻文学生活杂志出版有限公司 2008 年版，第 143 页。

② 王丽樱：《大头春系列中青少年形象及成人世界的塑造》，台湾台东大学 2004 年硕士论文，第 93 页。

③ 杨照：《青春的哀愁是怎样一回事——读大头春的〈我妹妹〉》，《我妹妹》，印刻文学生活杂志出版有限公司 2008 年版，第 213—214 页。

疑和报复结束（《我妹妹》），要么以开着车撞向医院的自毁方式结束。但是作品中讨论了诸如记忆、学习、遗忘等问题，它们给成长制造了麻烦，也为成长的悲剧或者困惑增加了难度，但问题并不在他们，而在于社会机制、在于成人世界的复杂性。如学者所说："'遗忘'始终是作者在大头春系列中反复书写的对象，于是我们看到一个拒绝长大的老灵魂，以晚熟的语调不断穿梭于少年的生活历程中，喃喃诉说着成长的悲凉，他时刻不忘将'单薄夸张的父母形象随身带出来鞭打一番'，但是面对家庭、社会，面对街头，面对整个体制的游戏规则，'我'其实是无能为力的，因此只能虚无地遗忘、惫懒地接受'无用之父'。"① 也就是说这一系列对父权制进行了挑战。

当然，如果从作品风格来推测作者的写作意图和目的，那么，张大春无疑是以一种逐渐变化的态度对待少年成长问题的。如果说《少年大头春的生活周记》主要在于"嘲讽那个看似合理，却充满矛盾张力的成人世界游戏规则"② 而显出可爱、活泼的真实，那么《我妹妹》就开始在批判社会、成人世界的复杂性中增加了有关成长、遗传、自我的诸多怀疑而变成了"一本'青春的哀愁'之书"③，它以弗洛伊德、存在主义等哲学因素的渗入增加了成长的沉重感和自我反省意识，比之成长的困惑，更多的是"生命的骚动与焦虑"④；而到了《野孩子》中，作者在让社会、家庭的虚伪进一步走向崩溃、进一步暴露出来的同时，让另一个被正常世界所抛弃、不

① 张琴凤：《父名的戏谑瓦解——论台湾作家张大春的成长小说》，《华文文学》2008年第2期。
② 蔡诗萍：《这次，看谁在说谎——评〈少年大头春的生活周记〉》，《少年大头春的生活周记》，联合文学出版社有限公司1994年版，第185页。
③ 陈美桂：《旁观我妹妹灵魂活着的谜》，《我妹妹》，印刻文学生活杂志出版有限公司2008年版，第207页。
④ 陈思：《生命的骚动与焦虑——张大春〈我妹妹〉人物小论》，《读书人》第5期，1995年7月。

容的世界建构在废车场之上又形成了与正常世界之间的对照：那些有情有义的成长主体、小人物的道德品质作为边缘人却远远比虚伪狡诈的正常世界好很多倍，但是权力、虚伪、错位无处不在，这当然进一步加重了成长主体的矛盾性和迷茫感，所以作者更加悲观地否定了青少年的存在，同时还制造了让青少年们开着车撞向虚伪但其实对他们有过帮助的医院，以自我毁灭的方式宣告青少年的失败和灭亡，从而显示出一个"没有刺激的刀光剑影，义气英雄。到处流泻着一股荒唐、血腥又无力的现实感"[1]的世界。从这个意义上讲，"大头春"系列并非仅仅是张大春自己所言的当初应约写稿的"好玩"那么简单，反而是对于一个时代的认识与反思，用张大春的话来说，就是："遗憾的是，我永远无法对现实里那些满口为了'好玩'而生活、而工作、而掩饰其浅薄无行的人产生一丁点儿类似的同情。我渐渐意识到：九〇年代就是葬送在这样的笑声里，配合着满口'解构''颠覆''拼贴''后设'的谵妄术语，而后虚脱得一蹶不振的。"[2]也即是说，"大头春"系列其实并不仅仅是文本表面所写的青少年的成长以及对社会的批判，它们其实更多地包含着作者自己的成长和对时代的反映，而这一点，或许为很多批评家所忽视了，但对于张大春来说，这种"写作的成长"，也有着非凡的意义。王德威在评论《我妹妹》时指出其题目的暧昧性："它可以意味是所有格的'我的妹妹'，也可以暗示是对等格的'我与妹妹'，甚或是同位格的'我·妹妹'"[3]。借此而言，张大春的"大头春"系列也可以理解为"张大春所编的大头春系列"或"张大春自己的大头春系列"以及"张大春九十年代的大头春系列"等等，综

---

① 黄念欣：《飘荡与遗忘——〈野孩子〉的主题不是青少年问题》，《读书人》第21期，1996年11月。

② 张大春：《重版自序：重逢的告别》，《我妹妹》，印刻文学生活杂志出版有限公司2008年版，第40页。

③ 王德威：《我妹妹 VS. 妹妹我——评大头春〈我妹妹〉》，《众声喧哗以后：点评当代中文小说》，麦田出版社2001年版，第28页。

而言之，即便是化成了"大头春"之名，但正如《我妹妹》中的陈大夫面对大头春的创作所揭示的那样："你从来不在你的作品里暴露自己。相反地，你的东西都是某种保护你那个自我的工具。"① 实际上，"大头春"系列包含了张大春的成长怀想，包含了张大春的实验心态，也包含了 1990 年代的台湾小说风格。借助黄锦树的说法，它们不仅透露了张大春作为"后设撒谎者心智的年龄"——"他是一个拒绝长大的少年"，还表明当时张大春的"小说哲学中蕴含的'取悦'对象的问题：技术之求新，形式之求变，不全然是艺术的考量"，"他这种回拨时间所再现的正是'大头春'那一个最没有未来也最没有过去、新的世代的'哀愁'：在时间的无深度中，除了自己之外对所有的对象物没有爱的能力；除自己是真实的之外，外在都是虚拟世界，都属于'如果'；心灵早已过度衰老，最后的拯救不过是在流行商品的更新速度中做外观的徒事更新。"②

第三节　历史的探险："大"与"小"之间

关注历史，并对历史进行独具风格的书写，也是张大春创作中的重要内容，而且是张大春创作中贯穿始终的重要主题。如陈建忠所言："从张大春历次关于历史小说的创作与论述来看，他对历史小说、说书传统、讲史演义的经营，绝对是与他创作现代（主义）小说的时间等长。就创作面来说，早在张大春发表第一篇小说《悬荡》（1976）开始，他便同时在 1977 年创作历史小说《剑使》《干戈变》《荡寇津》等。因此，可以说张大春从青年时代开始，便已发展出对历史小说、乡野传奇故事等类型的兴趣，并逐渐在稍晚的

---

① 《我妹妹》，印刻文学生活杂志出版有限公司 2008 年版，第 122 页。
② 《谎言的技术与真理的技术——书写张大春之书写》，《谎言或真理的技艺：当代中文小说论集》，麦田出版社，2003 年版，第 226、228、231 页。

创作阶段形成他重要的书写特色之一。"① 从早期收录于《张大春自选集》中的《剑使》《荡寇津》《干戈变》到晚近的"大唐李白"系列，虽然历史书写的对象不一样，写作风格也有诸多新变，但张大春似乎一直在对其所迷恋的历史题材进行编排、阐释和重评。不仅如此，张大春的历史所涉面还很广，仅从其 1986 年出版的历史散文集《雍正的第一滴血》所收录的内容就可看到，张大春所涉猎的历史材料，既有帝王将相的宫廷斗争，也有古代兵器知识的普及，既涉及狐仙传说与果报资料，也阅读武林传奇与偷盗故事，既关涉女性异类，也涉猎动物人情……而对于史料，张大春又能任意拿来，揉捏加工制造艺术作品。张大春对历史与小说的关系还有他自己的看法，他认为："以历史作为材料，形成观点是历史学家的事情。通过一些情节安排，让带有明确观点的历史材料，自动向你说话，就是小说。我一直认为没有'历史小说'这回事，小说就是小说。"② 也许正是这种认识，让张大春笔下的历史往往呈现出来与大众所接受的历史或者说依照教科书或者官方观点教育给民众的历史有所不同，但是他笔下的历史又不是学者、历史学家的历史，而是将历史放置在小说中去探索历史的可能性。张大春曾经高度赞扬历史小说家高阳创作中的"跑野马""挟泥沙"等，高度评价其"以小说造史"的功劳；而且在多个场合（包括在《城邦暴力团》等小说中）均表示高阳与自己是师生关系，可见张大春的历史书写是受到过高阳的重要影响的。正如有学者所指出的那样，张大春"有意重拾高阳'搜括历史'的兴致，从对古代科举如何进行，考试的顺序与时间，以及考试现场的还原，到近代漕帮、洪门的源流发展，以及国民政府来台前后历史事件、组织流变的考据，还有

① 陈建忠：《以小说造史：论高阳与张大春小说中的叙史情结与文化想像》，《淡江中文学报》第 27 期，2012 年 12 月。
② 郭玉洁采访、撰写：《虚荣时代的诗人——张大春访谈》，许知远主编：《东方历史评论》第 6 辑，广西师范大学出版社 2015 年版，第 183 页。

小说中动辄可见征引诗词、历史典故等'离题''跑野马'的书写手法，都是受到高阳小说的影响。"[1] 也有人指出，台湾的历史小说可以分为"大众／传统历史小说""大河／后殖民历史小说""新历史小说"等类型，高阳是"大众／传统历史"小说家，张大春的历史书写受到高阳的影响，"不少作品出现浓厚'说书''讲史'的笔调；但，小说技巧与主题却又充分显露不只是娱乐功能，而更带有强烈的托讽意味"，因此他是"借传统题材，讲后现代的故事"的，是"台湾新历史小说的最重要的作者"[2]。总之，张大春的历史书写不仅在他的创作中有着重要的位置，在台湾文学史上尤其是历史小说（文学）的创作方面也有着独特的影响和意义。

张大春的历史书写，涉及古代历史、近现代史（民国史）及家族史等层面，《本事》中的《神仙去势》甚至书写（编造）外国历史——朝鲜与日、俄之间的权力斗争。具体而言，他的小说既写历史上的大人物、大事件，如《干戈变》中的苻坚、淝水之战，《荡寇津》中的黄巢、李克用等参与的王满渡之战，乃至《城邦暴力团》中的蒋介石、国民党撤退至台湾等，但也有很多个人的、私密的历史书写，如《聆听父亲》中的家族史、《城邦暴力团》中作为线索之一的个人史——"张大春"（以及孙小六等人）的成长史等。正如他在《城邦暴力团》中专设一章取名"大历史的角落"并在小说中所说的一样，小人物的历史也往往有可能与"大历史"相关，这也是张大春的历史书写观念。从《时间轴》及《城邦暴力团》中，最能够体现出这种联系。而"大唐李白"系列、"春夏秋冬"系列等也如此，一方面张大春不断搜集大的历史资料、事件，另一方面又充分挖掘小人物、小传奇，试图将大与小充分结合、相互映照，以小说的笔法重新建构历史图景或者说探索重构历史的可

---

[1] 汪时宇：《现代说书人——以张大春"春夏秋冬"系列小说为中心之研究》，台湾中正大学 2014 年硕士论文，第 87 页。

[2] 陈建忠：《以小说造史：论高阳与张大春小说中的叙史情结与文化想像》，《淡江中文学报》第 27 期，2012 年 12 月。

能性。正如有学者所言："张大春一方面对庙堂之高的叙述进行彻底的瓦解和颠覆，另一方面，用个人与民间记忆的断片建构出一个新的历史阐释，与后现代史学颇有相同之处。"[1]

具体而言，张大春的历史书写既包括历史上的战争场面中的人的心灵冲突，如《剑使》《干戈变》《荡寇津》等的古代战争涉及东晋时期、晚唐五代时期，《龙陵五日》则书写抗日战争中的龙陵战役；也书写了历史场域中的人际关系，如《城邦暴力团》中的民国史尤其是"老头子"蒋介石为主的政治史、《将军碑》中的个人历史、《撒谎的信徒》中的台湾政治历史以及《大唐李白》中的多元复杂生态中的人物传记等。如果从更宽泛意义上来看，那么张大春的另外两类书写也与历史或多或少有着关系，一类为其乡野传奇系列，一类为其"春夏秋冬"系列，前者设置某种历史环境对人物、事件进行虚构性书写，后者则通过编排、重造各种历史、笔记史料重新阐释历史人物传奇，挖掘民间性的故事意义，它们与《城邦暴力团》乃至"大唐李白"系列，一同构成了张大春的"不与流俗相合的历史文化回归之旅"[2]。

一、回到历史的腹地

张大春善于在历史的战争现场设置布满危机的环境，让人物在危机四伏、进退维谷之间表现出来某种精神气质，要么是视死如归、传承忠孝保节之义，要么反映处在生死、成败危机之间的人物矛盾内心。

如《剑使》中，承寿州刘仁赡之托，带剑到楚州的薛无患，目睹了寿州面对周军的攻势走投无路乃至毁灭，又目睹了楚州张彦卿

---

[1] 蔡少阳：《瞪眼看人，闭眼说话——张大春短小说的叙述游戏》，曹顺庆、张放主编：《华文文学评论》第1辑，巴蜀书社2013年版，第121页。

[2] 陈忠忠：《以小说造史：论高阳与张大春小说中的叙史情结与文化想像》，《淡江中文学报》第27期，2012年12月。

城破家亡之后，又在保持气节的使命下奔往下一座幸存的唐城，他将经历什么？他所传递的讯息、精神又有何用？这可能是作者所思考的问题，实际上也是历史留给我们的问题：在面对残酷的战争时，家、国、人性、气节、忠孝等，如何应对？作为"新历史小说家"的张大春，这时候就显示出了他的历史书写：在复杂的环境中呈现历史、反思历史。所以作品中并没有给读者讲述通俗的战场故事，而是书写身处战争漩涡（也是历史漩涡）中的人们的心理抉择问题。如，面对围城四十多天的困境，一方面是敌人的力量增大（有周主郭荣亲自来督战），另一方面是邻近城池的陆续失守（主要是归降），再加上援兵也被歼灭，楚州防御使张彦卿所面临的，无非是两条路：为了保持自己的名节以及忠心的奋力抵抗，只有死路一条；为了军民百姓及自己的性命而投降。很明显，张彦卿一直坚守着前者，尤其是薛无患从陷落了的寿州带来寿州守将刘仁赡的血书及其斩杀要投降的儿子的宝剑、外边的战争形势和消息以后，张彦卿的意志无疑更加坚定了，因此，即便明知不可能是自愿行为，当得知楚州百姓被逼迫去挖通河道时，张彦卿的态度是："拍案起身"，并愤愤然说道："那楚州百姓竟也怎地没有气节？"所以当战事更加危急时，他儿子张光祚力劝他投降："百姓无辜，这样死战，与屠城何异？"张彦卿先是削去其发，当儿子继续坚持"百姓难——"他手起剑落，毫不犹豫地砍杀了自己儿子。可以说，这是相当果决甚至近于残忍的舍亲取义了。然而，张彦卿的内心也自有其矛盾之处，虽然在面对只能"死守而已"的战争困局，他表现出十足的骨气："楚州没有贱价！便宜不得他！"面对大敌压境、破城在即的儿子的惊慌，他又表现出了十足的英雄气概："兵来将挡！蠢材一个！""让他们进来，来了便杀！"但对一切看似早已成为定局的失败，他实际上也是抱有一点点希望的，因此他承认被围困的日子："四十日来""无一日不待援，也——无——一——日——之——援！"可见他对于自己的绝境，一方面有着对援军的期待，一方面也有一点抱怨之气的。然而，期盼毕竟只是奢望，他也只能道几声"天怜我唐"而已，唯一能做的，只是以肉身抗争到底，并将希望寄托于剑使的身上："走！南去——到舒州，到——沛州。""到——江——南！献书，传剑。""莫学匹——夫……"朝廷的援兵是不会到了，自己是抵挡不住了——也因此成了罪人、不光荣的人，唯一的希望，只能让后面的城池的守将延续从刘仁赡到他的死守的精神——那也只是一点点的希望，而且还是缥缈的……张彦卿的坚守和反省虽然看似是失败的，但是他毕竟有着阻挡历史悲剧延续的意识，而薛无患则不然，他虽然看似有其重要作用，但是他本身也是一个悲剧。

这个传递血书和宝剑（也是忠义、气节精神）的"壮士"，被张大春设置成了一个历史——尤其是残酷历史——的见证人，他目睹了刘仁赡一意守城、不惜手刃要投降的儿子却无法挣脱手下托其名投降的悲剧，也最终经历了楚州类似的悲剧，他虽然曾经"誓得郭贼（即投降了的濠州郭延谓——引者）残忠之剑，手刃贼颅"，然而，他"生平最信因果，剑下恩仇，冤冤相报，轮回不爽！"[1]——这也正是他的命运以及他所串联的历史的写照——因此他自己"区区只是江湖路客"而已，他实际所关心、追求的不过是"难在不死"而已：

> 来去但求一死，他本无怨。然而，自视两只铜拳，一双铁臂，战阵中不过多杀他三五个敌寇而已。兵荒马乱当中，有用之躯反倒不见得比那些壮丁村勇更来得价高。每论及绿林之辈，他都笑傲鄙视。此刻，他却悔了，悔当初不学万人敌。念及前夜欲行刺郭荣的鲁莽，他只想着：匹夫啊，匹夫！枉被郑昭业看重，该当愧死！[2]

---

[1] 《张大春自选集》，世界文物供应社 1981 年版，第 116—127 页。

[2] 《张大春自选集》，世界文物供应社 1981 年版，第 120 页。

他甚至与书生相比，怀疑、自贬身份："谁说书生不能尽忠？讲起来，武夫只合愧死。"及至张彦卿临死，托他继续传血书、传宝剑时，他仍然还是"无患不敢苟存，但求效死——"①这是一个在作品中占有很重要位置的角色，然而也像他所穿的衣服一样是一个灰色的人物，也是一个十足的矛盾人物，他的言行、举止存在的矛盾比较多，相比较于刘仁赡、张彦卿等人的坚守气节以及刘崇谏、张光祚、郭延谓等投降者，他算是看得透兵荒马乱中的"有用之躯反倒不见得比那些壮丁村勇更来得价高"的事实，也因此，他以悲观求死的心态面对无法改变的状况，然而偏偏是他这样的求死者，却恰恰不能死：历史把他推向了串联、传承气节精神的重要角色，他又如何能控制自己的命运？

整体而言，这个形象虽然看似英雄，但却显得卑微，无什么大的作为。难怪有学者指出："薛无患代表的是徒有一身好武功、高道德理想，却毫不实际的正统君子；他能在城墙下以丝绕梁飞上眺台，能发轻功穿隔而出提回外头窃听机密的人，这样的本领却仅止于纸上谈兵，说些仁义礼信的话，在漫天兵火之间，他只知避敌护剑，逃脱与敌军正面交锋的机会，一次也不曾殪贼，丝毫无杀人的经验，因此当敌军围城之际他受到张彦卿豪气影响，意兴忽起，指了个'紫袍'扯箭便射，着紫色战袍之人胸口立即被血水染上一摊沉黑，武功高手薛无患却被这首次杀人的景象震惊得心神散乱、手足无措了。""他曾慷慨激昂地立誓手刃郭颀，未曾杀人者说起杀人头头是道，实则只能做些无意义之举动发泄情绪，若有荆轲刺秦之必死决心，最后必不至于携剑远走。相较于光祚'百姓无辜'的号啕，薛无患着实更为自欺、懦弱，这样的描写视角正是张大春小说与传统史传小说强调大忠大义者十分不同的地方。"因此，张大春在作品中所要表现的，实际是"忠义杀人"主题。②的确，在作品中，

---

① 《张大春自选集》，世界文物供应社 1981 年版，第 119、127 页。

② 郑淑怡：《写实、魔幻与谎言——张大春前期小说美学探讨（1976—1996）》，台湾东海大学 2009 年硕士论文，第 45、46 页。

对于南唐王朝的书写，其实是相当讽刺的，也是批判性很强的，面对艰难的时局，张彦卿和郑昭业心知肚明，朝廷里的情况如何：

> 两人都一时沉默下来，江南种种，谁也不敢续想。甚至，没有人愿存待援的奢望。这是岁始，月前江南才来消息，唐主李璟改保大十六年为中兴元年。每到杀敌力尽他们就不约而同地大呼："中兴在此！"然而，兵戈稍戢，满目荒凉，谁也不再想江南的什么了。①

　　一方面讽刺了朝廷里的迷信、荒淫、自我麻醉，另一方面其实也指出朝廷与地方之间的关系，并非有多亲密。也就是说张彦卿也好、刘仁赡也好，他们的选择对于朝廷来说，其实并没有想象中的那么重要，从这个角度来说，张光祚的为百姓着想的投降主张，可能还来得更切实际一些。

　　张大春就这样把我们拉回公元 950 多年的现场中，让我们来看待历史是怎样艰难地自我选择的。而在《干戈变》中，在残酷的战争面前，苻坚的暴戾不仅仅是获取天下的野心，更多地其实是出于对迷信命运的不满、对于自己身份地位的自卑，王猛、苻融的有意或无意地说起江南人谢安、桓冲为"江表伟人"，江南是正朔的言语深深地刺激着他，时时回荡在他的耳边，因为他是篡位者，因此"正统，是他的耻辱和隐私"，所以他偏要证明"干戈就是正朔"。这使得他要想方设法见到这些被认为会超过自己的人，也就期待着他们在战场上的出现，好一决高低，因为："放得开的是生死，放不开的是声名。"然而，现实并非如此，淝水之战惨败，逃亡途中损兵折将无数，"他怕了！怕得厉害——因为，他根本不知道：所怕的是什么"。更重要的是，他所期待一比高低的谢玄，始终没有露面，谢玄的迟迟不见更增加了他心态的不安和焦躁——他们不出场

---

① 《张大春自选集》，世界文物供应社 1981 年版，第 112 页。

更显示出对他的不屑，这种急切、不满、不甘更加热烈，使得苻坚更加迷失自己、变得更加疯狂，他不断呼喊谢玄的名字，见到一个人就期待他是谢玄，不断期待接下来就见到谢玄……然而，他越是陷入到疯狂、变态中，对方越不出现，他由此更加疯狂，刺客"穷寇残贼！何劳大将出师？"的言语更加刺激了他的神经，"……谢玄不曾来。这是羞耻"。他已经精神恍惚，对自己的部队打过胜仗都恍惚起来，然而，将士们偏偏又以当年劝阻他的话劝阻他："谢安、桓冲，俱是江表伟人——"他只可能再次陷入到危机和迷乱中："怕什么？晋？""那我呢？"[①] 这样子，又陷入到死循环中了。这或许是历史上的枭雄们最终战败的隐喻？

《荡寇津》中的几股力量，则在彼此斗争中，学会了相互消耗，出于政治性的目的，都只会看着对方互相残杀，好坐收渔翁之利。而类似黄巢这样的人，曾经对于天下、对于人民的许诺，由于权力的获得而变了质，由看似贤能的人变成了残暴、泯灭了人性的历史罪人。作者不仅在作品中大量地书写不同军事力量之间的明争暗斗、不留情面，更在残酷环境中观照人性，作者似乎通过书写思考：黄巢也好，朱温也罢，李克用也如此，都在大历史的背景下制造自己的小历史的可能性——他们都为各自的野心努力着，然而，恰恰由于小历史的自我导向的局限性，使得他们也没能成为一统天下的历史功臣，因为在勾心斗角的多方争夺战争中，他们都是不安定的罪魁祸首、制造者以及参与者，却要虚伪地以各种名义互相算计，正像朱珍根据自己征战东西南北的经验所言："所到之处，尽是嗷嗷百姓，他们眼中，王师竟往往无异于贼寇，胜负竟已无关痛痒。危重如李克用，也有传闻：说是沙陀军自雁门关发兵，称奉天子诏讨黄巢，却在太原与唐帅郑从谠争量不下……"[②] 既然如此，那么为百姓也不过是一个借口而已，奉诏更只是争夺权力的幌子：

① 《张大春自选集》，世界文物供应社 1981 年版，第 137、138、146、149 页。

② 《张大春自选集》，世界文物供应社 1981 年版，第 163 页。

"百姓无法改变历史，连自己的生命也无法掌握，他们的愤恨、无助，与无力，相互交葛成一抹深深的忧伤，成为古来征战中最血淋淋也最容易被忽视的色彩。此外，对于披着'正统'衣裳实际上却干着盗匪行径的王师、正规军，张大春采取的是批判的立场。"[1]

如果说，上述作品只是作者以其理性回到历史现场对历史上的人物在特殊、危难的环境之下所表现出来心理复杂性、人性复杂性等进行描写，那么张大春的科幻小说《时间轴》算是真正的让现代人回到了历史的场域中践行介入历史的可能性。作品中的红、绿、白、紫四个小光球在一座图书馆里停电的间隙带走了小贩阿陈、记者王端、图书馆管理员徐香香和田妈妈，让他们随着时光轴回到了 1883 年的广西一带的大历史中。当代表着现代文明的几个人物回到了历史中，又怎样面对历史中的官场斗争、国际战争、民族战争及江湖恩仇，便是作者想要呈现给读者的问题。虽然作品中的几个角色不乏田妈妈、小红球这样有着历史的眼光的，一直力图保持客观、冷静地面对历史上的事情，以充分的理智克制自己介入历史的冲动，如小红球说："你们进入了历史之中，就拥有了两种角色，第一是原先二十世纪'现代人'的身份，第二就是十九世纪现实历史的观察者。除非你们先能要求自己，放弃一切对历史记载所怀抱的成见，也就是说，放弃做一个'现代人'的身份，不可以用任何方式干扰、阻碍这个活生生的历史过程的进行，否则，我们都会碰到非常大的危险。"田妈妈也总结、反思道：

不来走一趟，怎么会知道牵涉在这场中法战争里的人们有这么多不同的想法和做法，他们都是活生生的人，中国人也好、法国人也好、越南人也好，都是快乐、骄傲地活下去。当我越接触这些活生生的人，就越是怕自己不小

---

[1]　郑淑怡：《写实、魔幻与谎言——张大春前期小说美学探讨（1976—1996）》，台湾东海大学 2009 年硕士论文，第 46 页。

心触犯了历史的发展。毕竟活在一个进步社会里的人和一个古老社会里的人一样，免不了有成见，免不了要让别人和自己有相同的想法和做法。万一我稍稍不留神，或是王端、阿陈他们出了什么岔子，回不去还是小事，成了历史上的罪人可就一失足成千古恨了。①

　　这种比较客观、冷静的回到历史、观察历史、反思历史的态度，也正是这部作品的主题所在。张大春试图将有不同性格、生活经历的现代人带着现代人的意识放回到历史的场景中，一方面让历史对他们形成冲击，另一方面又让他们在遭遇种种历史困境时面临诸多选择，如此，他试图打破历史呈现给人们的固定/确定经验，试图开拓历史的诸多可能性，以及现代/后世人与历史发生关系、形成对话的诸多可能性。

　　然而，当他们受困于历史的时候，又如何面对历史呢？张大春对此做了大胆的想象和假设："回到历史现场后，发现所谓的历史乃是以文字重建的，并非忠实重现的完整过去，既然书上的历史漏洞百出，那么只要言之成理、找到因果律（一如因为王端、小紫球的参与所以唐景崧、刘永福到了台湾），让人相信了变成真了，自然也能在现在创造出被重新诠释的过去。"② 实际上，在张大春笔下，这一群人面对古人中的困境的时候，往往都将自己的现代视角带入到了古代中去，从而或多或少对历史的场域生态形成了影响、冲击。比如，作为在现代生活中就是一个惯偷的阿陈，回到了历史中也发挥了自己的"绝技"，不仅要偷官府里的盆景，更偷盗了法国军人的金表和皮夹带，在面对越南保王军的来势汹汹时，将其给了对方以换取自己的性命安全，从而也导致法国军人在看到越

① 《时间轴》，时报文化出版企业股份有限公司1986年版，第39、97—98页。
② 林铭亮：《讽刺与谐拟——论张大春小说中的讽喻主体》，台湾清华大学2010年硕士论文，第90页。

南保王军持有他的东西时，让对方全军覆灭；又如，王端在面对古人——刘永福、唐景崧以及半云山上的陆九洲的弟兄们——的种种纠缠时，靠"出卖"后世的情报获得了对方的崇拜，因此将诸如"甲午""台湾"等后来才发生的事情或者情况提前"交代"给了对方，更让人惊奇的是，张大春竟然让小紫球对历史当事人说，"再过十来年，你会到台湾去的"①，由此解释或者是推动历史进程的可能性；而徐香香甚至堕入对古人纪一泽的一厢情愿的恋爱情绪之中不能自拔，她还给了他"侠客罗宾汉"的幻想……

    总之，上述作品中，张大春通过作品中的现代人回到过去的种种情境的设置，让懂得历史的现代人参与了历史并一定程度上改变了历史——或者是细节，或者是结果或者是时间、节奏等，让历史与现实的情况变得真假难辨。就如作品结尾，众多现代角色都走了之后给纪一泽留下的那样："真耶？幻耶？是也？非也？"②很明显，张大春表现出了一种历史的怀疑态度和精神，但这种态度又是狡黠的、游戏的、玩弄式的，"作者心眼狡黠之处在于，看似正直的时间轴其实是被扭曲的结果，因为根本没有什么是正直的，所谓正史的观念其实都是建构起来的。因此小说最后才说：'开始遗忘自己曾经坚持过的一些事物'，用意即在暗示读者要去怀疑其有权威、绝对不移的东西，比方历史。在创作上，作者明白史实不能违背，但是史实的成因可以杜撰，而杜撰的手法，即是透过一连串的错认、胡闹等游戏性质的笔法完成的。"③就如其在《战夏阳》序篇中所怀疑司马迁的那样：司马迁省略了对韩信的身世、教养、学习及经历等的描写，实际上是否暗含着说明，韩信并不是一个有名的大将，实际只是一个影武者而已？可见，对历史可能性的怀疑的

---

① 《时间轴》，时报文化出版企业股份有限公司1986年版，第108页。

② 《时间轴》，时报文化出版企业股份有限公司1986年版，第227页。

③ 林铭亮：《讽刺与谐拟——论张大春小说中的讽喻主体》，台湾清华大学2010年硕士论文，第87页。

书写，无疑构成了张大春的书写的重要组成部分，也构成了他对历史、小说的界限的思考问题的呈现。因此，他经由怀疑司马迁"似乎有意让一个经由他而写定的人物容有一副藏隐起来的身世、面目。也就是说：他总会把他觉得有兴味的历史人物包藏在他要后世读者产生的误会里面"，而得出这样的推测或结论："司马子长和我是同行吗？一个倒错和另一个倒错加起来，会得到正确的理解吗？至少在他那样说着的时候，我对我们俩的行业都觉得尴尬起来。"①也就是说，张大春已经通过其幻想的场景对话，建构起了小说和历史不可分割、无法分割也不应该分割的观念，也就是说，从某个意义上说，小说家和历史学家是同一回事，他们笔下的作品也有诸多共通之处。这就是本书第一章提到的张大春的文学、历史观，也是他书写历史、回到历史腹地试图呈现给读者的内容。

张大春的小说中还有另一类回到历史本身的方法和途径，那就是通过丰富的史料／资料回归历史的多元复杂情形中。比起设置可能的情境虚构可能的故事，这类回归历史场景的方法看起来貌似真实可信，但是张大春并非以此印证历史记载中的故事，而是通过史料（有可能是他自己编排、伪造的）以及虚设的故事，挖掘历史的可能性。也即张大春自己所言："从虚实相间、真伪驳杂的立足点上说，右岸的史料与左岸的传奇并非截然两分之相，因为书史者也会自出机杼，司马迁就是绝佳的作手；相对而言，讲述传奇的人也常透视了珍贵的现实，不然史学家不会从那么多笔记里去爬梳、印证历史的动态。"②

这当然也是其来有自，张大春对于史料／资料的广泛涉猎似乎从上大学时就显现了出来。其《人过美浓三部曲》之三《唐家旧卒》

---

① 《战夏阳——司马子长及其同行的对话》，《战夏阳》，INK 印刻出版有限公司 2006 年版，第 13 页。

② 澎湃新闻：《张大春对谈傅月庵：〈大唐李白〉是小说还是历史？》，腾讯网 2015 年 6 月 21 日：https://cul.qq.com/a/20150621/010306.htm。

虽然是散文，但也有诸多小说特质，在该篇作品中，张大春写自己访问老兵唐恒玉后，唐恒玉讲述了自己的独特的抗战经历。然后用一节来写史料佐证："据国防部史政处四十一年八月初《抗战简史》资料，《第二期游击战皖东反扫荡战斗》部分，自三十年三月二日至十日叙述……"[1] 到其 1983 年以《西汉文学环境》为题的硕士论文中，更显示出经过专业学术训练的张大春的史料功底，该著作近五百页，三十万字，有着扎实的史料引证。《雍正的第一滴血》中，他则坦陈："我的趣味企图则促使我拆掉'历史是一纵的连续体'的巨大迷思，卸下使命感的伟大包袱，看看构成历史教科书上的当代史观的材料究竟是些什么？然后我发现：无论正史也好、演义也好、神话传奇也好、笔记小说也好，都成为类似的东西——它们反映出一代又一代叙述历史者的诠释态度、风尚和理想。"[2] 这样，通过历史资料的运用、重编、整理、重现等，张大春试图发现不同的历史或者历史诠释的姿态。

表现在小说中的，则是从《城邦暴力团》开始的历史性书写中，均含有大量的史料／资料作证。该作品中出现了几部关键性的著作：《奇门遁甲术概要》《七海惊雷》《民初以来秘密社会总谱》《上海小刀会沿革及洪门旁行秘本之研究》《天地会之医术、医学与医道》《神医妙画方凤梧》《食德与画品》——它们往往被认为代表着不同的传统文化，处处都可见从作品中引证的情况。除了在整部作品中占重要位置的七部著作经常出现并被引用以外，作品中还经常出现其他的资料引证或说明。如《崩即崩耳》一章叙述老漕帮的历史，说其曾经遭遇小刀会的一次目的阴险的邀请，请老漕帮要人赴会，但逼迫一个著名的姓钱的工匠建造了设置有机关的楼——远黛楼于苏州河上，等老漕帮众人登楼坐定，开动机关，楼倒塌，老漕帮众人均落入河中。但工匠情知不妙，留了一手，救了老漕帮众

① 《张大春自选集》，世界文物供应社 1981 年版，第 292 页。

② 《自序》，《雍正的第一滴血》，时报文化出版企业股份有限公司 1986 年版，第 9 页。

头人、首领。张大春叙述中除了引述《上海小刀会沿革及洪门旁行秘本之研究》《七海惊雷》以外，还说："……即建即拆、旋生旋灭的这一门极富游戏兴味的建筑工技从此仪成家学，除了在《上海小刀会沿革及洪门旁行秘木之研究》书中有详尽的记载之外，另仅于《旧庵笔记》《奥略楼清话》以及《广天工开物杂钞》中亦曾述及。《旧庵笔记》且云：'间有自日本来者语余曰：钱氏秘术已东渡扶桑，近闻伊贺忍士或有习之者。'未知确否。盖礼失而求诸野，何必曰楚？此正崩即崩耳之精义奥旨也。"① 在《回到寂寞的书房》一章，张大春叙述"家父"被委任参编《中国历代战争史》，并在工作中逐渐通过1949年2月11日的《中央日报》《东南互保章程》《第一届全国武术考试对阵实录》以及《七海惊雷》《民初以来秘密社会总谱》《食德与画品》等理顺各种小说前文已述及的事情的线索。到"春夏秋冬"系列乃至《离魂》中的故事，作者更是讲着讲着拿出史料来印证人物遭际等，张大春还夫子自道地表示"春夏秋冬"系列对史料的运用："《春灯公子》借诗来编过桥，是单篇构起，又拟似话本；《战夏阳》用故事串段子，更有主题，是对史传的重写，每一本有独立的桥段铺陈，探讨'小说家和史家，谁是谁的倒错'的问题；《一叶秋》则打散过门儿，让故事成为历史的附庸，从魏晋南北朝到宋元明清，贯穿上千年的历史。在尚未完成的《岛国之冬》中，则用'现代性'使故事成为一体，每篇材料都完全改写，变成了故事发生在古代的现代短篇。"② 在《插天飞——狭诈品》中，作者先以"说书人"的身份说故事中有人是瞎编的云云，然后逐渐讲到插天飞，说"插天飞就是方九麻子故事里的方阿飞"，又逐渐过渡到他的外貌描述，作者便说，"说书人只在《清朝野史大观·清人述异·卷下》里看到一点点儿"③，紧接着专抄一段文言

---

① 《城邦暴力团》（二），时报文化出版企业股份有限公司1999年版，第66页。

② 袁欢：《张大春：人间稀奇事，听说而已》，《文学报》2017年12月28日。

③ 《春灯公子》，INK印刻出版有限公司2005年版，第170页。

文字，并对其进行简要阐释。这样，对于方阿飞为何叫插天飞，他从事什么职业等，就给人历史实感了。《战夏阳》中更是处处都有资料引证，如《剑仙——埋伏在书院里的恐怖分子》中，篇首就抄两段关于崇文书院、黄道周的资料，然后又是《寺庙志》啦，又是黄道周的用文言说的各种话啦等，才逐渐过渡到主角段修文身上。在述及两人的来往时时而是偏文言的话，时而又是现代的话语，但揭露剑仙对段修文做了什么时，偏偏又都从《四书》中引用句子拼凑而成，古代知识分子的气息如同在场一样，活灵活现。至于"大唐李白"系列中，更是因为写大诗人李白的缘故，处处引证诗歌辞赋成了其基本特征，除此之外，也常常引用其他的文献。如讲到唐代的道家时，常常引《庄子》《列子》，讲到李白和李颙时还做了考证："《新唐书·李白传》关于李白与李颙相见的记载只有六个字：'州举有道，不应。'至于稍早撰就、后世流传，也多多少少记载了李白生平的文献——包括魏颢的《李翰林集序》、李阳冰的《草堂集序》、乐史的《李翰林别集序》、李华的《故翰林学士李君墓志》、刘全白的《唐故翰林学士李君碣记》、范传正的《唐左拾遗翰林学士李公新墓碑》、裴敬的《翰林学士李公墓碑》，以至于曾巩的《李白文集后序》和王琦的《李太白文集跋》——都没有交代这一段往事。"① 这么多考证当然能突出李白的个性，但也让作品中的种种铺成被映衬得更加真切。又如该系列中涉及诸多经济、钱币等问题，在涉及"便换"制度时也如是写：

　　唐制便换，有如后世之汇兑。当时中原内地商人至京，将钱交付各道驻京的进奏院，或各军各使之衙署，换取载明金额之票券空身离京，前往诸州县经商，到了地方上，再凭票券至郡府机关取钱，此之谓"便换"。唐文宗到僖宗时的赵璘在《因话录·羽部》中有这样的记叙："有

① 《大唐李白·少年游》，新经典图文传播有限公司 2013 年版，第 161 页。

士鬻产于外，得钱数百缗，惧川途之难赍也，祈所知纳于
公藏，而持牒以归，世所谓便换者，置之衣囊。"①

　　史书记录的引用，不仅让这种知识更加有真实感，还能通过文
字更加了解其具体情况如何。当然，在"大唐李白"系列中，更多
时候，作者所书写、运用的材料，是精美绝伦地融入到对诗词的解
读中了，这种解读将诸多诗歌中所涉及的知识连缀在一块，也能让
我们看到文人知识分子交流诗歌的现场情境。如，《大唐李白·凤凰
台》中曾讲李白作《上留田行》，张大春引了全诗，并逐一对其进
行阐释、解读，从末句出自《楚辞·九思·悼乱》的典故，再到其
对古诗十九首《去者日已疏》、《薤露歌》的"熔铸"，到"蓬科马
鬣今已平"一词则出自《礼记·檀弓上》，再到"桓山之禽别离苦"
是见于《说苑·辨物》、复见于《孔子家语·颜回》的故事等等，依
次解释，中间再穿插、接以琴师的反应、众人的对话等②，足见当
时的解读、交流现场的可能性。
　　总之，无论是设置具体的历史情境让鲜活的人物在其间遭遇尴
尬、困境，并叙写他们的言行举止尤其是心理活动、精神状态，还
是在说到人物时，博取各种材料来增加对其可信度、历史真实性的
还原、确认，张大春都在作品中尽可能地回到历史本身，呈现出不
一样的历史情境或生态，以虚实难辨的书写、编排将历史的种种可
能性真实呈现给读者，并由此引导读者与作者之间形成以历史知识
为媒介的解读历史的互动，或者说设计互相不在场而只有文字媒介
的"游戏"。这样回到历史的场景中的书写，并非学术上的考证与
还原，也不是通俗、大众化的历史小说给民众、读者所带来的对传
奇性历史故事的编排和娱乐化，而是张大春对于历史的一种思索模
式，以及他试图通过历史书写引领读者思考历史可能性的途径。作

① 《大唐李白·将进酒》，广西师范大学出版社 2015 年版，第 231 页。
② 《大唐李白·凤凰台》，新经典图文传播有限公司 2014 年版，第 318—320 页。

为一个知识分子的张大春，其回到历史的书写当然也有大众化的成分或因素，但他却以专业化的、知识化的书写，打破流俗小说的套路。以此而言，虽然张大春的回到历史不可全信，但是其回到历史的思路，自有其重要开拓意义。

二、历史重塑的可能性

有学者曾经总结张大春的历史书写道："张大春的小说文本中，透露着一个讯息：历史记忆并非一以贯之的连续，反而呈现断裂状态，也可能由虚构、捏造、修增或删改组织而成。当张大春处身于二十世纪'虚拟中国'的台湾社会，立足于台湾现实基础，重新检视官方论述下的'中国历史文化'时，自然发现这种历史解释隐藏太多缝隙和漏洞，遂开始质疑这种'优良传统文化'说辞，其实属于知识配合权力产生的谎言。"① 基于此，张大春的历史书写往往生发出多种可能性。他试图回到历史的真实场景中回顾历史，却又往往带着后世的眼光、标准和评价的矛盾性，因此他笔下的历史书写由此成了种种假设与现实、想象与记忆的矛盾体。

在《将军碑》中，老将军——陆军上将武镇东倥偬一生，是一个经历过诸多历史事件的军人，他总是沉浸于自己的历史中，分别带领过自己的儿子武维扬、为其写传记的作家石琦、自己的老管家等，回到了自己人生（也是）历史的重要阶段。如带领石琦回到（实际上是在石琦的采访、访问下自己回忆起）1926 年自己参加北伐战争，克复九江的情形；带领老管家回到 1932 年打死日本人引发日本人烧毁上海一家毛巾厂，他救出一个中盘鸦片商——后来成了他的岳父——的事情；又带领自己的儿子武维扬回到自己三十七岁时参加的台儿庄战役的现场等等。但武镇东在回顾历史、沉浸在历史中

① 胡金伦：《政治、历史与谎言——张大春小说初探（1976—2000）》，台湾政治大学 2001 年硕士论文，第 138 页。

时，却又不断"重新翻修他对历史的解释，编织一些新的记忆，涂改一些老的记忆，以抗拒冥冥中可能已经加之在他身上的报应"。①因此，他对自己过往的历史的回忆和讲述都是充满着矛盾性的：

> 于是，当主仆二人来到民国二十一年一月二十日的上海，看着五十名"日本青年保卫社"社员烧毁一家毛巾工厂、烧死两名中国人的时候，将军便忙不迭地告诉老管家："其实我那时候儿根本不在上海。打保卫战以后我才来的。"可是他无法说明：既然眼前这场夜火处于一个他从未经历的时空，他又怎么能带老管家"回来"？"将军！您以前说过：鬼子烧工厂是为了向您报复啊！您不是先活活打死了一个日本臭和尚吗？"将军立刻摇头否认，以免把那臭和尚和独身的维扬牵扯在一起。他义正词严地斥道："胡说！"然而在另一方面，将军已经看见那个年轻、英挺的自己冲进火窟，救出了第三个中国人，却没料到：对方竟然是虹口地面上的中盘鸦片商。火灾事件之后，将军的懊恼并没有持续太久，因为他所救的人在尔后的一段日子里资助了他的非正规军一大笔粮饷，到头来还成为他的岳父。②

所以对于自己的历史，实际上会随着自己的情感的变化或者讲述的对象、场景的不同而会被改变。这就是说，武镇东可能随时对自己的历史进行重构、重述。也正如其子武维扬所说："我们都活得很矛盾。"所以将军的历史从自身的角度来看，本来就有着不断被重塑的可能，而对于别人的书写、评价，则更有可能完全是另一套体系的重构。如，面对自己妻子的死，自己的儿子在面对记者石

---

① 《将军碑》，《四喜忧国》，远流出版事业股份有限公司1992年版，第16页。
② 《将军碑》，《四喜忧国》，远流出版事业股份有限公司1992年版，第16页。

琦的采访时的记忆是：母亲是吃安眠药死的，是被父亲的跋扈颟顸逼死的；但是到了纪念父亲的演讲中，他所念的稿子——由基金会秘书委托记者所写的，则变成了"心脏病突发过世"，不仅如此，还将将军塑造成另一副面孔："先父哀毁逾恒，守灵四十九天，几乎米粒未进，可见先父用情之深了……"这反倒让将军陷入到更深的矛盾中，因为他的记忆中，自己不仅没有为妻子守灵，更没有在守灵期间不吃东西的经历，因此他对儿子发怒道："你要是不信这一套，为什么讲得这么溜啊？"他的儿子回答却是："只不过是一个演讲而已嘛！"[1] 这一段父亲历史的充满矛盾的塑造说明，对于过往的历史，人们往往会根据现实的需要重新塑造，甚至会有着完全相反的塑造。由此，"小说家用自己的主观使将军潜意识的本能性记忆与经验性记忆相互交错，穿梭在生与死的边缘，过去与未来之间，在国家的历史和将军个人的历史融合之下，重构了历史"。[2] 张大春带领读者怀疑起历史的可信度问题，将人的记忆、现实需要看作是影响力建构或者重构的重要因素，因之，"张大春以《将军碑》重塑一段中国近代的历史显示，却不断质疑历史事实；并且以虚构想象去填充历史罅隙，制造真实里的谎言，颠倒真实的意涵，暗示了历史是假的"。[3] 这也许是张大春想要达到的目的，因为对于任何一个记忆主体来说，他们"都是可以无视于时间，并随意修改回忆的人"[4]，张大春由此告诉读者："原来已成事实的记忆（历史），竟然可以随意、随性、随地、随机、随身或随口篡改，让它变成随心所欲的故事？"也就是说："历史竟然是一场谎言！"[5] 这正是作

---

① 《将军碑》，《四喜忧国》，远流出版事业股份有限公司 1992 年版，第 27、29、31 页。

② 张简文琪：《张大春魔幻现实小说与其"后设书写策略"》，高雄师范大学 2008 年硕士论文，第 68 页。

③ 胡金伦：《政治、历史与谎言——张大春小说初探（1976—2000）》，台湾政治大学2001 年硕士论文，第 133 页。

④ 《将军碑》，《四喜忧国》，远流出版事业股份有限公司 1992 年版，第 31 页。

⑤ 胡金伦：《政治、历史与谎言——张大春小说初探（1976—2000）》，台湾政治大学2001 年硕士论文，第 130 页。

为新历史小说作者的张大春的怀疑历史、戏谑和嘲弄历史的姿态。

长篇小说《撒谎的信徒》被认为是张大春"自《将军碑》以来十年后的另一部长篇新历史小说"。[①] 的确，这部小说在所谓的"撒谎三部曲"——《大说谎家》《没人写信给上校》及《撒谎的信徒》——中，确实基本上都是反映台湾现当代历史的。有学者评价《将军碑》时认为，作者"质疑的是解严前由威权政府所建构出来的历史书写，在国民党铭刻历史的过程中，被偷渡渗透进入历史书写的国族神话与反共意识形态不知有多少"[②]，那么《撒谎的信徒》则借由当时的领导人的过往书写，继续开拓了这一主题。这部作品最常为评论家提及的是它在台湾领导人大选前夕推出，并且其作品中的人物基本都是台湾政界重要人物，因此其实在政治书写和政界影射方面它更具代表性。但是在历史书写方面，它在处理历史性因素上也很具有代表性。如，它写李政男（影射李登辉）的发迹史，将他写成一个胆小怕事、卑微至极的角色。但偶然的机会他竟然受到蒋经国的重视、提拔，但对于自己过去的经历，他是以撒谎的方式否认自己过去的历史，尤其是参加台湾共产党的历史。而对于台湾史上极具影响力的"二二八"当天，张大春则刻意强调他不仅没有参加，反而是去装牙套。如果李政男仅仅是一个小人物，那么他这样的否认自己的历史仅仅是撒谎而已，但是一旦上升到一个重要的政治人物，这就成了历史了，翻新、否认自己的历史也变成了一种历史的遮蔽与重塑。这一点在作品中表现得最明显的是在蒋氏父子身上。如蒋经国和蒋介石在 1949 年 1 月曾经有过比较激烈的冲突，如因为蒋经国穿黑衣服、有关"坦荡"而引起蒋介石的责骂，并在接下来的几日讨论过成立国民党"干部改造委员会"的问

---

① 陈建忠：《以小说造史：论高阳与张大春小说中的叙史情结与文化想像》，《淡江中文学报》第 27 期，2012 年 12 月。

② 陈荣彬：《战后台湾小说中"将军书写"初探》，《台湾文学研究集刊》第 11 期，2012 年 2 月。

题等。然而，蒋经国的日记整理出版时，却完全相反，专门营造了家庭和谐的气息：

> ……清晨同全家上山，向父亲拜年。上午在各祖堂祭祖，并游武岭公园。父亲上午往宁波城内金紫庙（即宋代蒋祖基"金紫园"），祭祖后，回溪口，亲赴宗祠及大、二、三、四各房祖堂祭祖。下午在慈庵读书散步，未见宾客。溪口五十里内乡人，纷纷组织灯会，锣鼓彻天，龙灯漫舞，向父亲致敬祝福。风俗纯朴而有充分的人情味者，唯有农村乎！[①]

不仅如此，父子两人的日记，其实都是经过篡改和筛选的。但张大春刻意在作品中通过钱副官的口吻讲述了包括父子争吵、讨论成立改进委员会等——这些都是出版的日记中没有的——由此将历史的可能性面目及被塑造、包装过的历史呈现了出来，以让人们思考历史的种种可能性。这也是张大春一贯的态度，即，对书本上所塑造的历史持怀疑态度。同时，张大春更在作品中书写各种秘辛，如他写蒋介石1969年八十三岁高龄出了一场车祸后的身体变化，如便秘、便血，要通过塞甘油球通便等。[②] 同时作品中更通过种种巧合书写历史的偶然性，如，写蒋经国对李政男的重用本来就出于偶然，还有共通的地方就是蒋经国留学莫斯科中山大学时曾信仰共产主义，而李政男上大学时参加了共产党的读书会等。

至于《时间轴》《城邦暴力团》《大唐李白》中，张大春更是通过诸多材料、线索或者设置特殊情境来思考历史重塑的可能性，乃至于其结集出版的《刺马》《大云游手》也以新的角度来塑造民间化的历史：

---

① 《撒谎的信徒》，联合文学出版社有限公司1996年版，第132页。

② 《撒谎的信徒》，联合文学出版社有限公司1996年版，第122—123页。

……《刺马》涉及清朝四大奇案之一的两江总督马新贻遇刺事件,《大云游手》描写广东沿海一带海盗、扒手等为大宗烟土（鸦片）而展开的殊死争斗,但它们又有一些共同特点,即都选择19世纪中后期风云变幻的近代中国社会为背景,对当时洋人入侵,清朝官府欺压百姓、镇压农民起义,民间会党帮派林立、贩毒海盗行径风行的社会混乱现象作了生动的反映。小说不以帝王将相为主角,却着重刻画社会最底层的人,诸如扒手、海盗、江湖侠客、投机商人、幕僚小吏及其他市井小民,特别是一些懦弱的供人摆布的小人物。如《刺马》从头细说刺客张汶祥从山东一普通人家的独生子,到加入忠义会帮会组织,事败后流落江浙一带,成为海盗群伙中的一名小伙计,最后在各种复杂因素的推动下,干出轰动一时的刺杀案,构筑了张汶祥奇异而又屈辱的一生。显然,作者感兴趣的是真正属于民间的喜怒哀乐及其执着的生存追求,愿以反逆官府的民间正义观念为遭受冤屈的历史人物在心灵深处加以平反,以此逼近民族传统和民族心理的核心。[1]

胡金伦认为:"回到《时间轴》的现实/历史现场,第一个要解决的,便是对于历史上各种英雄伟人的重新解释。这就牵涉到后现代主义对于历史叙述的颠覆性看法。"张大春以"反英雄"的态度质问:"历史是真的吗?有这种事实吗?英雄人物有这么伟大吗?""如果有一天,现代人能够亲自回到历史现场,目睹历史事件的发生,当然难免会用本身所抱持的'现代'观念来评价眼前发生（已发生的）的事实。这里的重点是,现代人将会重新评价历史上

---

① 朱双一:《近20年台湾文学流脉:"战后新世代"文学论》,厦门大学出版社1999年版,第320页。

英伟的人物，不再囿于过去从史书得到的直接印象。"① 的确，如前文所提及，张大春在《时间轴》中所要表现的，处处是对历史的警示与质疑：无论是被围困中的几个现代人，还是历史现实中的人，都有着或多或少的历史反思。如作品中的侠客纪一泽，在路上遇到越南老人被新上任的提督黄桂兰抢走了女儿，因此发怒要去营救、杀死黄桂兰时，小绿球跳出来阻止他："你懂什么？""你就会打架、杀人么？这就是'大侠'了么？黄桂兰现在是多么重要的一个笨蛋，你可知道么？"，这样的话引起了纪一泽的反思：

> 没头没脑被这个"小妖孽"抢白了一顿，纪一泽好生懊恼，他是岭南的豪杰人物，向来行事，只求问心无愧，潇洒风流，哪里管得了黄桂兰"这个笨蛋"有多重要？可是小绿球显然触动了长久以来他心底的一个症结。他一直以身为当代大侠而自傲，为了救人也曾杀过人——有时候为了救一个人甚至会杀一群人。然而他也不得不想起：原先那个"救人"的目的到了后来好像变得很模糊了。究竟他救了谁？他又凭什么认为自己能救得了人呢？更现实的是，小绿球提醒他一个很重要的问题：你认识你想救的和想杀的人吗？②

这样既让小绿球的理性保持了被叙述的历史的基本面貌，也让身处历史漩涡中的人物形象开始有着受现代观念影响而形成的改变。至于刘永福、唐景崧等人，作者也在整体上未做出重大历史性改变的基础上，让现代人回去对他们进行冲击、影响，他们也在对其反应的过程中表现出历史异质性。如，王端第一次和刘永福面对

---

① 胡金伦：《政治、历史与谎言——张大春小说初探（1976—2000）》，台湾政治大学2001年硕士论文，第96、98页。

② 《时间轴》，时报文化出版企业有限公司1986年版，第106页。

面交流，是因为丁小五要让他剃头，他跑去找刘永福帮忙，刘永福差一点把他轰出去，然后又把王端误认为是"紫脖子金刀陆九渊"陆大侠，对其敬重万分，却又怀疑自己的判断，于是出手试探，却被小紫球的冰冷吓得脱口大叫；而唐景崧也在听了王端提到"宝岛"台湾后，发生了兴趣，追问情况，当王端透露过十多年后唐景崧就会到台湾时，唐景崧更发生兴趣了，连连追问王端他所关心的战况、政局等，还将其看作"懂得预卜先知之道"的人。①

作为"十年中张大春最能显示其主要文学精神的力作，且是一部有关历史与武侠、传奇文类的作品"②，《城邦暴力团》的书写确实比较另类，尤其是对于历史的书写，它或隐或现地体现出了民国发展过程中国民党、国民政府及蒋介石在政治发展壮大历程中的诸多因素，其中，政治与民间会党、江湖帮派之间的书写，可能是最为传神的也是相对异于诸多类似题材的作品的地方。小说书写蒋介石政权时，刻意塑造的是其形形色色的"情治"系统及其与江湖帮派之间的关系。作者甚至不厌其烦地梳理各种社团、组织机构的情况，如说蒋介石之下的戴笠成立"三民主义力行社"，然后又发展出"复兴社"，同时又有"革命军人同志会""革命青年同志会"等，因此组织力量发展壮大，"老头子"（即蒋介石）十分高兴，开办了"特别研究班"，"施以三个月的训练，期满之后，便派到'复兴社'下属各级的单位里去，有的成了报社干部，有的成了名为'消费合作社'，实为'老头子'辖下的会计和贸易机构的财务技师，也有的给分派到地方上去发展再次一级的单位，还有的成为戴笠原先那个'大侠团'特务机关的新血"。并且加入社团的人，有很多并非真正参加工作，而只是喊喊口号、拥戴领袖等，但是穿上深蓝色中山装，便产生了高贵感，生发出"蓝衣社"的诨名。有

① 《时间轴》，时报文化出版企业有限公司1986年版，第91、164—167、107—109页。
② 陈建忠：《以小说造史：论高阳与张大春小说中的叙史情结与文化想像》，《淡江中文学报》第27期，2012年12月。

关特务体系，张大春梳理到，1931 年前后"南昌剿匪总部"有谍报科，1932 年蒋介石将其扩整为庞大的特务机构系统，1937 年成立"调查统计局"，辖三个处，抗战爆发后蒋介石将其区分职能，称为"中央调查统计局"和"军事委员会统计调查局"，后者由戴笠掌权管理。戴笠死后，"军统局"内斗激烈，种种以党、团、社、行营等为名目的特务工作者各立山头、相互角逐，甚至有广东派、浙江派、湖南派三足鼎立局面，蒋介石为掌控局面，裁撤"军统局"，另外成立"保密局"，既做军事调查统计一类工作，也绕过"敌伪财产管理局"清查抗战胜利之后戴笠在各地接收的财富。同时为了安抚各派特务，又有全国警察总署、稽查处……甚至于小说中通过徐老三在 1982 年用画圆圈，画小人、葡萄等方式对"我"的"启蒙"，表明蒋介石到了台湾以后，他所带去的党政官员、部队将领们，发展出了形形色色的情治单位，"有的并不属于政府，有的虽然属于政府里别的部门，却可以管过来，管到'国防部'；还有的属于'国防部'，可是不管我们村子（**按：作品中的'张大春'、徐老三住在'国防部'的眷村——笔者**），却跑去管别的人、别的机关、别的单位。"而且徐老三还很形象地告诉"我"，在蒋介石生前、死后，类似的组织其实像蟑螂、癌细胞、滚雪球一样发展为越来越庞大的组织了，到 1982 年的当下，形成了竹联等体系庞大的组织系统。① 至于蒋介石及其政府与江湖、黑帮的关系，更是复杂多变。如蒋介石曾经为老漕帮的成员，但是老漕帮领导万砚方给了他台阶下让他脱离帮籍。但蒋介石又是一个疑心很重的人，此前因为"九一八"事变蒋介石曾经下不来台，还在帮里的蒋介石曾向万老爷子讨教，万砚方给他出了"以退为进，再造中枢"的方策，却说漏了自己帮里会全力支持革命的嘴儿。蒋介石听从了一半，后一

---

① 参见《城邦暴力团》（三），时报文化出版企业股份有限公司 2000 年版，第 110—112、154—156 页；《城邦暴力团》（下），时报文化出版企业股份有限公司 2009 年版，第 155—157 页。

半虽然听从了，但是将再造中枢——潜秘培养年轻力量的意见，执行成了潜秘培养各种特务组织。不仅如此，蒋介石还因为其疑惧心理，怕万砚方做大势力，几次三番打压万砚方。如在抗战期间向美国获得了大笔贷款，却在老漕帮的对头哥老会的怂恿下应允给对方子虚乌有的桐油，而将三十二万吨交付桐油的任务压在老漕帮头上。而到了台湾以后，不仅仍然处处防着、打压万砚方、老漕帮，还联合老漕帮的继承者——万砚方的养子万熙，逼迫万砚方在一份文件上签字，趁此将其暗害等。小说还揭露，山东大侠欧阳昆仑本来曾经救了蒋介石等渡海到台湾，但是以"哼哈二才"为首的国民党"保"字号人物，却恩将仇报，将欧阳昆仑杀害……

由此可见，张大春不仅不赞颂、褒扬蒋介石及其领导的国民党政权的"光辉"历史，反而是从政治的复杂性角度呈现其虚伪、狡诈、相互欺骗、相互利用乃至于政治勾结、政治压榨等，连一般民众眼中出身世外、武艺高强且行侠仗义的江湖人士、会党，也都敢怒而不敢言地遭其摆布、追捕、压迫等。这样，张大春将民国史与民间会党、江湖的兴衰看成了彼此依存、彼此利用却以（虚伪的）政治占领上风的状况呈现历史的复杂性，以此改写或者重述历史的基本轮廓。所以，正如陈思和所言，这是一部"庙堂与江湖的双重变奏的历史"，"庙堂总是要千方百计地消灭江湖力量，也包括用'救国救民'的大义来收编招安"，但"真正的江湖则有它自己的道德标准和美学理想，绝非一般大道理可以消融或取代"，而张大春则特意强调了"特务天下的危害性"[①]。当然，这也是张大春对历史的一贯怀疑态度的结果。但张大春所编造的这一切又都是真正的历史吗？这是可信的吗？事实上，正如学者胡金伦所言，张大春只不过是在作品中延续了"伪考据"的精神，穿插各种正史史料、笔记小说等，铺陈知识性语言以及"丰厚的历史叙述"，"再一次使

① 陈思和：《城邦暴力团》，陈思和著、颜敏选编：《行思集——台港澳暨海外华文学论稿》，花城出版社 2014 年版，第 43—44 页。

用语言文字的符号性，刻意营造错综复杂、纠缠不清之叙事结构，编织魔幻诡谲斑斓色彩，编造了一则（伪）近现代中国历史回忆录"①而已，对于张大春来说，或许重要的并不是历史本身的内容，而是历史的种种可能性，或者历史常识之外被遮蔽掉的内容、因素的还原、重构的可能性。

至于《大唐李白》，对于李白这一家喻户晓却又充满争议性、各方面的信息尚未完全确认的人，张大春更是大胆地对其进行了历史性的重构，最明显的是作品中随手引用，甚至捏造李白的诗作，并对其进行解读、阐释，并认为这是"有必要"的。张大春自己说：

> 李白的诗现在留下来一千首左右，但是他一辈子可能写过一万首诗，十分之九都散佚了。你看他的编年，人生有好大一片空白，没有诗。尤其是他早年的诗，留下的极少。所以我在小说里要帮他补足，写得不能太近体，也不能太质朴，太豪迈。伪造他的东西非常难，但这恐怕也是《大唐李白》里非常重要的一部分，能不能让人看了以后说：除了李白，还有没有第二个人……应该说还有没有第三个人能写？如果能，你来。我第二册当中还写了一篇赋，这篇赋是李白在洞庭湖边，走到哪儿写到哪儿，有屈原的风格、宋玉的风格，有司马相如、左思的风格，所有影响过李白的人的风格。②

而《大唐李白》（已完成部分）由形形色色的资料、知识构建起来，包括唐代政治、历史、宗教等，其中与主角李白关系最大的，便是作品中出现频率最高的各种诗文以及相关的典故知识了。

① 胡金伦：《政治、历史与谎言——张大春小说初探（1976—2000）》，台湾政治大学 2001 年硕士论文，第 43 页。
② 郭玉洁采访、撰写：《虚荣时代的诗人——张大春访谈》，许知远主编：《东方历史评论》第 6 辑，广西师范大学出版社 2015 年版，第 177 页。

可以说，它们算是建构起李白书写的大的肌理。而这些肌理，很多却是出于张大春的编造，由此也可见张大春在回到历史去书写历史时，也在丰富历史、创造历史。甚或可以由张大春举苏东坡"假托"李白作《李白谪仙诗》之例表明苏轼"是把自身的处境和心境融入历史的洪流之中，无彼无此，无往无今，这反而显示了体现文化的敬惜之意"①的表达，看出张大春对各种李白诗作的编造，实际上是想要假托李白表现自己对于历史的观念、对于诗歌的敬重与惋惜，乃至于他通过对李白的书写，要说明的竟然并非李白的诗歌多了不起、大唐盛世怎样注重文化，反而是"一个个号称盛世的时代，实则往往只是以虚荣摧残着诗"②。也就是说，张大春由此通过自己为李白编造作品的形式试图完成对李白的形象的塑造、对于唐代诗歌状况的构想，以期待还原一种历史的可能性，也开拓小说写作的可能性，正如其夫子自道的那样：

　　那为什么我会帮他写？因为那些文句本来是他的，但那是散的，是被后人收集起来的。我想办法通过我对李白的了解，把这些诗还原。在第二部《凤凰台》里，我把李白现存的一首诗变成了词。因为依我的看法，李白这一生行事，是通过酬答赠送让自己的诗得以流传的，那么很有可能他的这些诗是可以传唱的。他有些诗虽然写下来工工整整七言四句二十八个字，可是放到歌伎那里，就唱成了句式不整齐的词。只不过，这些长短调没有被当作文本记录下来。所以，我就硬是把《望庐山瀑布》"日照香炉生紫烟，遥看瀑布挂前川。飞流直下三千尺，疑是银河落九天"这28个字，变成了118个字。但中间我只是加了6

① 《变造化以窥天才》（代序），《大唐李白·将进酒》，广西师范大学出版社2015年版，第iv页。
② 《一首诗，能传几条街？》（自序），《大唐李白·少年游》，新经典图文传播有限公司2013年版，第11页。

个不同的字，唱起来和词一样。我有十足的把握，要是能梦回唐朝，我一定能听到这样的诗词。好！现在你可以明白了，你越是了解李白，越是知道唐朝初年的诗歌发展是怎么回事，就越是知道它"小说"在哪了。[1]

除了文化情结在作品中的体现，当然作为一部小说，作品中更多地体现的是张大春作为小说家的历史虚构的功底。如作品中最经常为人关注的，便是李白与其师娘——月娘——之间的关系：李白曾在绵州昌明县大匡山的戴天山拜师赵蕤，月娘为赵蕤之妻，李白第一次见她就"端详着这个仪态似母似姊，年貌却不类长者的美丽女子，转瞬间如失足踏空，从蜀山绝顶坠下万仞幽谷，乾坤逆旋，烟雾弥漫，片刻前吟占的诗句全不复记忆了。他一字不能道，十指不经心，连匕首都从鞘中滑落在地上"。在修习的过程中逐渐萌生出了对月娘的特殊情感，甚至还"忽发少年之狂"，口占"不免显得轻佻"的诗句"新晴山欲醉，漱影下窗纱。举袖露条脱，招我饭胡麻"，惹得月娘责备（教育）他："世事固有不必付之吟咏者矣！"乃至于离开之后，他"在时而温柔、时而狂暴的松声之中，李白最常想起的是月娘"，"月光抚照之下，他不得不想到了月娘"，连"醉醒的起因"也是月娘，"正因为离别，才让他对月娘油然而起了不堪负荷的思念"。张大春试图以此作为解释李白诗歌中对于"月"的情有独钟，如，他通过对李白《云梦赋》的解释，说："然而就在'不得已''难为情'两句之下，诗人终于点出了'踟蹰'的底蕴：太白星与月，何其不幸地参差错过，而不能长相依伴、永结好合。"[2] 也即是说，张大春凭空虚构了月娘这样一个人物，并且让其

---

[1]　傅小平：《张大春：我认为自己是一个小作家》，《四分之三的沉默：当代文学对话录》，广西师范大学出版社 2016 年版，第 141 页。

[2]　参见《大唐李白·少年游》，新经典图文传播有限公司 2013 年版，第 51、138、357—358 页；《大唐李白·凤凰台》，新经典图文传播有限公司 2014 年版，第 221 页。

作为李白的暗恋对象,这是李白的妻子以外的人,而且还是与李白有着师母与徒弟关系的人物,这一构想可谓大胆。所以这也是评论家常常关注的点,当然对其评价也有褒有贬,但至少说明,张大春用小说的形式,充分挖掘了历史的可能性。而对于历史的书写,张大春也一方面根据一些历史的"草蛇灰线"将历史进行了勾勒,如唐玄宗时的王皇后的处境、安禄山的发家史等,都有着较为详细的想象性书写——当然,这并不能就当历史来看待。同时张大春更继承其此前的魔幻现实主义手法,写作了武惠妃生下几个时辰就夭亡的上仙公主,为"神仙下凡",所以"每当皇帝宠幸所御,心有系属,或者是掖庭得荐新人,寄获宠眷,上仙公主便翩然而来;来时总会避过圣驾,或邀那御女往苑囿赏花,或携之共赴宜春院看内人教习歌舞,或至骊山温泉所在之地游观竟日"。并且总有交代:"偕汝来观,但教汝识得:天子之家,乐兮无极,唯安其分耳。"[1] 这当然是神奇至极了,以至于作品中的杨玉奴杨贵妃,也曾经受到这个时时出没、萦绕于宫廷中的"白衣丽人"的指引,张大春还以此间接证明各种梅妃传奇的虚幻性。当然,除此之外,类似的虚构、编造、重造还有很多,如李白与许宛的婚姻、李白与有才情的歌伎段七娘之间的关系、与孟浩然等诗人的交集、李白与上清派尤其是司马承祯之间的关系等等,都可以说是张大春站在自己立场对历史、时代的重新定位和阐释。如此种种,他在各种访谈中都曾经承认或提及自己如此写作的立场是,"那些流落于民间的歌楼酒馆里的妓女、乐师、歌者,一定给李白提供了音乐上的刺激,让他恢弘了整个唐诗的格局,否则唐诗大概永远只是科举考试的格律诗那样陈腐无比的作品"。[2] "我要花更多的笔墨去描述李白第一个妻子,那种独立的性格,也因为这种性格,她和李白一起去求仙学道。对我来

---

[1] 《大唐李白·将进酒》,广西师范大学出版社 2015 年版,第 18 页。

[2] 傅小平:《张大春:我认为自己是一个小作家》,《四分之三的沉默:当代文学对话录》,广西师范大学出版社 2016 年版,第 143 页。

说，李白还有一个动机，就是打发她走。""唐玄宗修道，李白也修道，推荐李白到唐玄宗身边的人，都是道士，而且是特定的教派，'上清派'。这是我独特的猜想，也许别人早就发现了，但是目前我没有看到。我认为，是'上清派'一整个集团把李白推到唐玄宗身边，为头的就是上清派的第十二代传人——司马承祯。"① ……总之，都是基于张大春对历史的重新解释和理解。

可以说，张大春笔下有关历史的书写，都是在特定的历史场域中对历史的可能性进行种种新的解释、想象的创作行为，甚至连科幻小说中涉及历史时，也有着这样的意识，无论是《大都会的西米》《血色任务》乃至《病变》中都往往对人、族群的历史进行构想、怀念，最常为人所关注的《伤逝者》中，表现得更为突出，它牵涉了不同人、族群、政治力量的历史，在不断怀旧、寻找真相中，各个角色表现出来面对历史的矛盾性："陌生的故乡、陌生的（伤）逝者，以及陌生的凶手，勾起了一名进化的侦测员对家族的片段记忆，交织着真实与虚构的模糊不清。在这个全进化的大都会里，'人'都没有过去，安大略穿梭于权力中心与反对者立场之间，不单没能力改变、重建历史，甚至没有能力去认识、回忆过去的历史。过去与未来，记忆与遗忘，主体与解构，作者以一种尖锐对比的手法来触探人类对历史的记取和遗忘……仿佛隐藏着政治与历史的纠缠不清关系。"②

总之，通过各式的历史书写，张大春试图建立一种新的历史阐释模式，在这种历史书写中，人们很明显地能够感觉到这是小说叙述中的历史，但同时又能激发读者去重新思考历史。这就是张大春的历史书写的蒙昧性，它是一种"以小说造史"的实验，也是对

---

① 郭玉洁采访、撰写：《虚荣时代的诗人——张大春访谈》，许知远主编：《东方历史评论》第 6 辑，广西师范大学出版社 2015 年版，第 180、181 页。

② 胡金伦：《政治、历史与谎言——张大春小说初探（1976—2000）》，台湾政治大学 2001 年硕士论文，第 102 页。

历史书写的一种反拨或者是质疑或补充。张大春也由此形成了独特的历史叙述模式:"当作者在小说中把对语言的质疑以及对记忆的篡改融合到对历史主题的书写上时,张大春形成了他的'历史叙述态度':通过对历史的肆意勾画,还原一种不可不信也不可全信的面貌,一种应该时刻接受质疑的面貌,一种当我们在接受历史灌输时能够容有片刻迷失游离的面貌。"[①] 不过张大春的历史书写又并非完全凭空捏造和摆脱历史的大众化历史穿越书写,而是在历史的框架中注入新的血液,缝补上新的花纹,所以他其实还是在充分尊重历史的同时对历史进行了合理的想象和捏造,以文学的笔法表现历史。正如有学者在研究《时间轴》中,举小红球有关"穿越"到历史中不能改变历史的言论说明的那样:"张大春质疑历史、欲颠覆历史之余,其实也对传统的历史大叙述之崇高雄伟,感到无能为力。"[②] 张大春在创作中看到了长期形成的历史观念中有的东西是不可撼动的,但是也有一些因素、细节是可以怀疑的,因此对那些可能性进行了补充和构想。张大春曾言:"历史是不断改变的东西,每一代人观察历史时,都在决定、诠释历史,对于功过是非自然有不一样的评价。也就是说,同样的史料在不同时代的人心目中有不同的意义。写历史小说就是在塑造一个类似历史情境的假象。然后重塑历史叙述,有历史感的读者便可以设想自己相信历史小说的叙述。"[③] 所以,历史观念、历史体系,其实并非史家完全能够建立起来的,读者也需要充分发挥自己的想象功能,张大春的目的也并非完全要打倒历史的固有体系,而是要通过自己的智力性、知识性的

---

① 王丽娜:《论张大春小说的文化传承因素》,《文衡》(2009 卷),上海大学出版社 2010 年版,第 299—300 页。

② 胡金伦:《政治、历史与谎言——张大春小说初探(1976—2000)》,台湾政治大学 2001 年硕士论文,第 98 页。

③ 李玫英:《张大春:目无余子的虚无小子》,《自由青年》1988 年 10 月第 4 期,转引自陈建忠:《以小说造史:论高阳与张大春小说中的叙史情结与文化想像》,《淡江中文学报》第 27 期,2012 年 12 月。

书写，开拓读者认识历史的可能性。"历史的最大纠结，在于还原一件过去的事实时可能掺杂了太多不知名的因素，导致认知上的偏差，包括记录者个人主观、本身价值判断及善意（恶意隐瞒？）的谎言。因为历史事件的层叠之间，充满太多细节：历史纪录与历史事实之间，往往存在许多漏洞。"[1] 张大春的历史重构性书写所要做的，就是引导读者去填补这种漏洞，去辨别这种偏差。

三、家族史书写：大历史与小历史的互动

无论是对历史进行虚构还是重塑，历史书写往往会集中于对人物的书写，而家族书写又是文学作品中表现人的重要的一个背景，因此，家族书写尤其是对几代人的家族历史的书写，便往往成为历史书写的一部分。尤其是在海外华人文学圈内，家族这一形态更纠葛着多重因素，历史、族群、政治、文化等诸多因素都可能交融于家族挪移过程中。当代台湾文学的书写中，更避免不了经由家族情况的变迁而书写人性、历史及人们的情感情绪，特别是前文所提及的因为1949年的特殊原因而到台湾的"外省二代"，更往往由于其家族成员的部分远离原乡而在描摹家史变迁的过程中实际上搭建着追寻历史的种种轨道。正如有学者所注意到的那样：

> 家族书写在当代台湾之所以成为一个值得关注的现象，很大程度上来自家族书写这一形式本身的特殊性，以及它本身所关联的历史记忆、文化归属与政治认同等问题。家族书写的特殊性，与家族的形态有关。一方面，家族的内在传承性，使家族书写天然地具有历史性；另一方面，家族成员之间的血缘关系，又使它具有"群"与集体的一

---

[1] 胡金伦：《政治、历史与谎言——张大春小说初探（1976—2000）》，台湾政治大学2001年硕士论文，第97页。

面。而其特性更在于，较之正史，它属于私人著史或回忆的微观史学范畴。较之于官方历史或宏大叙事，它缺乏权威性，却因保留了诸多历史细节而足以补正史之阙。这种属性决定了家族史在微观与宏观之间的某种"辩证性"——即从微观层面出发的家族书写，往往有大义存焉。从台湾当代的家族书写来看，所谓的"大义"，所对应的往往是历史意识、族群认同等现实问题。或者说，家族书写在当代台湾的记忆中发挥着极为重要的作用。[1]

也就是说，家族史的书写往往无意间参与了历史、构成了历史的一部分，或者说作者们通过家族史的书写实际上还是指向了更宏大的影响作品中的人物的生存体验的重要的历史。这一点在张大春的创作中表现得很突出，但也有另类之处。首先，张大春在涉及家族历史变迁的过程中并不是刻意控诉历史的无情，而更多地反思普通个体参与建构历史的可能性。《城邦暴力团》中作者梳理、罗织了各种民间帮派、技艺的流传与继承情况，不仅增加了知识性，也将武术、技艺传承史、帮派生成延传史等逐一串联、呈现了出来，其中重要的一种就是通过家族传承某种武艺、技艺。如清代乾隆年间"江南八侠"及其门徒逐渐建立起来的民间武侠门派"飘花门"，到民国时期其传人为孙少华，其子为作品中重要人物"竹林七闲"之一孙孝胥，孙孝胥的孙辈孙小五、孙小六为作品中的重要人物，尤其是孙小六，隔一段时间就消失一次，被"竹林七闲"找去传其功夫，成为很重要的传承人；钱家则是绘画、建筑方面重要的传承者，其祖上钱渡之也是"江南八侠"时逐渐起家的，其后人曾在哥老会陷害老漕帮众头领的楼上巧设机关救出众头领，其传人为钱静农，技艺高超，为"竹林七闲"之一；螳螂拳的传人欧阳秋先是仗

<hr>

[1] 刘奎：《叙事形式与历史意识：台湾当代家族书写的转变与重构》，《现代中国文化与文学》第 26 辑，2018 年 11 月。

义化解万砚方、万德福的尴尬后因被陷害以死明志，其子欧阳昆仑六岁就以偷习得的武功救嬷儿（即陈秀美，孙小五、孙小六的母亲），更帮助张启京等人上了去往台湾的船，却被设计杀害，其女欧阳红莲也是作品中重要的角色，个性仍然豪放……

其次，张大春的家族史书写更多地着意于作品中人物的心理、心态的特殊性与复杂性，及生活于这样的环境下的家族内部的复杂关系。如《我妹妹》中从爷爷一辈到"我"及"我妹妹"这一代之间的"遗传"，实际上也构成了历史性的脉络：不仅有爷爷对奶奶的"逼迫"，父亲对母亲的逼迫、控制，还发展到了"我"这一代："我妹妹"对"我"及"我"的女朋友的关系等诸多问题的逼问、对任何事情——尤其是不合常理或者禁忌的事情的不断追问，恰如爷爷、父亲对别人的折磨一样，而"我"身上的逼迫虽然并没有直接体现，但其实从"马子"小琪的对不想生孩子、不要让"我"爱上"我妹妹"等的重复上，可见也"遗传"了某种逼迫性"情结"了。而作品中的家族关系之间的"遗传史"，则被作者上升到了另外一个高度，即对生命中的习以为常的"关系"的厌倦与超脱："厌倦与被厌倦，恐惧厌倦和恐惧被厌倦；主动与被动，恐惧着主动也恐惧着被动。这些也都成为例行的仪式。当一切无法变换的时候，我们只有另外找一个躯壳。"①《大唐李白》中，张大春更是一再强调李白家的商人背景，以书写李白的心态与其诗歌成就的关系，"作诗这件事，除了能够张扬李白在俗世的名声，让他赢得一个商人几乎绝无可能在士大夫间猎取的尊重，同时也不断地透露李白内在深刻的不安。无论是沦隐或显达，也无论是任官或修道，更无论是立功或成仙，李白从来就没有停止过怀疑自己的天地究竟应该置于何处"②；他甚至在有关皇后被废的事情上都思考自己"难道也是因为忽然间为天庭所厌弃、抛掷，而让他沦落成一个连科考

---

① 《我妹妹》，印刻文学生活杂志出版有限公司2008年版，第141页。
② 《变造化以窥天才》（代序），《大唐李白·将进酒》，广西师范大学出版社2015年版，第vii页。

资格都没有的商人之子吗？他所能做的，似乎只有竭力隐瞒身份、寻求干谒出身，除此而外，他的前途只能说是一片茫然"。[1] 由此，家族背景、家族历史，已经时时刻刻影响着李白的生存心态和理念了。

再次，张大春的家族史叙述中，让个人、家族的历史与大的历史发生关系时，更突出历史发展的偶然性，不过分突出个人在历史中的重要性。也就是说，张大春的叙述有意无意地回避"英雄"叙事，所以即便是《城邦暴力团》这样在读者、批评家眼中（或者出版策划者的期待中）定义为武侠小说的作品，所写的人物几乎都不是出生入死、豪侠仗义的理想化人物。至于涉及家族史书写时，更是突出家族变迁过程中的偶然性与历史本身发展动向之间的暧昧。如"张大春"的父亲张启京从大陆到台湾，竟在毫不知觉的情况下被给了"船票"而在没有选择余地的情况下上了船，由此不仅影响了其后自己在台湾的生活，还让自己的儿子也不断卷入到过去的历史及历史所牵涉的当下生活中。而《最后的先知》及《饥饿》中，伊拉泰家族经历过传教士入村、马老芋仔的入驻村子与美国人入侵、日本人入侵、"党部委员"为代表的外部政治势力的作秀、记者及"病人"的文化活动等等事情，但是家族神话、寓言仍然在家族之间不断流传，当记者、"病人"等外来文化人对其历史进行了重新梳理或者按照另外的历史价值观念体系解释家族寓言、传奇时，家族史变成了复杂的岛上历史的重要部分，因此巨人伊拉泰的胸口的洞、老宋古浪的学习能力其实已经是这个家族逐渐走向开放的历史的重要环节，只不过对于前三代人来说，他们并没有完全理解自己的历史遭遇。而当第三代中的巴库、马塔妮走向了城市之后，实际上也偶然地建构了自己新的历史——与小岛上的居民们不一样的历史，同时也对城市生活中的人们的历史进行了新的塑形。当一切不为人知的事情逐渐得到解释，换取到的是"文化的冲突"

---

[1] 《大唐李白·凤凰台》，新经典图文传播有限公司 2014 年版，第 83 页。

之下第四代小伊拉泰的消失，以及伊拉泰知道历史真相的怅惘和迷茫。由此，巨人伊拉泰作为家族创始人的传奇性形象，也在面对不同的历史体系的建构时，开始瓦解，看似英雄的人，只是一个历史的受害者而已。张大春不刻意构造历史本身的模型，却让家族内部及家族与外界之间形成了种种接触，由此让历史的偶然性现实化。

最能够体现张大春的家族史（家史）书写的多元复杂性的，是广受关注的《聆听父亲》，这部作品中的家族史书写既有作为台湾"外省二代"追寻家族历史的轨迹，也有亲情伦理的书写与呈现，更有着对历史发展中民众遭际的刻画，而最终作者又定位于为下一代讲述历史，因此，它可以说是张大春处理大历史与小历史关系的集大成者。这部讲述了山东济南"懋德堂"张家五代人历史的小说，首先从创作目的本身就显示出对历史的追寻：据张大春自言，作品的创作源头是1988年他到大陆祖家探亲时对自己的六大爷提议将家族事情写出来，于是六大爷后来写出了七十页的《家史漫谈》，遂有父亲摔伤以后他写作《聆听父亲》的动机，并以《家史漫谈》为骨架。① 虽然张大春并未具体叙说过1988年回到山东老家探亲的具体情况，但是可以想见，家族分散四十多年、出生在台湾的张大春也三十余岁的1988年，张大春回到山东老家所呆四十余天的行程，既是一种认祖归宗的过程，也是一种对于自己父亲一支迁徙台湾的历史的回顾，更是与山东地缘没有直接关系的张大春对于自己家族历史的第一次真正的实地探寻，这种探寻本身就包含着自身血缘的追寻、家族关系的梳理甚至历史政治的变迁等诸多因素，因此让其六大爷将家族故事写成文字的动议，也成了一种探寻多层次的历史的结果。从这个意义上讲，虽然张大春自道写《聆听父亲》的意义"在于将这些行将消失的家族记忆抢救并重新整理出来"。② 但

---

① 刘志凌记录整理：《讲故事的人——张大春对话莫言》，《台港文学选刊》2009年第5期。

② 石剑峰：《张大春：学写文学史，不如炼丹》，《东方早报》2008年4月4日。

其实作品并非只写家族史那么简单。他试图通过父亲与我、我与在作品开始写作时尚未出生的预想的后代之间的紧密（甚至私密）的交流，寻找家族历史发展的秘密、回望个人历程，更通过张家几代人的变迁，建构起一种自成体系的民间化的家族史，以个人、平民化的历史述说方式，质疑、反思或者补充大的以英雄伟人、政治精英等为脉络而建构的历史，也就是以小历史填补大历史叙事对普通人关注的阙如。

　　然而，张大春也并非耽溺于对家族历史的自说自话中，也并不是刻意塑造张家几代人的光辉历史，相反，张大春通过家族历史的变迁还原普通历史状貌。因此，在他笔下，自己的高祖父张冠英虽为举人，但为功名故听信了别人的话要捐办义学，由此被骗走了三百亩地；同样，上过新式学堂的祖父，曾经两度在中日战争背景下出任伪职，在张大春笔下也不做丝毫辩解地写出来了；至于父亲一辈的诸多兄弟姐妹的特殊性格、经历的书写，如大大爷对唱戏的热衷、五大爷的飘忽不定乃至父亲的偷偷加入"庵清"等等，都以平常的姿态讲来，这些故事、经历甚至都不是多光彩的东西。而作者在叙述时，又明明白白、实实在在地将历史时间呈现出来，如高祖父被骗是"清朝道光二十二年、西元一八四二年"，奶奶嫁给爷爷是"清光绪三十二年、西元一九〇六年"、父亲和母亲结婚在一九四三年、大大爷在一九六七年拉胡琴时心肌梗塞乃至一九八八年四月六大爷和我讲诸多故事等等，使得作品中所讲述的事情均能够与大的历史对应起来参照着理解。也就是说虽然作品并未花太多篇幅展开对历史上的大事件的描写，而只是偶或提及一些历史背景如抗日战争、一九四九年的台湾与大陆的分离等等，但是如果将作者所叙述的一切放在大的历史框架中去理解，便可以更为具体地了解时代给予普通家族、民众的影响，如高祖父为什么会被骗？曾祖父为什么主事于商业？祖父为什么几度"失节"等等，便有着历史背景的参考。但也正如前文所说，张大春又并非以控诉的姿态来言说历史，因此，作品中更多地书写高祖父怎样撤去门口的对联、自己的曾祖父辈如何看待别人对于自己后代的预言、祖父与子女的关系及父辈们的性格及命运的诸多不同之处等等，而这些看似平常、繁琐的事情，不正是构成历史的最基本的元素吗？正如作品中给人印象的一个情节一样：当"我"好奇于课本所记述的"五卅惨案"而试图从父亲这一亲历者口中得到更多刺激场面的复述时，父亲不仅未能满足"我"，反而述说自己在炮火连天的背景下生病，他对奶奶为自己包了蚕豆大小的饺子的感动等等。这样，历史事实本身与被记录、理顺过的历史，便有着诸多倾向性的不同。而张大春，正是通过家族史的叙述，还原普通历史本来的可能性，弥补大历史叙述所未能突出甚至被忽略掉的平民史。

说白了，张大春书写家族历史，其实是在对历史进行另类想象，正如他自己所说，"当我开始去想象他们所生长的那个时代，我首先想到的是，那个具有三十几个省份辽阔的土地、人口众多的国家，当它身为'民国'的时候，是怎样一种状态？"① 而他的想象又不是对过往历史的另辟蹊径的总结，而是将历史看作从过去到现在一直在进行着的状态，所以《聆听父亲》中的历史，不仅有过去的历史——父祖辈们的历史，还有"我"正在创造的历史——"我"的成长历程，与父亲、朋友之间的关系等，甚至还有想象中的未来历史——即作品中假定的唯一的读者"你"——张大春的后代。这种穿透过去、现在和未来的叙述，将历史从教科书的叙述中拉扯出来，又加入了故事的形式，更以家族历史普及教育与流传的形式，将其内涵不断缩小，又以开放的形式放大其空间，就使得作品成为特殊的文本：从自说自话或者对孩子所说的角度来看，这是一个普及性的述说；但是从历史的角度来看，家族历史的建构与呈现又不是模糊的虚化的故事编排；而从情感教育的角度来讲，作品在述

---

① 吴礼旺：《张大春：我是一个"反其道而行之"的"文坛逆子"》，《羊城晚报》2011年5月8日。

说家族历史的种种情况时又并非强调和突出家庭荣耀、历史影响等等。这种看似缺乏感染力的叙述模式也使得作品在小说和散文之间游走。连张大春自己都说,《聆听父亲》与其说是部小说,不如说是一篇不加任何技巧、不玩任何虚构,尽可能还原记忆的散文。[①]

基于张大春处理"小历史"——普通个人、家族历史与"大历史"的特殊的价值立场,作品便"从家庭着手,越写越'小',从家族的变迁,写到祖、父辈的时候,开始细写每一个人的命运"[②]。也在这样的细碎的叙述中观察个人与历史之间的关系,如作品中的父亲所言"大时代就是把人当玩意儿操弄的一个东西",也如他写自己的六大爷对家族与历史表现出明了与无奈时的猜测那样:"或许他从'大时代'的角度望见了孤立无援的人生只能退缩、无从奋进的一点端倪罢?"[③]但这样的大时代里的小历史,或者用张大春自己的话,"大历史角落里的光",不正好是普通人维系历史记忆与历史认知的一部分吗?

张大春对待历史的姿态也就在这样的家族史的叙说中逐渐清晰了起来,他更关注的是历史本身可能的琐碎的日常、普通人的历史命运与生活样貌,他们的所思所想、他们的平凡的遭际恰恰构成了历史,也成为了历史,由此,张大春开拓了历史书写的另一种可能,将挟泥带沙的平实的故事放进了历史坐标中,但也由此丰富了历史本身。也就如学者所言,张大春的《聆听父亲》中,"大历史只是时间与空间的坐标,普通人的日常生活才是刻画的重点",但实际上,他并没有摒弃"大历史",其"对大历史并非直白的述说与交代,而是通过幽微琐事让读者感受时代变迁的波澜,从《聆听父亲》的褶皱处我们可以窥见中国百年变迁与国民党迁台后的政治

---

① 《"一笔勾魂"张大春》,《解放日报》2008年3月31日。

② 陈熙涵:《"写人生,越简单越明了"——台湾著名作家张大春昨沪上谈写作》,《文汇报》2008年3月31日。

③ 《聆听父亲》,时报文化出版企业股份有限公司2003年版,第216、218页。

态势的变化"。①

从这个意义上讲，张大春所书写的历史虽然有着种种方法、角度，但是他仍然在重塑着历史，因此，大时代也好，小历史也好，私人化的个人成长经历也好，伦理化的家庭变迁轨迹也好，都成为张大春修补历史记载的不足的重要途径和手段。

第四节　现代的揭谎：城市·政治·人性

无论是对乡土的牵涉还是对成长的书写，抑或是对历史的重塑，书写对象都与当下是有一定距离的，因此作者创作的情感乃至读者阅读的情感往往有缅怀的成分，而对于城市的书写则往往会指向现代、当下等而容易产生多种情感，或反思城市发展中的人际关系，或批判现代的人性扭曲与变异，或揭露现代的权力操控与运作，或揭露政治的虚伪造作等等，似乎更能显示批判锋芒与反思精神。张大春笔下也不例外，自开始创作以来，张大春创作了诸多基于城市文明的体现现代化、呈现现世风景的作品。事实上，也许张大春出生、成长与城市有关，以现代城市为背景的作品在其创作中占有了很大的比重，如早期创作中的《再见阿郎再见》《夜路》《咱俩一块儿去——闲居赋》，乃至《悬荡》等，均是以现代化的城市（城市文明、城市文化价值）为背景的。到实验性、探索性极强的《公寓导游》中，也只有《蛤蟆王》《走路人》及《姜婆斗鬼》几篇不是以城市现代化为背景的，因此它也成为1980年代台湾城市文学书写的重要代表作品之一。至于其后的作品，《时间轴》中的穿越和回归是在城市中完成的，《四喜忧国》中的诸篇，只有《最后的先知》和《如果林秀雄》算是与城市的关系最为疏离，《大说谎家》

---

① 陈美霞：《家族记忆、身份认同与原乡情结——论张大春的〈聆听父亲〉》，《现代台湾研究》2012 年第 2 期。

《病变》《撒谎的信徒》《没人写信给上校》《寻人启事》《城邦暴力团》《聆听父亲》以及 1990 年代的"大头春"系列，全都是以城市化、现代化及其价值体系为背景的。由此，不难看出，张大春对于基于城市现代化的生活及生活于其中的人们的情感、人性等诸多关系的熟悉，也不难看出张大春对现代生活中诸多问题的深刻思考。

一、公寓、城市与文明

"现代"似乎意味着城市化的不断加速和人们的价值观念、交往模式等的不断质变，因此作家笔下的城市生态往往成为现代化的重要标志。不过，和鲁迅、老舍一代书写现代化初期的城乡价值差异不同，也与白先勇、陈映真一代的城乡书写更多附有家国政治意味不同，1970 年代末以后台湾作家形成思潮的城市文学书写，更多地是以城市生活的长期亲身体验者来书写的，正如张大春所认识的那样，"八〇年代崛起的新作家们在都市化的社会环境，生长背景不再是乡村、农地，导致书写特色不再以过往记忆为主题，而是以生活中的都市经验为核心"[1]。这种书写自己的感受的形式在创作中表现出"在地""现时"的感觉，作家们的书写也因此有着更多的追寻、探索、反思甚至迷恋等情感而不仅仅是批判城市及城市文明带来的人的疏离。用林耀德的话说，就是这一代作家笔下的城市书写中，"'城市'是一种精神产物而不是物理地点"[2]。因此，张大春等人的基于自己成长经验的城市书写就给人另一种感觉，那就是他们的书写中，城市已经内化为自己认知世界的一个重要窗口，这种通过城市看城市的姿态与站在乡土中国的视角观望城市必然是

---

[1] 黄怡婷：《八〇年代以降台湾公寓书写之研究》，台湾成功大学 2010 年硕士论文，第 23 页。

[2] 林耀德：《城市·迷宫·沉默》（跋），《钢铁蝴蝶》，联合文学出版社有限公司 2006 年版，第 290—291 页。

有着不同的立场的，这种立场使得张大春等人的城市书写甚至文学观念的整体特征，都与此前的文学有着很大的差异。用研究者的话说，就是"其所受的教育与思维较之前世代完整而现代，在中产阶级伴随经济成长而越发稳固下，新世代作家对于政治的批判、对于都市的反思以及与都市文学密不可分的后现代文学之摸索，俨然促使新的叙述美学登场"。[1] 这样，城市书写也成为作家们走向新的文学世界的自然的通途。

如果说张大春早期的涉及城市的书写还更多地停留在书写以城市为背景的人们的生存姿态、复杂心理与独特遭际的话，1980年代的城市小说真正地从城市内部以及城市自身书写城市的潮流中，张大春的公寓书写也走出了自己对城市的旁侧式的观察与书写方向，而以凝视、游览的方式详细观看了城市本身，由此其《公寓导游》也成了1980年代城市文学、公寓书写的最重要作品之一而常常为研究者所青睐。城市以密集的建筑和交错的交通线之间的交织互现与乡村区别开来，更以特有的人际关系彰显独特的"现代意味"。公寓就成为城市人居住生活中的重要的甚至是基本的模式与节奏，或者说，"公寓影射了都会，也就揭露了都会的人性纠葛与悲喜交加"[2]。张大春便以"导游"的方式带领读者走进"一幢极其普通的十二层公寓"——富礼大厦，却也让我们领略到或者认识到了居住于公寓里的形形色色的人们以及人与人之间彼此不直接关联却又必然地相互影响的现代城市生活生态。住在公寓里的人，都有着自己独特的私密的生活空间，他们大多数"彼此都只认得脸孔，其余都一无所知"[3]，因此退役少将梁隆润虽然沉迷于和中年寡妇舞伴的"恋情"，却不知道某夜醉归吵醒半个公寓而被他狠揍的年轻人

---

[1]　张耀仁：《再思考八〇年代都市文学之"反叛"：以王幼华〈健康公寓〉与张大春〈公寓导游〉为探讨核心》，《台湾学志》第15期，2017年4月。

[2]　张耀仁：《再思考八〇年代都市文学之"反叛"：以王幼华〈健康公寓〉与张大春〈公寓导游〉为探讨核心》，《台湾学志》第15期，2017年4月。

[3]　《公寓导游》，文化艺术出版社1989年版，第147页。

便是寡妇的小儿子；单身女郎易婉君仅因为偶尔感受到"色眯眯的凝视"就认为楼上的林秉宏是色狼，却不知道他也是一个刻苦努力的人，更不知道他有着长期睡不着觉的困苦；交际花苏珊鄙视梁隆润这个轻视自己的"脏老头"，却不知道这个人正是曾经将自己盗卖军品的父亲送进监狱甚而导致自己从正经女子变成交际花的"罪魁祸首"……

同时，城市的生活关系网络也隐秘地将不同的人、事关联了起来，从而形成了独特的相互影响关系，因此住在公寓里的人虽然彼此不直接冲突、发生直接关系，但一个微笑的言行举止可能就形成巨大的影响。《公寓导游》中让人印象最为深刻的是，大厦管理员关开佑与梁隆润无意间言说大厦应该对"不三不四的女人"/妓女有所防范时，正好被涉及此行业的易婉君听到，她误以为自己的身份曝光，羞赧中按错电梯走错楼层而拿钥匙开了独居的齐老太太的房间，敏感的齐老太太由此误以为自己遭遇了抢劫犯，慌乱之中打破茶碗，吓得心脏病发作而死，而她的死尸竟然影响了画家管涤凡的创作，还影响了爱玩游戏的吴家双胞胎的游戏生活。这样，公寓所代表的城市生活正是这样相对封闭、相互独立却又有着千丝万缕的血脉般的联系的综合体系，生活在公寓/城市里的人们彼此有着不为人知的喜悦、忧伤、秘密，展现给别人的都只是瞬间的、假象式的印象，但是当某一个人身上发生某一件事时，又不可能完全隔绝于外界，反而有可能如作品中所呈现出的那样，产生"牵一发而动全身"式的连锁反应，或者说，在现代生活尤其是代表着、充斥着现代文明的城市生活中，"蝴蝶效应"无所不在。从这个意义上来说，城市化、现代化却又是以人与人之间的快速、潜在的关联为基本特征的。但张大春并不是单纯地展现这种隐秘的关联，相反，他更多地在作品中以公寓为核心呈现现代城市生活中人与人之间关系的疏离。这种疏离之所以借助公寓来抒发，正合时宜，因为公寓是集中了无数人的，人们又都有自己的空间，这正好有"群"的形式，又都是独立的个人／家庭的集合，换句话说，"公寓的社区性质，延续了人的社会性和都市空间的同时性特点，又以其空间组合方式，形塑了都市人彼此疏离的社区关系"①。由此，疏离便成了现代人与人之间的重要关系，在个体意识不断增强的同时，人与人之间保持着越来越疏远的关系，因此作品中的人物之间，都缺乏一种真正的内心的交流和坦诚的关系，如刻苦上进的林秉宏，事业、家庭都算美满，但也只是"例行"的，他自己其实在外面也有"一到两个可以固定、也可以不固定的亲密女友，互相无牵无挂地取悦每个礼拜二或礼拜五的午后"②；这种疏离也使得保险公司襄理张德充压不住自己内心的秘密——和修车厂勾结、虚报车祸损失——暴露的隐忧而影响工作，甚至自己的狗被碾死也毫不知觉，最终选择逃之夭夭；更极端的则是魏丹诚对自己妻子魏太太的过敏式的疑虑，使得仅仅是因为妻子让孩子叫大厦管理员"关伯伯"就引发长达两个多小时的夫妻间的争吵……

当然，正如学者朱立立所言，到张大春这一代，公寓"演变为都市生活的象征性空间，既非常狭窄又广大无边。从物理空间看是狭窄逼仄，而作为展现都市生存内面世界的表演舞台又是十分广阔的"③，所以张大春关注于富礼大厦，并不局限于富礼大厦里生活的所有居民，其实有着很广泛的意义。人与人之间的关系纵然是重点，但是现代人的生活并非仅限于与人交往，有学者就指出，《公寓导游》将大厦里的各住户巧妙连结起来，将彼此之间的疏离与冷漠一一呈现，同时也借吴小宝、吴小明这一对双胞胎的活动，"显示出公寓与人关系是亲近且熟悉"，甚至通过张大春将作品中的人物都写出全名看到其"带有加强人的存在这栋公寓大厦的意

---

① 章妮：《生存空间与欲望展示台——论 1980 年代〈联合文学〉的台北书写》，《中华文化论坛》2013 年第 7 期。

② 《公寓导游》，文化艺术出版社 1989 年版，第 147 页。

③ 朱立立：《台湾新世代都市小说初论》，《镇江师专学报》2001 年第 1 期。

义"①。从更广阔的角度来看，张大春如此书写公寓，书写现代城市的生活节奏，虽然也有着很明显的呈现种种"偶然性"的影子，但对于现代生活、台湾社会生活，也确实有着浓厚的批判色彩：作品中的人与人的复杂混乱的关系、人内心的秘密不正是生活中的种种可能吗？现代生活中的物质条件的便利，不正好促进了人与人的关系的扭曲、变态、反常吗？如此，则学者张耀仁通过《公寓导游》的结尾部分看到张大春对多元化的消费社会、都市生活乃至于"八〇年代以来资本主义化的台湾"的批判②，也不无道理。总之，在《公寓导游》中，张大春以其独特的"以亲密反衬疏离，给整个故事添加了反讽的语调与幽默的口吻"③，书写了不一样的公寓生活，书写了现代的都市生活。

实际上，张大春并非仅仅写作城市的公寓，也并非仅仅在《公寓导游》中写到公寓，如他在《城邦暴力团》及《聆听父亲》中就自传式地多次提及"张大春"于1970年代搬去住的居所——四栋四层的公寓等。但是《公寓导游》确实以独特的视角写出了现代城市生活的特有模式，从写作手法到写作内容，都自有其深刻的影响力，也难怪经此一篇，在提及1980年代的台湾城市书写及公寓书写，人们大多都会想到它。但也不能仅从其题名及其出名程度就断定此篇的特色仅在于公寓书写，它不过是张大春为数不算少的书写城市的作品中的一篇而已，正如有学者所指出的那样，《公寓导游》与其说抽象选样地针砭现代公寓里各色人等，不如说是对台北的生存样态的寓言化，"张大春笔下的'公寓'，是有形的，也是无形的；是物理空间，更是心理空间。它既是张大春对台北现

① 黄怡婷：《八〇年代以降台湾公寓书写之研究》，台湾成功大学 2010 年硕士论文，第 51 页。

② 张耀仁：《再思考八〇年代都市文学之"反叛"：以王幼华〈健康公寓〉与张大春〈公寓导游〉为探讨核心》，《台湾学志》第 15 期，2017 年 4 月。

③ 谢世宗：《张大春小说中的都市特质：以〈公寓导游〉为中心的空间叙事学分析》，《中国现代文学》第 30 期，2016 年 12 月。

代社区形态的观察，也是他对都市生活病症的思索，具有普泛意义"。① 大而化之，张大春通过书写公寓、街道、城市生活等反映现代城市生活中的人，现代城市文明的影响，现代化的矛盾性及其病灶等等。

除了公寓书写，张大春笔下的现代城市的样态其实也包罗了诸多可能性的。张大春曾经呈现过诸多城市的形象，如《时间轴》中，回到清朝的记者王端和小紫球向唐景崧透露了"未来的秘密"，说到了台湾，引起了唐景崧的好奇，他问台湾是否是宝藏之地，不由得勾起王端记起自己此前工作的城市环境是"他写字台的窗口正对着一排十几层高的大厦，大厦顶端的霓虹灯广告栉比鳞次，一直延伸到马路遥远的尽头"②；《城邦暴力团》中，张大春借助孙小六、孙小五的爷爷施展功夫的时间看到中华路、新生戏院一带的场景则为："中华商场以忠孝仁爱信义和平为名，自北而南，一字排开；新生戏院则隔着中华路与商场的第五栋，也就是'信'字栋相对。如果以横向来看，每栋商场之间都有马路相隔——无论是开封街、汉口街、武昌街——俱是十分开阔……"③ 充满各种各样的交通道路和建筑楼宇的城市，充斥着各种广告、酒吧、咖啡馆、书店等等，但是张大春书写城市又不迷恋于具体地书写城市风景，而是将城市生活内化于生活于其间的人的成长背景或生活场域中，因此显得自然，基于城市的生活节奏感、城市人的生存空间等，也由此自然地显现了出来。

所以，城市提供给故事主人公的东西，有时候是记忆的复现，如《悬荡》中的主人公联考失败爬楼欲自杀的记忆，《城邦暴力团》中的"张大春"曾经穿越楼栋想离家出走"过另一种生活"的成长

---

① 　章妮：《生存空间与欲望展示台——论 1980 年代〈联合文学〉的台北书写》，《中华文化论坛》2013 年第 7 期。

② 　《时间轴》，时报文化出版企业股份有限公司 1986 年版，第 108 页。

③ 　《城邦暴力团》（三），时报文化出版企业股份有限公司 2000 年版，第 54 页。

记忆等；有时候又是故事发生的矛盾的场域，如《醉拳》《四强风》中，城市则是故事发生的背景，作者由此观照人的复杂性；有时候又是作者反思现代文明的途径，如《饥饿》《公寓导游》等。除了这样的城市实景书写，张大春还在不同的情境下书写不一样的城市性格，如，在《没人写信给上校》中，四个"坏人"杀死了上校以后，准备离开台北，这时候"台北，在某些短暂的时刻、某些局促的角落，台北不失为一个还算美丽的城市"。而当几人后来又要回台北的时候，张大春将这一天写成和天气一样冷漠，"就像任何其他的一天，这是个随时有人下手、也随时有人逃逸的城市"[1]。《城邦暴力团》中，张大春在进入故事时就写孙小六在有着"四通八达的大马路"的台北市却无处可逃，只能前往竹林市，但他却又写道，"竹林市是一座看不见的城市"，紧接着不无诡辩地从人们容易忽略的角度解释大竹林市、小竹林市，并举了个耸人听闻的"八博士事件"，由此指向他所谓的"看不见的城市"是用来"误闯"的[2]，在此，城市成了一种可以任意言说又充满着可能性的甚至是虚化的空间。而作为"外省二代"/"眷村二代"的张大春，更多时候影响他的可能是被规划得充满隐喻的台北，正如他在作品中多次写到的中华路、西藏路一带，不仅承载着自己的成长记忆，也承载着更多的所谓"故国"/家国情思，但张大春又写出了变化中的城市，包括城市寓意的变化，因此除了从眷村到公寓再到被更多高楼所包围的居住环境（《城邦暴力团》），张大春还直接写出台北曾经以辽宁街等命名复原大陆东北等地及其随着时间推移的意义变迁："都市的发展使原先的东北、西北、东南和西南都变成不同时代阶段和使用功能上的城市中心，都市的地理边缘也逐渐向天然畛域的极限延伸，这使街道名称呼应中国版图的原始构想显得坐标零落且方向错乱，最后，就像人类所曾寄以深刻寓意、丰富喻旨的一切命

---

[1] 《没人写信给上校》，联合文学出版社有限公司1994年版，第230、381页。

[2] 《城邦暴力团》（一），时报文化出版企业股份有限公司1999年版，第23—26页。

名一样，失落了意义。"①

　　城市带来了诸多现代化的便利，也有着其独特的隐喻、象征寓意，但是，城市的发展自有其走向现代文明或者象征现代文明走向的功能。张大春很早就对此进行过思考，他在旅途中根据美浓的见闻感思："你是否能比较得出来：它和你时刻会转念到的，你所来的大都市里通衢两旁，那些秩列着的水银星光，连灯都十分晶亮；你能分出什么是好，什么是不好么？你永远也不可能的。一旦这样失去了抉择，你便只能顺服和拥有'需要'。"他认为在文明给人带来的危机中，在"被空间所分割的时间"里，人要不断地学会感受新鲜，并借由《西方的没落》中的话，说明城市文明就是土生土长被流浪的市民所代替的世界。② 可见张大春理解城市、理解现代文明时，是站在一种相对客观的角度来看待的。因此《再见阿郎再见》中的作家，本来是要通过采访妓女揭露社会，却发现一方面妓女对他的行为很不理解甚至是反对的，另一方面真正让社会的不公平延续的，实际上是作家发自内心的对妓女的歧视等，但作者的批判却又是辩证的，最终写出了作家冲进大楼的"反省"行动。这样，文明社会里的不文明其实是可以有着多种解释的。同样，《饥饿》中的巴库（以及马塔妮）走出了饥饿、荒蛮的小岛，一步一步接近了他们所向往的城市、拥抱现代文明，但在感受到城市的新奇的同时，又发现了城市人与人之间的相互利用、冷漠甚至赤裸裸的利益追求、自私自利的本性暴露等等，使得他为无形的力量所控制，最后在失落和怅惘中葬身于城市垃圾中，成为文明的追逐者又成为文明的殉葬品；而其妹也为文明所扭曲。但即便如此，张大春也并非简单地批判现代文明，而是提供一种反思的角度。可以说，张大春笔下的，除了《最后的先知》和《饥饿》中有着比较明显的

---

① 《聆听父亲》，时报文化出版企业股份有限公司 2003 年版，第 54 页。
② 《浪游涉思——人过美浓三部曲之一》，《张大春自选集》，世界文物供应社 1981 年版，第 258—260 页。

岛民生活和城市现代文明之间的冲突,涉及城市书写时,其他作品张大春都让人物自然地沉浸于城市生活、现代文明中而开展种种活动,因此《大说谎家》《晨间新闻》中,现代城市生活的重要内容之一,新闻及其传播充斥于作品中,人们通过报纸、电视等获取讯息,也通过报纸媒介所营造的环境氛围与世界发生千丝万缕的联系;《没人写信给上校》中也通过各种电话、窃听器等,将人物之间的利益纠葛串联了起来;《自莽林跃出》虽然并不是处理城市题材的,但是作为记者的现代知识分子通过自己的语言、工作、相机等等,形成了多种文化之间的相互猎取,将现代的文明编织入一个神奇的网络之中;至于《城邦暴力团》及《聆听父亲》,则在自传性的部分,将成长经历写入城市的变迁和发展中,是一种对现代城市生活及文明变迁的观照和体验;《印巴兹共和国事件录》《天火备忘录》则直接用新闻的形式叙录故事,其叙述的内容,本来就是现代的灾难、文明的灾难。

诚然,"都市里过快的生活节奏,扭曲的时间意识,被压缩的居住空间,快速转变的人际关系等,带给各人的感官震撼不是轻描淡写所能形容的"[①],张大春笔下的城市书写也并非简单地描摹城市的独特形象,而是从多个角度呈现出城市、现代生活的方方面面,他甚至走得更远,而将对现代城市的观照延伸到想象、虚构的科幻世界。《时间轴》中设计的虽然是穿越到历史的模式,但是一群人从台北的图书馆回到历史,带着台北的生活理念、现代人的价值观念,到了历史上并没有真正融入到历史中,最终又回到了现实中(现代城市中),可见现代城市生活、城市文明的诱惑力远远大于对历史的亲历式的探索;《写作百无聊赖的方法》中,张大春又将眼光集中于现代文明的新产物——试管婴儿赖伯劳身上,让其在创造他的世界中遭遇种种,以反思科技文明不断发展中的伦理问

① 胡金伦:《政治、历史与谎言——张大春小说初探(1976—2000)》,台湾政治大学2001年硕士论文,第83页。

题，作为试管婴儿，赖伯劳并没有给人们带来多少新鲜感和刺激感，他的事情反而"大部分都简单、无趣，缺乏自信，没有严重的冲突，强烈地反映出他受孕、成胎期间那个传统科技时代世人无聊的局面"[①]，这种反思无疑具有警醒效果；《天火备忘录》中演绎一场工厂核泄漏及辐射的灾变的过程，并想象其对于民众的巨大的影响，同样反思了现代科技工程发达的可怕后果。

至于科幻性作品《伤逝者》《大都市的西米》《血色任务》，则将故事背景设置在了未来科技化、智能化的独特空间中，但是，科幻世界的文明虽然智能度极高，反而呈现给我们的是一种人性更受到压抑的世界，如《大都市的西米》及《血色任务》中的合成人与自然人之间的界限，《伤逝者》中的合众国人、自治区人以及被隔离、遗弃了的天尾洲畸人等之间，也是有着很多不可逾越的鸿沟的，张大春似乎通过书写想要思考现代科技文明与民主的冲突问题。或许也正如学者胡金伦所认为的那样，张大春的《时间轴》等小说"在科学化、资讯化、网络化、空间化、电脑化和数码化的先进文明都市里，虚构一个幻想的未来世界，即'去乡土化'的台湾都市社会"[②]，因此张大春的这类书写中才透露出了更多的隐忧。如黄锦树所分析的那样，"在似乎甚么都可以快速的被复制的台北都市，所有的未来总已经带着过去式，也都可以在'如果'的假设句中被如实的虚构演绎，连经验和新闻都无法避免"，所以张大春的书写"在无意识的深处体现为一则当代台湾都市文明心灵的蛮荒纪录"[③]。这在《伤逝者》《大都市的西米》等作品中，仍然能够很清楚地看到，如被废弃、隔离的天尾洲本来就是蛮荒之地，而大都市里的合成人以及不遵守纪律的自然人，则全都受到了严酷的对

---

① 《公寓导游》，文化艺术出版社 1989 年版，第 84 页。

② 胡金伦：《政治、历史与谎言——张大春小说初探（1976—2000）》，台湾政治大学 2001 年硕士论文，第 94 页。

③ 《谎言的技术与真理的技术——书写张大春之书写》，《谎言或真理的技艺：当代中文小说论集》，麦田出版社 2003 年版，第 231 页。

待。由于科幻小说大多指向未来，其往往"梦想、塑造和宣扬现代人更能接受的另一个生命模式，即都市生活形态"[1]，指向未来的城市生活的书写按理来说应该有着更多理想化的色彩，包括生活的便利、人工智能系统的发达等，但张大春的未来科幻书写，却往往给人一种忧伤之感，可见其对于未来的文明，其实并没有抱着纯粹乐观的态度。

二、政治、权力与监控

除了对现代城市生活及现代文明进行书写和反思，张大春的作品中还有一个重要的方向就是对形形色色的复杂的政治进行书写，而他的书写中，很大一部分又处理的是基于现代城市发展的现代化价值体系的政治揭露与批判。诚如胡金伦所言：

> 一座城市的发展，脱离不了政治现实。政治的变迁，推动都市向前或往后发展。人类生活在大都会中，永远被政治情境所包围。因此，政治与都会／都会与政治，或政治都会／都会政治，是正反向指涉的可能性。[2]

张大春对政治的书写也其来有自，从前文所言及的他的成长环境及知识分子身份来看，关注时事政治并对其进行书写，乃是张大春的文化活动中极其有特色的一部分，因此在他的笔下，虽然有时候并没有直接指名道姓地说出，但对政治名人、政治领袖等的大胆书写，不仅彰显出了张大春的勇气，更使得他的政治书写更加深刻

---

[1] 胡金伦：《政治、历史与谎言——张大春小说初探（1976—2000）》，台湾政治大学2001 年硕士论文，第 94 页。

[2] 胡金伦：《政治、历史与谎言——张大春小说初探（1976—2000）》，台湾政治大学2001 年硕士论文，第 99 页。

有力。所以无论是以"老头子""大元帅""今上"或者真名出现的蒋介石，还是以"太子爷"或真名出现的蒋经国，或是以李政男、陈江美玲出现而很明显地影射李登辉、宋美龄的书写，抑或是直接以真名书写当事人的尹清枫案，都表明张大春对历史、政治的关注和表现并非委婉隐晦的。因此从《大说谎家》（1989）到《没人写信给上校》（1994）、《撒谎的信徒》（1996）再到《城邦暴力团》（1999—2000），四部长篇大作所关注的中国、台湾的近现代历史及当下，都以张大春对政治的大胆书写串联起来。更为重要的是，张大春对政治、政治人物的书写，并不在于赞颂领袖、领导或英雄人物的英明、勇敢、聪慧等，而是以一种看似冷静、客观的姿态来揭露政治的虚伪、狡诈、谎言，所以即便是《没人写信给上校》中看似要为无故被杀的尹清枫（现实中真实事情）寻找凶手，再加上小说中所言的作者（小说中的"本书作者"《没人写信给上校》的作者）与尹清枫为山东老乡而多了一些情绪化的表达（如对"坏人"的书写竭尽讽刺甚至谩骂、对上校的书写则有着更多的同情等），但也并未把上校尹清枫写成英雄人物，他仍然被塑造成一个很复杂而真实的形象：骄傲、好强、爱面子甚至对别人对他的算计毫无所知等等。

换句话说，张大春的政治书写并不是具体地集中于某一个人，而是专门针对政治本身的，权力的操控与运作，新闻的造假与撒谎，政治人物的相互斗争、勾结与利用，才是张大春所要大胆揭露的对象，正如王德威所言："他极力耍酷的政治姿态，难掩一股义愤之情。从《大说谎家》到《没人写信给上校》到《撒谎的信徒》，他对时政的不义不公，总有话要说。"[①] 因此，张大春有名的几部长篇，都很及时地反映现实政治，如《大说谎家》以陈江美玲这一独特的政治影响力极大的人物形象，不仅将台湾的"首长""神

---

① 王德威：《大头春的忧国新招——评张大春〈撒谎的信徒〉》，《众声喧哗以后：点评当代中文小说》，麦田出版社 2001 年版，第 34—35 页。

爷""老吕"等政治层面的政治领导、特务机关、军队、司法部门等重要政治机构的人联系起来，并且写出陈老太太与世界各国政治人物之间的来往，如与阿拉法特通话、参加日本天皇的葬礼等等，更以会变身的麦德伟形象串联起台湾与大陆乃至东亚各国在1980年代末期的复杂的政治生态。《没人写信给上校》也书写当时发生的影响重大的军队案件，张大春在官方都尚未定案的情况下就根据自己的理解探寻案件。《撒谎的信徒》更是在1996年台湾总统大选前推出，而且作品的主人公李政男除了姓名，个人经历都是李登辉经历过的，包括参加过台湾共产党、受到蒋经国的意外器重等，作品又着重书写李政男的政治撒谎历程，因此对于时政来说，不仅仅是讽刺，简直就是对政治（选举）的一枚炸弹。《城邦暴力团》中的近现代政治书写，虽则主要书写江湖帮派之间的纠葛，但其实作品中的政治力量的控制更是决定性的，如作品中的老漕帮领袖万砚方，就一次次为政治领袖"老头子"所防备：万砚方在"老头子"遭遇政治信誉危机时提供了"再造中枢"的策略被接受，同时却也受到了怀疑，他曾经在抗战中贡献八千子弟支援抗战却全军覆没，国民党政府政治层面上与美国的交往所欠的几十万吨桐油，最后也压在老漕帮肩上……不仅如此，到了台湾以后，"老头子"并未放松对万砚方及老漕帮的防范，而最终让老漕帮的对手与万砚方的养子——也是继承人万熙将万砚方杀害。张大春也不只是书写过去的历史，也不由此总结历史，而是将历史性的政治影响延伸到当下来观察，他通过徐老三用纸张向"我"画图并解释的方式，说明从蒋介石以来，台湾国民党政权的政治势力、各种情治机关等，形如大大小小相互交织的圆圈一样布满台湾，甚至与各种"妖魔鬼怪的世界"构成了一个庞大而复杂的世界，用徐老三的比喻来说，就是"你看不见，但是它确实存在"甚至"随时在你身边"的世界①。也正是这样的隐秘交错的世界的存在，作品中"张大春"的父亲张启

---

① 《城邦暴力团》（三），时报文化出版企业股份有限公司2000年版，第154—157页。

京当年莫名其妙地被牵引上去台湾的船，又目睹了自己的恩人被葬身大海，从而自己成了一个"逃离"者，"张大春"本来也只是一个热爱读书写作的大学生，最后因为种种因缘被情治单位盯上，从此也成了一个潜逃者。

虽然以上几部长篇着重书写政治，反映现当代台湾的种种政治事件，但政治力量的影响绝不局限于历史人物、政治人物，尤其是自福柯的理论产生重大影响以来，人们发现生活中的种种行为都可以通过权力解释。除了上述专门书写政治的长篇作品，张大春在其大部分科幻小说及一部分中短篇小说中也做了深刻的书写和描述，而且这类作品的写作时间其实都比上述几部长篇要早，多写于1980年代中期前后。

《墙》中的女主角，在当年树立起墙的政治运动中积极参与，多年以后才发现，自己要面对一堵巨大的政治之墙，政治以"组织的决定"为由头，利用了她，并且要将其靠边，她面对不同力量之间的相互串通，开始感觉到政治的虚伪、荒谬，于是开始追求自己所从事的女权运动的独立性，然而最终发现，自己面对的是重重的监控和隔离、排挤。张大春通过墙的隐喻，将一切政治的力量书写成可能不存在的或者面临倒塌的墙，然而不知情者却往往会受到其欺骗，更通过女主角从当年的单纯、充满激情地参加运动到后来逐渐走向怀疑、了解自己的身份处境的过程，表明以"组织"为由头的一部分人对于别人的巨大的、无法摆脱的操控的可怕。《透明人》中的"我"（张敦），在大学时代被意外地"发现"并被培养成了一个不断对别人进行监控、举发的人，由此逐渐走上了一条不归之路，他能够大量调查搜集资料并站在政府当局的立场上对其进行检举、告发等，俨然成了政治的机器。当他逐渐发现了自己的独特的身份和地位并引以为自豪时，才明白，"发现"自己的人——唐叔已布下了天罗地网，早就防着他并将自己树立成了敌人！他自己已经无法摆脱被监控的命运。《印巴兹共和国事件录》中，宗教、实业、军方三派借助自己所掌握的大众传播媒介，不断地改变言论，使得发生政变的诸多事实、细节，无从知晓，政治通过媒介操控真相。《天火备忘录》中，政府部门在灾变面前采取的是封锁新闻的方式，最终让无数人受害，权力的行为影响了无数的生命。有时候，权力的操控也不一定全来自于政治，如《醉拳》中的"我"，作为拳击选手，再明白不过："像我们这种人只会对台下产生仇恨，恨他们摆布你又供养你，崇拜你又歧视你，赢掉你又输掉你，对你吐烟气、酒气又不让你呼吸。"[1] 可见，作为一个拳击手，受到的权力操控不仅仅来自于不断激发自己的"吸血虫"教练、比赛的潜在规则，更在于台下那些形形色色的观众，由此，他们受到的操控更是无处不在。

政治、权力对人们的操控更多时候是让人触目惊心的无所不在的政治监控，张大春笔下对监控的书写也很普遍、很深刻，尤其是在科幻小说中表现得异常突出，他似乎要表明，在科技大发展的情况下，监控行为的发生更加可能，而生活于现代的人们也几乎无法、无力摆脱来自于政治的监控，或者说人们之间本身就在彼此监控。《大都会的西米》和《血色任务》中，政治监控的无所不在时时刻刻让作为合成人——大都会里的次等人失去了安全的心理。所有人随时要喊道："一切守规矩；我爱大都会。"还需要唱《我爱大都会》的歌曲：

> 我爱大都会，我爱大都会！
>
> 我爱新生活，我爱全人类！
>
> 一切讲纪律，一切守规矩。
>
> 一切求完美，一切有秩序。
>
> 自然人，合成人，一家都是人。
>
> 肯专心，要认真，只有一条心。

---

[1] 《醉拳》，《公寓导游》，文化艺术出版社 1989 年版，第 34 页。

不要问过去，不要怕未来。

把握全人的世代，光荣就是现在！①

在这样等级化的规矩中，合成人绝少隐私、绝少自由，不能生育孩子，连反抗的自然人的小孩子也会被残忍地打为合成人，合成人更不能跨阶层谈恋爱。而作为合成人的西撒有幸被升格为自然人，但实际上是因为他的研究能力强，而被流放的合成人数量太多，所以要让他作为研究员，调查合成人有无可能自行发展生育能力。但西撒同时也更加没有自由，处处被监控，只要跟他有接触的人都会受到处分，甚至包括监控他的安全人员，因为他所执行的任务是血色任务，没有任何人可以知道该任务。小说中的西撒并没有也不可能为了自己的阶层的改变而高兴或者骄傲，因为进入到新的也即更高的自然人的阶层意味着自己要放弃很多东西，也要面对全新的世界：他的有关于合成人的一切记忆被剥夺了，连他与情侣西露之间的一切都被清除，而到了新的环境中，他不仅要面对全新的世界带来的规则，而且需要花三天将九百多幕的工作指示印在身体里。

《伤逝者》中的畸人，作为三次核战争的受害者，被整个高索合众国抛弃在天尾洲自留地，与蟑螂为伍，在恶劣的环境中生活。然而他们却有着特异的生命机能——不会死，因此求死、忘忧是他们最大的心理状态，在这个无人关注的被嫌弃的化外之地，只有六个人去访问过：伤逝者安迪、被刺杀的布隆自治区大使卢稚和现在助民党领袖黎海伦夫妇、武士葛敏郎以及现在的安大略，而六个人都对天尾洲的畸人抱有同情心理；卢稚夫妇甚至做了政治许诺，葛敏郎曾经将支离疏当作靶子让其享受过暂死的快感。但几个人的命运都不好，安迪也即安大略的祖父一生潦倒，卢稚被葛敏郎刺杀，只有黎海伦陷入到政党的博弈中努力着，而安大略作为合众国被派往布龙自治区调查卢稚死亡的人，通过特别的线索了解了支离疏等

---

① 《病变》，时报文化出版企业股份公司1990年版，第9—10页。

天尾洲畸人与此前几个人的关系后，只能逐渐陷入到"伤逝者只是自怜而已"的困境中，因为当年的安大略为了远离自己祖父的伤逝者的命运，已经被训练成了一个侦察员，而训练的过程中已经被阉割。而在他的伤逝中，外面的爱民助民两党的各种政治斗争互相造谣互相咬杀等仍然火热进行着，形成鲜明对比的是，在化外之地天尾洲，最底层的畸人……虽然与蟑螂为伍，也只能追求短暂的死亡快感，但是其人际关系比起外面半开化的布龙、开化的合众国，要好很多。张大春通过本来肩负重任去调查卢稚死亡真相的安大略偏离轨道，陷入伤逝的过程，揭示政治对人的控制："凡活着的，都还在大局的管控之下。"[①] 这样无所不在的控制恐怕是张大春的科幻小说中基本的主题。《大都市的西米》《血色任务》中有，《病变》中更是无处不在，作品中的"老实人"、生化科学家耿坚一直致力于对新发现的令人恐惧的病毒进行研究，但是却遇到了诸多困难，他所在的院系主任拒绝批准他的研究计划和经费，耿坚只得从大商人岳父那里弄钱，但即便如此，他的研究也受到了诸多生活中的打击。比如妻子的出轨、儿子的畸长等等，而更严重的是，以系主任、国家安全局为主的人不断地对其进行侦查、监视、询问，原因一会儿说他是外太空的间谍，一会儿又说他是中国共产党的间谍等，并成立了"耿？"调查组，将其列为专案来办理，把他限定在J六区实验室里。这时候，反而是妻子的出轨对象、此前曾经激发过他的研究想象的安德鲁——实际上也是在"公司"掩盖下的调查人员——为其研究赤诚进行辩护。其死后，他的儿子耿直以及专案组后来也调查不出什么结果，反而更加凸显出耿坚博士的单纯。也许，他只不过是在研究的过程中与病毒建立起了某种语言沟通而已，但正因为如此也造成了他不断地被政治怀疑，所以他临死所说的"我死于孤独，死于沟通"所隐喻的，不仅仅是作为一个高级科

① 《伤逝者》，《台北随手》（张大春自选集），天地图书有限公司 2008 年版，第 378 页。

学家的个人命运无法得到理解，更多地也体现出作者对于政治对人的围追堵截式的怀疑和监控的批判和讽刺。正如安德鲁接受调查时所说终端机里的数位人指骂的那样，当政治怀疑个人时，不仅仅一会儿发现耿坚是苏联间谍，一会儿又是中共间谍，"你这母狗养的也许又会发现，耿坚博士是海地间谍、古巴间谍、波多黎各间谍、关岛间谍，他也可能是外太空生物间谍！"[①]政治力量已经渗透到了任何一个有政治敏感或者从事监视工作的人的每一个细胞里，一旦被怀疑，罪名可以根据需要随时改变。

　　无所不在的监控正是现代社会给人们的种种无形压迫，每个人都在无形的监控之中。正如《大都会的西米》中一个叛逆的孩子揭露大都市对人性的压制时，他的母亲所说"大都会里没有隐私的，孩子"[②]。更具体地讲，张大春之所以书写政治、书写政治权力、书写包裹在人们身上的监控，也与自己对台湾社会的深刻把握和认知有关。正如胡金伦分析《大都会的西米》所说的那样，它"不言自明了国家统治机器在控制人类思想、行动、言论自由的苍白年代里，带给人性多大的扭曲、压抑与异化"，它"隐喻了（台湾）大都会的空间意义，被当权者所施加的压力而往内凝结，形成一种内爆转向过程"，而作品中的自然人和合成人之间的界限，也正影射了台湾本省人与外省人的族群政治问题。[③]

　　总之张大春对于社会现实、政治权力等问题有着深刻的把握和思考，借用《伤逝者》中的卢稚的话说就是："今天的自主政治和太古时代的帝王政治、幽谷时代的集产政治以及中古时代的民主政治都没有太大的差别。人从政治体取得知识，然后制造知识反哺政治体；人从权力结构接受资讯，然后生产资讯回馈权力结构；人从

---

① 《病变》，时报文化出版有限责任公司1990年版，第216页。

② 《病变》，时报文化出版有限责任公司1990年版，第19页。

③ 胡金伦：《政治、历史与谎言——张大春小说初探（1976—2000）》，台湾政治大学2001年硕士论文，第100页。

信仰中学习语言，然后创造语言支持信仰。"① 张大春看得很透，他大胆地书写政治的方方面面，以揭露政治对人们的控制的无所不在，言说政治的无情与虚伪，既包含着对政治的无情批判，也是对政治种种运作的厌烦，更通过揭露政治反思现代文明与文化。

三、谎言与人性的图景

在书写现代文明中的种种乱象中，张大春擅长于甚至迷恋于书写谎言，有人甚至认为，张大春是一个"以撒谎为'信仰'对象的信徒"②。的确，张大春的长篇中就有《大说谎家》《撒谎的信徒》等以"谎言"命名的，它们与《没人写信给上校》一起被认为是集中于谎言书写的，甚至被称为"谎言三部曲"。事实上，张大春的谎言书写也不仅仅表现在这几部作品中，从早期的作品《新闻锁》中，就可见张大春对撒谎问题的关注。作品中的大学教师赵教授的《新闻写作评论》课程既没有举行考试，也没有指定报告，却在学生娄敬交了平时作业的情况下给了他零分，导致他被学校退学，给出的理由是"该生从未上课，从未交研究报告"③。当娄敬、唐隐书等人找到了人证、物证证明娄敬上过课、交过作业，并做过口头报告时，学校层面上的各个部门却并不认真、公正处理，反而和赵教授商量、串通好，不给娄敬任何余地。作品中的赵教授的撒谎似乎主要基于他对娄敬的不喜欢，但是学校各部门包括对娄敬的退学通知、教务长的态度等等，都显示出了教育当局依仗权力对谎言或者说撒谎者的包庇，而这恰恰是发生在培养人才的教育机构，可见张大春已经对于谎言问题进行了重要的关注。

① 《伤逝者》，《台北随手》（张大春自选集），天地图书有限公司 2008 年版，第 371 页。
② 《谎言的技术与真理的技术——书写张大春之书写》，《谎言或真理的技艺：当代中文小说论集》，麦田出版社 2003 年版，第 218 页。
③ 《张大春自选集》，世界文物供应社 1981 年版，第 96 页。

《将军碑》则指向的是另一种谎言：沉浸于自己的世界中的将军武镇东在回忆自己的过往时，常常"重新翻修他对历史的解释，编织一些新的记忆，涂改一些老的记忆，以抗拒冥冥中可能已经加之于他身上的报应"，因此，对于自己在历史上的经历，他在不同的时候的言说，是有差别甚至是相互矛盾的，而其子武维扬则不断地"揭发"他的种种"不光彩"的言行，如对他在台儿庄战役中的个人表现、个人历史表示不耐烦，说那是"你的历史"，又在传记作者石琦面前"揭发"自己父亲在自己成长过程中对自己的无情的惩罚、逼死自己的母亲等。然而在将军的九十年冥诞纪念会上，由石琦起草、武维扬演讲的纪念文中，将军则成了用情专一的形象，甚至"编造"了另一套说法：将军在妻子死后用情极深，为其守灵四十九天，几乎粒米未进——这与将军自己的记忆相差甚远：在他及其老管家的记忆中，他不仅没有为妻子守灵，更没有不吃饭，反而还吃了饭喝了酒！这样，记忆的真实与虚假的言说反反复复，人们在不同的场合成了编造谎言的主角，无论是将军也好、传记作家也好、武维扬也好，其实都像作品中的武维扬所说："坦白说，我们都活得很矛盾。"[1] 这篇小说对于人们在现实场景中基于需要进行记忆的"改编"与撒谎的书写，可谓深刻，它反映出的是人性的复杂性问题，更是张大春对于人性、记忆的思考的具体体现，所以虽然作品中的"谎言"书写似乎不如后来的几部长篇有名，但其深刻性是不言而喻的，有学者就曾说："《将军碑》之后，张大春逐渐确立了自己的写作策略，他拒绝抒情，以自我怀疑与否定的姿态颠覆人们对历史、对小说的信任和期待。"[2]

也正是在《将军碑》之后，张大春提出了他有名的"新闻小说"的概念，将新闻与小说看作同样重要的书写对象和风格，同时

<hr>

[1] 《四喜忧国》，远流出版事业股份有限公司 1992 年版，第 16、31 页。

[2] 行超：《孤儿的流浪与成长——论 20 世纪中后期台湾文学中的"孤儿意识"》，《南方文坛》2015 年第 6 期。

也将其谎言书写更多地与新闻、大众传媒相结合。其实,张大春从新闻的角度揭露、书写谎言,在更早的"新闻小说"实验中,就有很好的体现:在《印巴兹共和国事件录》及《天火备忘录》中,张大春不仅通过各种新闻材料的总结,梳理"事件"——印巴兹共和国的政变及台湾的一次核泄漏事件,更揭露了掌握新闻媒介的组织、个人对新闻的操控,从而揭露了新闻领域的"撒谎"及其重要的影响。如《印巴兹共和国事件录》中的三方力量,靠着自己所掌握的新闻媒介,在危机发生时,都及时刊发对自己有利的新闻消息;而《天火备忘录》中的相关部门,在危机发生以后,则采取封锁消息的方式将危机、危害隐藏起来,最终导致了更恶劣的后果,作品"嘲谑了类似的新闻报道或资料报告的真实性"[①]。张大春由此揭露了新闻媒介这一现代文明中重要的存在在面对种种危机、事件时,很难真正做到客观公正地报道事件,由此造成的不良影响可能更大。正如他在《最后的先知》中所讽刺的那样:女记者一方面冠冕堂皇地宣称自己作为新闻记者,就是要客观地反映事实,却又在自己的文章中依据自己的观点和情感倾向以个人立场书写岛上的种种,由此不仅引起了岛上居民之间的冲突,更深深刺激小伊拉泰的观念,导致其消失。《晨间新闻》中的电视新闻主播强尼·华特斯,虽然有着重要的影响力,但是其所播报的新闻,全都出于胡说八道,后来也由于他"一本正经地"说:"根据一位社会写实主义流行歌手的描述:台湾的中国人每年都要吃掉一条高速公路。此外,可靠的消息来源指出:他们把公路上的柏油铲除,搅拌沙拉,用混凝土做三明治。路面下有亿万公吨以上的垃圾和有毒废物,但是在精致的烹饪手艺之下,这些在已开发国家列为污染源的东西都会变成一道道可口的杂碎、炒面和北京鸭。"[②]惹得民众反抗,还导

---

① 胡金伦:《政治、历史与谎言——张大春小说初探(1976—2000)》,台湾政治大学
   2001 年硕士论文,第 120 页。

② 《四喜忧国》,远流出版事业股份有限公司 1992 年版,第 47 页。

致当局对于"TAMADER"的无知的解释而将事态严重化，反映的也是新闻撒谎造成的恶果。

至于《大说谎家》《没人写信给上校》及《撒谎的信徒》三部长篇，更是将新闻、政治、城市的书写交融，又着重讽刺和批判了现实政治的虚伪以及人性复杂性的多元图景。《大说谎家》中的吴宝林，看似是作品中的主角、"说谎家"，但实际上他也只不过是一个普通的角色而已，作为一个略显笨拙而胆小的人物，他的出逃与被追捕、被监控似是必然，也由此决定了他的撒谎在影响力更大的政治人物面前，简直是小巫见大巫。他的岳母陈江美玲、神爷乃至首长等人所操持的种种与政治有关的谎言，乃至文中所涉及的各国、各地区的领导人面对所发生的种种政治事件的谎言，更是影响深远的，它们往往遮蔽了真相，却也由此影响了更多的人及其命运。《没人写信给上校》中的上校的莫名其妙地被杀，更是多种军、政力量和因素相互作用的结果，当他被杀害以后，其实有种种资料可以找到线索，但是，政治当局显示出了极其虚伪、胆小的一面：上校死后官方给出的说法是自杀，"为什么要说他是自杀呢？因为官方不敢说出他杀的真相。海军副总司令卫鲁师就曾经和军法处、武狱室、后勤署等单位的现职主管表示：'不管真相如何——我强调：不管真相。我们的人不能扯进去。'"[1] 为了避免"扯进去"而不公开真相，甚至捏造真相，说上校是受了过多"屈辱"而自杀，类似的谎言恐怕在很多社会都不少见。《撒谎的信徒》中的李政男，本来是一个卑微、渺小、胆小怕事、没有什么大理想的人物，但是由于蒋经国的意外发现和重视以后，逐渐改写自己的历史，张大春对他的行为如此不屑，所以在各种挖苦、嘲讽之中，将他写成了一个向上帝撒谎的信徒。

这三部作品在张大春的创作中很有特色，也颇有影响力，如有学者认为它们是"典型的仿拟、戏谑台湾地区社会政治、历史大文本

---

① 《没人写信给上校》，联合文学出版社有限公司1994年版，第299页。

的'戏仿'小说，它们以各种谎言挑战了政治和宏大历史的真理性，指出其欺骗性、虚假性的本质。这三部小说皆以'新闻、时事'作为书写的基础，带有强烈的影射性，反映了台湾地区政治、历史的发展变迁历程。小说中最引人注目的是各个事件、人物角色、时间地点、情节推进过程等都为读者提供了直接对号入座的联想空间，实现了小说文本与社会政治、历史等大文本的仿拟关系。"[①] 而有意思的是，张大春在书写如此具有"当下性"的事件时，所使用、所突出的，却是撒谎，也就是非真实性的东西，他甚至在《大说谎家》中书写撒谎"教程"："说谎家的第一诫是：不可轻信自己"、"撒谎得练——还得熟练"、"想学习撒谎吗？从你最亲近的人开始罢！只要她（他）相信了，全世界就都相信的"、"要使人们相信你没做什么的话，就告诉他们：你做了别的一些什么。"[②] ……

张大春确实迷恋于谎言书写，无论是对作品中人物的"自欺兼欺人"[③]的书写，还是用"谎言与历史之间的张力来介入台湾历史叙述"[④]，张大春都已经将撒谎当作了一种书写策略。他自己在作品中说"我的初衷只不过是想透过一部充满谎言、谣诼、讹传和妄想所编织起来的故事让那些看来堂而皇之的历史记忆显得荒诞、脆弱"[⑤]。在这些形形色色的人物的撒谎中，张大春看到了人的本性，看到了撒谎、虚假对于人、对于政治的普遍性，由此也上升到了更大的历史维度甚至文明层次来思考问题。诚如胡金伦评价三部书写撒谎的长篇时所言，它们紧贴台湾社会，"站在颠覆真实与虚构的立场，怀疑、挑战及反抗大叙述权威（语言、政治论述、历史、文

① 张琴凤：《论台湾地区及马华新生代作家的"戏仿"历史叙事》，《当代文坛》2010年第6期。

② 《大说谎家》，远流出版事业股份有限公司1990年版，第12、17、27、70页。

③ 王德威：《大头春的忧国新招——评张大春〈撒谎的信徒〉》，《众声喧哗以后：点评当代中文小说》，麦田出版社2001年版，第30页。

④ 肖宝凤：《"仿佛在君父的城邦"：论近20年来外省作家的历史叙述与家国想象》，《台湾研究集刊》2010年第3期。

⑤ 《城邦暴力团》（下），时报文化出版企业股份有限公司2009年版，第232—233页。

学论述、记忆、宗教）"，在各种编织出来的"事实、真理、伪证、谎言混成一团找不到源头时，'真'和'假'就没有区别。真就是假，假就是真"①。这也是张大春的写作策略的重要体现，前文提及，张大春在论及自己对"偶然"的关注时曾言，"原来我们所曾坚信的、固守的、顺理成章而以为着的一切，可能通通是误会"②，这也成了他在作品中怀疑一切的真实性的重要佐证。他也因此借助种种谎言书写"无意识的复制了谎言的神话，把现实扭曲成几无的状态"③。

但将撒谎作为一种书写技巧和策略时，张大春所指向的其实也是多元的现代社会的症结，而并非小说形式的单纯试验，如同胡金伦所总结的，当作者将说谎的技术当作技艺并对其进行膜拜，他其实走向的是一种背叛，"因为谎言／虚构的世界里没有真理！"但这也确实看到张大春"在发达资本主义下，一个成长在都市的年轻小说家，被谎言的技术倒行逆施，迫于在机械复制时代，进行人工复制艺术品，使他无法交心地、真诚地撒谎，导致小说失去人性化的一面"④。当然，更为深刻的，可能是黄锦树的总结：

> ……（张大春）在实践中逐渐建构起他的谎言哲学和形式逻辑。其多姿态和多产，几乎可以说是再现了台湾解严后的多元幻象及追求新事物（新闻化的事件）的速度和永不满足的需求；然而也就在这里，竟可以发现他以他

---

① 胡金伦：《政治、历史与谎言——张大春小说初探（1976—2000）》，台湾政治大学2001年硕士论文，第40页。

② 《偶然之必要——〈四喜忧国〉简体字版序》，《四喜忧国》，广西师范大学出版社2010年版，第8页。

③ 《谎言的技术与真理的技术——书写张大春之书写》，《谎言或真理的技艺：当代中文小说论集》，麦田出版社2003年版，第216页。

④ 胡金伦：《政治、历史与谎言——张大春小说初探（1976—2000）》，台湾政治大学2001年硕士论文，第117页。

神话式（罗兰·巴特意义下的神话）的书写策略，构筑了一己的谎言神话，在作品貌似多元的姿态的深处，竟然可以听见一个清楚、单一、独断的声音原来由一个轻蔑一切的主体寄寓着。那个声音并非向主体自身，而是向外；故而那不是自我的反思之声，而是一个独裁者居高临下时的嗤笑声。这样一个"以撒谎为其信仰"的主体的位置的暴露，在《撒谎的信徒》中被负面认同的独裁者中一览无遗。从而也让我们看到了，张大春再现的其实是一个这样吊诡的"台湾经验"：解严后貌似多元的变相独裁的复杂结构，自称信仰者的自以为是的理性暴虐。谎言的受害者成了最佳的代言人。[1]

可见，张大春的谎言书写是基于对现代社会的深刻理解，也是基于自己对文学、小说创作的独特理解，更是他独特的书写社会现实的角度的体现。无论是谎言书写也好，现代城市的复杂政治生态也好，张大春的书写以明显的现代（后现代）精神来考察现代人的生活，观察现代社会给人带来的种种影响，更不遗余力地书写现代政治的虚伪本质，揭露人们在不同情况下的撒谎的本质，由此试图怀疑真理的可能性，激发人们对人性更深层次的思考。

第五节　武侠的想象：传奇与逃离

武侠想象与书写也是张大春小说中的重要内容，尤其是其力作《城邦暴力团》被定位为新武侠小说以后，其代表的武侠小说写作技巧和方法常常为人称道。的确，张大春的《城邦暴力团》从名字到内

---

[1] 《谎言的技术与真理的技术——书写张大春之书写》，《谎言或真理的技艺：当代中文小说论集》，麦田出版社 2003 年版，第 230 页。

容都有着很浓厚的武侠、江湖色彩，张大春也以他的独特方式发明了多线索、知识型的"城邦暴力团"式的小说创作。其实，早在《公寓导游》中，张大春就表现出了对武侠想象的兴趣，在《大师》中，他借助一个热爱私下看武侠小说的医生在接收并治疗一位大师——和尚的病时的表现，突出了人们对于大师的理解与武侠想象：

> 此刻，伟大的和尚正躺在加护病房里，没有知觉、没有意识、没有思想、没有任何活动能力。而他则静静地在楼上的私人休息室里翻阅武侠小说，把楼下那位"大师"想象成少林派最后一代的掌门人。掌门人被封闭了全身七处大穴，正等待着一位白袍大侠的拯救。他当然要去救的。这一次和已往的无数次没有太大的差别。他无须去了解被拯救者的感觉，无论对方是脑满肠肥的股票商人、吸食过量镇静剂的影视红星、前途看好可是驾驶技术不好的政坛新秀或操劳过度的无业荣民，无论是肉食者或素食者，无论是丐帮或少林派……他们永远只该是手术台上身心麻木的配角，他才是唯一能感觉到死亡并且和死亡展开对决的"大师"呢。①

同样收录于《公寓导游》中的《姜婆斗鬼》，虽然讲的是人、鬼之间的事，但也是江湖、武侠故事。其后在《时间轴》、"大荒野"系列、"春夏秋冬"系列中，张大春都写到了江湖侠客、帮派的诸多故事，甚至在《大唐李白》中，张大春所写的上清派相关的内容、月娘报仇的内容以及写安禄山发家的内容，其实都可以归为江湖、武侠书写。不过，张大春的作品中书写武侠时，并不是重点讲述江湖侠客行侠仗义、惩奸除恶或报仇雪恨等故事。陈平原说，武侠小说是一种通俗文学，它有着情节曲折、语言通俗、情感

① 《公寓导游》，文化艺术出版社 1989 年版，第 23 页。

单一、娱乐性强、体现了大众文化精神等特点①，但如果按这个标准来看张大春的武侠写作，那么恐怕它离武侠小说的通俗性距离还是很远的：张大春笔下写的江湖武侠故事，并没有突出人物的功夫修炼与发挥，也没有太多轰轰烈烈、离奇的江湖经历，更没有刻骨铭心的国仇家恨、爱意别离，他更多地通过其独特的视角书写江湖人物的普通、平凡的一面，或者通过江湖故事书写人的独特心理，乃至他笔下的江湖、江湖人物在看似庞大的体系中反而显得有些渺小、无力，与大众通过武侠所能够获得的理想化的世界有很大差别，张大春的重点甚至不是在讲故事，而在于讲故事的过程或者故事背后的意义分析。

一、江湖的魅影

有学者指出，江湖和武侠是"同生共存"的关系，而江湖是一个"上接庙堂、下联民间的自由空间"，其"一端是历史、一端是民间"，有着边界的模糊性、内部的复杂性及文化的包容性等特点②。的确，武侠小说一般都会想象、设计出一个独特的武侠——江湖空间，它往往有着特定的价值体系和生存逻辑与秩序，形形色色的人物尤其是各色习武练艺之人在其间活动，追寻自己的目的，实现各自的抱负。张大春的武侠类作品中，也确实书写了不同的武侠—江湖空间。不过，张大春所设置的武侠—江湖空间并不是纯然虚幻的，而是与历史、现实有着诸多关联、纠葛的，甚至只是历史、现实中的一部分。如《姜婆斗鬼》中的水口镇，虽然作者模糊了时代，但是故事的发生是在小镇上生活着的人，大多数实际上是普普通通的人，真正有异能、功夫的人如姜婆等，只不过是行踪诡秘的人而已，而

---

① 陈平原：《千古文人侠客梦》，百花文艺出版社 2009 年版，第 215—217 页。

② 朱德发等：《现代中国文学英雄叙事论稿》，山东教育出版社 2006 年版，第 590—591 页。

作品中所处理的事情，虽然有着人鬼两界之间的复仇，但作者更多的还是书写小镇民众的并不光彩的历史，最后甚至揭露姜婆这样的"英雄式"人物的飞扬跋扈、得理不饶人乃至恶的一面。由此我们也可以看出，作品中的"江湖"，实际上只是交杂着各种利益甚至个人名誉等的一个世界而已，这样的世界其实是现实世界的写照。

《时间轴》本来属于穿越到过去的科幻小说，作品中其实重要的还是反思历史的复杂多元性以及改变历史的可能性问题。但作品也在历史中开辟了空间放置江湖——武侠，并将其作为作品的一个重要部分，这样王端、徐香香等人和四个小球回到历史时，既要面对真实的历史的冲击，也要与过去的江湖相来往。作品让王端、徐香香等人穿越回到 19 世纪 80 年代时，与一个后来贯穿作品的"云贵侠客纪一泽"相遇，他是"一个玩世不恭，却心肠很好的侠士，传说他家有万贯祖产，只喜欢刺枪弄棒，学了一身好功夫，却自称'纪贼'，一面四出寻访杀父仇人，一面到处劫杀一些为富不仁的豪门劣绅和山寇土匪，他不做官，却比官还威风"。然而纪一泽作为一个大侠，在面对现代的几个人时，表现出单纯、可爱甚至稚拙的一面，作者不仅让徐香香爱上他，还在书写纪一泽崇拜"罗大侠"、救助越南女、欲杀黄桂兰乃至后来与仇家陆九洲相见等，让现代人目睹了武侠在过去的历史中的种种遭际。实际上，纪一泽也好，半云山的"紫脖子金刀"——也就是"丑和尚"陆九洲也好，乃至越南保王军，这些人虽然都有行侠仗义、奋勇杀敌的气概，但是他们在面对现实／历史世界中的种种官民冲突甚至国家之间的战争时，也是无力、无助的。所以，当面临国家战争与个人仇恨时，作为"大当家"的陆九洲已然成了"丑和尚"，只是步入战场"淡定"打坐，而大名鼎鼎的纪大侠纪一泽则只顾报二十年的杀父之仇，坦陈："纪贼向来就是个我行我素的草莽之徒，什么国事不国事，在下顾不得许多！"反倒只有彭金彪、马国平等大侠们手下的人物同仇敌忾、上阵杀敌，彭金彪还由此牺牲。张大春由此消解了理想化的武侠想象中塑造完美英雄的倾向，将所谓英雄写成缺乏大义之人。而越是在这样多种因素交杂的背景下，越能显现出江湖、战争乃至历史的本质，就像作品中的刘永福的体悟一样："如果说江湖上挑衅冤仇真的只是意气之争，令慷慨磊落之士不齿；那么他毁弃山林，领军报效朝廷，与外夷征城掠地的行径，又何尝不是更大的义气而已呢？"而作品中的陆九洲、纪一泽等人之间的江湖仇杀混入到中法开战的保胜大寨之后，对战争／历史本身也形成了重要的影响，如作为刘永福得力下手的丁小五，既要收拾战场的局面，防卫并保障刘永福的安全，还要关注陆、纪之间的战斗情况，而作为历史上的两国战争的重要一方，法国部队竟然在纪一泽等人以及现代穿越回去的几个小球进入战场之后"悄悄地撤出战圈之外"，"一直要到两天以后才恢复了身为军人的尊严和骄傲"。[①] 可见，小说中的武侠空间与历史形成了相互影响、相互映衬的关系。

　　同样《欢喜贼》中的武侠空间也有具体的历史背景，那就是"同治爷年间"的"抚台大人"所安置的"捻子"聚居地——归德乡。但张大春不再书写历史本身，而将视角转向了有着既定的"贼"的身份又都能修习种种武艺的归德乡"贼户"，而且关注的焦点依然不是习武之人如何习武练艺、走向武林争名夺誉等，而是站在未成年人的成长视角书写归德乡生活的种种，其中既有与官府相斗而批判、讽刺官方的《欢喜贼》，也有书写民间情爱故事的《破解》，有书写官商勾结、城乡差别的《佛爷出土》，也有写另类知识分子"下乡"的《秀才下乡》，当然也有涉及江湖斗争与仇杀的《高猛买》《大槐树》与《水擂》，但即便是这几篇里的江湖仇杀书写，张大春也有意无意地消除英雄的影响，从而将武侠——江湖空间写成了不完满的、卑琐的世界。作品中凡是厉害的人，都没能够展现出自己的勇武的一面，如一开始就被海师傅高度赞为功夫"天下无双"的朱能，在开篇中"来了又走了"之后，就再也没露

<hr>

① 《时间轴》，时报文化出版企业股份有限公司 1986 年版，第 48、197、205、206 页。

过面，而归德乡的领头海师傅以及"屎蛋儿"的母亲萧寡妇，虽然一再被塑造成武艺高强的人，但作者几乎没让他们展示过，甚至在《水擂》中，当韩来喜找上门来报仇时，他们采取的态度是竭力回避。更有甚者，张大春还在《大槐树》中写出海师傅等的父辈们杀害并吃了汉不拉稀的黑暗、残忍的历史经历，将英雄、江湖写成谋害人命的罪恶之地，《高猛买》中的名声响亮的各路英雄，更是面目可憎、狂妄自大、依附权贵……正是这些江湖人物的种种非江湖化的表现，使得《水擂》中前来报仇的韩来喜只能在没有仇人和自己打斗的失落中哭泣，质疑对手们"算什么英雄好汉"。由此，江湖世界成了一个徒有其表的坍塌世界。同样，同属一个系列中的《富贵窑》里，"捣子"们背井离乡，离开归德乡，而穿梭于马鬃山、凤翔集一带，各式人物仍然并未表现出有远大理想，或者在某篇中比较突出的人物，到了另外的篇章中就被消解成了普通、平凡的人了，而给人印象深刻的，反而是焦老太太这样的让人恐怖却又明察秋毫的角色，以及裘家的诡计阴谋，被塑造成令人害怕的山匪龚瞎子，反倒给人和蔼可亲的感觉！由此张大春实际上对江湖世界进行了谐拟与戏仿，在这个江湖世界中，所有的人除了拥有武功，其实与现实生活中的人，并没有多大的区别，而作者所刻意强调的，似乎是他们的挟一技之长的平凡。

在代表性的作品《城邦暴力团》中，张大春所设计的江湖世界又是另一种情形。作品中的"江湖"层面实际上是一个很广阔的世界，张大春将作品中的江湖会党追踪至清代雍正年间的了因、甘凤池、路民瞻、吕四娘、吕元、曹仁父、周浔、白泰官等"江南八侠"，一路顺下来（但又没有特别体系化、脉络化地梳理），直到写1928年的"全国第一届武术考试"，仍然写的是民间各武术派别之间的关系，如飘花门、六合门、螳螂拳、猴拳等，都还是江湖上的武术合流、分化及恩仇往来。但随着1931年"老头子"提出"攘外必先安内"遭遇政治危机，本来为老漕帮在籍成员的他找万砚方请教之后，江湖与政治之间的关系越发紧密和复杂：万砚方给"老头子"出"以退为进，再造中枢"的策略，即蒋介石暂时下野。可是通过广泛发展民间会党再发挥影响的建议虽被采纳，但是其不小心说出的如果革命，老漕帮"数十百万之众"听凭"大元帅"调配的话反而引起了"老头子"的疑虑，由此大量发展各种各样的特务机关如"蓝衣社"等，此后虽然有万砚方1937年前后礼貌地将"老头子"从帮中除名并援助资金，又提供百万资金，让八千子弟参加抗战并最后全都捐躯等，但"老头子""信不过这忠心义胆，且他多年来无时无刻不顾忌着万老爷子的威望本事，疑惧着万老爷子是否容有僭越大位之一日"。[①] 自此以后，江湖帮派之间的恩仇关系、政治对黑帮的防范与利用、特务机关的蔓延等等，弥漫在整个作品中，也弥漫于1920年代末以来的民国史及台湾社会中。不过，从范围、影响力来说，黑帮社会、民间会党等毕竟还是属于一个更广的范围，所以徐老三通过画图给张大春时，代表着各种江湖势力的"妖魔鬼怪的世界"，是一个在政治地图之外的更大的圆圈。而这一切其实都在国民党的情治单位的监控和管辖之下。因此，小说中的江湖人物的言行举止，其实都在政治的影响之下，仅从万砚方这样的大佬的遭遇就可知，政治力量的影响远远高于理想化的江湖世界：他在不断地被怀疑、利用，如被施加压力对付国民党答应给美国的"桐油"，被利用去运送"老头子"私藏的二十万两黄金，当自己的帮众能有机会随船渡海时政治方面又特意安排别的帮派一起渡海以防止其到台湾后一家独大，甚至最后因为被怀疑阻挠"老头子"的"复兴大业"（即"反共复国"）而遭遇杀害，被命令杀害自己的正是本来要继承自己大位的养子，预谋者正是自己的老对手洪门领头洪达展等。更不用说作为另一条线索的张启京所遭遇的迁台过程中的种种，以及仅因为被"六老"委托帮助解字谜而遭遇四个人追杀的非武林中人张大春的遭遇了！

[①] 《城邦暴力团》（一），时报文化出版企业股份有限公司1999年版，第141页。

可以看出，张大春笔下的江湖绝非完全建立在虚幻、理想化世界中的空间，而是与现实有着种种关联的交杂世界，或者说他笔下的江湖并不是一个独立的空间，而是被插入到历史、现实中的，其笔下的人物穿梭于这个空间和现实社会中的诸多其他空间中，但个人经历、心理、思想等也都会随之发生变化。武侠空间影响了现实、历史，历史、现实更有可能让武侠空间脱离固有想象和期待。或者说，"相对其他武侠小说中江湖的域外色彩，张大春有意让江湖更贴近于现实，又或根本就从现实生成"。① 这样，张大春所搭建、建构的江湖——武侠世界就在葆有"武侠"特征的同时，又相当不"武侠"——他总是让他笔下的江湖世界现实化，里面没有浪漫唯美的爱情书写，也没有随处可见的刀光剑影，甚至没有让人印象深刻的侠客义士，而充斥其中的是生活琐事、文人交往、读书解谜等平凡事儿。学者朱丕智曾说："新武侠小说实乃以现实为骨架，以生活扩张化的想象和虚构为血肉，虚实相间而又天然浑成，展现出一种奇而不怪、妙而不玄，似真又假、似假还真，融生活常态和超常态为一体的崭新审美形态。"② 如果从这个标准来看，张大春确实以新武侠的书写姿态，开拓了新的审美取向。

二、"侠"的界限

胡金伦说张大春在《城邦暴力团》中"以'反江湖'的精神，出没于武侠小说的'江湖'和现代生活的'现实'，颠覆武侠小说的'江湖中心论'和史实的背景，解构武侠小说的传统精神"③。

---

① 高嘉谦：《回归江湖：〈城邦暴力团〉的"历史"经验与技艺》，《中极学刊》第 4 辑，2004 年 12 月。

② 朱丕智：《新武侠小说创作方法论——生活逻辑与事理逻辑的艺术融合》，《西南大学学报（社会科学版）》1995 年第 1 期。

③ 胡金伦：《政治、历史与谎言——张大春小说初探（1976—2000）》，台湾政治大学2001 年硕士论文，第 44 页。

的确，由上述论述可知，张大春在构想出一种独特的江湖——武侠空间的时候，其书写武侠的雄心其实已可以窥见：张大春并非为了武侠而写武侠，而更多地是为了通过武侠的书写揭露某种隐秘的社会或者说社会中隐秘存在的某种空间，并对这一空间中的人们之间的权力追逐、人性各面予以呈现，所以无论是对蛮横跋扈甚至残忍的姜婆的书写，还是对大槐树下大冬天杀害汉不拉稀的归德乡老一辈们的书写，都会给我们不舒服的感觉，也就是说，张大春的武侠小说中并不会给读者一个真正崇高、伟岸的英雄人物，反而更多地强调一些类似于英雄人物的人的诸多平常人拥有甚至还不如平常人的地方。也因此，张大春所呈现出来的"侠"的世界，也十分特别。

张大春笔下的武侠世界更着意于利益的追逐与争夺而消解了很多武侠小说中的帮派、义气、仇恨，因此他笔下的仇杀争斗往往会对复仇进行无谓的消解。如《欢喜贼》中的《大槐树》一篇写海师傅的父亲一辈的恩怨：过路客汉不拉稀力大无穷，于是范小棒槌等人计划让他留下来帮助收拾每年九月到他们槐杈口抢劫的土匪厉无常，条件是供给汉不拉稀和他的驴巨大数量的粮草和酒。汉不拉稀果然赶走了厉无常，但因为没有杀死他引得严二锅、海天霸等人的不满，但当地老鸨子水淋漓却借助汉不拉稀的保护开起了妓院，大发其财并供养着汉不拉稀，汉不拉稀不仅留下来还看似笨拙地赚了不少钱，包括在赌局中先输后赢、输小赢大等，更加惹得海天霸等人看不顺眼，于是在大过年期间，海天霸、严二锅等人设计坑害了汉不拉稀，并因为他有诸多神奇的地方，众人以"吃什么补什么"的理念而分食了汉不拉稀。到另一篇《水擂》中，汉不拉稀的儿子韩来喜怒气冲冲地来找海天霸的后人海师傅报仇，他在水擂上口出狂言、伤人无数，甚至伤害了归德乡的几个"小好汉"们，只为了引出海师傅，但姗姗来迟的海师傅不仅不救小孩子们，也不和韩来喜斗杀，反而说："我也不和你斗！""你来，我就走；你打，我就跑。韩来喜！这世间没有公道可说；你这一辈子再搭上你子子孙孙的十辈子、百辈子，也找不回那笔账去。"然后还教训韩来喜一通，说他本来就不是什么英雄好汉，"打从你爹那个年月起，三山五岳十八湖三十六洞七十二寨口，这偌大的一片海湖之上就不出英雄好汉了。你懂么？绝啦！——像汉不拉稀那样儿的，早就绝啦！他生错了年月、投错了胎！我的爷们儿呕！"① 说罢就走，留下韩来喜又哭又叫。这里，张大春就以反英雄的立场来消解了韩来喜的杀父仇恨。张大春甚至还在别的地方交代，海师傅是因为"不忍冤冤相报"②。

无论是顺应"冤冤相报何时了"的"江湖"期待，还是消解报仇本身的合理性和仇杀的残酷性，张大春总是会刻意在作品中设置这种仇恨的消解关节。如，在《李家窖子》中，李元泰明明是被自己的结拜兄弟裘老四无故杀害，但怪人焦老太太压根儿就不让提这回事，使得李元泰的妻子甚至李元泰的三岁的儿子——和尚都对此讳莫如深。《城邦暴力团》中的老漕帮负责人万砚方万老爷子的死，在万德福的探听中完全可以知道是万砚方所选定的继承人万熙与洪门洪达展串通杀害，但老漕帮弟徒们就没有一个被作者写着要去清除万熙。同样，在《大唐李白》中，月娘逮到杀父仇人，却迟迟下不了手，反而带着他一路行走了好几天，仇人越求死心切，月娘越下不了手，在遇到僧人鼓励之后，仇人毛韬在月娘几试刀后而死——而并非被月娘杀死；这样，复仇机会来临时，月娘的心态成了推阻复仇的重要因素。

与消解恩仇相报情结相似的是，张大春笔下的武侠仇杀往往更多地与政治、经济利益捆绑。如《李家窖子》中的凤翔集裘家，因为势力大，不仅让两个棍瘩裘书圣裘书贤诈死，然后归罪于归德乡的搋子，又让两个并未死的人远走上海与外界联络军火，裘老四则为了达到目的不惜带领两个结拜兄弟闯山，以探听沂蒙山的土匪龚瞎子的山形分布、财货分布等；不仅如此，他们还联络官家和郝大

---

① 《欢喜贼》，皇冠杂志社 1989 年版，第 256 页。

② 《豹子胆》，《富贵窑》，时报文化出版企业股份有限公司 2009 年版，第 322 页。

壮做起了团练，横行乡里，目的则在于通过重重机巧掩盖自己攻打龚瞎子以获取其积累经年的"山宝"，并清除异己、扩大自己势力。《高猛买》中的高猛买，则只因为有钱，夸口要买下沂蒙山，因此引发了他联合北五省的几个有名人物，与沂蒙山的土匪龚瞎子之间的恶战。《城邦暴力团》中的老漕帮、洪门等大帮派，本来就在实业方面有着强大的基础，更重要的是他们的系统几十年来与"老头子"蒋介石及其政权之间有着诸多割舍不掉的关系，金钱与经济的往来、政治甚至军事的往来等等一直很频繁、很紧密，不仅如此，国民党到了台湾以后，随之而去的国民党各军政系统里的帮派，也都有着独特的经济、政治等方面的权力、利益，甚至老漕帮的老对头洪门洪达展的儿子洪子瞻，为了做大自己的消防生意，竟时不时借机放火！

与武侠世界、武侠秩序的独特性相关的，是张大春笔下的武侠形象也显得与众不同。一般来讲，武侠小说往往会给读者留下很多令人印象深刻的人物，武艺高强、风流倜傥、行侠仗义、幽默机智、镇定冷漠等等都可能是标签他们的重要词汇。但这样的形象在张大春的小说中很难找到。张大春借司马迁《游侠列传》的观点，说侠不仅要做到"言必信，行必果"等，还不能将这些看作自己的德行，不要名，不要利，"由于在最深刻的动机上，侠是没有儒家那样进取俗世的精神的，不论在表现上如何仗义守信、济弱扶倾，侠的根本信仰和他身世、行脚一样，都有一点飘忽，有一点萍踪不定，是以他不能等同于救苦救难的英雄，不能有神通，不能有法力。他最卓越的神通法力应该是远离人群、远离功名、远离世俗的洞见"。[①] 通读其作品，我们会发现，张大春把自己的理解融入了自己的写作中了。所以他笔下的侠客，正如前文所说，都不能给人深刻的印象。《城邦暴力团》中的万砚方，作为老漕帮的总舵主，应

---

① 张大春：《效忠与任侠：七侠五义》，海豚出版社 2012 年版，第 26—27 页。

该是武艺高强、讲究信义、爱国忠厚之人，不仅如此，他也是个极其聪明敏锐之人，但通篇小说涉及他发挥武艺特长等一般武侠小说中有的桥段几无痕迹，反而在其与"老头子"等的交往中表现出过于谨慎，甚至卑微的一面，才有前文提及的 1937 年以君臣之礼对"老头子"、让八千子弟捐躯抗战、在帮派对手的阴谋及政治人物的疑虑下担当归还美国桐油、帮"老头子"转运黄金等危险的任务，更让读者受刺激的是，小说第二章就让这样一个"正派"中的老大死于非命，而且还让他死前已预测到了自己的命运，因此最后关头埋下字谜等。可以说，万砚方作为一个江湖会党的老大，有着很多正面角色所拥有的特征，但是他又不是一个呼风唤雨、叱咤风云的人物——反而在整部小说中都显示出其对手洪门洪达展等处处占着上风。这样，万砚方这一角色就空有"侠"的表面特征，却没有满足读者对"侠"的诸如完成伟大事业、获得伟大成功等等的期待。其他人物也大抵如此，五岁就从佛头上悟得神功并杀死邢福双、救下嫚儿的欧阳昆仑，后来帮助过老漕帮众多人包括张大春的父亲张启京，却在赴台船上被当局授意让"哼哈二才"将其杀死；飘花门掌门孙少华也武功超群、仗义大方，仅因为一点小事被江南项迪豪当成仇家，后因洪达展勾结莫人杰制造"莫人杰"（假死）事件连同老漕帮被栽赃、造谣，使得他以死明志；万德福作为万砚方身边及死后最得力最忠诚的人，空有一身武艺却没有足够的文化水平，在万砚方死后发挥的作用也甚微；彭子越（彭师傅）本来是欧阳秋的徒弟，曾经练就神奇的"无量功"，后来也是万砚方被杀的知情人，但却一直在现实生活中默默无闻，完全没有侠客的特征……

以上还只是《城邦暴力团》中的一部分角色，至于其他作品中的侠，则要么如前文所言的表面、名声为"侠"却未见多少真正的"侠"的行为甚至是与"侠"的特征相反的，如姜婆（《姜婆斗鬼》）、萧寡妇、海师傅、朱能（《欢喜贼》），要么是默默无闻、竭尽能力隐藏自己的厉害的一面也未见有多少侠肝义胆的行为的人，如《时间轴》中的成了和尚后的陆九洲、《富贵窑》中的金九龄（《刮碑记》）、屈十三（《屈药师》）、郭二竿（《断魂香》）以及《春灯公子》中的达六合（《达六合——艺能品》）乃至《欢喜贼》中的黑秀才等；当然还有一类名声也响亮，人也会行侠仗义、性格也乖张，面相上极其普通甚至丑陋的，如"大荒野"系列中生吃人肉却讲义气、明白事理的土匪龚瞎子，《富贵窑》中的满口狂言恶语却明察一切的焦老太太等。

不过，总体而言，张大春笔下对"侠"的书写，恐怕还是那种总要隐姓埋名的一类最多，也充分符合张大春对于"侠"的界定，也就是那种表面上看起来与常人无异，包括生活习惯等也很平凡却有着武艺方面的异能的人。张大春让这一类掌握奇能异术的人生活在普通人之间，然而又找机会让别人激发出他们的能耐或者创造特殊境遇让他们发挥出自己的奇能。《富贵窑》中的郭二竿，在自己的拜把子弟兄李元泰无故被杀后也神秘失踪，三年后回来人们才知他当了土匪，给人行踪诡异之感，他也没表现出如何义气（《李家窖子》），但却在救助行商田贵民时表现出无比英勇、机智和功夫深厚的一面，甚至听了他的故事都质疑是他所为吗，越往后"越发不信郭二竿能有那么大的能耐"（《断魂香》）；"刮碑大侠"金九龄明明继承了七百年前杨四娘的"天蚕神功"，却改名换姓，"实则还是在传功授艺，以备应时而动"，甚至虽然自己父亲被杀而又杀了仇人，也"不是为了家仇"（《刮碑记》）。又如《春灯公子》中的《达六合》一篇所写，达六合本来武艺高超，却千方百计否定自己和甘凤池（也是张大春在《城邦暴力团》中提到的清代"江南八侠"之一）之间的功夫传承关系，自己开一个酒铺，当作喜好写写字，然而，这一切中却暗含着诸多玄机，也被人追杀过，后来遇到知音"老翰林"才解读出他诗中的所有玄妙。而达六合的认识可能也是张大春对"侠"的另一种认识："那些个来杀我的，是我的知音；而我的知音么，其实也是来杀我的。"①也许，这才是真正的江湖——真正的侠客眼中的江湖。可以说，这样的"侠"已经出离了通俗武侠小说给人制造的娱乐性，而上升到一种人生态度、人生哲学了。也就是说，张大春笔下的真正的侠，往往是湮没在众人中的普通人而已，张大春书写他们的平凡，书写他们现实化的一面甚至写他们的缺点、不高尚的地方，但这些人往往有着明确的自我定位、自我反省意识，所以大力士异人杜麻胡死前自我反省："我自恃一身神力，本不该到处逞能露底，不过生来就是个担事的根性，想要改，是做不到的……自我去后，诸君但请扪心自问：究竟甚么是大力呢？大力毕竟不在你我之辈，我等所能，不过是尽心王事，各宜保育而已。"②《时间轴》中的陆九洲，当了和尚之后走向了种种修行的顿悟，最后以毅然决然走进战局，走到复仇心切的纪一泽面前，坦然赴死；《城邦暴力团》中的孙小六，在"六老"不断地"偷"去传授他们各自的武功绝学之后，应该是一身功夫的，但却处处表现得胆小谨慎，尤其是面对作品中知识分子张大春时，随时是一副谦卑、敬仰的姿态……

不过，循着作品中的张大春作为知识分子在武侠空间的独特位置——无可替代的解谜者——也可以看到张大春在设置武侠人物角色时的另一个倾向，即在武侠故事中凸显知识分子的独特功用。这一点，陈思和曾看得很深刻："小说（指《城邦暴力团——引者》）里的所有故事，也围绕了落难的江湖英雄们如何启发和利用两代知识分子（高阳与张启京为一代，张大春为第二代）的学术研究与写作，来破译官方疑案和公布江湖信息。不是落难文人需要大侠来主持正义，倒是落难大侠需要文人来主持正义。"③如果从这个角度

---

① 《春灯公子》，INK印刻出版有限公司2005年版，第61页。

② 《杜麻胡》，《一夜秋》，INK印刻出版有限公司2011年版，第107页。

③ 陈思和：《城邦暴力团》，陈思和著、颜敏选编：《行思集——台港澳暨海外华文文学论稿》，花城出版社2014年版，第45页。

再来看张大春笔下的武侠世界，那么，知识分子确实是一个很复杂的群体，而且他们甚至往往有着比武侠们更突出的一面。《欢喜贼》中的秀才，要到"贼户乡"时，归德乡的民众并不放在心上，因为都觉得知识分子穷，是县太爷派来的眼线，但当秀才真正来时，虽为一个毫不起眼的黑大汉，但海师傅这样的高手试探他都对其毫无杀伤力，连海师傅都觉得他"是个难缠的"，但虽然他小气、说话有知识分子气，却确实用自己的知识显示出自己的神通，如算定"白俄"劫匪的行踪，让段七爷及七个"小好汉"把他们掀下河报了仇，又在万花皮落水之后根据知识、经验救出他等（《秀才下乡》），后来又根据自己的读书经验协助狗栓子普及"佛爷出土"等知识（《佛爷出土》），在整部《欢喜贼》中的众多人物中，他其实也算是一个给人印象深刻的人，也在归德乡中有一定的位置。同样，《春灯公子》中《达六合》一篇中的老翰林、老书生张钜鹿，致仕之后在达六合开的"帖垆"（酒家）附近买了房子，只因为对达六合所写的书法感兴趣，在附近窥看记录达六合的诗句，后来在达六合的一首七言律诗中看出了达六合写诗的真实意思，并指出达六合曾经防范、杀死刺客等等外人难得知晓的行径，最后双方互相指出彼此的真实身份、目的，原来，达六合之前被一个拳师挑衅后拳师被打死，拳师的真实身份竟然是朝廷派来的刺客，而老翰林本身，竟也是皇家派来窥探达六合老家底的，但是两人由此却引为知音，从此往来，关系更加紧密，一起出诗集，到老死。作品中的老翰林是重要的角色，表面上看他不过是一个老知识分子，但是无论是其执着也好，解读达六合诗歌意思也好，都不是普通人所能做到的，更不用说违抗朝廷命令不杀窥探对象反而与其成为至交，可见他也是一个"高手"。《城邦暴力团》中，李绶武虽然为"竹林七闲"之一，但是他更突出的特点，实际上是对读书的热爱、对理论及研究的追求，从1930年代参加国民政府的古物工作，到赴台以后主持文化事业，自己也写书，又因为其推断能力及过目不忘的能力，所掌握的知识包括近现代的很多事情，都是无人匹敌的，其实他的身份属于典型的知识分子。作品中的张大春之父张启京，也属于这样的一个人物，虽然属于老漕帮的成员之一，但是他的重要工作一直是文职工作，包括 1949 年前在部队里清理账目，到台湾后在李绶武的举荐下被起用编译《中国历代战争史》等。张大春更不用说，作为喜欢读书的学生，读书无数，并且在高阳及自己的父亲的指点之下，逐渐对历史感兴趣，也由此与江湖帮派发生了干系，并解读出万砚方死前的词中的重要的谜，其角色重要性更非同小可，再如高阳，不仅书写小说，也在小说中不断探寻历史真相……

这些人物除了李绶武，其实都与武艺没多大关系，而且李绶武本身其实对武艺也并没有多大兴趣，但是他们通过种种知识、线索，逐渐理顺、建构起了近现代的历史、政治、江湖的种种脉络，自身也在探寻的过程中参与了历史、江湖的建构，实际上他们的地位也是不可忽视的，甚至是极其重要的一分子。诚然，类似的人物形象在有关"侠"的小说中并不少见，王德威在研究《老残游记》时就指出，小说中的老残，虽为侠义之士，但"既非身怀绝技，也不具备传统侠客必定拥有的勇武身躯"，但他作为走方郎中，有着敏锐的正义感和利他主义精神，恰恰表现出侠义精神[1]；李欧梵则将老残称为"文侠"[2]，由此我们也可以寻思：张大春对"侠"的书写，是否具有观念上的"反叛"或突破？

有学者认为，从行侠方式不同这一角度，"侠"可以分为文侠、武侠和儒侠，武侠自不必说，文侠则是"以德服人，以高义感动和驯化人"，行侠仗义，而不靠武力，儒侠则"虽为游侠而仍有儒者之风"[3]。如果以这个标准来看张大春笔下的这些武林人士会发现，

---

① 王德威：《虚张的正义——〈三侠五义〉与〈老残游记〉新论》，《现代中国小说十讲》，复旦大学出版社 2003 年版，第 15—16 页。

② 李欧梵：《帝国末日的山水画：老残游记》，文化艺术出版社 2010 年版，第 28 页。

③ 汪勇豪：《中国游侠史论》，上海人民出版社 2016 年版，第 22—24 页。

其笔下的项迪豪、洪达展、邢福双、裘书圣、裘书贤等反面角色本身确实有着武力方面的修行，但是人品方面却毫不足取，并非真正的侠；而姜婆、万砚方、孙少华、欧阳昆仑、朱能、海师傅、龚瞎子、达六合、郭铁枪等等角色，虽然也都有复杂性甚至有很多缺点，却都在勇力、武力、德行、豪气等方面有不少可取之处，但他们的形象也并非处处以凸显自己的武力行侠仗义之人，反而如上文所言，大部分是尽可能隐匿、躲藏于普通人之中显示出其平凡的一面；至于李绥武、黑大汉等形象，本身既为知识分子，在武林世界中当然也不见得突出，但如果从张大春的一贯的书写知识、知识分子的角度来说，他却又不经意间突出了知识分子的独特地位，尤其是《城邦暴力团》中，如果没有李绥武，整部作品的线索和脉络可能无法被建构出来，同样，少了作品中的张大春，武侠的书写也有可能失去了指涉现实的重要倾向，至于黑大汉、老翰林等形象，更是在武林中加入了调和因素，表现出武林的另一些可能性。这样看来，张大春的武侠世界中，无论是"侠"的角色还是"侠"的精神，其实都是游离于一般的"武侠"的界定和成规的，在他的作品中，并不是要呈现出某个大侠的行侠仗义，树立榜样，而是通过侠的书写，反思历史、反思人性，也反思江湖的种种关系。也就是说，他笔下的武侠人物，似乎都不能单纯地归为文侠、武侠及儒侠。从这个角度来说，也就不难理解，为什么《城邦暴力团》中的孙小六，被传授了多种武功绝学，却不仅不能匡复会党、行侠仗义，甚至对自己的帮派情况、历史等也知之甚少，处处显得平凡、不重要，终于逃亡竹林市；而"大荒野"系列中的那么多故事，在某一篇里是主角似乎表现过人，到了别的篇幅中就成为普通的角色了。

三、"逃离"的寓言

在代表性的武侠作品《城邦暴力团》中，张大春在最开始的

"楔子"中是以这样的话开始的:"或许是出于一种隐秘的逃脱意识,我在念大学的时候每逢寒暑假都不爱回家……"甚至连读书都是为了"逃离":"但是我比谁都清楚:那样读书既不是为学业成绩有所表现,也不是为追求知识与探索真理,而只是我提及的那种逃脱意识的延伸。"[1] 而在 2009 年出版的十周年纪念版的封底,赫然写着几行字作为广告:"逃离现实的武侠叙事与当代史纪实的写作手法,两种不可能的文体交织混成,张大春小说代表的一册,十周年纪念版隆重再现。"[2] 有评论家则指出,《城邦暴力团》"骨子里又隐藏着一个关于'逃亡'的故事,承载着张大春对现代人生活状态的思考","书中涉及的七位老人,均是大隐隐于市的高人,本领已练至出神入化;小说的主人公孙小六更是兼众师之长,但他们却都面临着同样的生存困境——逃亡与无所遁逃的反复纠缠"。[3]

的确,《城邦暴力团》中虽然牵涉到种种复杂的历史、江湖、政治事件,也在虚虚实实之间穿梭,但其"逃亡"主题确实是很明显的:最重要的是牵涉过去/武侠及当下的部分,就是孙小六与作品中的张大春一起出逃,逃往竹林市的部分,但其实作品中的逃离是多种多样的:张启京从大陆到台湾本来已经属于政治动荡中的一种逃亡,但是当他目睹了恩人被害于海上后自己也成了一个精神到肉身的逃亡者;彭子越曾经在救助了自己师傅欧阳秋之后携"无量功"变形隐逃,后来偏又成了目睹万砚方被害的知情人,又开启了另一种隐姓埋名的潜逃生活;万德福作为老漕帮掌舵万砚方身边的得力干将,在万砚方死后也成了逃命之辈……而作品中的线索人物张大春一方面因为沉迷于读书而与现实生活有着"逃脱"关系,另一方面又曾经对自己的生活感到厌烦而要离家出走,想要过"另一种生活",更有甚者则是因为其无意间解除了万砚方临死留下的词

① 《城邦暴力团》(一),时报文化出版企业股份有限公司 1999 年版,第 7 页。

② 《城邦暴力团》(上、下),时报文化出版企业股份有限公司 2009 年版封底。

③ 王云芳:《不拘一格的文体创新——试析张大春长篇武侠力作〈城邦暴力团〉》,《名作欣赏》2013 年第 12 期。

中的谜而被情治单位追杀，成为一个真正的"逃离"者。仅由此，也可以看到，作品中涉及的"逃离"主题是多样的，它甚至可以上升到张大春创作的某种追求，或者说，张大春的武侠书写中，有着深刻的"逃离"的隐喻。

"逃离"的主题也并非在《城邦暴力团》中才有，在武侠因素十分明显的"大荒野"系列中，"逃离"的因素就表现得很突出。如《欢喜贼》中的朱能，是触犯了官府并且为归德乡的团联队长丁三喜所追杀，虽然他出去后曾被高猛买等打残了一条腿，但他不仅是一个江湖上小有名气的英雄之辈，还是归德乡下一代年轻人"出走"及成长的想象性榜样；《破解》中的巴三顺，因为在何树根等人的撺掇和欺骗下，娶了丑女来秀而离家出走，但出走以后也和朱能一样不平常。逃离有时候不仅仅是身体行动，精神上的逃离或许更能表现出身处江湖、社会等复杂背景下的人的精神状态，如整个"大荒野"系列中的归德乡头目海师傅，就有一套"逃离"的哲学，当在他的茶棚里遇到别人的话语无法接时，他往往就以一个逃离的姿态离场。如《高猛买》中，当麻六爷在众人面前吹牛高猛买要买下沂蒙山时，端木大爷毫不留情地揭发：沂蒙山是无价的，没法买，山上的土匪龚瞎子惹不起，之所以容忍麻六爷进山捉蝎子贡献给高猛买，是因为这不值钱。这一揭露让众人打了哆嗦。海师傅说声："天儿凉得可真快嘀？"就转进了屋里，还"好半晌不出来"（《高猛买》）。这还不说，如前文所述，当韩来喜来势汹汹地找上门来为父报仇时，海师傅就是不出现，好不容易出现了，也给对方一通道理回避过去了（《水播》）；等到后来凤翔集上龚家两个少爷龚书圣、龚书贤诈死后又冒名归德乡的捣子为非作案时，海师傅干脆放一把火烧了归德乡，带着乡里一百多号人跑到大孤山躲着去了（《孤山客》）；而《刮碑记》中的金九龄，本来是七百年前红袄军杨四娘的后人，却改姓为金，默默传承杨家功夫武艺，已然将个人恩仇置之度外了。

张大春如此书写武林，将逃离当作重要的向度来书写，其寓意是很明显的。很多学者在研究、评价其《城邦暴力团》时已从不同角度指出过。如有人认为作品中书写近现代史，是以"颠覆武侠、颠覆党国中心史观"为视角的，其中包含着"以否定为肯定"的"再生产"意味，张大春在作品中强调的是"江湖历史不过是官方历史的倒影，历史的真相只能存在于逃亡的风声里"，甚而指出"小说借用武侠形式，以历史即江湖的想象，举国（江湖）皆逃亡，来影射近代中国历史的变动：这既是历史书写，也是武侠类型的颠覆之作，似乎指向了张大春写作历程中的终极关怀"①。也即是说，作品中的逃亡恰恰寓意着对现代官方历史的批判，揭露政治的种种复杂，作者以此颠覆历史。黄锦树则认为，作品一开始就写老漕帮总舵主万砚方被枪杀，因此"它其实是一个让武林高手逃命的武侠小说。它的教训是：古代世界经不起现实的考验，老中国精神性的'气'斗不过西方唯物的'弹'"②，将武侠中的古／今进行对照，认为张大春的书写在于反思武侠世界。也有人指出，"在一个历史脉络底下，张大春的武侠写作直接碰面的就是'经验'，一个有着历史文化意义的'经验'。尽管这样的历史文化空间甚为庞大，但他还是十分民间"，小说中"整部国民政府的斗争或革命史都有其'江湖'的背景，而当中参与的人物显然在'白道'的表面都有其'黑道'的底子。从前武侠小说中位居庙堂的帝王有着微服潜入江湖的欲望，这来自于庙堂与江湖的权力／法律的对立。但那充斥血腥暴力的民国史却由始至终都处在江湖之中。也就是说，江湖的合法暴力就是国民政府政权的稳定"③。这既看到了民国政治历史

---

① 陈建忠：《以小说造史：论高阳与张大春小说中的叙史情结与文化想像》，《淡江中文学报》2012 年 12 月第 27 期。

② 《奇幻的记忆——评张大春〈城邦暴力团〉》，《谎言或真理的技艺：当代中文小说论集》，麦田出版社 2003 年版，第 453—454 页。

③ 高嘉谦：《回归江湖：〈城邦暴力团〉的"历史"经验与技艺》，《中极学刊》第 4 辑，2004 年 12 月。

与黑道的千丝万缕的关系，更将政治与江湖帮派之间的交织关系暴露了出来。

从其夫子自道中，可以推断张大春刻意的逃离书写实际上也不仅仅反映在武侠、政治书写中，还指向人生哲理和文化的。他曾自己解释其逃亡书写："第一层次是逃亡的过程，长辈对晚辈的温情关怀，都可能逼迫晚辈在精神上逃离；第二层次是隐遁，其实是故意放弃，就像苏东坡所说'唯有王城最堪隐，万人如海一身藏'；第三层次则像国民党1949年逃离大陆、渡海的过程。虽然是逃，难道没有开发、找寻神秘之地的意思吗？"所以"'逃亡'不是负面的字眼，它不是逃避责任"[①]。他自述《城邦暴力团》中对孙小六的逃亡的书写：

> ……我想写一个什么东西？想写一个人不断被追捕，被压迫，有人想要控制他，而他想要脱离控制。那他要逃什么呢？他要逃离的是黑社会吗？最容易想到的是这个。接下来我再想到的是，他可能不只要逃离黑社会，还要逃离白社会，逃离光明的社会，逃离无所不在的理想、希望、梦，逃离那些所谓的道德价值，逃离那些公共所加诸的看似是慰藉、温暖和情感的东西，但是他非要逃离不可，因为他看出来在那些背后就是暴力。……[②]

既然一切都隐藏着暴力，一切都萦绕着不安全因素，那么孙小六能做到的，只能是逃亡。也不仅如此，张大春笔下的人，也都在逃亡或者逃亡的路上，或者走向逃亡的觉悟的途中。逃亡几乎成了一种哲学，一种摆脱不掉的宿命，小说中如此，现实中也如此，正如张大春在《我妹妹》中借助妹妹的话所言，"你在逃避，你的小

---

① 《张大春：阅读有时是为了苦感》，《北京青年报》2011年1月9日。

② 《"变态"张大春》，《北京青年报》2011年3月17日。

说是你逃避的交通工具"[1]，甚至连写小说都是一种逃的工具和手段了。如此，也正好映衬了张大春在书写政治时对无所不在的监控及遍布各处的权力的书写。从这个意义上来说，张大春的逃亡书写，并不是武侠所特有，他已经走出了武侠，将思考的维度推广到更大的人类历史空间，也可以说，张大春让逃亡打入了武侠，渗入历史中，从而更深刻地表现人类逃亡的命运与面目。由此，无论是《城邦暴力团》中张大春的要离家出走的尝试，还是《欢喜贼》中屎蛋儿们想要逃离既定的束缚，无论是朱能、彭子越们的出离武侠现场与空间场域，还是张启京赴台之后对自己的历史的愧疚，都是作者潜意识里对逃亡意识的理解，它指向的是一个广阔而深厚的精神空间。从而也就成了一种书写"现代人逃离社会、逃离体制、逃离种种一切的媚俗、拥有自由自足的精神世界的渴望"的"现代人的精神寓言"，甚至是作者自身的"精神逃亡"[2]。

总之，张大春的武侠空间的想象与侠的世界的重塑，是裹挟着现代意识及实验色彩的寓言书写。在他的武侠世界里，江湖帮派与政治力量相倚靠、民间权力与阴谋相交往，形成了一个个复杂的虚伪的利益关系，武侠空间反而遭到压制，而真正的侠们生活于其间显得平凡、普通。正如蔡少阳所说："原来的黑社会是被黑的社会，真正的黑社会冠冕堂皇，大权在握，道貌岸然。正是面对这样的'江湖'，识时务者要逃离、隐遁、流离，就像身负绝世武功却深藏不露的孙小六那样。入世的、以匡扶正义、救国救民为己任的传统大侠，至此背转身去，逃离国家、政治、社会和伟大事业，新的高手在一个个奇门遁甲'阵'中闲了下来，也算是又一种'穿插藏闪'吧。"[3] 而这些走向隐藏的侠所能够做的，只是在被机缘激发的

---

① 《我妹妹》，印刻文学生活杂志出版有限公司 2008 年版，第 122 页。

② 王云芳：《不拘一格的文体创新——试析张大春长篇武侠力作〈城邦暴力团〉》，《名作欣赏》2013 年第 12 期。

③ 蔡少阳：《瞪眼看人，闭眼说话——张大春短小说的叙述游戏》，曹顺庆、张放主编：《华文文学评论》第 1 辑，巴蜀书社 2013 年版，第 122 页。

时候发挥出一些美好的个人品质或者武功学能，那些匡扶天下、行侠仗义的精神逐渐褪色，侠的精神也随着侠们的隐藏、逃亡，如同神话那样缥缈。由此，反倒让控制、干扰人们的种种（政治）权力无所不在，也无所不能。而侠在面对这样的权力监控的冲突时，也只能选择更为谨慎的躲藏与逃亡，正像《城邦暴力团》中的万砚方所言："庙堂太高，江湖又太远，两者原本就该是风马牛不相及的勾当。日后有谁大言不惭地提起什么救国救民的事业来，便是身在江湖、心在庙堂的败类！便是挑起光天化日之劫的灾星！便是祖宗家门的大对头！"[1] 由此面对政治的多番忍让乃至逃亡，就是江湖面对现代政治权力的"觉悟"的体现。而张大春也由对江湖的书写（或者同情），更多地走向政治讽刺与隐喻：那看似无所不能、处处布满情治机构的影子的国民党政权，即便有着更为庞大的江湖帮派可以调度、利用，也终究沦落到丢失政权、逃亡到台湾的命运，然而，即便是偏安于一岛，政治方面仍然在各种防范中逼迫真正的武林高手、豪侠人士走向灭亡。用学者的话来说就是："张大春面对了其必须省思碰面的历史，那属于其父执辈一代的国民政府史、国民党退守台湾的精神史。值得注意的是，张大春显然调侃了国民党政府以复国神话装潢的败战。曾经以革命事业起家的国民政府，在以特务系统统治天下的光辉岁月中，却终究吃了败战像鼠辈般逃到台湾小岛。可想而知，化作武侠小说的语言就仿如一群武林高手逃命去也。尤其民国政治中帮会与党国机器是如此密切合作过。"[2] 这种讽刺与批判，也是张大春在形形色色的试验后面的重要精神特质。

---

[1] 《城邦暴力团》（一），时报文化出版企业股份有限公司1999年版，第177页。

[2] 高嘉谦：《回归江湖：〈城邦暴力团〉的"历史"经验与技艺》，《中极学刊》第4辑，2004年12月。

第六节　知识的异类：虚构、伪造与可能性

张大春似乎追求一种"阅读的苦感"，他说："我认字快五十年了，阅读不是为了快感而发生，有时目的是为了苦感。若在阅读时有一种苦涩，但只要熬过两章节，就有接连不断的快感，你承不承受？"[①] 这种"苦感"与"快感"之间的辩证性，在其创作中也有明显的体验：他的小说往往制造种种陌生感，从而一定程度上推助读者阅读的速度和兴致，但读者又往往会对其提供的种种线索产生好奇，从而继续阅读，最终又会从这些各种各样的知识、线索中得到更多的收获和惊喜。这得益于张大春总是在作品中给人制造亦真亦假的氛围、意境，从而让读者在阅读之后在信与不信之间遭遇文学文本的冲击。而张大春借助自己超常的编造、虚构能力，达到了在作品中编织种种文字、知识体系来蒙混读者的目的。

这当然得益于张大春的博闻强识和博览群书，但也基于他对各种知识、资料的浓厚兴趣。在《雍正的第一滴血》中，他就表示过资料的重要性——"一个历史越悠久、历史资料越庞大的国家，社群、家族、个人甚至东西就越容易在经验法则下拥有真实笃定的意义，越获得尊重，越值得学习，越能激发使命感。"——并表现出他对资料的浓厚兴趣，尤其是那种"看起来琐碎、散漫、抬不进历史的大成殿"的资料[②]。对资料的浓厚兴趣，如果再细微地追索，那么如前文所提及，张大春在"人过美浓三部曲"中的《唐家旧卒》引用史料佐证文中涉及的历史人物的故事及历史小说《剑使》开始按时序罗列历史事件进展，就可以看到张大春善于运用资料的端倪。在《公寓导游》中，张大春也在《写作百无聊赖的方法》《印巴兹共和国事件录》《天火备忘录》等篇中显示出了运用各种知识、

---

① 《张大春：阅读有时是为了苦感》，《北京青年报》2011年1月9日。
② 《自序》，《雍正的第一滴血》，时报文化出版企业股份有限公司1986年版，第8页。

材料编造新的材料及故事的才能。而进入 1990 年代，大概从《大说谎家》开始，张大春就在作品中呈现各式各样的知识、常识、段子等，而且张大春的书写中，对各类知识的呈现真真假假、虚虚实实，作者却又一本正经地对其进行叙述，所以大到政治人物的国际间交往、小到国家领导人的便秘隐私，都曾进入到其作品中。《大说谎家》《没人写信给上校》《撒谎的信徒》《城邦暴力团》《本事》及后来的"春夏秋冬"系列、"大唐李白"系列、《离魂》，都充斥着张大春的种种知识的呈现，在这些亦真亦假的知识整合、重现或者编造、捏造中，更充分显示出张大春构造小说的能力，也可见他开拓小说写作的新向度的尝试和努力。

一、小说与知识书写

前文曾言及，张大春是一个追寻"理想读者"的写作者，其写作观念中更是追求"小说家毕集雄辩、低吟、谵语、谎言于一炉而冶之，使所谓的故事如迷宫，如丛林，如万花筒，如'开放式的百科全书'"。[①] 其写作有着很明显的知识分子化的立场，但张大春又不限于在作品中发表独立见解，对社会政治进行批判、反思等，他还通过写作不断传播、散播各类知识，虽然这些知识有很多属于异类知识、伪知识，编造知识、运用知识、传播知识，在他的作品中随处可见，因此，对各种各样的知识进行书写、编排，成了张大春的作品的重要特色之一。它由此让张大春的知识分子的特色更加鲜明，也让张大春的"百科全书式"小说的创作理想得以体现，由此也扩大了小说（文学）的可能性。从更深一层次来讲，那么，张大春不厌其烦地在小说中呈现各种知识，甚至不惜不断打断叙述中的故事、岔开话题，不仅仅出于他对各种知识、材料的迷恋与创作

---

① 《不登岸便不登岸——一则小说的洪荒界》，《小说稗类》，广西师范大学出版社 2004 年版，第 199 页。

"百科全书式"小说的实践，还在于他运用知识启蒙大众的"使命感"[①]，也在于他对"理想读者"的寻找。

张大春曾讲，"除了历史材料、新闻材料之类的记忆以外，各种门类的知识也可以帮助读新闻的人提出问题，这里面当然也不必排除文学知识，不必排除小说"[②]。实际上，在他的小说创作中，历史的、新闻的、小说的、学术的、民间传说等等相关的资料、知识常常被他信手拈来，编排入小说。这些知识、资料有时候是具有体系性的，有时候又只是作为小说写作的重要的基础，有时候又辅助小说情节的发展。当然，这些知识有时候是杜撰的，有时候又是事实，有时候则是在事实的基础上进行了改造。在这些形形色色、真假莫辨的知识编排中，张大春的小说也逐渐走向完成。

《印巴兹共和国事件录》虽然加了个副标题"菲律宾政变的一个联想"，但除了第一段交代正文部分的写作，最后一段有一点"联想"——而且两段都很短——以外，正文部分都是在言说"印巴兹共和国"的政变，而且第一段即说后文的叙述是"我尽量以资料的面貌来叙录此事"。因此文章"叙录""印巴兹共和国"的事件时，先从地图、名称、生活习俗、婚姻制度、被发现与开发的历史等说起，逐渐转入到几派势力之间的矛盾、斗争及政变过程等，其间不断引证各种"外电资料""新闻资料""社论""专文"以及各种报道、消息、"西方观察家""外交评论家"的种种言论，来整合出整个政变的复杂过程，作品中甚至还对《印巴兹日报》等进行"科普"……而且小说中出现的人名、组织机构名，还都特意标注出其英文对应的名称，出现的时间也都十分具体、精确，并没有给人虚构的感觉。整体而言，小说基本上都是在整合资料的情况下

---

① 解昆桦：《平行时空、伪知识：张大春〈城邦暴力团〉武侠叙事研究》，台湾中兴大学 2018 年硕士论文，第 84 页。

② 《一切都是创作——新闻·小说·新闻小说》（代序），《张大春的文学意见》，远流出版事业股份有限公司 1992 年版，第 12 页。

进行政治科普，是一种知识的普及与传播，完全可以看作是一篇大众化的政治读物。在《天火备忘录》中，作者也在一开始交代所谓"备忘录"的情况，包括其怎样完成，保存形式、参与制作人员情况等，然后将"备忘录"分成两部分："新闻资料部分"和"回忆资料部分"。前一部分中详细地叙述了N七厂发生泄漏、辐射物质溢出引发灾变的种种细节，包括新闻报道的态度、官方的应对、民众的反应等等，同样，整个事件的理顺中，时间感特别强，从"午后一时十五分"到"午时三时整"再到"午后三时三十分""午后三时四十五分"等到"事故发生后十二个小时""二十四小时之内"等等所发生的事情都被作者罗列了出来，其间的新闻报道、官方对策、民众的恐慌等都写得很详细、逼真；而"回忆录"部分则分别让六个人来叙说当时的"灾变"对自己、自己身边的人的影响，其中既有当时的亲历者、救援人员，也有灾后出生的人、与事件没有直接关系的人等等，但都在言说这次灾变本身的种种影响。这篇作品也完全是一个核子泄漏事件的报告，作品的内容基本上都在梳理和呈现相关的资料，与一般的小说讲究故事背景、主要人物和故事情节，有着很大的差别。

如果上述两篇作品主要依托于新闻、档案等资料构成知识的整合与理顺，那么《没人写信给上校》中则运用的是常识性资料与上校被害事件的交错互现来构造小说。这部作品不分章节，也没有明显的事件先后逻辑，而是靠一百八十八个词条组织叙事的，这些词条标题也有重复，但内容上基本都围绕着尹清枫事件展开，但有很多词条下面的内容，也都是对某种常识的解释与普及，有的关联了作品要叙述的故事、人物，有的甚至都没有关涉，而是某种知识的解释。如："178下药"条的内容为：

在中医的用语里面，上药通常是指"将外用药涂敷在患部的表面"，"上"是动词；下药则是指"将内用药喂给患者吞饮服食","下"也是动词。但是"下"字自有其非正面的用意。一般说来，除了"下猛药""下一帖药""对症下药"等正常用法之外，"下药"二字连用时，往往有趁人不备、施以毒手之意。[①]（例一）

"43特权"条则为：

> 特权就是某人在干了某件事之后，人人都会问"他怎么会有办法干这种事？"而人人都不敢追问得太深入的一种情况。避让说：明明收了军火商郑正光一百万贿款的郑立中中将居然在死了一个上校之后七十三天公然召开记者会宣布：一百万是借款而非贿款。这件事比当天在高雄港六十五号码头发生的一宗走私十一吨鸡睾丸的事还需要动用更大的特权。[②]（例二）

在例一中，作者所言都是生活中的种种常识，这样的常识即便是放在文本之外也是成立的，是普泛的知识呈现，其他如"8伤痕""112总统""144电脑"等，均属于这种知识呈现；而例二中的知识虽然也都是普通的常理、常识，但是作者在将这些常识讲完后的进一步的解释、说明、例证中，又往往加入了小说叙事的主干事件相关的内容，如台湾的情况、上校身上的情况、其他相关的事件等等，这类知识呈现也有很多，如"10黑暗""33少将""166誓言"，它们与文本本身关系更加紧密；此外还有一种，作者一般都在词条下面用一个段落有着一句话解说基本知识，然后转入到相关的叙述中，这样的常识具有引领、铺垫等等效果。如"18上校"一条，先用一个段落具体地解释"上校是一种官方的职称"，它在

---

① 《没人写信给上校》，联合文学出版社有限公司1994年版，第366—367页。

② 《没人写信给上校》，联合文学出版社有限公司1994年版，第49页。

台湾的情况等，然后接着借三张照片讲述上校尹清枫本人的故事，这种模式中的知识呈现更普遍，"21 谜团""42 死者""107 员外""136 爱情"等很多词条均为这种类型。整部作品正是在这样的常识呈现与故事讲述交叉中完成了对上校尹清枫被害一案的种种猜测、推理。

有一些知识则来自于各种书籍、档案、文献等。如《城邦暴力团》中涉及了很多清代以来的民间江湖帮派、会党的诸多历史流脉，还有很多近现代历史的情况，张大春在写作时有意地运用各种史料进行"煞有介事的考证"①，其中所依托的最多的证据、知识来源为书中人物"竹林七闲"的著作《食德与画品》（魏谊正）、《神医妙画方凤梧》（万砚方）、《天地会之医术、医学与医道》（汪勋如）、《上海小刀会沿革及洪门旁行秘本之研究》（钱静农授陈秀美所作）、《民初以来秘密社会总谱》（李绶武化名陶带文所作）、《七海惊雷》（"飘花令主"即孙孝胥）及《奇门遁甲术概要》（赵太初）。再如，作品中的张大春之父张启京在李绶武的举荐之下参与《中国历代战争史》的编辑过程中，通过《中央日报》《东南互保章程》《忠诚报》等印证出其编书中所遇到的材料的线索，认出材料中隐藏着当年蒋介石曾经藏于黄泥塘的二十两黄金的秘密等；至于著名的《本事》中的"猴王案考"系列，作者所运用、依托的资料则有丁晏《颐志斋集遗稿》、吴承恩《紫烟馆集》、徐中行《天目山堂集》、蒲悦汉《中国白话小说札记》、孙立斋《松尘笔谈》等等，该书中的其他作品，作者点明知识来源或伪托的出处也有很多，如《布拉黑档案》（《远离星空》）、《三个原始部落的性别与气质》（《瞻仰圣柱》）、《忏悔录》（《忏欲者》）及《泊宅篇》《柳亭杂识》《龙溪别谈》《懒诠集》等中国古代笔记（《蓬莱片》）等等……

仅从这些罗列就可以知道张大春在作品中的知识资源的丰富

① 王云芳：《不拘一格的文体创新——试析张大春长篇武侠力作〈城邦暴力团〉》，《名作欣赏》2013 年第 12 期。

性，而张大春总是会在叙事的关键岔开话去从各种资料中寻求推理性的论证、验证、引证等，使得小说充满了种种迷幻似的真实性，也就是在容易让人觉得其为虚构的小说中加入很多"此话／此事有出处，不是我编造的"的感觉，并由此将相关的知识（伪知识）传播给读者，达到与读者之间的交流。这在笔记小说色彩很浓的"春夏秋冬"系列中更为明显，如《一叶秋》中的《野婆玉》本来要讲笔记传说中的"野女掳小儿引诱成年男子追赶入林设计与其野合"这种情节的故事，但作者并不单刀直入，先说宋人周密的情况，还引了他的好几首词，接着说他有《齐东野语》一书记载过《野婆》，但也不急着进入故事，而又说到该著作的名称，该著作与祝铁林《日南札丛》之间记载的"野女"故事的异同，又牵涉出元代孔齐的《野斋类稿》的记载等等，其间还引证《左传》《旧唐书》等典籍资料，然后才讲述故事。这样，作品中所涉及的资料，有古代文人、著作的介绍，诗词的欣赏，文献考证等，真正的故事叙述反而只占整篇作品的一小部分了。《战夏阳》中的《科名还是要的好——迎合考场价值的传奇故事》也夹叙夹议地叙说、评论了古代科场考试中的几个故事，其引涉的资料来源，作者也分别指出，如范公偁的《过庭录》中记载的"名落孙山"故事，《清稗类钞·门阀录》中记载的唐懋功考试不如儿子的事儿，《聊斋志异》中的"一试定终身"及对科举考试坑害人才的记论乃至高阳的小说《鸳鸯谱之二·小红拂》，《大故事》之《状元的故事》里的记载等等，中间又夹杂着其他的古代科考情况、作者的评论等等。

不仅各种书籍、笔记资料、档案等所记载的东西可以任意拿来构成小说中的重要成分，张大春还在《大唐李白》中大量地借助各种典故来解释、阐释作品中所涉及的诸多诗作，让这些诗作、解读等一同构成小说的一部分。这在《大唐李白》的三部曲中是随处可见的，作品中几乎只要在出现引用李白的作品的时候都会不厌其烦地引证各种资料、知识来对其进行解读。如《凤凰台》一卷第34章中涉及李白的一首诗《金陵白杨十字巷》:"白杨十字巷,北夹湖沟道。不见吴时人,空生唐年草。天地有反覆,宫城尽倾倒。六帝余古丘,樵苏泣遗老。"张大春先从解释时调、近体的角度说该诗作"颇似律体""却全用仄韵",然后从"生""地""城""帝"等字在声律上与"黏对"之间的关系,说诗作在音律上有"曲折",然后解释诗歌题目,说地名源自三国时代孙权所开,紧接着更进一步解释"天地有反覆"典出东汉韩遂故事、"樵苏泣遗老"所用典出自《史记·淮阴侯列传》等等。① 这样的解读、解释,已经是交融着诗歌/文学知识、历史知识甚至语言知识的。而类似这样的解读、解释,几乎是贯穿于三部曲中的。有时更不厌其烦地梳理、罗列李白的诗句,如《大唐李白·少年游》中写李白对谢朓的书写比较多:

> 李白日后以落笔不能自已之句书写谢朓者极多,有时是称许和怀想,像是:"解道澄江净如练,令人长忆谢玄晖"(《金陵城西楼月下吟》),"三山怀谢朓,水澹望长安"(《三山望金陵寄殷淑》);有时是借境而自况,像是:"我家敬亭下,辄继谢公作"(《游敬亭寄崔侍御》),"我吟谢朓诗上语,朔风飒飒吹飞雨"(《酬殷明佐见赠五云裘歌》);有时是感叹斯人斯文竟无后继者,像是:"独酌板桥浦,古人谁可征? 玄晖难再得,洒酒气填膺"(《秋夜板桥浦泛月独酌怀谢朓》);有时又艳赞某家某作颇得谢朓之精神,像是:"诺谓楚人重,诗传谢朓清"(《送储邕之武昌》);有时不为了什么,或许就是忽然间一兴突发,天外飞来,所触仍是谢朓:"明发新林浦,空吟谢朓诗"(《新

---

① 《大唐李白·凤凰台》,新经典图文传播有限公司2014年版,第401—402页。

林浦阻风寄友人》)。①

张大春在小说中所涉及的知识丰富多样，但无论是新闻资料也好、历史知识也罢，抑或是各种各样的典籍文献资料，都在很多作品中占有很重要的地位。如在《天火备忘录》《印巴兹共和国事件录》中，新闻资料及相关知识构成了小说的基础；而《大说谎家》的字体加粗了的箴言及《没人写信给上校》的词条，则是引领作品向前发展的线索和重要推力；《城邦暴力团》中的各种帮会、政治、历史资料则构成了作品中各重要情节的脉络基础和真相的线索；"春夏秋冬"系列及《离魂》中的各种诗词、笔记等等则构成了小说的重要知识呈现和体现小说的笔记性、中国特色的重要组成；《大唐李白》中的知识，无论是对李白的各种作品的解读、鉴赏还是对李白出生、成长中的相关的历史、政治、宗教的背景的书写，也都从侧面衬托和补充了李白的个性；《本事》则本身就书写一些异端知识，知识本身已经成了被书写的主体。

诚然，张大春在他的作品中呈现出种种知识，并构成小说文本、内容中的重要部分，但其小说中的知识也有着诸多不同的呈现形式。如《城邦暴力团》中的七本书所串联、指涉的江湖脉络最终指向的是一个相对完整的武侠派别流变与传承谱系，而《印巴兹共和国事件录》《天火备忘录》的资料、知识，最终构成了具有一定主题指向的故事或者说文系统，因此这几部作品中的知识，可以说是谱系化的知识，也就是说，这些知识是有一定的关系的：《城邦暴力团》中的七本书，均指向了清代雍正时期的"江南八侠"及其后传承下来的各种江湖记忆、门派的脉络；《印巴兹共和国事件录》中的诸多材料则构成了相对完整的"印巴兹共和国政变"的基本情况；《天火备忘录》中的种种资料，也构成了对一次核泄漏事件的完整观察。

---

① 《大唐李白·少年游》，新经典图文传播有限公司2013年版，第325页。

不过，有一类作品中的知识、材料，可能系统性就没那么强，如《大唐李白》中诸多对李白的诗歌的解读、欣赏、说明等，虽然也构成了与诗歌、诗学相关的知识系统，但是由于各首诗歌内容、情感不同，其所指向的知识如典故知识、音律知识等又会有所不同；同样《没人写信给上校》中的各个词条所指向的知识，虽然整体上都最终会指向"尹清枫案"，但是各个词条所指向的内容也有着千差万别，它们之间未必有很紧密的联系甚至毫无关系；与此相类似，"春夏秋冬"系列以及《离魂》中的种种材料，绝大多数出自于各种笔记以及历史文献，虽然它们都有笔记体、传统性甚至好多都是引自文言文材料等等，但是除了笔记体这一点有大的共同性之外，每一个单篇作品里所引用的材料、诗词等，又都是没有紧密关系的。这类知识在作品中的运用我们可称为非系统化的运用。另外还有一些资料的运用比起《没人写信给上校》、"春夏秋冬"系列等来说，运用起来更加散漫，如《大说谎家》中的材料是五花八门的，《本事》中的知识也都幽深辽远等。由此我们也可以笼统地说，从知识之间的关系来看，张大春的作品中的知识，有谱系化的知识、有非系统化的知识、有散漫的知识。

知识的界定也有其复杂性，不同的人对知识有着不同的定义："有时候它可能是一本书，有时候可能是一段节目，有时候可能是一则见闻，有时候可能甚至是一场闲话，随着它的载体千变万化，知识也就有了完全不一样的面貌。"[1] 所以张大春的作品中所涉及的知识，都是多种多样的，而并非只有某一类。如"春夏秋冬"系列中的知识，有的是古典诗词，有的是名人轶事，有的是笔记资料，有的是历史知识等等；而同样是《本事》中的篇章，也涉及古今中外的诸多资料，奇闻怪见甚至学术化的知识等等；《城邦暴力团》中，更是如此，如有学者就指出"'知识'在小说里以各种各样的形式出现了：有叙述人对地方性知识的挖掘，如对'素烧黄

---

① 陈赛：《原来如此！——专访张大春》，《三联生活周刊》2018 年 1 月 25 日。

雀'来历的介绍；也有高阳残稿那一章中文字考古与传奇性知识的串联；更有叙述者'张大春'游戏式阅读所得的知识片段；也有叙述者'我'的父亲张启京在电脑里对那些'备考档'历史知识空白处的填补与文字拆解。"①

二、异类知识/伪知识

尽管张大春的作品中出现了各种各样的知识，在作品中都占有独特的地位，发挥着特有的作用，但是如果把这些知识都当作真的，那么读者很有可能会上当受骗。张大春不仅写过前文所提的"撒谎三部曲"，他自己也以善于编造种种谎言著称，他甚至在"猴王案考"中自己"指责"自己为"大说谎家"②。所以其实他作品中说运用、书写的种种资料、知识，虽然看起来头头是道，有的有具体的时间，有的有真实存在的人，有的引证文献出处看着也天衣无缝，但实际上这些知识可能都是伪造的、虚构的，有的知识又恰恰是现实中又很少能够确证的。

在小说中虚构出种种情节是很普遍而常见的，但是在作品中大量一本正经地书写某种知识，恐怕就比较少见，但这在张大春笔下却是习见常闻，而这些看似有各种现实依托的知识，其实往往是某种异端，构成的是一个异类知识的世界。张大春曾经在作品中指出，在我们的知识系统中，其实还有一些与福柯的知识与权力所涉之外的知识，这就是"异端知识"，他进一步举《列子·汤问》的例子说明，"终北""天池""鲲鹏"等被发现、命名和记录的，都是"纯知识"，它"容或无益于一时的国计民生，容或无助于一时的权力获取，甚至无益于对当下迫切的生命和生活"，紧接着他叙

---

① 毕文君：《类型化写作中的历史隐喻与知识困局——以张大春的〈城邦暴力团〉为例》，《文艺争鸣》2013年第2期。

② 《本事》，联合文学出版社有限公司1998年版，第206页。

述了宋人洪迈编《夷坚志》及《容斋随笔》等的种种情形，认为洪迈编写如此卷帙浩繁的作品，就在于他对异端知识的浓厚兴趣，"提倡一种被视为荒诞、神怪，甚至'疾行无善迹'、'猥亵弥甚的书写'"，所以洪迈的书写虽然被张大春认为不过是八卦杂志一类的东西，但"却为试图推拓知识畛域、以迄于世俗或正统的价值边缘之外的书写者领了航"，并联系当今，认为"对异端知识有真正兴趣的人永远远离实际的权力"。① 由此可见，张大春对于异类知识的书写，核心目的还是要回到自己对于用小说开拓知识视野和畛域、创作"百科全书式小说"的写作观念中。而在他的小说中，异类知识的呈现，也都是不遗余力的。如果说《印巴兹共和国事件录》《天火备忘录》虽然书写另类的知识，但是作者尚以新闻资料为依托让读者觉得其中的诸多内容还有可信性逻辑的话，那么《自莽林跃出》的异类知识的探索和呈现，就更容易在刺激读者的同时让人感叹张大春"瞎掰胡扯"的能力了。作品以第一人称叙述"张"接受了报社的巨额稿酬而到亚马桑河旅行为报社写游记，他确信自己"是第一个跨进亚马桑河源流区域的善良中国人"，他一路上的奇闻怪见也因此充满着异类色彩，如蟑螂有乌龟那么大，大蝶不仅巨大还长了鳞片，巨型鳄鱼眼发橘红色光影，当地人给他推销的"干缩人头"会发出"幽幽切切如丝如发的哭泣"等，更神奇也最令人印象深刻的，是在当地向导卡瓦达的带领下，"我"到了当地的"女人国"，见到的三个女人中的一个，竟然用河南话说"就此别过后会有期吾等告辞"！与这些异类经历与见闻交织着的，还有通过向导了解到的本地人希瓦洛族人与马塔若斯族人的历史，"红鼻大酋长"的经历以及台湾文艺界有关"游记"的认识等等。整篇作品给人的印象，除了作者所营造的在亚马孙的种种魔幻般的奇闻怪见，如在见到当地人眼中神奇的"斐波塔度"后，卡瓦达及癞子狗以及

---

① 《猎得鲲鹏细写真——洪迈与异端知识的核心价值》，《战夏阳》，INK 印刻出版有限公司 2006 年版，第 208—220 页。

"我"竟然都飘了起来，以及在遥远的亚马孙丛林见到会说河南话的女人等，更以第一人称的方式带领读者进入一个空间中去体验异类的生活，这些异类的东西虽然在作者笔下写得极其真实：人物、地名、河流等均有名有姓，时间也很精确，"我"的叙述还很真切，也符合逻辑，但这样的书写放在小说体系中，则异类、伪造、编造的痕迹可想而知。这一方面体现出作者的"撒谎"的能力及想象力，另一方面也充分体现出其对于异类知识的把握和呈现能力。也是由此，作者才在最后刻意加了"后记"，表明自己回到台北后遭遇"没有人相信"的尴尬。这也指向了张大春运用异类知识营构小说的目的，即评论家所言的"运用文字去造设现实"①，或者说，用各类知识编造现实的可能性。

如果说《自莽林跃出》是通过旅行见闻来铺陈异类景象、呈现异类知识，那么《城邦暴力团》《大唐李白》中的各类知识则是通过考证的学术化、知识化的方法呈现出来的。《城邦暴力团》中从"江南八侠"到民国时期的各种技艺、流派的传承情况，就通过七本书及相关资料不断引证、梳理，而在具体的细节上，也通过多种相关资料相互引证。如，作品中说钱静农的祖上钱渡之原为一个乞丐，学艺于"江南八侠"之一周浔，在建筑艺术方面颇有造诣，其技艺家传到清末，曾经在小刀会设计盖楼暗害老漕帮众首领时巧设机关救下老漕帮几十号首领；张大春并不是单纯地讲故事，不断引用陈秀美（钱静农的弟子）《上海小刀会沿革及洪门旁行秘本之研究》的记载，甚至对该著作的情况也花了不少笔墨介绍，同时又引《飞燕外传》《螳臂三十六榫图》《七步惊雷》《旧庵笔记》等诸多文献资料佐证、补充，还说《奥略楼清话》《广天工开物杂钞》等中也记载过此事。② 在这一段叙述中，补充性知识、资料的运用，是

---

① 蔡源煌：《张大春的天方夜谭——评〈自莽林跃出〉》，《四喜忧国》，远流出版事业股份有限公司 1992 年版，第 102 页。

② 《城邦暴力团》（一），时报文化出版企业股份有限公司 1999 年版，第 48—66 页。

学术化的知识呈现与串联，故事叙述不断被知识呈现消解。至于张启京在自己的工作中通过各种资料不断探知老漕帮、国民党的历史，张大春通过高阳的残稿、李绶武的旁敲侧击以及与自己父亲的谈论等逐渐了解隐秘的江湖世界，乃至他解读出《菩萨蛮》中的字谜等，更是各种文学、文化、历史、政治等知识的呈现与运用，张大春不断地呈现这些知识怎样被串联起来、通过什么线索发生关系等思考、发现、探寻的过程，而这样的发现、串联当然是要很多时间的，作品的节奏也在这些串联过程的呈现中不断被打断。诚然，《城邦暴力团》中的七本分别指向不同技艺、为"竹林七闲"的七个老者所著的作品，虽然被作者说得真切无比，但毫无疑问也是作者虚造的。但作品中以民间社党知识、传统技艺等所串联开来的武侠故事，也因为这些"著作"中的知识的填补而显得特色鲜明，由此小说也远离了直书江湖武打与仇怨的通俗模式，而有着特别鲜明的学者化的特征，或者说，作品中的武侠已经成了一种知识化的武侠。它构成的文本世界也有着更多的文化寓意。这一点，学者高嘉谦的阐发颇为中肯：

> 张大春在意的是一套知识系谱与民间传统整合的机制。文人化的武侠小说，意味着知识谱系的重新调整。而这样的调整，着重于从武侠小说中划出一个历史文化空间。言下之意，武侠小说的魅力不再完全依靠现实经验外想象的江湖，而是一个由书场技艺串连起来的历史时空。个中传达知识，甚至是文化传统。于是，就在张大春所处的写作位置上，在其文化教养与文学技艺有所继承的知识谱系里，他意图打开的武侠格局，显然导向了一个知识分子介入历史书写的空间。小说中的六位老人分别以医、易、文、武、书、食作为绝学的传承，显然接上的不再是武侠小说谱系内连创制的虚构武功，而是小说外可以

对应的庞大中国文化的传统。这种近似菁英、典雅的知识谱系的进驻，意味着张大春认真在武侠的虚构经验里处理知识与知识分子的位置。而知识背后接续登场的必然是历史。也就在一个历史脉络底下，张大春的武侠写作直接碰面的就是"经验"，一个有着历史文化意义的"经验"。尽管这样的历史文化空间甚为庞大，但他还是十分民间。那属于稗官野史味道的资料，可以介入现实的缝隙，撑起日常化的历史空间，在民间社会的基础上处理大时代的历史段落，及以知识分子为象征的知识与文化教养。①

至于《大唐李白》中的各种知识，除了前文所言作者引证各种知识、典故对作品中出现的李白的作品进行解读、欣赏以外，还有各种构成了文本重要内容的宗教知识（包括宗教人士——主要是道教"上清派"相关的人物、宗教礼仪、教义理解等）、宫廷秘史（如杨贵妃、梅妃、王皇后等与唐玄宗的关系）、政治历史资料（如李白之前唐王朝的政治变迁，李氏的姓氏追踪与族谱修订中的政治，西域"昭武九姓"的情况与安禄山的成长等）、经济知识（如苏颋当宰相时的经济、货币政策及作为商人家庭的李家经常接触的契券等相关知识）等等。张大春本人也在与傅月庵对谈时自道："到了写小说的人手上，再珍贵、完整、有创造性的经验、现实、知识、情感都是破碎而粗糙的，小说家的眼睛先要把各式各样原本已经成就了的成品看成原料，才有让阳光底下出现新鲜事的可能性。你说《大唐李白》所运用的正史、笔记是其中一部分，对我来说，同样要紧的是还有许多研究者的材料。它们来自诸多学院中无以数计的学者以大唐为范畴的海量论著。建筑、商务、交通、海运、经济活动、宗教仪式、娱乐事业、婚丧礼俗……的确十分繁

---

① 高嘉谦：《回归江湖：〈城邦暴力团〉的"历史"经验与技艺》，《中极学刊》第4辑，2004年12月。

琐。"① 可见他做了充分的准备，并将这些异类知识都揉捏进了作品中。这些异类知识的呈现也并非批评者所指摘的"掉书袋""炫技"，其实也都与作品要着重言说的故事、人物有着或隐或显的关联，如有人所言"《大唐李白》中杂陈大量的道家学说、术数和佛教故事（李白一生都在出世与入世间徘徊），古代诗歌体裁格律的历史沿袭及流变（李白安身立命的所在），隋唐历史政治经济与边疆民族之迁变（李白的身世），你说哪一样与李白无关呢？"② 而张大春的特色以及他的雄心壮志就在于呈现这个相互关联的知识世界。

在另类文本《本事》中，张大春则通过呈现各种阅读见闻编造出极其诡异的种种知识。该集算上作为代序的《本事》及附录的"猴王案考"，共包含 30 篇短篇，除了最后三篇构成"猴王案"外，其他诸篇之间没有联系性。据说这部作品是为了配合每月刊登于《联合文学》的信用卡广告和《花花公子》的性主题趣味，"作者根据他博览搜猎来的史料信息，凭借机巧的想象力，附会、杜撰出一篇篇与'卡片'和'棒子'有某种关联的虚实相掺的'故事'"③。故而作品中既有"用战死的敌人的头盖骨制成的，具有类似'战士授田证'功能的卡片"，其随着不同语言有不同的叫法，食用它装过的动物器脏竟然可以改变人的面貌特征（《包裹中的记忆》）；也有被叫做"圣柱"的棒子作为瞻仰的对象成为成年男女成长瞻仰的神秘对象，当其神秘被破坏（瞻仰、观赏它不再需要付出惨痛代价）之后不仅形成了易物性市场经济，还让人们的侵略性、暴力性等得到改善，更使得性话题成为研究议题（《瞻仰圣柱》）；既有靠魔术表演割耳朵换取标有"talogia""认证"的卡片保住本族人不受罚又执行了皇帝的法令，最后还成为吉普赛人首富的罗猛地加（《吉

---

① 澎湃新闻：《张大春对谈傅月庵：〈大唐李白〉是小说还是历史？》，腾讯网 2015 年 6 月 21 日：https://cul.qq.com/a/20150621/010306.htm。

② 《批评与商榷"学者型小说"，给有准备的读者》，《云南信息报》2014 年 4 月 20 日。

③ 张诵圣：《虚拟的迷宫——评张大春〈本事〉》，《当代台湾文学场域》，江苏大学出版社 2015 年版，第 149 页。

普赛耳朵》），也有行劫被枪击而胸前的信用卡意外发挥神奇作用而发生奇迹的璜安（《洞中生命》）；有伪托各种史料发现的蜡制阳具（《蜡枪头》），也有依托于朝鲜宫廷政变显露出来的梧桐木棒（《神仙去势》）；有"男人的十三乘以三加上九等于老太太"的神奇公式（《男人的十三乘以三加上九等于老太太》），也有神奇的象形文字及古老语言的解读（《巨鸟的一枝》）；既有现代的语言文字游戏（《侯盖的文字游戏》），也有文人心态的深度解读（《忏欲者》）……

诚然，贯穿于作品中的种种卡片、棒状物，虽然如有研究者指出的那样，强调了"权力／身份认证"及"书写／历史真实"之间的"相互辩证关系"，也能看出作者让"虚构"与"现实"相互编织、营构的意图，① 但也正如无数学者、研究者所注意到的，张大春将作品集命名为"本事"，并刻意地加了英文标题 PSEUDO-KNOWLEDGE，即伪知识，可见张大春从标题开始就故意营造一种一本正经地言说各种奇闻轶事而暗暗指明其虚假不实的文字游戏。而从那些丰富多彩的伪知识的呈现中，张大春不仅达到了拼贴"卡片"及"棒状物"的商业化书写，更从种种文字、故事的穿插及异端知识的铺陈中，让知识本身的广阔、多义性展露出来，更为重要的是，张大春以知识分子化的立场来书写和组织这些知识、材料，却又对知识分子进行了讽刺和挖苦，其作品中出现的考古学家、人类学家、作家、诗人等等，正是串联着知识的重要角色，但往往也是被知识捉弄的角色。如他借助 17 世纪的考古学家的译者的语句那样："不要揭穿他人修改过的记忆。"② 或许张大春对异类知识的书写，其实也暗含着对知识、知识人的忠告。王德威指出，张大春在《本事》中想要建构其"伪知识体系"，指出张大春"以小说为喻，暗示知识系统的武断及随机性"，同时他也点出了一个重要的

---

① 陈姿丰：《棒状物与卡片的本事——解读〈本事〉一书的蕴义》，《辅大中研所学刊》第 10 期，2000 年 10 月。

② 《包裹中的记忆》，《本事》，联合文学出版社有限公司 1998 年版，第 30 页。

问题，即："金钱与性是文学之本乎？"不过王德威没有对此进一步分析，只是总结张大春的创作过程融入了经济及象征资本的连作，反思当下的知识，"无论真伪毕竟是有价值的"。[①] 但如果从张大春的创作本身细究，也不难看出，他不断地将与经济活动有关的"卡片""棒子"穿插、隐藏在各类知识的编造中，却又不断地以"伪知识"来自我暴露，很难说其中没有批评知识生态的环境，更不难看出通过文字、知识游戏中，对于理想的读者，或者说其预想中的游戏玩家、对手的期待。所以那些隐藏在各式知识中的"卡片""棒状物"，恐怕也在批评文学中的金钱与性的充塞，并以此作为其引领理想中的读者走向知识层面的交流的"草蛇灰线"。

上述作品中的异类知识、伪知识的书写，张大春虽然有时候也埋下一些"线索"——如《印巴兹共和国事件录》与《天火备忘录》中的前言段落的说明、《本事》的英文标题、《城邦暴力团》中结尾的六种假设等——但绝大部分时候作者都一本正经地考证、叙述、摘抄各种资料，给人一种其所言说的种种本来就存在的感觉。《大说谎家》却是另一种情形，与书名相映衬的是，作品中的知识，作者都以谐谑、玩笑、反讽等方式呈现出来，让人很容易就看出其所言说的是编造的知识，即便有可能是真有其事，最终可能也"弄真成假"，让读者不要相信那是真的。尤其是在构成作品关联性线索的一百七十六条加粗的箴言式串语中。如：

> 62.今日忌开光、嫁娶、穿耳、入宅；宜过街、打鼠、求嗣、说谎。肖羊35岁煞南。读书须采卧姿，决不可轻信黄历，诸赌必输。
>
> 76.通货膨胀率永远低于下列各界人士的自我膨胀系数：作家、教主、记者、官太太、民意代表、名嘴、纯种

---

① 王德威：《真本事与假正经——评张大春〈小说稗类〉与〈本事〉》，《众声喧哗以后：点评当代中文小说》，麦田出版社2001年版，第41—42页。

贵宾狗（含主人）。

6．"能使人相信，才是伟大的谎言。对头脑简单的群众而言，撒大谎比扯小谎有效。"这可是希特勒亲口说的。

33．《选情新闻》的谎言浓度大约在 84% 到 89% 之间。稍高于《此间并无当党政协调》说辞的 81%，稍低于《吴凤神话》的 99%。[①]

这些箴言警语中看似有着各种各样的知识，但这些知识一看就不是真实的，是编造的，没有人会相信的。比起前文所说的对知识的伪装真实，它们直接就告诉读者：这是作者编的，这是撒谎！但是这些假知识中，也提供给读者很多思考，有关政治的、社会的、谎言的等等，它们不仅仅是让读者会心一笑的文字，更能激发读者思考政治、新闻、权力、人与人之间的虚假等等。也就是说，这些"假知识"也在传播着另类的知识、讯息，让读者在寻找、思索知识背后作者的用意时，完成读者与作者之间的"游戏"。张大春自己说："读小说本来就是游戏，一个 gentlemen's club，作者与读者共享的世界有一种'嘤其鸣矣，求其友声'的召唤。作者期待他的读者对于那些充满着知识趣味的内容有着更强烈的好奇，也随之而获得知见上的惊喜或满足。"[②] 那么在这些不算知识的知识呈现中，读者会心一笑的同时，作者恐怕也在文字的另一端微笑吧！

三、真与假：知识的可能性

作为知识分子的张大春，又有着创作艾柯式"百科全书式小说"的雄心壮志及通过文字写作与阅读的游戏追寻"理想读者"的

---

① 《大说谎家》，远流出版事业股份有限公司 1990 年版，第 122、144、29、73 页。
② 澎湃新闻：《张大春对谈傅月庵：〈大唐李白〉是小说还是历史？》，腾讯网 2015 年 6 月 21 日：https://cul.qq.com/a/20150621/010306.htm。

目的，张大春深谙知识本身的复杂性和重要性。他曾表示："在我过去这几十年来的体会里，每一个人生阶段，每一场求知的旅程，所获知的那些个不一致的结果，多多少少都有一些知识的性质。但你说什么东西是知识？我不知道。"[①] 他所编织的种种充满着种种知识的杂糅、排列、罗列的文本，就构成了通过知识开发可能性的途径，他说《大唐李白》中自己"重新以说故事的形式锻铸一番，邀请我的读者进入这个《大唐李白》的俱乐部——那不只是一门一门冷硬的知识，还是开启我们想象诗歌、历史与人情的迷宫"。[②] 其他作品又何尝不是如此呢！

由此，张大春很明显地站在知识分子的角度看待知识，看到了知识的丰富性、广博性的重要性。如《时间轴》中的田妈妈，本来就是一个对历史有着深入研究的人，因此在整部作品中处处表现出来巨大的反思精神，即，现代人可以参与、介入到古代的历史中对其形成影响或者改变吗？可以说，她是一个相当理性的人，因此在所有人面对着回到古人生活中所看到的种种与现代人不一样的地方的时候，往往会表现出来惊恐、惧怕，但田妈妈却表现得异常理性、理智。如，当她和小红球请求丑和尚为他们带路去找其他角色而遭到丑和尚拒绝时，她很自信地决定利用自己渊博的知识自己去寻找；再如，面对尚达儿院长的帮助，即将与其离别时，她站在了"大历史"的角度来理解问题："虽然它无法完全谅解在这一段历史当中法国对满清政府所做的一切，许多事情就好像现在她自己的情况一样：她接受了适时而有限度的施舍，然后被遗弃在一个荒山里，最后对方送给她一个'象征精神上无比崇高的友谊'礼物。"[③] 这可以说是一种比较理智地看待历史和自身经历的一种态度了。所

① 陈赛：《原来如此！——专访张大春》，《三联生活周刊》2018 年 1 月 25 日。

② 澎湃新闻：《张大春对谈傅月庵：〈大唐李白〉是小说还是历史？》，腾讯网 2015 年 6 月 21 日：https://cul.qq.com/a/20150621/010306.htm。

③ 《时间轴》，时报文化出版企业股份有限公司 1986 年版，第 93—94 页。

以，整部作品中，田妈妈的角色是很知识分子化的，她懂的知识多，年纪也比较大，所以看待问题都比较理性，而且从她身上也可以看到知识丰富的好处，所以在图书馆时，她也曾劝王端常用图书证到图书馆看书。但是，人是复杂的，即便是这样一个知识渊博又比较理性的角色，在作品中，她也往往大发慈悲，发"历史的善心"，甚至在小说结尾，她还主动请求小光球救助了危难中的纪一泽。

但知识的海洋如此之广阔，人们了解、接受知识的面始终还是受到限制的，如张大春自己所言："我们能接受、能追寻客观知识的力量，是有限的。"[①] 所以为了"冲决知识的疆界"，张大春便有意无意地在各种文本中尽可能地呈现各类知识，甚至不断地书写、玩弄各种文字、知识的游戏，而且张大春似乎对此很迷恋。阿城就曾记述，他与张大春认识时，张大春就表现出来喜欢问好友诗词知识的问题的习惯；[②] 张大春也在其作品中常常出现字谜、对联等游戏。如《城邦暴力团》中对《菩萨蛮》字谜的解读，对万砚方死后钱静农留下的四句诗的解读以及作品中的张大春为了应付四个追踪他的"猪八戒"而编的假字谜；至于"春夏秋冬"系列、"大唐李白"系列中出现的对诗词作品的解读、阐释，文人间的诗词往来等，更是张大春对于古典文学、文化知识的充分把握与体现；乃至在其《本事》中的《侯盖的文字游戏》以及上述提及的张大春有一文《流徙之战》直接写一个教授设置的"知识游戏"[③]。

张大春运用语言文字，设置游戏情境和知识迷宫，他似乎很满足于以文字、知识乃至各种花样的形式让读者在文字的想象空间里处处碰壁：他所编造的另类知识所指向的，都是虚虚实实、真假难辨的，或许他也正是想要以此抒发他对真实的理解，以此反思知识的可能性问题。他曾有过这样的言论："我们现在提供的知识，看

---

① 《张大春：人生识字忧患终》，《北京青年报》2008 年 3 月 27 日。
② 阿城：《小学的体温》（序），《认得几个字》，上海人民出版社 2009 年版，第 1 页。
③ 《流徙之战》，网络与书编辑部编著：《无限界》，现代出版社 2011 年版，第 118—123 页。

起来很有用，但是在角落里总藏着一点，你不讲，等到他有一天发现了会觉得是骗局。……就好比我们更宁愿这本书能够带来一种没有目的的阅读，或者是没有功利的对于知识的好奇和追求，比起世俗的名利追逐，权力攘夺，看起来好像有趣得多了。"[1] 这表明他想要通过知识的呈现，揭发知识的骗局，也由此激励读者追求纯粹的知识。他甚至多次以后设的笔法在小说中思考真与假的诸多问题。《走路人》中的"我"，在接到任务和乔奇去追赶两个"走路人"的过程中，曾经病倒被乔奇安置在一个山洞里，然后他继续去探寻线索了，留我一个人在山洞里，我却在山洞里看到了有着"绿光闪闪"的眸子的"走路人"，双方之间有了一场厮杀，可等到乔奇回来，我要告诉他时却开不了口，又猛然发现回来的不是乔奇，而是"我爹"，然后"我"和"我爹"都死了。作者在作品中自我分析，如果是一个梦，那么"我"的父亲还硬朗地活着，如果不是梦，那么我的病又奇迹般地好了？这又是什么原因？同样，几十年以后，当"我"和乔奇一起回忆当年似真似幻地追赶"走路人"并且看到"走路人"飞走的事儿以后，都津津乐道，但是，对方说他吃了半熟的猪肉，我却压根儿就不记得有这回事……作者似乎通过此，说明记忆的差错性和不稳定性无处不在，甚至成为生活本身的一部分。作品中的"我"直接质疑："你们这些一天到晚接触资料、整理资料、运用资料的人凭什么去相信资料呢？的确——只要资料之间合理，就值得相信，的确这样么？"事实上，无论世界上的种种知识、资料以何种面貌呈现出来，世界也许都如"我"所说的那样："是的，以假作真，似假似真，真真假假，假假真真——这是多年来乔奇和我埋藏在骨子里的要诀新法。"[2]

《旁白者》中的"我"，从小记忆力惊人，但是"我"所记得的那些事，别人都说是在做梦——即不相信其真实性。后来"我"谈

① 《"变态"张大春》，《北京青年报》2011 年 3 月 17 日。
② 《公寓导游》，文化艺术出版社 1989 年版，第 46、53 页。

了个女朋友——雷芸，她是个女作家，于是"我"的记忆派上了用场，除了"我"的记忆，雷芸会从生活入手进行创作，由此得罪了不少人，因为她常常添油加醋地将这些人写进她的小说，导致真实与虚构的界限不明，引起人们误解。后来雷芸开始更多地从"我"的记忆及"我"和她之间的关系中挖掘题材，使得写出的作品更加真假难辨。作者同样借作品中的"我"说："作家的输入和输出简单又随意，认不得真的。"① 作品同样处理了记忆的真实与否的问题，但是将其放在写作中来说，写作的随意性实际上也是记忆真假的随意性。所以最后，"我"面对雷芸的似真似假的创作，一方面忍受不了她生活在两个世界的状态，另一方面也开始惧怕将自己的记忆呈现给别人。

张大春甚至在作品中质疑材料、知识的可信性。在《城邦暴力团》中，他借作品中潜心于读书、写论文、写小说的书呆子式的张大春在与欧阳红莲交往之后的感觉表示："那个只有白纸黑字、黑字白纸的文学天地变得很不真实、很不具体，甚至可以说非常虚假且非常可笑。"同样也通过"面具爷爷"教给孙小六有关桑树的诸多知识后说，很多知识"你一辈子用不上，也学不来"，"有些是你学得了却未必正用得"。② 也许正是基于这样的认识，张大春才竭尽编造之能事，在《城邦暴力团》着力书写自己为了完成三十万言的硕士论文《西汉文学环境》而手头没有材料却瞎编、捏造，杜撰人名、书名、语言等，乃至于创造了一百三十二个不存在的人名、二百零五本不存在的书、三百二十六则不存在的论述，而硕士论文最终却也答辩通过。③ 也正是这种认识，让张大春在《春灯公子》中编造二十首诗词串联十九个人物的形迹，构成春灯宴的主角，也让

---

① 《公寓导游》，文化艺术出版社 1989 年版，第 61 页。
② 《城邦暴力团》（三），时报文化出版企业股份有限公司 2000 年版，第 7、223—224 页。
③ 《城邦暴力团》（三），时报文化出版企业股份有限公司 2000 年版，第 192—194 页。

他在《战夏阳》中"正儿八经地捏造着小说家身份的'我'和《史记》作者司马迁会面交谈"①，在《一叶秋》中用"懋德堂张家"的种种故事言说映衬各种故事中的神奇性。甚至，如他自己承认的那样，在《大唐李白》中甚至为李白编诗。②

总之，张大春的作品中出现、涉及各类知识，这些知识从各自的文本来看，都有其具体的指向，如《城邦暴力团》中的"庶民知识填补而成的社会空间。历史的日常化，奠基于庶民知识建构的民间广场。而《城邦暴力团》的'城邦'对应于民初以来秘密社会，已揭示其民间中国的立场。只不过这以'总谱'方式形成的庶民空间，到底还是看到了知识分子的身影"。③《战夏阳》中则是"一方面，以'顽童'之名蜚声文坛的张大春，借着以假乱真的手段，又一次证明了自己作为说书界最为全能的小说作家的稳固地位；另一方面，张大春当然也有着借古喻今之意，他假意嘲讽古代书商的生财之道，言下之意或许更是为了对当下的出版业置喙一二；他虚构古代官场的任用顶包、古代科场的烂文上位，虽明知同样的案例不可能原封不动地复制在如今，却也是为了告知类似的稀奇荒诞仍然客观存在"。④《撒谎的信徒》中胡编乱造现当代台湾政治、文化人物的种种、《大说谎家》中无中生有、以假乱真及《本事》《小说稗类》中的诸多异端知识，则是要建立他自己的"伪知识系统"，"暗示知识系统的武断及随机性，以及其总难撇清的虚构前提"。⑤《离

---

① 易扬：《别拿说书人不当史家——评张大春小说集〈战夏阳〉》，《文汇报》2018 年 6 月 25 日。

② 傅小平：《张大春：我认为自己是一个小作家》，《四分之三的沉默：当代文学对话录》，广西师范大学出版社 2016 年版，第 141 页。

③ 高嘉谦：《回归江湖：〈城邦暴力团〉的"历史"经验与技艺》，《中极学刊》第 4 辑，2004 年 12 月。

④ 易扬：《别拿说书人不当史家——评张大春小说集〈战夏阳〉》，《文汇报》2018 年 6 月 25 日。

⑤ 王德威：《真本事与假正经——评张大春〈小说稗类〉与〈本事〉》，《众声喧哗以后：点评当代中文小说》，麦田出版社 2001 年版，第 36—42 页。

魂》中改写古代故事的呈现，则是"在原文的骸骨中注入了现代意识，体现了张大春独特的美学理想和艺术追求"。[1]

诚然，张大春的写作给人撒谎的感觉，他作品中呈现出的各类知识也往往是真假难辨、蒙混读者的异类知识、伪知识，这也有可能真的指向黄锦树所说的质疑"所有的书都有可能是假的"这样的命题，"语言之内，已无任何实在"甚至"不相信自己"[2]的近乎虚无主义的文学观念。但是张大春作为一个知识分子，对知识的玩弄、对读者的游戏，并不一定是对世界的绝望，相反，他更多地可能是要对世界进行思考，对读者进行警示。正如胡金伦所言，他以假乱真、无中生有，正是要表明："不可靠的语言所建构的知识，是能够加工虚拟或捏造的。因此，人们一直赖以生存的知识，极有可能属于虚构的。""所谓真人真事的知识，早就经过语言层层伪装粉饰。"[3]用张大春自己的话来说，就是认识与真实的问题：

　　许多朋友都会特别强调我的作品虚虚实实，真真假假，是真的东西把它写成假的，把假的写成真的。看起来这样的写作很简单，的确。但是对我来讲，它不是艰难与否的问题，而是我们要认知多少层次的真实的问题。我们都以为我们所生活的社会、观察到的社会，或者听说但是可以用经验去体会和验证的社会，是真实的，可真实到底有多少个层次呢？……（中略——引者）我在书写的过程里，从一个谜潜入到另一个谜。越想要通过隐约的方式透露真实社会的底蕴，或者暴露一个真实的历史过程，越是掉入

---

① 曹煜菲：《回首来时，何处是吾家——试论张大春〈离魂〉中的现代意识》，《大众文艺》2017 年第 11 期。

② 《谎言的技术与真理的技术——书写张大春之书写》，《谎言或真理的技艺：当代中文小说论集》，麦田出版社 2003 年版，第 219—220 页。

③ 胡金伦：《政治、历史与谎言——张大春小说初探（1976—2000）》，台湾政治大学 2001 年硕士论文，第 42 页。

了更深的障碍当中。①

可以说，知识构成了张大春进入谜语的基础，也成为他建构各类谜语与读者交流的手段，而张大春真正的目的，还是要通过文字、资料、知识等呈现世界的虚假与真实的种种面向，或者通过知识埋伏线索，让世界的应然的面目和本然的面目之间的关联在读者的视界中得到牵引。

---

① 《"变态"张大春》，《北京青年报》2011年3月17日。

第四章 "古今中外的演替":
张大春的小说创作技法

有研究者曾指出,"'叙事'成为张大春小说的重点,在情节安排和人物塑造上,看出作家有意对抗传统小说的写法,打破时间直线顺序的叙述,用拼贴错乱的喻法取代清楚的小说脉络,交错的情节呈现小说的多样解构与建构……"[1] 其实,纵观张大春的创作,很容易看到,他不仅在内容上不断追求新意,在形式和技巧方面更是不断超越自我甚至超越文坛,"不断的去提供刺激"[2],而且他对此是坚持不懈的,甚至直言自己将种种创新当作自己的野心:"数十年来,无论是欧美或是台湾,绝大部分现代小说作品,它的技法和相关的批评信仰已经到了必须急速翻新的时候,我的野心,就在于用作品来验证翻修的结果。"[3] 于是,他的作品中总是充满各种显而易见的、形形色色的形式与技巧的创新。张大春是一个"不安分"的作家,他不会将某一种或某几种技法固化为自己的"腔调",而在几十年的创作中不断翻新花样,糅合古今中外的种种可能改变小说生态、拓宽小说的界限的技法,都有可能在他的创作中得到运用。张大春曾经在《小说稗类》中说,我们在培养作家时往往会"务使其体系性地认识古今中外小说演替的各种技术,甚至美学原

---

[1] 黄真美:《眷村小说研究》,台湾师范大学 2009 年硕士论文,第 290 页。

[2] 李瑞腾:《创造新的类型,提供新的刺激——李瑞腾专访张大春》,《文讯》总 99 期,1994 年 1 月。

[3] 林耀德:《末世纪的小说策略——和张大春对话》,《香港文学》第 26 期,1987 年 2 月。

理"①，虽然他是站在质疑的角度说的，但借来总结他的创作，可能再合适不过了，即张大春在各种形式与技巧的糅合与创新中，恰巧完成了对各种创作方法和技艺的"古今中外"的"演替"，也由此形成了他的个人化的小说美学。

第一节　从写实到写意：写作方法

"对世界充满好奇，对自己捉摸不定"的张大春②总是不断翻新花样，"创造新的形式，提供新的刺激"，以多变的姿态在创作技法方面不断突破和超越，乃至于詹宏志曾在 1988 年评价《四喜忧国》的主题、特色等之后，又在 1994 年的文章中觉得自己之前的好多评判、推断都"错了"③。由此，我们也就更容易理解，为什么张大春起步于写实色彩很浓的作品，后来又转向了对写实具有挑战甚至玩弄的后设和撒谎中，而在从《公寓导游》至《城邦暴力团》等文本对写实的多重"玩弄"之后，《寻人启事》又给人朴实之感，而稍后的《聆听父亲》甚至比早期的作品还更贴近读者；而《大唐李白》这样书写我们所常闻习见的历史人物，却给我们生涩和隔膜之感。无论如何，张大春的多种方法的试验与探索，恰如张耀升指出的那样，从 1970 年代的写实主义到 1980 年代的后现代主义，再到进入 21 世纪以来"突然转向"传统中国写作方法，确实"特异独行"④。

---

① 《有序不乱乎？——一则小说的体系解》，《小说稗类》，广西师范大学出版社 2004 年版，第 2 页。

② 石静文：《张大春创作的生命力——对世界充满好奇，对自己捉摸不定》，《四喜忧国》，远流出版事业股份有限公司 1992 年版，第 239 页。

③ 詹宏志：《张大春面面观》，《从四〇年代到九〇年代——两岸三边华文小说研讨会论文集》，时报文化出版企业股份有限公司 1994 年版，第 369—372 页。

④ 张耀升：《张大春〈战夏阳〉的解构阅读》，《台湾文学研究学报》第 9 期，2009 年 10 月。

一、"写实"的继承与创新

尽管张大春给人们的印象似乎是个彻头彻尾的后现代主义者，这源自于他在 1980—1990 年代的种种后现代主义倾向的写作实践，诸如魔幻现实主义方法、后设方法的运用，对"一切都是创作""新闻小说"等的提倡及对多种题材的小说的实践等，但其实张大春却无比关注"写实"，"写实"不仅是他文学写作的起步，甚至还可以说是贯穿其创作各阶段的基点。正如张大春自己在最具探索意味的多变阶段所言，"我从来没有真正离开过所谓'写实传统'，我一直想离开，却没有真正的离开"，他甚至坦言："其实我的作品多多少少，仍有非常顽固的部分，据守在'写实传统'上，我也讲求合情合理，讲求人的正常反应，要完完全全打破写实信仰，非常的困难。"[①] 事实上，"'小说'与'现实'、'写实'与'虚构'的对应关系，是张大春数十年的创作生涯中，一直维持着高度关注与深刻思索的问题，随着内心思想的转变，也因此他的小说技法一再转变"。[②] 而张大春所思索和探寻的结果，反倒是更看到"写实"的重要意义：

> 有人说我是反写实的，其实我不是，当写实已经异化成另外一种东西时，你要如何去承认它是写实呢？在台湾，如果我们要往长远的路去看，我认为写实不应再被视为一个大的母体而要被当成创作的基本技术，有了这种技术，才能将外在经验文字化，这是观念上的一大改变。我觉得当一个问题已经问不出答案，或者答案是陈腔滥调，

---

① 林耀德：《末世纪的小说策略——和张大春对话》，《香港文学》第 26 期，1987 年 2 月。

② 郑淑怡：《写实、魔幻与谎言——张大春前期小说美学探讨（1976—1996）》，台湾东海大学 2009 年硕士论文，第 11 页。

我们就要换一个问题。①

　　也就是说，在张大春的观念中，写实作为基本的文学写作方法是不容置疑的，这已经不能成其为问题。那么，在默认写实在创作中的基本功用以后，写实是否就是至高无上的法则呢？实际上，张大春在出版第一个短篇小说集时，就表现出了其"矛盾性"：他一方面看到了"'写实'的情怀和语言几乎成为新一代小说作品的普遍特色"，另一方面又疑虑："如何假定我的描述是'写实'的？又如何证明我的诠释不是大胆而武断的？我所框架所呈现的文化景观是未经扭曲的吗？"②诚然，这是作家初登文坛时，文学观念尚在摇摆、不成熟的结果，但其中也确实透露出了作为知识分子的张大春的反思气质，这样的反思不仅使得其小说有着很大的突破，也使得他此一时期的创作表现出一些在继承当时流行的（乡土）写实的影响的同时，开始彰显其写作的独特文笔和特色，如学者朱双一所总结的那样："张大春的早期作品并未越出一般写实小说的范畴，只不过显露若干特别之处，如较明显的突破陈腐事物束缚的企图，以及较多采用时空交错、心理分析手法等。"③

　　事实上，不仅在1977—1978年间爆发了"乡土文学"论争，使得乡土写实文学在当时的地位凸显出来，亲历者后来的文字中，也足以见得那时候的（乡土）写实的流行，如林耀德曾站在批判的角度表示，"七十年代写实主义之风尚大炽，不仅止步于怀旧与过度简化的世界观之前，也同时造成小说语言粗糙、叙述模式如出一辙，情节结构与批判内容反复雷同的僵局"④；蔡源煌在论及《最

---

① 李瑞腾：《创造新的类型，提供新的刺激——李瑞腾专访张大春》，《文讯》总99期，1994年1月。

② 《书不尽意而已》，《鸡翎图》，时报文化出版事业股份有限公司1981年版，第3页。

③ 朱双一：《近20年台湾文学流脉："战后新世代"文学论》，厦门大学出版社1999年版，第318页。

④ 林耀德：《台湾新世代小说家》，《台港文学选刊》1989第5期。

后的先知》及《饥饿》时，也指出"七十年代的写实偏重社会角度的批判，可是张大春这两篇则着眼于文化角度的观察"①。由此可知，在张大春最初走向文坛时，其创作受到时代氛围的影响应该是比较大的，正如他在 1990 年代时透露的那样，他步入创作时期，"台湾的乡土文学和报道摄影正蔚然开展"，自己身处其中，过后才明白那是一个"关键的年代"，而 1979—1983 年间他参与《中国时报》的工作使得他从"少年滥情"中挣脱出来，反省自己，甚而开始"对创作的形式产生厌倦之感"，开始意识到自己"很难安分地'守住'某一小流写作的叙述方式或修辞风格，以至于更不能忍受一篇作品读起来像'小说'"，尤其是对自己写过的小说，更加以审视和反思。② 而根据学者的考察，当时成为主流的乡土写实文学创作，实现了"时代记录"及"历史书记"的"现实主义要求"，"以'时代记录'和'历史书记'的现实主义特征为基础，此一时期的台湾乡土作家还以强烈的主体精神透过时代表象向历史深处掘进，有力地揭示了时代真相和历史本质，从而也鲜明地凸显出在特定的历史转型时代知识分子所应有的批判性位置"。③ 以此观之，张大春初期的创作的现实主义特征还是很明显的。

相比较而言，除去主题方面的特色，张大春在写作初期在"写实"方面做到的方法、技术方面的有个人特色的地方大致有细致精微地书写小人物、心理描写比较突出、奇巧的比喻彰显个人文采、作品设置悬念与留白等。

（一）书写小人物

张大春初期的创作主要收录于《鸡翎图》（1980）及《张大春

---

① 蔡源煌：《瞎扯淡的艺术》，《当代作家评论》1989 年第 3 期。

② 张大春：《坦白从宽》，《从四〇年代到九〇年代——两岸三边华文小说研讨会论文集》，时报文化出版企业股份有限公司 1994 年版，第 360—362 页。

③ 丁帆等：《中国大陆与台湾乡土小说比较史论》，南京大学出版社 2001 年版，第 376 页。

自选集》（1981）中，另有小部分收录于后来的《公寓导游》（1986）中。①纵观这些作品会发现，他们一方面有着作家最初写作的痕迹和特征，即以书写成长中、走向社会的青年为重要内容，而且第一人称的使用较多；另一方面，它们又有着1970年代的台湾文学注重写实尤其是乡土写实的影响：书写底层人物、普通人物，并由此指向某种社会批判。有关第一方面，似乎绝大部分作家最初写作时都会以自己熟悉的环境、人物等来营构故事情节，所以张大春初期写作中，笔下人物绝大多数为青年人形象并不奇怪。有关第二方面涉及1970年代的文学环境问题。则如学者考察1970年代的乡土小说注重书写"小人物"时所总结的那样，既是中国新文学的重要传统，也是台湾文学的重要传统。②

张大春笔下的"小人物"，首先就包括青春成长中的青年，作者书写这些青年，并没有将他们写成获得某种成功、出人头地的"励志"型人物；相反，他们往往经历种种失落、失败，甚至沦为小偷等，或者作为普通的成长青年经历社会现象的冲击。如《悬荡》中的"我"，最开始在缆车中观察各种人物时，表现出一种对周围人的不屑来，尤其对"女泰山"的鄙夷，给读者的感觉应该是他要么有独立的某种认识或者是社会地位不低的人，但在拥挤的人群中，"我"由于别人讨论"恐高症"而联想到自己当年经历过联考失败、去跳楼自杀的经历；《捉放贼》中的青年大学生，更是与舍监"斗争"、半夜偷东西等，虽然最后发现别的"小偷"时，去将其抓了现行，但整体上他们表现出来的并不是崇高的知识分子气质，反而多了几分流气；《再见阿郎再见》中的青年作家，为了观

① 张大春曾坦陈自己1979至1983年间仅有《新闻锁》《墙》等两三个短篇创作（张大春：《坦白从宽》,《从四〇年代到九〇年代——两岸三边华文小说研讨会论文集》，时报文化出版企业股份有限公司1994年版，第362页），《新闻锁》已收录于《张大春自选集》,《墙》收录于《公寓导游》。

② 丁帆等：《中国大陆与台湾乡土小说比较史论》，南京大学出版社2001年版，第392页。

念中的"寻找"写作题材,花钱去找妓女,表面上看,他这样的精神和坚守似乎显得比较高尚——他确实没有碰触妓女,而不断地表明自己去替妓女申冤的目的:"我发表了你的故事;你们的故事,社会可能,对!很可能就不再歧视你们,还有那些吸你们血的人,我要让他们不再榨你们!"[1] 不过,在"采访"的过程中,他恰恰表现出对妓女的距离感——不仅以高高在上的姿态与其对话,还不断嫌弃她们脏、嫌弃她们的细菌,乃至于最后楼里发生火灾,他也因为害怕"细菌"而没有伸出援助之手,等到离开大楼回望火灾现场及听了别人的议论后,他才若有觉悟地"走近高楼"。至于《四强风》中几个沦为小混混的偷盗青年,则在偷盗过程中表现出彼此之间在人性、欲望、爱情方面的复杂关系;《练家子》中更表现出普通青年在社会上的艰难;《新闻锁》则通过娄敬的经历表明社会青年在大学里的不公的遭遇;《星星的眼神》中的金根,到城里变成了小混混;《夜路》中的青年,则不堪工作压力,在夜路上将自己幻化成不同的主体与自己对话,连狗也成了与他对峙的重要对手;唯一被写成学习成绩好、充满希望的丁百强(《剧情》),虽然在邻居莫太太的口中是各种学习的榜样、充满希望的大学生"苗子",但现实生活中却是在学校里与人打架,内心里担忧着父亲对自己的"惩戒"的角色……

张大春书写这些青年时,虽然也偶尔表露出他们的自我反思、觉醒意识,但绝大多数都是平凡甚至卑微的。而正是这样书写,反而凸显出张大春笔下的人物的真实:这些并非英雄人物,并非社会政治大人物的形象,在青春成长及走向社会的过程中,在面对种种无法面对、无法理解甚至不可理喻的社会规则时的迷茫、矛盾,正好契合了有着理想化色彩的青年的心态。正如有研究者所指出的那样,"张大春所要表现的是年轻人时而反道德、时而崇正义的矛盾情结,而这也是写实小说最热衷的题材之一:人性如何与社会环环

---

[1] 《鸡翎图》,时报文化出版事业股份有限公司1981年版,第77页。

相扣，在私欲与公义中摇摆"。① 因此，《四强风》中的少年经历过成长中的不公平待遇（经常被叔叔打骂）及成年人复杂关系的冲击（见证了婶婶的偷情及被无情抛弃），并在自己的青春情感遭遇中体会了背叛（自己的女朋友和自己的兄弟搞在一起了）之后，自己也选择了"背叛"组织，实际上也正是社会对其挤压的结果，看似是一种走向正义般的"改邪归正"，但从另一个角度看，又何尝不是一种残忍的报复呢？同样，《夜路》中的青年编剧，遭遇主任的种种为难之后在夜路上的神奇"遭遇"，又何尝不是对现实的不满和自己的异化呢？由此回过头来看《悬荡》，面对现实的复杂性，作品中的"我"最后反思的是："果真是这样的么？"② 这不也透露出初走上文坛的张大春对现实的质疑以及对成长的困惑？

张大春也并不是很狭隘地仅书写青春少年的成长经验，如《龙陵五日》中的主人公就是一个少年，而让其在文坛崭露头角的《鸡翎图》则书写的是老兵形象，《咱俩一块儿去——闲居赋》甚至比较早地就关注了老年人，《星星的眼神》中的重要角色，也是一个从乡下来的老年人歌手。这些形象的塑造虽然不多，但是也表现出张大春初期写作中的较开阔的视野，所以这几部作品中的人物形象，再加上其早期散文"人过美浓三部曲"中所关注的老兵、老农等，共同构成了青春书写以外的人物形象系列。相比较于《悬荡》《剧情》等的青春成长书写表现青年矛盾、复杂心态及社会的复杂性对青年人的投射，这类小说有着较明显的历史感和"乡愁"色彩，由此也倒向了与当时的写实文学主流相联系却又有所拓宽的一面。在这些书写中，批判性减弱，而更多的是人情、人性的抒怀。《龙陵五日》中的少年石柱，虽然是一个籍籍无名的孤儿，但是面对国仇家恨，他有的是一份上战场打仗的决心，甚至不惜得谎报自己的年

---

① 郑淑怡：《写实、魔幻与谎言——张大春前期小说美学探讨（1976—1996）》，台湾东海大学 2009 年硕士论文，第 21 页。

② 《鸡翎图》，时报文化出版事业股份有限公司 1981 年版，第 19 页。

龄。当面临战争危机时，营长葛大胡子命令他撤离到后方，他却不听，并一再想要满足获得一把枪的愿望。当营长终于给了他一把枪并且让他坚持下去、护送云姐母子下山时，面对新的一轮危机——敌人靠近，他受伤——这时候的石柱回到了第一次开枪的紧张与焦虑中，终于下了狠心开了枪打死对方，却发现对方也其实是一个小孩子，然后又经历了营长的死……一系列的灾难、危机恰恰很细致地突出了石柱的心理变化和成长的觉悟，因此，当营长死后，其死前教导石柱的"自己撑"的"打仗"本质，得到了传承，也担任了护送云姐母子的任务。可以说，这是一个成长主题，也是一个历史战争主题，但是张大春并没有将视线集中于某个有名的将领，也没有突出战争策略等，反而通过一个十三岁的少年的经历，凸显出战争本身的残酷性，更让成长主体在面对种种危难时，获得对自己身份的塑造。

与此相似，《鸡翎图》中的蔡其实作为一个老兵形象，承载的文化意义则更加复杂：一方面，作为军人的他练就了坚强的毅力和镇定自若的性格，所以自己选择将自己养的鸡全部捕杀、受到排长等的关怀时，他表现得异常平静、淡定；另一方面，作为远离家乡并且临出走时还与弟弟争毽子的蔡其实，将自己养的鸡纷纷取名老家家人的名字包括自己的"大柱子"及弟弟的"二愣子"，则体现出了浓浓的乡愁，这种客居异地他乡的人的感情（亲情）还原，不是借助人与人之间的诉说，而是将其投射于一群生物，既让自己的感情异化，也让鸡与鸡之间的关系"人化"，恰更能表现出蔡其实的怀乡之情，以及临走时招惹弟弟及父亲生气的反思之痛——而这种痛在无法与亲人面对面化解时更加疼痛。此外，也许更为重要的是，作为一个个体，承载着军人身份及离乡的痛楚和忏悔等多重压力，蔡其实身上所体现出来的个人气质和人生坚守更让人印象深刻——而这一点似乎很少有评论者提及，因此作品中化身为自己名字"大柱子"的鸡，被蔡其实饲养得又大又漂亮。当身为排长的"我"询问其情况时，蔡其实的反应是既强调老家人说鸡在夜里就瞎了不能像狗和鹅一样看门而自己的"大柱子"却"可灵了，看家站哨不比那些横二霸三的狗子差"："俺就不信啊，您看，排长！'大柱子'这身量，跟个鹞子似的。"当"排长"问起其重量时，他又不失礼貌而又立场鲜明地表示："报告排长，俺那鸡……不上秤的！""这，俺从来也没称过，没称过。"更为明显的是，当部队要开拔，排长命令所有士兵处理掉自己所养的动物时，蔡其实再一次强调了自己养的鸡不上秤，还故意开高价，当惹急了买鸡的老板时，他点出了自己的立场是："告诉你，蔡其实没有贱价钱！"及至最终他选择在树林里挖坑杀埋了自己所养的鸡。面对"大柱子"时，他再次强调自己离家前父亲对他的鞭打与教训："大柱子啊，是汉子就得有好价钱！争，争不来的！……"①

从头到尾，蔡其实所强调和突出的，更多的是自己为人处世的正气和傲骨。从这个角度看来，张大春赋予蔡其实这样的小人物的意义，已经对当时的写实主义文学有了很大的拓宽。张大春对蔡其实的塑造，其实并不止于"这种抄家灭族的狠劲和自我毁灭的决心，对应的是革命军人为了理念而捐身离家，导致家破人亡的悲剧"。也不限于书写"台湾社会外省老兵的孤绝命运，引把自弥漫在眷村里头浓浓的乡愁气息"②。反倒是最初的评论者可能是一句无心的话更为恰切，那就是彭瑞金所言的：《鸡翎图》表现出了"新生代作家不平凡的道德信念"③。这也确实是张大春在创作初期在对小人物的塑造时所表现出来的重要指向。由此再延伸出去，则《咱俩一块儿去——闲居赋》中的杜老太太及其丈夫的生活虽然琐碎平淡，却逐渐指向了老夫老妻之间的淡而不疏的彼此了解及对待子

① 《鸡翎图》，时报文化出版事业股份有限公司1981年版，第191、195、198页。

② 郑淑怡：《写实、魔幻与谎言——张大春前期小说美学探讨（1976—1996）》，台湾东海大学2009年硕士论文，第24页。

③ 彭瑞金：《〈鸡翎图〉简介　写实文学的新视野》，《台湾乡土作家近作选》1980年版，第273页。

女的浓厚的感情;《星星的眼神》中的邱枝一把年纪却到城里卖艺只为了追寻自己的上大学的孙子金根,饱含的是现代化过程中的对未来及城市的期待,更多的也是对亲情的维护。而这两部作品中的人物,由于都是上了年纪的人物,恰好更能突出张大春所持有的历史感及情感观照,当然,也更能体现出张大春在乡土写实的大环境下对于人性、对于道德的期待与向往。这或许也正是他从普通小人物形象中所看到的希望。

至于此时期张大春所写的几篇历史小说,虽然看似都是以有名的历史人物为写作对象,但是其实细细看来,这些历史人物在张大春笔下被突出的,反而是他们的卑微、平凡乃至变态的一面,离我们印象中的历史大人物是有很大距离的。比如《剑使》中的薛无患,作为一介武夫,生在乱世,并没能够发挥自己杀敌报国的报复,反而无法自主地承担起传递剑书及守节报国的理念,不仅表面上显示出其无用武之地,更在本身性格方面也刻画出他的甚至可以说很卑微的反思、自省心态。如"自己区区武夫只是江湖路客。初次见面的老者,竟许为器用,大敌魁首,反倒成了鼠辈……""谁说书生不能尽忠?讲将起来,武夫合当愧死。""来去但求一死,他本无患。然而,自视两只铜拳,一双铁臂,战阵中不过多杀他三五个敌寇而已。兵荒马乱当中,有用之躯反倒不见得比那些壮丁村勇更来得价高。每论及绿林之辈,他都笑傲鄙视。此刻,他却悔了,悔当初不学万人敌。念及前夜欲行刺郭荣的鲁莽,他只想着:匹夫啊,匹夫!枉被郑昭业看重,该当愧死!"这样空有一身抱负,却不能去践行,反倒不断陷入到内心的自我斗争中,张大春已经将历史人物平庸、卑琐化了。同样,在《荡寇津》中,战败无援的黄巢,一方面不断表现出残忍、暴力的一面,如下令搜索细作、滥杀无辜甚至残忍地设"春磨寨"等,然而一面又不断地回想自己当年称帝长安的盛景,怀念当时对百姓的承诺,如今似乎异常清醒,却又似乎毫无办法控制自己。其他人物包括朱温、李克用等,也都表现出暗自算计、失去方向等阴险、卑琐的一面，却又在行动上都处处延缓。《干戈变》中的苻坚，更是在出兵江南失败后由于"放得开的是生死，放不开的是声名"，他不断期待"江表伟人"的出场，而更致命的是他对于自己战败和比不过谢家、自己不是"正朔"的"羞耻"，已经让他失去了安全感，却又失落到"所怕的是什么"，①所以在战场上已经成了一个失魂落魄的人。这样，张大春以一种近于残酷的书写手法，将这些历史人物的卑琐、失落等方面呈现在读者面前，容易让读者产生疑虑：这么些曾经改变历史的重要人物，在面对自己的欲望、情感、功名等时，竟然被微小的历史细节挤压成了几乎无法自主的人物。

不过，也正是这些对历史人物心理的细致的刻画，让作品中的人物形象脱离了历史人物高高在上、远离民众的一贯思维，更在人物形象的塑造中，让读者看到张大春对写实手法的探索：这些作品的人物形象的鲜活，其实不仅仅是作者运用写实手法的结果，更多的是他在心理刻画等方面的功底的突出效果。而这已经逐渐出离了写实手法了。正如研究者指出的那样，这三篇作品"不论是写作技巧或主题意识上，都表现出对历史再诠释的兴趣，同一事件，通过不同角度叙述，形成了不同的故事，彼此间又因战事而有所联系，表现了以新叙述手法书写小说的尝试"。②"张大春'似善实恶'的描写手法，已拥有相当的功力，并可见日后批判语言权力'伪善'之意念根源。"③ 由这几篇处理历史题材的作品往其后张大春的创作推移，就容易认识到，张大春对于历史人物（大人物）的描写，所采取的态度都不是对其进行热情的赞扬，而是对其进行更多的细致的剖析和批判，这条路子随着以后写武镇东将军（《将军碑》）、尹

---

① 《张大春自选集》，世界文物供应社 1981 年版，第 118、119、120—121、137、138 页。

② 林铭亮：《讽刺与谐拟——论张大春小说中的讽喻主体》，台湾清华大学 2010 年硕士论文，第 71 页。

③ 郑淑怡：《写实、魔幻与谎言——张大春前期小说美学探讨（1976—1996）》，台湾东海大学 2009 年硕士论文，第 48 页。

清枫上校（《没人写信给上校》）、"老头子"蒋介石（《城邦暴力团》）、李政男（《撒谎的信徒》）、陈江美玲（宋美龄）（《大说谎家》）乃至李白（《大唐李白》）等时，不断地被深化和拓展。以此，不难看到《时间轴》《四喜忧国》《寻人启事》以及"大荒野"系列、"春夏秋冬"系列中张大春从不同的角度对普通人物、小人物形象的面相、性格等方面的开拓，也多少有些初期创作时人物形象塑造功底的延伸意义和效果。

（二）出色的心理描写

虽然属于写实作品，但张大春早期的作品给人的基本印象恐怕是：故事性不强。这倒不是说张大春不善于讲故事，而是张大春的创作从一开始就似乎不注重给读者讲述生动有趣的故事，但读过这些作品，恐怕会觉得他的重要倾向在于心理写实，甚至可以说，张大春早期创作中最为出彩的，可能是作品中对人物的心理活动的细致的描写和表现。所以无论是《悬荡》中初入社会的青年，还是因为在学校里与同学打架而害怕父亲惩罚的丁百强（《剧情》），抑或是想要让丈夫和自己一起去教堂又不怎么抱希望的杜太太（《咱俩一块儿去——闲居赋》），都已经让人印象很深刻了，及至《夜路》中的青年的神奇的经历，则更容易让读者看到那是其心理活动的极端化表现。至于三篇历史小说，更是在大量铺陈作品中的人物心理的同时，将故事叙述一再推延、化解，甚至在《干戈变》中，打仗中的诸多活动，似乎都成了苻坚心理活动的陪衬，时不时将其拉回到现实世界之中。

张大春对其笔下人物的心理活动的书写，往往是将其作为故事情节向前推进的主干力量，其他的故事情节往往形成了对其的打乱、冲击、拉回等，但是其他故事情节又和心理书写共同构成了文本的重要部分，二者又似乎都是不可或缺的，小说文本于是在相互交织和相互补充中向前推进。

如《剧情》中的视角虽然为第三人称视角，但却基本集中于丁百强身上，写丁百强，又重点在于刻画其心理活动。但张大春又不单刀直入地书写丁百强有什么心事，反而是从其吃饭时的异样写起，当其老姊问他补习的事时，他"看也不看她，一仰脖子灌下半碗汤，手背抹去了嘴角顺下的汤汁"，才回答，看似漫不经心，其实读者已经可以猜到他内心已经有什么不舒适的地方。紧接着他放下碗筷去开电视机，却拧过了头，声音猛地传出，他自己也被吓一跳，姐姐却又继续追问，他则蹲在那里抖腿，"不得意也要得意的"，还故意放大音量，根据电视里的广告调侃姐姐。至此，读者很容易就认为，丁百强面对姐姐的追问，只是要逃避饭后的补习而已。但张大春却不将读者往这条路带，却让丁百强回复姐姐自己说过要走却不是要出去之后，转而写道："快了。他想。老爸只要三杯下肚，话就来了。不是哼上两句坐宫，就是数落一段往事，弄到大家都下了饭桌自己还没来得及扒两口饭。"这一个"快了"，已经暗藏玄机，说明丁百强心里有什么更重要的东西？但作者又不抖搂，而继续写他在与姐姐的辩驳中，怎样故意翻阅报纸发出声音，而当他妈妈也发话时，他又反而期待"最好吵起来"，然后又因为他爸爸的冷静不做声表示扫兴。这样，投射到丁百强心上对他形成影响的，其实主要有其姐的催促、其父的表情，紧接着，又加入了电视广告，于是他一方面对姐姐的数落不断回击，一方面又暗自观察其父的行为举止，同时又对电视中发出的声音投以回应，如觉得广告都是做戏等。及至姐姐和妈妈出去散步以后，丁百强的内心活动反而更加活跃起来，他内心里逐渐抖搂刚才自己和姐姐顶嘴其实只是出于故意做戏，其实还是为要错过补习而后悔的，同时又想做更大的戏："他想和老爸提一提学校里那件轰轰烈烈的事。有些时候，要故意做出一副凶恶的模样，尤其是受了自己的气。"于是添油加醋地将在学校里和人打架的事向他爸爸吹嘘了一番，其实内心里是期待爸爸听了以后信以为真并有所反应，但又怀疑自己的编排爸爸不一定信，果然，爸爸的反应比较平淡，反而激起了他自己讲述自己的故事。这样，丁百强的心理期待也算是部分地得到了满足。而紧接着隔壁莫太太来访，投射在他心里并激起其反应的又变成了莫太太和他爸爸的对话，自己作为一个学习表现比隔壁莫莉莲好的学生，当两位家长谈及各自的孩子的学习表现时，他听到对方安心学习更刺激到自己，还一度想要生气回房间。不料自己的爸爸紧接着所编的"戏"，不仅打消了自己的内心的不快，反而让他笑了起来：他爸爸向对方说，总是埋头学习是不好的，他的一个医生朋友告诉他，现在学生中流行某种精神分裂性病症。很明显，这是编造的，因为丁百强从来没听说过自己的爸爸有医生朋友，但是莫太太却信以为真，不断询问这样的病严不严重，并在惊吓中离开了。丁百强也由此在同情莫太太和怀疑自己的爸爸中，回到房里。这篇小说中的情节包括丁百强与姐姐之间的争辩、丁百强向父亲吹嘘在学校打架、丁父一本正经地欺骗莫太太等，其实它们之间是缺乏关联的，但张大春着重书写了贯穿几个故事的丁百强的心理活动，同时又不断地让电视中的广告、电视剧中的对话不断投射到人物内心，影响或者衬托丁百强的心理活动，从而让小说成了以丁百强的心理活动串联三个重要情节的文本综合。故事的表面当然很写实，但是其指向的并不是人物性格，而是具有一定的青春叛逆心理的丁百强对人与人之间的关系的感知："这是在做戏，什么都带些假意，笑也是闹也是……剧情全是编的，所谓故意。""说不出为什么要赌这气，明知道老爸也在忍着，他仍自己不可收拾地迸着一字一句。时而也会怀疑：老爸难道会相信他编排的这些？虽然有很多次，当他回想起来，自己也往往对那些假假的情节信以为真。""猛然一愣，他真糊涂了。老爸的态度非常认真，让他觉得做了那么久的戏——尤其不仅在今天而已。——竟然真达到了效果？"[1] 这样的内心活动的书写，其实已经指向了张大春后来对现实、真实的一贯的怀疑态度。

---

[1] 《鸡翎图》，时报文化出版事业有限公司1981年版，第21—37页。

同样，在《咱俩一块儿去——闲居赋》中，张大春也细致地写出了杜老太太从下定决心要说动自己的丈夫和自己一起去教堂到最后不经意间打动自己的丈夫和自己一起去教堂的过程中的心理状态及其变化。不过，作品中的心理描写又不是单向的，而是两面交叉的，即，既写了杜太太的心理，也写了她丈夫的心理，心理活动和想法往往各不相同，却又时不时被现实串联起来。小说一开始就单刀直入地写杜老太太的心理："杜老太太已经盘算好了，无论如何，非得拉着杜老头跟她一块儿作礼拜去不可，她要和那根闷心眼的橛子抗上一抗。"这是杜老太太在早晨买豆浆回到家之际的念头，但其实她并没有表露心迹，反而生发出无数的别的心思、担忧，如老头子有没有起床啊，埋怨门把手坏了老头子不修理啊，数落老头子不听医生劝告啦等等，直到做好了鸡蛋被老头子抱怨没开抽风机，她的心思才回到了"正题"："……倒是吃完了可怎么架着他走？他可不像丁家老头那么好说话，橛子！……好歹这老头子今天是要走这一遭的。"可见她心里虽有决心，但是并无把握。但杜老太太这个"想要老头子和她一起去教堂"的"主要心理活动"仍然不断地被诸如抱怨老头子心口不一、想念几个儿子、计划给儿女们织帽子等"次要心理活动"打断，甚至直到吃完饭准备走了她其实想要拽老头子去教堂的念头都还只是在心理活动，她说其间只是偶尔回到要让老头子和她去的念头上来，如拿包子给老头子吃时想到喂饱了他就不怕他不上路，她对老头子说"我走了"。然后犹豫"推开纱门，她站住。要不要拉他去呢？只要走上一趟，用不着催，第二回他会自己追上门去"。这样的犹豫紧接着又被"打断"，因为她想起老头子的毛衣坏了，该补一补，紧接着因为看到了教堂的十字架，她又回到了"拽老头子去教堂"这事上，再次用丁老头的"着了道儿"对比，想起老头子的一贯的不满意，认定自己"从来也不说声：咱们一块儿去吧？他才不移樽就教呢！"可是虽然这样认为，当她回去取要送给林太太的帽子时，又猛然下定决心要给自己的所有家人，包括老头子一人织一顶帽子。老头子恰好因为包子好吃，追问起包子的来源，包子又是教会里的林太太送的，所以杜老太太思考要打多少顶帽子之余，却猜想老头子"可能不会太倔"，进而却增加了信心："她知道：他跑不掉了。"因此顺口再问了一遍要不要一起去，顺便为要嫁女儿的林太太道喜，竟不由分说地将他拽着去了。至此，一直沉重地萦绕在杜老太太心头的愿望，竟然在一种欢快的节奏中实现了。与此同时，杜老头的心理活动其实也被刻画得很到位，从一早上起来看报纸时所关心的主要是连载武侠小说的情节开始，他的心绪、心理也不断被现实生活中杜老太太与他的言语、行为的交集打乱，他也时不时埋怨杜老太太节省不开抽风机，抱怨她的"妇人之见"，看新闻念及儿子等，也要为自己忘记了什么事作斗争。当杜老太太强行说动他去教堂时，他满口拒绝，因为想起了丁老头与隔壁李大妈姊妹等做礼拜的人们称兄道弟的行为，接受不了，并想想自己站在街坊们中间会"呆头呆脑的多不像样"，然而尽管如此，当修门、喂鸟等借口已经不顶用，"他也弄不清自己是想去还是不想去了，就算看在帽子的分上。又打一个饱嗝："咱俩一块儿去啊？'废话！废话！可不是自己想的啊，看在了帽子分上"。[1] 由此，在杜老太太想来艰难、沉重的事情，竟以滑稽、可笑的方式得以实现，而通过两人的内心活动的细致的描写，也突出了两人的性格：原来一直被认为比较"倔"的"橛子"杜老头，其实语言上倔强、无情，内心里其实还是有很温软的一面的——如他表面数落了包子的缺点时，本来也只是习惯性的说辞，但是为了不让杜老太太生气，赶紧转移话题说可能信箱有信件；同样，杜老太太虽然看似心思比较多，但其实她也有活泼的一面。作者通过他们二人的彼此不一致的内心活动的书写，又让他们在行动上彼此交集，由此不仅突出了二人彼此了解的"老夫老妻"的深厚感情，更将二人的形象画于笔端。

---

[1] 《鸡翎图》，时报文化出版事业股份有限公司 1981 年版，第 55—68 页。

三篇历史小说，其最突出的地方也就在于回到了历史上的具体场景中对人物的内心的细致的刻画。如前文所言，《干戈变》中的苻坚，由于其"自卑""羞耻"心态，在战火纷飞中作为主角，不断想起的是别人对自己的不认可，心心念念的是把自己比下去的"江表伟人"谢玄能出场直接面对自己，沉浸在这样的挥之不去的心理压力下，人变得恍惚，不断询问的是："谢玄呢？""那我呢？"《剑使》中的薛无患，也不断陷入自我怀疑中，由此变得更加失落和迷茫；《荡寇津》中的诸多人物的复杂心思，也是作者刻画的重点，如他写李克用对于究竟要不要发兵时，说他"完全不知道：发兵何往？"因为他的敌手们都不知在何处，所以"此刻他空掌着四州五部的大军，却无用武之地。偌大一方河南道，任他终夜北望，也只是旷野疏星"。而出兵路上一路延缓的他，不仅在等待时机，等待众多敌对力量互相损耗，更是对乱世和自己的"清醒"认识："明知这是乱世；明知乱世的争斗不分正变；也明知自己出兵援唐，未必只是单纯的勤王仇贼，他拥有重兵，应该知道满足，知道难免遭忌，遭忌也必须强忍……然而此际，以及长久以来凭马远眺的许多时刻中，他想到了报复。"张大春不仅仅刻画他在战争中的多种利益、目的，并且更深层次地进入到历史人物的内心，将他们报国、勤王等看似伟大的被历史不断述说的动机放在旁边，反而以极其个人化的报复来消解大历史叙述，因此，李克用从仇恨的角度想起了吝啬军饷的唐帅郑从谠，想起黄巢，并自剖心理，觉得其实连自己也不是出于对百姓的爱，他的恨不仅包括"披发纹面的流寇"，更包括"互相鱼肉的乱臣"，其之所以不断延缓时间，则是要"玩弄黄巢一番"[1]……由此细致的分析，很容易看到李克用心理的复杂性，甚至变态性了。这样的心理分析，甚至都不是纯粹的写实了。难怪有研究者就认为《干戈变》表面上描写一个历史事件，实则包装着现代主义对内心世界的探索。回顾《剑使》《荡寇津》

---

① 《张大春自选集》，世界文物供应社1981年版，第160、173页。

也可看出不同趣味:《剑使》表现贼兵兵临城下时每个人物的挣扎,毫无勇往直前无畏牺牲的刻板叙述;《荡寇津》以王师、黄巢、平民百姓三者的观点穿插进行,三个层面叙述……"由此认定张大春其实是在尝试用"新手法"写小说。[①]

总之,张大春早期作品中的人物心理刻画,不仅精细入微,还都能够贴近人物性格,从而塑造出风范的人物形象,无论是《悬荡》中的寻死而不敢跳楼的"我"以及《剧情》《四强风》《练家子》中的青春成长者心态,还是《咱俩一块儿去——闲居赋》《星星的眼神》中的老年人心理表现以及《干戈变》《荡寇津》《剑使》中历史人物的独特心境描写,都充分展示了张大春擅长把握和运用心理描写,逐渐超越写实手法来对人物心理进行分析等创作的特质,至于《夜路》中,张大春已经将人物心理书写融合了分裂、想象、鬼神等因素,将年轻编剧在职业及生活中所受到的压力幻化成了多重主体进行对话,从而形成独特的文本,"一旦读者进入这样晦涩不明的境域,就好似真能体会主人翁'编剧'先生的灰色心境——独自暗夜中行走的编剧,一方面笼罩于对鬼魅的恐惧,一方面想起自己创作瓶颈上的恐惧——企划课的肥胖主任暗示他改改剧本,原本八点档的时段都占不上了,但现在一马克杯冲五勺咖啡精也写不出个什么鬼来。原本编剧(以及读者)以为黑暗中神秘的声响只是源于自己的疑神疑鬼,但随着其内心不断的抱怨,一直未现形的鬼魅却突然出声了,并热心地跟他开聊了几句,也就在编剧渐渐松懈心防的当下,倏忽,他却被打了一记不小的耳光——这当然不是鬼打人,而是人打人——埋伏于暗处的抢匪半路杀出,毫不客气地搜括了独行夜路的倒霉编剧"。[②]可以说是心理写实的魔幻化了。

---

① 林铭亮:《讽刺与谐拟——论张大春小说中的讽喻主体》,台湾清华大学 2010 年硕士论文,第 70—71 页。
② 郑淑怡:《写实、魔幻与谎言——张大春前期小说美学探讨(1976—1996)》,台湾东海大学 2009 年硕士论文,第 42—43 页。

（三）奇巧的语言、修辞

初登文坛的张大春，在作品中表现出文采飞扬的一面，其作品中时不时出现一些比喻精巧、夸张独特、拟人形象的句子，显露出他对语言文字的精准运用及丰富的想象力。

《鸡翎图》是张大春最初的作品，篇幅其实很短，以上还没完全总结出其中的修辞手法的运用，但由此已经可以看出，张大春对于文学语言的把握能力和遣词造句的能力非同一般，其文采文思也得到了很好的体现。而实际上，类似的多样的修辞手法与敏捷的文思，在张大春的早期作品中是很普遍的。尤其是比喻、拟人这两种手法，运用得很普遍，可以说绝大部分作品中都会运用到。如下罗列的例子可见一斑：

> 左脚跟斜斜地靠在右踝弯里，上面是紧紧密密的一堆皱纹，像是刀切的刻痕，粗糙深硬，却也不见血。(《剧情》)

> 牌子上那个眼睛曾经流转如波的美女躺着，瞳仁的地方变成两个黑洞洞。(《再见阿郎再见》)

> 施以光仰头对着吊灯，眼眸里闪着一个玻璃晶球。(《练家子》)

> 一抹鲜赤的霞云从半天里斜劈下去，像只蹄子似的踏在一片城垣上。(《龙陵五日》)

> 此刻马蹄的声潮，便如雨点，浇他一身奇冷，却让他清醒过来。(《干戈变》)

> 电视机只腾给他一篇纷纷缤缤的乱彩。(《剧情》)

> 风铃仍无知地叮当着。(《捉放贼》)

> 站在太阳底下，他让那温温和和的光把副老朽的骨头好生捏上一捏。(《咱俩一块儿去》)

> 路灯把他的影子拉到脚底来，缩成一窝窝。(《夜路》)

背影渗进小镇的轮廓里。(《鸡翎图》)

远处的校景便在一瞬间悬垂下来似的撑住他背后。

(《新闻锁》)

天空仍旧一片沉灰，云霁揉成厚甸甸的巨大棉絮，压住大梁城方圆二十里内的平旷原野。(《荡寇津》)

其他修辞手法在张大春早期的写作中也比较常见，且特色鲜明。如《干戈变》写中写苻坚"听见肩头和腋下的筋肉在抽搐，那声音，越来越真切，深入耳鼓"。这是很明显的通感手法的运用。《龙陵五日》中的石柱初到军营中被询问其是不是要找吃的，他却说自己是要打仗的，紧接着"许多纷乱的记忆，蓦然从他脑中涌袭到眼前来，总是一片漫天的火光，衬着夜黑哗然四起……"既用将记忆动作化了，还用了通感手法。而《干戈变》中的"晚来风急，黄骠马一路只压着头，让那排鬃毛给吹得成了落潮的江水"[1]，则不仅用一个"压"字形象生动地写出战败环境下连马都刻意控制情绪和行为一般，而风将马鬃吹得像落潮江水，既是比喻，也含着夸张。

除了修辞手法的普遍运用，张大春还擅长运用词语的不同组合，制造新颖的句法结构，营造独特的环境、氛围。如《剑使》刚进入故事时营造的环境为："时辰早已无辨了，天色一迳昏沉。老鹳河水轻淡地流着，沙鸥远游，楚州城只剩孤垣四壁。风来得正紧，车道上那人的一袭灰衫给掀得律律成声，衫下一双劲足，点点落落，直奔关门。"[2]用时辰无辨、天色昏沉交代了时间，河水轻淡、沙鸥远游写出安静气氛，但"只剩孤垣四壁"立刻添上了颓败、紧张和肃杀的氛围，夜色中的行人在风中打破寂静，但是"劲足"的"点点落落"，让紧张的气氛自然而然地呈现了出来，既有文字意象的考究搭配，也有自然天成的环境烘托。《练家子》中写

---

① 《张大春自选集》，世界文物供应社 1981 年版，第 64、128、135 页。

② 《张大春自选集》，世界文物供应社 1981 年版，第 109 页。

施以光找"我"寻求帮助时，作者写到天色的变化为："窗外的天色无声无息地沉下来，凉风一排排地打着。"[1] 也写得很形象，表面上看，前一句写"无声无息"，后一句又"一排排地打着"，似乎相互矛盾，但是细细品味，前一句写的是天色，天色变化本来很难用声息来界定，后一句写起风了还不小，因此用"一排排"，恰能体现出风吹来的感觉，两句结合，一动一静，将天气的变化形象立体地呈现了出来。再如，《新闻锁》中写娄敬见到赵教授时的情形："那辆奔驰轿车停下来的时候地面发出一阵轻柔的挤压声，黑色引擎盖上的阳光仿佛仍在滑动着，车窗上的帘布一迳是拉严了的。"[2] 地面发出轻柔的声音，引擎盖上的阳光似乎在滑动，这在写停车、下车时似乎并不算什么，但是如果联系后面赵教授的讲究的行为，如拍拭袖口，走路发出皮鞋的回声等，再回头看其停车，可见到赵教授注重外在表现、自信乃至傲气的一面，越发与赵教授无故给娄敬的考试判零分并撒谎其没来上课，不给改正学校错误决定的机会等形成了强烈的对比。

在字词的创意组合方面，张大春更大胆地选用一些字词，来进行别人很少会用在一起的搭配。如《鸡翎图》中写时光流逝，作者是这样写的："我站出去，阳光松了一些，有一半已经从指挥部的平顶面降下了，落上防风林的树梢。"一个"松了"和一个"降下"，将太阳的变化刻画得栩栩如生，颇有灵动之感。《四强风》的开头，他写毛头从电话亭里打电话出来，装模作样地扫描四周，天气不冷却故意将大衣领翻出去挡着脖子，作者写道："那副作死作活的德行，打赌是从电影里偷来的。"[3] 打破一般的陈规表述，不说是"学来的"，反而用了个"偷"，不仅将毛头的行为做派鄙视一番，更将"偷德行"这样的搭配指向毛头的德行品质问题，同时也隐晦地

---

① 《鸡翎图》，时报文化出版事业股份有限公司1981年版，第89页。

② 《张大春自选集》，世界文物供应社1981年版，第92页。

③ 《鸡翎图》，时报文化出版事业股份有限公司1981年版，第196—197、128页。

写出下文他要书写毛头等人的偷盗行为。《荡寇津》中的黄巢兵到尉氏县时，"夜黑袭来，夏暮的余风仍不消闷热，压得黄巢有些透不上气，用力一擤鼻子，鼻孔里却汩汩搌出两道血水"。[①] 战场上的人经历夜黑，似乎也像对战争中的军队一样，异常敏感，因此作者用了"袭来"，而风本来是吹拂而来的，但是对于黄巢来说，却是"压"来的，不同寻常的词语句子结构的组合，正好契合黄巢在战败时所感受到的巨大压力，十分符合他的心态。

张大春的语言组织与运用能力是十分厉害的，虽然 1980 年代中期以后的创作以谎言书写、处理真/假等关系而给人印象更为深刻，但其实张大春的语言特色一直都得到了良好的保持并得以不断发挥。而其早期创作中基于写实风格的创作而少了诸如拼贴、指涉等炫彩的技巧，其语言修辞的技能反而更得以凸显。

（四）设置悬念与留白

张大春早期的创作虽然尚未到达黄锦树所说的针对"后来怎样"的读者心理结构的"玩赏""对故事的惯常消费"[②]，但其作品中已经凸显出来在结构方面设置"未完成"性结局，让读者在阅读之余回味和思考问题。这可能源自于张大春的反思意识，他在出版第一个集子时就疑虑过："小说的描述是什么？描述的程度与限制又是什么？"[③] 因此，他的小说从一开始就给读者留下了很多阅读思考空间，而不会给读者一个清晰的答案和明了的故事情节、结尾。最明显的，是在作品中及作品结尾设置意味深长的悬念、留白，让读者自己去揣摩故事中的韵味。再加上张大春对通俗化地讲故事并无兴趣，而往往着意于人物心理描写、环境氛围的营造等，不期然而然地让作品中的人物的心境、情态渐次展露出来，所以可以说，

---

① 《张大春自选集》，世界文物供应社 1981 年版，第 151 页。

② 《谎言的技术与真理的技术——书写张大春之书写》，《谎言或真理的技艺：当代中文小说论集》，麦田出版社 2003 年版，第 223 页。

③ 《书不尽意而已》，《鸡翎图》，时报文化出版事业股份有限公司 1981 年版，第 2 页。

其早期的作品虽然写实色彩很浓，但也都不是大众化的通俗写作，而是充满着精神指向的知识分子写作。

设置悬念和留白其实在张大春最初的作品《悬荡》中就表现得很明显了。作品中的"我"最开始就表现出对一个胖女人的不喜欢，不仅写她"眉眼全挤到鼻头上来"的"小器样"，还写她身上看得见的"汗水和油水"，直接称呼人家为"女泰山"。这样，读者往往会期待"我"进一步揭露这个面貌丑陋的女人是否有进一步的丑恶的表现。然而张大春虽如此写，却就此戛然而止了，其后的行文转而写他对车厢里的人的种种观察及其心理活动，与胖女人无关，直到车厢被悬荡在空中，胖女人带的孩子要喝酸梅汤，才将他的视线再次拉回到她身上，然而还是鄙视和看不起，怀疑她身体庞大所以体内的水蒸发了不需补充，又在怀念母亲所做的酸梅汤之后"打赌"胖女人没法做出那么好的，甚至可能就是兑水。然后其关注点又再次转移，直到小女孩突然表示要嘘嘘，胖女人表现得很为难、手足无措的样子，"我"才转而对她多了同情，不仅用眼光止住了别人的偷笑，还觉得她不像之前觉得那样庞然和可憎，及至随车小姐带小女孩表示要打开车门解决问题，"我"甚至主动让道了。事实上，从上车到危机解决，"我"始终与胖女人乃至车厢里的很多人是没有直接接触的，但为什么其态度会有这么大的变化呢？这本来也是一个开放的问题，作者并没有给出答案，但是，由"我"进车厢以后的种种表现可知，作者并非要书写一个有头有尾的故事，而是要书写在"悬荡"这样状态下的"我"的心理活动及人们的种种表现，而且前者才是最重要的——以一个联考落榜的青年人的视角来书写心理、观看世界，而这一切又是在封闭的空间里完成的。由此再看作品的结尾，张大春写到车身动了，人们议论纷纷，彼此之间突然表现得多了几分亲热，而"我"则想起刚才悬荡在空中时的种种感觉，觉得自己像是"神经过敏了一场"，然而紧接着又自我怀疑："果真是这样么？"小说就此结束。"果真是这样么？"

也就留给了读者了。不仅如此，如果细细考究，那么作品中设置的悬念、留白还不止这些，如究竟是什么原因让缆车停在空中悬荡那么久？"我"最后决定要"神不知鬼不觉"地为摄影家藏塞好露出来的皮带又是出于什么心态变化？等等。总之，小说重在刻画心理，很多故事、情节性的缘由，作者都未明确交代。

张大春初期的作品在结尾留下意味深长的余韵的设置很普遍，其方法主要是营造故事未完成、结局不交代的效果等。如《捉放贼》中的几个大学生晚上合伙设计偷了学校食堂里的东西吃之后，发现了有人偷盗，因此几个人联合起来将对方抓了个现行，并将其教训一番。小说的结尾则只写道："忽然，一个低哑的嗓门开了腔：'如果……你们报上去，那……我们都会被，被开除……'"[①] 那么，他们究竟会不会上报呢？不得而知。或许通过小说标题，能猜出一二，但那又是真的吗？总之，问题和答案都是读者的，作者并不告诉你。而几篇历史小说的结尾也一样，由于作者的写作重在表现极端环境下的历史人物的心理，因此作品的结尾都给人无限想象和猜测的空间。如《干戈变》中，符坚的残余部队打了一次胜仗，其部下在欢呼，并有一老一少送来了酒食。作者并不直书他怎样对待战局，反而以权翼等人的劝阻结尾：不同意乘胜定霸，因为百姓都惧怕战争，东晋的谢安、桓冲都是"江表伟人"，符坚一方面回问："怕什么？"一面又问："那我呢？"再一次将他的"羞耻心"和心理敏感表露。《剑使》的结局是：经历了寿州失守而传递守将刘仁赡的血书到楚州的薛无患，也经历了楚州的陷落，并再次被楚州守将张彦卿委以传剑献书的任务而离开楚州。那么薛无患下一站到哪里？他的传递剑、书的结局如何？等等问题也被作者留给了读者。《荡寇津》中的几股力量将黄巢的残军追堵在王满渡，步步将黄巢逼入水中，而首先杀向黄巢的反倒是一个被黄巢残杀了母亲的平民尉福生，然而他自己也被黄巢砍杀，像他母亲一样留下半截断

---

① 《鸡翎图》，时报文化出版事业股份有限公司1981年版，第54页。

臂，小说就此打住。读者难免会好奇，小说主要描写对象黄巢以及李克用及庞师古等，他们如何交战？他们的结局如何？这些结局，恐怕一方面会引起读者从作品中的字里行间去猜测，或者去翻阅历史书籍来参考、猜测。同样，《四强风》中的"我"，最后选择了"背叛"组织，故意在警察面前暴露他们的形迹；他的心理当然也是很紧张很矛盾的。但作者也不写最终的结局，而写这个时候他的心态："我跟在他们三个后面，追着跑过去，这一程大概跑不了多远吧……""我们快要停下来，风很快要停下来了。"① 不仅不交代几个人究竟被抓没有，反而在营造出奇特的紧张环境和近于压抑的氛围中结束。

与这种不交代具体故事结尾相似的，是作品结尾制造一种氛围来衬托作品中的主人公在经历某件事后的失落。如《新闻锁》中，娄敬无故被赵教授给予零分而被学校开除，他和自己的好友唐隐书等搜集资料和证据到学校各部门"维权"一番，但娄敬已经只是为了查明真相而做这件事了，而他们的努力也毫无结果。他表明心志后离开，看到的是校工老头在锁大楼的门，这里面的暗示和隐喻是很明显的。而《星星的眼神》中也一样，老艺人邱枝进城卖艺，其实也是为了去找孙子金根，谁承想金根竟然是和小黑等小混混一起厮混的小流氓，经常到店里欺负别人。当金根发现小黑欺负的是自己的爷爷并与他大打出手时，似乎爷孙相认、真相大白等情节要出现了。但作者仅写到小黑和金根打架就打住，转而写邱枝的歌唱："那许多属于星星的轨道 / 只堪是异国的情调 / 因我只是一只离巢的雏鸟 / 仅记得仅记得 / 老流星的一声清咳：/ 青春就该选择奔波 / 而没有愁乡的资格但是 / 莫忘了乡愁的颜色。"② 这歌词充满意味，结合作品的故事不难看出歌词中所隐含的意义，以及作者如此安排的精心。

---

① 《鸡翎图》，时报文化出版事业股份有限公司 1981 年版，第 155 页。

② 《鸡翎图》，时报文化出版事业股份有限公司 1981 年版，第 179 页。

至于文本中细节性的悬念设置，那也很常见。如《新闻锁》中，当娄敬搜集到自己的两篇作文复印了当证据去见教务长时，看到影印机旁边负责操作的工读生女孩"连忙掉转了脸，细细的指尖没什么缘由地来回搓着影印机上那块黑皮垫子"。[①] 因为前文没有写到这个女孩，紧接着也没再写她，她的奇怪的表现肯定会引起细心的读者的注意。果不其然，到了小说快结束时——当教务长完全回绝改变处理决定后——这个女孩终于再次出现了，她胆战心惊地让娄敬给她留电话，因为她曾经目睹赵教授和教务长商谈……这样回过头再看她之前那回避式的"掉转脸"，就可以理解了。《练家子》中，施以光突然跑来找"我"——刘世英帮他找教打拳的工作，并要带"我"和室友小雷去他住的地方，"我"问起和他一起住的师兄萧强时，他的表情很奇怪，"眉心刻纹紧了一下，立刻又松开"，这不免让人觉得奇怪，为什么有这种表情呢？但紧接着去了他家，也见到了他师兄时，他又表现得很自然。反倒是当晚留宿在施以光住处的"我"，半夜听到了他师兄带了一个人回来，而且应该是受伤的女性，但并没有机会进一步打探是什么人、什么事；但这难免会让读者好奇，因为"我"第二天在地上发现了血滴。[②] 直到不久以后，比赛完的施以光再次邀约"我"与小雷到他住所，遭遇了一群人打上门来，才发现，原来萧强不过是打手而已！由此，萧强的身份逐渐被揭开，而施以光的生活环境及性格也更加显露了出来。但作者在叙述过程中一再错开去书写怎样比赛等，让这样的悬念解开一阻再阻。《星星的眼神》中，"我"——吴旺德在来了新的工作同事邱枝后遭遇小混混的骚扰时，对方是两个人，其中一个叫小黑，另一个"瘦小的家伙"在遭遇"我"、雪如、邱枝等时"只往前靠了一步，就突然停下了，而且垂低了头，隐身在黑暗里"。这种表现本来就容易让人觉得与小混混的身份有点违和，而且当小黑

---

① 《张大春自选集》，世界文物供应社 1981 年版，第 98 页。

② 《练家子》，《鸡翎图》，时报文化出版事业股份有限公司 1981 年版，第 91—98 页。

数落邱枝时，他"闷着声"和小黑说"走吧"。[1] 这就设置下了悬念了：这个瘦小的人的表现有点反常！果不其然，随着故事情节往前推移，最后在小黑起哄数落、欺负邱枝时，站出来对他大打出手的，正是这个人，而他恰恰是邱枝和吴旺德谈起的其在城里上大学的孙子。不过，真相显露出来之前，作者花了大量的笔墨来书写"吴旺德"、邱枝的生活、工作、情感，比较交往交流的经过等等，并没有直接指向悬疑的解开。

如此等等，无论是结局设置安排还是作品细节中的悬疑、留白、伏笔等，都构成了张大春早期写实性很强的作品中的重要特色，这些书写不仅增强了作品的写实风格，显示作者的设置、安排能力，同时也增加了作品的文学性及思维指向，能引导读者更多地思考问题；同时，这样的创作技法在张大春后来的作品中大量地得到进一步发挥，而且这一技巧被结合了魔幻写实主义、后设等多种技巧，形成新的风格，从而出现了《城邦暴力团》那样花几十万字书写容纳多元知识的文本又在结尾来六次"我应该如此述说"，出现了《春灯公子》中从头就设下悬疑让人好奇这次春灯宴的主角是什么人，但整本书结束也未告诉读者的书写，当然也出现了《大说谎家》《没人写信给上校》《病变》以及《伤逝者》那样融合了侦探小说的多种因素又不完整地断案的写作试验……

二、在现代主义与后现代主义之间

张大春以创作方法和技巧多变出名，而在评论家和研究者的笔下，往往与"后现代"有着诸多牵涉。的确，虽然将一个作家标签化常常有机械化的一面，但观察张大春的小说，确实在其风头最盛的1980年代中后期到1990年代，其小说创作风格与西方的后现

---

① 《鸡翎图》，时报文化出版事业股份有限公司1981年版，第166页。

代主义创作方法有诸多相似的地方，但如果细致而客观地来看待的话，其实张大春的小说创作不仅有着明显的变化性，而且实际上现代小说的发展其实也是不断沉淀各种创作手法的过程，因此其实很多作家笔下的创作手法往往会融合着各种创作手法。从这个意义上说，张大春固然在1980年代中期以后以出色的创作尝试和探索引领或者说推进了台湾后现代主义文学的发展，但张大春的创作绝非用"后现代"能完全概括或者囊括的。张大春本人也曾表示，1980年代中后期以后来临的"后现代"后来成为了时代的流行，而他自己的一部分作品"就是在这一顿挤眉弄眼的瞎折腾里被贴上后现代的标签"，而且它"是义务，具有强制性"，"无论你如何抗拒、排斥、忽视、反对，你都是它的一部分"。① 可见张大春对于"后现代"这一标签，更多的是一种无奈，而不是高度赞同或自我标榜。学者吕正惠也观察到，张大春、黄凡、林耀德等人在1980年代中期拉开了台湾后现代思潮的序幕，但其实他们很少使用"后现代"一词。②

不过，我们并不是说张大春没有"后现代"，只是强调张大春的创作中所包含的因素不只有人们常提的"后现代"。上文所言的正是张大春在创作早期，有着很明显的写实因素的影响，但张大春也在写实中显露出新的特色，其中有学者已经指出，《干戈变》中有现代主义心理描写的因素。③ 其实，从文学时代环境的角度来看，张大春的小说中包含着写实因素与现代主义因素几乎可以说是一种必然。如陈思和所总结的那样，1960年代前后在台湾文艺界风行的现代主义思潮虽然在1970年代随着乡土文学论战的进行衰落下去不复存在，但是其已经"成功地融入了文学审美传统"，1970年代以后的台湾新生代作家如黄凡、张大春等人的作品中，就有着现代

---

① 《偶然之必要——〈四喜忧国〉简体字版序》，《四喜忧国》，广西师范大学出版社2010年版，第17—18页。

② 吕正惠：《战后台湾文学经验》，生活·读书·新知三联书店2010年版，第124页。

③ 林铭亮：《讽刺与谐拟——论张大春小说中的讽喻主体》，台湾清华大学2010年硕士论文，第70页。

主义因素的渗透[①]；而有学者在论述林耀德、张大春等人的创作时，甚至主要地将其归入现代主义创作中，认为从1950年代的兴起，到1980年代"新世代"作家的城市写作，是台湾现代主义文学继承西方现代主义追索"自我"、表现"孤寂"的现代性情绪与格调的过程，只不过"前世代"作家更多地表现知识分子的境遇与经验，而"新世代"则更多地表现出对精英情节的否弃，表现出作为中产阶级文化的现代主义文化走向深入和自我反省。[②]

从文本本身来看，张大春的创作确实在早期就开始融合了一些现代主义因素，尤其是其作品中的心理描写，的确有着很明显的现代主义注重刻画人物内心的特征。上文分析过的《悬荡》《剧情》《咱俩一块儿去》等中，就很明显地将重点放在了人物内心活动的探讨，而对外部世界、事件的书写已经退到其次了，到了《夜路》中，其现代主义倾向更加明显，作品中的青年已经自我幻化出与自己对话的鬼魂，并不断地与幻想出来的对手——即自己工作中的主任不断对抗，同时也不断地与自己"江郎才尽"的可能性对抗，甚至与夜路上看见的狗相对峙，及至遭遇抢劫犯似乎也没有完全清醒过来，小说中的如魔如真、如梦如幻的书写，其实指向的是不明了的现代主义对人的内心的疏离、异化等。

不仅如此，张大春自己也曾间接地承认过自己写作中受到现代主义的因素影响。他曾不止一次表示过台湾作家朱西宁对他的影响，还坦言其作品《悬荡》"全仿"朱西宁[③]，他说朱西宁"用笔墨介入现代生活反映现代生活，没有生离死别没有大的悲欢离合，就是一对小情侣在公寓里面打打闹闹开开玩笑，那类，我就学他这个风味。我的意思是，对我来讲，这种没有重大转折或者叫重大主题

① 陈思和：《七十年外来思潮影响通论》（下），陈思和著、颜敏选编：《行思集——台港澳暨海外华文文学论稿》，花城出版社2014年版，第163—164页。
② 林秀琴：《当代文学与现代性经验》，海峡文艺出版社2016年版，第181—182页。
③ 《偶然之必要——〈四喜忧国〉简体字版序》，《四喜忧国》，广西师范大学出版社2010年版，第4页。

的小说情节反而很吸引我。后来我才知道，这就是现代主义小说里非常近代的一个小传统，契诃夫、卡夫卡都是这一类的"①。因此，无论是从哪个层面讲，张大春的创作中其实都是有着比较明显的现代主义因素的，只不过似乎现代主义的影响较早，再加上其"后设""魔幻现实主义"等手法的运用影响太大了，研究者和批评家似乎看到了张大春、林耀德等人玩弄小说叙述技巧，"抵制乡土小说的现实主义"，并开拓了全新的后现代风潮②，便逐渐地忽略了张大春创作中的现代主义因素。

概而言之，虽然张大春从初期写实风格创作中逐渐走出，甚至走向了反对写实主义之路——上文已提到，张大春说自己并不反对"写实"，林耀德则直接指出，他们反对的是"恶劣的写实主义"，并提醒读者注意"写实"与"写实主义"的区别，③足见开创台湾后现代主义思潮的那些作家反对的是"写实主义"而认同了"写实"；但现代主义、后现代主义共同构成了其小说中的有别于写实小说的因素，因此张大春的小说实验与探索，在现代主义与后现代主义之间展开。当然，张大春的突破既定的写实技巧的新尝试多种多样，下文仅挑选一些做简单总结与分析。

（一）多声共唱

所谓多声共唱，类似于巴赫金论及"复调小说"时所言的"多声部性"，"不同声音在这里保持各自的独立，作为独立的声音结合在一个统一体中"④，也就是在作品中并不是单一的声音、调子贯穿始终，而有着诸多不同的元素共同构成小说的统一体。巴赫金的"复调小说""多声部"等概念及理论影响极大，张诵圣在以此来论述台湾现代主义文学时认为，作为台湾现代主义经典之作的《玫瑰

---

① 韩春丽：《张大春一半宅着，一半"放浪"》，《唯时间与理想不可辜负》，北京时代华文书局 2014 年版，第 23 页。

② 吕正惠：《战后台湾文学经验》，生活·读书·新知三联书店 2010 年版，第 124 页。

③ 林耀德：《台湾新世代小说家》，《台港文学选刊》1989 年第 5 期。

④ 《巴赫金全集》第 5 卷，河北教育出版社 2009 年版，第 27 页。

玫瑰我爱你》（王祯和）和《背海的人》（王文兴）"都高度自觉地运用了'众声喧哗'的原则"，而白先勇也善于生动地呈现不同声音组成的"混声合唱①。由此可知，台湾现代主义文学对于"多声性"的运用是很普遍的。

张大春总会让不同的元素、线索相互交织，从而形成不同的叙述声音相互交杂的效果。这种手法的运用在其创作中是贯穿性的，而且与巴赫金指陈"复调小说"主要针对长篇小说来说不同，张大春的小说中，无论长短，都善于让不同的声音多元交错。这在早期张大春的创作中就表现得很突出，如《咱俩一块儿去》中就不断地让杜老太太、杜老太太的丈夫各自的心理活动和二人之间的对话交错，形成三种声音的交织；《剧情》中的视线主要集中于丁百强，最开始的"声音"来自于其老姊，但也包含着丁百强的心理和姐弟二人的言语对话两个层面，当丁百强打开电视以后，张大春开始让电视里发出的声音——广告、电视剧中的对白，不断在现实的对话及丁百强的心理活动之间插入、闪现，随着老姊和妈妈出去散步，对话性的声音转移到丁百强和他爸爸之间，继而又转移到丁百强的爸爸与莫太太之间，但是丁百强的心理活动以及电视里发出的声音的穿插一直持续到小说结尾，如此就形成了三层声音系统、三组对话系统的交错、共存。其他作品如《夜路》《四强风》《荡寇津》都表现得很突出，不过"多声性"表现角度不一，《夜路》让剧本中的对话、青年剧作家和企划课主任的对话、与"鬼"的对话、与狗的对峙等虚实交错、并置，《四强风》则让文本以外的歌（歌词）与文本内的回忆、现实、心理活动交织互现，《荡寇津》则通过让叙述不断转移聚焦对象而最终又将其拉拢于战事发生点，达到多声共唱与交织效果。

到了实验性阶段以后，这一多声性叙述进一步得到发挥。如

---

① 张诵圣：《现代主义·当代台湾：文学典范的轨迹》，联经出版事业股份有限公司2015年版，第41、101页。

《公寓导游》中，被叙及的人、事也都是各自展开，然后偶然地联系起来。不过，与此前的并置叙述不同，《公寓导游》里对多声性的叙述是以横截面的形式展开的。如写梁隆润和其寡妇舞伴之间的关系，写到他曾经狠揍了对方醉酒撒疯的小儿子一顿，又写到其在电梯里遇到的苏珊，然后剖开去叙述他和她父亲之间的关系等等，表面上以梁隆润为线索，实际上将与他相关的各种关系一股脑儿呈现了出来，也形成了多声共唱的效果。《天火备忘录》中的"回忆资料部分"，张大春分别捏造六个不同年龄的人对于核废料泄漏事件的讲述，并且将它们并置在一起，每个人讲述的内容和侧重点不同，共同构成了多声并置的效果。《将军碑》中，将军武镇东的真实的历史，他在对别人讲述时翻修过的历史，他儿子及传记记者的言说中的历史，也构成了虚实结合的多种声音，它们之间的相互矛盾性、不可对话性又共同存在构成了文本的主体，也成为将军最后撞向自己的纪念碑的原因。《如果林秀雄》也将林秀雄的种种可能性和现实情况并置叙述。《饥饿》中，虽然主要叙述的是巴库，但是次要人物——其妹妹马塔妮是不是又变成了重要的叙述对象，加上对厨子、对香肠公司经理等的叙述，也构成了多种因素的共同存在。至于《最后的先知》中，则涉及马老芋仔、女记者、伊拉泰、小伊拉泰、巴苏兰等人的言行、心理等，多种声音、因素之间的关系也是相互交错、并存的。《晨间新闻》则在形式上似乎又回到了初期那种多声并置的模式中，将强尼所说的新闻内容、他的个人经历、听众/观众的反应等并置叙述，通过人称变化、叙事聚焦转移等，将这种多声性呈现得很细致。《长发の假面》也使用了人称变化的方式让不同的叙述平行又交错……

至于长篇小说中，张大春对多声共唱、齐头并进手法的运用更是游刃有余了。《时间轴》中就让小白球、小绿球、小紫球、小红球分别带领/保护四个现代人阿陈、徐香香、王端、田妈妈"穿越"到清末的广西、越南一带，四组人/球之间时而汇集，时而分散，各组内部又会有着人与球的对话，因此整体上形成了一个多声共进、分散又相互牵制的力量，直到经历了诸多磨难、冒险后，又一起回到了现实中。《大说谎家》中，从人物层面上则一会儿是吴宝林，一会儿是陈老太太（陈江美玲），一会儿是"神爷"，一会儿是俞总，一会儿是老吕，还有麦德伟、"榔头"、阿云等等，都交错出现；同时还有作者加黑了的箴言体语言、新闻、政策机密、监听、日记内容等等的交错穿插出现，从而形成了多线索的综合、立体化的文本内容。

《城邦暴力团》中更明显，作品叙述的内容上至乾隆年间，下至作品写作的1990年代，跨越几百年时间，所以里面涉及的形形色色的人物，作者都让他们的心理、技艺、人生或武侠经历等有所呈现。这些大大小小的人物包括江湖会党的、政治的乃至叙述者自己的亲人，他们每个人都自成独立的话语叙述小中心，在武侠、民间、知识分子、近现代历史等不同的中心上活动。而文本又将几种线索交织起来，加上后设技法的运用，作品中出现的人物、故事往往有被放置的时候，根据作者的叙述，又会时不时地被推到叙述的最前端。如，《铁头昆仑》一章承接前一章节叙述"我"和红莲之间的关系，即"我"因为醉了，被一群东南亚的朋友送到房间，红莲怎样照顾我。接着就从红莲的言说过渡到铁头，然后从《第一届全国武术考试对阵实录》进入对欧阳秋、欧阳昆仑（即红莲的祖父、父亲）的叙述。但作者将功夫传承一路追叙到羽化真人，然后一路叙说下来，讲到欧阳秋与魏谊正之间的事情，讲到白莲教、丐帮、小刀会之间的种种以及民国时期的古物保管委员会及李绶武等与欧阳昆仑的间接关系等等。到下一章又回到了红莲和"我"之间的事儿，以及《民初以来秘密社会总谱》《七海惊雷》等文献里的记载等等。这样，以"我"为线索，至少勾画、关联出三套体系：武侠人物与技艺的传承梳理，"我"与红莲之间的关系，几本书中所记载的江湖／历史等，而每一套体系中就涉及诸多各自的东西，如武侠梳理中的欧阳家的功夫传承情况、各帮派之间的关系以及国民政府的机构及情报机关的介入、几本书中各自的记载等。这样就给人的感觉是，作者同时掌握着一个立体层面上的多种线索、多个体系，并在叙述中逐渐将它们一一呈现出来，在后面的叙述中一会儿将视角聚焦于其中一个，但有可能随时变换到另一个上，如此一来，这种立体化的叙述结果就成了多种声音并置的重要呈现。而作品中对这样的叙述是很多的，作者往往在叙述一段江湖人物的经历时，突然又转移到几部著作中的记载来寻找印证或者推测后续发展情况，然后有可能又跳出来叙述自己的成长、生活经历。所以，几百年的江湖历史、几十年的近现代政治发展历程、父辈的渡海经历、自己的成长经历等，共同构成了多声部的大布局，每一个层面有更细化的声音层次布满文本，从而形成一个庞大的综合复杂的文字叙述体。

其他长篇也一样，《聆听父亲》中，大的层面上就有家族历史叙述、"我"的成长与生活经验叙述、未来的孩子的教养叙述三个层面，具体细化下去，则对祖辈各代各有聚焦，尤其是对于父亲这一辈的几兄弟，都有分别聚焦叙说，如此也构成了多层次、多体系的多声共唱布局；《没人写信给上校》中也是，叙述视角不断变化、聚焦，卢正直中校、尹清枫上校、杜太太等穿插闪现，而作者的叙述中一会儿出现"小说家"，一会儿又以"我们的上校"等叙述，更开拓了声音的多层次空间；《大唐李白》中的叙述，李白虽然为中心、线索性的，但是有很多时候作者也脱离李白去叙述唐代的政治、经济、官场、上清派的情况乃至诗歌发展情况等，读者能感觉到多种因素和力量相互扭结，冲着自己而来……

这种多音合唱的书写既注重文本的内在节奏的交叉、跳跃，让叙述不至于单一甚至单调地向前推进，实际上也符合张大春一贯的注意开拓小说的疆界、刺激读者的想象力和探索能力（并以此追寻"理想读者"），同时也比较符合张大春对外部世界的多元性、复杂性的表现。而一旦将这些不同的声音、元素融合于有限的文本中，让文本中的主人公对其有所反应或者回应，也从另一个方面突出了张大春看问题的视角的独异性及看问题的深刻性。这也是对 1970 年代以来现代化（资本主义化）的审美反映。

（二）时空交错

严格说来，时空交错的手法并非现代主义、后现代主义小说的独特手法，传统写实小说中涉及梦境、回忆等时，也往往会用到这一手法，但是在反传统的现代主义、后现代主义中，时空交错的手法在运用的过程中往往不再突出小说的逻辑顺序而多用任意穿插、回转、倒错等手法将不同的时空并置、交错进行书写。具体而言，传统写实小说在书写梦境、记忆等时，会加以提示或者运用过渡性表达等，而现代主义、后现代主义小说中几乎摈除了这些提示，读者往往需要在整体把握小说内容与技法的基础上才能更清晰地体会到文本中的不同时空的呈现。如有学者就曾对"魔幻现实小说"和"后设"手法中的"时空交错"进行了探讨：

魔幻现实小说与后设小说均具有铺写"崭新的时间与空间结构"的特性。魔幻现实主义小说的叙述往往打破原有的时间与空间结构，在同一场景中描写不同时空的人事物，跳脱出原有时空的限制，采用颠倒时序、蒙太奇手法、多角度叙述等等，形成特殊的时空结构；内容上则采取融合梦境或融合鬼神……的书写技法，呈现奇特的自然现象、神话故事、迷信观念、幽灵作祟、各种荒诞想象等等，将许多事件组合、拼凑、颠倒或错置，而呈现特殊效果，揭示了生活的本质；后设小说在时空的呈现上，也常跳脱出原有的时间与空间结构，在跳跃的时空中使用倒叙、补叙、插叙等技法，故意将叙述加以断裂、拼贴、组合、错置，使真实与虚构的界限变得模糊，产生今昔交错、虚实难分的现象。魔幻现实小说与后设小说同时都有"展现崭新的时间与空间结构的手法"，具有超越原有时空结构的特性。[1]

　　由此观之，张大春的小说中的时空错位呈现确实比比皆是，尤其是他开始进入多元实验阶段的 1980 年代以后的作品中，正如谢静雯所言："在张大春的小说中，我们却可以发现时间与空间错位的情形屡见不鲜，这样的情形主要肇因于张大春对于西方文学技巧的吸收，以及他所欲传达的文学观有关。"[2] 不过，正如前文一再提及，张大春的很多另类手法在早期创作中都已经有所显现，如《剧情》中的电视里的广告、电视剧里的对话与剧情等，与现实中发生的事情乃至丁百强的所见所闻所思所感，很多并不是同一时空中的，但是作者总能找到缝隙将其交错、并置呈现，只不过小说中出现了电视里的内容时，加上了"——"作为标识而已；而到了《新闻锁》中，作者的叙事时空不断转移，中间并没有任何提示，只是在各部分之间加了"•"，如最开始部分时娄敬与唐隐书讨论娄敬被学校无故处分的事情，提及娄敬的妈妈给唐隐书打过电话，第二部分就变成了娄敬的妈妈和唐隐书之间的对话了，紧接着第三部分又叙述找到了能证明娄敬的清白的稿子……总之，各部分之间并非按时间顺序排列的，中间也只有"•"相隔，不细心的读者可能会不习惯这种转换引起的时空变化；《夜路》中则将虚构中的剧本情节，现实中幻化出的鬼神与主人公的对话，主人公与有"胖手指"的人的对话，与抢劫犯的对话以及其心理活动等交错并置，时空的多重并现营造出迷宫式的文本效果；《四喜忧乐》中的"我"的现实与记忆也是随意变化着……

　　上述这些早期创作由于更多地被放置在延续写实传统的基调上来看待，再加上作家初期的创作本身还是有一些幼稚的地方，因此

---

[1]　张简文琪：《张大春魔幻现实小说与其 "后设书写策略"》，高雄师范大学 2008 年硕士论文，第 160 页。

[2]　谢静雯：《张大春〈城邦暴力团〉的叙事美学》，《语文瞭望》2011 年第 1 期，2011 年 5 月。

410

其影响力有限，但 1980 年代以后的创作中，张大春的作品中的时空交错的运用，由于结合着全新的写作理念、有着明显的探索性，因此受到了广泛的注意。因此，其小说中比比皆是的时空交错的手法，受到了很多批评家、研究者的关注。如有学者说："张大春的小说中在结构上可发现常自由游走于时空之中，大量使用插叙和倒叙手法时，并不为叙述者及人物活动移转至其他时空的方法作自然合理的安排。而在心理与记忆上亦是如此。"并指出《将军碑》"利用时间的虚（过去）、实（现在）与空间的虚（葬礼、典礼）、实（淡泊园）交相错置并交缠着生命的虚（死）、实（生）的叙写方式"。而《四喜忧国》中的朱四喜，则是在有关杨人龙记忆、梦境中逐渐幻化出真假难辨的言说，并激发了他书写和发表"文告"的动力和行为，由此也是在真与假、虚与实的时间交错中搭建文本结构的。① 谢静雯在探讨《城邦暴力团》时，则参照叙事学的标准，认为小说在五十多年的"故事时间"中，有着频繁的时序跳跃，但基本属于"逆时序"，并且运用了"随意切割这两条故事的时间，并且任意的交互安插，时而现在、时而倒述过去、时而预述未来"的倒叙、预叙交互使用的"错时"叙述手法，同时还运用了"空间蒙太奇"的手法。② 对《聆听父亲》，则有的人认为其对历史进行书写，显示了"时空的隔离感和错位"③，有人则指出其"以时间拉曳出空间、事件与人物"④；还有人则指出，《没人写信给上校》由于运用了散射型写法，作品中叙事时间便也呈现出任意跳脱、错落的时空关系，超脱了过往小说创作时间根据顺时次序发展的叙事时

① 何明娜：《张大春短篇小说研究》，台湾师范大学 2004 年硕士论文，第 105—106 页。

② 谢静雯：《张大春〈城邦暴力团〉的叙事美学》，《语文瞭望》2011 年第 1 期，2011 年 5 月。

③ 葛杰：《20 世纪 90 年代以来家族记忆散文研究》，南京师范大学 2017 年硕士论文，第 73 页。

④ 胡嘉芮：《巨史私传——朱天心、张大春、龙应台的记忆书写》，台湾中兴大学 2012 年硕士论文，第 45 页。

空关系，"呈现出的逻辑是不去区分过去、现在、未来的时空关系，也就是指在文本当中时间不再有所区隔"。①……由此也不难看出张大春进入实验性创作阶段以后的小说中对时空交错的手法运用的普遍性。在此仅举一二例说明。

《公寓导游》中，叙述者的叙述可以说就构成了一个时空了，其以导游的口吻以第一人称叙说游览情况、大厦情况，是一种与读者面对面的叙说时空，但是当进入到"富礼大厦"的诸多居民的叙述时，就变成了第三人称叙述，由此形成了两个叙述时空的交错；而在对各种各样的居民的叙述中，则充斥着时间上的过去、现在、未来的并呈和空间上的电梯、楼房（某楼某座）、大街乃至跳舞场等的聚焦。如，叙述梁润隆的事情时，分别说到他的现在——到国父纪念馆跑步，在电梯里遇到关开佑打招呼，遇到苏珊和她的外国男朋友，以及过去——曾经认识一个中年寡妇舞伴，曾经教训过其舞伴的儿子，曾经坚持重罚苏珊的父亲改变了其命运等；而苏珊和梁润隆在电梯相遇时把口香糖扔在地毯上，紧接着作者就叙述"三天以后"关开佑发现了它，又指向了未来的叙述；同样在叙述齐老太太被惊吓、心脏病发作死在自己家时，紧接着就叙述"八个半钟头以后"刘志仁出门晨跑以及这一天魏太太夫妻之间的多次争吵等，时间从齐老太太的死转移到了未来，空间上也随着齐老太太的十二楼B座转移到九楼C座，再转移到七楼A座、七楼C座并紧接着又由C座的朱国栋而转移到舞厅……如此，时间随着人物的出现与再现，不断地在过去、现在和未来之间穿梭，空间也随着不同人物的出场不断转移，直到最后在同一时间点上将身处不同空间、有着不同心态的诸多人物一一进行了罗列式的呈现。

在《病变》中，这种时空交错的叙述更被张大春发挥得淋漓尽致，小说中的时空随时、任意地交替、往返、穿插，如他写安德鲁

① 何冠龙：《编织真实的叙事操演——以1990年代三部长篇小说为例》，台湾清华大学2014年硕士论文，第70—72页。

时，说他在 1982 年的某个月份——4 月、5 月或 6 月，也许是 2 月，产生了倒飞错觉，而真正感觉到它是四年以后——1986 年，耿坚博士告诉他有关"倒飞错觉"的知识时，他才表示后悔和反省，然后紧接着提到这种罪恶不是他和艾雪儿偷情所致，由此便转入"早在 1984 年 2 月 16 日"，安德鲁就在艾雪儿的自责自怨等中反省罪行与哭泣。同样，在叙述耿坚博士与艾雪儿和安德鲁之间的复杂关系时，按顺序来说，应该是：1984 年沟口刚二无意碰见了安德鲁和艾雪儿在一起并在 1985 年告诉了耿坚博士，1986 年 6 月底耿坚博士第一次见安德鲁，1989 年冬天，艾雪儿告诉耿坚博士自己怀的孩子不是他的，但作者并不如此直接、清晰地按时间叙述，而是在叙述 1984 年沟口刚二无意间目睹的事情对他的影响，然后转而写艾雪儿要求安德鲁给她一个孩子，就是推迟到六年之后，还进一步发挥，说这个孩子五岁就比耿坚博士和艾雪儿的十三岁的孩子还要重，然后又回到 1989 年冬天，艾雪儿告诉耿坚博士她怀着的孩子不是他的，由此又往前推，说耿坚博士比 1986 年 7 月底第一次见安德鲁更早的 1985 年，就知道了安德鲁和艾雪儿在一起[①]……这样，时空顺序不断地变化，而且可以说几乎毫无逻辑性可言，整部小说其实就是在这种顺序错乱中完成的。这样，耿坚博士的一生，只能通过这些点点滴滴的时空中的表现、经历，逐渐拼凑出来，直到他死后，各种组织以及他的孩子对他的研究、整理、探索等等，实际上都没有将耿坚博士的完整形象、身份清楚地呈现给读者。

《将军碑》《四喜忧国》《最后的先知》等作品中的时空交错出现，更为人所知，所以武镇东一方面不断靠记忆带领自己的儿子、传记作家及管家沉浸于似真似假的过去，又在现实和未来的空间中不断翻修自己的诸多经历，最后撞向了未来的墓碑；《四喜忧国》中的杨人龙的种种言行时时萦绕在朱四喜的生活中、记忆中、梦境中等，使得朱四喜的生活充斥着现实、虚幻、记忆等多重时空的交

---

① 《病变》，时报文化出版事业股份有限公司 1990 年版，第 135—136、145—147 页。

错并置；《最后的先知》更是将伊拉泰家族从巨人伊拉泰到小伊拉泰四代人之间随意往返、穿插，又加入现实生活中的多组矛盾，充满着神话性时空（与巨人伊拉泰有关）、历史性时空（小岛以及家族的历史）、现代性时空（小伊拉泰与记者、与在岛上建厂的当局的矛盾）等多重时空；而《如果林秀雄》中则不断地通过"如果林秀雄……"的句子将假设性的时空与现实中林秀雄的情况并置处理，在对照中书写林秀雄的一生……

长篇中的时空交错更容易表现，因此张大春的长篇中，类似的时空任意性出现又断裂、转换的情况更是比比皆是。如《撒谎的信徒》第五章标题为"革命"，一开始写"统治者"1946年9月到台湾，然后突然转到主角李政男"当他年老之后"被问及"二二八"时的反应，从他回答"淡水"又写到当年"二二八"前后李政男去安牙套及问话老人的反应，其后又往前推一个多月，他和吴秋白在火车上的反应，李政男被捕前后他家人的情况，然后又回到非现实的世界——"在日后制造的记忆力……"，然后又回到1947年2月27日李政男安牙套；紧接着又写"从前的学徒、日后的侨领"的种种当时及日后的遭遇、谢雪红的遭遇等。这一章的内容就在几个人之间，一个人的过去、现在与未来之间不断转换和穿梭。

《城邦暴力团》中，由张大春写作《城邦暴力团》的1990年代不断穿插、回溯到此前的各种时间，包括"江南八侠"生活的乾隆时期，小刀会设陷欲坑害老漕帮众首领的晚清时期，欧阳秋参加全国武术比赛的1920年代末，蒋介石借江湖力量及发展情治系统稳固政权的1930—1940年代，国共战争中国民党溃逃的1940年代末，台湾1950—1970年代的政治、江湖以及张大春的成长历程（1960—1990年代）等。整体上正如林雨谆所言，是逆时序写法，运用了闪回、闪前、交错等手法，[①] 将各种历史与现实的事情交错呈现和叙

---

① 林雨谆：《〈城邦暴力团〉叙事研究》，台湾中山大学2014年硕士论文，第48—54页。

述。在空间上有大学生活、眷村、江南与山东等武侠空间、渡船上及竹林市等亦虚亦实的空间等。

《聆听父亲》中，作者的叙述实际上也跨越了几百年，既写到叙述者（张大春）的高祖父一代，也涉及未来的儿子一代，时空穿插了过去（从高祖父到叙述者一代的诸多事情）、现在（叙述者叙述时的情况，尤其是与父亲之间的关系）与未来（未出生的下一代）。作者又不是将各人、事分别以独立线索并行叙述，而是任意地改变叙述聚焦对象、安排情节。随着这些变化，人物活动空间也随之变化，如第四章讲述"我"的成长经验并不断穿插"你"——未出生的儿子的成长想象，到下一章，则一会儿讲述的是曾祖父一代的故事，一会儿又穿回"我"的父亲的事……就像研究者所说的那样："全书都在运用这种线索并置、回溯闪回的手法，营造出多重叙事空间，产生多重'聆听父亲'的效果。"①

"大唐李白"系列也在跨越较长的历史中，一会儿叙述唐代皇室的宗族谱系，一会儿叙述李白的家世渊源；时而叙述李白的拜师学艺情况，时而又在叙说宫廷秘辛；一面有对李白的情感的书写，另一面又对"昭武九姓"及安禄山的发家大书特书……由此，作品中的叙述时间和空间也在多个层面上不断穿插、闪现。《大说谎家》及《没人写信给上校》虽然在时间跨度上并没有像前述几部那么长，但由于出现的人物众多，时间、空间的交错性叙述也随着叙述聚焦的变化不断变化，而且其中还交织着新闻文本、档案文本等，又牵涉时事政治、军队利益等，其时空交错的方法的运用，比起上述其实有过之而无不及。

总之，无论是在长篇小说中还是在中短篇小说中，张大春似乎特别擅长于通过时空的任意转换、搭配和交错、穿插来营造独异的文本效果，让诸多线索在不同的时空中彼此穿插，使得故事以及

---

① 葛杰：《20世纪90年代以来家族记忆散文研究》，南京师范大学2017年硕士论文，第65页。

叙述的完整性不断地被打破。而这些小说中，作者往往使用有学者探讨《将军碑》时所指出的通过历时、共时的时间选择及顺序、倒叙、闪回等时序的安排，让读者自行去体会和串联其中的关系：

> 利用切断故事演进的叙事时间把读者引入一个叙述圈套，读者在此圈套里寻找的过程中，在一面推翻、一面建立的过程中，满足了一场阅读叙述的游戏；在不断拆解的过程中同时也在消解历史，了解历史的不可靠性。以叙事时间的荒诞呈现人类记忆、历史的荒谬，这就是张大春关于现世的怀疑精神的出发点。文本是游移的、衍生的。张大春以叙事时间的交错颠覆传统的框架，使小说成为一种自由的心理游戏，让读者的想象和他一样忙碌，并在交流中、在想象中反省这个有缺陷的现实。①

（三）魔幻现实

时空交错手法的运用在张大春笔下也常常与其他手法结合使用，从而使得张大春的文学实验更具个人特色，如有学者在论及《撒谎的信徒》时就注意到，小说"结合魔幻现实小说最易实行的'预示性时间'叙述，使得行文时间随机组合及跳跃"。②而事实上，正如前文曾言及，张大春的创作类型中，魔幻现实主义小说是其重要的组成部分，而"魔幻现实主义"这一词，往往与"拉美"（拉丁美洲）形成"固定搭配"，也就是说，这一词语本身就是外来的，由此，魔幻现实主义便成了现代主义、后现代主义等的重要标志或者说关键词，其创作手法对 1980 年代及以降的中国作家形成了巨大影响，在台湾，张大春更是被认为"不仅是魔幻现实创作最丰的作

---

① 李白杨：《论〈将军碑〉的叙事时间》，《世界华文文学论坛》2005 年第 1 期。

② 陈正芳：《魔幻现实主义在台湾小说的本土建构：以张大春的小说为例》，《中外文学》第 31 卷第 5 期，2002 年 10 月。

家，还带动了写作魔幻现实的风潮"。① "魔幻现实主义使台湾的神话基础重新得到张扬，此以张大春的魔幻现实小说最具代表性"②。

张大春对魔幻现实这一技法的模仿、借鉴也并非完全照搬和复现西方的方法与技巧，而是进行了改造和创新的，是"从在地、拟真到后现代的书写"，"已然历经本土化的、洗礼，成为台湾的文学模式"。③ 也有人指出，张大春的魔幻现实主义小说比起拉美魔幻现实主义小说来，一方面是批判重点仍在语言符号层面的意义表达上，对所谓的台湾在地性、民俗、神话的关怀较少；另一方面，"魔幻"对张大春小说而言，只是一种文学技巧的运用，并不拥有不可取代的地位——他只借取语言虚幻的部分，表现的是一种解构的作用。④ 所以，按照西方的魔幻现实主义的"将神话观念融入作品""把现实与虚幻融为一体""以怪诞的情节呈现寓意""平凡事物神奇化""心理时间的运用"⑤ 等艺术手法和技巧特征来看，张大春确实不仅将这些手法大量运用于作品中，又将它们与中国本土的风俗习惯、迷信思想等结合起来，将时空交错、神秘玄奇、怪诞荒谬、虚假与真实、讽刺与批判等诸多因素糅合在一起，从而建构出另类的魔幻现实主义写作基调。

一般认为，张大春的魔幻现实主义小说创作始于《蛤蟆王》一篇。小说中的"我"——拴柱子的眼病的治疗，是将蛤蟆的肝取出来敷，而被取了肝的蛤蟆被奶奶缝上了肚皮扔了，据说它再回到田

① 陈正芳：《魔幻现实主义在台湾小说的本土建构：以张大春的小说为例》，《中外文学》第 31 卷第 5 期，2002 年 10 月。

② 王国安：《台湾后现代小说的发展——以黄凡、平路、张大春与林耀德的创作为观察文本》，秀威信息科技股份有限公司 2012 年版，第 147 页。

③ 陈正芳：《魔幻现实主义在台湾小说的本土建构：以张大春的小说为例》，《中外文学》第 31 卷第 5 期，2002 年 10 月。

④ 郑淑怡：《写实、魔幻与谎言——张大春前期小说美学探讨（1976—1996）》，台湾东海大学 2009 年硕士论文，第 54 页。

⑤ 张简文琪：《张大春魔幻现实小说与其"后设书写策略"》，高雄师范大学 2008 年硕士论文，第 23—28 页。

里会变成蛤蟆王。果然，等"我"的眼睛不肿了到田里看水时，发现了那只蛤蟆"在通往县城的大路边儿等我"，后面随即窜出成千上万的蛤蟆，霎时间在"我"目力所及的地方全是蛤蟆，还差点让这些"千军万马"给活埋。这样的写法，将现实中的传说和具有民间性的传说结合，从而幻化出一派神奇的景象，的确有着很明显的平凡事物神奇化、动物人化等特征。其实，早在注重人物心理刻画的《夜路》中，张大春就让主人公幻化出一个另类的声音不断与自己对话，营造出了神奇的效果。不过，确实是在《蛤蟆王》以后的作品中，张大春运用魔幻现实的技法更加突出和明显，如在《公寓导游》中，张大春让《走路人》中的"走路人""冲向悬崖，然后像两只鹞鹰一样地在两山之间的回旋气流中盘桓片刻，最后降落到低崖的平顶岩上"，同时还让生病的"我"独自留在山洞中，幻化出和"走路人"的打斗及"我爹"和"我"的死等梦幻般的情节；《姜婆斗鬼》中，他写"我"——曹小白能够看见八年前死去的娘和司马威等人的鬼魂，并和他们对话、往来。

到了1988年的《四喜忧国》中所收录的几篇小说，大部分都有着魔幻现实的色彩：《将军碑》中的将军武镇东有着穿透时间的能力，既不断修复过去的相关记忆，也不断穿梭于未来的时间中目睹自己的葬礼、纪念活动的情况及各在世的人的表现，还能穿过时间撞向自己的纪念碑；《自莽林跃出》中的"我"——在亚马逊丛林中的神奇的旅行中，目睹和遭遇了当地的收藏和买卖干缩人头、婴儿死尸等怪异的风俗，还见到了"八寸宽、长了鳞片"的紫色斑纹大蝶、眼珠子闪出橘红光影的巨型鳄鱼、三寸来长的犀牛虫等奇怪的景象，更见到了会说河南话的"女人国"的女人，还和向导及向导的狗一起飘了起来，闭着眼睛看见伊基吐斯港的一切的神奇经历；《如果林秀雄》中的阿吉，在画了安胎符后不小心用笔头敲了几下，导致廖火旺家怀的孩子再一次成为死婴而使得廖家的媳妇成为一直生死胎的女人，圆梦的简冈市，在被林秀雄母亲的梦境吓着及吞吃偷来的东西时断了气，而其死前未说完的"贵——贵——贵——"却影响了林秀雄此后的生命历程；《四喜忧国》中的朱四喜，则不断梦见他所崇拜的杨人龙，杨人龙总是在梦里告诉他很多事情，从而影响了他书写和刊发文告的行为，而这位他所崇拜的人的死，则异常荒诞；《最后的先知》中的伊拉泰家族，以独特的视角看待世界，如，背着照相机照相的女记者被看作是举起胸前的第三个乳房的女霸枯砍，家族的创始人巨人伊拉泰曾经预言自己被天上掉下来的星星砸死，而他自己有着贯穿胸部的洞，他的孙子能从中透视远洋，而实际上是他被闯入岛上的侵略者射穿了胸部，家族的孩子换牙则被说成是被霸枯砍偷掉牙齿，女记者戴隐形眼镜也被描述成鱼鳞跑进了眼睛，"病人"（民俗研究者）用录音机录放伊拉泰的故事，被说成是怪物吐出和吃掉人的声音……一切都被魔幻化了；《饥饿》里的巴库，不仅有惊人的食量，并靠此在大城市打拼、生活、被人利用与围观，最后在表演吃计算机时爆炸，此前吃过的所有东西一股脑儿地汹涌而出，而他的妹妹马塔妮在遭遇欺骗和奸污之后回到了老家，神奇地越活越回去……

类似的荒诞、诡异、神奇的情节也出现于"大荒野"系列、"春夏秋冬"系列等另类的文本中，如《李家窖子》中出现的李元泰的鬼魂与元泰嫂子、焦老太太等人之间的来往（《富贵窖》）、《史茗楣——奇报品》中的袍道士，竟然能转化阴阳，将孕妇所怀女胎变成了男性，唯独出生后只有八个指头（《春灯公子》），乃至连《寻人启事》中的《饭匙欠》，也神奇地写"饭匙欠""头型不一而足，亦极凶猛"，"没到中午用餐时间及携匙云游各班级，与相识者搭讪闲话，谈兴来时即出匙逡往其相识者盒中取肴食面饭，凡一发无不中的，且皆精萃之物"①，颇有魔幻色彩。

有学者将张大春的魔幻现实主义写作从主体指向方面分为原乡的、原住民的、政治的及未来的多种魔幻现实写作，②的确，张大

---

① 《寻人启事》，联合文学出版社有限公司 1999 年版，第 56 页。

② 何明娜：《张大春短篇小说研究》，台湾师范大学 2004 年硕士论文，第 37—51 页。

春的散见于中短篇小说中的魔幻现实技巧，要么与中国民间的封建迷信等因素相结合，要么穿透时间观念，要么处理人与鬼之间的传奇往来，要么处理梦境题材，要么在作者所设置的特殊背景与环境表现奇幻，它们表明张大春的魔幻现实主义创作的内容上有着一些学者指出的对边缘人物的关怀、对权威当局的批判、民族性的展现及寻找认同①等很明显的主题特征。张大春以圆熟的写作技能将种种魔幻、传奇、怪诞的情节融入、穿插到现实化的故事中，从而将文本设置成了表现主体和作者的技巧运用与创新能力的重要展示场域，所以无论是《如果林秀雄》《最后的先知》以及《饥饿》中所处理的原住民的魔幻生活经历，《将军碑》的在历史与记忆的穿梭还是《饥饿》中的现代城市文明与都市生活的寓言，《姜婆斗鬼》及《李家窨子》中人与鬼之间的相通等，都表现出了张大春的批判和讽喻色彩。

在长篇小说中，这种批判性和讽喻性通过魔幻现实的方法表现出来的似乎更显深刻，如《大说谎家》中的麦德伟见到谁就会变成谁——哪怕是从电视上看到的人——的模样的行为，对于批判现代人、政治人物的多变性就显得无比深刻，其寓意极其明显；《没人写信给上校》中的上校的鬼魂走遍各处，和《没人写信给上校》的小说作者"探讨一部名为《谁杀了上校》的电影，并认为电影不能说清楚他遇害的情形，以及他的灵魂和"我"谈自己的死的冤屈，和女儿谈做人要圆滑，可以偶尔同流合污，"做人不是很有意思"等②，甚至批判人与人之间的复杂关系与虚伪的往来，有点明作品的主旨的作用；《撒谎的信徒》中一再叙述"统治者的亡魂"也契合了作品批判政治，表现出"统治者"的心眼小、虚伪等特征；《城邦暴力团》中写武林高手的地方，如写彭子越变形、李

---

① 张简文琪：《张大春魔幻现实小说与其"后设书写策略"》，高雄师范大学 2008 年硕士论文，第 55—59 页。
② 《没人写信给上校》，联合文学出版社有限公司 1994 年版，第 320、382—383 页。

绶武用纸打下飞机、孙小六飞往竹林市等，如果站在现实的角度来看，其实也颇具魔幻色彩。不仅如此，在细节描写处作者也用了魔幻现实的手法，如第36章《特务天下》写甘凤池流落成都时，曾经因为捡铜钱的贪念触犯了自己之前的誓言导致自己抓取肉瘤而死，但是最后自己的鬼魂在反思中又和自己的"尸体"结合而活过来。这样的传奇一方面也有武侠神怪小说的特色，另一方面也有自我批判与反思的效果。《大唐李白》中，作者不仅设计出了神话性的钱塘龙君这一形象与李白交往，还塑造了一个独特的"一度下凡、淹留只片刻的神仙公主"——上仙公主形象，她出生时其母不觉分娩，生下几个时辰无疾而终，一笑冥逝，而逝世后又时不时出现在宫中；而小说中提到的能够身首分离，入夜之后"头即离身而去，飞行如风；往往至近水岸边，泥泞之地，寻些螃蟹、蚯蚓之物吃，直到拂晓之前，才又飞还，恍如梦觉"的飞头獠①，更是神奇怪异；此外，张大春还曾对作品中的一个颇具魔幻色彩的情节颇为得意：小说中写到吴指南曾经向北斗扔去一个酒壶（**第一章**），到第三卷末尾写到李白结婚时，突然从空中掉下一个物件来，正好是多年前吴指南扔向天上的那把酒壶②……

科幻类作品中的神奇书写，更是将想象的世界中的秩序与神奇化的因素相结合。如《伤逝者》中的人物的年龄对现实中的超越：八十几岁为壮年，活了三十几年仍为"幼小的"，一百一十八岁为中年等，以及《大都市的西米》中反抗的自然人小孩被一一毁灭后成了成人等，都有魔幻意味。总之，张大春的小说中的魔幻写实技法的运用是很普遍的，甚至连张大春自称摈弃技法的《聆听父亲》中，都在《书写的人》一章里写自己的早逝的朋友陆经常常造访其梦境。

---

① 《大唐李白·少年游》，新经典图文传播有限公司 2013 年版，第 289 页。

② 张大春：《李白同谁将进酒》，《文学思奔——府城讲坛 2015》，"国立"台湾文学馆 2016 年版，第 130 页。

有人曾全面地分析、研究了张大春的作品中对魔幻现实的运用，并总结出其技法包括将神话融入作品，将梦境融入作品，将鬼神融入作品，历史充数，将怪诞、虚幻的事物融为一体，陌生化的技巧及崭新的时间与空间结构等。[①] 张大春对于魔幻现实这一手法的运用，不仅贯穿于其进入实验阶段及以后的创作中，还以纯熟的技法将其在各方面进行了开拓和延展，从而形成了独具风格的魔幻写实书写风格。诚然，关于运用各种技巧的张大春也许像高天生所言的那样，对于魔幻现实的手法的运用有"拿魔幻写实的形式把写实和魔幻都捉弄了一番"[②] 的倾向，但整体看来，张大春对这一技法的成熟运用，其实也是与作品的主题，张大春的批判性、讽喻性及探索性有着紧密关联的，正如陈正芳所言："魔幻现实主义的应用，在此已经不是文类或文体的建构，而是创作的材料，张大春将之添加在文本之中，仍是取其讽喻的功能。"[③] 由此，魔幻现实也成了张大春的标志性创作技法之一。

（四）后设

　　"后设"（大陆往往说"元"）同样是来自西方的一个概念和创作技法，它也是张大春的另一个标志性创作技法。而且，如前文说张大春的时空交错与魔幻写实等常交杂、糅合运用一样，张大春的创作中，也常常将魔幻现实手法与后设手法交杂使用，所以他的小说中，有很多部 / 篇都在运用了魔幻现实的手法的同时，运用了后设及其他技法。正如黄清顺所言："张大春影响力如此之宏，其'后设'姿态所显示的意义乃具有指标性的价值，且平心而论，后设小说的形式创作之巅峰亦非张大春莫属，因此，极言探讨'张大

---

① 张简文琪：《张大春魔幻现实小说与其"后设书写策略"》，高雄师范大学 2008 年硕士论文，第 59—78 页。

② 詹宏志：《几种语言的监狱——读张大春的小说近作》，《偶然之必要——〈四喜忧国〉简体字版序》，《四喜忧国》，广西师范大学出版社 2010 年版，第 6 页。

③ 陈正芳：《魔幻现实主义在台湾小说的本土建构：以张大春的小说为例》，《中外文学》第 31 卷第 5 期，2002 年 10 月。

春现象'方才有助于我们了解后设小说在台湾发展的关键脉络。"
而张大春对后设小说的发展与贡献则在于"其一,就文本内涵而言,呈现颠覆写实精神的思维;其二,就形式创新而言,糅合多元形式为一体,而最重要的是'后设加魔幻写实'的穿融路线"①。张大春对于后设技法的运用之普遍、之有特色,使得绝大部分评论家、研究者在研究张大春时都会突出其对此一技法的运用,也使得提及台湾的后设小说的发展乃至后现代主义小说的发展时,也必然会以其为重要代表。

张惠娟曾在《台湾后设小说试论》中表明,后设小说具有反对写实主义,强调作品的虚构性、自我指涉等元素,后设小说善于运用后设语言,"它们或凸显作品写作的刻意性,展露对于写作行为的极端自觉与敏感;或者暴露写作的过程,强调一切尚在进行之中的'未完'特质;或者一意谈论作品的角色、情节等;传统小说的成规——具无上威权的作者、完整的架构、单一的诠释、被动的读者等——亦一再被议论及质疑"。她具体地分析了"括弧按语""谐拟"以及"框架"的运用(包括"置框"与"破框")等后设小说技巧;②黄清顺更在其硕士论文基础上修订出版的著作《"后设小说"的理论建构与在台发展:以 1983—2002 年作为观察主轴》(2011)中具体、系统地探讨了后设小说的相关问题。有人在上述二位的论述的基础上总结了"后设笔法"的六种具体特征并结合作品做了深入分析:"自我指涉"、强调作品虚构性与符号文化、语言结构牢笼的控诉、谐拟与文字游戏、凸显读者的角色、不定原则或未完原则、置框与破框。③简单说来,"后设小说最大的特点就是对自身的结构进行自我反省,对其虚构方式具有强烈的自我意识,

---

① 黄清顺:《"后设小说"的理论建构与在台发展:以 1983—2002 年作为观察主轴》,丽文文化事业股份有限公司 2011 年版,第 307 页。

② 张惠娟:《台湾后设小说试论》,孟樊、林耀德编:《世纪末偏航——八〇年代台湾文学论》,时报文化出版企业有限公司 1990 年版,第 299—316 页。

③ 何明娜:《张大春短篇小说研究》,台湾师范大学 2004 年硕士论文,第 58—69 页。

呈现出鲜明的自我指涉特征"。① 它强调和突出的是写作者的自我位置和意识，也就是不断地突出写作者与文本之间的关系，作者常常在故事叙述中插入与作者（往往是"我"）相关的内容，其中有的与小说的主体叙事有一些关系，有的甚至与主干故事之间没有任何关系，而有的甚至还会对主干叙述进行干扰、怀疑，由此以游戏的姿态对待叙述或与读者进行交流。赵毅衡曾经在系统地论析了有关"元叙述"相关的理论后指出：

> 元意识，是对叙述创造一个文本世界来反映现实世界的可能性的根本怀疑，是放弃叙述世界的真理价值；相反，它肯定叙述的人造性和假设性，从而把控制叙述的诸种深层规律——叙述程式、前文本、互文性价值体系与释读体系——拉到表层来，暴露之，利用之，分析之，把傀儡戏的全套牵线班子都推到前台，对叙述机制来个彻底的露迹。
>
> 这样的叙述不再再现经验，叙述创造的是文本间的关系。读者面对的不再是对已形成的经验的解释，读者必须自己形成解释，叙述不再提供区隔内的"整体性"。当一切元语言——历史的、伦理的、理性的、意识形态的——都被证伪后，解释无法再依靠现成的符码，歧解就不再受文本排斥，甚至不必再受文本鼓励，歧解成为文本的先决条件。换句话说，每个读者必须成为批评家。②

这一解说把"后设"的基本理念和特征解释得很完整。而张大春似乎在发现了"后设"之后便不遗余力地对其进行实践与探索，他作品中对于后设技法的运用，不仅普遍，也囊括了后设小说技法

---

① 郝敬波：《台湾当代小说的叙事艺术》，王晓初、朱文斌主编：《世界华文文学研究》第 7 辑，安徽文艺出版社 2011 年版，第 17 页。

② 赵毅衡：《广义叙述学》，四川大学出版社 2013 年版，第 311 页。

的方方面面，难怪有人认为"以后设技巧来表达后现代主义'一切皆须质疑'的哲学意涵，几乎成了其创作的最重要目标"[①]。当然，对于"后设"技法的内涵与外延，不同的学者可能站在不同的角度分析，有不同的解释和认识，如张简文琪分别从语言表达、形式结构、情节内容等层面上探讨其技法与策略，总结出其展现后设书写的自我意识、多音齐鸣以及游戏性、谐拟、断裂、悖论、质疑语言、知识与符号等"后设语言"的运用，时间方面的"闪前"安排，空间方面的不确定性、虚构的拼贴，故事中有故事的"镜框式结构"，无尽循环的圆形结构以及类型组合的空间结构，反叛写实，重构历史现实等等技法[②]；赵毅衡就将其分为"暴露构筑叙述文本的过程"的"露迹"式，"同一文本中有多个叙述展开"的"多叙述合一"，"叙述暴露层次间的控制"的"多层联动式"，"倚靠已知叙述才成立"的"寄生"式以及"一个叙述文本被许多媒体承接衍生成多种体裁"的"全媒体承接式"等类型（"元叙述化途径"），并有着"犯框"的共性[③]；而王国安则在后现代主义角度认为其有"对终极真理体系的否定"和"高度自由的游戏精神"的特质，并结合作品认为它有着开放的文体、"自我指涉""后设语言"与"括弧按语"及"雅俗界线的泯除"等技巧[④]……可以说这些研究已经很全面很深入了，下文仅就其中的几个具体的后设技法举例说明。

指涉性。后设小说常在主干叙述之外指涉相关内容，而这些被指涉的部分有时是通过自陈作者自身的写作与生活情况达到与读者

① 王国安：《台湾后现代小说的发展——以黄凡、平路、张大春与林耀德的创作为观察文本》，秀威信息科技股份有限公司 2012 年版，第 168 页。

② 张简文琪：《张大春魔幻现实小说与其"后设书写策略"》，高雄师范大学 2008 年硕士论文，第 92—107 页。

③ 赵毅衡：《广义叙述学》，四川大学出版社 2013 年版，第 300—309 页。

④ 王国安：《台湾后现代小说的发展——以黄凡、平路、张大春与林耀德的创作为观察文本》，秀威信息科技股份有限公司 2012 年版，第 148—165 页。

交流的目的，有时则是指向别的文本。前者就是后设小说中的自我指涉，后者与赵毅衡所言的"寄生"式较为相似，即，作品中出现的内容不断地迁延到另外的事件或文本中。自我指涉在后设小说中用得很普遍，张大春的小说中也极为常见。如《走路人》中的基本故事是叙述"我"和乔奇追踪、探寻"走路人"，但作品中的"我"时时袒露心迹，将自我暴露给文内设置的读者，尤其是他的写作和故事编织过程及相关状态，如他在文中说自己花了六个小时找到了"两面的敌人"，然后将自己的内心活动呈现给读者："倘若你们就此认为我满怀敌意乃至仇恨，我是一点也不意外，也不想去辩解的。"在叙述乔奇伸手探竹筒而手上沾满野人粪后，"我"探讨了"形象问题"，说，由于乔奇是长官，"我"是部下，"所以我一定不能像你们现在这样启齿咧嘴、前俯后仰地笑，我必须咬紧牙关，发出'哎呀呀'那种既惋惜、又愤怒的同情的声音"。在叙述了"我"病中在山洞里的神奇经历——与"走路人"打斗并被射了一箭——之后，他转而说，这可能是做了一个梦，也有可能不是，并具体分析，如果是梦会怎样，如果不是梦又怎样，紧接着说："我猜想得到，你们以为我在编故事。我告诉你们的是记忆，记忆好像和编故事差不多，是吗？"[①] 这样，叙述者直接站出来言说自己所言说的故事的真假问题，指涉叙述者的编造、创作过程。《写作百无聊赖的方法》中的指涉，不仅指涉叙述者"我"，还直接指涉现实中的张大春，如作为叙述者的自叙，"我"不断叙述写作的诸多感想、写作计划、写作情况等，还直接让"张大春"与叙述者（写作者、作家）合二为一，不仅让百无聊赖喊"我""张先生"，还直接出现"张大春杰作精选卡匣"，"向张大春先生质疑"等表述。《没人写信给上校》中，也不断指涉《没人写信给上校》，如，他说："在一篇《没人写信给上校》的社会写实小说里，一个社会上发生过的实情，

---

① 《公寓导游》，文化艺术出版社 1989 年版，第 46、48、56 页。

都可以、也都应该被记录下来。"①《城邦暴力团》中更是一方面不断言说自己创作《城邦暴力团》的情况，另一方面又以第一人称叙说创作者的情绪等。如《小说的诞生》一章就说到其创作《城邦暴力团》的想法，《第三本书》一章中讲述汪勋如的《吕氏铜人簿》时，摘抄了他的段落，然后突然表达自己的感慨："抄录到这里，我必须先暂停一下，作一点补充——即使是在青年公园的一座凉亭里避雨的那天下午，当读到汪勋如所写的这个段落时，我也曾掩卷长思，惊叹良久。"②突出了创作者的情绪，而作品中更是处处出现"张大春"，其生活和成长于眷村，自己与高阳的关系，写作三十万字的硕士论文《西汉文学环境》等，都是现实中的张大春确有其事的经历。他还在作品中指出陈秀美的《上海小刀会沿革及洪门旁行秘本之研究》的人物名目众多，"倘若我记得不错的话，在同治、光绪两朝之间，安徽盱眙地方就有一个钢鞭会的会首叫'张大春'的"③。这样，在小说中指涉作者，也营造出一个叙述者"我"就是张大春的假象，也拉近了与读者的距离。在《撒谎的信徒》中，每一章都会在章前置入箴言引语，他甚至在第十三章的章前引语中标注出处为"张大春《大黑潮》"④。

虽然张大春在各后设作品中，不断地跳出来指陈创作过程、让"张大春"出现于作品中，甚至自己的作品名称不断出现在作品中——如《没人写信给上校》中出现《没人写信给上校》，《城邦暴力团》中出现《城邦暴力团》及自己的硕士论文《西汉文学环境》，《大说谎家》中出现《四喜忧国》，《我妹妹》中出现《透明人》，《将军碑》《一叶秋》中甚至摘抄自己《战夏阳》中的段落等——但指涉也并不限于自我指涉，还有很多对真实的、现实的指涉。如上

---

① 《没人写信给上校》，联合文学出版社有限公司1994年版，第28页。
② 《城邦暴力团》（三），时报文化出版企业股份有限公司2000年版，第73页。
③ 《城邦暴力团》（下），时报文化出版企业股份有限公司2009年版，第121页。
④ 《撒谎的信徒》，联合文学出版社有限公司1996年版，第206页。

文曾提到的《没人写信给上校》中的整个叙说，就是对现实中的尹清枫案的指涉，作品中的人名等都沿袭了真实的人名。《撒谎的信徒》《城邦暴力团》等作品中则指涉了诸多历史性事件，如台湾的"二二八"事件，李登辉被捕，1949 年国民党渡海赴台，蒋介石到台湾前转运黄金等；而《城邦暴力团》《聆听父亲》《寻人启事》等中，则指涉了诸多张大春自己的家庭情况，自己的好朋友陆经等的情况等。另外的一些作品，如"大唐李白"系列、"春夏秋冬"系列中，则不断地指涉各种典籍、经典作品，如李白的诸多诗歌作品，洪迈的《容斋随笔》《夷坚志》（《战夏阳·猎得鲲鹏细写真》），《西厢记》（《一叶秋·俞寿贺》），《清史稿》（《春灯公子·九麻子》）等等，这些指涉有的是加以引用，有的是对其创作、内容进行解说，但所指涉的对象绝大多数为真实的；而《城邦暴力团》中对七本书的引用、说明性指涉，《旁白者》中所提及的小说作品等，则是对虚构、编造出的作品的指涉。此外，张大春的作品中还常常出现对各种典故的解释、说明，如《城邦暴力团》中对晋人张翰思乡退隐的解说（《竹林七贤》章），《战夏阳》中对"征君"的解说（《寒食与热中》），《一叶秋》中对雷神的解释说明（《老壮观》）等，至于《大唐李白》中，为了解说诗词，更是随处可见。

典故的运用与解说固然算不上有多"后设"，但是放在张大春的创作中，会发现张大春常常遇到需要解说、指涉这些典故时就会出离于原来的叙述而转移到其所指涉的典故、知识的叙述中，从而增强了其小说的后设效果。此外，在《自莽林跃出》中还有一个奇特的文本内的指涉：在文章开始部分，曾经写了异端颇富诗意的话："然而我隐约相信：这场雨是一个完整的象征；它象征着亚马逊河流域无所不在，也无孔不入的侵略本质——是的，亚马逊的侵略性已经强烈到摧毁人类记忆的地步。"后文讨论"五月九日这一天"的记忆的时候，这一句话一模一样地被作者加以了引用，[①] 这

---

① 《四喜忧国》，远流出版事业股份有限公司 1992 年版，第 68、85 页。

个文本内部的指涉虽然是在讨论记忆的问题，但是由于在不同场景中出现了同样的话语，也给人印象深刻。

文内评论、延伸。绝大部分研究者在研究后设小说、张大春的后设写作时，都注意到了在文中加入括号按语这一特殊技法，它确实让小说中的文本更具综合性，给人营造文本立体感，因此张大春的作品中，确实常常在行文中插入带括号的句子，对文本本身进行评论、解说、延伸，比较多的是作者、叙述者的按语，如：

> （按：以下录音带因反复放送多次、脱磁严重，难以辨认，为存真故，不予译录。）①
>
> ……是书（按：即指这本《奇门遁甲术概要》）之表，皇皇乎独发奇门之术，见微知著、发幽启明……②
>
> 这是一个没有圆满结局的故事，文末只如此写道："谈者（说故事的人）不详其名，不知是科中否也（不知道丙子年的举试，王某是否录取了）？"正是因为没有圆满的结局（比方说：王某乡试高中、仕途一路顺风），它就不只是一个单纯的果报故事、而益发有趣了。③

张大春还在作品中加入别的后设性插话，如《大说谎家》中有："（时代副刊小启：以上三百八十字为本刊专栏《给我报报》编者冯光远投书植入，谨向作者及读者致歉）"④；《写作百无聊赖的方法》则有"（原编者按：'贬'字应作'砭'，疑系笔误，或有他意，请读者解读）"⑤；《大说谎家》中也有："（编者按：以下对白冗长，限于篇幅，不予刊登，意者请看今晚八时华视连续剧《海鸥

---

① 《没人写信给上校》，联合文学出版社有限公司 1994 年版，第 76 页。

② 《城邦暴力团》（下），时报文化出版企业股份有限公司 2009 年版，第 235 页。

③ 《聆听父亲》，时报文化出版企业股份有限公司 2003 年版，第 65 页。

④ 《没人写信给上校》，联合文学出版社有限公司 1994 年版，第 16 页。

⑤ 《写作百无聊赖的方法》，《公寓导游》，文化艺术出版社 1989 年版，第 87 页。

飞处彩云飞》)"①……这些题外的插话，表现出了出版文化的多元复杂性，作者让它们穿插在故事之中，呈现出了综合性的文本空间。

以上属于评论家关注的"括弧按语"所标识出来的后设语言层面上的文本形式拓展与文本内容的增充。括弧按语的形式在张大春的后设作品中确实很常见，乃至于在《本事》中的一篇《一株玉米一个坑》不长的文字中就用了十五次"括弧加解说／补充语"的方法——并且都用加粗的字体标出。

其实张大春的后设作品中，对作品本身进行评论或者对故事本身进行评论也很常见。如《一株玉米一个坑》中，作者要讲述几本仅存的书里的故事，但作者先写了一段评述性文字："在谈这个故事之前我们要有心理准备；不要因为突然登场的人物、岔离正题的情节或莫名其妙消失的线索而沮丧或发出嘲诮，我们有理由相信它从前的读者能接受、欣赏那样的布局，当时的故事作者与受众必定有他们无须赘言的沟通背景，就像今天的我们在谈到男女主角热吻时不劳作者说明他们各自都刷过牙了一样。"② 这种文本内的评论既针对了后面要讨论的故事，更指向了作者要关注的读者与作者的问题，还有对现实的讽刺。《我妹妹》中的"我"是一个疑似现实中的张大春的作家，面对妹妹对作家行业的怀疑和不解而不断询问，他表示："至少有一点可说，那就是我每一次答复她'我为什么要写东西'的说法都不一样。"紧接着他就自己评论道："作家，一个多么不确定的行业。"③ 这既对作品中的自己的形象进行了剖析和解构，还评价了作家这一行业。而《战夏阳》中则走得更远，整部作品都专门在每一篇故事之后开辟了一个"故事之外的故事"，对前面所讲述过的内容进行评价、延伸及解释说明，从而构成了评述性文字与讲述性文字相互补充的文本效果。

---

① 《大说谎家》，远流出版事业股份有限公司1990年版，第114页。

② 《本事》，联合文学出版社有限公司1998年版，第65页。

③ 《我妹妹》，印刻文学生活杂志出版有限公司2008年版，第114页。

游戏性。后设方法作为一种后现代主义的重要写作技法，往往会指向后现代的解构、嘲弄性的风格，因此，张大春的后设小说也就常常缺乏一定的严肃性，而营造幽默、嘲谑的氛围和写作空间。他要么以充满玩弄性的语言玩文字游戏，要么以谐拟（戏仿）的态度进行写作，从而打造出另类的文本世界。如《写作百无聊赖的方法》中曾经有一段话常被人们提及：

> 所谓“熟悉的世界的方法”至少有三种语义层次。第一，整个世界是“赖伯劳”所熟悉的，这个世界的“方法”意味着他存在和认知的主客关系。第二，“赖伯劳”所熟悉的世界其实不是整个世界，而是他所出身的特殊背景以及他所出身的特定环境，而“这个小世界”的“方法”表示他生活中那些一成不变的老套，甚至包括日常会话、无意义的语气词、反复使用的口头禅……这些细节。第三，以上皆是。①

这是作品中的一个语义学和语法学教授的话，张大春故意头头是道而抽象地讨论严肃问题，然后最后来一个“以上皆是”，其游戏性不言而喻。而在《没人写信给上校》中他写刘楠和他的女朋友打电话，她噘起嘴来，样子不十分好看，“要不是这么不好看，她早就可以进入《没人写信给上校》这部小说里来了”。② 不仅如此，他甚至在作品中玩起游戏来——在《大说谎家》中，他写道：“35 让我们来‘表决’一下，在这个世界上，哪一种人最有必要说谎——①政客②电视传教士③推销员④小说家⑤解释宪法的大法官⑥谍报人员⑦罪犯⑧演员⑨历史学家⑩有外遇的丈夫（或妻子）

① 《公寓导游》，文化艺术出版社 1989 年版，第 75 页。

② 《没人写信给上校》，联合文学出版社有限公司 1994 年版，第 301 页。

⑪我。"① 虽然张大春在其后的叙述中说这是报纸上的问题，但是，将其用黑体字表述、有选择性问题的设置，本身就是一个游戏性情节，阅读者会不期然地参与到选择中；同时，游戏的设置和文中的书写（李汉东和李撰成对此问题的对话）和报纸材料的运用，也加强了读者、作品与作者之间的联系，让读者有与作者交流并参与到文本中的故事中的感觉。

从更广泛的意义上说，张大春的很多作品本身就有着很强的游戏性。如《时间轴》中设置四个小光球和四个不同的人回到晚清，就颇有探险游戏的意思，只不过其中有着更多较严肃的历史反思等主题而已；而"大头春三部曲"更是典型的模仿成长少年的游戏性作品，"撒谎三部曲"也是对台湾历史、政治、新闻等的模仿、玩弄之作，甚至连《城邦暴力团》也会给人"游戏武林"的感觉，《大唐李白》也似乎给人"重造历史名人"的感觉。

这种游戏性在学界的"谐拟"（parody，大陆多称"戏仿"）一词的概括下似乎更能凸显张大春的后设及后现代意义。谐拟"通过具有破坏性的模仿，着力突出其模仿对象的弱点、矫饰和自我意识的缺乏。所谓'模仿对象'既可以是一部作品，某派作家的共同风格，也可以是任何一种为达到某种目的才有的独具特色的语言方式（如新闻记者、政治家和牧师使用的语言等）"②。其玩味效果不仅在细节上，也在作品的整体风格上一览无遗。

如上述《写作百无聊赖的方法》中，"我"为了写好"赖伯劳"这个角色，分别请了几个专家来分析之：语义学和语法学家、教育学家、心理学家、人类学家、犯罪学家、经济学家、社会学家等，结果发现他们都是站在各自的立场自说自话，甚至看似头头是道，实则不知所云、胡说八道，这样，作者形成了对学术界的专家们的

---

① 《大说谎家》，远流出版事业股份有限公司1990年版，第75页。

② 朱立元：《后现代主义文学理论思潮论稿》（下），上海人民出版社2015年版，第748页。

谐拟与批判、讽刺；《四喜忧国》中生活窘困的朱四喜，连字都不大认识，竟然对总统文告情有独钟，并模仿其写了"告全国军民同胞书"想尽办法让其得到发表，其中的嘲讽和批判效果也相当明显，足见总统文告一类的东西对民众的毒害。《大说谎家》《没人写信给上校》《撒谎的信徒》以及《城邦暴力团》等则直接以谐拟的方式来牵涉、书写、想象现实中有过的历史、政治、新闻等方面的情形，分别对蒋介石、蒋经国、李登辉、宋美龄、尹清枫、万籁声等政治、江湖人物进行书写，同时对于曾经发生过的事情如前文所述的"二二八"、李登辉被捕、尹清枫被害案、周鸿庆案乃至1980年代末期的东亚及世界各国的政治现状等进行言说，其谐拟的姿态不仅是对于很多实实在在的人用真名书写，更对现实事件的发生精确到具体日期甚至具体时间，给人以真实感，而实际上又绝大部分是虚假的。到《大唐李白》中，甚至连作品中出现的很多诗作，都属于张大春自己编造的，其谐拟可谓走得够远。

此外，张大春的谐拟还在于体裁方面。《本事》中收录的有关《西游记》考（即"猴王案考"）的三篇文章，更是以模仿学术文章及学术争论的方式，挖苦学术考证及讽刺想尽办法自圆其说的行为，让人在似真亦假的文字中思考相关问题。尤其是最后一篇解释排版问题导致的失误部分，让人看了印象深刻。《印巴兹共和国事件录》及《天火备忘录》分别谐拟和模仿了新闻报道的形式，虚假地建构了一整套故事体系，并且以新闻、报告、备忘录等形式呈现出来，真假难辨。作者又故意设置线索提示其为假的。《没人写信给上校》甚至连作品的名字都袭用马尔克斯的，也成了一部充满后现代手法的作品对一个后现代主义作家的谐拟。

凸显虚构。有学者指出，"后设"的思辨倾向于解构，同时不讳言"小说本是虚构，并进一步辩证虚构与真实之间的关系"[①]。

---

① 洪鹏程：《试论八〇年代台湾后设小说的定位：以张大春〈公寓导游〉与〈四喜忧国〉为分析对象》，《新竹教育大学人文社会学报》第 5 卷第 1 期，2012 年 3 月。

的确，张大春的作品中体现出了其丰富的想象力，因此他涉及了各种类别和主题的创作，也更能凸显其虚构的特色。而在其后设小说中，他更是不遗余力地在文本中表现出自己的虚构性。《公寓导游》《印巴兹共和国事件录》《天火备忘录》都分别在煞有介事地讲述的间隙，在文本的开头或者结尾告诉读者，这些都是属于虚构的，真真假假读者自己去体会，由此，它们明确地告诉了读者小说的文本内容并不一定就是现实世界中发生的。《如果林秀雄》中，分别以"如果林秀雄……"为标志，叙述了林秀雄未出生、七岁那年加入布袋戏班子、早几天入学、读书读的是甲班，在十一岁那年遇到土地公，记得小鱼逆水而游和阿发溺水的关系，没有爱眨眼睛的习惯，有机会对记者谈论高中时代，没有考上大学，抗议政府破坏家乡生态成功，学会满意自己等大大小小，或具体或抽象的假设条件下的事情的发展，由此将虚构的部分呈现给读者，同时又将其与实际发生在林秀雄身上的事情做对比，以此来完成对林秀雄的一生的书写和对可能性的想象。而"如果林秀雄……"则很明确地提示了其后叙述的虚构性。《自莽林跃出》中描写了诸多魔幻般的情节，真实性本来就很可疑，但是叙述者还故意加了一个《后记》，说明没有人相信他的经历，这倒反而更加让人怀疑其真实性了，看似为自己辩解，其实是更加突出其虚构性；《写作百无聊赖的方法》也在结尾提示："到底是你写百无聊赖，还是我写百无聊赖。"更凸显出前文所讲述的，其实是有关写作和构思小说的虚构。《走路人》中的"我"叙述了自己的传奇经历之后，又来探讨记忆的问题、真假的问题，甚至在结尾部分写很多年以后，当事者"我"和乔奇对于当时的事情的记忆的错位，由此也突出了"无论你们相信谁的记忆，他都会再相信之后变成最真实的故事"[1]，以不确定性说明，前文所叙述的内容，其实都属于不能确定真假的虚构性的东西。

---

[1] 《公寓导游》，文化艺术出版社 1989 年版，第 92、58 页。

《没人写信给上校》中，虽然作者以现实中的人物和案件来作为写作对象，写作过程中也不断地让"《没人写信给上校》的作者"介入作品中的情节，如参与探寻尹清枫死亡原因的资料搜集，让尹清枫的鬼魂与其交流等，但是作品中一再出现的"我们这些不认识上校的人""我们这些在上校死后才开始关心他、怀疑他、追悼他、调查他的人"[①] 等的表述，也提示了作品中的叙述都是拼凑、虚构而来，而并非真正亲历者的叙述，也就是强调了作品作为故事的特性。《城邦暴力团》则更明显地在最后部分对作品的书写过程或者可能性进行呈现，分别用了六个"我应该如此开始述说"来展开六种虚构，并同时点明了上文已经叙说过的一种也属于虚构，也就是说，几十万字的小说，其实都是基于作者的虚构的结果。但是每一个部分或者说每一个虚构的可能性部分，作者又能够将其叙述得很真实的样子，包括使用引文、包括人物对话和"我"的代入，都给人以逻辑真实感。

与读者对话。以第二人称的方式，在作品中直接与读者交流、对话，也是后设小说常用的笔法，张大春的小说中也常用这种方法。如《走路人》的开头就这样写："如果你们要问我：听说台湾山地有一种'走路人'，是不是有这回事？我可以这样说……"好似和读者面对面地交流。其后的行文中，作为读者的"你们"便常常出现。如在叙说"我"还没留胡子之前的心态时说："也许，就像你们现在一样，套句流行的话，怎么说？青年才俊，是吧？"[②] 用问句营造读者的在场感。不仅如此，他还"教训"起读者："后来？噢！不要问我这么愚笨的问题。你们要采访的该不只是一个故事而已吧？是吗？你们是不是可以多知道一些关于人的东西？就像含在你们嘴里的口香糖，你们不会为了把它吐在垃圾桶里才嚼它的吧？"[③]

① 《没人写信给上校》，联合文学出版社有限公司1994年版，第6、31—32页。

② 《公寓导游》，文化艺术出版社1989年版，第39页。

③ 《公寓导游》，文化艺术出版社1989年版，第44页。

这不仅是发挥了上述所言的文内的评价功能，还充满着游戏、玩弄效果。在《野孩子》中，读者仍被设置成在叙述者对面的存在，作品中也时常冒出以"你"为言说对象的叙述，如："在那些快乐的日子里，我学会了开大吊车，一直到现在我跟你说这些事的时候为止，我都认为……""……相不相信？如果你在车上，你也会和我们一样""……在这种时候，你会说：'去他妈的狗屁游戏！'"① 处处都体现出有读者在场、直接对着读者言说的效果。《没人写信给上校》中常常出现"我们的×××"的说法，如"我们的杜太太""我们的上校"等制造了与读者的亲近感，同时他还在具体的叙述中让"我们"代表叙述者和读者一同看待被叙述的对象，如他写杜太太和潘天玉中校通完电话听见有人敲门，"门外推车后头的人她当然不会认识，可是我们认识——他就是那个在忠孝东路和敦化南路口一直往一名假表贩子胸前递进一把刀子的家伙"。这就让读者跟着叙述者全知全能地把握故事中的一切了。另外他也会以假设性的口吻让"你"体验不同的场景，说："如果你是个具有强烈好奇心的孩子，第一次在某办公大楼楼下的大门外玩耍徘徊，看见了这样一座玻璃旋转门，一定想要试试它的力道和速度。"② 这就让读者能够以一种设身处地的方式钻入作者的叙述中设想种种情形。

在《聆听父亲》中，作者又设置了另一种情形：从最开始就设置了一个尚未出生的孩子作为倾听／阅读者：

> 我不认识你，不知道你的面容、体态、脾气、个性，甚至你的性别，尤其是你的命运，它最为神秘，也最常引起我的想象。当我也还只是个孩子的时候，就不时会幻想：我有一个和我差不多、也许一模一样的孩子，就站在我的旁边、对面或者某个我伸手可及的角落。当某一种光

---

① 《野孩子》，联合文学出版社有限公司1996年版，第59、159、203页。

② 《没人写信给上校》，联合文学出版社有限公司1994年版，第79、168页。

轻轻穿越时间与空间，揭去披覆在你周围的那一层幽暗，我仿佛看见了另一个我——去想象你，变成了理解我自己，或者也可以反过来说，去发现我自己，结果却勾勒出一个你。一个不存在的你。在你真正拥有属于你自己的性别、面容、体态、脾气、个性乃至命运之前，我迫不及待地要把我对你的一切想象——或者说对我自己的一切发现，写下来，读给那个不存在的你听。[①]

不过，比较特殊的是，这部作品中的"你"具有双重功能，一个是读者功能，不断地聆听"我"——父亲的讲述，另一个又是被叙述的故事主体之一，所以一方面他能面对面听"我"讲故事："另一个故事我将在你五岁那年从头至尾读一遍给你听，现在我只讲其中的一小部分，因为它和你爷爷的故事有点儿遥远的关系。"同时又有着叙述者"我"一起体验被叙述的事情："不过，这不是我跟你说故事、或者是鼓励你说故事的目的……就像现在，我们已经来到我父亲的膝头，几乎忘记了先前我父亲找着了他生平第一件差事的原委。"另一方面又是一个被不断言说的对象和主角："你在母亲的子宫里，尽情地需索任何赖以维生的物质，一直到你出生以后（乃至于整个的幼年时期），除了供应你所有的物质需要之外，人们不会要求你一丁点儿其它。""而你却是个想象中的孩子，还不会听、不会叫唤、不会表达……"[②] 总之，这里的读者/听者和作品主体之一的重合，形成了很另类的文本，也让张大春的后设效果，更加突出。类似的情形也在《晨间新闻》中出现，作品中有很多第二人称书写的内容，如"你是一个家庭主妇""你是一个天生的盲人""你要干一件轰轰烈烈的大案子"[③] 等等，也有着同时是听

① 《聆听父亲》，时报文化出版企业股份有限公司2003年版，第7页。
② 《聆听父亲》，时报文化出版企业股份有限公司2003年版，第19、37、145、221页。
③ 《四喜忧国》，远流出版事业股份有限公司1992年版，第34、36、45页。

众 / 读者与被叙述的作品中角色等双重功能。

后设方法不止上述方面，形如叙述中不断地阻隔、断裂与延宕，叙述中出现自相矛盾的地方等等，都是很明显的后设特征，但是我们在此仅挑选其中代表性的论述分析。作品中的指涉也好、突出虚构性也好，往往并不是被单一地使用的，大部分时候则是几种元素都被用在了一篇作品中，如《城邦暴力团》中既强调了虚构性，也有很明显的指涉效果；《写作百无聊赖的方法》中同时有文内评论与自我指涉等。甚至有的细节部分都会糅合多种后设技法，如《大说谎家》中有一处为：

> （作者按：熟读此书可以在韩国华克山庄国际大赌场的"百家乐""黑杰克"二种赌戏中稳操胜券，如以之赌"廿一点"则易倾家荡产。意者请洽 3918544 找澳门来的发牌师父林耀德先生购买，团体优待八折）[1]

段落中不仅有很经典的"括弧加按语"的写法，还指涉了台湾另一个著名的后现代作家林耀德，而文中的谐拟和游戏色彩，也很明了。

王国安将魔幻现实主义和后设作为探讨台湾后现代小说的重要入口，他认为，台湾后现代小说初发展时的形式可以用"魔幻现实主义"与"后设"来概括之，前者是台湾后现代小说家受现代主义影响之后所选择的新的叙事模式，"后设"则是后现代思想的小说形式转换，前者继承现代主义，后者发扬后现代主义，台湾的后现代小说几乎可以两者做概括归纳。[2] 的确，这两种写作方法在后现代主义的写作中往往被糅合使用，在张大春的作品中，这两种方法

---

① 《大说谎家》，远流出版事业股份有限公司 1990 年版，第 86 页。
② 王国安：《台湾后现代小说的发展——以黄凡、平路、张大春与林耀德的创作为观察文本》，秀威信息科技股份有限公司 2012 年版，第 140 页。

的运用更是相当普遍。当然，现代主义、后现代主义的写作手法多种多样，这两种及上述所言的多声共唱、时空交错等，也都只是其中的一部分，但从张大春的尝试、运用与创新中，我们的确可以看出张大春对于技法的热爱及不断突破自己、突破现有写作规范的追求，再加上张大春一贯的勤奋和多产以及对写作的热爱和坚持，也就不难理解，为何层出不穷的台湾作家中，张大春成了几十年来一直具有代表性的一个了。

三、传统的熔铸与改造

张大春的创作实验到 1990 年代末期开始，有了一个很大的转向，那就是对中国传统元素的大量运用，这包括两个方面，其一为他的小说中大量运用中国古典的材料，如汉字典故、诗词、古代小说、笔记、历史资料等；其二是他的作品中大量运用传统叙事方法，如说书形式、笔记形式、以诗词总结交代故事等。他表示："……运用古典材料来翻新一个叙述，对我而言至少解脱一个焦虑。我认为不透过说故事的方式，很多古典知识或语言的谬误就不会被察觉，而且一代一代下来，对文化的体会将越来越坏。"[①] 有学者就曾经指出："从词句、结构、形式、主题等诸多方面考量，张大春世纪之交以来的小说可说是传统文化的盛景，称他是有着浓厚的传统意识的作家丝毫不为过。""张大春在世纪之交以来的作品让人印象深刻的缘由之一，即来自于其传统的磅礴、艰涩与隐晦，这构成了张氏传统美学的名片底色。"[②]

仅从创作技法的运用来看，可以说，在世纪之交，张大春明显

---

① 廖俊逞、张孟颖整理：《〈水浒〉两好汉　回归传统搞叛逆——张大春 vs. 吴兴国》，《PAR 表演艺术杂志》第 177 期，2007 年 9 月。

② 陈舒劼：《传统的盛景与幻象——近二十年来张大春、台湾作家的写作及台湾的文化身份选择》，《福建论坛（人文社会科学版）》2017 年第 10 期。

地进入了创作的另一个阶段：对叙事方法的重视，并将其熔铸于小说创作中，以创制新的写作风格与方法。因此，其《本事》有志怪小说的影子，《城邦暴力团》中有武侠小说及书场说书的痕迹，《寻人启事》则有很明显的笔记性。进入21世纪后，其创作化用传统模式和传统方法更为明显，《聆听父亲》虽然传统叙事笔法不很明显，但是已经改变了1980年代中期至1990年代的多种现代主义、后现代主义的创作实验性，走向平实，颇有散文风；"春夏秋冬"系列及《离魂》中，则大量化用中国古代的说书体形式、笔记体形式乃至侠义、公案小说的形式，从而建构了独特的以模仿传统小说写作模式书写古代的人文轶事的写作方向，《富贵窑》中又增加（或者说传承）了传奇性因素，《大唐李白》则熔铸了诗歌、各种异类知识与历史人物的书写与想象。张大春借由传统技法，"在把握住了传统与现代的审美共性的基础上，对传统小说元素做了现代转换，使作者真正完成了自身与中国文化的传承"[1]，因此，他的创作给读者的感觉，其实与读者阅读各种类型的古典小说还是完全不一样的，这不仅在于张大春的小说中融入了现代、后现代意识，更多的是张大春对传统小说技法进行了改造和更新，将其与其他元素进行了融合。总之，他的创作进行了新的突破和尝试，从而形成了新的冲击效果。正如有研究者指出的那样：

> 进入二十一世纪，张大春开始寻找新的创作灵感和写作技巧，这一次他将眼光投向了中国传统的"说书体"叙事技巧上。在这一时期出版了多部作品中，读者都可以看到张大春在小说体裁和表现形式上都有意回归中国叙事传统。张大春借鉴笔记小说、宋元话本、章回小说、白话小说等独特的叙事方式，以一个当代小说家的姿态向中国古典

---

① 王丽娜：《论张大春小说的文化传承因素》，《文衡》（2009卷），上海大学出版社2010年版，第295—296页。

文学致敬。与此同时，张大春并没有放弃他一直以来所遵循的"一切叙事都是虚构的"的叙事信条。因此在这个时期的小说里，张大春不仅大量地运用了中国传统小说的叙事模式，而且也十分具有突破性地将现代与传统叙事大胆、巧妙地结合在了一起，并以此带给读者全新的阅读体验。[①]

张大春曾夫子自道，其所继承的中国小说传统有说部、史传和笔记，并且试图以此改变他长期受到的来自西方"现代性"的腔调的影响，反思能否回到说部或笔记作者的位置而与时代保持距离，因此"宅"在自己的书写状态锻炼自己对所有繁琐细碎的古典知识做一点一滴根本性的爬梳和吸收[②]。他甚至承认，"如果说是我把中国的笔记、说部、说书、章回和戏曲放在现代小说里，我是认可这个传统的。事实上大部分中文小说都是汉字写作的西方小说"[③]。这体现在他的小说中，就是以现代的视角审视传统叙述方式，在借鉴利用的同时又加以改造，并让其与他一贯的注重技巧与主题而不重在讲故事的叙事风格合流。

（一）"说书"的现代化利用与改造

从小在父亲讲说古典小说的熏陶中长大的张大春，在其文论中又积极关注书场叙事、笔记及传统小说叙事中的离奇、松散等元素，在其创作中更是对中国传统小说的技法进行运用与改造。在访谈中，他曾表现出对"说书"的深刻理解和把握，[④]并多次提及自己对"说书""说书人"的理解，同时，他更是在电台说书及小说创作中积极将"说书"这一中国叙事技法付诸实践。

---

① 秦潇：《接驳时空的文字——张大春小说叙事研究》，西南大学 2013 年硕士论文，第 1 页。
② 张大春：《我所继承的中国小说传统》，《港台文学选刊》2009 年第 5 期。
③ 《张大春：阅读有时是为了苦感》，《北京青年报》2011 年 1 月 9 日。
④ 石剑峰：《张大春谈传奇、侠义和武侠写作》，《东方早报》2009 年 8 月 16 日。

有关张大春对传统说书技法的运用，学者王丽娜曾经有过具体、细致的分析研究。她从"腔调"的角度，以说书人的套语、民间语言、跑野马的风格几个要素进行了分析，认为张大春的叙述是在改造了传统说书的技法的基础上的后现代的转换，由"陈腔变调"走向了"插科打诨"[①]。书场叙事中的书场套语、线索分头岔开又合拢、设置悬念等技法，在张大春的世纪之交的小说中随处可见。一方面叙述者往往以"说书人"的角色和功能出现于作品中，另一方面，作品中的叙事往往比较散漫地以"跑野马"的方式随时"离题"、岔开去。同时，他的小说中又常常运用大量诗词来"定场"。张大春的尝试并不限于处理传统性的题材。在《聆听父亲》中也"首先以说书人的形式出现，对一个想象中的孩子讲述家族故事，先交代讲述的目的、动机，继而讲述'我'和父亲在台湾的家庭故事、大陆祖家的故事……通过说书人的视角，'我'游离在家族故事之外，又成为纯粹的叙述者，家族故事因而具有传奇性的一面，好听而有趣"[②]。

彰显说书人的特点、体现说书特色的套语的大量使用，让作品染上了浓重的传统色彩。如：

> 话说杭州西湖东南边有座吴山，不知打从什么时候起，出了个卖卜的寒士，人称方先生。(《春灯公子·方观承——儒行品》，重点为笔者所加，下同。)
>
> 也活该朱能不是个糊涂命。(《富贵窑·孤山客》)
>
> 话休烦絮。说到吴兰生下场，就在点名搜检过后……(《战夏阳·四个——从科场到官场的众生相》)

---

① 　王丽娜：《文学记忆的复活——论张大春小说中的传统因素》第一章，上海大学2007年硕士论文，第5—26页。

② 　朱云霞：《"解严"后台湾家族书写的特征与意义》，《中南大学学报（社会科学版）》2014年第1期。

说时迟，那时快，怪爷爷先将孙小六包裹停当，扎捆入怀。(《城邦暴力团·最想念的人》)

　　这里非先表一表万籁声不可。(《城邦暴力团·送行之人》)

　　这是旁人闲话，姑且搁置不提。(《聆听父亲》第二章之"书香门第")

　　且说长安宫阙，分别以太极宫、大明宫、兴庆宫三大内为主要的格局。(《大唐李白·将进酒》第一章"一面红妆恼杀人")

　　以上只是一小部分例子。而"跑野马"的手法在作品中也相当常见，如《城邦暴力团》第三十三章，开头讲述"我"写硕士论文的情况，紧接着由一个幻觉而过渡到对年轻的李绶武的遭遇的书写中，紧接着的部分便一直书写李绶武怎样在"南昌剿匪总部"遭到居翼等人的审问甚至打骂，一直到这一章结束。下一章开始，张大春又把叙述拉了回来，回到现实中的孙小六身上，再下一章才又让李绶武出场，但并没有紧接着第三十三章说李绶武被打骂后的情况，反而是说他（此时为"面具爷爷"）与孙小六之间的关系，但其间叙述他带孙小六学习的过程中用一个石子击落林业局的飞机时，又花了很多段落交代前因：即"走路人"的状况、洪子瞻的"火攻计"、政府部门的政策等，每到一处就岔开去说……这样，故事的线索网络不断铺张开去，作者花很多笔墨去加以叙述和延伸，到适当的时候才将其"收回"。小说中，直到下一章（第三十六章）才又回到全能视角——说书人叙述的年轻李绶武在"南昌剿匪总部"的遭遇，中间用了两个章节"跑野马"！《一叶秋》中的《潘一绝》一篇，本来讲述的是潘祖荫的事儿，但故事并没有让他贯穿如一地统领。其间叙说满清的律例制度及相关知识，影响重大的护军执法被杀的案子及其解决、后果，还分别举了刘光第、沈北山、王照等的例子来说，不断岔开话题说潘祖荫以外或者与他关系不大的事，只是开头和结尾部分说明由于他在案子中的态度导致了很恶劣的影响乃至自己一直没有子女等，成了真正的"一绝"。其"跑野马"的散漫说开方式也相当明显。《大唐李白·凤凰台》第十三章，以"司马承祯是来见李白的"开头，但紧接着说他并不认识李白，见李白缘于一卦。紧接着便花很多段落回叙"开元十三年"的那一卦的由来、内容等，紧接着又由此写到"魏夫人"。而且由魏夫人的典涉及《黄庭经》，竟进一步引经据典转入到了对"七言"的言说中，同样花了很多篇幅进行言说。这样的任意而演说开去的"跑野马"，将作品涉及的知识系统，无限地扩大开去了。

定场诗、起诗、赞语、诗赞等的运用，是说书艺术中常用的技法，也是张大春模拟古典说书艺术的重要标志。《战夏阳》中的《送别洪昉思——诗人告别乃在悲伤涕泣之外》一篇中，一开始就用了一首标注为洪昇的《耍孩儿》的《枫江渔父图题词》来"定场"，文末则用了一首诗作为赞语。作者还以说书人的口吻交代："诗人送别，深情乃在悲伤涕泣之外。旁观说书的也来凑兴，将就着朱彝尊的七绝，为和一首七律，兼致因诗牢落之人。"[1] 赞语也好，定场诗也罢，可以是引用别人的作品，也可以是作者随机所编。《一叶秋》中的《苏小小》一篇的结尾，张大春就以引用的形式用诗词评价苏小小："元人张光弼有诗赞云：香骨沉埋县治前，西陵魂梦隔风烟。好花好月年年在，潮落潮生最可怜。"[2] 当然赞语/诗的运用也不仅仅见于作品首尾，如《离魂》中的《场中少一个》中就在介绍吴兰陔时以自嘲诗的形式说他的命运："有两句自嘲诗：'圣朝难遇当知命，幽居易老懒伤春'。"[3] 至于在说书性的文本中运用诗词的形式进行书写，最多也最具特色的《春灯公子》，则将后文要书

---

[1] 《战夏阳》，INK 印刻出版有限公司 2006 年版，第 203—204 页。

[2] 《一夜秋》，INK 印刻出版有限公司 2011 年版，第 39 页。

[3] 《离魂》，海豚出版社 2010 年版，第 89 页。

写的十九个人物故事的"定场诗"罗列于序言《春灯宴》中，在结尾中同样以一首较长的"古体诗"作为结尾交代和总结，具体的篇章细节中也多次引用诗文"为证"。如《达六合》中引用"达观巨鹿翁"（也即小说中的人物）《春醪残墨留痕》咏草鞋的诗，《菖蒲花——顽儒品》的结尾引用吴小员的偈语结尾等。

不过，正如前文所言，张大春虽然在其作品中大量运用了说书艺术中的方法，但作品中充满着现代意识。而张大春更多的是在重新启用说书艺术的同时对其进行改造和创新。张大春自己也就其"说书人"的定位与专业说书的差别自道：

> 坦率说自己没有资格成为那种说书人，他们有独特的训练，我只是在电台里面戴着耳机，把那些文本用我的修饰，尽可能传达更多文字教育的内容。我说《三国》《三言二拍》《三侠五义》这样的故事，里面碰到一个字很特别，我都会拿来解释这个字是怎么回事，可能别的说书人不会做，因为它打断结构，甚至打断了节奏，可是对于我来说如果放过了那个字，听众就没有机会认得那个字，我认为认得那个字蛮重要的。比如陕县在河南，可是你要问台湾孩子，大部分人认为是陕西省里面，认为陕就是陕西，所以我每次碰到陕县，都说这个是在河南的某个地方，作为一个说书人，我会啰里啰唆，但是我也没有办法撇开这个。[①]

就是说，张大春对传统说书的离题、穿插、跑野马的运用比起古典小说来，可是充满着自觉的。他不仅对历史小说和高阳的"跑野马"高度赞扬，还有意识地在自己的作品中大量使用。如，他说自己的作品中常常运用文中解释的方法："当我想解释一件事，我

---

① 张嘉：《张大春：重述大历史角落的小传奇》，《北京青年报》2017年12月20日。

就不管篇幅地延伸这个解释，这样很容易'跑野马'，跑到后来读者不知道你在哪里，所以我又要找到一个叙事轴线，来控制这个注解散射的程度。""我就这样通过种种干扰，让叙事暂时中断，形成种种伏笔。对正文的注解也是这样。对一个读者不见得熟悉的事物，我先解释到一定程度，然后跳开，到了某一个章节，我又杀一个回马枪，突然跳出来再做个解释。当你回过头来看这些解释，你会发现它们之间相互照应，构成一个有机的整体。"①"规模长大的小说，反而更该随时给读者'这就是结局了'的错觉。这种错觉，会让读者在强攻一段漫长或艰难的段落之后，得到放松的趣味。但是当这放松感容或会让读者放弃阅读的时候，作者就得施以离题的手段，令读者踏上看似下一个、全新的好奇旅程。"②可见张大春其实是有意识、有目的地运用传统说书中的种种方法来进行小说实验和创新的。

从另一个角度来说，说书艺术中的"说书人"角色的独特性，也为张大春熔铸传统小说技法和现代主义、后现代主义之间的多种因素提供了可能性。"说书人"所承载的功能和作用，有引领读者进入小说世界、与假想的听众交流、启发和教化读者等，③这恰恰与后现代主义创作手法尤其是后设手法有着诸多相通的地方。由此，钟情于传统技法又长期进行以后设为重要手段的文学技法尝试与更新的张大春，便自然地将二者熔铸于其创作之中。正如有研究者所指出的那样，张大春对"说书人"角色的扮演的情有独钟，是因为它"可以对小说内容做绝对的操纵，可以任意的跑野马、离题去叙述跟情节有关系／没关系的其他故事、相关掌故、历史源流，

---

① 傅小平：《张大春：我认为自己是一个小作家》，《四分之三的沉默：当代文学对话录》，广西师范大学出版社 2016 年版，第 130—131 页。

② 澎湃新闻：《张大春对谈傅月庵：〈大唐李白〉是小说还是历史？》，腾讯网 2015 年 6 月 21 日：https://cul.qq.com/a/20150621/010306.htm。

③ 宁宗一：《中国小说学通论》，安徽教育出版社 1995 年版，第 423—430 页。

也可以随时对小说中的人物事件发表评论，甚至由此延伸对现实世界做出一两句议论之语"①。而这让张大春借助"说书人"游刃有余地摇摆于文本内外，也游走于传统与现代之间，因此他的作品中的叙述者，时而变成了"说书人"，时而又变成了第一人称"我"，时而又跳出文本进入另一个层次的叙述，从而形成了多种因素的交融。如有学者研究其《城邦暴力团》时所指出的那样，它采用了"既新且旧、既中且西"的方法，开辟出武侠小说的一条新路。"张大春的文本策略乃是将类似西方后设技巧的第一人称同名小说、文言笔记议论传统，和白话小说伪书场三者结合"②。

张大春在文本中具体地、创造性地运用了书场叙事的多种方面。如《春灯公子》中的《九麻子——诡饰品》中开始就直接以讲故事（说书）的方式说了作品主人公方观承，紧接着作者"预警"："抄两段儿枯燥的史料暖暖场子，今日咱们说飞毛腿和方九麻子。"

"要是嫌史料生硬难读，尽管跳过，也减不了后头故事里的趣味；可是，一旦细读这么几段儿文字，您就会有恍然大悟之感：原来中国加紧统一台湾是从这么个老小子开始的。③"

很明显，这既借用了说书人与假想读者交流的形式，也将后设小说的作者跑出来和读者讨论作品中的内容的特色进行了发挥。在另一篇《插天飞——狡诈品》的开头，张大春更是单刀直入地说："先说下：今儿故事里的人物有好几个是说书人瞎编的，为什么今回儿要瞎编呢？因为故事里头有个矬瓜，是说书人的祖上……④"这直接就是后设小说中的挑明作品的内容为虚构的模式了，但这种后设技法的运用，又是借助"说书人"的角色呈现表现出来的。而

① 汪时宇：《现代说书人——以张大春"春夏秋冬"系列小说为中心之研究》，台湾中正大学 2014 年硕士论文，第 180 页。

② 杨清惠：《大书场——〈城邦暴力团〉的叙事修辞》，《东华人文学报》第 19 期，2011 年 7 月。

③ 《春灯公子》，INK 印刻出版有限公司 2005 年版，第 152 页。

④ 《春灯公子》，INK 印刻出版有限公司 2005 年版，第 70 页。

在其他地方，张大春则直接站出来"夫子自道"地自我评价一番。如《战夏阳》中的《太原错》中，他说到中途评价道："说书的有个毛病，说到哪儿了想打住，谁也催不得；说到哪儿了想岔开，谁也拦不住。"①《一叶秋》中的《老庄观》中说曹景仙的名姓，说他到了老壮观后被改了名，但紧接着说："然而万蜕云改了此子之名，不妨碍咱们说书的方便，还就是这么唤他便了。"②

在离题、穿插的运用方面，张大春的做法则是任意牵涉开去，甚至又不断分开线索，不期然之间才回来。如前文所言《大唐李白》中的酒壶，叙述到了可能戛然而止，然后很久以后才突然让其出场。《城邦暴力团》中，第一章一开始就叙述孙小六从五楼窗户跃出，紧接着就花很长篇章叙述万砚方被害等江湖帮派的事儿，直到第六章，孙小六才重现，而且还不是第一章里"窝混了三十四年"的孙小六，是八岁的孙小六。孙小六飞出五楼，奔向竹林市的情节，要到第三十章才再次得到接续。这期间穿插的故事，有江湖帮派的恩怨斗争，有老漕帮诸多人事的遭际，有"我"——张大春的学习与成长的经历，有"我"与江湖帮派之间的关系等。每到一个点，作者就岔开话题去说，所言者有长有短。《聆听父亲》的第六章，最开始引出"我爷爷"当过汉奸的事实，其间说到曾祖母的期待、六大爷的信等，跨越性较长，紧接着作者说："在这里，请容我稍事停顿。先向你介绍一种情感——我们姑且称之为：不忍。"③紧接着说到自身记忆中的父亲不肯轻易说日本，花去了几个段落，然后才回到对1928年爷爷逐渐走上汉奸之路的叙述。其间又花了几个段落叙说六大爷记忆中的假"大头"的事儿，始终没有具体交代爷爷怎样结束他的汉奸生涯等等。到了下一小节便过渡到自己的父亲入过庵清的事儿，然而在正式说这之前花了四个段落一千

---

① 《战夏阳》，INK 印刻出版有限公司 2006 年版，第 22 页。

② 《一夜秋》，INK 印刻出版有限公司 2011 年版，第 156 页。

③ 《聆听父亲》，时报文化出版企业股份有限公司 2003 年版，第 102 页。

来字介绍"帮朋"相关知识，又花几个段落叙说父亲当时"离家出走"迷路被找回挨打等。对于父亲加入庵清的具体情况，也未细表。接着说自己知道这件事很晚，只记得看过一个帖子，便又由此过渡到下一小节，谈论父亲教"我"认字等……

这样，话头不断岔开，故事更加丰满和立体，然而主干叙事也逐渐缺失、流散——这也正是张大春区别于传统说书性叙事的重要创试，传统说书会不断回到主叙事，张大春却以各种分散占据叙事的主要位置。

至于说书中常用的定场诗、赞语等，张大春更是以其对旧体诗词的热爱和良好造诣，一方面模仿古典小说的形式，在紧要关头或者开头结尾，运用诗词进行描述。如《城邦暴力团》中描写孙少华为谣言发怒拆报馆牌子："……众人尚来不及详观上下，这玄袍已倏忽缩紧，方圆百丈之内的各色人等但觉胸口猛地承受到股极重且极热的压力，只听'轰'的一声巨响，空中原先旋舞飘飞的白巾已碎成千万片杨花一般大小的白点，纷纷向报馆的楼窗射去——偏就是：白蟒冲天吹骤雨 / 玄龙踞地卷残云 / 豪侠独扫千夫指 / 天下何人不识君？"[①] 很是典型。同时，他在模仿的同时，进行了不少创新。一方面他在作品中大量引用古诗文，如《朱祖谋——机慎品》(《春灯公子》) 中，开始的引入就用了二首《浣溪沙》、一首《乌夜啼》，《小毛公与文曲星——毛晋在乱世中发达的知识产业》(《战夏阳》) 中的各种赞诗、引诗竟达九首之多（包括片段）；另一方面又改变形式，如前文所言，《菖蒲花——顽懦品》中化用佛教偈语，而《老壮观》(《一叶秋》) 中的入场引文，变成了一段介绍性的资料，《剑仙——埋伏在书院里的恐怖分子》(《战夏阳》) 中开始的引文，也成了两段文字资料：一段旅游资料，一段人物介绍。

张大春对传统说书技艺的运用，形成了有学者指出的以说书体

---

① 《城邦暴力团》(三)，时报文化出版企业股份有限公司2000年版，第162页。

的叙述视角构建小说的自我指涉，以说书体的离散美学建立小说的现代艺术性及以说书人插科打诨的语言风格形成反讽效果①等三个层次的现代化改造，达到了两个方面的"继承"：对中国传统小说写作方法的继承，以及对此前张大春的现代主义、后现代主义写作风格和方法的继承，这使得张大春的写作的独异性更加突出，也构成了张大春独特的熔铸新旧与东西的小说美学。

（二）"笔记"的延伸

"笔记"同样被张大春认为是自己继承的中国小说传统之一，在他的作品中也充斥着对笔记小说这一样式的化用。"笔记小说是文言小说的一种类型，是以笔记形式所写的小说。它以简洁的文言、短小的篇幅记叙人物（包括幻化的鬼神精怪和拟人的动植物与器物等）的故事，是中国小说史中最早产生并贯串始终的小说文体。"②笔记小说为中国古典小说的重要组成部分，张大春对现代文学的发展有着诸多思考和探索，回归中国传统并对其进行改造是其1990年代后期以来的重要指向："写笔记的人希望通过自己操刀用笔而记录下来一些值得记录的事。而这个传统有个更有意思的事，这跟我个人觉得值得去继承一个小说传统的动机是有关的。集体的焦虑、自卑或不安，也极有可能透过笔记的写作传统，在悄悄地撼动着文学表现或叙事内涵的重大意义。"③对笔记小说的走向文学写作方法的改革与创新的重视，也许是张大春为何会花大量的精力从传统的小说方法中汲取"笔记"的营养，并将其摄入到自己的创作中的重要因素。从《本事》《寻人启事》到"春夏秋冬"系列，乃至其文字、文章散文及《大唐李白》中，都有着很明显的笔记小说的印记："我大量搜集了从魏晋南北朝到清代这段历史脉络

---

① 王丽娜：《中国文学传统下的后现代试验——以台湾作家张大春的小说为例》，《杭州师范大学学报（社会科学版）》2013年第4期。

② 苗壮：《笔记小说史》，浙江古籍出版社1998年版，第6页。

③ 张大春：《我所继承的中国小说传统》，《港台文学选刊》2009年第5期。

里的一些笔记，它们在西方现代文学的定义下，不见得是合格的文学作品，却有六个字足以形容发现它们的乐趣，叫做有'可喜可愕之机'。这过程是在不同的文学传统之间游走、寻找趣味，并且锻炼小说家写小说应该先说什么，后说什么，应该藏一些或露一些什么，应该怎么调度悬疑、惊奇跟满足的能力。"[1] 通过这种有意识的反思和运用，张大春将"笔记"这一手法进行了最大程度的发挥，不仅向他所钟爱的契诃夫、汪曾祺等人致敬，也在利用传统因素的同时反思传统、改造传统。

作为中国古代笔记小说中的两类，志怪小说和志人小说影响深远，张大春在借鉴和模仿传统的笔记技法初期，似对此有很明确的认识，所以其《本事》和《寻人启事》分别可以与志怪小说与志人小说对应看待。不过，在更早的评论中，已经有人用"志怪"来评价张大春的《自莽林跃出》了："'志怪'（theuncanny）的作家以理性的笔触呈现怪诞的经验；'神灵录'（themarvellous）的作家记述灵幻传奇，则尽情地让它读起来有'惟恍惟惚'之感，而不提供任何理性的解释。张大春的《自莽林跃出》介乎二者之间，却又偏向于前者——志怪趣谭。"[2] 循此标准视之，则《自莽林跃出》确乎有着很明显的志怪气息：小说中的"张"亲身经历的怪诞的亚马逊旅游经历，给人以传奇之感，作品中的第一人称叙述及强调自己的写作、记录文字等，制造了这是作品主人公的笔记记录的倾向性。而《本事》中的绝大部分篇章，更是在诸多诡异的资料汇集与再现中，让"异域"时空融合多种知识、灵异现象乃至历史的"X档案"，从而"让人极易联想到中国志怪笔记中，甚或古籍史料里，所谈及的怪诞人情，奇人轶事"。[3]

---

① 袁欢：《张大春：人间稀奇事，听说而已》，《文学报》2017年12月28日。

② 蔡源煌：《张大春的天方夜谭——评〈自莽林跃出〉》，《四喜忧国》，远流出版事业股份有限公司1992年版，第99页。

③ 彭衍纶：《关于张大春的二"事"——试论〈本事〉〈寻人启事〉》，《海峡两岸华文文学研讨会论文选集》，2007年版，第91页。

再往后的《战夏阳》中也以"志怪"的气息组织各个故事，所以这些作品中出现了种种诡异怪诞的事情，《本事》中的种种穿插着卡片、棒状物、性的书写，不仅具有传奇性，而作者的一本正经的编造和书写，又像是以一个饱览诗书的知识分子的理性化记载或叙说，给人制造似有其事的感觉；《战夏阳》诸篇中的书院剑仙开颅换神的传奇（《剑仙》），考官笑掉下巴反使不学无术者中得解元（《四个》），犷汉边泰的"锦囊三诀"竟使毛晋的知识产业猛然发达（《小毛公与文曲星》）等，更是像在讲述民间传奇故事一样，将各种奇闻怪谈汇集、编排。而《寻人启事》则"仿拟中国笔记体的一则则笔记小说，书写他记忆中的人事"[1]，王德威说它"全书言简意赅，点到为止，颇有传统笔记小说的趣味"[2]。的确，这部集子中的小说都很短小，也不像其他小说那样有着种种过多复杂的穿插、延伸和闲话，而只是截取某些人的某些生活经历，但也颇有意趣，给人活生生的感觉，颇有张大春评价汪曾祺的笔记小说的"随手出神品"的效果。张大春自己说过，这部小说中他试图摈弃惯用的叙述技巧，排除形式美学，还原笔下的人真面目[3]，借助笔记小说的形式，确乎达到了他所要的效果，所以虽然故事都比较精短，但给人的亲切感反而会更强，也会给人回味无穷的感觉。

到了《春灯公子》及《一叶秋》中，从故事的标题便可以看出，张大春营造了志人小说的氛围：《春灯公子》中的主体部分的十九个故事，标题都是"人名/绰号＋属性化副标题"的形式如"张天宝——运会品"、"狮子头——褊急品"等，而《一叶秋》中的题目，则直接都只用了人名，如苏小小、三娘子、杜麻胡等，而作品正文中的部分，也都围绕着这些人，攫取相关资料加以呈现，读

---

① 胡金伦：《政治、历史与谎言——张大春小说初探（1976—2000）》，台湾政治大学2001年硕士论文，第44页。

② 王德威：《真本事与假正经——评张大春〈小说稗类〉与〈本事〉》，《众声喧哗以后：点评当代中文小说》，麦田出版社2001年版，第44页。

③ 《错过》（代序），《寻人启事》，联合文学出版社有限公司1999年版，第13页。

来仿佛是野史笔记或散文一般。

这些作品中对笔记小说体式的借鉴，也充分地进行了现代化的延伸与改造。张大春对它们从内容、形式等方面都进行了更新和延伸。在内容取材上，虽然都记录、整合和言说了一些奇闻轶事或普通人事，但是《本事》属于知识猎奇与呈现，所以其所取的资料罗织了古今中外的东西，尤其是外国背景的资料、故事反而更让人觉得真假难辨，其笔记沉淀自阅读资料，眼光是向外的；而《寻人启事》限定于自己身边的普通人事，其记载与整合主要来自于生活经历和经验，眼光是转向自身的；"春夏秋冬"系列的资料主要来自于各种中国历史、笔记等中的记载及传说，其背景主要为古代（包含部分近现代），眼光是聚焦于中国古代的。而在这些口传、耳闻、目见的资料的呈现中，张大春是用现代意识来整合故事资源的，所以《本事》指向或者说嵌入了商业广告，《寻人启事》则意在"回顾我一向以为没什么意思，也没什么道理的人生"①。"春夏秋冬"系列更多地在于对古代文化诸多现象尤其是知识分子的批判与反思，《离魂》甚而直接进行古代故事的改编。现代情感和意识的加入，也使得笔记小说完成了向现代的延伸，如张大春自道《离魂》的改编一样，"此处强调的心理觉醒是西方小说情感的一个核心特质，中国传统小说中是没有的"②。

现代意识和情感的加入使得张大春对笔记形式的运用都有着不同的设计，如"春夏秋冬"系列中："《春灯公子》借诗来编过桥，是单篇构起，又拟似话本；《战夏阳》用故事串段子，更有主题，是对史传的重写，每一本有独立的桥段铺陈，探讨'小说家和史家，谁是谁的倒错'的问题；《一叶秋》则打散过门儿，让故事成为历史的附庸，从魏晋南北朝到宋元明清，贯穿上千年的历史。在尚未完成的《岛国之冬》中，则用'现代性'使故事成为一体，每

---

① 《错过》（代序），《寻人启事》，联合文学出版社有限公司1999年版，第14页。
② 袁欢：《张大春：人间稀奇事，听说而已》，《文学报》2017年12月28日。

篇材料都完全改写，变成了故事发生在古代的现代短篇。"①《本事》则以一本正经的编造，让故事、异类知识得以呈现，但其中又暗含着广告意象，叙述本身冷静、客观，但却又是一个个陷阱，"一方面承袭了笔记小说的某种精神，却不再信守任何文本都应在事实上被尊重的观点"。②甚至连《寻人启事》这样相对来说让读者有更多的亲切感的"形式上像小说又似散文，内容上类似《世说新语》的现代版志人创作"，也被怀疑并没有那么简单，而"仍然加入了借由文字营造出来的想象"。③

　　具体到文本中，这一方面张大春发挥和延伸了笔记性的现代操纵空间，将传统笔记小说用文言书写的形式进行了改进，让文本中的文言和白话交相呈现。如《战夏阳》置于序言位置的《战夏阳——司马子长及其同行的对话》中，叙述背景及"我"的部分，都是现代白话，但对《史记》资料的引文及司马迁的话语的呈现，则采用文言文，然而文中也引用《白话史记》中的白话文资料，由此营构了一种融贯古今、资料整合多元化的笔记性文体；《寒食与热中——中国式治术的深层化妆》中的最后一则故事为童贯的故事，讲完之后作者似乎意犹未尽，"最后抄两条资料作注"，于是在末尾加上了一条关于"团头"的知识的较长的文字和一段《老学庵笔记》中对童贯死后有怪物的"荒怪的轶闻"④。这样的方法，再加上很多地方的引文中加上括号注释的形式，形成了笔记中附加笔记、笔记中加注释的独特方式；而更多时候，作者是将笔记资料和说书形式结合起来，在作品中站出来评价故事或者讲道理。如《野婆玉》中，一开始就说老太太是世界上厉害的东西之一，紧接着又是介绍周密、引用他的词作，才逐渐引入他的《齐东野语》的记载

---

① 袁欢：《张大春：人间稀奇事，听说而已》，《文学报》2017年12月28日。
② 何明娜：《张大春短篇小说研究》，台湾师范大学2004年硕士论文，第83页。
③ 彭衍纶：《关于张大春的二"事"——试论〈本事〉〈寻人启事〉》，《海峡两岸华文文学研讨会论文选集》，2007年版，105—108页。
④ 《战夏阳》，INK印刻出版有限公司2006年版，第167—168页。

等，还不断加以解读、介绍和补充相关知识，中途还辨析了一段记载的标点问题，最后又以白话转述的形式讲述了孔齐的记述，完了竟忍不住评价道："这是我所知道的结局最完美的性侵未遂案。"[①]《春灯公子》的《九麻子——诡饰品》也有各种摘抄、引用，来丰富故事的可信度，其中引用了几句方维甸"小宫保"的诗，然后用口语化的语言解释："您老的字儿，咱都给您扛来了，这份儿畏威怀德的孝思，您老能不动容么？"似乎是忍不住地解释一通，后文又引用文字说到方麻子，然后说他的故事代代流传，至今还有人说，接着以自己在圣诞节向父亲要礼物被用"大麻子脸"吓唬的故事，让"我"的故事成为小说的一部分了[②]。

张大春说，"笔记之庞杂、浩瀚，之琳琅满目、巨细靡遗，连百科全书一词皆不足以名状"[③]，中国传统笔记小说的形式让张大春找到了巨大包容性中的突破的可能性，由此，结合了其所熟稔的现代小说技法，对其进行了现代化的运用。"张大春采用了中国传统章回说部那种书场传统的叙述模式来创作自己的小说，而小说里头的材料、发想，则是来自于中国另外一个悠远的传统——笔记丛林，一座百科全书式的迷宫，中国叙述学的心脏。张大春杂糅了这两种文体，混合以西方小说技巧，开创出有自己的风格、辨认度极高的文体。"[④] 1980 年代末，李庆西曾提出"新笔记小说"的概念，认为它，不刻意求工，似乎漫不经心，但细加体会，则形神兼备，气韵贯注，看上去无所寄托，实际上涵括了世态人心，指事类情，不一而足。[⑤] 张大春对笔记小说的改造性运用，似乎比起这还

① 《一夜秋》，INK 印刻出版有限公司 2011 年版，第 112—123 页。

② 《春灯公子》，INK 印刻出版有限公司 2005 年版，第 156—157 页。

③ 《随手出神品——一则小说的笔记簿》，《小说稗类》，广西师范大学出版社 2004 年版，第 101 页。

④ 汪时宇：《现代说书人——以张大春"春夏秋冬"系列小说为中心之研究》，台湾中正大学 2014 年硕士论文，第 130 页。

⑤ 李庆西：《新笔记小说：寻根派，也是先锋派》，《上海文学》1987 年第 1 期。

要走得更远，其笔下的人情世故言说，不仅更明显，技法的关注和改进，更营造了不一样的小说意境。

（三）"史传"的新指向

前文论及张大春的文论时曾指出，张大春对历史书写的真实性表示怀疑，而强调了其中的虚构性。在他有名的《我所继承的中国小说传统》中，他再一次强调了《史记》中的"史家'操纵之笔'"，"所以我们的史传从最基础的表现上，就认同一个自我悖反的努力：以虚拟之笔还原现实。不管《史记》或者日后的史传里，到底有多少内容看似无根底、无来历，可疑，至少大约可以这样去判断，中国的史传是容许掺杂着史传作者的虚拟之笔的"。① 由此可知，张大春对史传的态度和理解，更多地基于他对这一叙述模式的虚构性部分的兴趣。这放诸其小说中，则如前文所述的那样，在历史小说创作中加大了很多表现虚伪、权力、谎言等内容的成分，有时甚至将历史人物关系变得荒诞，这一条路子从他早期的小说创作中就存在了。但是回过头来看世纪之交，当张大春试图回望中国叙事传统，改造和发展新的小说的可能性时，他的走向传统的理念和写作实践发生了转向：一方面，他回到了更遥远的历史中，从中国浩瀚的笔记、史料中去寻找书写历史的可能性，因此有"春夏秋冬"系列以及《离魂》对中国古代诸多故事的编排和重现，有了"大唐李白"系列对于知名历史人物的点点滴滴的重构和想象性呈现；另一方面，他又将历史题材与武侠传奇相结合，让虚构的江湖世界与历史亦幻亦真地相互映衬，因此有了《城邦暴力团》及《富贵窑》。

"史传"对中国古典文学的影响也很大，有人曾总结道：一方面，小说以历史为题材广受青睐，另一方面，采取在史实的基础上讲故事的思维很普遍，此外，古典小说在叙事策略上模拟史传，假

---

① 张大春：《我所继承的中国小说传统》，《港台文学选刊》2009 年第 5 期。

装真实的兴趣明显。① 这一点放在张大春的创作中，其实也能看出他对史传的继承。除了《大唐李白》这样很明显的历史小说，其"春夏秋冬"系列中的篇章，均取材于历史、传说资料，所以他作品中常常出现对《清史稿》《明史》等史书以及《齐东野语》《清稗类钞》《清代野史大观》等笔记野史或者《聊斋志异》《三国演义》等实有其物的资料作为其引证处理材料和题材的来源；而他对这些历史材料的处理，又不是纯粹地在历史人物及历史事件之外凭空虚构出人物、编造故事，而是在原有的人物和故事的基础上对其进行修补、改编等，所以李白的故事也好，毛晋的故事也罢，乃至于他想象中的和司马迁的隔空对话，历史人物的言行，都是能有所依本的。张大春的小说基于史传传统的新编或新创，表明他对历史题材的热爱和回到传统的态度；再次，张大春的小说真假难辨，就是因为他借用了传统小说叙述中的故意制造叙述人或者说书人有真实体验和感悟的方式来书写，在文本的叙述中模拟真实场景、与读者对话，所以他那些各种各样的史料、野史、诗词，甚至旅游资料、人物介绍等的佐证，给人以他在严谨地一本正经地言说历史、野史中的人物故事的感觉。这便是张大春在作品中对史传因素的充分溶解。

虽然张大春并没有以"某某传""某某外传""某某传奇"等命名其作品，但是其史传性的特征还是很明显的，前文所言的志人性的作品如《大唐李白》《春灯公子》《一叶秋》以及《寻人启事》中的诸多以名字命名的作品，便有为历史人物、小人物立传的取向性特征。而《城邦暴力团》中涉及的人物无数，作者对他们都有较为完整的交代和介绍，所以虽然没有出现诸如"万砚方传""李绶武传"之类的字眼，但是它实际上也融合了史传的因素。

对于《战夏阳》，张大春自己都说，它是"用故事串段子，更

---

① 倪爱珍：《史传与中国文学叙事传统——作为纪实型叙事体裁的史传》，《中国比较文学》2014 年第 4 期。

有主题，是对史传的重写，每一本有独立的桥段铺陈，探讨'小说家和史家，谁是谁的倒错'的问题"①。这也是张大春对于史传传统的运用的出发点，也就是在看似真实和确有其事的历史性书写中，张大春更看重其虚构性的一面，并以此来干扰真实。所以"春夏秋冬"系列、"大唐李白"系列以及《离魂》《城邦暴力团》等中，张大春刻意地编排了多种很像史料的材料，包括书籍、虚假的材料、诗词乃至故事发生的时间、背景等，以此来模糊读者思考历史、材料的真实性。也就是说，他所有的这些历史书写，史传性的材料运用，很多其实只是以游戏笔法表达自己的认识或者刺激读者去探寻更深入的问题。

有学者指出，史传传统有三个指向：其一，趋向正史、事件的史传传统；其二，趋向人物、经历的史传传统；其三，趋向世情、虚构的史传传统。②张大春无疑以其极强的把握能力，将史传的这三种倾向融入到了自己的创作中，并重在发挥其虚构性的一面，且做得不露痕迹。在其作品中，充斥着的是各种各样的知识的呈现，为了呈现这些知识，也常常对历史叙事大动手脚，如有人研究其《大唐李白》就指出，他分别用了借题发挥、节外生枝、移花接木等方法大量改动历史文本。③

总之，在"春夏秋冬"系列、"大唐李白"系列、《离魂》甚至《城邦暴力团》这样处理近现代历史及武侠题材的作品，《聆听父亲》这样书写家族史而被认为暂时不能归入严肃史传的作品④中，张大春以仿拟史传书写的方式，大量编造史料性资料让历史书写看

①　袁欢：《张大春：人间稀奇事，听说而已》，《文学报》2017 年 12 月 28 日。
②　毕文君：《史传传统与中国当代长篇小说》，中国社会科学出版社 2014 年版，第 36 页。
③　梁昱坤：《论〈大唐李白〉对古代叙事文本的改编与重述》，曹顺庆、张放主编：《华文文学评论》第 5 辑，四川大学出版社 2017 年版，第 242—251 页。
④　刘奎：《叙事形式与历史意识：台湾当代家族书写的转变与重构》，《现代中国文化与文学》第 26 辑，2018 年 11 月。

似真实，但是重点又在于那些异类知识的呈现。这样的书写最终走向的是张大春对中国传统叙事的回望。他的野心或者说理念在于："利用现代人可以接受的媒介（文体）、呈现形式去建构自己心中理想的世界，无论是'乌托邦'或是'返古'的渴望。在小说中，张大春试图建立自己的'中国'。在中国古代的笔记、史籍、各种可容他插足其间的文字中加工、延伸、甚至变异。满足个人的想象乡愁，并扮演了中国传统书场里'说书人讲故事'的'说书人'角色。"①张大春实际上更接近一个"史家"，以其超强的运作能力观望历史，并试图传承与改造传统的叙事模式与方法，正如有人指出的那样，"当我们谈论说书人张大春时，似乎也应该以对待史官的态度来对之肃然起敬；当我们谈论这本《战夏阳》时，也可以像读正史典籍一样地认同和投入"。②张大春传承和改造文学艺术方法，不断创新的身份应当引起重视。

张大春曾表示，他的"春夏秋冬"系列"第一本过门儿用诗，第二本用段子，第三本打散过门儿，《岛国之冬》根本没有过门儿，是散的。每篇都完全被改写，变成了现代的短篇，变成了我的小说。不是说部、史传、笔记了，前面的有点儿像易中天那样轻松地讲故事，到了《岛国之冬》，完全变成了现代小说"③。也就是说，虽然张大春对传统的写作因素进行了利用、改造，形成新的功能，但并没有停留于模仿和重现它们，而是在向传统"致敬"的过程中溶解多种创作方法，形成了自己的全新的东西。所以他虽然用了笔记体小说的形式和技巧，但又不限于记载奇闻轶事，甚至编造材料，呈现异类知识；虽然借用了志怪小说的一些技法，却也融入了现代广告与知识呈现模式；虽然发展了侠义、公案、武侠小说的一

---

① 汪时宇：《现代说书人——以张大春"春夏秋冬"系列小说为中心之研究》，台湾中正大学 2014 年硕士论文，第 176 页。

② 易扬：《别拿说书人不当史家——评张大春小说集〈战夏阳〉》，《文汇报》2018 年 6 月 25 日。

③ 《大圣张大春》，《香港文汇报》2008 年 9 月 8 日。

些形态，却又加入了后设技法、留白等因素进行叙事性的改造……总之，"在读者最为熟悉的传统小说类型中，张大春大胆颠覆读者的阅读期待，实验各种现代乃至后现代叙事技巧"。① 而在这些结合了传统叙事技法和现代、后现代因素的文本中，作者的重点并非在人物描写、情节设置、故事讲述等上，而更多的是在形式方面的多元交融性尝试与情感的抒发或者某种情境的营造方面，从这个角度来说，张大春的实验反而更接近中国古代文学艺术中常用的"写意"。

"写意"作为艺术手法，主要是一个绘画方面的技法，其"美学意义不在求形似，更多地唤起欣赏者的联想和想象"②，从文学的角度来说，同样有其可操作的空间，因此，有学者在追溯、梳理了从王国维到蔡元培、周作人及 1930 年代"京派"作家的基础上，发展出了"现代写意小说"的概念："一批现代作家，在近现代中国知识分子追求国家民族现代性的语境中，本着通过人生艺术化以救亡图存和继承民族美学传统的思路，在创作小说时，不用力于塑造丰富独特的人物性格讲述生动曲折的故事，而是力求在小说中创造具有无限张力能传达作者的人生和宇宙意识的意蕴和意境。"③ 这样的小说，被称作"写意小说"。以张大春的小说来看，将其创作纳入"写意小说"来看似乎比较牵强，不过，有学者指出，写意小说有第一淡化故事情节、结构散文化，第二不注重人物的典型性和丰富性，第三追求意境，以环境描写为重，第四语言诗化等特征。④据此观之，张大春的小说与其有很多相通之处。前文曾言及，张大春的文论及创作实践中，都有取法传统、向传统致敬的一面。我们不妨将其注重故事的点染和异类知识播撒，取法于中国传统小说包

① 陈翠平：《逃亡·反抗·间离——张大春〈城邦暴力团〉的第一人称叙述者》，《华文文学评论》2017 年第 5 期。

② 朱立元：《美学大辞典（修订本）》，上海辞书出版社 2014 年版，第 763 页。

③ 王义军：《审美现代性的追求》，上海文艺出版社 2003 年 8 月第 1 版，第 52—53 页。

④ 田广：《中国现代写意小说初论》，《齐齐哈尔大学学报（哲学社会科学版）》2006 年 11 月。

括书场叙事、笔记、志怪等因素而又融合现代主义、后现代主义诸多因素，又不注重讲述通俗故事的一部分创作，看作是张大春熔铸了"写意"因素的回归中国传统叙述方法又融合现代技法的创新模式，从而也在小说写作方法上进行了重要的开拓。

张大春对"写意"的借鉴在于，他的致敬传统的作品表面上看似乎是在讲故事，但其实并没有完整地讲述，即"并不着重描述情节发展的因果关系来吸引读者，而只突出一种情绪的氛围流贯"[①]。如"大唐李白"系列中，读者的期待肯定是要知道作为历史文化名人的李白的成长经历、人生经历等，但张大春对李白的叙述则不然，李白成了一个贯穿性的符号，作品中更多的是以李白为线索，来呈现唐代社会的诸多面相，对于李白的描写甚至十分不清晰，诸如李白对其师娘月娘的特殊情感、李白与妓女段七娘之间的关系等，往往更多的是为了串联出人物的心境、诗词的呈现与解读等，人物感情与人物关系的描写，不断被打断。

另一方面，也正如有论者在论及"写意小说"所指出的那样，写意的对象"一方面是一个所指（内容的一部分），另一方面又是一个能指（一种诗性方式、诗性手段）。它们在承载着所指功能的同时，又向能指转化，承载着能指功能"。意象承载着"产生出二度理解及阐释空间""小说文本组织结构""产生陌生化效果和独特风格"等功能[②]，张大春笔下的人物及其经历，并不是表面上的故事中的人物那么单纯，而更多地与文本本身、文本以外的空间相互关联，从而构成一个整体性的实验场。如《春灯公子》中，表面上看张大春是在讲十九个故事，但是作者并不是单纯地讲述十九个人怎样表现出"儒行""洞见"等，而是以"春灯宴"的形式将它们串联了起来，也就是说，作品中更注重的是这些故事连成整体后

---

① 朱向前：《小说"写意"手法枝谈》，《文学评论》1985 年 第 2 期。

② 潘新宁：《以符号为意象——新世纪写意小说研究系列论文之二》，《小说评论》2008 年第 6 期。

给人的思考、启发，"十九年来，天下人闲话天下事，确乎不可不知……"① 作品中的人物故事、材料引用、序言及结尾部分的诗词，也都是不可或缺的文本组成部分，它们共同构成了张大春所要呈现的知识系统，与小说要呈现的内容，构成了能指的复杂性，其意义，都是在故事之外的。

第二节　形形色色的探险：结构与形式

张大春的小说在结构安排和作品形式方面也很用心，他不仅善于利用各种写作技法，还很注意作品的形式方面的创新和实验，以期冲破小说的束缚，拓展小说的意味。张大春的实验和探索性也使得他在小说结构和形式方面的创新有着极强的变化性——甚至连《化身博士〔危言爽听〕》《送给孩子的字》等散文中的形式方面也很特别。以他一贯求新求变的写作姿态，也不会满足于探索出一两种方法后重复地使用，而是不断超越，制造冲击性的因素，甚至引起文坛震撼。正如有人指出的那样："他不可能遁于某一（复杂）形式某一（复杂）主题细细打磨，从语言到人物，从情节到主题，打磨出《红楼梦》般的境界，尽管他每次即使在'读者'那里反响不大，但都能引起'文坛'震撼，而这只是这个时代的特点。"② 张大春在结构与形式方面的探索可谓高度重视又走得远，他曾说："我倒觉得，发现了新形式，恐怕就达到了思想上开拓的目的。"③ 在实践上，其的花样也很多，他甚至在《病变》的结尾罗列过一堆

① 《春灯公子》，INK 印刻出版有限公司 2005 年版，第 27 页。

② 范伫：《张大春：一个不可救药的"逃无所遁者"》，《中华读书报》2004 年 7 年 28 日。

③ 郭玉洁采访、撰写：《虚荣时代的诗人——张大春访谈》，许知远主编：《东方历史评论》第 6 辑，广西师范大学出版社 2015 年版，第 185 页。

参考文献，"猴王案考"则拟仿学术文章。

一、叙事结构的探索和实验

文本结构体现的是作者对小说的布局，它涉及作者怎样安排和整合小说的人物、情节、时间、空间等的问题，因此不同的作品和不同的评价角度可能对结构有不一样的认识。有学者在处理怎样结构小说这一问题时，就将长篇小说的布局分为故事体结构、书名体结构、游记体结构、自传体结构、书信体结构、日记体结构及意识流体结构等，[①] 这当然主要是从作品的体式角度来说的。还有学者曾经将小说的结构细分为连珠体、拱型、放射型、闭锁式、心理型等五十四种，[②] 杨义则在《中国叙事学》中指出，结构有顺序、联结、对比三种要素，并且有着内在的本体、外在的位置以及注重空间变化的变异势能，并从中国小说的结构形态发展历程的角度分为程式与创造的主题、突破单一走向复合模式、"于无结构中求结构"的生活与结构自然化、结构多元化以及融合中西的现代化结构等主题[③]；而胡亚敏在其有名的《叙事学》中从叙述、故事、阅读等方面具体地讲叙述视角、叙述时间、文本类型等，细致而深刻地进行理论化论述以后，其涉及的各方面都可能生发出文学文本的结构，如从叙述者角度的内聚焦型、非聚焦型及外聚焦型，从叙述时间角度可以有逆时序型、顺时序型等，从文本类型角度有陈述型、疑问型及祈使型等。

综合以上论述看，张大春的小说中的结构安排既注重背景、环境和人物心理，也注重时空的交错及人物心理，甚至在很多作品中还强调了读者接受的问题。因此，他的小说绝大多数都出离了单线

---

① 方祖燊：《小说结构》，东大图书股份有限公司 1995 年版，第 283—297 页。

② 李文衡：《文学结构》，敦煌文艺出版社 1999 年版，第 161—235 页。

③ 杨义：《中国叙事学》，人民出版社 1997 年版，第 69—105 页。

叙事的结构，而融合了多种线索和因素，从而在结构安排方面也给人造成阅读与接受的冲击。当然，这种结构安排与张大春的小说内容和主题也有很大的关系，张大春曾说："一个作品的题材或主旨，有时候会决定表现形式。你要表达的主题和所选择的形式之间，一定是有关系的，是互相之间比较吻合的，或者说是独一无二的选择。有些作品只能用爱情故事来包装，非得用爱情作为线索才能展开情节。总之，怎么说故事，多半取决于故事是什么。"① 一贯追求多样性，力图呈现复杂性的张大春，在作品中呈现出多线索性的情节网络，似也是可以预料到的。以下结合作品，对张大春具有代表性的文本结构方式进行简要论析。

（一）平行与交错

张大春的作品中，绝大多数都有着多条线索，这些线索往往相互交错出现，作者在叙述时，所采取的方式往往是将同一个时空中发生的事或不同主题的故事分开叙说，由于不同的故事发展不一样，所以就会出现不同的故事共同进行的效果，从而形成了平行推进的情节。但是，各条线索之间总要有关联，因此张大春总会在适当的机会，让这些不同的线索之间的关联性得到呈现，从而形成了交错性效果。张大春的叙述又不是将这些平行发展和推进的情节分开叙述，最终才将其关联，而是不断地设置交错点，从而形成了"平行——交错——平行——交错——……"这样的效果。

这种平行与交错结构既在短篇小说中有尝试，在长篇小说中更明显——也更容易把握，而且在早期的作品中，这种尝试和实验就普遍存在。如《剧情》《四喜忧乐》《新闻锁》等作品中。如《荡寇志》中，作者分别叙述了汴州、梁州、许州之间的几股力量——黄巢、庞师古、朱温、李克用、尚让以及尉氏县百姓等面对来自其他各种力量的讯息，以及战场上的杀伐暴力等，突出了特殊战争氛围背景下不同将领乃至百姓的心理，最后又都让他们于王满渡会合，

① 《好作品不是玩出来的——专访作家张大春》，《解放日报》2016 年 4 月 8 日。

突出面对杀机重重的环境，黄巢面临绝境时的心态。《夜路》中，编剧现实压力和夜路与狗的关系、鬼魂的声音等，三条线索不时交错出现，最后在自己被抢劫中结束。《剧情》的故事情节虽然相对单一，但是电视上所播放的声音时不时插入现实的叙述中，与小说主人公的世界形成了双线交织写法，再加上丁百强眼中的外界人物（姐姐、父亲、母亲、莫太太）的言行与自己内心的活动的书写，实际上是三个层次和线索之间的平行推进。前文说此篇小说有重在刻画心理的特点就在于，丁百强的心理是贯穿性的线索，而他眼中的外界人物的言行有过场性，电视里的内容则更多的是对现实的参照性或者说电视内容与现实内容的互文性。小说中的平行线索为：其一，丁百强眼中的人物言行举止，包括老姊、母亲、父亲及莫太太，这条线索不断转换，随着老姊和母亲出去散步，变成了对父亲的观察，又随着莫太太来访，变成了莫太太与父亲的对话呈现；其二为丁百强的心理，这条线索是与第一条有关联性，但也不完全有关，当他对其所观察的人物言行表示回应时，是有关系的，而当他的心理活动扩大开去时又是无关的，比如他对在学校里和人打架的记忆包装和改造、他对错过补习的后悔等，都是出离于第一条线索的；其三则纯粹为电视里的内容的呈现，但它与现实形成了互文性效果，如他打开电视时正好是老姊催促他去补习，他不搭腔，心理活动是要假装得意，"不得意也要得意的"，然后心里猜测老姊的反应："猜得出远远的背后，老姊那张猪肝脸。"紧接着电视里的内容就是："请您试一试，仙姿美容汁。"[1] 这样，三条线索都出现了，也形成了第一个回合的交错。其后各条线索都各自发展，又被逐渐关联起来，全文共出现九次对电视里的内容的呈现，都是广告及武侠剧的剧情，也形成了这么多次的交错效果，而各条线索之间，基本上都在暗示和配合丁百强的心理活动和想法的呈现。到了结尾处，邻居莫太太被父亲胡乱编造的话惊吓了一番后离开，这时

---

[1] 《鸡翎图》，时报文化出版事业有限公司 1981 年版，第 22 页。

候所穿插的电视台词正好是："麻衣道姑作法跑了，他会甘心吗？路上还会再发生什么奇怪的事呢？请明天同一时间继续观赏《父子英雄》第九集，谢谢收看！"① 很巧妙地让电视里的声音与现实相互映衬，形成了最后一次交错。同样，《咱俩一块儿去》中是分别叙述杜老太太和她丈夫的心思之间的平行及现实言行的交织，《四强风》的平行与交错主要体现在细部，小说中的主情节是四个人入室盗窃，但是其中穿插了"我"的记忆：有关和雪珠的及毛头的关系（情人雪珠和好友毛头背叛了"我"）以及婶娘的遭遇（婶娘背着叔叔有了情人并偷藏东西给他最后又被抛弃，"我"被叔叔虐打但婶娘保护过"我"），这两个线索穿插在叙述中，尤其是有关婶娘的部分还有相对完整的情节，它们共同影响了"我"的心态和情绪，使得"我"最终走上了"出卖"团伙的道路。所以平行与交错中虽然看似对几个人的偷盗行为的叙述为主要内容，但其实影响主人公心理的记忆内容的穿插反而更具有对主题的决定性影响。不仅如此，小说的最后部分更是让几个人偷盗出来遇到警察的部分与《四强风》的歌词平行并置，以歌词衬托剧情的发展。

在《饥饿》中也有类似的效果，小说中的巴库的经历是作品的主要线索，但是其妹马塔妮的经历也是不可忽视的内容，它形成了与巴库的经历相互映衬、对比的关系，但有关她的部分占的比重又不大，属于间歇式的穿插其中又平行地叙述的内容。《最后的先知》和《晨间新闻》则更加复杂，由于作品中涉及的人物、情节较多，线索被任意铺开，整个作品需要在对多重线索的整合基础上才容易理解。《最后的先知》中巴苏兰、小伊拉泰、马老芋仔、宋古浪等分别都被聚焦过，各部分的叙述之间并没有实质性的紧密关系，可以算平行的叙述内容。但是，就整个岛民生活与外界的冲突来说，他们又分别集中于冲突的各个方面。如小伊拉泰的言行既是年轻一代与固有生活及文化模式的冲突，也是本土文化与外来文明的冲

---

① 《鸡翎图》，时报文化出版事业有限公司 1981 年版，第 37 页。

突，他的表现就与女记者等为代表的外来力量及伊拉泰为代表的固有力量之间形成了交错。而马老芋仔的部分，则以一个早先的外来者的视角，既与女记者为代表的后来者不同，也与本地民众形成冲突与合作。《晨间新闻》中虽然以故事为展开，但是作者分别设置了不一样的因素，让其与强尼的故事交错并行，又相互影响，交错部分得到了突出，复杂性也更得到凸显，但是作品中以"你"叙述的几个部分，也是不可或缺的平行性衬托因素……相对来说，反倒是《如果林秀雄》显得简单一些，它大体上就是以假设中的林秀雄的经历和实际的林秀雄的经历平行，当两者之间要进行比照时，便形成了交错。

张大春的长篇小说中，对此也有一个逐渐变化的实验过程。《时间轴》是张大春的第一部长篇，小说中分别设置了四个小光球与四个人物之间的组合：王端 / 小紫球、田妈妈 / 小红球、阿陈 / 小白球、徐香香 / 小绿球，他们分别在图书馆相互"配对"上以后，便因为警察的追捕而"穿越"，回到了历史中。在战乱环境中，几个人 / 球组合渐次被冲散，作品便开始平行地叙述几组人 / 球各自既要逃难又要寻找彼此的种种探险经历。直到第 18 章，小白球、小绿球幻化成"一片淡淡的晶碧光壳"① 开始，几个小球开始汇集，然后在它们的指引、帮助下，几个人也开始逐渐聚集到保胜大寨战场边上的小山头。几组人 / 球的经历，逐渐由此前的平行叙述，到逐渐交错，再到完全交织叙述。然而张大春此时又设计出另一个平行与交错的效果：战场上的历史人物、力量的战斗以及边上小山头的几个现代人、小光球作为旁观者的言行举动，再一次被平行叙述。但是，第 24 章，当田妈妈发了慈悲，让小红球和小紫球救起了战场上危机中的纪一泽时，两个平行的叙述线索（过去的历史参与者与现代的历史旁观者）又形成了交集。

《城邦暴力团》中的平行与交错处理得更为复杂，作品中基本

---

① 《时间轴》，时报文化出版企业有限公司 1986 年版，第 168 页。

上形成两条线索的平行：围绕老漕帮万砚方及他周围的"六老"的江湖历史及以"我"为中心的人物对民国江湖及情治世界的牵涉。这两条大的线索先形成平行与交错，如楔子部分为"我"的线索，第一章写孙小六越楼、逃往竹林市，虽然没写出直接关系，但是其实是现实与江湖（过去）之间的过渡——孙小六为"我"的现实生活中的人，竹林市为江湖隐喻——紧接着第四、第五章叙述万砚方之死前后的事情，第六、第七章又回来叙述"我"与江湖世界的关联，由此，二者形成了第一次交错与平行，第八至第十三章则回到江湖历史的叙述中，第十四到第十八章又回到现实叙事，再次形成平行性叙事；后面部分除了第二十二章及二十九章纯粹地叙述过去的江湖事件外，其他章节均属于交织性的书写——当然都有所侧重，如第三十三、三十六章就重在描写李绶武的过去，对"现在"的书写极少，几乎只在于过渡性的书写；第四十三、四十四章又主要写"现在"——即，通过当下以"我"为主的活动（包括"我"的父亲、孙小六、红莲等人）牵涉过去的、隐秘的江湖、历史与政治事件、恩怨等。同时，在小的层面上也有平行与交错，如同样是叙述过去的江湖人物与事件，第八至十二章分别叙述了其中的五个人物的历史、技艺传承等，但是又没有单独地叙说，而是分别将他们与万砚方联系起来，由此形成了江湖人物叙述中的平行与交错。所以，整部作品虽然不像短篇小说及《时间轴》那样将平行与交错的结构做得很规整，但其实也是发挥了平行与交错的结构模式。

值得一提的是，张大春的平行与交错结构在早一点的文本中，有的会设置比较明显的标志。如《剧情》中将电视里的内容呈现用破折号标识出来，《时间轴》中的平行叙述则分别在段落上空了一格，《荡寇津》《新闻锁》中则用实心圆点分割开等，其他文本中虽然不一定有明显的标识，但是过渡也都蛮自然的。而且这种写法不仅用在小说中，散文性作品中也很明显，如"人过美浓三部曲"第二篇中，张大春就分别叙述四川籍写诗老兵、老伞师、烟农们的生活等，最后在村口树下将它们用视线收拢，同时呈现自己的评价和感想；第三篇中，他甚至先以第一人称视角叙述对唐恒玉等人的采访，后来直接用第一人称叙述唐的个人经历，然后又将其拉回现实中。

平行与交错结构的运用，有助于作者较明晰地叙述多条线索，并指向各情节、叙述之间的联系，体现出张大春的视角的多面性，以及其关注不同事情的显性与潜在的关联性，关注偶然性的取向，也增强了小说形式的多元交叉效果。

（二）链条与环状

由于作品中多条线索的存在或者情节的繁复、多样，从一条线索或一个情节过渡到另一个便也需要一定的逻辑安排与布局，张大春的作品中常用的方法就是让各条线索或者上一个情节与下一个情节相扣。这样，作品中的情节与线索就会形成环环相扣的效果，作品由此呈现出杂乱、多样看似没有明显的直接关系的情节构成，却形成了张大春所谓的"无关的有关"的文本内在联系。

这样的线索交互性叙述，往往会运用顶针手法衔接不同线索之间的情节：有时会让情节关联，有时可能只是文字、意象方面的顶针。如《龙陵五日》中，文字性的顶针比较普遍，最开始部分写"他"在夜间的活动，以黑夜中的死寂结尾；第二节——我们暂且将张大春用实心圆隔开的各部分分为小节——开始就叙述"那是另一个黑夜"，让黑夜衔接两个部分，第二节的结尾写到主人公要入伍打仗，部队里的"官长"问他叫什么名字，但是作者并未在这一节里回答，而是放到下一节的开头，这样，两节之间形成了环扣；同样，第三节的末尾写大胡子"朝亮光处凝视着"，下一节便紧接着写"一线天光向他钻来，霍地他站起身"，光线成了衔接两节的扣子；第四节末尾提到了"龙陵"，紧接着下一节的开头的句子里，就出现了"龙陵"；第五节的末尾出现了"家"，紧接着下一节开头，也让"家"打头出现……这样，各小节之间的环环相扣不仅在文字方面衔接了起来，在内容上也有了实际的关系。《新闻锁》

中的第一节，唐隐书和娄敬谈论学校莫名让娄敬退学的公文，娄敬问他妈妈找到唐隐书告诉了他什么，结尾部分是"他怎么说？"的问句，紧接着下一节开始便是："喂？请问唐隐书在不在家？——我是娄敬的妈妈——"……后面的内容，都是呈现娄敬妈妈的话，也就是在回答上一节的"她怎么说"的问题，由此以上一节提问下一节回答的方式让情节环扣相关；第十四小节与第十五小节之间的过渡也如此，上一节结尾以教务长的"回去问问你的家长，这是什么态度！"结尾，下一节的开头则是娄敬的妈妈对唐隐书说的话："我和娄敬的爸爸都很痛心啊隐书！"无意间回答了上一节的问题；第十六小节末尾提到唐隐书读过娄敬的笔记，下一节的整个内容便都是日记的呈现……这些情节性的关联与环扣，与其他地方无数次出现的文字、意象性的顶针——如第二、三节之间的"稿子"、第三、四节之间的"丙"等——共同构成了整篇小说的情节链条。在《荡寇津》中，第二节的末尾为"南向正是许州"，第三节紧接着就写许州城如何如何，倒数第二节写李克用和田从异说要在王满渡杀黄巢，最后一节开头就写王满渡的环境等，也都是这种通过文字意象勾连故事情节的写法。

名作《公寓导游》中将富礼大厦中的人分别进行叙述，但是叙述时又通过一些巧妙的关节点引入下一个，最后又将这些人物进行大串联式的展示。如小说引出魏太太时，先说大厦管理员关佑开对大厦居民的态度，并引用魏太太的评价："七楼 A 座的魏太太说得好：'管理员就该这样，就要凶一点儿，我们才住得安稳。'"然后紧接着就过渡到叙述魏太太的事情了。交代、叙述魏太太情况时，又提及关佑开偶尔会想美好的东西，"比如说，那个住在八楼 B 座的单身女郎易婉君……"由此又过渡到易婉君了。等到叙述完大厦居民之间彼此没有直接关联，却又因为其中某个人的小小举动而使得其他人产生一连串的反应——由易婉君心虚跑错楼错开齐太太房间吓得她心脏病发作死亡开始——之后作者对几乎所有人都作了一个交代：

　　齐老太太被运走的时候，管涤凡站在后阳台呼吸新鲜空气，他看见梁隆润下了计程车继续完成最后一段大约一百公尺的健康之路，忍不住"哼"的一声从鼻孔里笑出来。梁隆润几乎和刘志仁同时跑进富礼大厦的中庭，听见对方捶胸打数的泰山之声，便不由自主地也把背脊挺直一点，并且在向关佑开回礼的时候很是精神地奋力甩落右臂和指掌，关佑开则为之兴奋了几分钟，直到易婉君打着呵欠、花容憔悴地下楼来拿牛奶，他才猛地羞赧了起来，结结巴巴地说："易小姐您、您、早、早、早。"易婉君照例没搭理他。幸好林秉宏在这个节骨眼上捧着报纸对关佑开说："今天过瘾，美国打利比亚了，这个有看头。"关佑开糊里糊涂应了声："那好哇！"话刚出口，J.J便从楼梯上冲了下来，朝气蓬勃地喊道："多好的天气！"而在J.J真正的故乡，只是前一天的夜晚，那里下着小雨，张德充步下飞机之后的第一个念头是："不知道台北现在有没有下雨？"对于大多数还在公寓里的人来说，天气真是不一定的——魏太太正在做一个打雷的梦。黄晓玲和朱国栋却回到床上重新开始嬉戏，他们在晴朗的窗前翻云覆雨，以至幻觉到短暂的彩虹。而吴宝明却感觉天气变幻莫测，因为他的一对双胞胎儿子突然不皮不闹了。至于刚从富礼大厦南侧走出来的赖进财，一定对当时的天气产生过极为短暂的错觉——因为范太太正从十二楼的顶层下来，迅速通过她丈夫曾经命名过的两排铜质黑字，像一条巨大的乌云般冲他罩顶落下。①

---

① 《公寓导游》，文化艺术出版社1989年版，第158—159页。

这样，作者以天气为环扣，将这条人物关系的链条又重新展示了一遍。不过，由此我们也可以看到，前文的叙述中，张大春是以生活在富礼大厦的人们潜在、隐秘的关联将他们的不同的言行举止与遭遇套在一个环中，到结尾的时候，人还是那些人，但是变了参照系——由公寓变成了天气，由时间性变成了空间性，所呈现出的环扣效果也有了很大变化，前者是立体化的，后者则显得更平面化，虽然其范围出离了较为局限的公寓，甚至走向了更为广阔的地球另一端——J.J的故乡。而放诸全篇，这些环环相连的链条形式的组合，最后又成了一叙述的圆环的组成部分：由于张大春设计了"导游"，让其贯穿并带领读者"参观"公寓——也即是"参观"公寓里的人事，所以虽然故事里的人物由于没有主人公，而是因某种必然的隐形的关联被环扣在一起，因此显得具有开放性。但实际上整个叙述本身其实是在"导游"的牵引之下的一个圆环，"导游"视线所及，故事线继续，导游结束"导游"，故事的环回闭。从这个角度看，作品中的人物之间的遭遇、命运之间的链条，其实是被放置在一个环闭式的结构中进行的，可以说，张大春设置了一种链条与环状相结合的解构模式，这种模式中的各人物、情节关系通过情节之间的逻辑联系、文字、词汇及意象的顶针式关联串联起来，然后又共同构成了叙述的环状的组成部分。由此回去再看《龙陵五日》，同样存在这种链条与环状的结合：作品中各小节之间的关联属于链条式的，但是最开始部分即是叙述石柱在夜间一个人战斗的情形，中间部分分别叙述他如何走向战场的经历，最后又回到了他走向独自战斗之路，因此，作品的首尾其实是闭合的，整个作品的结构其实是环状的。

《没人写信给上校》则更加典型，甚至可以说它是这一模式的代表。作品中通过词条的形式来叙述上校尹清枫被害前后的种种情形，几乎每一个词条的词汇都会在上一段落中出现，也几乎每一个部分的结尾段落都会引出下一个词条的关键词。如第一个词条出现前叙述了尸体上可以见到胫骨处有"紫色的伤痕",下面就将"伤痕"作为词条来叙述,第一百七十五个词条下的叙述,以扁头的死尸像垃圾袋结尾,接着就以"垃圾"作为第一百七十六个词条等。在严整的词条连缀中,作品制造了环环相扣的效果,也由此肆意分散开去叙述与尹清枫案相关的种种因素。同时,围绕着尹清枫上校的种种,作者结构了几十万字的小说叙述,细心读来,却会发现,作品最开始在叙述对尹清枫进行尸检的情形,最后一个段落写道:"上校的尸体浮出海面,那是一九九三年十二月十号。从这一天起,真相、正义、公理沉入最深最深的海底——"①又回到了尸体,叙事又是走向闭合的圆环了,所以,中间的种种叙述、种种语言文字与情节的链条结构,似乎都只是在上校死后的种种可能性而已,叙述的聚焦,其实还是封闭于"上校之死"这一现实中。张大春似乎有意地以此让人们更深入地思考尹清枫案。

张大春对这种链条结构与环状相结合的模式的运用,特色鲜明,但也并不是所有的链条结构和环状模式都很清晰可见。如《聆听父亲》中,以"我"的所见所闻为线索构建起来的家族史链条,就不是很整齐地排列开,中间有着各种时序的交错,也有诸如"我"的朋友、父亲的朋友等因素的不断串入,但是读完作品读者能够感受到家族历史的链条的存在。同时,小说在环状方面也只是营造出"所有故事都是讲给还未出生的儿子听"这一指向,并没有在结构上很明显地表现出来。《长发の假面》的具体文本中,通过字眼的形式勾连和衔接的地方并不多,但各部分衔接都还是很紧密的,而且作品开头说用护照遮住别人的笑容(羞辱),结尾写自己的妻子照片褪色,自己割除摄护腺,"从此家国太平",实际上也暗暗地与开头相合,形成了一定程度上的闭环效果。《春灯公子》的整本书,虽然中间的十九个故事之间缺乏直接的联系,看似只是单纯的平行叙述,但其实开头的序"春灯宴"和结尾的"春灯宴罢",

① 《没人写信给上校》,联合文学出版社有限公司1994年版,第383页。

其实将这些文本都勾连在了"春灯宴"这一叙事之环内，所以十九个人及其"品"，实际上是存在着内在的关联的。

链条结构比较特殊的是《战夏阳》及《一叶秋》，两部作品分别通过前一个故事引出之后的"故事之外的故事"，《一叶秋》对前一个故事进行评价、总结和延伸，有的顺便对下一个故事进行引出，由此承担了"承上启下"的功能。如在《战夏阳》的《科名还是要的好》一篇中的各部分都运用了顶针式的过渡，文后的"故事之外的故事"先总结该篇中所讲的人物李小红及文末引的一首诗，"李小红的这首诗之所以能够流传，还得多亏科考制度"，然后后文又引经据典演说官场，提及查秉仁，末尾说一个老妓编的诗是当年李小红的作品，人人背得，接着说，"这回，查秉仁赚到了一份几乎算是偷来的名声"。[①] 下一篇《四个》中的第一个故事，就说的是查秉仁如何在科考场遇鬼、得中的事情。由此将前后本来关系不直接但也暗含着某种关联性的故事进行了连接，让整本书的故事集也构成了链条性关联。

链条与环状结构的运用使得张大春的小说在看似散漫的叙述中增加了逻辑性，突出了作品中的语言、情节等的内在衔接效果，同时也不断地"收回"作者、读者的阅读思路，让故事情节的发展更趋紧致。

（三）条目引领型结构

上述两种结构方式在文本特征上往往会因为不同的章节的划分和排列而表现出来文本内在的线索、情节、逻辑等的关系，文本中往往有空行分段、实心圆点分段、分章节等形式将不同层面上的情节、线索有所区隔。当然也有的时候一次性叙述到底，不具体地停顿和划分，但是比较少。张大春的创作中还有一种很特殊的是，作品中往往用各种字体不一样的文字、词汇乃至句子引领作品中的各部分的发展，我们不妨称之为"条目引领型"结构。这类作

---

① 《战夏阳》，INK 印刻出版有限公司 2006 年版，第87页。

品中，有的也会划分章节，有的则除了标粗的字体以外没有标示章节的符号、空格等。当然，很多小说都会以浓缩的标题作为章节的标题，张大春的作品中也有，如《战夏阳》中的《科名还是要的好——迎合考场价值的传奇故事》中，分别有小标题"剥夺这人，授与那人"、"先考功名，再做学问"、"当局者哭，旁观者笑"、"隆仪奉璧，退亲如命"、"才子不考，佳人不老"、"落魄江湖，回首烟波"等，这其实属于对常见的标题模式的借鉴和改造，张大春加入了古典小说标题的对仗与押韵等元素；而《聆听父亲》中既有各大章的标题如"角落里的光""书写的人"等，各章下面还会有具体的小标题如《聆听父亲》一章有"大时代""家书抵万金""梦中见""在地图上""聆听父亲"等次一级标题，这些都是为了安排情节的叙述具有提炼内容的效果。但张大春所运用的条目式的形式，则有别于此。这些条目性的内容，虽然同样具有贯穿全文的黑体字效果，但是它们一般不具有标题某一个部分的内容的效果，而有的只是引出后面的叙述主题，有的甚至脱离与上下文的叙述，有的则与彼的条目共同构成文本的另一层结构和线索。

这种条目引领型结构最典型的是《没人写信给上校》中的词条结构，小说的开头有一段话的"楔子"，进入正文后以七段话叙述了对上校的尸检，然后由于其身上的伤痕过渡到第一个词条"1 伤痕"，在词条下面言说对于"伤痕"的想法，最后一个句子又引出了下一个词条的词汇"手表"：

1 伤痕

上校左手的手腕上有一处遭强力压握而出现的伤痕。我们这些不认识上校的人会这样想：这种指压出血伤为什么会出现在左手腕、而不是右手腕上？右手腕和左手腕的区别是什么？在没有伤痕的情况下，这两只手腕最一般性的区别是：右手腕力比左手腕力大，而左手腕又比右手腕较有机会接触一种被称为"手表"的东西。①

后面便以类似的方式不断接续（或者说接龙）词条，只不过词条后面的叙述，有的地方只是简短的解释，有的地方在解释说明之余又生发出不少叙事或闲话，如"17 照片"后说明了上校省下最后一张照片的情况后就多写了两部分，一部分是"我"有关照相的生活经历，另一部分是"我"经手上校的案子后对照片、黑函的认识及别人对"我"的不理睬，其中第一部分结尾还用了括号解释的方式呈现后设笔法。这样，直到小说结尾，作者共用了一百八十八个"序号＋词条"的条目——其中有好几个词条重复——引领故事叙述，而没有出现任何表示章节的词汇和标志。所以，这一百八十八个词条一方面构成了词典式小说的形式，另一方面也融合、引领了作品中对于上校被害的前前后后的情形的想象性叙述。而词条的罗列一方面让作品的叙事更加松散，同时又在松散中让故事有所集中，让线索有所呈现，故事情节要在对词语本身的解释、词语与作品中的人物之间的关联性叙述及词条之后的相关的情节叙述中，才会逐渐清晰。很显然，张大春通过此举，意在说明上校之死的复杂性，饱含着对政治、官场的讽刺、批判与挖苦，同时还要通过词条结构的运用与读者对话，打破一般小说的时间顺序安排模式，挑战和激发读者的阅读兴致。也即是有学者指出的"游戏性"及其背后的批判性："文本中展示出对于经典标题戏拟、叙事结构、叙事时间、词汇意义等各个面向任意性的戏要，而正是透过这种游戏的、戏要的叙事方式瓦解、暴露出作为当代政治谋杀事件真相被层层隐瞒的严肃。"②

这种词条引领文本内容的形式，虽然并非张大春所独创，但是

---

① 《没人写信给上校》，联合文学出版社有限公司 1994 年版，第 6 页。原文为繁体竖排，此处转换为简体横排。

② 何冠龙：《编织真实的叙事操演——以 1990 年代三部长篇小说为例》，台湾清华大学 2014 年硕士论文，第 74 页。

用其来涵括尹清枫上校被杀这一没有定案的现实案件，并且以各种解释再加叙事的方式从各个角度来观察或者说猜测、侦探这一案件的各种元素，确实很容易指向张大春 1990 年代常常表现出的政治批判主题，以及通过新闻小说怀疑真假、在作品中书写和制造谎言的实验特征，但同时也标志着张大春对异类知识的呈现的开始。

其实，张大春的小说中，类似的条目引领式结构，较早就有实践。再往前看，其"新闻小说"代表作《大说谎家》中，比起《没人写信给上校》来，实验性可谓旗鼓相当。小说中虽然分了六章，分别以"壹"至"陆"标出，但从第一章第十一段后开始，分别安排了"序号＋句子"的条目于文本中，并且加粗标黑字体，按顺序罗列开，到小说结尾共一百七十六条。这一百七十六个条目的内容都是句子，它们与词条前后的叙述基本没有直接关系，词条的内容也各式各样的，但基本特征都是带有总结、评论性的话语，如"163. 独裁者最常用来安抚反独裁情绪的语言是：'这里面有很多事情你们不懂。'他的逻辑是：因为你无知，所以他独裁。其实逻辑应该倒过来"是对独裁的评价，而"113.'榔头'潜入爱犬训练中心，一举毒毙五十条名犬的动机很单纯——只因他没有灵敏如狗的嗅觉，无法分辨出其中哪一只警犬能靠鼻子找到藏匿枪支的地方"则评价的是文本中的人物。那么，这些条目与前后的故事叙述没有直接关系，对其不存在引领、引导效果，彼此之间也没有统一的紧密关系，它们的作用何在呢？其实，这些警语式的条目，仍然具有引领作用，只不过它们不是直接引领故事的叙事，而是形成另一种声音——评价者的声音，从而紧扣"大说谎家"这一主题，及作者要在文本叙述中体现出的"新闻小说"的实验、政治批判以及谎言书写，所以这些条目中，有很多直接书写"谎言"，如"4.'同情'有时也是一种自欺的谎言"，"18. 伟人也说谎，只是说得多且大而已！"，"78. 库房包不住炸药，纸包不住火，嘴巴保不住机密，信仰包不住谎言。"有很大一部分条目直接批评、指涉政治，也有的同时揭露政治和新闻的虚伪，如"146. 什么都敢问的记者会造就一批什么都想知道的读者和什么都敢讲的官僚。于是，我们缔结了新闻自由、知的权利和政治谎言的三角共生盟誓"，"176. 我们都是大说谎家，小说有说谎的权利，新闻有说谎的义务。人们阅读新闻，好证明自己可以信什么；阅读小说，则是为了证明自己有怀疑的能力。"则可以说是他提倡新闻小说"一切都是创作"的回应；而第43、第165、第170等条目，则直接指涉了当时国际国内的诸多政治①……总之，这部小说中的条目虽然并没有具体地融入到文本主体部分的叙述中，但却从另一条线索上一方面映衬了作品主体所叙述的种种政治的虚伪，另一方面直接指向作品的主题，因此它的引领性其实是幕后的，也是决定性的。

在另一篇更早的《四喜忧国》中，张大春同样也运用了这种条目引领型的结构。小说中共出现了与前后文有段落空格隔开并且加黑了字体的七段文字，由于这是一篇短篇小说，作品没有分章节，所以乍一看，这显得很突兀，但是，细细阅读，会发现，张大春这样的设置和安排另有用意：一方面，这些加黑的字体突出了对作品中的人物——朱四喜的讽刺和批判，对于作品主题来说，有突出效果；另一方面，这些段落并不是莫名其妙地存在的，它们实际上是对前后的内容的补充，尤其是对这些段落后面的内容的引领，甚至可以说，这是将后面可能出现的段落提前了，或者是将后文要写的重点部分提前来强调了。如第一个条目是"即使他能分辨得出那些字有什么意思？那些字指的是哪些事物？他也未必对艾森豪有进一步的认识……"②细看文本，前面部分虽然提到了朱四喜的儿子认字，但并没有提到艾森豪，往后看便会恍然大悟，原来后面的叙述说到朱四喜对墙上的报纸认字，其中有一张画报分别是艾森豪、刘

---

① 引文参见《大说谎家》，远流出版事业股份有限公司1990年版，第25、50、150、205、266、296、317页。

② 《四喜忧国》，远流出版事业股份有限公司1992年版，第126页。

秀嫚、国军战士和一头千斤大猪，但下面的字说明顺序弄颠倒了，"左起"写成了"右起"，杨人龙提醒他，这样的错误就将艾森豪变成大猪公，战士成了中国小姐了。这样一看，原来前面那一段话是放在这一部分的叙述之前起到引领、突出的效果的。后面部分也几乎是这样的效果，如第三段条目性文字中说年成不好，发了洪水，总统死了，朱四喜养成了口头说倒霉的习惯，聚会所门牌倒下来砸掉了他一颗大牙，他变得忧伤等，后面的叙述就更具体地叙述其间朱四喜的遭遇等等，而最后一个条目是朱四喜的"告全国军民同胞书"，其后紧接着写他终于使得这篇文稿发表影印四千份，而儿子们口中仍然是基督教里面的歌词等，以此与文稿中"光复大陆，让子子孙孙都能过好日子，这就对了"①形成对比映衬，从而进一步讽刺了朱四喜，这里的引领性虽然不突出，但是它和前面几个地方异样，共同构成了讽刺、批判朱四喜，深化主题的作用。

这种条目性的布置一方面起着章节标识或者章节标题的作用，但更多的是突出、深化作品的主题和实验技能的。由此观之，"大唐李白"系列中的每一个小章节，都是取用的诗词中的句子或者模仿诗词的句子，而作品中的内容均是写诗人李白及与之相关的种种，虽然并不像《没人写信给上校》等作品那样条目性突出反而更像章节标题，但其实它们的引领性，以及与作品的主体内容、与作品主题的关联性，反而更加突出。总之，条目性的结构的运用是张大春的一大创新，它超越了一般小说的按照时序布局的规则，制造出时空穿插、叙事分散而又不过于离题，最终又形成独特的线索或者声音指向作品主题的效果。

（四）散射型结构

"散射型"是张大春自己说的一个概念，在一次访谈中，他说：

……我用了一种"散射型"的写法，这是我随便用的

---

① 《四喜忧国》，远流出版事业股份有限公司1992年版，第144页。

一个词，不是准确的学术名词。我给你举个例子。1992年，我曾经写过一部16万字的小说《没人写信给上校》，借鉴的是加西亚·马尔克斯那部众所周知的《没有给他写信的上校》。我讲的是台湾的一个军购案。在这个案子里，蹊跷的不是一个上校给谋杀了，而是当时台湾政府用了各种力量——国家的力量、政府的力量——阻挠这个案子被正确地办下去，用陈水扁的话说，这个案子就是一张大网，一旦揭露整个台湾都承受不了。

那么，我就想我何不顺着"用各种干扰的力量阻挠办案"的思路，去写一部小说呢？起初我是想在写完正文之后加注，就好比一个人骂另一个人"杂碎"我就在下面正经八百地注"杂碎是一种食物"然后给你解释是怎样一种食物。这是一种很好玩的写作实验，但我发现要这么做，注解的文本比正文还要多。那我就想，我不要在正文后注解，而要把整个注解融在正文里。

写《大唐李白》我就使用了这个路子。当我想解释一件事，我就不管篇幅地延伸这个解释，这样很容易"跑野马"，跑到后来读者不知道你在哪里，所以我又要找到一个叙事轴线，来控制这个注解散射的程度。……（中略——引者）对正文的注解也是这样。对一个读者不见得熟悉的事物，我先解释到一定程度，然后跳开，到了某一个章节，我又杀一个回马枪，突然跳出来再做个解释。当你回过头来看这些解释，你会发现它们之间相互照应，构成一个有机的整体。①

按照张大春的说法，所谓"散射型"其实是指作品的叙述不断

---

① 傅小平：《张大春：我认为自己是一个小作家》，《四分之三的沉默：当代文学对话录》，广西师范大学出版社2016年版，第130—131页。

离题的过程，也就是说对作品中出现的词汇、意象、人物、典故等进行注解，然后逐渐脱离原来的叙述，或者说将原来叙述的内容搁置起来，由此进入了新的叙述，等到一定时候，再回过头来叙述之前被悬置的内容，而在此期间，文本空间已经被扩大了很多了。这种"杀回马枪"的形式其实在张大春的作品中很常见，我们可以结合张大春的叙述进一步发挥，他笔下的"散射型"结构其实是特别随意的"跑野马"形式，与前一种叙述结构很相似的是，这种散射型也不受时间和空间的限制，而其任意扩散开去的叙述有可能是对未来的猜测，有可能是对过去的回忆，也有可能是对某个词汇、某种现象的解释，但作者也并非一贯散漫地按照自己笔头所触，完全放开了地去述说，而总会有一个相对稳定的叙述视角时不时地将叙述往主题方面靠拢。

就具体作品而言，张大春所举的两个作品也确实具有代表性。《没人写信给上校》中以词条串联起了前后的叙述，每一个词条又引出下一个词条，它形成了一种流水似的效果，对新出现的词汇进行一番解释之后，又会引出新的词汇、概念，作者的解释和叙述又尽可能地拉回与上校被害案有关的内容，由此，叙述随着各种词汇而扩大开去，又被上校案拉回来，由此也形成了文本结构的参差不齐，如第二十二、二十三、二十四个条目分别是"街狗""布莱梅""垦丁"，但这些与尹清枫上校并无直接关系，因此到"垦丁"一条解释了一番这一风景区之后，说此地等闲游客不得入内，紧接着"散射"到野狗未在此禁，由野狗又进一步牵涉出爱狗的杜太太，杜太太与上校的部下潘天玉有关系，这样，就又与上校关联起来了，所以"垦丁"一条的后面，就花了不少篇幅续写杜太太和潘天玉的对话——而前面两个条目都只是简短地做解释；第二十八条目下说到卢正直打电话称呼刘楠为"学长"，惹得他的情人李春枝说刘楠是杂碎，第二十九个词条便是"杂碎"，张大春解释了"杂碎"是怎么回事以后，似乎意犹未尽，又似乎感觉到没有和主题更好地关联起来，于是再开一个词条，仍然名为"杂碎"，说"以下所列举的是直接或间接与我们的上校之死有关的五次使用'杂碎'一词的记录"①，然后在罗列之后再进一步演绎了一番上校死前及死的种种案情，这样就形成了连续两个条目标题一样但内容完全不一样的神奇效果。

"大唐李白"系列中，更是由于其容量巨大以及张大春的叙事的铺陈性，类似的内容比比皆是。随便举《少年游》中的第二十五章"五色神仙尉"为例，章节的开头说李白持刀伤人后进入昌明县厅，是其第一次进入官署和第一次认识官吏，紧接着先解释说明一通昌明县的历史由来等情况，然后解释县治情形、行政构成等，然后说到县尉之一崔冉，并与其贪吝苛猾对照，引出姚远，说李白的案子多亏遇到姚远。但张大春又不立马点出案情，转而言说唐代的律法制度，好不容易终于回到案情上了，却也草草几个段落说姚远如何想要息事宁人、崔冉如何贪心逼迫，使得李白杀人心切，要去杀崔冉时却因为姚远在场迟迟不去而显得尴尬，姚远因此以"费长房缩地之术"问李白。至此，话头又一转，作者用了六个不短的段落来解释"费长房缩地之术"之典故，然后还牵涉到后来李白的学习等，然后才回到现场，让姚远给李白解释。中途因为提及"缩地鞭"而引起李白的莫大兴趣等，这一章节便也在强调李白后来对姚远的感念及轻微点出他们日后的关联中结束了。由这一个小章节作者的话头数次转换可见，张大春的"散射"型的结构确实是将视角不断地转移聚焦到新的情节、故事中，时而又拉回来，由此也可以说，张大春的运用这种结构的叙述，其实是充满"动感"的。

其实，这种结构的运用在张大春的小说中也很普遍。如《一叶秋》中的《黄十五》一篇，开头先介绍韦高一通，说到他汇集的书如何骇人听闻，说到"我"怎么改他的题名等，然后解释"劳虫"是怎么回事，韦高的记载如何，紧接着说各种记载都会先说孔劳

---

① 《没人写信给上校》，联合文学出版社有限公司1994年版，第30页。

虫，再说黄十五郎。但他又就此阻断自己的叙述，先说起了刘五与五神通的故事，中途还花了两个段落考证"五神通"的情况。然后叙述他怎样供养自称黄十五的五神通，怎样惹怒了黄十五对其采取报复性措施等，紧接着才折回来说孔劳虫是怎么回事，如何修道，如何被刘五请来治理黄十五等等。这样叙事视角不断转换，还夹杂着各种考证、知识呈现等，其"散射"效果也很突出。《城邦暴力团》中也几乎都任意叙事，到有关联处，又拉回话头／线索。

不过，在《撒谎的信徒》和《聆听父亲》《我妹妹》等中，叙事本身就是非时间性的，所以作者往往会在某一个点上任意散射开去，时间、空间均有穿透性，在散点化的叙事中营造文本的多样性、复杂性，指向作品主题的多元性。如《撒谎的信徒》第六章，最开始解释"二二八事件"，紧接着一段说1947年和1948年的形势如何，紧接着又从"幸存者吉拉斯"说到各国共产党的活动，吉拉斯的遭遇——说到他1966年才出狱，然后逐渐转换到李政男回想起自己之前接触到的革命分子，然后又由他的祈祷转到上帝的种种言说等等，最后又转到清查台湾共产党分子的"老情报头子"了。这种时空任意错位的叙述，也是很典型的散射，但是这一章的标题又是"战争的幸存者"，这既指向了李政男的"幸存"的隐喻，也是对这一章的散点叙述的统合。《我妹妹》中的故事情节也毫无逻辑可言，作品中的人物、时间、空间也随时任意错位，如《她的禁忌》一章中，一会儿说"我妹妹"的八岁，一会儿又说她的十一岁，一会儿又说"我"的十六岁，一会儿说"我妹妹"的转学，一会儿又说"我爸爸"的评价，一会儿又说"我妈妈"的疯病等，在篇幅不长的章节里，叙述视角如光点一样随时跳跃、摆动，却也逐渐地集中于"禁忌"这一标题所指向的主题。《聆听父亲》中也是，叙述视角和对象一会儿是高祖父，一会儿又回到自己，一会儿说自己的父亲，一会儿又说自己的奶奶等，也都是不断散射开去，但是又时不时聚焦于"我"对"你"的讲述，也即"聆听父亲"这一主题所涵盖的种种可能中，或者说被这一主题打断、拉回。

散射型结构可以说是最能够代表张大春的叙述风格的一种，它以任意、散漫的方式将张大春一贯进行的多线条的叙述往前、往复杂处推移，并且与张大春的追求多样性、复杂性的呈现的"离题""跑野马"相契合。正如有人论及《城邦暴力团》时所言，张大春为求结构完整，每在两不相干的事件中另觅媒介而补缀的结果是雪球越滚越大，情节也越扯越细，而故事性相对就愈显薄弱了。这还不打紧，小说过场太半用"谜"，读来直教人陷入迷阵。[1] 通过散射型的布局，张大春带领读者进入一个个语言文字的迷宫。

二、形式与布局的多维实验

除了与叙事线索和布局有重要、直接关系的结构安排以外，张大春的作品中还有很多形式布局方面的探索和实验，和这些形式方面的创新和运用。虽然比起文本内容来说，并没有太大的影响，也不太为人注意，但作为张大春的写作实验的策略，它们也丰富了小说的可能性，也是张大春从形式方面开拓小说的成果。具体而言，张大春在作品的形式方面的开拓，最典型的是在文本中随处加括号按语、进行解释和说明，但前文论及其后设技法时，已涉及，而另外一些形式创新可能受关注较少，包括对序跋形式的创新、引题的多样化运用、大量的注释与按语的使用、标注时间与关键词以及著作中对图像的运用等，它们实际上属于作品主文本以外的"副文本"，它们是文学文本的"内在构成"，"在整个文本之中，同时它又在文本之外，即副文本可视为正文本的一种特定场域或文学生态圈。正文本无时不处于这种'场'或'圈'的环绕和笼罩之中"。[2]

---

① 李奭学：《魔幻武林——评张大春著〈城邦暴力团〉》，《误入桃花源——书话东西文学》，浙江大学出版社 2014 年版，第 41 页。

② 金宏宇等：《文本周边：中国现代文学副文本研究》，武汉大学出版社 2014 年版，第 10 页。

对这些因素的关注和创新，足见张大春对整个文学场和文学空间的重视，也可以说是他以小说为"信仰"的体现。

（一）序言

序跋在书籍中是很重要的组成部分，很多作品都会有置于文本前的序和置于文本后的跋，序跋还可以继续细分，如序可以是自序，可以是他人的序，可以是直接与作品有关的序言，也可以是与文本关系不特别紧密的代序等，跋也可分为抒情性的或学术性的等。张大春的著作中绝少出现跋，除了《少年大头春的生活周记》第三版末尾的附录之后放了一个"你以为怎样？"——在目录中标注为"三版序"（可能是张大春有意为之）——的部分有点像跋（但仍是作品中的内容）以外，其他暂未见。但是，序言就很常见，几乎每一部作品出版时都有序言，对那些评论家、丛书主编的他人序我们暂且不去探究，因为它们中的大部分已经成为我们去探究作品的重要参照对象，还有比较明显的历史感。如詹宏志为《四喜忧国》写的《几种语言监狱》，司马中原为《欢喜贼》写的《炼狱的天堂》，高天生为《张大春集》写的序《学院里的文学异数》，罗智成为《化身博士〔危言爽听〕》所写的《为虎作"序"》等，都给我们提供了理解张大春的重要门径。自序部分虽然在别人的作品中也很常见，张大春也进行了一定程度的改造，而在代序方面，张大春走得更远。

自序在张大春的作品中最为常见，虽然表现形式不一，有的写明了自序，有的未标注，有的只标出"序"，有的则只有一个标题，有的有正标题也有副标题，但是我们基本上能够看出它们是作者站在自己的角度来写的对文本的一些解释和说明等。不过，张大春的自序也可以具体地分为三类，第一类是对个人的创作情况、创作历程进行回顾与说明，其中包含言明自己的写作理念和思想的内容，如《鸡翎图》的序言《书不尽意而已》、《张大春自选集》的序言《缝书记》中包含着张大春对写实主义的诸多表述和态度；《公寓导游》的《陌生话》，虽然也提及作品本身，但主要说的是对序言的理解、对语言形式及写作策略等的反思等；《时间轴》的自序也说明了该作品的创作情况，同时对作品进行了定位。这方面比较重要的是张大春为其在大陆简体版的作品所写的序言，如 2008 年出版《我妹妹》时的重版自序《重逢的告别》，2010 年出版《城邦暴力团》时写的《掌中书——向我简体字版的读者朋友所写的一篇交代》，出版《四喜忧国》时的序言《偶然之必要》，以及 2018 年出版《战夏阳》的序《无关的有关——〈战夏阳〉简体版序》及《一叶秋》的《小说与诗的不期然而然——〈一夜秋〉简体版序》等，这些序言中，作者都写进了自己写作该作品时的思路、想法及状态，乃至写作时的时代环境等，更有不少作者的写作理念的呈现，如《重逢的告别》不仅细致地写了张大春写"大头春"系列的情形，还将 1990 年代的台湾文化环境进行了回顾；而《偶然之必要》，在体现张大春的文学创作理念方面，是极具标志性的文献，《小说与诗的不期然而然——〈一夜秋〉简体版序》中说："小说的趣味也许并不完全包裹在长着小说外壳的文类之中。一首诗、一阕词，几番琢磨、几层推敲，若是能将那些散落在历史幽暗的回廊之中全无声息影响的细节作串珠收拾，身为读者的我们便能体会小说的种种发现、巧合、伏笔、呼应、结构……俱在对于一首诗或一阕词宛转曲折的探索之中。"[1] 可说是对张大春在世纪之交以来的写作理念的总结。

张大春自序的第二类为直接指向文本内容型。如《撒谎的信徒》的文本之前有《写在撒谎以及信徒的前面》，我们可以把它当作前言或者序言来看，该文中虽然也说到一些《撒谎的信徒》的情况，但是更多的是表述其写作的指向，诸如有没有影射等，而文章的主要内容，实际上是在言说政治与宗教、撒谎与信仰等问题，是指向整部作品的主旨的，因此，把它当序言来看的话，它实际上是

① 张大春：《小说与诗的不期然而然——〈一叶秋〉简体字版序》，《一叶秋》，九州出版社 2018 年版，第 17 页。

直接指向了文本的。同样，在《大唐李白》第一部《少年游》的序言《于无可救药之地，疗人寂寞，是菩萨行——为〈大唐李白〉简体版所写的一篇序文》，整篇都在用张大春世纪之交以来的任意跑马、解释、用典故的方法，考证和解说李白的一首赞诗与薛稷有无关系，最后说李白"凡有一得之见、一器之珍、一才之长、一席之贶者，便秉笔抒情，倾心相待，而留下了堪为作品中绝大多数的赠、送、赞、寄、留别、酬答；几占篇什中之八九"。他是"将干谒之作，普成布施，聊以抚慰那些盘桓于士大夫阶级边缘的人"。[①]第二部《凤凰台》的序言《再说李白》中，虽然作者给取了一个副标题"关于《大唐李白》如何发想"，虽然文章的首尾提到了写作环境，张大春写作该作品的出发点等，但其主体部分都在言说李白的身世、他怎样更改捏造历史、他父亲为什么叫"李客"、赵蕤是怎样一个人、李白涉杀人案后有一年不知去向的可能性等，与整个作品的书写风格其实很相似，只不过中间增加的自己的评论稍多一点而已，如果按照张大春自"春夏秋冬"系列以来的写作风格来看，将它去头去尾当作小说本身，也是没有违和之处的。

而张大春自序的第三类走得更远，它们干脆就是作品本身的一部分，如《少年大头春的生活周记》直接以《一周大事》作为序：

> 这一周最重要的事就是我出书了。
>
> 平常都是他们写很多书给我读，害我压力很大；现在我也写一本书来压一压他们。[②]

由于该作品模仿周记形式来写，每一个部分都有完整的周记体式，包含"一周大事""重要新闻""生活检讨""学习心得""导师

---

① 《大唐李白·少年游》，广西师范大学出版社 2014 年版，第 vii 页。

② 《一周大事》（序），《少年大头春的生活周记》，联合文学出版社有限公司 1994 年版，未标页码。

评语""错误订正"等部分，这个序言模仿了周记的一部分，又让它单独抽离于文本，从形式上有一定的挈领性作用。但同时，从内容上尤其是后面的出书压别人的仿少年的言说，可以看出，作者正是借此埋下了拟仿和讽刺的基调，也就是说，从周记形式到出书压人，作者以一副少年式叛逆性自豪心态讽刺了周记本身、文化界的现状的不良生态，从而它既是作品的内容，也是引导读者阅读的重要线索。《野孩子》中直接在开头加入了一个类似《少年大头春的生活周记》的序言的内容，取名《飘荡的序》，仍然化为一个小孩子的口吻，说有大哥哥曾经有志愿到开港口，可以接待很多兄弟，后来却混成了别人接待的兄弟。由此，"我"总结说，出来混其实就是这样，要么会停在一个很脏的港口，要么像鬼一样四处飘飘荡荡。[①] 这一则序都没有被放在目录里呈现，但是将其放置于文本的开头，带有哲理化、总结人生的意味，其实也是对小说基调的暗示和指向，后面叙述的部分，正好是"出来混"的事情，而且人物命运都不是很顺当的，最后作者甚至把"我"写死，这从序言中的基调——飘荡性、悲观性，也可以猜测到结果。《春灯公子》的序更有意思，其名为《春灯宴》，作者有模有样地叙述了一个神秘而传奇的"春灯宴"，说神秘的春灯公子每年都会组织宴会，会秘密定人"立题品"，讲故事，春灯公子事后会挥毫出"喉润"。此前已经经历了十九年的春灯宴，此处将春灯宴的那些题诗首次公开，于是分别呈现了十九首诗词，期待第二十次云云，由此开创了该书的体例——后面的十九则故事分别对应的是这篇序言中的十九首诗词的人物故事，而最后作者又写了《春灯宴罢》，写第二十次的诗，但其实序言和结尾中的春灯公子、第二十次到底是谁"立题品"等，均一直未呈现。所以这一则序言，不仅是该书的组成部分，甚至还是不可或缺的一部分：没有它，首尾和叙述背景将有着重大的缺失，由此，它也成了标志张大春的全新的探索和实验的文本。同时

---

① 《野孩子》，联合文学出版社有限公司 1996 年版，第 7 页。

作品中的说书体式、书写江湖化的传奇性及大量诗词的运用，也可以说标志着张大春新世纪以来的回到中国元素寻找创新方法的取向。

如果说自序中的内容，实验性的还不算多，那么，张大春作品中的代序，则似乎更具有开拓性意义。张大春的作品，用代序的不多，计有：《一切都是创作——新闻·小说·新闻小说》(《张大春的文学意见》)、《本事——我和我妻子的赋格练习》(《本事》)、《错过》(《寻人启事》)、《最初》(《最初》)、《教养的滋味》(《送给孩子的字》)、《一首诗，能传几条街？》(《大唐李白·少年游》繁体版)、《变造化以窥天才》(《大唐李白·将进酒》大陆版)，另外，《战夏阳》的开篇《战夏阳——司马子长及其同行的对话》从台湾最初出版的目录排序及在作品中的风格来看，虽然它未标注为序，但其实它也有序的功能，只不过2018年大陆版排目录时，将其与后面的篇目统一了格式了。其中《一切都是创作——新闻·小说·新闻小说》、《教养的滋味》属于散文的序，但也颇具代表性，前一篇为1980年代末至1990年代之间张大春的小说实验的代表性宣言，他开拓了小说创作的新视野，影响力很大；后一篇则可以说是张大春转向文字/文章学写作，关注中国汉字同时以其思考教育、教养问题的代表性作品，它的写作风格可算作对张大春的"亲子散文"的总结或者预示。就小说作品的代序来说，《一首诗，能传几条街？》和《变造化以窥天才》同样都是言说李白的，但是前一篇强调的是李白在"长街"上的遭遇，他如何以诗歌及太白星下凡闻名，怎样有作诗才华，在不同的民众中的接受情况怎样等等；而后一篇则以苏轼的"想当然耳"入手，说古代的伪托、改作诗作文化，认为李白的很多作品都出于模仿，同时挖掘李白盛名产生的原因为他追求名声及内心里对自己的不满等，最终的意思为，李白的声明和成就乃至一切，都与时代有关。这两篇序言与作品的主体部分关联很大，可以把它们看作作者对书写对象的解释、说明和研究，直接将它们算作作品书写的一部分也未尝不可，尤其是在整个《大唐李白》中，张大春的考证、解释及散射型书写，在两篇文章中也很突出。所以这两篇代序，与张大春的其他有关李白的书写，都有着互文性的效果。

最具开创性的，是另外三篇作品，它们分别被用来当作三本书的序言，但这三篇文章其实都算是小说，由此，张大春实际上开拓了一种以小说作序的形式。前文说过，《本事》是张大春呈现异类知识并与商业活动关系最紧密的一部作品，它收录的作品，加上三篇自导自演、嘲讽学术考证的"猴王案考"，共二十九篇，其中绝大部分都是对传奇性的知识的编造性书写，横跨古今中外，异域色彩很浓，作品中又都穿插了"棒状物"和"卡片"意象。作为代序的《本事——我和我妻子的赋格练习》讲述"我"和妻子之间的关系，说两人之间相处了十年结婚，但是妻子是地图控，"我"则对她所言说的都认为是垃圾知识，但是她作为"我"的听众又很合格。1998 年二人结婚后到波士顿度蜜月期间，妻子竟突然间消失了，"我"在一家古董店等她，同时思考、反思自己，才发现妻子的地图的效果比"我"对其的嫌弃，重要得多。小说的情节与其后的二十九篇风格上是有差异的——后者基本是讲述别人的故事，而且讲述的都是异类知识，但是细细品味，会发现，之所以将其作为序言，并且将其名定为书名，也许在于张大春通过小说所反思、呈现的，正是其文学理念的新的指向。王德威说："《本事》者，指的既是（小说、戏剧中的）事实，也是创作者的才与能。"[1] 而小说中的叙述者一方面对自己的妻子所钟情的地图及各类知识表示不屑，对其所指向的内容表示怀疑："我这样告诉我的妻子：'真实的自然界从不制造任何一条直线；自然界根本不存在直线。人类从画出史上第一条直线开始，就在扭曲这个世界。所以，凭地图是不可能理解真实世界的，你要知道。'"[2] 同时，他妻子经常说出一堆又一堆

---

[1] 王德威：《真本事与假正经——评张大春〈小说稗类〉与〈本事〉》，《众声喧哗以后：点评当代中文小说》，麦田出版社 2001 年版，第 37 页。

[2] 《本事——我和我妻子的赋格练习》（代序），《本事》，联合文学出版社有限公司 1998 年版，第 11 页。

令人叹服的知识，却被他称作垃圾知识，又设计出《赋格练习》参照叙事、设计出古董店对照其心情，并指涉其《没人写信给上校》等。可见该篇小说一方面充满实验性，另一方面也表现出了张大春怀疑一切的态度，同时又以"赋格"的谐拟性（他还刻意将赋格翻译成 fugality），展示出自己对异类知识的价值的肯定和重新思考知识的指向。这一篇作品作为序言，虽然风格与后面部分不一样，但也起到了指涉、暗示、引领等作用，只不过通过小说的形式来完成——虽然小说中也有很多议论，但是议论更直接的是指向小说本身。

同样，《寻人启事》的代序《错过》，讲述的内容也比较杂，他说了自己生活中的很多巧合、神奇的经历，包括故事和现实中的"焦桐"的巧合、自己开车的意念让自己避免车祸以及在各种场合将现实中的人幻化或者说幻化出与现实生活不一样的人和事的情形，包括认错人、看见自己的妻子和别的男性依偎在一起等。文中又花了很多笔墨书写自己写作《寻人启事》的出发点，诸如不想过多的技巧、要写真人真事等，还将自己经历过的人物、记忆与作品中的情节、人物联系起来，又说自己构思过叫《错过》的小说，自己的经历与小说中是一样的等。这其实也是一篇比较难懂的作品，内容涵盖面广不说，其所叙述的内容真真假假，着实难辨。除了叙说《寻人启事》的写作初衷、构思及其中的一些人物、情节与记忆的关系外，它与后面主体的内容也没多大关系，但是作品确实讨论了很多写作方面的问题，或者张大春一直在关注此前在作品中涉及的主题。如"我不想为高速公路上那一次奇遇作太多解释，因为极有可能当我在回忆它的时候已经夸张了、遗漏了或者修改了某些事实细节"，这说的是记忆的真假问题；"在那些偶然点上，我一旦动了某个念头，便错过了另一个人生"，强调的是张大春一贯表现出的对偶然性的关注和对多种可能性的认识；妻子说的话"可是你的生活已经变成了小说了"及他对于自己构思了小说后现实中的种种与小说一样的经历，更是思考小说和现实真实之间的关系。[①] 由此观之，《错过》不仅仅描述了自己对于错过的种种经验，还说出了写作的"错过"与生活的种种可能性。放诸小说集中的故事，便可以看出张大春的创作理念和"生活像小说一样"或者"小说像生活一样"的理念的潜在呈现，这样，用它来作为序言，也有着诸多指向性。

而 2002 年的《最初》，是张大春的小说集的重新出版，它收录了《悬荡》《咱俩一块儿去——闲居赋》《再见阿郎再见》《鸡翎图》《新闻锁》《大都会的西米》《伤逝者》《病变》等小说，可以说是早年的《鸡翎图》和《病变》的重新合出。作品中没有新作品，其"最初"的命名可能也是指向怀念或者说定格最初的创作。而序言《最初》里叙述的是未上小学时的自己见到二奶奶、雷不怕的情景，然后说那些经历此后一直没跟人提起，但是很多记忆总会在不经意间被说出，所以"记忆之不确定性也有其反向的作用——正因为我从来不曾叙述过那天下午的遭遇，日子久了，就会误以为它根本没有发生过"[②]。由此，我们可以理解，以这篇小说作为这个集子的序言，就包含着几层意思：一方面是将这个故事"最初"公开，以保存记忆；另一方面是由此探讨记忆的不确定性与写作的关系问题，在此基础上，将自己最初发表过的作品重新出版，便也是保存"最初"的样貌的努力。但也由此形成了这部作品的独异性特征，使得它成为一部用新的小说作品作为序言和书名的旧的小说集。

总之，张大春在序言形式的运用方面，继承了既有的规则和传统，又走出了既定的模式，通过序言的创新加深了对小说及出版物的呈现形式的开拓。

---

① 参见《错过》(代序)，《寻人启事》，联合文学出版社有限公司 1999 年版，11、15、21—25 页。

② 《最初》(新版代序)，《最初》，时报文化出版企业股份有限公司 2002 年版，第 9 页。

（二）引题

引题包括引言、题辞等，张大春对这一形式也非常重视，在他的作品中，对引题的使用也很频繁。如早期的作品中，《星星的眼神》《四强风》《新闻锁》以及《荡寇津》中，在正文开始叙述之前都有用与正文不一样的字体标出的引题段落，而后的作品中，《病变》《我妹妹》《野孩子》《城邦暴力团》以及"大唐李白"系列中，均有不同形式的引题。其中，《野孩子》的引题没有放在扉页位置，而是在《飘荡的序》正文之间有一个"废车场公告"，"这个世界上只剩下大哥、废人和死人，早就没有什么青少年了"①，这一公告其实对于作品的基调起到了奠定的作用，因为后文的叙述中，大头春离家出走后走上了混社会黑道的道路，所遭遇和经历的，就是大哥、废人和死人一类的，而小说本身又是书写青少年的叛逆性的，所以这句以废车场公告的形式出现的引题，既强调了"废"，也包含"无青年"，是指向了作品的主旨和基调。在《没人写信给上校》的扉页部分有一个"楔子"，有简短的一段话：

楔子

> 亲爱的上校：你是已经断裂、湮灭、销毁、被遗忘的历史的一部分；没有人将会认识你、关心你、发掘你或记得你。你也许将在小说里重生一回，但是请试着更沮丧一点，因为我们实在懒得再去温习自己的冷漠、虚矫、无知和怯懦了。
>
> 杀害你的共犯们②

此处虽然用的是"楔子"的形式，但是相比《城邦暴力团》中的"楔子"构成文本的重要部分或者重要线索来，与作品中的情节

---

① 《野孩子》，联合文学出版社有限公司 1996 年版，第 9 页。

② 《没人写信给上校》，联合文学出版社有限公司 1994 年版，第 4 页。

其实没有必然的联系，因为共犯们在文本中没有集合，所以笔者更愿意将此处的段落和叙述看作是这部小说的引题，它是作者仿拟共犯们的口吻而写的、暗示作品的主题和上校的冤案的不可能解决的文字。作品书写的上校的死亡，其破案一再遭遇阻挠，而冷漠、虚矫、无知和怯懦，正是作品中书写暗害上校的力量时所要揭发的内容。这样，其实它也是挈领作品的一段引题文字。

在张大春所书写的这些引题中，它们的内容指向及在作品中的功能其实是有差异的，其中引题与文本的互文是比较常见的。如《大唐李白》的三部分别为《少年游》《凤凰台》及《将进酒》，所以三部作品在进入叙述之前，都有取自李白三篇诗作中的文字："五陵年少金市东，银鞍白马度春风。落花踏尽游何处，笑入胡姬酒肆中。"（李白《少年行》）"凤凰台上凤凰游，凤去台空江自流。吴宫花草埋幽径，晋代衣冠成古丘。三山半落青天外，二水中分白鹭洲。总为浮云能蔽日，长安不见使人愁。"（《登金陵凤凰台》）"钟鼓馔玉不足贵，但愿长醉不愿醒。古来圣贤皆寂寞，惟有饮者留其名。"（《将进酒》截选），虽然诗名字并没有与小说的题名一致，但是达到了用李白的诗作来提示、映衬作品的主题和内容的效果。这种引题可以算作与作品的内容形成互文效果。而《四喜风》中的引题，则是直接与作品的题目、内容相关的："我们原本要立一纸宣言什么的，毛头说不必了，已经干过多少回了。乌龟说还是举行个仪式之类的比较好，显得我们四位一体，我说去你的一体，谁和你臭乌龟一体。胖子耸耸肩说算我没讲好了，宣言是为了划分职责嘛，你们，唉。我啐他一口你是狗头军师，负责胡吹瞎扯。毛头他们都笑了。胖子却真的吹了起来。吹那首'四喜风'。——西风的话。"[①] 不仅引出了作品的名字的由来，还将作品中出现的人物都点出了。与此相似，《病变》开头的一段引题，则属于提示作品的

---

① 《鸡翎图》，时报文化出版事业有限公司 1981 年版，第 127 页。

可能性。

还有另一种互文，是引题与作品中的内容没有直接的关联，但是其出现能够引导读者理解作品，与作品相互映衬，如《星星的眼神》的引题为："夜里我乘着轻云飞过 / 遇见了并驰的流星两颗 / 年少的流星眨弄起满眼的羞涩 / 细细听老者的传说：/ 无关乎事实究竟如何，有这样一种传说：流星 / 们也来自大地，升起一天斑斓熠耀的炬火。当 / 它们渐渐老去，不再忙于穿梭而开始陨落，也 / 会想起初升的故土，回程中便用仅余的一点闪 / 烁，编织好毕生的游踪，谱唱一曲怀乡歌……"① 其内容一方面与作品标题"星星的眼神"有暗暗的关联，更与作品中书写邱枝与"我"及其孙子即书写老年人与年轻人有关，也与作品中的城乡关系有关——作品书写了"我"和邱枝从乡下到城里的内容。

《新闻锁》及《荡寇津》中的引题则属于介绍背景式的。《荡寇津》的引题说，"晚唐年间，黄巢乱起，祸延海内，半付焦土，变局瞬逾十载。沙陀李克用领兵勤王，于僖宗中和四年五月八日，破贼于中牟县北之王满渡……"② 介绍了故事背景，后面的叙述才具体地叙述这一次战争的各方力量的情况尤其是几股力量的领军人物的心理活动等。《新闻锁》讲述娄敬无故被教授撒谎没有参加考试而被学校劝退的故事，作品的引题直接写"教育大学"的公文，主旨为予以娄敬退学，这就是小说叙述娄敬及其母亲、唐隐书等怎样找证据、找各种人理论，寻找真相的叙述的缘由所在。而《聆听父亲》引用自己孩子的话，则属于解释写作风格变化的，也属于对写作本身的背景介绍的用法。

《我妹妹》及《城邦暴力团》中的引题，则是张大春刻意化用引题这一模式并肆意发挥它，乃至走上愚弄之的体现。《我妹妹》的引题为：

---

① 《鸡翎图》，时报文化出版事业有限公司 1981 年版，第 157—158 页。
② 《张大春自选集》，世界文物供应社 1981 年版，第 150 页。

谨以此书献给我妹妹

她以面对无比残酷的现实的勇气，提供了我写作此书

的许多珍贵素材，至于我爷爷、我奶奶、我妈妈

还有我爸爸以及

所有其他的人，他们不一定对这本薄弱的书

有了解的兴趣和能力，他们宁可面对生命中其他

的骚动与焦虑

　　首先，《我妹妹》中的人物都是虚构的，张大春根本就没有妹妹，因此这儿的献词，很明显是为了营造一种真实感，为虚拟之作，也是想让虚拟成为真实之策略；其次，作品中直接嘲弄"其他的人"可能对这本书没兴趣或者没能力，直接开读者的玩笑了；再次，他说人们宁可面对生命中的骚动与焦虑，既有人性批判的因素在里面，也与作品中一再提及的弗洛伊德的影响有一定的关联性。因此，这一则引题其实是披着一般的引题的外衣和形式对引题进行嘲弄的后现代式写作实验。同样，《城邦暴力团》的引题为："即使本书作者的名字及身而灭，这个关于隐遁、逃亡、隐匿、流离的故事所题献的几位长者却不应被遗忘。他们是台静农、傅试中、欧阳中石、胡金铨、高阳、贾似曾。他们彼此未必熟识，却机缘巧合地将种种具有悠远历史的教养传授给无力光而大之的本书作者——另一位名叫张东侯的老先生不肖的儿子。"[①] 这则致谢表面上看似乎与一般的题献没多大差别，其样式的活泼和真诚度却是不言而喻的，但作者的机巧就在于，他通过对自己的贬低越发表明他对自己所致谢的人物致敬和看齐的野心。而另一方面，他以题词的方式点出了整部作品的主题是关于隐遁、逃亡、隐匿、流离的，也就是说，作

---

① 《城邦暴力团》(一)，时报文化出版企业股份有限公司1999年版，第6页。

者最开始就告诉你，我的作品是要干什么的，其实也是在引题中告诉了读者对作品阅读理解的线索。这种埋下线索的方式，可谓少见，也是张大春的实验性的体现。

最为特别的是《撒谎的信徒》。这部作品的书籍形式上没有引题，但是作品共十三章，加上前面的序言部分，共十四个部分，每一个部分的前面都引用了一段话语，而且都标注了出处。据作者的标示，这些引语分别出自怀海德、《耶利米书》、笛卡尔、沙特《沉默的共和国》、柏拉图《理想国》、吉拉斯《新阶级》、斯大林《一九四五年战时机密会议纪要》、卡缪《向一位流亡者致敬》、蒋经国《打倒蒋介石声明》、《可兰经》、蒋梦麟《西潮》、马丁·路德《一五二三年遗稿 / 罗马残卷》、尼采《反基督》、张大春《大黑潮》等。之所以不厌其烦地将它们列出，是因为读者一看，就知道这些所谓的引语真真假假，不过是作者用来衬托其写作的内容而已，不必要当真，因为此时期的张大春正处于所谓的"新闻小说"的火热试验阶段，所关注的正是对真实与虚假的反思、对谎言的制造及对政治的批判等。这些多半应该属于捏造的题词，其实也只是张大春为了讽刺作品中的李政男以及台湾政治而委托具有权威性的哲学家、思想家等的名言警句来增加或者说营造可信度而已，所以它们的内容也繁杂多样。如他自造的段落中以"他们"问作曲家音乐作品有无政治目的，作曲家回答创作者是一个"寻找的人"，在"寻找一种深刻的文本"以便描述独裁的象征，这用来描述张大春对创作的看法，或者《撒谎的信徒》的创作目的，也未尝不成立。再如他捏造引用柏拉图的话："为了城邦的利益，以谎言来欺骗敌人与自己的百姓，是城邦统治者的责任；其他人则不可触及此一特权。"[1] 这也是明显的政治批判，虽然在这一引题后面的内容紧接着就以讽刺、挖苦的口吻写到了蒋介石夫妇，但将其放到任何批判政

---

[1] 《撒谎的信徒》，联合文学出版社有限公司1996年版，第50、206页。

治统治者的作品上，似乎也都是成立的。有学者曾具体地研究了这些引题，将它们分为"宗教启示类""哲学省思类""政治宣告类"，并对其进行了细致的分析，认为其中寄托了作者对现实的嘲讽和理想政治的期待，[①] 这是比较准确的。由此，这部作品中的引题形式的大量运用，实际上也构成了文本中的重要线索或者是声音，而不仅仅是章节开头的引入了了。

（三）提示语

在书籍的排版中加入提示语，也是张大春的创造。提示语的运用在张大春的作品中主要表现为，在书页的页眉处加东西，不细心的读者可能就略过去了，但细心的读者观之，再来看作品的内容，会有另一番收获。

在书页的页眉加入提示语在张大春的作品中，主要有两种。一种为提示时间，一种为提示作品的主题或理解方向。前者主要表现在两部作品中，《大说谎家》最开始是在报纸上连载的，报纸上的连载每日都有接续，并且作为张大春所标榜的实验性的"新闻小说"的代表，它要体现出新闻性，那么强调作品的时间性，更能突出作品的试验色彩。在出版成书以后，张大春就在书页的页眉部分，标注出时间，该书的内容的第一行顶上标注了时间"1988·12·5"，以后的部分，都会在该日第一段落第一行的顶上（该书为繁体竖版）标出日期，不仅如此，有时作者还会在具体的文字中写出时间，如 1988 年 12 月 31 日对应的段落第一行就写"今天是一九八八年的最后一天"[②]；1989 年 5 月 25 日先写"最不好笑的要算是陈老太太在五月二十四、二十五号两天之内所收到的贺礼了"[③]，这样，张大春将不同的媒介的呈现形式进行了完美的搬

---

① 杨丕丞：《论张大春〈撒谎的信徒〉的内在意涵及美学技巧》，《东海大学图书馆馆讯》第 41 期，2005 年 2 月。

② 《大说谎家》，远流出版事业股份有限公司 1990 年版，第 61 页。

③ 《大说谎家》，远流出版事业股份有限公司 1990 年版，第 293 页。

移，读者即便是不去看报纸，也能完整地看出其在报刊上连载的时间、哪几天没有连载等等。不然，因为中途有几日没有连载，张大春在作品中发出将要用共四天去格杀黑道分子而不写稿的声明，[①]就会显得突兀。而在《少年大头春的生活周记》中，由于作品采用了周记体形式来创作，为了显示出逼真效果，作品在排版上也煞费苦心地在页眉处标出时间。如第一周在主题"少年杀人电影"之上标出"80.6.23 ～ 80.6.29"等，依次排下去，当然，这样，哪些日期没有写周记等，也一目了然。有时断裂的部分作者也会在周记中写明，如根据时间标识，80.10.27 ～ 80.11.2之后就到了80.11.17 ～ 80.11.23了。作者在"一周大事"中说明"我已经两星期没写周记了，老师除了罚我多写一篇作文，还要通知我的家长……"[②] 时间的提示与作品的体式有关，但是时间的提示能让读者对作品本身所采用的形式以及刊载的方式有更好的把握和熟悉，也保持了作品的独特风貌。

《战夏阳》中的提示，是指向作品内容的。作者同样在作品的页眉编排了不同形式的内容，最常见的是"【关键词】"加内容的形式，在正式的篇目第一篇《太原错——张玉姑冤错之狱始末》(前文说过该书的首篇《战夏阳》可作序看待——笔者)，讲述的是复杂曲折的张玉姑案：张玉姑从小被许亲曹家，但是后来曹家败落，张玉姑父张龙田悔婚，张玉姑和曹家子私奔，到其姐"金寡妇"家躲避之后又走了。张龙田报官追到，怀疑金寡妇底下的箱子里藏着猫腻而将其抬走，回去发现是一具和尚死尸，便临时出主意将和尚死尸当作张玉姑埋葬，对外说张玉姑自寻短见。不料不久之后和尚"尸变"，活过来出去后不改本性，拈花惹草奸淫妇女，中途其装扮(张玉姑的装扮)被莫春娘和其父亲抢走，之后和尚又和屠夫刘二凿的妻子通奸，被刘二凿杀死后扔在井中。此案侦破一波三折，最

---

① 《大说谎家》，远流出版事业股份有限公司1990年版，第119页。
② 《少年大头春的生活周记》，联合文学出版社有限公司1994年版，第65页。

后在陈义沛和杨七的通力合作下侦破，而曹家子成了陈县令手下的师爷。小说在布局上也是在单数页的页眉时不时以关键词的形式提示内容指向，如"【关键词】：私遁"、"【关键词】：奉公杀人"、"【关键词】：尸变"、"【关键词】：淫妇"等，通过这些关键词的提示，如果细细探究文本中的指向，就会发现，这些都是作者提示读者注意的关键。

再如《四个——从科场到官场的众生相》：查秉仁考场遇鬼祟，写通俗诗句入考卷，让主考官笑掉下巴，反而在误解中被判中解元（"下巴掉一个"）；吴兰生因父、祖托梦偷吴兰陔卷反不中，而吴兰陔自己临场写的卷子反而考中（"场中少一个"）；华多官痴迷于做官，千里追寻，阴差阳错遇到长得像自己的新官病死，便被伪装成新官做足官瘾，多年后自己的表哥将成上司逐渐揭开谜、化解危机（"衙里多一个"）；白安人巧退江匪，反激发对方弃暗投明（"眼前有一个"）。第一个故事中重点在于考官笑掉下巴让剧情有巨大转变，因此张大春让书的页眉"闪现""【关键词】：解颐"；第二个故事说吴兰生、吴兰陔最后都觉悟考试是有注定的因素的，多去考一次就要多享受"天禄"，因此使用的是"【关键词】：天禄"；第三个故事前半部分说年轻而有官瘾的华多官经常演练做官的情形，后半部分主要突出将其替代自己死去的女婿的周老头的不简单，言及他靠着这一假的女婿挣了不少，因此这一个故事叙述时，页眉出现的是"【关键词】：演练"、"【关键词】：开销"；最后一个故事说白安人在船上防范盗匪布置严密，大败盗匪，后来盗匪头目"弃暗投明"，给自己的丈夫送来了河流沿岸盗匪分布图，因此，关键词用了"安人"及"盗薮图"……总之，关键词的提示让读者能够更准确地把握作品的主旨，而它们的出现也在趋于散漫的叙述中不断提醒读者故事的指向。

《一叶秋》则进一步发挥了这种提示形式，作品中首先在每一则故事的开始页写出作品的名字——因为每一则故事的标题都是人名，所以所标的也即人名，并在其后标出两行字，不仅如此，作品仍会在页眉处标出一些内容。如《吴大刀》中说浮浪子弟吴杏言设计娶得节度使李怀仙的女儿，却被发现身无长物，于是竭力举荐他带兵与吐蕃打仗，以借刀杀人。吴杏言的妻子反而镇定地写书安抚，果然吴杏言靠着自己此前贪玩所学的表演技能，战前表演耍大刀吓服敌人，取得功劳。最后跟自己的妻子表明真相，原来耍大刀是放一把真的，耍一把纸糊的，因此标题周边有句子加粗的"男儿志在四方，死生有命，此行焉知非福？"及未加黑的"郎君勉励图之，不立功归，毋相见也"是出自李芝娘给吴杏言留的书信，而书页右上角的小字，则有"大丈夫端居无为，好整以暇，往往鄙谗自招"，"既然'当封夫人'，自然得嫁一个公爵"，"虚者实之，实者虚之，则可以反客为主矣"，"但见他，好英雄，双手轮转若丰隆；洒天花，兴龙雨"，"人称吴大刀，实无大刀也"。这些句子，都是摘自文本中，但是细细品味，它们都是与作品的故事情节的一些关键点有关的句子，所以它们的存在，起到了强调、提示的效果。也就是说，张大春通过这种可能不惹人注意、却又会跳入读者眼帘甚至碍眼的方式，让作品的主题进一步得到关注。

张大春这样的安排和布局颇为用心，它们的安排在排版方面也是需要花不少功夫和心思的。有学者甚至通过对《战夏阳》的分析研究，看到了张大春处理的，实际是说书（中心）和小说（边陲）之间的"互为文体"，认为张大春由此在说书和小说之间开创了新的文体。[①]

（四）图像

提示语的运用当然也不止上述二种，在初版本《一叶秋》的开始之前，有几句话：

---

① 张耀升：《张大春〈战夏阳〉的解构阅读》，《台湾文学研究学报》第 9 期，2009年 10 月。

观微知著，洞明机先

以小明大，见一落叶而知岁之将暮

睹瓶中之冰而知天下之寒

《富贵窑》（2009）中分别在《欢喜贼》部分的前面有句子：

> 大年下的闹贼是个常理。
>
> 我娘说得好："谁不过年？贼可也是个人不？"
>
> 咱们归德乡行不郎当加起来百八十户没有不做贼的。
>
> 那是同治爷年间的事儿了。

在《富贵窑》部分也有：

> 归德乡的贼户捣子朱能、巴三顺先后脱籍出乡，
>
> 来到马鬃山下忽忽已有数年之久，
>
> 段七爷的徒弟万花皮也转大河、出小溪，来到马鬃山，
>
> 这一干归德乡的好汉到得马鬃山来又会搞出什么花样，
>
> 掀起何等风暴呢？

这些段落、句子，虽然都放在了作品的开头，但也与前文所述的引题不是一回事，而是带有提示、总结效果的句子，尤其是《富贵窑》中的每一部分的内容，也都是摘自作品中的。但是，与前文说的提示语不一样的是，这些提示语周边，还有图像，上文所引《一叶秋》那几句提示语后面，甚至直接安排了十二页画，绘有与作品相关的风景、人物、工具等图像，共二十八幅，旁边都有简短的摘自作品中的语言，由此形成了比较生动的，却又有文字提醒读者注意的特殊部分。

这些图画虽然不一定是精美的专业画作，但是对于单调的文本

来说，确实一方面起到了调节的作用，另一方面也让作品中的叙述能够更有意思地得以呈现，因为张大春的作品向来在理解方面都是有一些难度的，图像的运用能够拉近作品与读者之间的距离。所以从《鸡翎图》开始，张大春的作品中都会在封面设置、插页等部分表现出一些特色，如早期的作品集中往往会插入自己的照片、手迹等。《鸡翎图》的封面是个破裂的蛋，裂缝边上坐着个举目沉思的人，而《公寓导游》1986 年版的封面是具有卡通性质的几栋房子等，也颇符合作品的情境；《本事》除了副标题指引出"伪知识"外，封面画着一摞书，边上有几本打开的书，也映衬了小说的主题；《聆听父亲》则用了自己的孩子的照片作封面；至于《少年大头春的生活周记》《我妹妹》《野孩子》等"大头春"系列，则分别在每一个章节的开头附录了素描照片，这些画作简单、形象，不乏生动，也很符合青少年的心理；《城邦暴力团》的每一个章节的开头或者说各章节之间的过渡处，也都画了现代水墨画……

当然，这些图像的绘制、运用并不一定出于张大春自己的设计，而或许更多地出于商业出版的利益追求，但是正如学者所指出的那样，文学中的图像有欣赏价值、阐释价值、商业价值及历史价值等。[①] 张大春这样追求文学作品的形式创新和美学的人，对于作品的阐释性价值的重视，也是可以想到的，因此以"大头春"系列为代表的图形与作品的结合以及《城邦暴力团》的章节过渡之间的图像穿插，也能体现出其文学探索的转变特质：当 1990 年代前期出于模仿西方手法进行创新时，"大头春"系列的插图就是抽象的、现代的素描简笔画；当 1990 年代末的张大春逐渐走向向传统致敬时，《城邦暴力团》的章节插画又回到了有中国传统元素的水墨画；而当张大春回归传统寻找创新及创造因素走得更远时，其"春夏秋冬"系列的插画乃至《富贵窑》的插画，便变成了写意色彩很浓的

---

① 金宏宇等：《文本周边：中国现代文学副文本研究》，武汉大学出版社 2014 年版，第 180 页。

较为抽象的画作。

第三节　扁与圆：人物设置

有学者在论及《城邦暴力团》时，认为它安排了两位截然不同的主人公作为主线同时推进，即孙小六和张大春，但是孙小六的成长"以跳跃的面貌出现在读者眼前"，而叙述人张大春的成长史、心理发展，则较为连续地得到展示，而前者才是符合武侠小说"主角光环"所罩的人物。① 由此论述，我们也可以窥看到张大春的小说中的人物设置非同一般。的确，张大春众多作品中的人物设置，往往能给人不一样的感觉，这不仅仅包括让一个知识分子来贯穿武侠小说而让真正的江湖人物沦为被叙述的对象（《城邦暴力团》），也不仅仅以未来人的想象性出场及与其对话来建构家族过去到现在的几代人的历史（《聆听父亲》），还包括张大春一贯地在作品中设置不同的视角来观看、叙述故事。也就是说，张大春善于以各种视角来观察文本内外的人物，同时又以独特的方式叙述自身内外的故事。

一、叙事视角的"杂交"

张大春是一个对各种手法都愿意尝试，又常常对之"不耐烦"而转变路数的人。他的作品中的叙述，仅从叙述视角上来说就给读者不一样的体验。早期作品中虽然写实色彩比较明显，但是表面上看是第一人称叙述较多。实际上张大春已经尝试着从不同的视角来叙述故事，如同样是以第三人称来叙述，《咱俩一块儿去——闲居赋》中他就直接钻入杜老太太和她丈夫的内心叙述他们的心理，而

① 黄幼甦：《现实嵌入江湖——试论〈城邦暴力团〉》，《世界华文文学论坛》2013年第4期。

《剧情》中就只聚焦于丁百强的内心书写；同样是第一人称叙述，《悬荡》中呈现的是散乱的思绪，而《练家子》则重在人物言行的局限性呈现。1980年代以后的作品中，更是在叙事角度方面呈现出多元效果。如《走路人》中的"我"，在小说中，既是亲历者也是故事讲述者，同时也是作者叙事故事的重要依托，张大春还让作品中的"我"与乔奇对同一件事的记忆和态度有着巨大反差；而《城邦暴力团》给人的感觉是，全知视角与第一人称视角交杂出现。由此观之，张大春从叙事视角方面就开始制造迷宫一样的效果，而叙述视角的差异对于人物的设置以及人物的呈现有着决定性的影响。

（一）"讲故事的人"

张大春曾自道1980年代自己对西方作家的模仿，既有向这些作家致敬的意思，也有着透过临摹来发现"讲故事是怎么一回事"的自觉，[①] 因此，讲故事并且以各种方法呈现不同的讲故事的角度和方法，便成为张大春的小说创作的重要特征。在他的小说中，我们一方面可以看到故事本身，一方面往往能够看到张大春讲故事的方法，而这种讲故事的方式有时候是作者有意地通过后设的方式呈现出来的，有时候又是在不同的小说中让我们能够看出来的。而在世纪之交及其后的作品中，张大春更是模仿传统技法，化身为"说书人"，一方面让故事被讲述出来，另一方面说书人的位置又是显现的存在。这样，张大春绝大多数的小说都给我们"讲故事的人"/说书人在场讲述的感觉。所以通过文本本身，我们不仅能缀连出文字中的种种故事，更能够看到讲述故事的人的存在。这样，张大春的叙述就给我们制造了叙述者在场感。

根据经典的叙述学理论，叙述的聚焦有非聚焦、内聚焦、外聚焦、聚焦者、聚焦对象乃至按照人称来细化的内、外聚焦等，[②] 我

---

① 刘志凌记录整理：《讲故事的人——张大春对话莫言》，《台港文学选刊》2009年第5期。

② 方小莉：《叙述理论与实践：从经典叙述学到符号叙述学》，四川大学出版社2016年版，第7—20页。

们按照聚焦的角度来看张大春的叙述角度，可以发现其尝试的多样性。在他的作品中，作者会化身为不同的叙述者讲故事。如早期的《咱俩一块儿去》《夜路》及历史小说《荡寇津》《剑使》，1980年代的《四喜忧国》《将军碑》《如果林秀雄》《饥饿》《最后的先知》《时间轴》，1990年代的《病变》《本事》以及新世纪以来的"春夏秋冬"系列、"大唐李白"系列等，都属于比较典型的非聚焦叙事，也就是所谓的全知全能叙事，作者／叙事者能够将作品中的一切人物的言行、心理等做精准的把握并且任意地加以叙述；而《夜路》《悬荡》《剧情》《干戈变》《四强风》《捉放贼》《醉拳》《自莽林跃出》、"大头春"系列等作品则属于典型的内聚焦型，作者的叙述主要经由作品中人物的内心活动及其对外界的感知来呈现出来；《再见阿郎再见》《新闻锁》等则倾向于客观地叙述故事本身，而评价性内容及心理活动等叙述较少，可以说是内聚焦型叙述。但很多时候，张大春的叙述聚焦都不是单一的；诸如《鸡翎图》表面上是客观地叙述蔡其实与鸡的故事，但是"我"个人的心理活动方面又属于内聚焦，因此兼有内聚焦与外聚焦的因素；《龙陵五日》表面上看是全知全能地叙述，但是又侧重于对石柱的故事的书写；《姜婆斗鬼》《欢喜贼》中的故事，似乎是通过第一人称叙述者感知的，但是在叙述故事本身时，又多属于较客观地从外部去描述，因此也不纯然是内聚焦；而《欢喜贼》中的《大槐树》一篇，更是以故事中套故事的方式以非聚焦形式来讲述当年海天霸等人残忍杀害汉不拉稀的故事；《聆听父亲》中的叙述主要是通过"我"的感知而言说，但其实关于祖辈、父辈的很多经历又是以比较客观的方式来叙述的，其叙述的综合性也很明显。

在张大春实验性极强的几部长篇中，《大说谎家》《没人写信给上校》《撒谎的信徒》中的基本叙述视角是全知全能的非聚焦形式。但是，作品中却不断地让"讲故事的人"／作者、编者等跳出来打断和干扰作品的全知全能的叙述；如《大说谎家》中多次出现"作

者按""本文作者按""本文作者年关通缉令""作者声明""本文
作者欣然通知全世界所有堂堂正正的小说家和小说读者……"① 等
内容，让"作者"的声音和视角强行打乱和插入到对陈江美玲、神
爷、俞总等政治化人物的故事叙述中，同时又不断出现"我们"，
如"我们都是大说谎家……""那是我们的调查人员昵称之为'小
卷子'的一种东西……""在我们的另一个故事里……""我们在这
里看到了一连串抢风头的动机和动作……"② 等，让叙述视角或者
说故事讲说人站在读者面前，而不是冷静客观地让故事以传统方法
流露出来。更有甚者是作品中数次出现的"编按""编者按"，让故
事及讲故事之外的力量也加入到了文本中，作品的叙述视角由此也
变成了叙述者讲述故事和叙述者讲述自己的观点与看法及作品的生
成者参与评论和说明的多元文本。而这一切的背后，还有一个操控
全局的叙述人物。也就是说，作品中的叙述对焦存在着一个最大的
幕后操纵者，对故事的内容、小说作者、故事的讲述者及出版者等
与作品相关的因素进行了全盘的操控，并将这些因素融合到了作品
中，其整合的方法就是在故事之中加入括号中的按语，在文本中加
入声明，加入加黑字体的强调和提示、说明等。

这样多元、多层次的叙述焦点在《撒谎的信徒》《没人写信给
上校》等作品中继续存在。《没人写信给上校》中的"作者"（作品
中表述多为"《没人写信给上校》的作者"）甚至直接参与到故事
中。比如，和上校的鬼魂交谈，听作品中的朱道生等人的谈话并让
他们小声点——小说中说"这是小说家和他笔下的人物首度碰面的
情形"，偷藏与作品中的案情有关的录音带等等，而且作品中还多
次设想出读者的立场，让读者与叙述者直接对话，③ 讨论小说写作、

---

① 《大说谎家》，远流出版事业股份有限公司1990年版，第86、90、119、132、137
页。

② 《大说谎家》，远流出版事业股份有限公司1990年版，第90、252、268、317页。

③ 《没人写信给上校》，联合文学出版社有限公司1994年版，第89—91、123、136—
137、320页。

文学创作的诸多问题，可以说增加了"读者"的焦点。这样的实验当然是发挥了其《走路人》《写作百无聊赖的方法》《公寓导游》及《印巴兹共和国事件录》《天火备忘录》等中的后设技巧，在这几部作品中，张大春已经显示出了其任意转换视角、交错使用多种叙事对焦模式的能力。《走路人》《写作百无聊赖的方法》中的叙事本来是属于内聚焦式，但作者让作品中的经历者和叙述者重合为"我"，一会儿在故事中叙说，一会儿又跳出故事言说自己的感受、与读者交流；《公寓导游》《印巴兹共和国事件录》中的主体部分为全知全能的非聚焦视角，但是作品中的首尾部分——导游及资料整理者的言说，将非聚焦之外又套了一个聚焦者；同样，《天火备忘录》中的两部分，一个为非聚焦型，一个为内聚焦型，在二者之外作者又套了一层资料整理者视角，从而也形成了多元、多层次的聚焦结构。

张大春一贯强调讲故事的不同角度、突出讲故事者的在场，在世纪之交又找到了新的方向：中国传统小说中说书人的可以任意叙说并对作品进行评价的功能，正好契合了其运用得精熟的后设技巧，因此，从《城邦暴力团》开始，张大春创造性地运用了这一技法，将二者合二为一。而叙事焦点也继续发挥了其综合性。有学者认为，这部作品由于"说书人"的选用，故事章节关联性不规律，作品分为命案一线和"张大春"的生活一线，但主要运用了非聚焦型视角，而又会随着不同的叙事改变焦点，以达到不同叙事效果。如第二条线的叙述时，常把"全知全能"缩到"张大春"身上，但是当"我"无法涵盖时，又用"全知全能"法来叙述。[1] 作品有着一个书写张大春的经历的线索，还顺带着叙述了与他相关的红莲、孙小六的成长经历，这一部分叙述融合了内聚焦的因素（如写怎样推理出各种关系等）以及非聚焦的内容（如通过和自己的父亲理顺

---

[1]　谢静雯：《张大春〈城邦暴力团〉的叙事美学》，《语文瞭望》2011 年第 1 期，2011 年 5 月。

的关系，叙述自己父亲渡海的历史，叙述李绶武等与自己父亲的关系等部分）；而他涉入的江湖世界——清代以来的各种江湖人物，帮派的发展历程、恩怨等，包括老漕帮与蒋介石等政治力量之间的关系等，则是非聚焦式叙述。它确实属于非聚焦式叙述，但作品中还有另一条很重要的线索，就是书写对《城邦暴力团》的写作计划和方法，这是作品中"后设"运用最为直接的一部分，这一部分主要言说自己写作的相关构想与一些经历，尤其是作品的最后一章，主要讲的就是不同的叙说和安排的问题，这一部分虽然内容上属于非聚焦，其实它是属于内聚焦型的，再加上在主体叙述的部分，"说书人"的角色出场与言说时，其实也饱含着"说书人"本身的内聚焦因素的呈现。所以，这部作品其实可以说是内聚焦和非聚焦的交错与融合。

其后的几部作品，基本上都是讲故事的人和说书人的合体，共同打造出的叙事文本与叙述者之间的融合物。《聆听父亲》不用说，"我"对故事的讲述的过程，内聚焦明显，而讲述从高祖父到父亲的家族历史时，有时是转述别人的讲说，有时是直接用全知叙述讲述，它们的非聚焦特征很明显。"春夏秋冬"系列中有明显的说书技法，说书人站到前台对故事、怎样讲故事甚至说书本身进行言说和评价时，内聚焦型因素就突显了出来，而其他时候的非聚焦因素则可以说不言而喻。

总之，张大春的作品中强调讲故事的人/说书人的地方比较常见，而这样的强调往往就突出了作品中的聚焦的多元、多重性。换句话说，由于作品中的后设技法的普遍运用，作品中的聚焦者和聚焦对象常常共同出现于叙述中，作者成为作品的真正的操控人，摆弄着作品中的一切聚焦行为。当然，这也有一个过程，如有研究者指出的那样，《再见阿郎再见》中运用的还是"外聚焦"，到《旁白者》就变成了"内聚焦"，到了《写作百无聊赖的方法》和《自莽林跃出》中，作者就"套上了小说家的戏服，在小说中'藉事演义’，清楚明白地暴露了自己的立场，以写作上的各种可能直接向写实主义进攻”。[①] 的确，有一个幕后的"讲故事的人"/说书人操控着一切的叙述，让张大春的叙述视角也以杂错纷繁的姿态走向叙事的文本的多样性和多种可能性。

（二）人称的"杂交"

根据胡亚敏的《叙事学》的划分，叙述者是与真实作者、暗含作者不同的叙事文内的故事讲述者，它可以有异叙述者与同叙述者、外叙述者与内叙述者、"自然而然"的叙述者与"自我意识"的叙述者、客观叙述者与干预叙述者等的区别，但又往往会有变化叙述者身份的"叙述者的违规现象"[②]。由此来看张大春的创作，同样具有多元交杂特征，一方面，张大春作品中的叙述者既会担当异叙述者叙述别人的故事，也会常充当同叙述者叙述自己及与自己有关的故事；既会以外叙述者的角度叙述故事，也常常在叙述中叙述故事，形成内叙述者叙述；既会"自然而然"地叙述故事，也常常在叙述中言说、呈现自己的构思过程，表明叙述者的存在；既会客观地叙事，也常常在作品中加以评论和解释，形成干预叙事。如《荡寇津》《如果林秀雄》《饥饿》等属于讲述别人故事的异叙述者叙述，《走路人》《旁白者》《透明人》《长发の假面》等属于讲述自己的故事的同叙述者叙述；绝大多数作品都以外叙述者叙述的方式进行叙说，但《姜婆斗鬼》《欢喜贼》中的《佛爷出土》《大槐树》等以及《城邦暴力团》中对欧阳昆仑的叙述、张大春的父亲张启京渡海的叙述等，则为故事中的故事，即内叙述者的叙述；《病变》《时间轴》《蛤蟆王》《剑使》《伤逝者》等属于客观的"自然而然"的叙述；但《如果林秀雄》《四喜忧国》《本事》《自莽林跃出》《大说谎家》、"春夏秋冬"系列的说书体则在作品中对人物、事件进行

---

① 林铭亮：《讽刺与谐拟——论张大春小说中的讽喻主体》，台湾清华大学 2010 年硕士论文，第 77—78 页。

② 胡亚敏：《叙事学》，华中师范大学出版社 2004 年版，第 36—51 页。

了诸多评价，或者在作品中谈论人生哲理、历史教训等；而《没人写信给上校》《城邦暴力团》《写作百无聊赖的方法》等作品中，作者则常常跳出来言说自己的写作情况等，属于比较明显的"自我意识"型叙述。

另一方面，张大春的叙述中更多地是多种叙述者姿态的出现。如《公寓导游》中的主体部分客观地以全知全能的视角"把看似相关实不相干的各色人物凑在一起，描述他们在居处的私生活"，"领着读者进入每个隐秘而真实的世界"[①]，但是"导游"这一角色的配置，让作品的最初部分和结尾部分以"我"——导游的口吻，面对游客进行叙述，也形成了对主体部分的叙述的干扰，或者说本来作者设置了以同叙述者的姿态出现进行叙述，却逐渐过渡到了异叙述者叙述，最后又回归了同叙述者叙述。同时，主体部分的叙述有着自然叙述及客观叙述的特点，而导游的话语的凸显又加入了评论性的内容，加入了叙述者的主观因素。但张大春的过渡也很自然，作品整体上分为三个部分，开头为面对游客的说明，紧接着进入了对公寓的叙述，最后又回到导游的视角进行评说。三部分之间用星号隔开，但他没有在进入第二部分后直接就以全知全能视角叙述富礼大厦的布局、人物等，而是先以导游的姿态介绍公寓，不断出现"我们……"的叙述，如以"我们所安排的节目非常简单……"过渡到对大厦的介绍，以"其实一旦我们开始认识这幢大厦的每一个成员，就会发现它们之间有多么地亲密了"，"首先，我们必须认识一下底楼柜台后面这位大厦管理员关佑开先生"[②]等引出后面的叙述，但是，随着人物故事的叙述，就逐渐过渡到了全知全能视角。这样，读者悄然之间就进入到了对大厦里的住户的全方位把握之中。而在结尾，作者以另一个部分（段落）将读者引回导游的视

[①] 黎湘萍：《凡人时代的救赎之路——试论八十年代台湾新文化小说》，《当代作家评论》1990 年第 3 期。

[②] 《公寓导游》，文化艺术出版社 1989 年版，第 143—144 页。

角，听他的评价，也过渡得比较自然。

　　同样，"说谎三部曲"中，本来对故事中的人物的叙述，整体上属于客观叙述，但是如前文所言的作者的视角不断加入，使得"本书作者""我们"这一局限性、主观性视角不断干扰和打断对故事中的人物的设置，作者甚至经常在作品中评价他所叙述的人物，或者直接在作品中讨论小说写作问题、探讨作品的写作等，由此也形成了对读者阅读和接受的多方位干扰。这样，对叙述规则的违规甚至逐渐成了常态，读者在阅读作品的时候，既需要理顺客观叙述、异叙述者叙述的故事本身，又要厘清主观、同叙述者叙述部分的线索，以及二者之间的交合。

　　叙述者的随意切换，使得张大春的作品中尤其是那些实验色彩极浓的篇章中，叙述者仅从人称上就给读者不断交替的感觉。《公寓导游》的导游话语就是以第一人称来叙述的，而主体部分对富礼大厦的住户们彼此之间没有联系却有着诸多"蝴蝶效应"式的关系的叙说，又都是以第三人称叙述呈现出来的。而最为典型的也是最受关注的是《城邦暴力团》，作品中同时出现了全知全能的第三人称叙述和以第一人称叙述的两条大的线索，但其实整体上还是以第一人称的比重为多。更为奇特的是，张大春让作品中的第一人称叙述者也叫张大春，从而使得叙述学中的叙述者、作者及潜在作者合二为一，真假难辨。就如有学者指出的那样，"张大春即是利用这样的方式企图混淆读者，他既是故事的创作者，又是故事的讲述者，同时还是故事的参与者"，再加上作品又属于武侠小说，作者由此也"在真实的环境中营造一可能的想象空间"，"为了配合此书中强烈冲突的江湖事物，不如说，张大春是刻意使用这样的叙事特征，用以呈现出此书想要带给读者的既真实又虚幻，贴近而矛盾的混乱感受"。① 同时，作品中的第一人称叙述者，又同时兼有多种身

---

① 谢静雯:《张大春〈城邦暴力团〉的叙事美学》,《语文瞭望》2011 年第 1 期, 2011 年 5 月。

份：解谜人、研究生和作家，分别指向隐秘的江湖世界、知识与现实因素的加入及写作问题的探讨。①

第一个层次上的第一人称张大春是以"竹林七闲"的七本书的相关线索及对《菩萨蛮》的谜语的解读，解读出老漕帮头领万砚方被害的相关内容以及江湖帮派这一隐秘世界的种种乃至于政治与它们的"互谋"关系；第二个层次上的张大春则是一个硕士研究生，有着与朋友孙小五、孙小六等的成长记忆及与红莲的恋爱关系，最后靠着胡编瞎扯写出三十万字的硕士论文《西汉文学环境》，获得通过；第三个层面的张大春则是书写《城邦暴力团》的人，第四十三章和第四十七章中，作者不仅写到他如何生发写作这本小说的念头，如何动笔，并设置了六种可能的叙事方向，而且说它们都是失败的。这样，第一人称叙述者就融会贯通了三个方面的内容，所以这个"我"是一个立体的第一人称叙述者。同时，作品中出现对于江湖的事情即实指蒋介石的"老头子"、国民党政府的情治系统等的事情时，又使用了全知全能的第三人称叙事角度来叙述。这一部分的叙述中，叙述者是既会以外聚焦的形式叙述四个官爷对案件的定案，也会钻入作品中的人物内心书写万德福、李绶武等人在某时刻的心思，又常常化作"说书人"来转变叙述的"话头"，呈现故事的支线；而且作品中第十九章叙述的欧阳昆仑的事情以及第四十五章"抄入"的高阳的残稿，又构成了故事中的故事，即内叙述者的叙述。这样，无论是第一人称还是第三人称叙述，都有各自的层次区分，而二者的相互交错，才构成了整部作品的人称叙述集合体。

张大春在《城邦暴力团》中处理不同的人称叙述时，也破除规律性，增加任意性，如"楔子"部分以第一人称书写自己读书、写作及牵涉七本书的情况，为第一人称叙述，第一章直接书写孙小六

---

① 杨清惠：《大书场——〈城邦暴力团〉的叙事修辞》，《东华人文学报》第19期，2011年7月。

飞出楼里、逃亡竹林市，为第三人称叙事，第三章又直接回到万砚方面前与"六老"集会，仍然是第三人称叙述，这三章之间的关系可以说是平行关系，作者也没有将它们之间的关联说出，直到读到后面，才能读出，三个章节分别指向的是第一人称叙述的"张大春"的读书生活、第一人称叙述的作家张大春设计出的小说《城邦暴力团》的情节以及第三人称叙述的江湖世界的故事。而后面的内容，时而纯粹地以第三人称叙述呈现，如第四章、第五章、第九章，时而纯粹为第一人称叙事，如第六章、第七章、第二十章、第三十六章，时而兼容两种叙事，在二者中任意过渡，如第八章、第四十章等，而以一个章节中随意过渡和转换叙事视角的为多，如第四十章，先以第一人称视角叙述自己对于父亲渡海的好奇等，然后说父亲如何主动说出来，后面就过渡到以"家父"为主角的叙事中，似乎是转述父亲的故事，同时视角又有一定的局限，最终才通过叙述父亲到了台湾以后李绶武如何安排他出来做事等逐渐将当时的更多细节披露出来。

这样，整部小说就在这样随意的叙事人称的交错转换中来回，各层面的故事逐渐显露出来。如学者指出的那样："在读者最为熟悉的传统小说类型中，张大春大胆颠覆读者的阅读期待，实验各种现代乃至后现代叙事技巧。在以第三人称讲述的江湖秘史和家国春秋之外，张大春又以第一人称不断拆解、反思、质疑第三人称叙述所建构的武侠世界。张大春大胆挪用个人真实身份和经历，以第一人称不断试图与读者进行交流与对话，那些自我表白的段落正是一次次面向看不见的读者的真诚诉说。"[1]

"说谎三部曲"中也是如此，如《没人写信给上校》中对作品中的人物如刘楠、上校等，使用的是第三人称全知全能型叙述，但是出现作者的地方则有不同的情形，一般情况下使用的是"《没人

---

① 陈翠平：《逃亡·反抗·间离——张大春〈城邦暴力团〉的第一人称叙述者》，《华文文学评论》2017 年第 5 期。

写信给上校》的作者""小说家"这样的第三人称，但"叙述者"的口吻则往往是第三人称复数的"我们"，如常常出现的"我们的上校""我们这些不认识上校的人"等，还有如"现在，让我们先补充一点关于上校命案的来龙去脉，再回到小说的叙述之中罢"①这样的叙述说明。而走得最远的，是《晨间新闻》，作品中出现的多个叙述，如果按照作品中的间隔来分，则第一部分、第四部分、第八部分、第十三部分为以强尼·华特斯为主的第三人称叙事，第三部分、第十部分为"你"的聚焦，但对象又不同，第二部分包容了第二人称、第三人称和第一人称，第五部分以"我们"为叙述者，第六部分聚焦于罗拉·安德森的第三人称，第十一部分聚焦于黛安·柏格森，第七部分为第三人称复数"他们"，第九部分为第一人称"我"，第十二部分为"你们"。可以说张大春在一篇短篇小说中容纳了所有可以用来叙事的人称模式，以此制造了复杂多样、线索难以厘清的故事，以讽刺、揭发事情的多样性和复杂性。

这种人称的交杂混用法，虽不是张大春的发明，但他将其发挥到了极致。

二、"扁"与"圆"：人物的多元

张大春是个有名的"讽喻作家"，"他操玩的不止于文字；甚至连写作入门所要求的文体掌握及形式主义，他都可以加以戏谑一番"。②不仅如此，张大春作品中所塑造的形形色色的人物，也都与我们常见的文学作品中的人物风格迥异。整体而言，他笔下的人物似乎都在张大春"反崇高"的写作姿态下变得可笑、可恨或者可怜，无论是《四喜忧国》中的朱四喜抑或是《饥饿》里

---

① 《没人写信给上校》，联合文学出版社有限公司1994年版，第138页。
② 蔡源煌：《八〇年代的宠儿——张大春》，《四喜忧国》，远流出版事业股份有限公司1992年版，第231页。

的巴库，不管是《将军碑》中的将军，还是《寻人启事》中的护工、出租车司机等，给人的深刻印象往往都不是这些人物做出多么轰动性的事情，而是作者基于其一贯的嘲讽、反讽性语言所堆砌起来的人物本身远离了严肃、脱离了伟大，甚至疏离于现实人物的可能性。所以《城邦暴力团》中，李绶武既被叙述成"即使不是个变态，也是个疯子"的"老家伙"（"楔子"部分），也被描述成用小石子打下直升机、绑架孙小六的戴妖魔面具的"面具爷爷"（第三十五章），又是一个饱读诗书、一目成诵而悟性特别高又有一些书呆子气的人（第三十六章）。难怪有人在探讨张大春的都市小说时指出，其创造的人物，"并非是具有心理深度或是随着故事发展成长的圆形人物（roundcharacter），而是单一特性突出的扁平人物（flatcharacter）"。①

的确，张大春笔下的人物，由于作品的讽喻性色彩浓厚，确实都是性格特征相对单一的，而且基本上属于负面性形象比较突出的人。也因此，有人曾总结道，张大春重在通过人物表现支离破碎的生活、意识与现象，因此他反对文学教育中将结构完整、人物性格要圆形等理论灌输给学生，他不注重人物性格的一致性，这就使得"人物扁平化"成为张大春的后现代美学之一。② 不过，也正是因为不注重人物性格的一致性和人物聚焦的统一性，张大春笔下也时不时地会表现出对人物的"圆形"化的呈现。《城邦暴力团》中被着重书写的七个人物——万砚方、李绶武、钱静农、汪勋如、魏谊正、赵太初、孙孝胥，乃至于欧阳昆仑、彭子越及"家父"张启京，其性格特征往往还是有一些变化的。正如有学者所指出的那样，小说中的"竹林七闲"具有"圆形人物的立体特质"，但作者

---

① 谢世宗：《张大春小说中的都市特质：以〈公寓导游〉为中心的空间叙事学分析》，《中国现代文学》第 30 期，2016 年 12 月。

② 何明娜：《张大春短篇小说研究》，台湾师范大学 2004 年硕士论文，第 104—105 页。

对他们的书写，笔墨多少有差异，而笔者着墨的篇幅间接表示了这位人物的圆扁判定，书写多一点的就圆一点，少一点的则扁一点。[1] 这样，我们可以看出，张大春的人物设置和书写基本上以扁平为基调，但是却又往往会体现出一些扁平与圆形相互交融的立体化特征。

（一）"大人物"的聚焦

张大春在小说中"不断出入、纵横、徘徊、流连于真实与虚构之间，甚至颠覆、玩弄、嘲讽真实与虚构的二元论，挪用许多后现代主义概念，进行'文学体制革命'之际，探讨（挑战）他最关心的，政治、历史、知识与谎言"[2]。通过对历史、政治中的"大人物"的书写，似乎最能够让作者想要表现的主题和思想得以更直接、清晰地呈现。所以张大春笔下的人物设置中，"大人物"的出现是其重点之一，在他笔下，既有古代历史人物刘永福、唐景崧（《时间轴》），黄巢、李克用（《荡寇津》），符坚（《干戈变》），李白、李隆基（《大唐李白》系列）乃至于"春夏秋冬"系列中出现的司马迁、李鸿章等，更有近现代人物蒋介石（《撒谎的信徒》《城邦暴力团》）、蒋经国（《撒谎的信徒》）、宋美龄（《大说谎家》）、李登辉（《撒谎的信徒》）等台湾政坛最高统治者的直接或者影射性书写，也有对各种上校、中校（《没人写信给上校》），将军（《将军碑》），国府资政（《城邦暴力团》）等的书写，而《城邦暴力团》中书写江湖帮派人物时，又着重书写了老漕帮与哥老会的"首领"万砚方—万熙与洪达展—洪子瞻之间的独特关系。张大春甚至还将书写的触角伸到国外。《印巴兹共和国事件录》写到了"印巴兹共和国"宗教派、军方及实业派的领导们所主宰下的政治斗争，《大说谎家》将阿拉法特等人放入文本。

---

[1] 林雨谆：《〈城邦暴力团〉叙事研究》，台湾中山大学 2014 年硕士论文，第 100 页。

[2] 胡金伦：《政治、历史与谎言——张大春小说初探（1976—2000）》，台湾政治大学 2001 年硕士论文，第 83 页。

当然，对这些"大人物"的书写和安排，张大春的目的并不是要将历史进行描述和呈现，而是站在解构的立场上来言说他作品中一贯的谎言书写及对真实与虚构关系的指涉，如有学者探讨"谎言三部曲"时所指出的那样，作为"典型的仿拟、戏谑台湾地区社会政治、历史大文本的'戏仿'小说，它们以各种谎言挑战了政治和宏大历史的真理性，指出其欺骗性、虚假性的本质。这三部小说皆以'新闻、时事'作为书写的基础，带有强烈的影射性，反映了台湾地区政治、历史的发展变迁历程，小说中最引人注目的是各个事件、人物角色、时间地点、情节推进过程等都为读者提供了直接对号入座的联想空间，实现了小说文本与社会政治、历史等大文本的仿拟关系"①。而由于其目的在于解构历史，甚至重新"造史"，使得张大春对笔下的这些人物往往以一种"冷"姿态——冷嘲热讽、冷言冷语又相对比较冷静地叙述他们的言行，对他们进行讽喻的主题指向让作品中的人物几乎都以扁平化的特征活在文字之中，即便是《没人写信给上校》中的上校尹清枫和《城邦暴力团》中的万砚方等"七老"，虽然我们能够读出作者对他们有一些同情，但具体叙述时也没有将他们进行"伟大"、崇高化的处理，而仍然让他们趋于扁平。

《城邦暴力团》中以"老头子""兵马大元帅"出现的蒋介石，作为一个政治人物，作者没有书写他的什么雄才大略，而是对他在政权受到冲击时的无措进行书写，又写他加入老漕帮及登上政治宝座后的傲慢，以及他的猜忌心理。这使得他一再利用老漕帮及洪门之间的江湖帮派斗争，压制和利用对自己有功的老漕帮，使得老漕帮八千子弟葬身战场，让万砚方承担作为贷款条件归还美国三十二万吨桐油的任务。更有甚者，他以及他的网布天下的情治单位让江湖帮派相互牵制，又在万砚方反对其再提"反攻大陆"计划后，设计让万砚方养子万熙伙同洪门将万砚方杀害。无疑，这是一个残

---

① 张琴凤：《论台湾地区及马华新生代作家的"戏仿"历史叙事》，《当代文坛》2010年第 6 期。

忍、阴险、虚伪的忘恩负义的政治人物。《将军碑》中的武镇东，穿越过去、现在与未来，不断包装自己的辉煌历史，以专断的方式对待家人，当其对过去的言说的漏洞与矛盾出现，当他所包装的历史被揭发，当他想象中的自己的历史被别人包装，愤怒的他撞向了自己的纪念碑。很明显，这个有着丰富的历史及生活经验的人，是极其矛盾的。

《大说谎家》中的陈江美玲（宋美龄），《撒谎的信徒》中的李政男（李登辉）、蒋经国等，也被书写成虚伪、无原则甚至渺小的形象；《没人写信给上校》中的刘楠、卢正直、朱道生等人，有着各自的军政背景，但又都是相互勾结的各种小人，即便被暗杀的尹清枫上校，也有其脾气不好、不够沉着、黑白不分等弱点。万砚方（《城邦暴力团》）则一方面有其聪明、正直的一面，另一方面又以一个忠臣的形象对来自政治的压力、压迫毫无反抗，只能忍让、服从，甚至还对"老头子"行君臣大礼，因此也是一个极其矛盾的人物。同样在涉及古代人物的书写中，作者也不去赞颂历史人物的丰功伟绩，而从侧面挖掘他们的性格特征。《荡寇津》《干戈变》及《剑使》中涉及的历史人物，要么心理变态，要么冷酷无情；而《时间轴》中的唐景崧、刘永福则是对未来的命运充满好奇的迷信的角色；"大唐李白"系列中的李白，也不断地进行自我包装如家族来源、杀人经历等等。

这样，解构性指向使得历史及现实中的各种"大人物"往往以主角的位置被张大春聚焦于各个文本中，然而张大春借助他们所要进行的，是言说他们的言行之外的政治、谎言和虚假，以"颠覆"的姿态颠覆历史对这些"大人物"的塑造，也以颠覆的姿态怀疑历史并试图寻找历史的其他可能性。正如有人研究《城邦暴力团》时指出的那样，作品中"无论是国府中的'大元帅'、沦为'老头子'的蒋介石，还是台湾国民党所诠释的中国近代史的都被'脱冕'。张大春把台湾过去官方，亦即是以国民党所塑造的（也是过去教科书以及官方的那套）以国民党的政治立场所诠释具神圣性、权威性的国民党近代史彻底地颠覆了"。[①] 而对于这些历史人物的非崇高、不伟岸的书写和呈现，甚至对他们的虚伪性及各种弱点、缺点的展示，也正是张大春书写方法和书写策略实验的另一个层面，也就是以全新的姿态来创造人物形象尤其是历史人物形象。借用陈建忠论述张大春历史小说中的"中国性"的再造的表述，这是张大春对人物的一种"'以否定为肯定'的再生产"[②]。这样的再生产，也是张大春创造力的体现。

（二）平凡人的书写

除了书写／影射蒋介石、蒋经国、李登辉、宋美龄及李白、黄巢、苻坚等"大人物"、知名人物、公众人物，以解构、批判政治、历史的复杂性，重构历史、呈现谎言与虚伪世界，张大春的大部分作品其实还是以普通人物为书写对象，或者站在民间书写的立场书写平凡的、民间化的故事，以及传奇、传说。

与对"大人物"的书写涉及古今中外一样，张大春的平凡人／小人物的书写的角度也很开阔，所涉的人物，既有朱四喜（《四喜忧国》）、巴库（《饥饿》）、林秀雄（《如果林秀雄》）这样的底层人物，也有《长发の假面》中的主人公、《走路人》中的乔奇这样的部门／单位小头目，既有蔡其实（《鸡翎图》）这样的外乡人，也有伊拉泰家族（《饥饿》《最后的先知》）这样的土著，而书写得比较多的是《悬荡》《捉放贼》《练家子》《透明人》《墙》《自莽林跃出》《再见阿郎再见》等中涉及的青年学生、知识分子。

张大春的普通人的书写又不在于客观地呈现或描摹他们的生活状态、心理特征、情感生活等，注重书写技巧的他，更多时候是将

---

① 黄玉玲：《在若即若离之间：张大春创作历程与主体建构》，台湾淡江大学 2006 年硕士论文，第 100 页。

② 陈建忠：《以小说造史：论高阳与张大春小说中的叙史情结与文化想像》，《淡江中文学报》第 27 期，2012 年 12 月。

人物的书写放于次要的地位，尤其是进入1980年代的写作实验期后，写实因素越加被冲淡了，于是早期的创作中心理、环境的写实色彩逐渐被人物的不确定性、人物行为的荒谬性所冲淡，所以同样是对写作者进行书写，《再见阿郎再见》中的青年在被作者讽刺一通之后，还是在"觉悟"中走向了发生火灾的大楼，而到了《写作百无聊赖的方法》中，作为"知名作家"的"我"，却"把故事里的角色和身边的人物搞混"，并沉浸在怎样构思和书写试管婴儿赖伯劳的写作中，甚至不惜代价找各种专家对其进行分析等。小说不断强调他是一个"大作家""名作家"，实际上恰恰像作品中所说的百无聊赖那样给人"微不足道"的感觉，同时，整个写作也正如他描述百无聊赖一样"芝麻小事多了，大部分都简单、无趣，缺乏自信，没有严重的冲突，强烈地反映出他受孕、成胎期间那个传统科技时代世人无聊的局面"[1]，乃至于连他自己最后都怀疑，是他在写作百无聊赖，还是百无聊赖在写作百无聊赖。整部小说中，故事情节淡化，更多地突出的，反而是张大春运用后设笔法不断借助作品中的作家——张大春言说的各种写作构思、写作方法和布局等等的内容更让人印象深刻。同样的写作者角色，到了《自莽林跃出》中，又变成了一个"财大气粗"的游记作家，以一本正经的姿态讲述神奇的异域冒险故事，荒诞的故事情节与魔幻现实主义的手法的叠加，使得"我"虽然作为一个故事亲历者出现，但以故事"编造者"的身份更加突出，所以其写作的过程，也变成了个"圆谎"的过程。

至于书写学生的作品，张大春似乎更写出他们群体的弱点，如《新闻锁》中的学生的"失败"、《捉放贼》中对大学生品质的质疑自不必说，《如果林秀雄》更将一个经历坎坷、有良知的知识分子对独立思考的坚持和维护，用政府的虚伪和村民的麻木、媒体的助纣为虐逼向死亡，《城邦暴力团》中的"我"，虽然饱读诗书，满腹

---

[1] 《公寓导游》，文化艺术出版社1989年版，第84页。

经纶，却活得像老鼠一样，并且在接触或者陷入江湖事件之后，只能逃亡，而其获得硕士学位的论文，竟然是靠瞎编胡造和答辩教授"网开一面"得来；再加上《七十六页的秘密》中对教授们的讽刺，可以说，张大春通过这样的知识者的书写，不仅批判了政治权力、虚伪和谎言的无孔不入，更揭露了知识的"溃败"，从而为其在各类作品中不断呈现、编造各种异类知识提供基础。

同样，其他人物的书写，作者的目的也不在于塑造完整的人物形象，《四喜忧国》中的朱四喜，自己家里的情况糟糕得可怜，却走上了执着地写"文告"并寻求发表之路，并不是朱四喜如何对总统及文告有感情，而是死去的好友、作为小知识分子的杨人龙的影响、激发和督促的结果，同时还有另一个因素就是前总统的影响。如此，作者其实从文本中透露出两个层面的"阴魂不散"：死去的总统及死去的杨人龙，他们也可以说分别指向了政治和知识。所以作品并没有突出朱四喜如何作为一个清洁员，也没有特写其家庭遭遇洪水后的生活实况，而是通过双层"启蒙"——杨人龙的知识启蒙、王昌远等人的宗教启蒙，让身处底层的朱四喜也被政治、迂腐文化的鬼魅所缠绕，从而成了旧秩序的维护者和旧政治与旧文化的毒害对象。表面上看，朱四喜有着讲义气、执着等特征，但是作者所突出的，似乎是朱四喜这样对于家国、社会秩序的认识及其努力方向与自己的身份相去甚远的反差的表现，以达到讽喻效果。

同样，在《饥饿》中，巴库从家乡的小岛到释迦园再到高雄，再到台北，并不是因为他有什么高远的志向和追求，而都是现实原因的偶然牵引，如，离开家乡小岛是因其"偏僻、荒瘠、幽暗以及充满饥饿"，离开释迦园时很兴奋自己"要去大地方了"，而离开高雄要去台北，则是因为厨子跟他说的"到台北比较自由，想做什么都可以"[①]。因此巴库在各种力量和因素的牵引下，逐渐从小地方

---

① 《四喜忧国》，远流出版事业股份有限公司 1992 年版，第 171、176、191 页。

走到了大地方，虽然作品也写过他曾经有梦想要把自己的妹妹也带到台北，但这并没有成为支撑他奋斗的目标。换句话说，巴库能够走进台北并在台北混开，并不是他的主观意志及奋斗的结果，而是作为特别能吃的他在别人的眼中有着诸多可资利用的价值，这样，巴库就成了傻里傻气却又单纯的形象，其命运从头到尾都只是被掌控的。所以，即便他和他家族的诸多兄弟姐妹有着明显的区别，进入了大城市，也并没有能够改变他的居于底层的地位，而张大春的厉害处就在于，他借助了巴库这一人物，捏揉了魔幻现实主义的写作因素和批判、反思现代人性及城市、商业文明的主题，让巴库成了一个具有传奇性的悲剧承担者。相类似的，《饥饿》中的马塔妮，《最后的先知》中的巴苏兰、伊拉泰等人，也都属于这种被作者借来书写现代荒谬的模具。

在《寻人启事》中，张大春则借助笔记体小说的书写形式，让"我"的体验和记忆不断穿插于笔下人物经验的叙说中，所以其笔下的人物，同样也通过"我"的见闻而显露出一些侧面，因之，这些人物给人的印象，其实都是行为举止比较怪异的，如《仙人老李》中的聪明而不会坚持和执着于某事的老李，《杀一刀》中的脾气暴躁的伊斯兰教徒沙家兄弟，《钓者》中失意后钓鱼随钓随放的表姐夫等。就像胡金伦指出的那样，《寻人启事》虽然少了嘲讽戏谑及耸人的政治话题，但其笔下的人物都属于行为怪异、举止异端的"不正常"的一群。[①]

不难看出，张大春既不从阶级立场分析底层的生活状况及其成因，即便是书写知识分子也站在很独特的角度书写知识本身。不过，也不能说张大春笔下的人物形象都是工具化的，早期的创作中的作品，如《星星的眼神》中的邱枝、《四强风》中的"我"等，相对来说，就更加有血有肉一些。但整体而言，张大春确实很多时

---

① 胡金伦：《政治、历史与谎言——张大春小说初探（1976—2000）》，台湾政治大学2001年硕士论文，第220页。

候并不着意于对人物的形象进行完整塑造，而更多地突出人物的虚伪、愚蠢、麻木等弱点，而作者又不是站在同情等角度来写的，而是以讽刺的手法书写他们的言行以揭发种种谎言与虚假。正如他自己所承认的那样，他曾经"观察了小镇上的那些小人物，之后，我的作品中嘲谑性出现了"[①]。由此，这些人物，也绝大多数有着扁平、单面化的特征，不过，风格多变的张大春也并没有将其人物塑造引向类型化，而在对不同类型、不同行业的人物故事的书写中，时而加入一些更复杂的因素，时而又让作品中的人物增加变化，其笔下的人物，也就在扁平与圆形之间徘徊。

（三）自我的呈现

张大春很少言及自己的身世背景等，他的写作似乎跨越了虚构性文体和一般的写实性文体的界限，从而一方面在常人看来本该是书写自己的个人经历和经验的文本中呈现文学化的虚构性因素，如在 2010 年大陆出版的《四喜忧国》的序言《偶然的必要性》中虽然有不少"夫子自道"，但文本书写方式又是极其"文学化"的，同样，2010 年《城邦暴力团》在大陆出版时，他的序言《掌中书》也不是明白晓畅地言说自己的写作，反而是不断言说"自己"的记忆、意识等，更不用说前文所论及的《寻人启事》《本事》及《最初》的序言，干脆就是小说；另一方面，张大春又常在虚构性的小说文本中加入自我书写的成分。这些书写中，张大春往往设置一个第一人称叙述者，通过他在叙述故事中将与真实的张大春有关或者相似的东西呈现出来，或者直接将其作为故事中的一个重要部分。这就使得张大春的众多的以第一人称视角叙述的小说，形成了两种"自我"书写：第一种为没有指涉现实中的张大春的文本内部的自我，如《蛤蟆王》《透明人》《鸡翎图》《四喜风》《悬荡》《捉放贼》《练家子》《姜婆斗鬼》《欢喜贼》《长发の假面》等作品中的"我"；

---

① 魏可风整理：《文学对谈：聊聊——阿城 VS. 张大春》，《联合文学》第 10 卷第 4 期，总 112 期，1994 年 2 月。

另一种为与现实中的张大春有诸多重合或相似的自我,如《走路人》《写作百无聊赖的方法》《自莽林跃出》《城邦暴力团》《寻人启事》《聆听父亲》等作品中的"我",以及《大说谎家》《没人写信给上校》和《撒谎的信徒》中穿插的"作者"。

第一种自我书写由于仅仅书写作品中的"自我",更多地属于作品中的叙述者,这种自我书写有一种故事的亲历者或者观看者的体验在里面,所以个人的心理活动、想法等也构成了作品中的重要部分或者说理解作品的重要路径,如《悬荡》中的"我"的心理活动构成了文本的最主要的内容,《姜婆斗鬼》中的"我"对成人世界的观察也指向作品揭露姜婆的蛮横的主题,《长发の假面》则通过"自我暴露"批判教育者的虚伪。这类作品中的自我书写没有过多地牵涉其他内容,而是比较单纯地书写作品中的人物的内心,属于比较传统的自我书写。

而第二类的自我书写涉及作品中的人物及叙述者,也涉及作者的叙述态度,所以它们大多为作者的实验性作品中的角色。这些作者有的直接指涉张大春或者就用张大春这一名字,如《写作百无聊赖的方法》中直接运用了"张大春"这一名字,也将其设置为一个作家,文中的"张大春"除了年龄与现实不符,以一个"名作家"自居可能与现实有差距(写作此篇时张大春的写作刚起步不久,算不上"名作家")以及其作品现实中没有外,很容易让人以为这就是现实中的张大春;而《我妹妹》中的"我",虽然并没有直接点出"张大春"这一名字,但作品中直接言说现实中存在的张大春的"得奖之作"《透明人》和"成名之作"《将军碑》,[1]并且还对其进行解读,这种指涉更容易让作品中的"我"与张大春本人重合;《城邦暴力团》中的"张大春"更是几乎为现实中的张大春本人,连作品中所说的年龄、硕士论文题目、家庭背景等,都用了现实的内容,至于其后的《聆听父亲》《寻人启事》等中,更是将自己的家

---

[1] 《我妹妹》,印刻文学生活杂志出版有限公司 2008 年版,第 118—124 页。

族记忆、成长记忆等交织在既真实又掺杂着一些虚构因素的小说叙述中。《走路人》《旁白者》等作品，虽然没有直接出现张大春本人的名字或者张大春的作品，但作品中不断言说记忆、写作、故事讲述等，也很容易让人以为就是张大春本人；《自莽林跃出》中则特意只说叙述者"我"为"张"，同样也制造了模棱两可的效果。但无论如何，这一类的自我书写中，指涉现实中的张大春的可能性是很高的。由此，这种自我书写就既关涉作品中的故事，也承担着张大春本人的体验和感受，因此是文本内的自我书写与文本外的自我指涉的融合。正如有学者指出的那样："诚然，作者并不能完全的与文本中的叙述者、隐含作者画上等号，但在张大春这个例子中，他的想法如此明白，在小说之中堂而皇之地呈现出讽喻主体的形态。作者本人与隐含作者的轮廓如此相像，因此传统知人论世的研究方式，亦可作为建立文本中作者意识的途径之一。"[1]

然而小说毕竟是虚构因素比较多，所以文本内的自我呈现便将虚构的人物的心理活动及情感状态进行书写和言说，可以是"这一周没什么心情念书，跟上周和上上周一样，所以没有心得"[2]这样的坦诚，也可以是"既传统、又现代的知识分子"对"原物大学组"的矛盾心态及转化成行动的"第三个念头"的自我暴露（《长发の假面》）。

文本外的自我指涉，则更加突出地表现出作者的心态来。张大春曾经在访谈中表示自己的创作中把自己放进去："有时是为了故意暴露出别人不知道的自己、有时是根本就有意暴露也不是自己的自己。"[3]这种暴露真实的自己和虚构的自己的书写，将自我角

---

① 林铭亮：《讽刺与谐拟——论张大春小说中的讽喻主体》，台湾清华大学 2010 年硕士论文，第 114 页。

② 《少年大头春的生活周记》，联合文学出版社有限公司 1994 年版，第 150 页。

③ 林培钦：《张大春魔幻写实小说研究》，台北市立师范学院 2003 年硕士论文。转引自谢静雯：《张大春〈城邦暴力团〉的叙事美学》，《语文瞭望》2011 年第 1 期，2011 年 5 月。

色切入作品中的叙述及呈现变成了一种手法。正如张大春自己言及《城邦暴力团》时所说的那样："我是一辈子不会写回忆录和自传的，所以我得把自己的故事，不管是我真实经历的还是我想象中的，搜索枯肠也找不到缘由的故事放在一本虚构的书里，就是这部书。书中有'张大春'，文字也比较容易组织，'我'的任何反应都会牵动全书的主轴。"① 也就是说，通过自我因素的介入，张大春将自己平时不愿意给人看到的自我在似真若假的叙述中呈现给了别人，另一方面又通过这种"我"的明显存在表现出自己的态度来。正如黄锦树借助张大春在《轻蔑我这个时代》中的态度所论述的那样："就'我轻蔑'这样的修辞，可以分两方面来谈，一是'我'的问题，主体发言位置、小说家角色扮演的问题；一是作为一种否定的姿态的'轻蔑'问题，这一部分涉及了张大春后期作品的深层语调。关于前者，借用詹宏志的用语，这个轻蔑者'我'是一个已从谨慎的诠释者化身为玩世不恭的议论者兼表演者，对形式的过度警觉和不耐，而不是在书写中时时借由滔滔嘲谑的论议透露他的发言位置"，因此《公寓导游》之后"'我'导游、'我'旁白、'我'透明、'我'议论、'我'轻蔑、'我'百无聊赖、'我'无所不在。'我'轻蔑，所以'我'在；'我'在，所以'我'轻蔑。而这样的轻蔑的议论着、表演者的没有离开公寓——也离不开，因为那是他惟一的家：语言牢笼（The Prison-House of Language）"。②

　　总之，这种自我呈现和自我书写有着明显的文本构造技巧在里面。不过，除了技巧或者在作为一种技巧书写自我的同时，张大春对自我的呈现也常常指向作为一个知识分子的自省意识。如《我妹妹》中说陈大夫指出"我"在逃避什么之后，它"对我撞击至深，往后恐怕也极难平复。至少我对自己正在逃避着某些事物的这个说

---

① 张大春、丁杨：《〈城邦〉之后再无难事》，《中华读书报》2011 年 1 月 26 日。

② 《谎言的技术与真理的技术——书写张大春之书写》，《谎言或真理的技艺：当代中文小说论集》，麦田出版社 2003 年版，第 214—215 页。

法已然坚信不疑"①。《城邦暴力团》中更直接就用作品中的张大春说出："但是我比谁都清楚：那样读书既不是为学业成绩有所表现，也不是为追求知识与探索真理，而只是我提及的那种逃脱意识的延伸。现在回想起来，的确没有别的动机或目的；纯粹只是逃脱而已。"② 也正是如此，张大春才在这部作品的引题中说它是一部有关逃亡之书。《聆听父亲》中则常常在叙说中出现"礼貌不全然像我这一代人普遍认为的那样只是虚矫的仪态而已；它反而常是清涤我们对伟大人物的嫉妒的手段"、"在故事里的每一个片刻，最迫切的危险总是这样：我们贪恋眼前的风景，忘记先前的目的——"③ 这样的沉思、自省式话语。同样，在《写作百无聊赖的方法》中的"名作家"自我书写，如很忙，需要打很多交道等，以及《走路人》中对自己的故事的言说方式的叙说、《自莽林跃出》的圆谎式书写，其实也都指向知识权力本身，也就是对知识的运用和改造，从而也有着批判和讽刺知识分子的知识操弄的倾向，只不过这些作品中，有的写得较为正经，有的本来就摆出一副嘲谑姿态，比较容易明白而已。

（四）人 / 鬼（魂）的书写

由于魔幻现实主义方法的使用，张大春的作品中还常出现一类很特殊的形象，他们突破了人类的生死界限，书写人 / 鬼（神）的一体与分裂的状态。超越生死的人、鬼、神、魂的书写，很容易让人觉得张大春要借助此达到申冤、超脱等的目的，正如张大春借助言说尹清枫上校及刘楠的灵魂所说："对于灵魂，我们的了解确实很有限。上校死后许多人对他的灵魂之所以发生兴趣，大凡也不外是为了求助于那灵魂来解决我们心中的疑惑；而非对灵魂有着本质上的兴味或好奇。"④ 然而，张大春的书写却不尽然。《姜婆斗鬼》

---

① 《我妹妹》，印刻文学生活杂志出版有限公司 2008 年版，第 123 页。

② 《城邦暴力团》（一），时报文化出版企业股份有限公司 1999 年版，第 9 页。

③ 《聆听父亲》，时报文化出版企业股份有限公司 2003 年版，第 28、145 页。

④ 《没人写信给上校》，联合文学出版社有限公司 1994 年版，第 225 页。

中的曹小白的母亲琴姑以及司马威、绿容,《李家窖子》中的李元泰,《没人写信给上校》中的尹清枫上校,《四喜忧国》中的杨人龙等都是冤死的,但是这些人化作鬼魂之后,只有《姜婆斗鬼》中的司马威算是真正的回来报仇,其他人／鬼的形象不仅没有回到人间言说自己如何死去、如何报仇等,反而要作为一个旁观者回来言说自己死亡之外的事情。

张大春对鬼魂的书写,更早可以追溯到其《夜路》中对神异力量的书写,从那时起,张大春就善于营造略显恐怖的氛围,书写人物与奇异力量的对话。不过,整体看来,张大春笔下的鬼魂的书写,其实不仅不恐怖,反而比活人更具有人性或者更可亲近。如《姜婆斗鬼》中的司马威,虽然八年前被水口镇的人冤死,八年后来报冤,但是仍豪气十足地说:“好汉做事好汉当,水口镇上的饥荒都是我司马威一个人闹的,你别胡乱栽给曹四娘!”[①] 不仅如此,他还是对曹小白进行善恶观念及人性复杂性启蒙,让曹小白逐渐明白一直被包装成好人的传奇人物姜婆,也有其残忍的一面。而《李家窖子》中的李元泰被其结拜的裘老四用枪打死后,“李元泰的鬼魂”便会在每年年关回来,可对于把自己打死的裘老四却不敢多问,虽然他知道如此很“窝囊”,但是元泰嫂子的顾虑却让他不得不停止追问——“教你这么瞎问来、瞎问去,万一真问出人家裘四哥,问明白当初开枪打杀你的底细,你就不冤了?”“你不冤,就住不得枉死城;日后教焦婆婆往哪儿去发钱粮、打关节,召唤你呢?万一、万一你再喝了忘川水,下了轮回道,投胎做人也就罢了,做了鸡羊狗马,我、我——”[②] 这样,李元泰的鬼魂回来以后,虽然像正常人一样与其妻子、焦老太太等交流,但是作为一个冤死鬼,他其实也是焦老太太等人证明裘家的一个棋子,所以他只能关心关心自己的儿子的成长与教育(学艺)问题,甚至在自己的妻子遭到

① 《公寓导游》,文化艺术出版社1989年版,第187页。
② 《富贵窑》,时报文化出版有限责任公司2009年版,第198页。

郝大庄的欺负时发了怒气也没办法伤及对方。

《没人写信给上校》中，张大春写到了死去的上校的鬼魂、灵魂与"《没人写信给上校》的作者"的交流和对话，他能够在作品中与"作者"讨论小说的名字和与其相关的电影及剧本，讨论他自己的投胎问题，表示"做人不是很有意思"；还写活着的人的灵魂，如他写上校活着时有一次失眠三小时后，"灵魂度过了秋天，世事不再那么令人且悲且惧"，写刘楠的灵魂在狱中被打，并写它与上校的灵魂的对话，发现上校的灵魂不仅不追究刘楠等人害死上校的仇恨，反而很和蔼地告诉它，上校死以后的种种体验，还安慰刘楠的灵魂不要想太多。① 而《四喜忧国》中的杨人龙，在死后常常到朱四喜的梦里和朱四喜谈话，对他进行思想教育，鼓励他书写文告改变现状："你不想回去啦？别尽顾着保老婆！凡事要往大处设想：国家多难，社会上才这么乱；社会上这么乱，你老婆才会有麻烦；你老婆有麻烦，大家的老婆都有麻烦，道理是一样的。要解决你一个人的麻烦，得先解决了国家的问题，天下太平了，人人才有好日子过，你懂吗？"② 但同样，对他自己的死亡也是丝毫不提及。而《撒谎的信徒》中写到"统治者"（蒋介石）的死亡时，又仅仅将其作为一个脱离肉身的存在书写其离开："一缕重约五六公克的亡魂便溢出凡躯，冉冉漂浮，通过荣民总医院的天花板、通过台北孟春时节风雨交加的夜空，看见微弱稀疏的万家灯火犹如星辰散落。在升临上帝的国度之前，他八十九岁生涯的点点滴滴和城邦之中百千万人的闲言碎语拼织在灯火星辰之间，遂成一互无交涉的荒谬场。"③

这样，我们会发现，对于亡灵、鬼／魂，张大春仍然将其写得活灵活现。这些鬼魂、灵魂不仅没有狰狞的面目——即使《没人写

① 《没人写信给上校》，联合文学出版社有限公司1994年版，第224—226、320、373、382—383页。

② 《四喜忧国》，远流出版事业股份有限公司1992年版，第139页。

③ 《撒谎的信徒》，联合文学出版社有限公司1996年版，第127—128页。

信给上校》中写到了上校的亡魂的具体形容，也仅是"仅重 0.7 盎司。他的形影呈黑色，有如穿一袭连身宽袖的长袍"[1]，而并没有多少给人恐怖的感觉——反而能够与人正常交流，甚至比人还要聪明、有理性、讲道理；在以说书形式讲出的故事中，有的鬼魂甚至会做出恶作剧来，如《四个——从科场到官场的众生相》中查秉仁在科举考试之间遇到了墙上钻出有"一张锅面儿大的脸子""一抹肥大的胸腹，面色青，牙似獠"的鬼，说他有佳作要帮衬人，并用其特异功能，硬让查秉仁誊抄了他所谓的"佳句"却其实是打油诗的东西在其卷子上，查秉仁却因为主考官的笑掉下巴而得中；而另一个故事中的吴兰陔，则被父亲托梦出主意盗用别人的文章，并说一定会中，反而最终落得一场空。[2]

《撒谎的信徒》中甚至直接书写上帝不顾世间灾难而答应李政男的祈祷后又不堪其扰而求助于斯大林的亡灵，[3] 而其"春夏秋冬"系列以及《大唐李白》中也有很多故事处理民间化的神仙题材，这些书写往往把人们印象中神圣的、遥不可及的另类形象拟人化甚至矮化了。张大春似乎想要借此打破书写上的时空的界限，开拓小说的可能性，并且达到解构的效果或目的。正如有学者通过研究《欢喜贼》和《姜婆斗鬼》所指出的那样："除了打破传统的道德价观，对善恶概念也有新的诠释，阴／阳、神／鬼／人、忠／奸、善／恶之因果关系，并不完全是壁垒分明的二元论，而是会黑白倒错、人鬼不分、真假难辨，并颠覆了'文学写实'的真理。"[4] 因此他还在《走路人》中甚至通过自己的不确定的记忆，将活着的人写死，加上前文所言的这些对死人的亡灵／鬼魂的书写，对活着的刘楠的灵魂的书写以及《将军碑》中对将军任意穿梭于过去、现在和未来之

---

① 《没人写信给上校》，联合文学出版社有限公司 1994 年版，第 204 页。

② 《战夏阳》，INK 印刻出版有限公司 2006 年版，第 90—105 页。

③ 《撒谎的信徒》，联合文学出版社有限公司 1996 年版，第 96—98 页。

④ 何明娜：《张大春短篇小说研究》，台湾师范大学 2004 年硕士论文，第 31 页。

间的书写等，张大春确实不仅将时空任意错置书写，还打破了书写中的通俗与严肃的界限。

三、青／少年与老年人书写

张大春的作品中出现了形形色色的人物形象，虽然由于对技巧的注重使得他的小说对人物形象的塑造确实不是很突出，但纵观他的小说创作，我们会发现张大春对于青少年的书写及对老年人的书写似乎比较钟爱。"大头春三部曲"中出现很多青少年，形象暂且不说，其早期小说创作中的很多都以年轻人为主，进入实验阶段以后的《蛤蟆王》《醉拳》《透明人》《旁白者》《墙》《如果林秀雄》《饥饿》等，都属于以青／少年为主人公的书写，《姜婆斗鬼》及《欢喜贼》中，更是以青少年的口吻来书写。至于《城邦暴力团》中的"我"、孙小六等人的成长史，《大唐李白》第一部《少年游》等，更是在作品中书写了很多青／少年的成长经历，连《聆听父亲》都对父亲、"我"的成长经历进行了突出描写。同时，从《咱俩一块儿去——闲居赋》开始，张大春也显露了对老年人的书写的能力，因此早期的创作中还有《星星的眼神》处理这一题材，至于后来的书写中，《富贵窑》中的焦老太太、《姜婆斗鬼》中的姜婆、《将军碑》中的将军、《大唐李白》中的上清派道长司马承祯、《一叶秋》中作为各个故事之间衔接的"一叶秋"及《聆听父亲》中常常提及的"我奶奶""高祖母"等，甚至《大说谎家》中的陈江美玲，《最后的先知》中的巨人伊拉泰，《城邦暴力团》中对万砚方、李绶武、魏谊正等"七老"的书写等，也都属于老年人及长者的书写。

（一）青／少年

张大春笔下的青少年或青／少年的书写，往往会涉及本书前文所言的"成长"主题，但是，抛却成长，青／少年形象的塑造也并非没有别的指向。在最初的创作时期，张大春就靠着书写自己所熟悉的青年的诸多生活姿态，完成了"写实"的模仿及走出"写实主义"的历程。除却有名的"大头春三部曲"，张大春笔下对青/少年的书写众多，它们既注重成长者、走向社会的人对于外部世界发生的种种事情的成长性领悟，还注重青/少年角色在文本中的作用和位置。在写实色彩比较明显的时期，《悬荡》中的"我"作为一个看不惯外界诸多事情的青年，在游览车停电期间的所思所想以及危机解除以后的思想变化，既是作为承载作品中的意识流动、心理活动变化的主角，又是逐渐走向世界、走出记忆的阴霾的少年；《四强风》中的"我"，虽然混迹于偷盗者行列，但是自己的经历的复杂性——婶娘和叔叔之间的复杂故事以及"我"和雪珠之间的特殊关系，及它们之间的"互文"，让"我"的良知逐渐得到召回，因此选择了拖延和故意弄错的方式暴露自己及团伙的偷盗行径，而作为体现生活复杂性及人性关系网络的捉摸不定的另外三个角色、其婶娘和叔叔，则成了突出"我"的觉悟和转变的重要衬托。

同样，在《公寓导游》中，张大春也在让青/少年承担了叙述者角色的同时，将外部世界的复杂性通过青/少年的感知呈现了出来。所以《蛤蟆王》中的"我"更多的是一个感知奶奶如何用蛤蟆的肝给其治病以及四叔相信西医与走向革命的个体，其幻化出来的蛤蟆军也符合少年丰富的想象力看待世界的"魔幻性"；《醉拳》中的"我"，十年前目睹自己的母亲在赌场被椅子夹死，如今成为台上的选手时，感受到的是商业包装以及比赛的被操作性，更多的则是通过他的眼光看到的观众的无聊："他们一代一代、一波一波地拥到这里来，向赢家欢呼，或者是向那些让对方成为赢家的失败者喝彩，可是他们永远永远不会知道，我在台上朝他们挥拳或者诅咒，我藐视他们！"[①] 文末更是通过对观众的嬉笑、叹息、咒骂言明人性的残忍和无情。《透明人》中的"我"——张敦，则由一个身体

---

① 《公寓导游》，文化艺术出版社 1989 年版，第 33 页。

孱弱、其貌不扬的小个子，逐渐成长为一个表现"优异"的情报分子、举报分子，到了睚眦必报的地步，最终却发现"我"之后还有更厉害的发掘"我"的人，这样，一个"非常瘦弱、矮丑、孤独、正直、有良知血性、身系绝对机密、禀赋超级能力而且胸怀济世救民大志的透明人"[①] 所含的政治隐喻和讽刺，透过他表露了出来。

由此再进一步观察，那么《四喜忧国》中所包含的青/少年书写，其批判性功能更加明显，《如果林秀雄》中的林秀雄，小说中的"如果林秀雄……"的假设性书写，正表明林秀雄的每一个人生步骤的选择，都是由于种种外在原因而导致其选择的自主性。从小到大他分别失去了加入布袋戏班子、入学被分到甲班、在十一岁时遇到土地公、考入空军幼校等，而这些都是他自己期待的或者按理来说如果出现能够防止他的悲剧的可能因素，最终虽然他考上了大学，逐渐成长为一个知识分子，却也因为如此让他的独立思考和行动的能力得到彰显，而在抗议政府修路破坏村里的生态中，在村民的短视和不解以及政府部门、记者等的逼问下跳河自杀。这样，林秀雄的成长史，正是被社会各种因素挤压的历史，其短暂的生命历程，也是小说通过林秀雄思考社会多种复杂性因素的虚伪、无知、对小人物及普通人的无视乃至对知识本身的反作用的抵抗等。这样，林秀雄既是作品的主角，也是通向作品主题的途径。如果说林秀雄是从无知走向掌握知识带来了悲剧，那么《饥饿》中的巴库，则是由偏僻落后的小岛到大城市的文明转变中，由其单纯而被现代城市文明所吞噬的悲剧，同样属于青年人的历程的书写，巴库的死和林秀雄的死分别指向了张大春对现代文明的批判及对社会的虚伪性的揭露。所以，这里的人物，已经不是单纯的走向成长、走向社会的成长喻言，更多的是书写落后、弱势群体的逐渐获得主体性又失去的过程。正如有学者论及《饥饿》时所说的那样，巴库最终的变化及悲剧，是"他以被动的姿态，成了资本主义运行下的受害

---

① 《公寓导游》，文化艺术出版社 1989 年版，第 116 页。

者"。① 所以，林秀雄、巴库，乃至于《最后的先知》中的小伊拉泰等人，在应对现代社会的发展、文明的冲突时，并不是有意识的奋斗者形象，而是一个个被无形的力量操控着的形象，他们在文本中充当着隐喻性甚至可以说是符号化的功能。

《姜婆斗鬼》《欢喜贼》中的少年们，则发挥着叙述者兼作品中的角色的作用，作品中虽然也充斥着成长的主题，但通过少年的眼光看待或者说重塑人间善恶观念、重审人性的复杂性，恐怕也是其重要的取向。同时，少年们的单纯、直爽，更是作者借以衬托人间善恶美丑观念被冲破的重要反衬。因此《姜婆斗鬼》中，当水口镇所有人都以不再提及、掩饰的方式埋藏八年前他们所犯下的人命或者说冤死好人的事情被曹小白知道之后，面对姜婆要对重回的几个冤魂赶尽杀绝，只有曹小白首先站出来阻拦姜婆对他们的伤害，当然，作品中的曹小白是成长了，但这种成长的冲击走向的是"没什么意思""那些个故事，真真假假的，连我都分不清，我可不想穷糊弄"的觉悟，但是觉悟之后是什么？成长之后是什么？张大春最终在文本中解释了——"冷清又无助"②。这就不仅仅是成长中的"反成长"了，可以说曹小白的觉悟成了对成人世界乃至整个人类的虚无性的认识了。同样，《欢喜贼》中的"小好汉"们，自己努力成为英雄的同时，也逐渐发现了成人世界的虚伪、狡诈，而将整个故事背景设置在偏远穷困的"贼户乡"，更说明，即便表面上看起来自成体系的世界，也充满着谎言与虚伪对人们的禁锢和限制。

"大头春"系列中的青/少年们，虽然作者化身为一个比自己的实际年龄小很多的人去叙述，但是对成长本身的"模拟"却不露痕迹，所以《野孩子》《少年大头春的生活周记》中的"大头春"，不仅以一个具有叛逆性、早熟的形象出现在文本中来思考自己的人

---

① 林铭亮：《讽刺与谐拟——论张大春小说中的讽喻主体》，台湾清华大学 2010 年硕士论文，第 107 页。
② 《公寓导游》，文化艺术出版社 1989 年版，第 190 页。

生、自己的家庭及学校教育中面对的种种问题，同时也以少年的天真可爱大胆发问、表示质疑等；《我妹妹》中的妹妹，更是不断发问、不断学习，甚至言及自己要嫁给爷爷等荒诞的说法，不过"我"作为哥哥对妹妹的关注、对成长环境的思考等，却也容纳了张大春对于写作、对于人生的诸多思考和探讨。因此，这一系列中的书写，与其说是"'大头春'系列主角的成长经验，并不以大自然讽刺文明体制，他们在体制里质疑体制，在成人世界里看见成人的破败，……他们在终须长大里显得不寄希望，然而也没有构筑出另一个乌拉邦来拒绝成人世界里的长大"①，不如说，张大春化身为成长中的青/少年来面对来自世界的诸多考验，以知识的构建来完成对过去的缅怀和对记忆的拓写。这样，成长书写所借助的青/少年，并不是作家成长经验中的自我的映照，而是作者借之来完成写作创新的模拟对象。

总之，张大春笔下的青/少年书写虽然题材多样，但张大春不断开拓自己的写作的可能性的同时，这些形象的塑造指向的，是对小说技巧的开拓和对虚伪世界的批判和讽刺。

（二）老太太

张大春的作品中对于老年人的书写也很普遍，而且都写得很有特色。

早期的《咱俩一块儿去——闲居赋》中对杜老太太及其丈夫的心理描写，就很能够表现出其功底。作品中的杜老太太和她丈夫"闲居"在家，彼此都有着自己的心思，却在念及孩子的层面上有着诸多一致。杜老太太一直想要说动她丈夫和她一起去做礼拜，但一直只是在心里想，没有行动，最终却在阴差阳错中，让她丈夫和她一起去了，而她也在这个过程中，逐渐地寻找到了其后要给家人包括她丈夫每人打一顶帽子的目标。作品刻画老年人的形象、书写

---

① 王丽樱：《大头春系列中青少年形象及成人世界的塑造》，台湾台东大学 2004 年硕士论文，第 91 页。

老年人的生活，很是到位。而《星星的眼神》中的邱枝，则被塑造成一个性格开朗的乡谣歌手，他到了城里卖艺，寻找自己的孙子，虽然条件艰苦，但是邱枝性格开朗，唱歌卖力，甚至对时常来骚扰他们的小混混中正有自己要找的孙子都没能及时发现。如此，一城一乡，几个老人形象在张大春笔下都被塑造得很鲜活、真实。其后的作品中，《将军碑》中的将军，《城邦暴力团》中的"竹林七闲"，《欢喜贼》中的海师傅、端木大爷等以及《最后的先知》中的巨人伊拉泰、小伊拉泰、宋古浪及马老芋仔等也都属于年长者或老年人。他们在作品中的形象都是很鲜明的。

张大春曾说，自己喜欢写老太太。[①] 的确，他笔下的老太太形象确实比较多样而且丰满。除了《咱俩一块儿去》外，他确实在作品中塑造了多位老太太形象，在《公寓导游》中引起各种连锁反应的恶果的，就是一个叫齐老太太的人因为易婉君的开错门受到惊吓而误解，继而心脏病发作而死。《蛤蟆王》中的奶奶，就是一例，她在小说中充当了一个迷信、封建的形象，她找来蛤蟆，取出它的肝为"我"治眼病，并且又将其胸肚缝起来，说这样放回田里就成了蛤蟆王；而对于四叔认为她那样不一定比西医好以及四叔参加革命活动，她说应该一出生就把他掐死，省得操心等。

给人印象更深刻的是《姜婆斗鬼》中的姜婆，作为一个"了不得的人物"、"不好惹"的角色，她闻名在外，镇上的人都尊敬她，路过的人都会打听她的消息，导致少年曹小白靠售卖她的消息赚起了钱。可是，正是这样的人人敬仰的人，却在多年前蛮横地打杀了过路客司马威及其从窑子里赎出的绿容，再加上被冤上吊而死的曹小白的娘琴姑，三条人命都是被冤死的。可是几年以后，三条冤魂回来，姜婆以及水口镇的人们明明都知道他们是冤死的，但姜婆却以得理不饶人的姿态非要赶尽杀绝，甚至摆出一副"铁面无私"的态度："琴姑生前和婆婆我的交情不薄，照说我不该收拾她，可天

---

① 和瑞宝：《张大春：创作在分配我》，《东方文化周刊》2018 年第 6 期。

有天道，事有事理，叫姜婆卖交情，那不成！"① 对关八爷等的劝说，对"我"——曹小白、"我爹"的求情等，她一概不顾。这里的姜婆，成了一个十分矛盾的人物，尤其是在少年曹小白眼中，她一方面是保护他的大英雄，另一方面又变成了不顾别人的冤屈对其赶尽杀绝的残忍角色。在她身上，好人与坏人之间的界限、正义与邪恶之间的度，似乎是不清楚的。正如作品中的琴姑对曹小白所说："姜婆不是什么坏人，可圣人也有犯错误的时候。"② 但实际上，这个集善恶于一身的独眼老太太，在没有把握好正义／邪恶的标准时，反倒成了一个恶人。

张大春通过书写姜婆，思考的是人的复杂性问题。这样的角色也继续出现在《富贵窑》中的《李家窖子》一篇中，即焦老太太，便是姜婆一样的角色，她脾气暴烈，听说有人传谣言，她邪门外道多，相中元泰嫂子的家财，想要给她介绍一门姻缘时，她气得捉起一头老母鸡一刀割裂脖子，洒一地鸡血，嘴里说："谁再要胡扯八道，坏了婆婆的法术，婆婆抹了他的臭烂脖子，可不管治的！""没有人不怕她动刀杀人——那可是说干就干的。"③ 可是焦老太太毕竟不像姜婆那样被塑造成一个不分善恶的形象，虽然她对地保冯大麻子动不动就呵斥谩骂，但当他被郝大庄等人打伤时，她还是悉心地救治了他。同时，焦老太太更是一个洞察一切的角色，她看出裘家寨子对沂蒙山山匪龚瞎子等的财货早就有所算计，却制造了一出出闹剧掩人耳目，包括枪杀李元泰，制造借口要剿山匪，制造裘老二、裘老三被归德乡的捻子杀死的假象等，并且在最后裘家大爷——裘书昊找上门来时一一将其揭穿，此外，她还和郭二竿商量，定下种种计策不露痕迹地观察裘家的行径。这样的一个老太太，形象丑陋、脾气古怪，却又武功高强、聪明机智，可说是典型

---

① 《公寓导游》，文化艺术出版社 1989 年版，第 184 页。

② 《公寓导游》，文化艺术出版社 1989 年版，第 181 页。

③ 《富贵窑》，时报文化出版有限责任公司 2009 年版，第 197 页。

的圆形人物,她的粗暴脾气与沉着机智的对比,让人物形象更加丰满。在《大说谎家》中,张大春又变换了角色性质,将陈老太太陈江美玲写成一个财大气粗的形象,靠"有钱,打通一切!""摆平政经文教、黑白左右各路英雄好汉",她买下了女儿阿云治病的医院,她找人暗杀女婿,"身为一个'革命之母'的华侨,却老在中东、美国、北美、中南美洲……这些地方搞恐怖活动,对于多灾多难的祖国一点儿贡献也没有"。① 等等。作者以此影射和讽刺宋美龄,把陈老太太的呼风唤雨、胡作非为等写得生动、细致,而作品中对其的嘲谑、讽刺处处可见。

即便是那些书写传统、古典故事的小说中,张大春也让老太太形象凸显了出来,尤其是《一叶秋》中,不仅故事书写老太太,连接各故事的"一叶秋"更大量表现老太太的言行与睿智。《郭老媪》中的郭老媪,贼户出身、枪法厉害,也会算计,教育儿子以设计抢劫为生,准备积攒银两转移地方,对这一天来的朱四更是机智处理,表面上给了他想要的杨家枪,并说要改行,实际上趁机又偷走了其锦囊。而各个故事之间的"一叶秋"中的"我高祖母""我曾祖母""我奶奶"等,不仅留下各种名言警句、家训总结,作者还用不少情节写出她们独特的生活、生存态度和哲学。可以说,《一叶秋》虽多讲述鬼怪故事、传奇等,但老太太们的评价不仅将故事的精华进行总结,也将老太太们的形象凸显了出来,正如有评论者所说:

> 张大春也写妖,本书中的《三娘子》《黄十五》《杜麻胡》《老庄观》和《狐大老》都是人鬼间斗智斗勇、亦正亦邪的故事。但出彩的不在故事情节,而在张家老奶奶的点评。有人说老狐存慧根,修炼千年,聪明绝顶。老奶奶记忆力惊人,晚辈们开玩笑说老奶奶也可修得真身。谁知

---

① 《大说谎家》,远流出版事业股份有限公司1990年版,第59、74页。

老太太竟不以为然，反唇相讥，"修真身不如奉好茶，解人道路之渴，连这个也要我叨念吗？"老奶奶的智慧，绝不逊于狐仙。①

《一叶秋》中的张大春的确充分表现出了对老太太的热爱。《潘一绝》，本来要讲述的其实是潘承镜的祖父潘祖荫，但作者却以"刚满一百岁的老太太"潘达于开始叙说。更有甚者，张大春直接在《野婆玉》一篇开头写道："世上厉害的东西很多，其中之一是老太太。有的族类或怪物长得像老太太，在乡野故事里头，也多半儿很厉害。"②

当然，除了上述各种老太太，张大春也写过不少接近上述老太太形象的女性角色，如《欢喜贼》中的萧寡妇、《时间轴》中的田妈妈等，这些女性——老太太形象的主体性都比较强，她们整体而言爱憎分明，又大多数被塑造成比较机智、聪明的带有睿智性的角色。很难说张大春通过她们要表达什么女性主义观点，甚至正如张大春自己所言，他对老太太这一形象的喜爱可能还因为"弗洛伊德在垄断着我们现代对于家庭伦理的异端看法"而指向"恋母情结"③，但对于这一类形象多样呈现与书写，不仅表现出张大春对这一角色的极强的把握能力，也填充了小说写作中人物形象的画廊，毕竟集中书写老太太还属少见。

第四节　多面的语体：语言与情感

李奭学在论及张大春的《城邦暴力团》时曾指出：

---

① 夏丽柠：《修真身不如奉好茶——评〈一叶秋〉》，《新华书目报》2018 年 8 月 10 日。
② 《一夜秋》，INK 印刻出版有限公司 2011 年版，第 112 页。
③ 和瑞宝：《张大春：创作在分配我》，《东方文化周刊》2018 年第 6 期。

……语言上的审时度势，张大春可是深得三昧。《城邦暴力团》的情节主脉系于书中第一人称主角的生命际遇，奇的是他也唤作"张大春"，可见作者"江山易改，本性难移"。方才开书，《城邦暴力团》迅即牵出漕帮兴衰和纵横历史的帮会恩怨。"张大春"的重要性要从第三册才开始递增。不过仔细探看，我们发现写史和写当下或者说写帮会和写"大头春"的时候，《城邦暴力团》的语言策略往往一分为二，有体式之异。可以想见，帮会跃居书场主角时，上头提及的由自之风会主宰文字面貌。一旦回到小说中的眼前，所叙尤其是那"张大春"个人的龌龊奇糗，则从叙述到对话就会贴近至少是 20 世纪六七十年代的学生语言。张大春不只顽性不改，他还是条语言的变色龙。①

　　的确，张大春的小说形式创新多种多样，主题各异，而其风格各异、数量繁多的小说创作中，小说语言方面的特色也很突出。张大春的书写，往往指向的是对一切真实、历史等的质疑和否定，指向在作品中用全新的反叛既有成规的开拓和尝试，因之，其作品中的语言也在建构文本世界的途中不断走向反叛、质疑甚至虚无。正如孟悦所指出的，张大春的思维是破坏性的，而"破坏性思索的一个重要始点是反叛语言。继而升级，大有反叛整个以语言为主导的文明之势"。② 这样，张大春的语言文字世界，就成了一个个反叛性的实验工具，张大春却如同置身在一个广阔的天地中，任意乃至肆意玩弄语言，运用语言的歧义性及不确定性，营造语言的迷宫，用语言游戏增加趣味性，甚至由此走向"反语言"。

---

① 李奭学：《魔幻武林——评张大春著〈城邦暴力团〉》，《误入桃花源——书话东西文学》，浙江大学出版社 2014 年版，第 39 页。

② 孟悦：《评张大春〈四喜忧国〉》，《当代作家评论》1989 年第 3 期。

一、张大春的语言形式探索

张大春的作品从语言上首先给人的整体感觉就是他不断地跳出一般的语言文字的表达与运用模式，给人以视觉上的冲击，吸引读者注意进行语言的切换。

（一）文、白的交杂运用

张大春的作品中常常会将多种风格的语言交错使用。这在他创作初期的作品中，主要表现为将不同语境中的声音放置在同一时空中，从而有着不同风格的语言的交错互现，或者是不同语言文字之间的互文。如《剧情》中穿插的电视中的语言，"请您试一试，仙姿美容汁"，"带给您的宝宝，健康的微笑"，"脑固美！智慧的结晶使您有结晶的智慧。大学药厂荣誉出品，聪明的朋友都爱用大学制药：脑。固。美"。这属于典型的广告语言，而诸如"爹！您放心：这趟镖，孩儿走得的"，"麻衣婆！你这也只是雕虫小技，敢来班门弄斧"，则属于电视剧中的语言，至于"麻衣道姑作法跑了，她会甘心吗？路上还会再发生什么奇怪的事呢？请明天同一时间继续观赏《父子英豪》第九集，谢谢观看"，"国语连续剧《父子英豪》第八集。这个节目是由……"以及"以上气象报告时间，是由仙姿化学公司、雷鸣音响公司、美婴奶品厂联合提供，谢谢观赏"，则属于电视语言。[①] 这些语言与整篇小说中的丁百强的心理活动之间，风格、语体是有很大的差别的，张大春却让它们交织在一个文本中，形成多线、多声效果。

在《四强风》的结尾部分穿插的《四强风》的歌词和《星星的眼神》中邱枝的歌唱以及小说开头和结尾部分所列的文字，都是从表达形式和韵律方面都比较文雅、凝练的词句，如《四强风》的歌词："四强风，孤寂吹，七海漫游任飘回……/ 世间事，不如意，悠

---

① 引文分别见《鸡翎图》，时报文化出版事业有限公司 1981 年版，第 22、24、33 页，第 27、34 页，第 25、26、37 页。

然过往乱相随。/ 我心已厌，我形已倦，要回头已无行踪。/ 我有些朋友却无依无……/ 只有风啊才能冷啊冷得漫飘回。"[1] 这样的语言及其效果，与小说主体部分的通俗的白话文叙述，也有很大的差异，这就是歌词与普通语言的差别。至于《咱俩一块儿去——闲居赋》中男主人公的吟唱："木——落——雁南——渡，北——风江——上寒。我家——襄——水曲，遥隔——楚——云端……"[2] 则属于旧体诗词的语言体式在现代通俗白话（叙述语言）之间的穿插。

《再见阿郎再见》中，则存在着另一种语言的错位，即知识分子语言和平民生活的语言。当作为作家的"我"对其采访对象——妓女说"我们"要反映社会时，对方惊奇："你们是谁？"当他指出对方被剥削、被榨灵肉钱时，对方说的是赚到的钱大家都分，问灵肉钱是什么钱，[3] 这表现出知识分子的语言是想当然地以为对方知道自己所言的抽象性的，而妓女的语言却是一种实质性的表面化语言。两种语言的错位使得交流的效率降低了。

如果说这些尝试在当时还不突出，那么在历史小说中，张大春便让作品的叙述语言和作品中的人物的语言，形成了较为明显的差别。在《剑使》《荡寇津》《干戈变》等作品中，张大春则似乎为了营造还原历史人物生存的语境以及回到历史现场的感觉，多次使用诸如"此话怎讲？""便自今日复始""汝曹但安居，勿恐"等文言气息很浓的语言，但张大春又不是处处使用，有时候人物的语言也很通俗，再加上叙述语言也偏于通俗白话，作品中的语言便有着文言与白话交织使用的效果。

而到了回归传统的实验时期，张大春便继续发展了这种多重语体交杂的语言策略，特别突出了文白交杂的语言形式，但是做了比较大的改变，即，让古人说古语，叙述人又说现代语。这在《城

---

① 《鸡翎图》，时报文化出版事业有限公司 1981 年版，第 153—154 页。

② 《鸡翎图》，时报文化出版事业有限公司 1981 年版，第 62 页。

③ 《鸡翎图》，时报文化出版事业有限公司 1981 年版，第 75 页。

邦暴力团》中其实就有所体现，小说中的"竹林七闲"虽然不是古人，但被认为是"身怀中国传统绝学的老者"，分别代表张大春自言的星象、饮食、绘画、武术、医学、掌故历史、奇门遁甲或者研究者所言的书画、医学、占卜与奇门遁甲、史学考证、饮食、国学、武学及传统建筑等，[1] 因此这几个精通传统中国文化的人的言语，便多融合传统文化和传统表达方式的文言雅语，如几个人刚出场时，魏谊正对万砚方的画作的评价语就是："端的是淋漓之至！淋漓之至！""看万老作画如观庖丁解牛，官欲行而神欲止，墨未发而气先至，妙极妙极——"[2] 李绶武在与贺衷寒对话时的话风也相似，如：

> 在下资质愚鲁，未能尽阅所有资料。不过以所寓目者言，可以看出大元帅所切切关心者，唯三事而已，是以关于这三桩事体的文书宗卷几乎占了十之八九。贺先生且看：此壁高十二尺，横幅二十四尺，每架间距二尺，若以乘积算来，共是五百七十六立方尺。在这五百七十六立方尺的体积上，军务和财务方面的文卷几乎各占了近一百二十立方尺。倒有那么一种文卷，上标"特"字，所言者既非军务，亦非财务，更非什么党务、政务，而是关乎某些个人乃至于集团的记事。其琐碎直似从前皇帝的"起居注"。然而细察其内容，竟然有吃饭穿衣、零用花费之类极其入微的载录。观所载录之人，又绝非帝王将相那一类的大人物——[3]

其他几个人的话风也都类似，都是上文所引李奭学所言的"曲

---

① 廖姿婷：《文化遗民与历史叙事——张大春〈城邦暴力团〉研究》，台湾清华大学2012 年硕士论文，第 81 页。

② 《城邦暴力团》（一），时报文化出版企业股份有限公司 1999 年版，第 30 页。

③ 《城邦暴力团》（下），时报文化出版企业股份有限公司 2009 年版，第 66 页。

白"风或者直接是文言风格，更不用说作品中屡屡出现的诗词和对诗词典故的解释所引用的文言、旧体诗词或文雅文字了。"春夏秋冬"系列及其后的创作中，张大春让古今交错的语言形式实验更凸显了出来。如《战夏阳》中的《战夏阳——司马子长及其同行的对话》中，张大春就特意书写（拟写）司马迁"到访"自己的"对谈记录"，在对谈中，张大春说现代白话，而司马迁则说文言，于是，二人的对话就是如下风格：

> "是因为韩信这个庶民在历史上一向被大肆吹捧的将才，根本就不是什么大将罢？"
>
> "果如君言，信非大将，仆亦以信非大将然；则其谁为大将哉？"
>
> "当然是萧何咯！"……①

这样通过语言上的古/今的排列与对话，形成了时空交错的效果，在这样的跨越时空的交谈中，张大春一方面还原了对历史场景的想象，另一方面也通过这种与历史文化名人争论其书写的取向性的方式，思考小说与历史的可能性。正如有人指出的那样："他披着说书人的'夜行衣'，正儿八经地捏造着小说家身份的'我'和《史记》作者司马迁会面交谈，一场看似相互抬杠的'尬聊'，进行到最后，却抛出了一串严肃而发人深省的问题：史家和小说家谁更可信？小说里的段子和史书里的记述哪个才更加纯粹？"② 不过，张大春这种对古人说话场景的复原，并不是纯粹追思或者复古，他在作品中直言："你这样讲话今天没有人能明白；讲了人不明白，又何必讲呢？……你竟说这些人不懂的话，不正是掉进'言之不用'

---

① 《战夏阳》，INK 印刻出版有限公司 2006 年版，第 9 页。

② 易扬：《别拿说书人不当史家——评张大春小说集〈战夏阳〉》，《文汇报》2018 年 6 月 25 日。

的泥淖里了吗?"① 由此可见,张大春明明知道在作品中使用文言文现代人不容易懂,却又多处使用,便带有一种嘲讽的意味了。然而,张大春的文言与白话的交杂运用,更多时候还是出于某种策略和技巧的考虑,尤其是他那些化身说书人的叙述中,要讲述古人／过去的人的故事,便自然会模拟过去的人的言谈举止,"春夏秋冬"系列中,便一方面大量借助引用,在文本中穿插野史、笔记、史书及旧体诗词、联语等语言体式上属于文言文的内容,还在叙述中加入旧式白话的表达方式,营造出古今语言及表达方式融为一体的故事讲述／书写氛围。如《一叶秋》中的《杨苗子》中说李文忠让手下郑八押送掠来的五万两银子丢失,郑八查访期间遇到一个瞽者,便向他请教,两人的对话,便是文白交杂的,郑八询问时,瞽者回答:"若是己之所出,失之于人,丢了就叫旁人用讫了,有何可疑?还决甚么呢? 若是人之所有,为己所失,倒是该尽监守之责,问一个水落石出罢!"后两人的对话,还有如下情节:

> 瞽者一皱眉,道:"怎么,是你上官的银子?"
> "是!"
> "不是旁人的?"
> "非也!"
> "是你上官的?"瞽者又沉声问了一遍。
> "是也!"②

这一对话中的文白交杂效果很是突出,作品中虽然是对话,但又没有完全用文言,而是让古典白话形式得到更大的发挥。当然,文白的交杂不限于这种对话,如果说叙事中插入文言笔记材料、史书段落及诗词等的引用还自然的话,张大春甚至在《双刀张——巧

---

① 《战夏阳》,INK 印刻出版有限公司 2006 年版,第 6 页。
② 《一夜秋》,INK 印刻出版有限公司 2011 年版,第 133 页。

慧品》(《春灯公子》)中刻意制造了"不自然",作品中叙述"双刀张"张兴德、其子张颐武及偷学武艺的毕五的事情,全文都用现代白话文叙述,但是叙述到张氏父子相认、毕五请罪后,用一段文言文来说,"这个故事的结局"①,而这一段文言文中对人物有括号加注说明,却没有说明出处,作者在一系列的通俗易懂的故事讲述中,突然又将读者拉回到文言故事中去了。

《大唐李白》中亦复如是。张大春曾言,他写李白就是要让人知道,"这个书是文言文的、这整个书是古诗的,连这种书都还生存下来了,还有什么是不能写的"。② 作品中除了随处可见的诗词、典故等的引用、解释外,人物的对话,几乎都是文言味道很浓的。这就形成了作品中的言行,都是古人的、文言的,而整部作品的叙述语言,又是现代白话的,也就是说,它成了一个现代叙述者用现代语言重现和评价古代人的生活与故事的言说。但张大春似乎更强调作品中的文言文:"小说里用的是文言嘛,这个我不是乱来的。一方面是文言可以精简,本来你可能要写一百五十万或一百三十万字,文言只要写一百万字就可以了。另一方面,我的确查考了能够展现唐人口语的书籍,反复练习、推敲、模仿。其中一本最重要的,叫《祖堂集》,有点像公案,《大唐李白》里面的语气都是这样模仿的,实在没有办法,才用现代语。"③

文白交杂的运用,很容易让读者在阅读时候因为需要切换不同的理解层次而显得突兀、生涩,但作为比较注重追寻"理想读者"的张大春来说,这恰好更容易激发读者从中获得知识的扩充以及增强理解的限度,由此,不管是文白夹杂的运用让历史场景想象与现代文字接受相交融,还是通过文绉绉的叙述嘲讽知识分子,都让语

---

① 《春灯公子》,INK 印刻出版有限公司 2005 年版,第 98 页。
② 张大春:《李白同谁将进酒》,《文学思奔——府城讲坛 2015》,"国立"台湾文学馆 2016 年版,第 143 页。
③ 郭玉洁采访、撰写:《虚荣时代的诗人——张大春访谈》,许知远主编:《东方历史评论》第 6 辑,广西师范大学出版社 2015 年版,第 183 页。

言透过不同的文字载体、体式传承了中国古典文化的诸多可能性。因之，张大春时而从古代走到现代，时而又从现在回望古代，所运用的方式，就是古代语言和现代语言的交错。这样又更能够加深张大春思考的广度以及读者阅读时的深度，结合前文提及的他在同一文本中对不同语言体式的运用也可见，他的目的也不是一味地呈现复杂错乱的秩序，而是有着引发思考的操纵的。

（二）多语言融合

张大春有一个观点，表示不常用的语言能够引起不同的创新效果：

> ……在我们一般写作的语言里面，不论我们是不是根据罗曼史，或伟大西方经典，中国古代说部，不管你的来历是哪些，它都不是我们常用的语言。所以有的时候，透过不同的界面去进入到那个原先受的教养里面所没有的叙述世界，它就会显得生猛有力。也就是说，在一个一天到晚读五四白话文的这个时代，把这些作品拿来当做我们教养的世界里面，如果你不小心读到了很生硬的日文现代派小说的翻译，比如说"我心灵得到无上的慰安"；它把安慰故意倒过来，就会形成一个刺激，有新的作者可能就会从里头找到新的语言、新的叙述方式的灵感。[1]

这种从不同的语言、不常用的语言上寻找创新的突破点的方向，在张大春的作品中也存在。除了上述的大量使用文言文，张大春的作品中还经常使用外国语言，从而使其作品中的语言虽然是中文为主，却又时常交错着其他语言。如《长发の假面》一篇中，作者干脆就在中文中夹杂了日文假名，不仅暗示作品中故事发生的背景与日本有关，还与作品的主题的朦胧性相符合。而在更多的时

---

[1] 《小说家不穿制服——张大春对谈吴明益》，《大唐李白·少年游》，广西师范大学出版社2014年版，第339—340页。

候，张大春常常在作品中对某一个术语、词语在括号中标出对应的外文，颇有学术文的意思。这种外语融入小说叙述中的方法同样在很早的创作中就有了，如《新闻锁》中言及"对话关系"时用括号标出了其对应的英文——Dialogical Relationship，教务长面对娄敬的证据时问他能不能"保留这一份 COPY"，娄敬在笔记中记载自己看来 Karl Jasper 的 The Idea of University[①] 等。不过这时候的张大春的实验性还处于写实笼罩下的初期，这些涉及的外文，要么就是书写报告上的，要么是笔记上的或者是流行语中的，因此还不能说张大春就有很强的目的要通过这种语言建构一个语言场域实验小说技法，但也可以看出张大春知识的广博性及其在作品中的体现。

到 1980 年代以后的作品中，由于实验性的加强，这种融合多种语言的书写更多了，而这些多语言的运用，一方面仍然是对某种名词、词汇的括号注释说明。如"叛痞族"（Punkpies）（《写作百无聊赖的方法》）、"冷硬侦探"（hard-boiled detective）（《大说谎家》），以及大量的人名、地名乃至于公司名、物件名等，如"韦克岛"（Wake Island）、艾尔方索·史密斯（Alfonsol J.Smith）、詹姆斯·渥克（James B.Walker）（《印巴兹共和国事件录》），Candy Camera、Disco Center（《长发の假面》），piano bar、侯贝·摩格（Robert Mougard）、Ruby、Genny（《大说谎家》），达可得（Docksider）、吕生（Luerssenwerft）、泰列但因（Teledine Inc.）、罗拉（Loral Corp.）、三一厂（Trinity Marine）、巴赞厂（E.N. Banan）（《没人写信给上校》）……，以及《撒谎的信徒》中每一则章节前的引言的出处的人名、作品名，只要涉及外国人，也都几乎标注了外文。这些各式各样的名称及其外文的解释，真真假假，很难断定。如《印巴兹共和国事件录》中所提及的韦克岛确实存在，但是"印尼安拉巴兹"（Inianlabaz）、"印巴兹共和国"（Republic of Inbaz）则很明显是编造的；《大说谎家》中的写作与作品题目所指向的主题息息

---

① 《张大春自选集》，世界文物供应社 1981 年版，第 91、99、105 页。

相关，因此作品中的各种编造，也都与其"说谎"相互关联，于是他说："'如果你能用语言完全地复制出一个发生过的事件，就算你不会说谎了。'说这话的人叫侯贝·摩格（Robert Mougard），是个法国作家，死于脑溢血。"他编了一段话，说它"摘自《侨福文教基金会一九八九年 Free China Review 学报》"①。这些看起来很值得信赖，作者似乎也只是运用外文故意制造可信度而已，而如果认真的读者要去查询，恐怕往往是"查无此人""查无此物"。所以在《公寓导游》中，作者对"富礼大厦"的解释则更带玩味性了：

> ……公寓南侧近顶处的墙上有两排黑漆铜质大字，写着："富礼大厦 /Forture Building"，是大厦的名字。负责设计和建造这幢大厦的范扬帆总工程师此刻住在十二楼 A 座，他卧室的床头正顶着墙外那"富"字的宝盖。老实说：他并不满意"富礼"的发音。他的妻子林南施女士曾经是大学英文系的系花，一度替他出主意，给大厦起了个"Fully building"的名字，范扬帆不同意，他认为听起来"笨笨的"，念不好成了"Foolish"（意即"愚蠢"）②。

这种解释将英文和中文的意译、音译交错调侃，尤其是音译的 fully 与 foolish 之间的关联，因此小说的基调也暗含在建筑名称中了，而这儿提及的人物的形象、性格等，也通过他们对大厦名字的态度，基本可以预测。还有一些用法虽然也有着调侃、嘲讽的意味，但并没有刻意地加以解释，而是让作品中的人物故意言说中文、外文夹杂着的话。如《将军碑》中的武维扬，在言谈中说及自己及父亲时，总将汉语和英语夹杂着说，如"先父一直想把我塑造成一种

---

① 《大说谎家》，远流出版事业股份有限公司 1990 年版，第 43、96 页。
② 《公寓导游》，文化艺术出版社 1989 年版，第 143—144 页。

标准的军人的 Stereotype，可是我不行。我骨子里就有那种 Anti-bureaucrat 的抗体……"，"中国人的男女关系和伦理关系其实一直被 Condition 在一种 political sphere 的困境里面，出不来"，"Well，呃，我想……"① 这些言说一方面与将军武镇东一心想要把儿子培养成军人的愿望及其专制性形成了强烈对比，另一方面也与武维扬不选择走父亲安排的路，而走向教授之路并且一直不结婚等相符合，其实嘲讽武镇东的传统与专制时，也讽刺了武维扬的洋化。

同样，《大说谎家》中的"某女郎"对着吴宝林说："生活没有变化？So what？生活单调到刻板？So what？精神空虚？So what？——Who cares？您不觉得您其实满'无趣'的吗？还有他们——"② 也以嘲讽的形式一方面将这个"哲学家副理"的形象呈现出来，另一方面也揭露吴宝林的生活状态的无聊、无趣。当《饥饿》中的厨子在改造、包装巴库时说他"太不'sharp'了"，告诉巴库什么是 wine，怎么喝③等时，厨子的形象也会跃然纸上。当然，有时候作者也不让作品中的人物直接说话，而是替他们说了，所以，《公寓导游》中的苏珊和她的美国男朋友 J.J 在一起时，作者直接就叙述说，他们遇到吐痰的梁润隆正是一个影响了她命运的人，如果不是他的原因，苏珊"也就不会对代表中国人老旧观念和顽固传统的 dirtyoldman（脏老头）有那么客观的了解了"④。

《晨间新闻》中写了中国留学生因为强尼的胡说而愤怒，因此在黛安·柏格森的车上喷漆书写了"Fuck You"和"TAMADER"，但当地警察误以为后一个是出现了新的保利集团的标志，张大春在作品中直接点出了其为"他妈的"的意思，这样直接点出谜底，反而利于衬托作品中所言的本地警察局展开调查，并且对新闻界宣称

① 《四喜忧国》，远流出版事业股份有限公司 1992 年版，第 24、26、27 页。

② 《大说谎家》，远流出版事业股份有限公司 1990 年版，第 11 页。

③ 《四喜忧国》，远流出版事业股份有限公司 1992 年版，第 183、204 页。

④ 《公寓导游》，文化艺术出版社 1989 年版，第 149 页。

毫无进展、无可奉告的无知。[①] 其讽喻性也很明显。更直接的调侃与讽刺效果恐怕是《没人写信给上校》中对 Club 的解释，文中提及"我"曾经和别人一起进了一家"有小姐陪坐喝酒的 Club"，然后在括号中加案语说它"不可翻作'俱乐部'，也不可读成［klʌb］，正确的读音是'可拉跋'"[②]。这乍一看像是废话，但仔细想来，他是在以读音为入口，调侃中国人的语言发音习惯，同时，后设手法的运用又让作品的语言不是一本正经地、循规蹈矩地表达他本身的意思——能指，反而生发出新的意义。

由这些例证我们可以看出，张大春对于多语言的运用，既有着呈现知识的目的，也有着通过语言加强文本的谐拟与讽刺效果的目的，同时，张大春以一贯对知识的独特情怀，运用语言编造各种异类知识/伪知识的姿态也能一目了然。这在表现异类知识的《本事》中，更是处处有体现。该书直接在封面和目录中用很明显的字体字号添加了作者解释"本事"的英文 Pseudo-knowledge（伪知识），而在具体的篇章中，则几乎每一篇都有外文出现，其中同样用人名、书名、地名、术语等等的外文，并且似乎是为了增加可信度，有很多人名都在括号加外文解释后增加了生卒年；同时，他对各种很少见的字词的编排与解释，对异类知识的呈现（或者编造）的效果也很明显，如他说坂口千惠读到衣索匹亚康索族的年龄制度的数字，喉咙里发出了 Urika，然后在括号中加按语解释这个词是"源出阿基米德在洗澡时发现'物理在流体中所承受的浮力等于物体所排开的那部分流体的重量'之际所喊的话语——我找到了！"[③] 他一本正经地引用马可·波罗的《东游记》里记载的巨鸟 Ruc，说那是欧洲人在有限知识中的附会，根据更早的出土文献来看，Ruc 是错讹夸饰的传说和谣诼而且是横跨欧洲、亚洲和非洲的共同符号，接

---

① 《四喜忧国》，远流出版事业股份有限公司 1992 年版，第 46—47 页。
② 《没人写信给上校》，联合文学出版社有限公司 1994 年版，第 16 页。
③ 《男人的十三乘以三加九是老太太》，《本事》，联合文学出版社有限公司 1998 年版，第 91 页。

着又煞有介事地说自己认识一个西非国家的学者，他的研究中引述了一则古老的神话，他试着翻译出来："Ruccacollo（按：即巨鸟，极可能是 Ruc 的本字，Ruc 即由此字简化而来）的两个头吵闹不停……"最终不仅说 Ruccacollo 有神奇的寓意，还给它编出了各象形字图，又对这个图案进行解读，说它发音 hekmalo 与阿拉伯语中的"智慧"（hekma）读音相似，h 的发音和法语［r］相似。① 可谓是天马行空，肆意编造各种各样的异类知识了。这部书之所以极其具有另类代表性，就在于作者在编造各种知识时，以一种博闻强识的姿态，将各种语言、文字、符号等任意拼贴、揉捏在一起，构建一般人不可能接触到的知识，而作者又常常以第一人称叙述者串联、讲述相关资料、知识的获得情况，营造一种真实的感觉，作品中所涉及的语言、文化，就包含了日语、印度语、匈牙利语、西班牙语、蒙古语等等，可谓是多语言的综合体。

诚然，张大春有时会说自己是世界人，但又会表示怀疑，因为他除了国语只会说英语②，但其实单单从语言的角度看，他似乎真的在营构一个"世界人"形象。因为除了涉及英文，他在《城邦暴力团》《撒谎的信徒》《没人写信给上校》等中已涉及了一些梵语、日文、德文等，但在《本事》中，他真正地将这些不同国别、民族的语言进行肆意的编排，这样呈现异类知识 / 伪知识的途径和方法，从效果上来说，是很明显的，它们很容易让读者掉进他所编排的语言、文字及文化的陷阱中，误以为真。

张大春甚至通过语言涉及、呈现翻译的问题。如《自莽林跃出》中有贯穿性影响的"斐波塔度"，作者最开始让这一词汇出现时，故意留了一个悬念，最后才指出，这是一棵树，但在本地人的文化观念中占有重要位置，"我"和卡瓦达就是在那里飘起来的。

---

① 《巨鸟的一枝》，《本事》，联合文学出版社有限公司 1998 年版，第 113—116 页。

② 傅小平：《张大春：我认为自己是一个小作家》，《四分之三的沉默：当代文学对话录》，广西师范大学出版社 2016 年版，第 146 页。

而此篇中涉及的语言，既有本地人的语言（作者没有直接呈现），也有本地人唱的"We are the world"，更有神奇的河南女人所说的中国古语"就此别过后会有期吾等告辞"，叙述语言又是现代白话文，这种对古今中外的语言的运用，其综合交融性，比起《本事》中的诸篇，有过之而无不及。这里虽然没有点出翻译问题，但是直接用汉译而不解释的方法，更制造了神秘感。《最后的先知》中本来就处理了一个两套语言系统之间的矛盾性的问题，即以伊拉泰家族为代表的岛民的落后、封闭的语言系统与现代、外界语言之间的差异性，如将女记者的隐形眼镜说成眼睛里长了鱼鳞，将录音机说成吃声音和吐声音的怪物等；而巴苏兰的记忆中，小时候被黄衣服的外来人逼迫抽"他巴枯"（tobacco），而伊拉泰在面对"病人"的采访讲故事时，对方要求他讲一点"逻辑"，他于是转换成了讲述人名为"罗姬"的人的故事。[①] 这样，外来的现代语及外国语言，被充分溶解到了本岛的土语中去了，这种溶解让语言的包容性得以展示，但是语言的译介与文化的错位，也使得岛民的生活与现代格格不入。

也许是基于对这种语言的错位或者错译的理解差异性的关注，张大春在《本事》中曾经引了一段小诗后，说这个是一个俄罗斯女诗人用亚美尼亚语给"我"念的，但其实它继承了波斯、希腊甚至吕希亚（Lycians）和卡利亚语（Carians），念起来有一种独特的感染力[②]；《城邦暴力团》中则直接说蒋介石政权 1965 年前后清理异议分子（其中包括杀害万砚方），是因为其打的"反攻大业"遭到"撒泼塌击"，然后加括号按语解释说，"这是老牌文人喜欢运用的一种迻译式语言策略，疑原文为 sabotage；意指在产业或政治、军事纠纷中以故意破坏机具、设施，或阻挠某一计划之遂行为手段的阴谋活动"[③] ……这些呈现、解释，不仅仅有着表面的知识梳理、

---

① 《四喜忧国》，远流出版事业股份有限公司 1992 年版，第 153、156 页。
② 《强力春药》，《本事》，联合文学出版社有限公司 1998 年版，第 147 页。
③ 《城邦暴力团》（三），时报文化出版企业股份有限公司 2000 年版，第 236 页。

作品中的事件评价的意味，还含有作者写作策略的肆意铺叙、顺手拈来的自如，更有对不同语言的相互解释及对其相互关系的思考。

（三）注音

除了运用文白的交错及中外文的融合，张大春还常常在作品中运用注音的形式。这些注音的运用，或是出于无法用汉字表示的语言、发音，或是表现不会写字的人的言语，或是故意将注音符号展现出来，但它们也都构成了张大春小说中国语言文字形式方面对读者产生冲击的因素。

张大春虽然在创作中也不无将现实中的通俗甚至粗俗直接进行运用的实践，但有时候他也常常委婉地将其转换为注音形式呈现无法用汉字表示或者不适宜用汉字表示的字。如《寻人启事》中的《鬼借》一篇，主人公的姓名就被他省略掉中间的字，而用 × 代替，他在解释一番自己确实想不起来后，说主人公宋 × 祥的同事们叫他"ㄙㄨˋ ㄥ ㄒㄧㄠˊ"，但作者紧接着还解释说，这是台语的粗俗语"爽的精液"的意思。[①] 在这里，方言、粗俗语还纠缠着绰号被呈现了出来；同样，《神喇叭》中的山东汉子，吃着葱油饼开出租车却听着"主的福音"，还爱教导人，作者特意强调了他对作为乘客的自己说的"念情忍！ㄋㄧ赢ㄍㄞˊ直捣滋急滴导路哇！"（方言："年轻人！你应该知道自己的道路哇！"——引者）并表示自己不会忘记"这熟悉的腔调和陌生的言语"[②]，觉得一个用方言言说天使的道理的出租车司机，有违和感。这倒是写出了来自山东的出租车司机的宗教精神，即便用方言言说多别扭，也依然将"传道"的责任表现在每一个言行举止中，当然，作者如此言说，也并非赞美，反而多了一层讽刺意味。

《野孩子》中的注音的运用，也涉及方言、行话、不好发音的话等等，如"少川没来，已经很奇怪了；你又跑来闹ㄍㄧㄠˋ，我

---

① 《寻人启事》，联合文学出版社有限公司1999年版，第90页。

② 《寻人启事》，联合文学出版社有限公司1999年版，第39页。

还以为你是虻哥派来的”，"……我以前想要ㄍㄚˋ那管马子的时候，就会想知道她的过去的事……"，"……可是他（虻哥）看起来真的像一ㄊㄨㄛˊ松松软软的吐司面包，被压一压就凹一块、连弹都弹不起来的样子"，"半夜的时候，她听见大哥嚷着：'ㄚˋㄋ丨！ㄚˋㄋ丨！'"[1] 这些注音符号代替汉字的运用，在多处使用，将语言文字形式上的穿插，用以展示文字内容的复杂性。《城邦暴力团》中，也用过注音符号，但是是用来强调声音（语音）的变化的。作者在说到小时候的彭师母时，说她叫"嫚儿"，"嫚儿不是小女孩儿的名字，只是那个地方的人呼喊小孩儿的一个通称；得把嫚儿二字连成一个字读，使前一个字的母音被后一个字给遮住、捂住，读起来像'母儿'或者一声牛叫，'ㄇㄦˊ——'"，"至于她自己，则是音义皆残掩不全的'ㄇ——ㄦˊ'；嫚儿，我们的彭师母"。[2] 这解释了拟声词、绰号式的名称，同时也通过此，解释或者说展示了民间文化。

　　还有一种用法主要用于不会写字的人的语音记录和识别。《四喜忧国》中的朱四喜的儿子，也都在周围的影响下，信仰了基督教。于是作品一开始就写了他的儿子来财和来寿的学习对话，一个学英语，"He is a teacher. I am a student."一个捧着有注音的白话《圣经》读（唱？）"我们却ㄒ丨ㄢˋㄇㄨˋ一个更美的家乡，就是在天上的——"并问其哥哥"ㄒ丨ㄢˋㄇㄨˋ"是什么意思（即"羡慕"——引者）[3]。这里不仅在作品中呈现多语言的交织，还将作品中的人物学习宗教知识、宗教歌曲的热情书写了出来，而紧接着来财对"羡慕"的解释，也含有对主题的隐喻和对朱四喜书写文告的讽刺——一种羡慕记忆中的美好过去而走上不自量力地书写"文告"之路的不合时宜。《没人写信给上校》中写到李春枝和她弟弟

---

① 《野孩子》，联合文学出版社有限公司1996年版，第31、91、106、209—210页。
② 《城邦暴力团》（三），时报文化出版企业股份有限公司2000年版，第106、133页。
③ 《四喜忧国》，远流出版事业股份有限公司1992年版，第126页。

在上校被杀害后去处理文件资料，她弟弟问她那是什么，她说都是垃圾，但作者又以后设括号加说明的方式说，"李春枝女士的发音是ㄌㄚㄐㄧ"①，这又是专门强调和讽刺李春枝说话不标准及其说话腔调了。

这种运用更多的是在描写青少年的小说中，"大头春"三部曲中尤为典型，《我妹妹》中说"我妹妹"说的"爸爸"是"ㄅㄚˇㄅㄚˊ"，这是"我"和"我妹妹"多年前就叫的，但是奶奶反对，因为这个听起来像叫"狗屎把把"的ㄅㄚˇㄅㄚˊ，但妈妈在爸爸面前经常这样叫，"我"并没有觉得含有轻蔑或嘲弄的意思。②《少年大头春的生活周记》中，处处见"我"由于不会写汉字而用注音符号代替的地方，如"这个礼拜看了一本书叫《曼波舞王唱情歌》，是写古巴人很倒霉，每一个人都在自暴自弃，也不肯努力读书上进，大家都在爱来爱去，而且情节香ㄧㄢˋ刺激"，"电视明星要表演节目来ㄇㄨˋ捐救灾，他们以前也ㄇㄨˋ捐过，反正就是找很多有钱人举手比赛看谁比较多钱，女明星还会亲他们一下。""……那只小狗被偷走五天，后来有人通知戴万青到电动玩具店交两千块给老板说是给'阿ㄍㄚ'的……"，"……可是我认为再好的朋友也不可以在考试时这样ㄍㄚˋ我。……"③ 无论是"艳""募""尬"等等还是只听发音不知道写哪个字的"阿ㄍㄚ"，都属于站在十多岁的少年角度无法书写时的应变之计，但是三十多岁的张大春化身少年时，这种注音的运用就有着一种模拟或者表演色彩了，而恰恰如此也反映了青少年的心理特征。在以几个小光球书写少年心态的《时间轴》中，也写出小绿球在面对散落一地的古籍的徐香香，说："ㄏㄡˊ——你该倒霉了！"这个"ㄏㄡˊ"既是拟声词，也是很难

---

① 《没人写信给上校》，联合文学出版社有限公司1994年版，第358页。

② 《我妹妹》，印刻文学生活杂志出版有限公司2008年版，第154页。

③ 《少年大头春的生活周记》，联合文学出版社有限公司1994年版，第3、16、105、148页。

找到对应读音的文字，在此运用不仅表现出小绿球的活泼可爱，还在紧张的氛围中制造轻松愉悦的感觉；而《城邦暴力团》中一直将孙小六书写成一个单纯、胆小又没多少文化的成长中的少年，作者曾写他父亲孙老虎跟作品中的"张大春"的家父诉苦式地说，孙小六在外面不知道混什么，给他在信箱里交了信封纸装着的金条，信封纸上面还"迤逦歪斜写着几行狗爬字：'爸：/不小心ㄐㄧㄢˇ到这个给你用/小六'"[1]。这也是很符合孙小六这样一个没什么文化的人的。张大春果然手段老辣，似乎将自己完全变成了一个纯洁（而又早熟）的少年，在语言的角落里也散发着自己的光芒。这样，注音符号的运用不仅贴合了少年心态，也表明张大春运用语言、文字符号拼凑可能世界的拟真效果之高妙，其语言策略不言自明。

虽然由于所使用的注音体系不一，大陆出版的多改成汉语拼音，台湾出版的还是运用注音符号，但不管是注音还是拼音，都是张大春有意为之的以语言形式的借用促进小说形式创新的重要手段。

二、语言的"迷宫"与"陷阱"

阅读张大春的作品，会发现具体阅读到一些段落是会觉得很有意思，但是要整体地理顺他的意思，却不是容易的事。詹宏志曾经在为《四喜忧国》所作的序言中指出，张大春揭开语言本质，在语言中表示真实就是虚妄、语言就是支配以及语言灵物崇拜等，并指出，张大春的作品表现出"语言有困难，却还可以'用'"[2]。正是如此，张大春的小说语言中，展现给读者的，包含着种种矛盾性，甚至设置了语言的迷宫和陷阱，试图让读者在一个另类的语境中，感受他所制造的语言文字的间隔与疏离，以此获得体验的快感。张

---

① 《城邦暴力团》（下），时报文化出版企业股份有限公司 2009 年版，第 195 页。
② 詹宏志：《几种语言监狱——读张大春的小说近作》（序），《四喜忧国》，远流出版事业股份有限公司 1992 年版，第 5—9 页。

大春在语言方面的探索和实践，也就在这个过程中让读者得以窥见，如朱双一指出的那样："张大春致力于揭示语言的困难和陷阱。所谓'困难'，指语言并非如一般认为的能对事实真相加以复印式的精确记录，常因言不及意、记忆错误甚至有意歪曲等原因，使叙述和真相之间产生差异；所谓'陷阱'，则指某些语言（如习惯性语言或权威性语言）对人的思维具有某种支配性，可影响人的观念、行为，甚至可建构虚假的'现实'，使人陷入错误的泥沼之中。二者殊途而同归。这一语言哲学，作者不仅在后设小说中做了集中的呈露，在其他小说中也反复涉及，或利用各种机会顺便加以印证。"①

这种对语言的追求和语言形式与内容的探索，出自于张大春对语言的执着，他在《小说稗类》中表示要对大众"不知道来历的、白话文运动倏起倏落的时代辗转遗传下来的语言"也就是"语言的尸体"，进行清理和检验。② 于是他的小说也就尽力造设不同的语言氛围和语言风格，甚至走向语言陷阱的设置。他曾对自己的"大荒野"系列自我陈述道："这是一个纯粹的语言尝试，语言上既不白话也不方言，生造出了一个以语境为主角的故事，语境让人掉进去。小说里有几个问题，比如裘家两个儿子是坏蛋，他们后来到底死了没有？死了又怎么活过来？这是谜团。还有绿眼儿秃狼，那场大战结果如何？也没有交代。为什么？这两个问题我用原先的语境无法解决，所以要换一种写作方式，也许是考证，也许是电影，一定要换一种语境才能把剩下的故事说明白。现在你所看到的，就是一个语境操作。所以你看，《欢喜贼》和《富贵窑》在语言上是有差别的，前者的叙事者是我，是单一观点，到了《富贵窑》就是全神观点了，但这两种方法都无法说完我想说的故事。"③ 这种不断创

① 朱双一：《近20年台湾文学流脉："战后新世代"文学论》，厦门大学出版社1999年版，第322页。

② 张大春：《站在语言的遗体上——一则小说的修辞学》，《小说稗类》，广西师范大学出版社2004年版，第30—31页。

③ 石剑峰：《张大春谈传奇、侠义和武侠写作》，《东方早报》2009年8月16日。

造语言新技能、设置陷阱又寻求自我突破的精神，也使得他的语言不断地进行风格上的更新。

通过对惯用语、常用语的改写达到语言的戏谑和嘲讽，便是张大春通往造设语言迷宫和陷阱的重要途径。如《写作百无聊赖的方法》中说"我"不知道如何用科学方法叙述百无聊赖及其遭遇，"到今天这个时代，试管婴儿已经多如牛排"，并在"多如牛排"加了括号按语说"原编者按：'排'字可能有误，原本疑作'毛'字，姑且存真"，又说经济学家和社会学家退休，成了"不折不扣的阶级"，不过，以他们勇于发表高见，"勇于针贬社会的积习"，很可能参加政治活动去了，同样他故意把"针砭"写成"针贬"，括号加注说"原编者按：'贬'字应作'砭'，疑系笔误，或有他意，请读者解读"，这些还算作者运用了后设进行了解释的，有的地方直接就化用现实中很常用的字词却进行了改动，他说赖伯劳最终"免为其难"地答应了让他观察、作为写作素材的请求等等。① 这些改变，让这些字词、成语原本的意思有了很大的改动，但是又比较能够贴近文本意境中所要表达的意思，这样写，却写出了作品中所涉及人物的虚伪、荒诞、无聊等的特征。而作品中的大量的使用，更进一步奠定作品的基调和风格。张大春确实在各个文本中，都会运用类似的语言表达方式加强其谐拟、反讽。以捏造伪知识／另类知识出名的《本事》中，也捏造了种种类似的语言表达，如他在言说一段"一八一七年俄罗斯出土的版本"中所记载的文献材料后，说克莱顿整理、改写《食死人者》的导读中以"错讹昭著"形容它，觉得它不可信，为了强调这一词汇，他还括号加注其英文意思为"notoriously inaccurate"②，可谓是煞费苦心制造真实感，创造新表达。

更多时候，张大春在使用语言时即将惯用语出离于原本常见

---

① 《公寓导游》，文化艺术出版社 1989 年版，第 78、87、83 页。

② 《蜡头枪》，《本事》，联合文学出版社有限公司 1998 年版，第 164 页。

的搭配与组合中，从而让语言很形象地指向其所描述和言说的人物、事件，由此作者对对方的态度也表现了出来。《七十六页的秘密》讽刺大学教授——知识分子的不切实际、虚伪等，也写几个答辩委员之间的关系，其中说"李教授曾经对我能获得这样一个机会发过酸，表示敦煌学的研究风潮会像喜多郎的电子音乐一样昙花一现，不过，也慷慨地羡慕我：'能够尝遍法国美酒，也就不虚此行了，是吧？'"① 一个"慷慨地羡慕"，硬生生把知识分子之间的酸更强化了。而《病变》中写耿坚博士第二次回到祖国时，已经不再受到重视，第一次有很多人争相邀请他做演讲等，但此时已几乎都忘了：

> ……只有一家电视台在制作一个军纪教育节目时想到了他，请他谈了谈有关军中自助餐的营养均衡、有助于提高战力与士气等等。耿坚博士起初推托说不是食品营养学者，不敢妄言，但是节目制作人（一位体面的中校）劝说他应该"为自由祖国不断成长进步精实壮大的三军袍泽打打气，也算尽了一份海外学人爱国更爱军的义务和责任。"耿坚博士只好慎重地答应。他一共发表了三分半钟的谈话，其中有两分钟的内容和世界各地兵连祸结、病变丛生的感想有关，一分钟是呼吁"大家"要彼此相爱、多做学术研究，以增进世人共同的幸福。只有半分钟的时间和自助餐、营养成分、身体保养以及精神愉快诸如此类的话沾上了一点边。当然，他也只能有半分钟的时间在电视荧屏上露个脸。（一个他永远也不可能知道的结果就在他说话的半分钟里发生了：有三十万名官兵听着他的喃喃之语同时进入了梦乡。）②

---

① 《公寓导游》，文化艺术出版社1989年版，第27页。
② 《病变》，时报文化出版有限责任公司1990年版，第158页。

这段话中，作者以一种比较沉着的姿态娓娓道来，但是语言已经逐渐走向耿坚博士有可能会遇到如何的待遇的问题，似乎要说明他的不受重视，而且表示他是不得已才出于大义接受了邀请。让读者误以为耿坚博士是一个品德高尚的人，对其接受邀请去做节目充满期待。然而张大春常常如此另辟蹊径制造冲击感，转而在描述耿坚博士在做节目时的胡扯，将与节目主题无关的内容大量发挥，与节目有关的内容由此只剩下了很小的一部分，这样，嘲讽对象变成了耿坚博士。然而，紧接着说他最后也只有半分钟露面的机会，又回到了对邀请方、节目制作方的批判和讽刺中了，而括号里的内容更加突出对耿坚博士的言说的讽刺。按照一般的读者期待，做节目可能会发生什么事情，张大春就通过语言叙述中的突转、括号备注等形式，让有关系的两方面同时被层层曝露于语言的强光之下，由此既无对节目主办方的赞扬，更没有对耿坚博士的肯定。作品的讽喻性风格跃然纸上。

对语言的固有秩序或者搭配的更改，以增强讽刺与嘲讽效果，就在于语言本身有着诸多意义，而这种多义性、歧义性及不确定性使得张大春在借助语言的移花接木式的运用时，有了可资利用的基础。于是张大春常常跳出原本的词汇意思，自己建立一套全新的解释体系。如他说"绝对禁止""在文化人类学上有另外一层意义——它同时也代表了极度享乐、秘密权力以及超越凡俗；凡是干下这种事的人既是公开的犯罪，也是隐秘的英雄"[1]；说"所谓'事情'——无论字典上的定义如何、也不管在一般人的经验理解中如何；依照我个人固执的看法，就是一连串无法避免或更改的因果关系之中的一个关键、一个部分、一个不能被抽离于之前以及之后一切的某种存在的状况"[2]；他又在《没人写信给上校》中假设"上

---

[1] 《快乐不可再得》，《本事》，联合文学出版社有限公司 1998 年版，第 56 页。

[2] 《本事——我和我妻子的赋格练习》（代序），《本事》，联合文学出版社有限公司 1998 年版，第 7—8 页。

校跑路了",又以后设括号加注的方式说:"按:跑路的意思之一是逃亡,语义之二是跑在路上;没有哪个正常人会认为语义之二是对的。"①这样解构起语言来,甚至不顾其中的矛盾性逻辑。如此一来,既然语言有着可以跳出以词典等的解释为规范的系统,那么小说写作也可以跳出人们的常规思维和接受方向,另外寻找新的可能性。就如同张大春在《城邦暴力团》中所说的那样,一般人见到"陶带文"这样的名字时,可能固定的思维就是会认为这类名字只是出现在报纸讣告栏目中,吓人一跳,因为读者见到了这样的名字一般都会认为他们早都死了,怎么突然又跑回来。谁承想他竟然还是李绶武化名来写作和出版《民初以来秘密社会总谱》的。②可以发现,张大春常常让这些人们习见常闻的东西从另一个角度呈现出来,给人以刺激感。

张大春的语言的陷阱和迷宫的制造,使得每一部作品所营造的氛围都是不一样的,而生活于其间的人物、发生在这些文本书写中的故事,也由此有着读者难以猜测到的结局,或者即便是猜测到了结局,也会被张大春的叙述方式误导。所以《大说谎家》和《没人写信给上校》看似像侦探小说,但是前者到后半部分变成了政治、时政评论了,而后一步,在行文渐进的过程中,他早都将杀害尹清枫上校的人全都抖搂出来了。《城邦暴力团》中,乍看开头几章,还以为是要言说近现代江湖帮派的种种事情,但随着叙述的发展,原来更重要的是以"张大春"这一写作者的卷入和探索为主要线索了,江湖本身的恩怨等,反而变成了次要的,最后几章,要么摘抄高阳残稿件,要么述说自己写小说的可能性,早都远离了江湖本身了。同样,《欢喜贼》也好,"大唐李白"系列也好,故事的发展其实早就有着语言风格的铺垫了。"说谎三部曲"言说谎言,作品中的讽刺性语言随处可见,而《城邦暴力团》言说历史、江湖以及

---

① 《没人写信给上校》,联合文学出版社有限公司1994年版,第25页。

② 《城邦暴力团》(三),时报文化出版企业股份有限公司2000年版,第234页。

成长历程/书写历程等，虽然也多有谐拟，但作品中的第一人称叙述，却多了几分沉重；《聆听父亲》就多了真实的家族情感因素，因此其书写语言也多了抒情意味；"春夏秋冬"系列则既有古典语言的仿用，也有现代说书人的评论，因此兼有古典和通俗相互交融的效果……

总之，张大春从创作以来，确实在作品中"总是不断操弄语言，尝试所有可能的形式"。[①] 而其语言的不断探索和创新，并非为了真正地给读者讲述故事，作为一个追寻"理想的读者"的"以小说为信仰"的人，张大春通过语言的创造才能和小说技巧的创新能力，在文本中建构的，是语言中的能指和所指错位的语言与现实反差强烈的世界。由此，他带领读者走上他搭建的一座座语言的独木桥，最终通向的是早已埋伏好的陷阱和迷宫。正如有学者所指出的，"张大春的小说中，语言文字……是他建构故事游乐场的'钢筋水泥'，也就是文字回到它的基本工具性"，所以他所要做的，其实是挑战读者，这使得他的作品中虽然处处充满现实因素，却处处都不真实，"张大春的小说世界与现实世界，关系是断绝的，他小说中的'能指'无疑也已经不能指涉现实的意义，失去了语言的'所指'，于是所有的故事都变成一个作者自鸣得意的游戏"。[②] 而张大春的语言又充满着诱惑力，他用语言本身的知识内涵引诱读者跟作品中的人物一起探寻线索，光是《城邦暴力团》中的一阕《菩萨蛮》，就牵扯出什么是诗词、什么是《菩萨蛮》等古典文学知识以及作品中如何化用温庭筠、张先、李璟、谢灵运等人的诗词典故等一系列的知识；而对这首词的"解谜"，更是一种实实在在的拼字和拆字的游戏，作者不仅将日常的字谜游戏进行介绍，还具体地言

---

① 汪时宇：《现代说书人——以张大春"春夏秋冬"系列小说为中心之研究》，台湾中正大学 2014 年硕士论文，第 44 页。

② 陈国伟：《解严以来（1987～）台湾现代小说中的家族书写》，台湾中正大学 2006 年博士论文，第 309—310 页。

说自己如何通过种种线索解出词中的谜底为"岳子鹏知情者也"。[①]这样，叙述的过程中看似枯燥，却充满着种种逻辑思维，而语言背后，是种种知识的呈现和游戏的引领。

三、以语言指向谎言

在写作的最初时期，张大春就对语言充满怀疑，他表示自己越写越"厌倦每一个看来早已僵死过无数次的句子和词汇。语言这时成了多么可怕的梦魇：让你在沉酣中自以为庆幸地挣扎，却又无力抗拒"。[②]也许正是这种对语言的恐惧，激发了张大春对语言的探索和实验，以寻求不断突破。因此，早期的作品中，张大春便也借助语言写出了人物的内心与现实言说的矛盾性：

> 他想和老爸提一提学校里那件轰轰烈烈的事了，有些时候，要故意做出一副凶恶的模样，尤其是受了自己的气，这就好像消火一样，吹嘘一下，可以安安心。所谓凶恶，通常也不过是编派出来唬人的。每回当妈妈和老姊她们只要听信了他所胡诌出来的那些，总会骂上老半天，挨了这种骂，他却有一种没来由的快感。早上在教室里推了一个家伙一把，那人吃不住，摔了个跟斗，只为一句闲话。他甚至已经忘了闲话的内容是些什么。不过，现在抬出来编派一番，也是好的，老爸会训人，一定的。
>
> "今天我揍了一个家伙。"……
>
> ……（中略——引者）
>
> "有个家伙嘴贱，被我狠狠揍了一顿。"一个指节似乎

① 《城邦暴力团》（二），时报文化出版企业股份有限公司 1999 年版，第 120—121、140—142 页。

② 《缝书记》，《张大春自选集》，世界文物供应社 1981 年版，第 7 页。

生了锈，怎么也握不响，一用力，痛了起来。

　　……（中略——引者）

　　他答不上，戳戳那只僵僵的指头——才想起来，早上那一把推下去，指头扭了一下。——："我才伤不到呢！那家伙还早得很。"①

　　这一段引用中，正好看出了丁百强的撒谎的过程，然而其语言又是极诚实的。但我们从他如何撒谎的过程也可以看出，张大春确实从创作的初期就深谙撒谎的技巧。尔后他的创作中，则继续通过语言的形式表现撒谎与虚构的可能性，以体现他怀疑一切及认为一切都可以创作的写作观。不过，与早期相比，他的语言也随着撒谎的走向而有所变化，他在《走路人》中表示，"无论你们相信谁的记忆，它都会在相信之后变成最真实的故事""我告诉你们的是记忆，记忆好像和编故事差不多，是吗？""只要资料之间合理，就值得相信"②，这无异于是在对着观众进行"洗脑"：我编的故事，只要合理，就值得相信。此后张大春就在《公寓导游》及其后的作品中，肆意地书写将军的记忆的真假，肆意地假设林秀雄的种种可能，他甚而干脆化身一个个导游、档案整理者，给读者讲述各种神奇的故事，用新闻记录的方式虚构印巴兹共和国的政变及台北的一次核泄漏事件，并且一本正经地将数字、时间精确化。然而，这种一本正经的书写，最终以欺骗读者的方式揭露政治斗争的虚伪、复杂性，政治力量及新闻的虚假性。

　　张大春越走越远，在《四喜忧国》中继续发挥他的语言编造能力，让朱四喜相信"报纸上都是真的""总统文告都是最好的文章"，于是他经历无数次的修改和投稿，终于将其《告全国军民同胞书》写出发表。然而，读者在包含戏谑的文风中，是否相信朱四

---

① 《剧情》，《鸡翎图》，时报文化出版事业有限公司 1981 年版，第 28—29 页。
② 《公寓导游》，文化艺术出版社 1989 年版，第 58、56、53 页。

喜的言行的可能性呢？实际上，作者在作品中已经让朱四喜自己说"我不念，只合不知道，是个傻了，现下好容易明白些个事儿，才算开了窍"①，这恐怕是很多读者应该有的态度了吧。在《自莽林跃出》中，他干脆将一切语言文字的言说和谎言、虚构、编造，借托词进行掩埋："冲进我脑袋的第一个念头是：拍张照片。可是这个念头在下一个刹那被我继续上升的浮力给吹走了。我越是浮高一点，就越是觉得拍照、写生、录音甚至写作……，是多么多么乏味的举动。……我很想对他们说：就在漂浮起来的片刻里，我忽然了解了'符号'这个东西真是蛮无聊的；而鼻子这玩意儿又真是满管用的。可是我什么也没说出口。"②

《饥饿》中的马老芋仔"死前困惑地想着：究竟女记者说的是真话还是假话？自己说的是真话还是假话？如果女记者说的是真话，自己就是个骗子；如果自己说的是真话，女记者就是个骗子。但是发黄的旧报纸上不只是屈辱，还有他的荣耀，那么究竟屈辱是真的还是假的？荣耀又是真的还是假的？"③ 这样，经过层层包装，张大春的谎言好像很站得住脚了。由此，张大春通过一本正经的语言，走向了若隐若现的谎言，在谎言中建构一个世界来进行批判。所以《大说谎家》《撒谎的信徒》及《没人写信给上校》等作品，"小说主题已由'虚构'进阶成'谎言'，当中的诡辩在于张大春将本来存在于语言文字中的'虚构'理解成具主动性的'说谎'，'虚构'技艺就是'说谎'的技艺，因此表现虚构的最好方法就是：说谎！"④ 在这些小说中，张大春大量地通过现实生活中的政治人物及其历史的书写，将历史的大事件融入到写作中，充分营造了一个真实还原的感觉，但其实质又都是虚构和谎言的编织。于是，无论他

---

① 《四喜忧国》，远流出版事业股份有限公司1992年版，第136、138—139页。

② 《四喜忧国》，远流出版事业股份有限公司1992年版，第96页。

③ 《四喜忧国》，远流出版事业股份有限公司1992年版，第166—167页。

④ 郑淑怡：《写实、魔幻与谎言——张大春前期小说美学探讨（1976—1996）》，台湾东海大学2009年硕士论文，第80页。

怎样编排上校尹清枫的死亡及其周边的种种,"一部小说——哪怕是一部长篇小说里,可供丧失主题的空档也并不多,我们如果够积极的话,仍然可以在一九九三年十二月四号凌晨的几个小时里发现一些蛛丝马迹"。① 也没有成真或者影响现实中的破案,因为"谎言如影随形,附着在每一个阅读着小说和新闻的你身上,永不终结!"②

张大春的确将谎言书写进行得比较彻底,正是通过对谎言的揭露,他看到了现实生活的种种虚假、虚伪与政治权力的操控对人们的影响,在这样的现代环境中,人们所能选择的生活路径,要么是逃遁,要么是继续撒谎。于是他在其后的作品中,便也选择了这两种方向:《本事》中,他选择了撒谎,一次编造出了种种异类知识;而《城邦暴力团》中,他选择了逃到近现代史的江湖网络中,最后发现自己并不能自如、完满地解决关系,于是选择逃亡;"春夏秋冬"系列及"大唐李白"系列中,他又逃回了古代,试图以现代说书人的身份言说古代故事。

张大春曾提出过影响力很大的"新闻小说"的概念,强调其"以'虚构'来编织'现实',同时也用'现实'来营造'虚构'"③,通过现实与虚构的双重利用,让它们在作品中互现,所凭借的正是语言文字的工具。但是,"语言永远无法正确地反映现实,不仅是小说,整个世界利用语言与文字沟通所建立的体制充斥着的,是谎言",张大春提出语言就是诠释,"是因为他想要颠覆语言的单一性与绝对性,破除读者对逻辑惯性概念使用的依赖"。④ 可见,张大春走向谎言、走向颠覆,所依赖的逻辑正是解构,因此他的语言的解构性,也就不言自明,由此,我们前文所言及的他对语言形式的种

---

① 《没人写信给上校》,联合文学出版社有限公司 1994 年版,第 176 页。

② 《大说谎家》,远流出版事业股份有限公司 1990 年版,第 318 页。

③ 《一切都是创作——新闻·小说·新闻小说》(代序),《张大春的文学意见》,远流出版事业股份有限公司 1992 年版,第 13 页。

④ 赖穆萱:《后现代青少年的辩证——论张大春的成长三部曲》,台湾成功大学 2011 年硕士论文,第 36 页。

种尝试和创新，也正是由语言的解构走向主题的解构的路径。他在书写《城邦暴力团》时就自道："我的初衷只不过是想透过一部充满谎言、谣诼、讹传和妄想所编织起来的故事让那些看来堂而皇之的历史记忆显得荒诞、脆弱……"①

至此，我们也可以说，张大春的态度则是在质疑既有的语言规则的基础上开展对现实与虚构、谎言与真实的关系的揭发，其实，真正的指向还是现实。如学者所说的那样："既然语言文字所反映的、历史书上所记载的、传播媒体上所讲的，都可能是不准确甚至是完全歪曲的，那人们原来盲从轻信的习惯说法乃至许多官方说法的权威性都受到了动摇。这样，小说不仅具有自我指涉——探讨创作本身问题——的意义，同时也是对台湾资讯社会的复制、伪造特征的一种揭示，具有一定的社会、政治批判的深度和力度。"② 张大春如此看重语言，他甚至认为题材并不重要，"主要是语言，只要把语言的仿真性做出来，其他没有什么不同，人性没有进化，人的情感不会进化"。③ 可见，张大春的社会批判性因素，是隐藏在作品中的种种语言表达的歧义、多义性乃至不确定性后面的，其各部作品或各系列作品中的语言风格的变迁，正是语言的指向发生微妙的变化的佐证，也是作者的批判性或者反思性借助语言、文字与作品形式的实验而悄然现身的途径。

---

① 《城邦暴力团》（下），时报文化出版企业股份有限公司 2009 年版，第 233 页。

② 朱双一：《近 20 年台湾文学流脉："战后新世代"文学论》，厦门大学出版社 1999 年版，第 322 页。

③ 郭玉洁采访、撰写：《虚荣时代的诗人——张大春访谈》，许知远主编：《东方历史评论》第 6 辑，广西师范大学出版社 2015 年版，第 184 页。

第五章 "文"的中国性：张大春的
散文类创作

本书《绪论》部分曾将张大春的创作历程简要地分为三个阶段，并认为其第一个阶段（1976—1983）受当时的乡土写实文学影响较明显，创作中有较明显的"传统现实主义"特色，而第二个阶段（1984—1998）张大春则进行了各种各样的形式创新和写作实验，有很明显的对西方现代主义、后现代主义技法的学习与创新，第三个阶段（1998/1999 年以后）张大春则更多地在作品中体现出对中国传统小说写作笔法诸如笔记体、说书体等的继承与创新，2007 年以后他更是创作了很多部以中国文字为书写对象的散文，回到根部审视中国文学、文化的"根"。有评论家说张大春写小说，是历史写实、都市后设、新闻直击、武侠色情、成长小说"等等等等全都来，而且每一出手总是新锐犀利、鲜活淋漓，都要造成话题，引起轰动；写散文、杂文呢，总是视角诡奇且辄有洞见，加上引今溯古，土洋兼备，即便仿若急就章式的'报屁股'文字，写来也总能笔饱墨畅且老成纯熟"。[①] 的确，除了各种各样、形式创新与内容含量驳杂的小说创作外，张大春还创作过为数不少的散文作品。

实际上张大春的散文创作可以说是随着其创作的进行不断开展的。早期的散文曾收录于 1981 年出版的《张大春自选集》中，其中有"无忌书简"系列八篇、"人过美浓三部曲"系列三篇，另有《沉

---

① 苏炜：《越界·异质·顽童（下）——散谈台湾几位"顽童"型作家》，《书城》2003 年第 3 期。

思·抚创》《时序》等，其中"人过美浓三部曲"曾被选入杨际岚所编的《台湾校园散文》①，也足见其散文也颇具影响。1986年，其历史散文集《雍正的第一滴血》由时报文化出版，可算是其第一部散文集，1988年便在大陆出版了简体字版；其后他的散文性作品尚有《化身博士〔危言爽听〕》（1991）、《异言不合》（1992）、《张大春的文学意见》（1992）、《文学不安——张大春的小说意见》（1995）、《小说稗类》（卷一于1998，卷二于2000，后来的版本合为一本，大陆最初为2004年出版），进入新世纪后，张大春的兴趣集中于文字、文章及孩子的教育，有《认得几个字》（2007，大陆有2009、2010年的简体版，有内容的增加）、《送给孩子的字》（2011）、《文章自在》（台湾2016、大陆2017）、《见字如来》（台湾2018、大陆2019）等。

这些散文作品所涵盖的范围也很广泛，"无忌书简"系列及《张大春的文学意见》《文学不安——张大春的小说意见》《小说稗类》属于文学理论思考及文学评论，而另一部分辑名为《危言爽听》的《化身博士〔危言爽听〕》则以独特的方式对文化、政治等诸多文体进行指陈，属于思想性、批判性极强的杂文；而《认得几个字》《送给孩子的字》及《见字如来》则为书写形式很另类的文字及教育性散文，《文章自在》则可以说是属于文章写作的教学性文本；而《雍正的第一滴血》则属于历史散文，"人过美浓三部曲"也可概而括之归入游记散文中……总之，可以看出，张大春即便是在散文创作中也不断进行形形色色的探索和实验，开拓了散文创作的多元维度。

第一节　历史的点滴扫描：张大春的历史性散文

张大春曾在《城邦暴力团》中以第一人称叙述方式说作品中的

---

① 《台湾校园散文》，广西人民出版社，1988年。

"张大春""是那种读起书来六亲不认的人",而阅读可以让他进入到另一个他不曾经历或想象过的世界。[①] 由此观之,张大春恐怕和他笔下的李绶武一样是一个酷爱读书并饱览诗书的人,而他很早就将其所看到、阅读到的世界尤其是过去人的种种,用文字的形式进行扫描,从而形成了他的历史性散文著作《雍正的第一滴血》。根据张大春在序言中所言,这部作品当发端于简润甫在《时报周刊》开辟了"历史扫描"专栏,而《每周中国时报》及《幼狮月刊》的编者黄验和黄武忠等也有类似的认同,[②] 张大春的历史散文便在这些人所编的刊物上发表。所以作品集中所收录的文章,分别是发表于《时报周刊》《每周中国时报》《幼狮月刊》《中国时报》"人间副刊"、《联合副刊》等,时间跨度为1982年至1985年,这一期间可算是张大春从早期的小说创作逐渐过渡到实验性创作的阶段。而在此期间张大春完成了研究汉代文学的硕士论文"巨著"《西汉文学环境》,又创作出了《荡寇津》《干戈变》及《剑使》等历史小说,所以可以说它形成了张大春的历史文学观,这在他的《自序》中表现得很明确。他认为历史是不断经由"翻译和翻修"而适应于当代生活的,而他自己对历史情有独钟,常常在历史的不被编排节选过的资料即"野""稗"等的另类资料中寻找趣味,发现正史、演义、神话传奇及笔记小说等,都反映了历史叙述者的诠释态度、风尚及理想等,而他对这些散漫、琐碎的资料却颇多关注。[③] 这样的历史、文学观不仅透露出后来他在《小说稗类》中所言的将历史和小说看作类似的东西的观念和兴趣,还以一种怀疑既定的教科书等中的历史书写的态度对待历史,而这一观念更表明了张大春一贯的怀疑一切的姿态。总而言之,这部作品虽然看似不起眼,也没受到多大关注,但其重要性还是不言而喻的。

---

① 《城邦暴力团》(一),时报文化出版企业股份有限公司1999年版,第10页。

② 《自序》,《雍正的第一滴血》,时报文化出版企业有限公司1986年版,第7页。

③ 《自序》,《雍正的第一滴血》,时报文化出版企业有限公司1986年版,第7—9页。

一、历史中的趣味

诚如张大春在《自序》中所言，《雍正的第一滴血》这部作品属于"历史扫描"，所以在台湾版的封面标题中，确实也加了"历史扫描"几个字，作品中收录的十六篇文章中，所涉及的内容也都是对历史的方方面面进行总结呈现的，它们早自中国神话传说阶段的内容，晚至武昌起义，既书写神仙鬼怪与果报灵异，也书写宫廷斗争与武林传奇，同时作品虽然主要言说中国历史，却也在《骑射走天涯——漫谈世界各民族的弓箭》中全面观照世界各地的弓箭的运用及其文化意义与价值等，可谓包罗万象、横贯古今。而张大春自己也透露，他所编写的这本书的期待在于，阅读的人能够在偶尔翻阅的时候，从中"发现当代人在中国历史材料中除了庄严神圣的精神之外还开发出一些活泼的花样"①。张大春强调作品的趣味性，也就是张大春对作品呈现历史故事、历史典故或者总结历史上种种记载时，便通过有趣的方式将那些可能不为人知或者较少为人所关注的历史资料进行了趣味化的改造，这其中既能看出作者的才华，也能看到张大春的博闻强识。结合作品中的呈现，可看出张大春的历史书写有着很强的民间性、知识性与历史性，而这些均指向了其历史呈现的趣味性。

（一）民间性

由于不是言说严肃的历史，张大春在《雍正的第一滴血》中所呈现的内容就有很明显的通俗化、大众化倾向，如《神偷乎奇技·梁上之君子——中国历代窃贼传奇》中呈现了孟尝君的门客盗白狐裘、红线盗盒、时迁偷甲等十则古代的种种偷盗者的偷盗故事，呈现这些小偷们的偷技、偷盗的"道"乃至于种种传奇与怪异行为，还不无风趣地表示："如果今世的小偷也偷偷瞄到这些故

---

① 《自序》，《雍正的第一滴血》，时报文化出版企业有限公司1986年版，第10页。

事，更可以偷偷反省一下，或许自己之所以不能成一大偷，成一神偷，可能不止是偷技不如，偷的义也大大不如呢！"① 而《牛眼透视图——古代传奇中的先知牛、果报牛》也说了无数则有关牛的故事，比如牛能预见自己的死亡而难过，或者与牛有关的诸多果报故事等，通过几个故事的呈现，说明牛虽然看着朴实笨拙，也有独特的体察力，但也都无法摆脱命运，而那些投胎为牛、杀多了牛而死等的故事，更是对人的讽刺或警示，至于牛被利用来乞讨，更是有着很明显的人性批判，而作者从历史资料中提炼出的十则小故事，本身都是有着一定传奇性的有关牛的言语、想法，或者相关的人物的言行、报应等，均是社会上鲜有真实发生但又被言之凿凿的事情。这样，各通俗性小故事的集锦本来就能够让读者产生兴趣，而穿插其间的作者的评论，也有着一般的教化功用，因此作品能够吸引人不断阅读下去。《红颜之怒——中国历史上的几个悍妇》《石榴裙下造风云——中国历史上的女强人》《颓废的唯美恋情——狐和狸在传奇故事里的悲鸣》《鱼水两欢——历代水族变怪故事中的恋情》以及《吝境四说——古今小气鬼考》《正牌功夫——历代武林绝技、高手实录》等等篇章中，作者同样以其博览群书的姿态从各种资料中总结、提炼各式各样的人们日常生活中茶余饭后很有可能谈及、言及的故事，如历史上的女皇、女强人、剽悍女性以及跨越物种的人狐、人怪恋或恩报传说故事、吝啬鬼小气鬼的抠门故事以及有神功奇技的故事等。

这些各式各样的故事呈现，虽然作者的目的并非仅仅把这些故事从浩瀚的史料中抠挖出来，而是有着其教化性及总结历史的指向。但是，无论是对历史上的各种突出女性（无论是因为优秀还是残忍出名）的言说，还是对各种人与其他物种之间的情感关系的搭建，抑或是言说人对于自身的神技的传说，以及对自身而外的财物等的取舍态度等，其实都是与人们生活息息相关的茶余饭后的言谈

---

① 《雍正的第一滴血》，宝文堂书店出版社 1988 年版，第 38 页。

佐料，这样的书写正好呈现出了人们对于现实生活中的经验的总结或者是通过别的故事、传说或传奇的运用以达到自我警示与警示别人的效果。而这些故事本身，却都是张大春在言及水族变怪故事中的恋情时所言的那样，很多都是出于人们的"玄想"，甚至是"'想'当然耳"①。但也正是这种表面上看像种种胡编乱造的怎么看怎么不贴近现实的故事，最能够吸引各类读者的耳目。因此，且不去言说张大春的评论、评价是否有道理、是否深刻，单看张大春所拾掇的这些材料，从取舍的角度来说，趣味性取向的确是相当明显的。

（二）知识性

除了男女、情爱、果报等取材上的通俗化、大众化倾向，张大春在历史散文中还大量呈现出了知识性特征。其实，前面论及张大春的小说曾一再提及他的作品中有着很明显的呈现异类知识的特征，其实从《雍正的第一滴血》中就能够窥之一二。首先，由于该作品的定位为历史小说，故而作品中所呈现出的各种各样的传奇性故事出自于各种记载，本来就是各种知识的"大集合"，但张大春在讲述通俗故事时，又都将故事出处绝大部分说了出来，从这一点上就能给读者呈现出很多知识性特征。如《风劲角弓鸣——射箭神话和史料里的中国情结》一篇中有如下段落：

> 后羿射日的神话大约在西汉初年就已逐渐成形。《淮南子》"本经篇"和"览冥篇"上各记载着十日并出，焦杀草木禾稼，羿射杀之，以及羿请不死药于西王母、姬（嫦）娥窃以奔月的故事。照《路史》和《楚辞》"天问"的说法，后羿灭东正后夔之国，夺其妻在先，射河伯而取其妇雒嫔于后，姬娥伤心窃药出走，也是情无可奈、理所当然。而《绎史》引张衡之说，却认为是嫦娥误信一个叫

---

① 《鱼水两欢——历代水族变怪故事中的恋情》，《雍正的第一滴血》，宝文堂书店出版社 1988 年版，第 167—168 页。

有黄的巫师之言，饮药求仙，不料却变成了一只蟾蜍。姑不论这些分歧的说法是日神月神的派系之争；或是英雄美人的情憎之嫌，贯穿整个神话的总是弓箭。[①]

仅在这一段落中，我们就可以看到，作者引用历史资料与文献四种，对于"后羿射日"这一有名的上古神话传说进行了解释与呈现，看上去颇有学术风味。这样的知识呈现在该书的各处，都会出现，贯穿全书的原故事文献出处的言说，本来就给读者呈现出了种种故事的出处问题。读者可以在阅读故事的同时，也能够对古代的这些故事的背景进行更具体的了解。在此后的行文中，张大春继续引经据典，运用丰富的历史文献资料说明，中国古人的文化中，弓箭是立身行志的象征，弓箭的使用中所蕴含的古人哲学与人生态度，古人对于弓箭及弓箭技术的独特心理及弓箭文化的独异性等。

而《骑射走天涯——漫谈世界各民族的弓箭》，更是以广阔的眼光和广博的知识呈现世界性的弓箭的发展及其文化，如他从考古学的角度说："据一些考古学家推测：弓箭的历史至少已有五万年到十五万年之久，支持这项论断的理由是出现在西班牙的一幅古石壁上的弓战图。而现存最古老的一把弓是在一九四四年丹麦出土的，也有八千年左右的历史。在当时，新石器时代的欧洲老祖先已经大量使用石制的箭镞和矛来驱敌猎兽了。"[②] 还说弓箭的使用有"拧挟法""拇指勾弦法"等，并分别从日本人、波斯人、埃及人以及蒙古人、土耳其人、英国人、刚果人、印第安人等对弓箭的运用，包括材料的取舍、使用情况及其文化意味等，以开阔的视野说明世界几大洲的文明发展过程中对于弓箭的运用情况，将弓箭的使用总结成人类的语言方式及其象征之一。

---

① 《风劲角弓鸣——射箭神话和史料里的中国情结》，《雍正的第一滴血》，宝文堂书店出版社 1988 年版，第 1 页。

② 《雍正的第一滴血》，宝文堂书店出版社 1988 年版，第 10 页。

同样，张大春也在《甲子玄机——老祖宗过年花样多》中通过种种民俗性的史料甚至诗词等，言说古人日常生活中的除夕、元旦、人日等节日中的民风民俗，如烧香烧草、打狐吓鬼、男女私定终身、放鸠、饮屠苏酒、文人试笔、做菜羹、结彩、剪彩……文中不仅用各种充实的资料来呈现出古代的各种节日的时间、风俗等，还通过种种文字对其进行介绍、解读，可谓是古代民俗的全面介绍。

《西施的奶子——舍命吃河豚的历史纪录》也分别从《山海经》《尔雅翼》《本草纲目》《辍耕录》等经典文献中整理古人有关河豚的种种介绍和言说，并以《闻见录》《灵异记》等中的记载，言说中国古人对于河豚这一有巨大毒性却又可以吃的东西在人们的饮食中的特殊地位，更言说古代人对这种危险的快乐的追求的"拼命"文化。至于其《汉武帝天神大国》《今夜兴汉——武昌起义第一交战线》《小时了了些什么？——中国式神童的三昧真火》等文，更是对中国历史事件、历史人物、民间性传奇及文化现象进行呈现。

不仅如此，张大春还在很多篇章中对各种知识进行或详细或简单的介绍和说明，如《正牌功夫——历代武林绝技、高手实录》说，武术发展到汉代的情形是由原实战性的训练办成了"戏"的一种，即"玩儿假的"，并举《汉书》"武帝纪"的记载，说当时为"杂技乐"，它"有如今人所谓的'杂耍'"，连汉哀帝也很感兴趣，同时又很通俗地说，它就像电视摔跤大赛一样，真戏假做的成分居多。[1] 这样，张大春虽然演说历史，但却又很明白晓畅地普及了所谓的武术在汉代成为表演性的技艺这一知识。

对各种广博的知识的呈现，是张大春的一贯的写作态度，而在这部作品中的呈现，更是以横贯中西、融合古今却又不肆意捏造的姿态，呈现出历史知识的多样性。

---

[1] 《雍正的第一滴血》，宝文堂书店出版社1988年版，第77页。

（三）历史性

既然是定性为"历史扫描"，《雍正的第一滴血》中便全都言说的是过去的事，而正如前文所言，张大春言说过去的事也并非空口瞎掰，而是有凭据地根据种种历史文献与资料来呈现中国古代的各种文化现象及人文景观。不过，除了大量地说明资料记载来自于包括《左传》《史记》《明史》《庄子》《清宫外史》《朝野金载》《嘉定州志》《东京梦华录》《山海经》等史书、野史笔记、神话传说、地方志、诸子文献以及各种诗词作品以强调这些故事及种种言说的历史出处以外，张大春还在每个故事的出处都说明时间，这样不仅可以普及历史知识，还将所有文化景观的历史变迁情况进行了一个脉络化的呈现，读者在阅读的过程中自然而然地会有一种历史代入感，或者从中增加对历史的认知。如《红颜之怒——中国历史上的几个悍妇》中的故事呈现，就分别呈现出了每个故事的时代。如最开始说的三国时代的孙权的赵夫人用自己的头发制作"发缲"，然后说到晋代南越首领沈氏女披甲上阵平定祸乱的故事。说到唐代的几则故事，说到五代后秦的石某的妻子石妇等的故事等，作品不仅按照历史顺序叙述故事，还分别将每个故事的历史时代说出，如"三国时代""晋代""到了唐代""晚唐昭宗时代""五代后秦立国时"等等。而这样按时间顺序处理故事排列与言说形式，可以说几乎贯穿了整部作品中。《正牌功夫——历代武林绝技、高手实录》中先说伸拳踢腿的故事记载"最早可以推溯到春秋时代"，然后以《左传》中记载的楚子的故事为例说明。然后又说到西汉刘向《新序》中长万肉搏故事，说汉代李广的故事，然后往后说《宋书》记载的南朝宋代刘休祐的故事，说唐代王卞所遇到的事儿、五代后唐李存贤，再到明代张三丰、晚明张松溪、清代兆惠等的故事，仍然在按历史的先后顺序排列中，又在每一个时代的叙述中交代事件、故事出处或者佐证性记载等。

这些历史性的行文排列解构或者说叙述方式，让时代感、历史感很容易在行文走笔之间就流露出来给读者了，历史的复杂性、特殊性也往往在这些时间性的标志中更容易凸显出来，而不是让历史本身只停留于教科书中的过度浓缩了或者观念化了的书写。除却了那些干瘪的呈现，让历史本身有着丰富多彩的意味，也让历史本身脱离于严肃的叙述而趣味性十足，让历史摆脱了平面化的印痕而呈现出立体化的特征。在《汉武帝天神大国》中，他几乎将汉武帝的一生进行了较为客观的呈现和评价。张大春从汉武帝出生时王美人做了什么梦及为何叫刘彻说起，分别说到了他和阿娇的故事，汉武帝即位后怎样开疆扩土，卫青、李广等人如何在汉武帝的统治时代凸显出其作用，汉武帝如何平定南疆以及如何迷恋封禅求仙等，全面呈现了汉武帝一生的主要经历与实践。不过，张大春试图客观呈现历史人物，因此对汉武帝的故事的讲述并没有夸大，他在言说汉武帝他的"发迹"时还颇有调侃的意味，说他获得太子地位是因为王美人及栗姬争风吃醋中王美人占了上风，"这太子之位终于落入红猪刘彻之手"，说他成了王储之后，"从此牵着小母猪阿娇之手，走在大汉帝国的前端"；①同时他也言及汉武帝几次出兵西域时"岂是知足之人"，在肯定汉武帝打通西域、扩大疆域的同时，说他也使得汉朝财政亏空，还不懂内政地任用公孙弘、李蔡、张汤等人为高官等；他说汉武帝听信臣下的奉迎至此大搞封禅、求神仙，又肯定了他晚年的自悔意识："争战所获不过虚名；求仙能得更无实利，武帝晚年时应该想起：早先读司马相如'大人赋'时'飘飘有凌云之志'不过是一场浩渺。毕竟一批一批的名将皆与他一同老去，有的甚至衰死或走降；而那一班守'猪'待神的方士也逐渐老病不堪，他开始后悔一些事情。"②这样，一个立体化的历史人物呈现在了世人眼前，历史也不再非此即彼。

同样，在《雍正的第一滴血——雍正夺嫡、杀弟搞特务秘辛》

---

① 《雍正的第一滴血》，宝文堂书店出版社 1988 年版，第 20、21 页。

② 《雍正的第一滴血》，宝文堂书店出版社 1988 年版，第 36 页。

《今夜兴汉——武昌起义第一交战线》等中，张大春也回到了复杂的历史中，将重要历史人物及历史事件的种种复杂性、偶然性等呈现了出来，呈现出一种历史的多元解释方向。因此，无论是对雍正如何走向帝位、收拾各方势力的书写，还是书写武昌起义中的各方人物的动摇性及事件的偶然性，张大春的历史呈现都不将宏大性作为主要的书写主轴，而是突出各种另类因素。

历史化的书写模式和呈现方法不仅让故事更加通俗易懂，历史性观景也很容易被呈现出来，而对于重大的历史人物、历史事件的书写，张大春也不回避，在二者的融合交错中，《雍正的第一滴血》中的历史呈现，有着复杂性、多样性和广阔性特征。

二、拾撷与扫描

（一）从典籍中拾撷

正如张大春在《自序》中所言，《雍正的第一滴血》这部作品在于对许多"看起来琐碎、散漫、抬不进历史的大成殿"的材料"随手拾撷了一些，扫之描之，觉得弃之可惜，集之可喜，从而断断续续地挖掘、钞录、覆案了十多篇"而成，[①] 这部作品也由此生发出其特色，它所言说或者呈现的，绝大多数并非严肃的大历史，反而是充满着诸多民间因素的趣味性的知识呈现。但是作者又常常以其博学多闻，将这些材料的出处悉数呈现出来，也就是说，他这些故事言说与呈现，都是有历史留下的资料可资依托的，有出处、有记录的东西，与纯粹的虚构、编造性的小说创作区别开来。

张大春从各种典籍、史料中拾撷的资料，因要以"扫描"的方式对其进行呈现，便大多为对其故事的转述或者重述，即，用较为通俗的语言重新言说各种资料中所记载或言说的故事，营造出一种较为通俗易懂的行文风格。如：

---

① 《自序》，《雍正的第一滴血》，时报文化出版企业有限公司1986年版，第9页。

《吕氏春秋》上更记录着一个感人的小偷集团建立军功的故事。话说秦穆公有一回丢了一匹驾车的马，发现是被一群乡下人偷了。他亲自下乡，发现岐山南边山脚下有一群偷儿正在分吃马肉呢。穆公笑道："吃骏马之肉，如果不喝点儿酒的话，会伤身子的。"便分了水酒，和众贼畅饮一回而去。一年之后，秦晋在韩原一战，晋军已将穆公的马车团团围住，忽然出现了一支有三百人左右的生力军，"毕力为穆公疾斗，大克晋军。反获惠公（晋）以归。"不错，正是那群偷马贼！[1]

　　虽然讲到故事的出处，也有对原文的引文，但绝大多数内容为以现代汉语对故事的转述，语言的通俗性配合了故事的趣味性，而每则故事又精致凝练，着实生动。

　　张大春的厉害处在于，他能够在浩瀚的历史资料中，拾撷众多具有相似性或者关联性的故事、案例来说明一个问题。如他讲古代的"人日"风俗时，先从东方朔的《占书》提到的正月初七说起，然后分别转述《荆楚岁时记》《东京梦华录》上关于该节日的记载，又从《贵阳列仙传》有关张天师的记载中说明《东京梦华录》中所记载的民俗可能自该书就开始了，紧接着过渡到从《云笈七签》的记载中说人日是古道教徒的大日子，又根据《宋史》中有关王应麟的记载说人日下雪典故，从《嘉定州志》中说明夔州人日做"油卜"的风俗。到此，张大春其实已经引述了八处史料说明人日的诸多相关风俗了，但他仍然继续开拓新的路子，紧接着从苏辙、苏轼、韩愈、陆游、徐延寿、张九龄等人的诗歌作品中寻出种种有关人日的风俗的言说。这样，在十多种资料的佐证与呈现中，古人

---

[1]　《神偷乎奇技·梁上之君子——中国历代蟊贼传奇》，《雍正的第一滴血》，宝文堂书店出版社 1988 年版，第 40 页。

的"人日"如何过、该节日由来如何等等，得到了综合性、立体化的展示。同样，他在说古代的"女强人"西施时，也先转述现代学者董家遵《历代节妇烈女的统计》中的统计分析，引出西施，并追根溯源，说"西施是美女"的说法最开始来自于庄子，随后的《淮南子》也言说其美，但野史说法则强调她是一个女间谍，并从《吴越春秋》中所记载的施美人计，《越绝书》所言的牺牲爱情，《吴地记》所记载的西施与范蠡的"闪电恋爱"以及《阚子》上所言的西施不以美貌自傲等，最后再增加了一个"更戏剧性，也更晚出的说法"，即西施在行"美人计"的过程中对夫差产生了感情，吴国败灭后她也跳楼殉身。这样，作者可谓是从各种史料中全方位地展示了西施的可能性或者说西施故事的多样性，作者也以此升华了他的种种言说的主题："……人性本身无常又无奈的多样性和完整性则使西施这个'画上的美人儿'愈加鲜活起来，比贞节牌坊的样板更令人震撼了。"①

这种从各典籍中拾撷资料的手法，是贯穿全书的方法，尤其是那些整体地呈现和言说某种历史上的文学文化现象的文章中，作者集多个故事说明历史现象，每一个故事的出处，都从各种典籍资料中取材，或转述，或评价，或直引后加以说明，然后呈现整体情况。故而，除了上述例子外，《牛眼透视图——古代传奇中的先知牛、果报牛》从《春秋潜》《列子》《五经钩沉》《幽明录》《宣验记》《法苑珠林》《稽神录》《朝野佥载》等中取材，《红颜之怒——中国历史上的几个悍妇》拾撷故事于《拾遗记》《岭表录异》《柳氏传》《北梦琐言》等，《正牌功夫——历代武林绝技、高手实录》的资料则来源于《左传》《新序》《汉书》《玉堂闲话》《明史》《南雷集》《太极拳史略传》《宁波府志》《春冰室野乘》等，连主要集中于书写一人的《雍正的第一滴血——雍正夺嫡、杀弟搞特务秘辛》

---

① 《雍正的第一滴血》，宝文堂书店出版社1988年版，第107页。

也涉及对《清宫外史》《清宫琐闻》《窃名笔记》《雍正外传》《清宫遗闻》《清史纂要》《海滨人物抄存》等中取材佐证……

（二）现代化的评价与言说

张大春也并非全然沉浸于古代的各种史料中，而是在借助古代的材料言说古代的事的同时，观照当下，或者在言说古代的人、事及现象的同时，用当下的标准对其进行概括、提炼、总结与评价。因此，作品虽然言说古代的事情，但却让人感觉通俗易懂乃至有耳目一新之感。如《石榴裙下造风云——中国历史上的女强人》开头一段云：

> 江湖上的朋友都说：仗剑行走之时，遇见了和尚、小孩和女人，千万不可贸然出手，这话不算过誉，因为这三种人都有一个共同的特点：潜力，而且是经常被人忽视的潜力，其中尤以女人为然。对于男性而言，当远古时代许多地方母系社会的强势梦魇已逐渐解除而被遗忘之后，凭体能以及武力傲视众生的男人似乎没有发现：他们得以创造历史的机会，其实是懒得发挥潜力的女性所"割让"出来的。历史的常态似乎是男人在政治和文化的领域中长期地"租借"权力，而女人只负责"殖民"。这话可一点儿也没有轻视的意思，相反地，如果女人肯相信男人所说"每一个伟大的男人背后都有一个伟大的女人。"这话的确有诚意，便不会低估自己"殖民"的成就。——她是一个庞大的影子，映照在历史舞台的帘幕上。一旦这个巨影揭帘而起，会让多少须眉之士暗自怕怕！当我们细数一下历朝历代的女强人，不禁为长久以来阳刚者主政掌权而沾沾自喜的过程大叹一声："侥幸！"①

---

① 《石榴裙下造风云——中国历史上的女强人》，《雍正的第一滴血》，宝文堂书店出版社1988年版，第88—89页。

这一段文字既属于下文讲述各种"女强人"故事的引入，也是张大春对于历史上的男女地位与关系的评价，其中对于女性地位及潜力的发现和表达，无疑是典型的比较客观的现代观点。我们从这一评价中不仅可以窥见张大春的言说指向，也可以从后文张大春的故事中思考诸多历史及当代女性地位的问题。《今夜兴汉——武昌起义第一交战线》说武昌起义的计划期间曾经因为部队里有人送行时闹酒，不服管制，仓促发起暴动，作者写道：

> 这个意外事件并没有继续扩大。关键在于当时负责武昌军务的清军第八镇统制张彪意图息事宁人。十六天之后的那个夜晚，张彪在城南保安门上挥泪写下了一张白布招贴时，应该对这次炮队兵变的掩饰行为感觉后悔——那白布招贴上写着："本人治军不严，招致事变，希各自回营，既往不咎。"他不会知道，满清的大局和他自己一样，外表虚恫声势，内部摧枯拉朽，一切已经太迟了。①

这里的"应该对这次炮队兵变的掩饰行为感觉后悔""他不会知道，满清的大局和他自己一样，外表虚恫声势，内部摧枯拉朽，一切已经太迟了"等句子，既是站在局外人、叙述者的姿态对故事本身的评价，也是站在现代人的立场回望和观察历史的结果。而类似的评价其实几乎贯穿于每一篇作品中，如他在《西施的奶子——舍命吃河豚的历史纪录》中说南方人说要维护河豚的尊严，其实也是维护其乡土之尊严；在《鱼水两欢——历代水族变怪故事中的恋情》中说他所举的例子显示出人们对于水栖动物有着情欲所寄记忆死亡所归等情感联想；在《骑射走天涯——漫谈世界各民族的弓箭》的结尾说弓箭是一种各具形貌和标的的无声语言，却因彼此之

---

① 《雍正的第一滴血》，宝文堂书店出版社 1988 年版，第 183 页。

间的应答而造成纠纷与争执；《甲子玄机——老祖宗过年花样多》在说到除夕时，分析人们过除夕时的喜新厌旧、"废物不可利用"的心理等。

张大春还在解释、言说历史现象时，借用当代的词汇和说法加以解释说明，如他说"人日"是怎么回事时说："史书上未曾明白解释：人日的象征是什么？是不是年节的喜气早就在数千年前就和现代一样，拖不过几天，而人们该在这第七天里开始好好地想想：我这个'人'，我们这些'人'，该收收心了，不能再像畜牲一样玩闹（horseplay 按，初六正是马日）了？"[1] 用现代人的心理解释古人记载而未言明的人日的可能情形，可谓贴近现实又明白易懂。再说说唐代的一个人经过试验被认为可以入伙当飞贼时，也以很通俗的当代例子加以说明和评价："像这样的小偷大学毕业考试，今天恐怕没有一个扁钻之徒可以通过而幸免一死的吧？而像秃贼和尚、飞飞者流，练就了一身好功夫，却以闪躲走避为能事，绝无伤人之意，这更是今之贼者所不能及的了。"[2] 不仅有幽默效果，还在赞颂古人记载中的偷盗者的义气的同时，反思当下的情形。

现代化的评论让历史散文观照历史时也观照当下，从历史的种种细节、经验中联想、牵涉当下的语境及人们的生活状态及心理，在对照中体现出历史经验的意义和作用。而这样的书写，也能让遥远的历史变得可以亲近、可以触摸。

（三）幽默风趣的语言

张大春的历史散文中，对故事的言说、演义中常常透露出作者的语言的"机智"和幽默，因此其行文中常常以幽默风趣的语言让读者忍俊不禁。如《神偷乎奇技·梁上之君子——中国历代孟贼传奇》开头的引入部分，他说："无论如何，这一行有三句真言：'你的就是我的，他的也是我的；我的嘛？全都不是我的。'于

---

① 《雍正的第一滴血》，宝文堂书店出版社 1988 年版，第 63 页。

② 《雍正的第一滴血》，宝文堂书店出版社 1988 年版，第 43 页。

这种'人愈有，己愈有，人愈多，己愈多'的勾当，总得有些个本事。这里闲话不表，且看看古来偷盗之徒究竟有些什么样的传统？如果今世的小偷也偷瞄到这些故事，更可以偷偷反省一下，或许自己之所以不能成一大偷，成一神偷，可能不止是偷技不如，偷义也大大不如呢！"① 不仅他引用的话让人发笑，而最后短短一句话中连续用了八个"偷"字，更是让人印象深刻。他在说到刘邦之妻吕后时说，她废了少帝只因为他说他不是皇后娘娘亲生便加上了罪名，"其他朝臣或诸侯若敢有任何对'女权'不敬的情事，吕后自然更不会轻易放过"。② 一个"女权"的挪用，更加讽刺了吕后的专权性质，也间接说明吕后的女性地位的突出性。而同一篇文章在论及唐代与吐蕃的和亲政策时也说，"然而在另一方面，对峙的双方都明白：唯其在战略地位上保持'僵持的平衡'，才有可能和平。而最好的僵持则是：异端的双方互相尊重对方的企图。吐蕃的企图是自由，大唐的企图则是尊位。事实上唐太宗开疆辟土的事业就是在这种'实不至而名归'的情况下建立起来的。"③ 这不仅有揭露历史、政治的谋合性质，甚至还有讽喻历史的意思了；而文成公主入藏后对大唐礼教的传授，被张大春巧妙而形象地写成是文成公主教对方"如何写好你的奏折"或"如何增进你的公文写作能力"等"做官的法子"，也是让人读了以后印象深刻。

《雍正的第一滴血》中，类似的幽默、讽刺、玩味式的语言随处可见，虽然整部作品是在书写历史，虽然我们说它与严肃的历史书写比起来，还是因其挖掘不同的史料而变得不让人感觉到枯燥。但整体上，作品的写作风格其实还是比较正经、严肃的，但这些幽默风趣的语言时不时穿插在看似正经的叙述中，往往会让人突然觉

---

① 《雍正的第一滴血》，宝文堂书店出版社 1988 年版，第 38 页。
② 《石榴裙下造风云——中国历史上的女强人》，《雍正的第一滴血》，宝文堂书店出版社 1988 年版，第 91 页。
③ 《雍正的第一滴血》，宝文堂书店出版社 1988 年版，第 102 页。

得更加放松。因此，当张大春一本正经地说牛在人们的文化中如何如何时，定会引起读者思考很多问题，然而当他突然转而说"想了解命运和未来的人，不可不瞪起牛眼，竖起牛耳，了解它，敬畏它"[①]时，一定会会心一笑，放松下来；当他说"刘彻成了当然的首储，从此牵着小母猪阿娇之手，走在大汉帝国的前端"[②]时，也会让人生发无限的具有画面感的想象；当他说胤禛生发种种诡计，让康熙的遗诏中抹"皇十"只剩"四子"而顺理成章地成为"雍正"时，"也就在这个时候，千里以外无锡惠山寄畅园中的一株千年老樟树枯死了"[③]，他对雍正获得大位的态度流于笔端，而读者更能够从这种突然的巧合性书写中看出张大春的讽喻性态度。

无论是幽默搞笑的语言，还是讥讽嘲弄的语调，张大春都在对古代的、过去的人物及事件的叙述中加入了现代的语言的冲击力，让读者在阅读的过程中一方面感觉到语言叙述风格的违和感，另一方面从诸多错位性的词语、句子的使用中体会到张大春对于历史人物及历史事件的态度，从而将其对它们的"扫描"姿态，鲜活地呈现出来。

詹宏志曾在《雍正的第一滴血》推荐语中说："中国人的史学观可以追溯到司马迁的'明天人之际，通古今之变'，相信历史是'由认识人事来认识天心'的主要途径。年轻的张大春自称不相信这一类的事，他只想从历史资料庞大的古代中国，找出神奇的、荒谬的、诡异的、粗鄙的……人事和情结。这意味着，他想把经过汰选修饰的主流历史'还原'到人事社会的原始纠葛状态，从'大传统'中寻找'小传统'。——明白这个念头，就可以读出这本书趣味的由来。"[④]的确张大春通过种种史料的编排拾撷，在用现代语言与

---

① 《牛眼透视图——古代传奇中的先知牛、果报牛》，《雍正的第一滴血》，宝文堂书店出版社 1988 年版，第 194 页。

② 《雍正的第一滴血》，宝文堂书店出版社 1988 年版，第 21 页。

③ 《雍正的第一滴血》，宝文堂书店出版社 1988 年版，第 146 页。

④ 《自序》，《雍正的第一滴血》，时报文化出版企业有限公司 1986 年版，封底。

现代观念和价值尺度衡量的过程中，将古代历史上的种种对今天的社会生活仍有警示及教育意义的情结和故事呈现给读者，出离于宏大、严肃的历史，在另类的史料生态中呈现历史真实生态，描摹历史的原本面向。

第二节　知识分子的"异言"：张大春的杂文

张大春曾言："知识分子有它严格的定义，大概在 19 世纪末，俄国的一些精英提出的一个概念：Intellectual（从法文里来的）。一个知识分子，他读书，且要对政治发表文章，公开发表意见影响舆论与权力当局，这是知识分子；不是随便哪个念书人、教授、写小说的——上电视动辄'我们知识分子'——那是狗屁。"[1] 如果按照这个标准，那么张大春不仅在以《大说谎家》为代表的政治小说、新闻（立即）小说中大肆陈说政治人物及政治本身的虚伪，也曾以杂文的形式对台湾社会、政治、文化等诸多现象进行了批判和讽刺，这就是出版于 1991 年的《化身博士〔危言爽听〕》和出版于 1992 年的《异言不合》。这两部杂文作品集中涉及了政治批评、文化批评、教育批评等，内容广博，同时《张大春的文学意见》（1992）、《文学不安——张大春的小说意见》（1995）中也有不少篇章是对文学写作现象进行批判的，而这几部作品创作、发表与出版期间，正是张大春创作极具影响力的"大头春"系列及"说谎三部曲"时期，其批判锋芒与小说创作应该是存在一定的互文性、互补性的。本节着重探讨张大春的两部杂文集，至于他两部文学评论集，因其中包含诸多张大春的文学理论思想观念，前文论及张大春的文论时，对其有代表性的已多多少少涉及，此处不再专门论述。

---

[1]　吴虹飞：《张大春：在任何社会都不是主流》，《听我讲话要小心：文化名人访谈录》，武汉出版社 2011 年版，第 181 页。

一、知识分子的多重化身：《化身博士〔危言爽听〕》

《化身博士〔危言爽听〕》由《化身博士》和《危言爽听》两部分及两篇附录组成，《化身博士》部分收录杂文四十四篇，《危言爽听》部分收录二十一篇。在这六十多篇文章中，张大春以心直口快、敢说敢言的姿态批评了台湾社会的各方面。诚如作品的标题所指示的，《化身博士〔危言爽听〕》首先从体例上表现出很明显的"知识分子"性，尤其是在《化身博士》部分，张大春将正文中的内容化为第一人称的言说，而在每一篇文章后设置了"化身档案"，虽然分别化身为清洁工、部队高官、拳击国手、演员、僧人、内廷总管、学者、市议员等，可谓三教九流，年龄段则从九岁到九十九岁都有，此外还有档案未删除的、不便透露年龄的、年籍不详者等，但其中包含明显的讽刺性、批判性。更有甚者，张大春直接在每一个"化身档案"的开头都书写了"化身博士"的英文为 Washing Bullshit，（字面意思为"清洗废话"），直接呈现化身者的目的和价值指向。而在《使用说明》中，张大春让"化身博士（Washing Bullshit）"的身份为出生于台北，读过基督教小学、私立初中、公立高中和天主教大学并且从母亲处遗传善变、游移和惯性焦虑，从父亲处继承了多疑、武断和沙文意识的兴趣广泛又无中心思想，对世界有所领悟却又对什么都"不一定"的人，而他的真正身份则是"负责清洗大都会某区众多新建大厦的玻璃帷幕上某些文明的投影"的清洁工。[①] 很明显，这个"文明"的清洁工有着张大春的影子，作为一个知识分子、"化身博士"，他首先有着自我解剖的自觉，但同时，由"不敢当"到"不一定"的态度改变，也是知识分子善变的象征，但其怀疑性与批判性也许正在于"每隔三至五日便修正一次他对人生、社会、政治以及地球环境的看法，同时在朋友之间制

[①] 《使用说明》，《化身博士〔危言爽听〕》，皇冠文学出版有限公司1991年版，第16—18页。

造传播学及人际关系上的困扰。人们永远无法确认他的言行立场，因为他随时以言行确认'永远'是人世间最为匮乏的资源"①。

张大春在"化身"的过程中，为了突出杂文的批判性和现实指涉性，还开创了一种体例，即，在每一篇文章的前面（置于标题和正文中间）放一则《新闻提要》，提要作为背景，是后文"化身"的背景及化身以后言说、讽刺的基点。如《经济学家》一篇中的"新闻提要"部分是有关新竹地院四位推事不满吴苏案审判结果集体请辞，台大教授王祚荣针对此事发文指出此行为偏差不当，力陈改革司法意见。后文的主体部分就"化身"为经济学家，说搞经济的最懂法律，并以经济学家的立场陈述改革整顿司法要让司法有权威有尊严，要让警察和税务人员有权威有尊严，严格缉拿渲染司法黑幕和破坏司法机关形象的人，不准司法人员辞职等，并讽刺性地以自傲的口气说一般人不懂他的意思，他的方案近乎万能等。

基于此，张大春借助"归国学人"之口直言"对官僚是极其厌烦的"，揭露"大小官僚们永远在夏天向我们粉饰太平、故示开明"，"官僚才是不允许海外知识分子回来与国人共赴国难的主谋。他们不提供良好的研究环境、不维护独立的学术传统、不肯定知识分子的长远贡献，而且只允许我们在暑假期间修理大有为的政府"。② 可谓是对政府官僚的虚伪、专制等的大胆揭发和控诉。他也通过安维秘书的自道，说他们就是特务员、情报员、防谍员，抓匪谍才是其职辖，但虽然美其名曰为国家安全、社会安宁、人心安定，但不惜捕风捉影编造各种理由乱扣帽子，并想尽一切办法保留这种"偷窥和杜撰的工作"（《安维秘书》）；他通过拳击手指陈社会上的人和训练道具并无差别，说只要站在支持政府和老板的角度就有回报，靠打拳成为立法委员，并且在国会议事堂里出拳撂倒政敌

① 《化身博士〔危言爽听〕》，皇冠文学出版有限公司 1991 年版，第 17 页。

② 《归国学人》，《化身博士〔危言爽听〕》，皇冠文学出版有限公司 1991 年版，第 28—29 页。

（《拳击手》），意在讽刺从政如打拳一样，也讽刺政治性思维对民众的影响；在《大头市长》中则借助市长之口自道为官之道是要出手要大、架子要大、债务要大、捅娄子要大等；在《老法统》中，"吃三民主义长大""和逸仙称兄道弟、与蒋介石平坐平起"的"老法统"，九十九岁高龄了不管事儿却仍然"吃天下"，被提议退休后竟然又生发出"回大陆搞流亡国会"的"跑天下"策略，对这些只享乐不干事的以元老自居的政治人物的讽刺，可谓辛辣。而在《妈祖信徒》中，他针对大批渔船运妈祖到福建湄洲，化身"妈祖信徒"说新妈祖有利于政客讨巧卖乖，有利于建立"谎言的公信力"，有利于促进警民和谐和社会治安的维持，更重要的是它是一种商业行为，是一本万利的事，"今天能从湄洲岛妈祖庙天后宫请回来大妈祖两尊，小妈祖卅八尊，搞得内政部长因'平常心'而'不便表示意见'，立法委员为'民心'而表示'方便的意见'，国安法摇头摆尾承认'撒谎也是一种意见'，警察机关花拳绣腿根本'不敢有什么意见'"①，以此指出并批判了政治的虚伪性和政治与商业利益的谋合性。《亚银代表》中更对以亚银代表身份包装实际上是台湾当局"财政部长"的官员到北京参加会议的种种自我解读，说明政治的虚伪的包装，最后只能以从小是好学生、乖宝宝、爱家爱国等为理由和借口解释身份和遭遇的尴尬的合理性……

可以说，《化身博士》中的大部分篇章，都指向对政治虚伪性及其对民众的种种影响的揭露和批判。当然，张大春也不只是批判和揭露政治、政权，也批判各种文化现象，如批评女性主义者一方面彻底否定男性搞出来"女性"的字眼、批判 history 没有"女性"，却又不断言说"女性""女性主义""我们女性"等词语，陷入到自设的矛盾和陷阱中（《女性主义者》）；《电视记者》则批判了电视记者的自我中心、以追求自我存在而抹灭新闻本身的价值和意义的

---

① 《妈祖信徒》，《化身博士〔危言爽听〕》，皇冠文学出版有限公司 1991 年版，第155 页。

"职业病";《大流氓》通过化身成一个流氓的自述，说明不留恋过去、不排斥法律、不吝惜捐钱等法则在生活中的适用性，尤其是揭露民众的"爱国"与金钱的作用时所揭露的，"放眼当今，保守分子爱国，是出于安全感的需要。演艺人员爱国，是为了保住饭碗。中小学生爱国，是基于师长教诲所致。除此之外，也只有大流氓爱国了——那是因为爱国可以赚钱"，"有了钱、有了名，人就有了学问"①，这是对资本主义社会的金钱万能的"准则"的揭发……张大春不仅化身活人批判社会现实，甚至化身死人批判社会不良现象，在《烈士》中说烈士是投胎制的，"死是阶段性和策略性的'中途转今'行为"，"干烈士的"流行"先死再说"，并通过辛亥革命时期的偶然死者被当烈士等表示，很多人的观念中，"我死，故我在"，并警示道，"我们自有一套生生不息的传统——我们死，是为了活更长久的命；我们活，是为了好好死一场。我们死去活来，总可以羞辱那些'好死不如赖活'的人物"②，这是对人们的不良的生死观念的讽刺和批判。

虽然该作品以知识分子性很强的书写批判社会各种现象，然而知识分子本身也有其复杂性，作者也在行文中对其加以批判和讽刺。如归国学人一方面看到了知识分子的独立品格，"决计不会对官僚稍假辞色，以致丧失知识分子独立于政权运作之外的清白本色"，并不断提醒别人"政治不是这样搞的"，但也直说"我之所以能够成为'归国学人'，还是因为官僚的缘故，我们之间有一种辩证性的（dialectical）依存关系"③，这种必须与政权、政府合作才能得以发挥自身发声自由的矛盾的认识虽属深刻，也是无奈，但也饱含着对知识分子的讽刺，因此作者在书写"归国学人"时，处处

① 《化身博士〔危言爽听〕》，皇冠文学出版有限公司1991年版，第146、147页。
② 《烈士》，《化身博士〔危言爽听〕》，皇冠文学出版有限公司1991年版，第134—135页。
③ 《化身博士〔危言爽听〕》，皇冠文学出版有限公司1991年版，第29页。

将诸如in fact、At least、Generally speaking、But、overseas等外语口头禅、词语插入中文表述中（《归国学人》）。而《小说家》中，更是将小说家说成是把小说中的人物情境事件等当成现实的人，想从小说中窥探别人遭遇等不切实际的地方，却又容易因为书写出像别人的生活的内容而遭遇追杀的人，也就是说小说家是容易编造谎言却又面临危险的人。

《危言爽听》部分在内容上基本是《化身博士》的继续，但也有更具体而微的批评。如《军人的轻蔑与召唤》从"军教片"的广告入手，批评"军教片"没有体现军中生活的用意而只是借用了军服、口令、营房等虚拟现代神话，其骨子里"军人轻蔑非军人"，于是建议观众根本不要看。《与国父无关，与思想更无关》中则根据"三民主义教学研究会""国父遗教研究会""中国五权宪法学会"三个单位刊登的谴责教育部门的有关"国父思想"的调整的广告，分析之后认为它们其实"打着国旗反国旗"，甚至"打着绿旗、红旗反国旗"，真正的目的在于这影响了它们的市场问题及其饭碗问题，与国父思想并无关系，这里说的既是学术问题，也是与教育相关的市场、利益问题。《泛泛的不安》中则批评由《远见》杂志制作的《寻找台湾生命力》节目不仅技术上存在瑕疵，更指出它的批判成就有限，只是借由不涉及结构性禁忌的质疑宣泄小市民和小知识分子生存现状的不满，不可能真正寻找到台湾的生命力，因此只是距离现实遥远的小市民和小资产阶级的不安，能发出天问而无力，这又是对电视节目的观察和审视了。总之，虽然《危言爽听》继续了《化身博士》对政治的讽刺、挖苦和批判，但是其视野是不断地向文化、教育、电视等方面延伸。

《危言爽听》虽然没再利用"化身"的方法，但是张大春却延续了利用"新闻提要"的方式作为铺垫和基点，在后文中继续对该问题进行评价和言说的写作模式——这种模式当然是和此时期他写作《大说谎家》等"新闻小说"相互映衬和补充的，不过摆脱了

"化身"的书写之后，以第三人称的书写方式似乎更容易抒发观点和态度。因此他对所批判对象（主要是形形色色的政治乱象）的态度，更加直白与大胆，如，他根据"国大八次会"上吵、打、闹等现实，指出其充斥着国民党老国代之贪、增额国代之滑与民进党国代之暴是基本因素，并进而分析情况，不无反讽地指出台湾社会进入"国难时期"，并开出"国难时期自救秘方"：

> 一、认清国民党"讳疾忌医"的病理传统，并拒绝服用该党长期以来粉饰太平聊以自慰、却养成苟安尚利之国民体质的镇静剂。
> 二、认清国民党"指乱为病"的嫁祸阴谋，并拒绝服用该党因欠缺自疗能力而诬指在野势力为入侵病毒的安脑丸。
> 三、认清民进党"以暴易炸"的低能动作，并拒绝服用该党激扬民怨之外适且足以滋养全民性恶意的轻泻剂。
> 四、认清民进党"媚俗取容"的混淆战线，并拒绝服用种种在夺权动机介入之后使社会抗争课题横遭暴力浅化的兴奋剂。[1]

这样对当时的政治两边不讨好的批判性姿态，可谓大胆而狂放。他还指陈"国是会议""原本就是开倒车，开倒车寻找出发点的立意无所谓的美哉德哉，它反而是一种危险的警讯，提醒着'上面'的领导中心：叠床架屋营造神话殊非巩固之道；也提醒着一个个'内廷'也似的台上机构：其'存在'决定于'非法的本质'；更提醒着斤斤于'党派协调与否？''席次分配若干？'的与会人士：'国'、'会'二字之间能够装点的字眼已所剩无几了，这恐怕是最后一次，也应该是最后一次让举国'上下'了解民主宪政为何物的

---

① 《国难时期自救秘方》，《化身博士〔危言爽听〕》，皇冠文学出版有限公司1991年版，第170页。

机会"①。他甚至咄咄逼人地质问："李福恩在男子十项中撑杆跳失利挂零，并没有中途退赛，怎么身为中华奥会主席的张丰绪和一国体育司长的赵丽云却在争取主办亚运不成之后就负气束装回国了呢？以'体育掩护政治'之动机始，以丧失运动竞赛之精神终，还谈什么泱泱大国、谈什么争取友谊、谈什么突显形象、谈什么促进交流呢？"②而在《捏面人·糖葫芦·清装美女——一个没有文化创造力的怀旧仪式》中，他批判台湾当局在"国庆"大会上表演捏面人、糖葫芦及清装美女的"中华文化特色"是荒谬的，更批判出这一主意的"小官僚"，"只是在一个完全丧失文化思考的体制机器里以体制机器所喂养它们的一点带着陈年酸味的奶水来遂行反哺而已"③，这一挖苦和批判可谓毫不留情。

张大春的批判往往给人铁面无私的感觉，也就是他能够在很多事件的分析批判中，揪住双方的缺点或者尾巴，并不留情面地对其进行批判。如他在《静坐的杂音》中根据学生静坐绝食抗议，李登辉想去查看又被阻止，民进党也参与示威的"新闻提要"所生发的评论中，指出李登辉等人"不会有诚意或能力了解"学生运动的本质，而是政府的教育误导学生认为政治机器比青春更有希望，而周围的小贩、民进党的示威等，则让学生面临复杂的压力，反对党甚至将"禄山之爪探入学生的热情与理想所构筑起来的民主课题之中"，学生内部的认识不清、容易被误导则是"更大的危险"，他给出的建议便是让学生"向后转，看清楚来自四面八方的围观者的面容，他们可能正在试图矮化你、分化你、扰乱你、利用你、谄媚你"④。足见张大春对学生静坐绝食的示威活动充满同情，但也看

---

① 《从国安会到国是会》，《化身博士〔危言爽听〕》，皇冠文学出版有限公司1991年版，第189页。

② 《拥抱亚运竟如此痛苦》，《化身博士〔危言爽听〕》，皇冠文学出版有限公司1991年版，第218页。

③ 《化身博士〔危言爽听〕》，皇冠文学出版有限公司1991年版，第222页。

④ 《静坐的杂音》，《化身博士〔危言爽听〕》，皇冠文学出版有限公司1991年版，第174—177页。

到了活动过程中的各种因素的不怀好意，甚至民众的冷漠。

《信·谎言·录影带》中针对"新闻提要"中说"立法院"院长"敷衍两句好了"的言行的各种录影带证明，以及立法委谢长廷说过话又对录影带消音处理，张大春认为这是一个不会争论出真相的事件，梁院长的回复和敷衍只不过是极其琐碎的事情而已，而谢长廷对所谓"说谎文化"的呼吁，也只是软弱的呼吁，因为真正的问题在于人民的自觉性不足以及政府也不会鼓励人民获得资讯权，本身就是一个"信而不立"的时代。张大春避过了对任何当事方的肯定，而深入到了体制的问题，犀利而又另辟蹊径，开创理解和评价问题的新思路。同样，在《钓鱼台？掉下台》中，张大春对于1990年的钓鱼台事件，并没有基于其所引的"新闻提要"赞赏哪一方的言行，反而看出投身运动中的各方的"种种其他的谋略"，这些谋略在运动中相互整合、笑话，"终将暴露其荒谬之本质，然后重新掉下历史的舞台，归档于遗忘"，于是他看出了台湾区运会的政治化、政府将护土运动民间化、执政党的低能化以及当局以此向国际社会表明其"有所争"，宣告跻身国际社会等的"谋略"……

整体而言，正如罗智成在为张大春所作的序言中所言的那样，《化身博士》部分讽喻性比较强，其表演及表达技巧甚至成为主要意义，而《危言耸听》部分则因为动机与目的更为严肃，难度也大，张大春的杂文"日趋重要的理论体系由于大幅自'常识'一方，摆荡至'超越常识''反主流意识'的新马精英观点，那种'理所当然'的舒适地位已不复存在"，而他"依旧以自信、甚至老气横秋的态度插手那些较具有争议性的素材"[1]。的确，虽然收入同一本书，《化身博士》和《危言爽听》（以及附录的两篇）风格上和内容上有一些差异——张大春也在书的封面及书名上同时呈现两部分的名字，似乎有意突出差异——但其中所收录的近六十篇杂

---

[1] 罗智成：《为虎作"序"》，《化身博士〔危言爽听〕》，皇冠文学出版有限公司1991年版，第8—9页。

文，张大春都取法自现实政治的常见题材、新闻，而且很多都是具有争议性的。也正是如此，张大春在其中肆意表达自己的意见，尤其是关涉台湾当局的种种政治、政策以及政治人物的言行的虚伪之处，张大春并不在乎从行文中推出某种持中的观点，而宁可在其常带讽刺性、批判性的语言中尽情地表达他那不无睿智却角度奇特的观点。而张大春其实从根本上就否定了台湾政治的虚伪性与复杂性的可逆性："台湾的政治圈是一个不可能'发掘真相'的生态体系"，其"不可能让人民拥有'了解真相'的权利"①。但张大春仍然不断地批判和言说——以一个知识分子的姿态。

二、"鸡鸣狗吠"声中的"异见"：《异言不合》

《异言不合》出版于 1992 年，收录张大春的杂文共三十篇，另有作者的自序《鸡犬不宁》。《鸡犬不宁》虽然是一篇序文，但其实也是一篇言明作者的心志和观点的一篇杂文。在文章中，张大春认为，文人论政古已有之，且与歌星扮戏没有多大差别，但他把论政的文人分为两种：一种是依附主流者的"鸡鸣桑树颠"；另一种是反体制、不依附主流者的"狗吠深巷中"。这两种"鸡鸣狗吠"之徒不满足于文学及文学作品的定位被狭窄化、认为是"小道"的地位和状态，不甘心只当文艺青（少）年们的仰慕对象，因此也往往提笔上阵讨论"足具影响力"的课题、话题。由此他所不满的是，"文人的对象（读者）和环境（文化）原本早已把文人视如大小歌星之流的'余人'"而"鸡鸣派"又根据自己的有利条件主持电视节目，"狗吠派"则修理当权与当红名人，哗弱势大众取宠，他们都各有所媚，便也"鸡犬不宁"，而他自己也只能在这样的环境中

---

① 《信·谎言·录影带》，《化身博士〔危言爽听〕》，皇冠文学出版有限公司 1991 年版，第 239 页。

"偶尔吠几声"了①。这篇文章虽短，但张大春涉及了批判"文人不能从政"的观点，分析台湾"文人论政"的具体情况以及文学（尤其是纯文学）文化在社会生活中的不被重视的地位等，并表明自己虽然可以算作"狗吠派"中的一分子"偶尔吠几声"，但与主持电视节目的"鸡犬派"的御用性媚俗以及"狗吠派"的民用性媚俗，并不是一回事——"何尝敢望鸡犬诸公之项背焉？"也就是说，张大春已经表明了自己作为一个"异质分子"，这就使得他在集中诸篇中所发，均是他个人的"异言"了。

　　与前一部杂文集相似，《异言不合》中也显露出知识分子的高度、深刻的批判性，而且所批判的对象，也包含着诸多政治内容。如他批判"行政院"决定儿童节放假一天时，根据多个台湾的节日的指定指出，"假日之成为一种政治筹码也是无疑义的了"，说台湾"国防部的'思想警察'"指责《安天会》影射李登辉事件是"表演行为被政治利用且诬蔑了，而禁演动作则利用诬蔑在搞政治"，根据台湾要成立第三方中立性中间团体时台湾政治人物的反应揭露台湾的官员的说一套做一套行为"一方面为政策政务的实行埋下一步一桩的绊脚石，一方面也为小官僚和老百姓示范了言行互欺的哲学"、"在缔造一种欺瞒性的政治风格与国民品质"。质疑郝伯村出任阁揆有"军人干政"之嫌，也根据官方流行的"'如果'的问题我不回答"等言语套话，批判他们对于"强烈告知性的导引力量缺乏认同"；也根据当局羁押一个"大流氓"进一步指出，"拿流氓开刀，表面上是伸张了公权力，骨子里是转移人民对权力核心扰攘不安的注意力。于是人民忘了去怀疑：分饼食堂之上的衮衮诸公只是一批'坐而不流'之氓而已"②。他还深刻地指出，台湾政治有两大"乱源"，其一是"行政的政治化"，其二是"程序的仪式化"，它们相互对立又"携手共构一形式主义政治的黑暗期"，它们不仅

① 《自序：鸡犬不宁》，《异言不合》，皇冠文学出版有限公司1992年版，第3—5页。
② 《流氓治国六帖》，《异言不合》，皇冠文学出版有限公司1992年版，第41—53页。

败坏政治，也"借由政治之'示范性'腐蚀了国民的价值观"①。《都该关进龙发堂》则指责"立法院""卫生署"等制定不符合实际的《精神卫生法》，说指定的人中不乏搞医学的蛋头、搞医疗行政的官员和偶尔发作起来拳打脚踢、敷衍两下、空洞议事内容的狡猾政客，他们的政策是"在立法的但书中容忍'消极收容机构'"，卫生署联合他们，"完全没有诚意和能力"使人了解精神病绝非瘟疫一样的病，因此他指责"立法委员""卫生署官员"们无知且狂妄地搞《精神卫生法》，有"正常人洁癖"。《因为你饥饿，所以你反核——分区轮流停电时期国民须知》则指责台湾的"分区轮流停电"政策，是"以断电来吓阻反核的活动"，说这"大约也只有独断独裁的大家长在非理性的权威基础上才行得通"；《少吃历史地理，多填英数理化》则批判"教育部"的《高级中学课程标准总纲修订草案》修改课程修学性质和学习时间等，直接指向对"联考升学制度"的批判，说教育部门"指责人民重功利、尚名位的同时，却忘了它才是百年大计中利用知识斗争来繁衍这一切的祸首恶源"。而《告别假面——一九九〇年台湾乱源与震央赤裸大公开》则直接从各个角度分析了台湾的政治形势，尤其是各政治人物和力量的野心与言行的虚伪目的等。

不过《异言不合》中张大春也用很多的篇幅批判台湾社会的各种文化现象以及人们的文化心理等。在第一篇《电视垃圾九帖》中，他就针对电视媒介所制造的种种乱象，包括从金马奖颁奖典礼的仪式语言批判文化现象后的民族自卑感与优越感、文化独立性和自主性的缺乏，以电视上的黏巴达舞指陈电视不仅不让人真正知道什么，反而促使他们在无知中投入其设定的商业圈套，从电视上的壮阳广告中看到厂商、广告商借助法律漏洞促发男性沙文主义的抬头和从语言中的看到其地域歧视，从对字幕制作者的错误的处理上

---

① 《行政政治化·程序仪式化——形式主义政治黑暗期的两大乱源》，《异言不合》，皇冠文学出版有限公司 1992 年版，第 67 页。

看出既迷恋文字又希冀从文字字幕中发现什么的扭曲心态，乃至批判电视节目越来越成为人们不花脑筋只花时间的"阅读"……再如他言说郝伯村出掌内阁体现民众有对"强人治下的安定"的强烈渴求，"一切对立的营垒都没有在'开放'中培养自信自律的勇气，自然也就无法在'乱度'中学习容忍异端的技术。于是我们仍旧仰望一个能够施舍拯救的领导中心"①；他甚至不无痛心地指出："我们的社会仍自浸泡在强人奶水里饮'权威体制'之鸩，解'和谐安定'之渴。于是没有人肯仔细检验一下：军威笼罩的官场出现过多少封建复辟的言论？——如果我们默默消化这些言论，只好慨然接受一个'中央伍为准向纵看齐'式的民主。"②他在《为什么祭五四祭如在？》中，根据南方朔的《扬弃无私的图腾崇拜》批判和反思"扬弃××神话"的逻辑，缺乏对"五四"的客观认识，甚至认为，从50年代到90年代的知识分子，其实都是在假借"五四"完成自己的时代化的使命。《"禁忌"的色情艺术》中，他则根据彩绘艺术和教授上电视的事件，批判发表意见的教授的立场的虚伪、无理，认为他甘于被媒体利用是以此彰显他的教育程度与艺术修养的阶级论观点，指出这样的"艺术／色情"的论证是浅薄和恶毒的，实质上是教授、官方及商业借"色情化"的危险歧视观众。《旧情绵绵葬仪社——一个关于死亡吹奏仪式的话题》则从人们对于死者死亡的言说心理这一角度分析，走向批判说自己和三毛熟、懂三毛等的登琨艳在三毛死后言说中有关自己和三毛的关系这样的"吹奏者"的吹奏并不可信，人们要警惕之。而《眷村子弟江湖老》《引刀逞一快，谁负少年头——眷村子弟犯罪行为的军政渊源》虽然主体上言说的是台湾的军政政策的不良导致眷村的地位尴尬，但其中也有很多篇幅在分析眷村的地位、眷村人形成的独特的心理及价值观念

① 《流氓治国六帖》，《异言不合》，皇冠文学出版有限公司1992年版，第48页。
② 《强人也该教育一下吧！》，《异言不合》，皇冠文学出版有限公司1992年版，第61页。

等。《我们都和吸毒有关》《吸毒与叛国》《"好小子"怎么变成"安公子"》等三篇关注吸毒问题的文章，则在对吸毒本身进行分析以后，指出，社会各方面都应该正确对待吸毒问题，因为他们其实都是导致吸毒的"共犯"因素。

同样，张大春在批判各种文化现象时的态度，仍常常站在第三者的立场上全局式地观照之。如批判儿童节放假一天的新政策时，既看到政治对节假日筹码的运用，也指出工商业界的抨击"仍然谨慎地维护着官方的重要符征"，"算不得抗争"，更指出其中有大众（儿童家长）的"偷闲躲懒"的心理的作祟；[①] 再如《引刀逞一快，谁负少年头——眷村子弟犯罪行为的军政渊源》由眷村子弟犯罪事件说起，一方面分析了眷村的历史使得眷村人的后代因为怀乡、过客情结，贫穷而有怨气、压抑及对本土文化的敌意等，容易组成或加入某种帮会、凝聚某种阶级意识，更批判军事和政治当局"利用其愚忠、利用其冥顽、利用其团结、利用其忧患、利用其清贫"将他们当作"选举的马前卒"。《"好小子"怎么变成"安公子"》对于青少年娱乐明星吸毒问题的讨论，则指出，"此间的文化官僚、教育官僚、媒体以及台下幕前的读者和观众——大家都出身在一个共犯结构中冷漠地等待着另一场事不关己的演出呢"。[②] 也就是说，他对于青少年（娱乐明星）的吸毒问题的关注，出离了当事人本身品行、控制力等的批判，而更广泛地看到了文化、教育、媒体乃至社会各种角色的成年人的共同的影响。

同时，与《化身博士〔危言爽听〕》的批评更多地注重逻辑分析稍有不同，《异言不合》中的论述有很大一部分很注重学理性、相关性，张大春往往在杂文书写中加入很多知识性内容以扩大论述或批判的广度。如《都该关进龙发堂》中批判"立法院"通过的规定病情严重的精神病患者应强制治疗的《精神卫生法》，认为官方

---

① 《流氓治国六帖》，《异言不合》，皇冠文学出版有限公司1992年版，第42—43页。
② 《异言不合》，皇冠文学出版有限公司1992年版，第114页。

的行为只是基于拥护精神病研究中的"医学派",而忽略了"精神分析学派""体系学派""牺牲学派"及"政治导向学派"等,并具体地说明"医学派"的研究态度、观点等,其他派别的角度如何不同等;《关欧洲个屁事!》中则花了不少篇幅呈现了《乌托邦》这部作品的产生背景、影响,以说明台湾的"乌托邦信徒"的"海外有正义"的信念的不切实际。《因为你饥饿,所以你反核》中,则通篇贯穿了"饿几顿"的故事及其理念,以批判政府的分区断电政策的站不住脚。《为上帝打人》中则以言说菲力普·罗斯的小说《犹太人的升华》中的情节,并用各种历史、现实的资料证明这一书写揭发的是"为上帝打人"者的为自己谋利和参与者的持久性错误。《每个人都虚无得一塌糊涂》的开头,也直接言说法国国王亨利四世改信宗教的故事,逐渐引出其要言说的主题。《吸毒和叛国》中则运用了很多科学研究的资料呈现吸毒的上瘾等知识,引发对政府、民众对吸毒的态度的批判。

三、张大春杂文类创作的特色

无论是《化身博士〔危言爽听〕》《异言不合》中的杂论,还是《张大春的文学意见》《文学不安——张大春的小说意见》中的批评,他的广博的视野,都在作品中显露了出来,所以其发论,涉及了政治现象的批判、社会文化的反思以及文学现象的批评等。张大春的批判性文章一方面凸显出对该文体的精确把握,另一方面也显示出张大春高妙的语言、文学操控能力。

首先,张大春的杂文书写角度比较新颖,他能从人们很容易忽略的点深入挖掘触及批判对象的漏洞,并进一步分析和揭露其不良的影响。如一般读者可能从《华丽缘——我的邻居张爱玲》这样的文章中对亲近或者接近文化名人的言说感到亲切甚至对其表示信任,张大春却不然,而从中看到的是作者"化腐朽为神奇的华丽想象力"及其慵懒、庸俗,指摘其"拾人牙慧""拾人垃圾"的仿冒性和窥秘性的"盖不高尚",批判其创作是媚俗作者的懒惰。①《亲爱的,你把他变成强人了!》中批判"强人政治",先从分析"娇嫩脆弱的体质"入手,一方面分析政治强人利用民众的本质,也批判民众的"比较具有知名度的人就比较具有影响力,比较具有影响力的人就比较具有权威,比较具有知名度的人就比较具有正当性"的逻辑;②《向作家致征税辞——代王建煊部长拟》中,则针对王建煊取消作家征税优惠政策指出其把一切社会不良情况都归为"都是你们作家造成的"③的逻辑。总之,张大春的杂文往往能够从比较细微或者不被人关注的点入手,独出机杼,让读者有耳目一新的感觉。

其次,张大春的杂文中的情感直白、袒露。张大春的杂文中的批判性锋芒很强,而且其对于自己所批判的对象的情感往往以直白的方式袒露出来。如他批判"立法院"的《精神卫生法》不合理,直接说:"若果依照我的观察和研究,卫生署官员和立法院衮衮诸公都该立刻送进'龙发堂',去'收容养护'一阵,好好研究一下精神病的种种成因和治疗历史,出来之后,也许就不至于如此无知狂妄地不讲卫生了。"④他也直说:"《北回归线》之令我憎恶非但不是它如何'色情',反而在于它以粗鄙的语言包装了任性、骄纵、浅薄、枯燥的平庸化'自动书写'来驯服色情。今日此书之在台湾出版显然也别具驯服色情的意义,其根源大约不外乎我们的贫乏。"⑤不仅以第三人称来书写的部分直入、大胆,他甚至"化身"

---

① 《偶尔开天眼窥红尘,可怜身是眼中人——小论戴文采的〈女人啊!女人〉》,《张大春的文学意见》,远流出版事业股份有限公司1992年版,第33—35页。

② 《亲爱的,你把他变成强人了!》,《异言不合》,皇冠文学出版有限公司1992年版,第93—96页。

③ 《化身博士〔危言爽听〕》,皇冠文学出版有限公司1991年版,第210页。

④ 《都该关进龙发堂》,《异言不合》,皇冠文学出版有限公司1992年版,第86页。

⑤ 《以粗鄙驯服色情——〈北回归线〉测量你的贫乏》,《文学不安——张大春的小说意见》,联合文学出版社有限公司1995年版,第68页。

为"发言人"之后自我暴露"发言人就是说老话、不说话以及替上面解释的人"①。可见张大春的确在其杂文中毫不保留地指陈其观点、态度，因此其批判的范围，无论是对台湾政治乱象、政治人物的虚伪的批判，还是对民众不明真相、麻木的心理的批评，都可以说是不留情面的。

再次，主观和客观相结合，也是张大春杂文的一大特色。杂文本来就是偏于主观的，张大春所表达的也都是基于主观判断的批判性观点。但他也往往在杂文写作中利用各种线索支撑，让其观点在逻辑性明显的陈述之后加上了很多客观的因素。如他在评价台湾的文化政策及警察被袭击事件时，通过种种分析让看似不相关的二者关联起来，并指出："我从被隔离的小人物身上隐约地看到了复杂的阶级对立与抗争意识；又从放空言的大人物身上清楚看到了简单的封建理想与权力意志。遂明白'杀警凶案'和'全国文化会议'原来并非风马牛不相及也——它们间接或直接地暴露了此间文化的根柢之病，二病且同时、相互在作用着。"②表面上看好像纯属关联性不大的主观推断，但是如果从深层次来看，这种基于社会事件和现象的分析，又确实有着客观的社会关联。而其《法律为政治而变色？》一篇，在讨论法律和政治公权力时，其思维逻辑之强，则可以将其看作是讨论二者关系的客观色彩明显的学术性内容了，最后他更以具体情况下法律在很多国度都受到公权力制约和政治的左右的现象，无奈地指出台湾的政治其实是"仗权而弄法的变色把戏"③。这样看来，虽属批判性杂文，其客观性因素还是很明显的。而其《化身博士》中的诸多"化身"，表面上看都是"化身"后的

---

① 《发言人》，《化身博士〔危言爽听〕》，皇冠文学出版有限公司 1991 年版，第 79 页。

② 《"隔离的"与"空言的"》，《化身博士〔危言爽听〕》，皇冠文学出版有限公司 1991 年版，第 250 页。

③ 《法律为政治而变色？》，《异言不合》，皇冠文学出版有限公司 1992 年版，第 73—76 页。

自我陈述，属于主观性的东西，但其实却又都是作者以拟仿的形式对被"化身"者的客观化的呈现和批判。这样的写法，无疑不能算是纯主观的，而是寓客观于主观、主客观相结合的写法，其批判性效果反而更加明显。

复次，形式上的创新也是张大春的杂文写作中的鲜明特点。如其《化身博士〔危言爽听〕》中，为了突出其现实批判性，往往在书写开始前放置"新闻提要"，以增加背景，这就使得批判更加具有针对性了，也避免在全文中再重述批判对象的多余性。而其"化身"法的书写，更是模拟被批判者的"当事人"的姿态言说自己、为自己辩护，实则在这种呈现中更让被批判者展现出其"小丑"姿态，让批判更深刻、更有力度。同时，作者还在这种"化身"之后刻意呈现"化身档案"，以对比的方式突出被化身者的矛盾、虚伪，如《大头市长》中的市长说起为官的道理在追求各种"大"，给人印象其是一个豪爽、大气、生活奢华的人，但"化身档案"中却说他"常年睡行军床，公而忘私，尝言：退休之后可望去卖牛肉面，也有可能改卖海鲜粥".① 这与前面的"大"气比起来，反倒是一个毫无心志的普通人，这样的对比凸显出张大春对其的讽刺，甚至有可能要说明所谓的"大头市长"不过是一个普通人的幻想而已。而他的杂文的写作，也会有多种切入模式，有时候他会用别的故事引入批判，如《是谁借题发挥不知收敛？——郝伯村"凌晨三点"以后的企图心》(《异言不合》)中要批判郝伯村禁止凌晨三点以后的娱乐活动，却在一开头时说人们问"为什么"的文体很多时候是不想知道"为什么"的哲理，以此看到其与郝伯村的政策出发点的相似性；有时候他则单刀直入地进入对批判对象的呈现或批判，如《国难时期自救秘方》(《化身博士〔危言爽听〕》)一开始就写"国民大会第八次会议在历史上可能会留下一个未完成的笑话"，紧接

---

① 《大头市长》，《化身博士〔危言爽听〕》，皇冠文学出版有限公司 1991 年版，第 52 页。

着就对该会议进行分析，然后阐明观点。不仅如此，其《化身博士〔危言爽听〕》的形式上还沿用了张大春写作该书时期的小说中的后设手法，运用括号加编者按的形式突出他对现实的批判性。如《大流氓》中说了金钱万能后"大流氓"还能作诗，并写了一首诗，后面加了括弧及编者按："有一佳丽品此诗有'宋人律诗'之风，致使大流氓误以为该佳丽掀其'送人律师贿款'旧案底牌，旋即被撤销后冠资格！"[1]不仅以第三人称的视角对第一人称的叙述进行冲击，还在评论中加强了对"大流氓"的无文化的反讽和作恶多端的控诉。

此外，张大春的语言表达也很有特色，一方面他会很直白地表达自己的批判，另一方面，张大春也往往在行文中制造种种语言的拐点，让读者在阅读中体会到他所要批判、讽刺的对象的态度、观点，甚至形象，如他说，对《城市恋情》一书，"别问我这本书里的小说如何，出版商不会有兴趣，作家恐怕还不好意思承认自己的作品已经成为'美人图'的附录了呢！"[2]这样的批判看似婉转，将态度从出版商、作者角度袒露出来，还让他们的形象也有所展露，而其批判性、讽刺性却一目了然。同时，张大春的语言还常常制造某种具有幽默感的讽刺性效果，如其《异言不合》的序言中赋予陶渊明"鸡鸣桑树颠"及"狗吠深巷中"以新意并由此指出文人论政有"鸡鸣派"和"狗吠派"就让人耳目一新。

---

[1] 《化身博士〔危言爽听〕》，皇冠文学出版有限公司 1991 年版，第 147 页。

[2] 《征友啊！这个爱情城市——〈城市恋情〉的社交梦想》，《张大春的文学意见》，远流出版事业股份有限公司 1992 年版，第 20 页。

第三节 "文"的中国性：张大春的
文字/文章"学"散文

进入新世纪以来，似乎是由于个人生活状态的变化——结婚、生孩子、父亲生病并去世等使张大春的创作风格、创作重心有了重大的改变。小说方面，其"春夏秋冬"系列、"大唐李白"系列及《离魂》从写作的内容到手法，都有回归传统的明显痕迹，而《聆听父亲》虽然也有其实验性，但其文风基本上改变了此前的谐拟、讽刺性，变成了真挚的抒情风。除此以外，张大春更致力于回归中国文化的活动，写旧体诗词，展示书法功底，以古典因素为主参与戏剧、音乐的制作等，同时他也一改 1980—1990 年代的书写历史、杂论的风格，将文字、文章作为其散文性创作的重点对象，创作出了《认得几个字》《送给孩子的字》《文章自在》及《见字如来》等风格独异、影响极大的作品。这些散文，但从题目就可以看到张大春的关注点在于中国文化的根——文字——以及由其生发出的文章写作本身。而由其内容更可以看到，张大春将对中国文字、文章的知识融贯到教育中去，因此他所书写的，其实是学习文字与学写文章的过程，然而在书写中，张大春对于文字知识的把握、对于写文章的技巧的精深的理解，又让其作品有着学理性，但这几部作品又绝非严谨的学术著作。由此我不妨将他这种有利于学习文字、学习文章写作而又深含学术性或者学术深度的"通俗读物"，以"文字/文章'学'"命之。这几部作品，其实也体现出张大春对于散文文体的创新和对"中国"因素——或者说文化的"中国性"的持守。

一、文字的"温度"与文化的"厚度"

作家阿城在为《认得几个字》的大陆版（实际上也是增订版）写序的时候指出："这是一本有体温的书。文字学的体温。"① 的确，仔细阅读张大春的几部文字"学"著作——《认得几个字》《送给孩子的字》② 及《见字如来》会发现，这几部作品中的言说对象虽然都是"字"，而"字"给我们的感觉往往是死板的，但张大春的写作却将对文字知识的普及、教育，加上了很多情感性的因素及文化知识方面的传播与传承，从而我们可以借助阿城的说法，进一步说，张大春的这几部作品，不仅有着文字的"温度"，更有着文化的"厚度"，它们充满着浓厚的人情味，也充斥着文化的韵味。

（一）识文断字中的记忆与情感

针对《送给孩子的字》，张大春曾说：

> 对于接受者来说，教养既可以是游戏，也可以是折磨；正因为这个缘故，对于供给者来说，教养问题便显得迷人又艰难。身为一个父亲，那些曾经被孩子问起："这是什么字？"或者"这个字怎么写？"的岁月，像青春小鸟一样一去不回来。我满心以为能够提供给孩子的许多配备还来不及分发，就退藏而深锁于库房了。老实说：我怀念那转瞬即逝的许多片刻，当孩子们基于对世界的好奇、基于对我的试探，或是基于对亲子关系的倚赖和耽溺，而愿

---

① 《认得几个字》，上海人民出版社 2009 年版，第 2 页。
② 《认得几个字》在台湾出版于 2007 年，大陆分别有 2009、2010 年的上海人民出版社版和 2019 年的广西师范大学出版社版，但其内容为 2007 年台湾版《认得几个字》及 2011 年台湾版《送给孩子的字》的合集，只是呈现形式稍有不同，也就是大陆版《认得几个字》包含台湾出版的《认得几个字》和《送给孩子的字》两本书。本书中的论述一般以台湾出版的为本，故而将《认得几个字》及《送给孩子的字》分开讨论。

意接受教养的时候，我还真是幸福得不知如何掌握。[1]

　　这一段饱含深情的话中我们可以看到，张大春借助识文断字，将孩子的教养及父亲与孩子之间的交往记忆熔铸其中，从而让其有关文字教育的文章出离于理性化的、可能还比较枯燥的文字教学。实际上，他在谈及此前的《认得几个字》时就表示，2005 年，他的孩子上小学开始，他就带着他们读课文、认字，《民生报》的编辑请他写专栏，并提议写教孩子认字，于是他差不多写了一年，写满了五十个字，便出版了《认得几个字》，后来写到了八十九个，就出版了大陆版。[2] 这也表明《认得几个字》其实饱含着对张大春"教孩子认字"的历程的记录。而多年后，当《见字如来》出版时，张大春的孩子已经上高中、大学，但是其出发点仍然并未改变，张大春不仅在其序言《见字如见故人来》中说，该书中的每一篇都有自己生活中的与所涉字符构造等有关的"小风景""小际遇"，甚至还与他的世界观、价值观有关，在探讨它们时，往往会回到"最初学习或运用这些字、词的情境之中"[3]。他还在被问及《见字如来》是否为《认得几个字》的成人升级版时回答："《见字如来》是把我生命的重量放进去了，就不太一样了。《认得几个字》写到了孩子，但读者多半把写孩子的部分当成一个眼，抖个包袱，大家笑笑，文章也就读完了。虽然书中也有一些关于家庭教养的想法，但尽量写得低调，没有说我们应该怎么教孩子。《见字如来》里则牵涉到我必须透过记忆回到幼年、童年、少年的现场，再怎么个人化，也还是颇有重量的。"[4] 所以，从《认得几个字》到《见字如来》，虽然

① 《教养的滋味》（代序），《送给孩子的字》，新经典图文传播有限公司 2011 年版，第 5 页。

② 《"变态"张大春》，《北京青年报》2011 年 3 月 17 日。

③ 《见字如来》，新经典图文传播有限公司 2018 年版，第 4 页。

④ 《张大春：让忆旧与解字在交会时互放光亮》，《中华读书报》2019 年 2 月 20 日。

时隔十余年，但贯穿其中的情感记忆与教养问题，实际上并没有多大的改变，只不过表达形式和书写方法变了而已。

通读三部作品不难看出，贯穿于识文断字中的父子情感是很明显的，我们甚至可以说，虽然体裁不同，但这三部有关文字的散文著作与张大春的《聆听父亲》有一脉相承的地方：在《讲故事的人》中，莫言曾说，《聆听父亲》的写作是张大春聆听他父亲的故事，又设定自己的儿子作为聆听者听他从父亲那里聆听来的事，并提及《聆听父亲》的封面上的张大春的儿子所说的话："爸爸，如果你写作，用触觉的，那就是假的，如果你写作用讨论的，那就是真的。"张大春则说他在写作的设计中，不要用技术解决的计划。①所以，且不说《聆听父亲》封页中张大春儿子所说的话很像《认得几个字》及《送给孩子的字》中常常出现的孩子的那些机警的话，从两部作品的风格来说，自 2003 年出版抒情意味浓厚甚至被人直接归入散文体例的《聆听父亲》之后，张大春又于 2007 年出版了同样饱含情感的散文集《认得几个字》，便不难推断，其间的情感延续性是很明显的。所以，三部作品中，在识文断字的过程的书写中，显露两组父子（张大春和父亲、张大春与其孩子之间）在学习与成长过程中的情感，这也延续着《聆听父亲》中的家族书写。

张大春与父亲的关系虽然不是这三部作品中的最主要关系，但也是延续《城邦暴力团》中的"张大春"与"家父"之间的书写及《聆听父亲》中的父子关系的书写并进一步在张大春的书写中被镂刻的内容。实际上，张大春很早就涉及自己与父亲的亲情关系的书写，如在《鸡翎图》的序言《书不尽意而已》中就言及他的父亲从他四岁起就口授《三国演义》《水浒传》《西游记》和《岳传》等，并对他表示感谢；《雍正的第一滴血》的《自序》中也说其六十五岁的父亲花了三天时间为他的书稿做三校，也对其加以感谢；至于

---

① 刘志凌记录整理：《讲故事的人——张大春对话莫言》，《台港文学选刊》2009 年第 5 期。

《城邦暴力团》，则不仅在正文中花了不少篇幅似真似假地书写"张大春"和父亲的关系，同样在书的题献中提到他的父亲。如此等等，足见张大春对于父亲的感情之深了。至于《聆听父亲》中，更有很大一部分篇幅言说父亲的成长史及张大春与父亲之间的关系等，其中就写到他小时候跨坐在他父亲的膝头听父亲讲故事，并且每天说着故事让他入睡，下一次说时又故意以说书的悬念性游戏延缓说书，也曾经将《水浒传》中的人物错说成他和朋友在生活中所取的名字；他也写到自己小时候梦到星星掉到地上，父亲推门走到院子里说："嗯，是掉了一地。"他认为父亲胡说八道；甚至直接设置一个小节命名为"认字"，述说父亲通过对联让他认字的种种；他也写到，自己上小学时的作文以及同学的作文被父亲如何评价、父亲如何发感想等。[①]

《认得几个字》的序言里，张大春仍然给了父亲很多篇幅，他说父亲介绍母亲不介绍"我太太"而说"家里"，因为"太太"有大人物的老婆的意思，说父亲小时候顽皮被老师改了《诗经》里的字加以形容，说父亲教他认字很多时候并不正经八百甚至是胡诌，说父亲经常说"查查字典！"[②]等。在具体的篇章中，张大春更是在对孩子的言传身教中不断浮现自己的成长经历尤其是自己学习过程中父亲对自己的教育、教导。他会回忆起年幼时父亲边帮他看作业簿，边对其讲解课业以外的古典知识，让张大春觉得那是让他"备觉温馨的庭训"，并对父亲因为说错、指点错了而"浮一大白"记忆犹新；[③]他回忆小时候遭遇户口普查，父亲顺便提到王云五只念过几年私塾后自学多门学科，有学问又有担当，而且他多年以后才体会到父亲是希望他以王云五为榜样，回忆起小时候在眷村的家门

---

① 《聆听父亲》，时报文化出版企业股份有限公司2003年版，第41—42、113—116、143—148、220—221页。

② 《你认得字吗》，《认得几个字》，INK印刻出版有限公司2007年版，第17—23页。

③ 《认得几个字》，INK印刻出版有限公司2007年版，第204—205页。

上贴的春联是自己识字的"开蒙之处",因为父亲会指着自己喜欢的包含"大地回春"的对联说,"里头藏着我儿的名字"[1];他说父亲考他,在国光戏院改造后要挂门面招牌时要集孙中山的字却有一个找不到,这个字是什么,也言说小时候父亲朝他抬下巴、合眼皮让他背诵古文的表情让他以为"背"得抬起下巴才说,多年以后他问起父亲为什么不趁自己记忆力好多逼自己背诵几篇古文,父亲却否认自己逼迫儿子背过文章,张大春由此逐渐悟出,原来父亲当年和自己饭后你一句我一句的吟、说,只不过纯粹就是游戏、将他自己喜欢的文章拿来和自己玩乐而已[2]……如此言说不胜枚举,从中我们可以看到,张大春的父亲有着深厚的古典文学、文化知识底蕴,也对此颇有兴趣和爱好,并将其运用到日常生活对张大春的教养活动中。然而张大春对此的一再言说,不仅表明他对自己的父亲的感情的深厚,更说明其父亲对他的深远的影响。

张大春书写这几部文字"学"著作的目的之一,恐怕也是想要延续从父亲到自己再到下一代的文字、文化教养的传承工作。因此,他在开展子女的教养工作时,总会自然而然地唤起当年父亲对自己的教养模式和方法,并且再次利用于现实中。如在《认得几个字》中,他说儿子问他无穷大的数字时,他想起父亲当年给他教的方法,并且依照父亲当年的回答说了"恒河沙数"(《恒河沙数》);他陈说父亲曾经对于洪炎秋的文章表示出焦虑,而他自己对于生活中的无意义的废话也常常表示不耐烦,很难说这不是父亲的焦虑传交给了他(《不废话》);在儿子数落他下棋的时候话多时,也在心里想,自己的父亲就是这样的,将来儿子也可能变成这样(《棋》)……可见,对父亲经验从情感到理念的挥之不去让张大春在时隔十多年后,仍然在《见字如来》中饱含感情地言说自己的父

---

① 《见字如来》,新经典图文传播有限公司 2018 年版,第 92、282—283 页。

② 《送给孩子的字》,新经典图文传播有限公司 2011 年版,第 118—119、214—215 页。

612

亲当年如何"有章法脉络"地教训自己要怎样懂礼貌，尤其是上研究生期间还受到父亲教训的经验，并表示在日后的各种场合之中，他都谨守鞠躬之礼。① 回到"亲子教育"的现场，张大春却常常沉迷于父亲当时的言说体系的影响，当年自己赶上教育改革时，父亲所说的"此处不考爷，自有考爷处，处处考不取，爷爷家中住"的"家训"被他视为"唯一的真理"，甚至在多年以后自己上了年纪仍然将考试之梦及其焦虑映射到自己儿子身上；② 在面临教育子女的效率低下时，"每当我再三劝服自己：不必对孩子们用语谬误太过焦虑的同时，也会想到自己年幼时的情景——印象中似乎是这样，我所使用的每一个语汇都曾经被父亲指正过吧？我的父亲、乃至于父亲的父亲，在他们成长的过程之中，应该也接受过更频繁、更严厉的纠正吧？"③ 在这种自我反思式的情绪中，张大春对于父辈经验的迷恋以及对于传承家族性的文字学习传统的希冀，展现了出来。这种代际亲情观念的表达，无疑是张大春几部文字"学"著作写作的重要特色。

当然，从写作时间和写作目的来看，《认得几个字》和《送给孩子的字》主要是书写张大春教自己的孩子认字的过程，而《见字如来》则写于他的子女们都长大以后，所以它们的写作面向稍有不同，这也导致这几部作品中的情感和记忆书写有一定的差异性，但它们却在书写日常生活中的有关认字的点滴、抒发真实感情这一点上是相通的。如果说对于张家三代人的识文断字的教养理念的打通是一致的，那么前两部则着重于张大春对于子女的教育过程的书写，而后一部则将视野放大，言说的是张大春的生活交往、文字知识总结等方面的经验。

《认得几个字》和《送给孩子的字》中主要书写张大春带领自

---

① 《见字如来》，新经典图文传播有限公司 2018 年版，第 23—24 页。

② 《认得几个字》，INK 印刻出版有限公司 2007 年版，第 90—92 页。

③ 《送给孩子的字》，新经典图文传播有限公司 2011 年版，第 123 页。

己上小学的两个孩子认字的过程，在传授父亲的经验的过程中，张大春和孩子们的相处的点点滴滴，都得到记录。如张大春写他给孩子解释"娃娃"一词，真诚地和他们说他一直喜欢玩娃娃，两个孩子竟然都说他幼稚，女儿竟然还说，自己除了"蔡佳佳"不玩别的娃娃而"退休了"①。张大春写自己看赵翼的《瓯北诗话》中的诗发笑，被孩子发现并将让其发笑的典故讲给他们听，引出骂人可以用"詈"、可以不凶等言说。谁知儿子张容立马说张大春骂过他，还很凶，并找出自己记录的内容，让他猝不及防，只好认错道歉并让他继续写下来以监督自己不再骂人。还不会写字的女儿张宜也跃跃欲试说自己也要写，张大春说她明明不会写就不要赶时髦了，张宜却立马反击说："你在骂我吗？"②他在引导张容学习"笨"字为什么这样写时，则根据很多资料的梳理向他解释说，"笨"不是说头脑不好、智商不高，而是轻视没有用处的人，又发挥说中国人讲究社会竞争和阶级进取，不想因没有用处的用处云云。张容说自己并不想做多么有用的人，张大春便说他聪明，张容反问为什么的时候，张大春便赶紧抓住机会带张容读《庄子》。③张大春还写张容学到王维《辋川闲居赠裴秀才迪》时说自己就是背不下来，张大春于是以这是一首懒人来找懒人的诗歌为"诱饵"引起他的兴趣跟他讲诗，终于让他学会背诵了，但孩子离开书房就说自己被洗脑了④……

可以说，每一则故事中都有这样的机巧的书写，要么孩子能够现学现卖，将张大春一军，要么张大春以各种"诱骗"引导了孩子学习后，孩子又走向意想不到的地方。但正是这些，突出了张大春和孩子一起学习汉字的乐趣。然而，张大春笔下的"亲子教育"虽

① 《认得几个字》，INK 印刻出版有限公司 2007 年版，第 127—131 页。
② 《认得几个字》，INK 印刻出版有限公司 2007 年版，第 255—258 页。
③ 《送给孩子的字》，新经典图文传播有限公司 2011 年版，第 25—28 页。
④ 《送给孩子的字》，新经典图文传播有限公司 2011 年版，第 192—197 页。

大多充满机趣，但日常的教育行为和相处模式中也会有诸多不和谐的时候，张大春也毫不伪饰地对其进行书写。有时候他会在教育孩子后有较为深沉的思考："我深深知道：我们父子俩最共通的一点就是我们都对看起来没有用的问题着迷，那里有一个如栎树一般高深迷人的抽象世界，令人敬畏，只是张容还没有能力命名和承认而已。"①他甚至书写自己的"伤心"：九岁的张容不允许用他的橡皮擦为妹妹擦字迹，张大春告诉他九年前出生时，自己只希望他健康、正直和大方，还发了更大的脾气，让他写下他认为绝对不能分享的东西，张容写下的是自己的身体，这让张大春很难过，"这真是一次伤心的对话。我猜想不只他是一个'恨惜'之人，我也是的。面对那舍不得分享于人的个性，我之所以忿忿不平，不也显示出我十分在乎自己的谆谆教诲之无益吗？不也是一种'恨所得者少，而情所与者多'吗？"为此他在这篇文章的开头和结尾都毫不讳言地说："这篇稿子原本不是为了认字，却是出于伤心而写的。""……我哭了，发现孩子没什么长进，是因为我没什么长进。"②

在《见字如来》中，张大春不再书写教育子女学字认字，反而以一个稍微上了年纪的中年人的姿态，书写自己的种种经历和感想中的文字解析。作品中的文字解说仍然是其重要特色，但其实伴随着文字释读的书写或者说引出文字释读的书写，也都饱含人情、人性的温度。如《见自我》一辑中，他以四十年前自己和大学同学喝酒的经历说起，谈自己的饮酒经历，引出对"酒"字的阐释，并呈现其人生态度："酒之味，酒之趣，酒之风流，应该都不是神志舒张弛荡就算数了。再仔细想想：能够经得起一醉的落花，该有多少，才能填满青春的酒杯呢？"③他通过自己没被父母骂"笨"却被

---

① 《认得几个字》，INK 印刻出版有限公司 2007 年版，第 152 页。
② 《送给孩子的字》，新经典图文传播有限公司 2011 年版，第 172—177 页。
③ 《醉里乾坤大》，《见字如来》，新经典图文传播有限公司 2018 年版，第 44—49 页。

说是"属鸡"的，引申出骂人的词汇"笨""傻""痴""呆"等的解读①……在《见故人》一辑中，他也通过自己和名叫 Fudy 的种田人朋友的交往，引出对"灾"的解读，他更通过小时候去家庭富裕的街坊家看到发出"你——呀！"的怪声音的奇瘦无比的人的恐惧，引出对"瘦"字的意思和文化的书写，并反思那人是否是病人，是否是垂老的象征②……甚至在杂论性色彩强烈的，多言说自己的阅读、感知和态度的《见生平》一辑中也谈自己对于叫"父亲"的称谓的词汇变化的看法，重述父亲多年前对把"爸爸"叫"把拔"的批判。③ 总之，从这些涉及面较为广泛的书写中，张大春不仅引申出了对自己所要言说、释读的文字、文化的观察，还含有对自己的过往的种种记忆的复现和表达，而其态度和情感，或怅惘，或伤怀，或批判，也都在文字之间流露了出来。

（二）文字的教养

张大春对几本文字"学"散文之所以如此用心加以书写，是因为他对于文字一方面有着来自于父亲的影响和积淀的认知基础，另一方面又与其对于文字本身的关注有关。他认为："字与词，在时间的淬炼之下，时刻分秒、岁月春秋地陶冶过去，已经不只是经史子集里的文本元素，更结构成鲜活的生命经验。当一代人说起一代人自己熟悉的语言，上一代人的寂寥与茫昧便真个是滋味、也不是滋味了。"④ 既然看到了文字在生命、生活中的重要性，那么如何学好文字、掌握文字便是张大春所要思考和关注的问题，于是，他有着深刻的思

---

① 《应知道痴字最深情》，《见字如来》，新经典图文传播有限公司 2018 年版，第97—101 页。

② 《瘦比南山猴》，《见字如来》，新经典图文传播有限公司 2018 年版，第187—193 页。

③ 《一个亲爹天下行》，《见字如来》，新经典图文传播有限公司 2018 年版，第268—272 页。

④ 《序：见字如故人来》，《见字如来》，新经典图文传播有限公司 2018 年版，第5—6 页。

考和认识：

> 小孩子识字的过程往往是从误会开始。利用同音字建立不同意义之间的各种关系，其中不免望文生义，指鹿为马。倘若对于字的好奇穷究能够不止息、不松懈，甚至从理解中得到惊奇的快感以及满足的趣味，或许我们还真有机会认识几个字。否则充其量我们一生之中就在从未真正认识自己使用的文字之中"滑溜"过去了。①

这一认识虽然是基于小孩子认字而言的，但其实扩大开去，对于有志于学好文字的人，都是适用的。张大春很早就对此有着关注，于是对"早在数十年前"梁实秋在《读者文摘》上开的"考验读者对常用字辞文艺的了解程度"的"字词辨正"栏目，就曾有过浓厚的兴趣，对于这一栏目易手后被作家林藜复活后又停止，张大春于2011 年被邀请开专栏时，他便希望继承梁实秋和林藜的事业，"为文字辨识教育略尽绵薄之力"②。实际上，张大春应该是早有准备的，早在《认得几个字》之前，他就曾在自己工作的九八电台网开了"识字"栏目，"有趣的不是考倒别人，而是怎样反映自己——几乎每一个题目，都出于我自己在不了解字、词的时候所生的误会"③。

这样，张大春以对自己的子女的家庭文字教育进行书写的方式，开启了其对于文字学习的思考与写作的实践。于是，在《认得几个字》和《送给孩子的字》共八十九个字的解读及《见字如来》的四十六组文字的释义与解读中，给我们呈现了其通过文字进行教养工作的企图。

---

① 《你认得字吗？》，《认得几个字》，INK 印刻出版有限公司 2007 年版，第 9 页。

② 《序：见字如故人来》，《见字如来》，新经典图文传播有限公司 2018 年版，第 6—7 页。

③ 《你认得字吗？》，《认得几个字》，INK 印刻出版有限公司 2007 年版，第 10 页。

这里的"教养"其实有两层意思：一为文字识断及运用能力的学习和培养，二为人文道德水平的提高。对于第一点，那是明面上的事儿，但也不是容易的事。张大春认为："认字的本质却又似乎含藏着很大的'误会'成分在内。我们在生活之中使用的字——无论是听、是说、是读、是写，都仅止于生活表象的内容，而非沉积深刻的知识与思想。穷尽人之一生，恐怕未必有机会完完整整地将听过、说过、读过、写过几千万次的某个字认识透彻。"[①] 张大春从孩子抓起，他看到了别人提醒的"孩子是面团，家长是印模，久之自然会从孩子身上看到自己的模印成绩"的合理性，并营造了其自己的独特的孩童学习与成长空间："在我自己家里，就只一样跟许多人家不同，那就是我们有长达两个小时的晚餐时间。全家一起说话。大人孩子分享共同的话题。有很多时候，我会随机运用当天的各种话题，设计孩子们能够吸收而且应该理解的知识。最重要的是在提出那学习的问题之前，我并不知道他们想学什么？不想学什么？该学什么？不该学什么？"[②] 在这样的宽松、和平的环境中学习认字，方法之一是张大春所说的其父亲的榜样——查字典，但是，字典也有字典的弊端："字典、辞书除了罗列出字的用法、惯例、一般性的解释之外，当然不可能告诉我们：同一个字为什么兼备相反之义？"[③]

再加上由于人们的语言习惯的问题，有些字即便查了小字典再查大字典，也不会阻挡有影响力的社会团体的行为等的变化——类似于 Super Band 将"戛然而止"写成"曳然而止"这样，"我们都有'不知不觉、居然用字'的时候，查字典的行为不知何时会'曳然而止'"[④]。所以还需要在生活中具体地体验很多的字词的意思。

---

① 《你认得字吗？》,《认得几个字》, INK 印刻出版有限公司 2007 年版，第 24 页。

② 《认得几个字》, INK 印刻出版有限公司 2007 年版，第 68—72 页。

③ 《送给孩子的字》, 新经典图文传播有限公司 2011 年版，第 108 页。

④ 《送给孩子的字》, 新经典图文传播有限公司 2011 年版，第 204—209 页。

张大春于是采取从生活入手、从实际入手的策略，他发现，"孩子们说话常给人一种两极的错觉。无动于衷者往往不求甚解，率尔放过，以为孩子不过就是成天练着说些废话的小动物；大惊小怪者则铺张扬厉，惊为天人，总要夸言孩子纯净的心灵饱含丰富智慧、超越成人。"因此他从孩子的废话中发现"哲学思考"[1]，并以引导的方式让他们进行识字训练，在教孩子写字时"用语言描绘出个别字符的形状，让孩子自己去捕捉，而不是写给他看"，如写"刺"时告诉他分左右两边，左边宽些，右边窄些，宽的一边上面是短横，下面是毛巾的巾，但一竖要捅出一字，底下带钩，再加两撇胡子，窄的一边就是刀字偏旁等，这样，孩子可以"一面写、一面得掌握我语言中所传达的图像，掌握得精准与否，关系到字形笔画的比例、结构甚至正误与否，总带着些解谜的况味"。[2] 这样的耐心的教授与孩子的主动学习，文字的掌握效果必然增加。而且虽然说的是对孩子的教养，对于成人应该也是可行的

　　而对于第二点来说，其实更加困难，也不容易操作。"由于许多字还没能来得及被使用的人全面认识，用字的人往往便宜行事，想当然耳地以常用意义包揽成这个字的全面意义。"[3] 但这恰恰是不应当的，不仅字本身有着多义性，文字本身还含有自身以外的道德水平、人文素养等意义。张大春说他自己"总是拿认字的流程来想象文化教养的浸润历程"[4]，或者，正如他在《聆听父亲》中所写的父亲通过故意不解释"幼生"而用"卫生"来刺激他学会洗脸洗手的习惯这一文字教育经验让他觉得的那样，"文字是一种生命的承诺"。[5]

---

① 《认得几个字》，INK 印刻出版有限公司 2007 年版，第 270 页。

② 《送给孩子的字》，新经典图文传播有限公司 2011 年版，第 183—184 页。

③ 《你认得字吗?》，《认得几个字》，INK 印刻出版有限公司 2007 年版，第 25 页。

④ 《别害怕! 每个字都是文言文》，《见字如来》，新经典图文传播有限公司 2018 年版，第 15 页。

⑤ 《聆听父亲》，时报文化出版企业股份有限公司 2003 年版，第 116 页。

在张大春看来，文字的学习过程并不仅仅是对字本身的意义和功能的掌握，更多的还是依托于文字本身的对于一个人的品行的形塑的过程，正如他教孩子"练"字时所言的那样："作为父亲的我终于找机会把这个'练'字说明白，实则另有目的。我希望透过对于字义发展的了解，孩子们能够体会'反复从事'的学习过程如何有助于他们的人生。我希望他们能自动自发地把字写端正、写工整，希望他们能自动自发地弹琴，希望他们能自动自发地学好四式游泳，希望他们能自动自发地阅读。"[1] 也正是因为有这么一层关系，张大春对于孩子的文字教育因为期许才生发出前文所言的因为孩子不愿意分享而"恨惜"、而觉得自己教育的失败并为之难过；也因为此，张大春曾经因为女儿张宜一再掉东西而准备用棍子对她"动刑"；[2] 也正是为此，当张容在和张大春讨论行星时说出"我也觉得冥王星很小，没什么了不起，可是行星这个'名'应该是有标准的。标准怎么可以说改就改呢？"时，张大春感觉到的是"庆幸"。[3]

通过现实生活中对于孩子的教养，可以看到张大春对于子女的教育完全脱离了以现实成绩评判为标准的功利化的目的，而试图通过文字的教育提高孩子的文化素养和道德品质，正如他自己所言：

> ……我想我不应该只是为了教会孩子写出日后老师希望他能运笔完成的功课而已。我应该也能够教的是这个字的面目、身世和履历。这些玩意儿通通不合"时用"，也未必堪称"实用"，但都是我最希望孩子能够从文字里掌握的——每个字自己的故事。[4]

---

[1] 《送给孩子的字》，新经典图文传播有限公司2011年版，第180页。

[2] 《送给孩子的字》，新经典图文传播有限公司2011年版，第92页。

[3] 《认得几个字》，INK印刻出版有限公司2007年版，第162页。

[4] 《认得几个字》，INK印刻出版有限公司2007年版，第123—124页。

这样，《认得几个字》和《送给孩子的字》所书写的，也就成了有关故事的故事了。但也并不是说《见字如来》这样带有作者的总结性书写的作品就没有对教养的关注。相反，《见字如来》中对于教养的关注因其面向更宽而显得更加深入，在作品中，张大春以一个上了一定年纪的中年人的姿态叙说自己几十年的人生经历与感悟，更是以自己亲身经历的姿态将文字的教养效果呈现出来。如他说他的老大哥曾经被算命的瞎子说："供吃积德，供走作业。您老亩量着吧。"张大春逐渐叙说、解释了"吃""食"等字之后发现："老古人重视吃这件事，远甚于其它。为了以文字指认吃或事物的不同状态，尽量使用不同的字……吃不是张嘴、咀嚼、吞咽之后，说一声'不错吃'就完事了的。有很多我们遗漏的字，不应该处于残羹剩饭的地位"，同时也明白了算命瞎子几十年前说的话的意思；① 他也直接坦言自己"直到五十年后，我才发现幼年的学习记忆有错，而且是纠缠难解的错，真是挫折"，因为四五岁的时候和父亲去看戏听父亲把《胭脂宝褶》的"褶"念成了"穴"，实际上是错误的。弄明白以后，他感慨中国人好说文解字，但是有时候穿凿附会得荒唐，由此也见得用字人的虔诚。② 这些探索、感悟，正是张大春对于文字的音、形、义等的探讨的结果，而探讨的过程，也正是重新获得教养的过程。

张大春从柏拉图和孔子的教育活动及教育观念中深刻认识到了教养的真谛，他认为，"大家一起体验和讨论"才是教养形成的重要途径，他说："教养不在知识系统之内，偶尔甚至可以跟知识系统无关，教养总是来自一个值得尊重、追溯与记忆的过去，那里有已经逝去的思考者遗留下来的、尚未经语言打磨的抽象问题；

---

① 《食之为德也，美矣》,《见字如来》,新经典图文传播有限公司2018年版，第185页。

② 《一字多少周折》,《见字如来》,新经典图文传播有限公司2018年版，第109—113页。

或者，那里有风闻中美好的公共生活和个人品质、值得倾慕与再现。"[①] 由此来看，张大春之所以如此钟情于文字的教育，并且通过一种和平、宽松的环境言说文字的知识——尤其是古典知识，不仅是他关注于孩子教育的"处心积虑"，更是对他所认识到的教养理念的实践与传承。

（三）文字的知识与文化

作为探讨文字的作品，《认得几个字》《送给孩子的字》和《见字如来》所要处理的重要问题，便是传播、辨正文字知识。因此，这几部作品中的知识，仍然延续着张大春的作品中一贯的广博的特点。如同张大春自己说其《见字如来》的形式时所言，他在"得胜回头"之后放了关于字的形、音、义与词组的说解甚至延伸变化。[②] 的确，他的作品中对于与文字有关的解释、解说都是很具有知识性的内容的呈现。如：

> "创"这个字直到先秦时代，都还只有"创伤""伤害"之意。说到"创造"之意，都写成"刱"或者是"剏"，像《战国策·秦策》里说起越国的大夫文种，为越王"垦草剏邑"者是。惟独在《孟子·梁惠王下》里有那么一句："君子创业委统，为可继也。"看来与"首开""首作"之意略近，可是仔细查考，发觉古本的《孟子》也没有用这个"创"字，古本写的是"造业垂统"。
>
> 至于"造"，比较早的用法也同创始的意义无关，无论在《周礼》《孟子》或《礼记》里面，这个字都只有"到""去""达于某种境界"或者"成就"的意思，好容易

---

① 《希腊·中国·古典的教养》，《送给孩子的字》，新经典图文传播有限公司 2011 年版，第 222—225 页。

② 《序：见字如见故人来》，《见字如来》，新经典图文传播有限公司 2018 年版，第 6 页。

可以在《书经·伊训》里找到一句"造攻自鸣条",孔安国传解"造"为"始"(从鸣条这个地方起兵攻伐夏桀)。除此之外,更无一言及于"世界的开始"。不过,我始终认为,从"创伤"或"到某处"这个意义流行的过程应该让孩子们体会得更清楚。[1]

这实际上是文字学的考证工作和成果的呈现了。而这样的"考证"贯穿三本书中对文字的解释。不过,上述例子还只是对于两个字的古代意义的梳理和阐发,有时候则会更加全面地搜寻一个字的意思,如:

"龙"这种并不存在的动物据说能兴云布雨,《易经》第一卦就说"云从龙,风从虎,圣人作而万物睹",让龙与圣人比齐,成为人君的象征,也引申成才俊之士,甚至高大之马、熠耀的星宿、迤逦的山脉、无限的尊荣……都可以称之为龙。

无限的尊荣。的确,形容词,《诗经·小雅·蓼萧》:"蓼彼萧斯,零露瀼瀼,既见君子,为龙为光。"这里的意思说的是目睹诸侯的盛德威仪,感受到及身的荣宠和光辉。龙,在此处就是宠,光荣之意。

让我们想像:龙这个在甲骨文和金文里头重尾曲、佝偻其背,有着许许多多异形书体、却显得笨重不均的字,几乎占据了一切尊仰、崇敬和畏忌的意义。但是,龙的生物性本质却是完全虚构出来的,这是老古人造字的时候所寓藏的一种暗喻吗?将世界上最崇高的尊荣归诸"并不实存"之物。

龙的字形和字义变化既多,分别其形,以区辨其义的

---

[1] 《认得几个字》,INK印刻出版有限公司2007年版,第36页。

使用需求也必然出现。我们可以推测，"龙"和"宠"原来本是一字，在为了表达"光荣"这个字义的时候，略微加以变读，甚或增添一个"宀"的形符，就使具备歧义的一字正式分化成两个字了。那么，下一个问题来了：为什么所添加的字形是"宀"而非其他？

"宀"和"宠"一样，不见于甲骨文与金文，可能是较晚出的形符。在许慎《说文》里，以"交覆深屋"表之。段玉裁更以后世的建筑结构注解"交覆深屋"为："有堂有室，是为深屋。"有堂有室，房屋既不是孤零零的一间、也不是孤零零的一排，而是有纵深、有侧翼的宅邸了。

"宠"的豪贵之气并非来自于那变幻莫测的动物——龙，它的意思反而透着些嘲弄：即使是将一个不存在的动物置于交覆深邃的宫室之中，一样获致景仰。①

这种文字的意思的来源、变迁等的梳理、解说，确实以很严谨的态度让字本身的来龙去脉展现于读者面前，从而形成具有逻辑性、学理性的文字学阐发，也可见张大春功夫之深了。

当然，虽然三部著作处理的是共一百三十五个（组）字／词的字义及使用的问题，张大春也没有模式化地呈现这些字词的出处、变迁等，而是从多种角度对它们进行引申、阐发，从而使得他提供的知识是多元的。如，他解说"禮"（即"礼"的繁体——笔者），先从结构上分别解释左边的偏旁"示"，右上方凵中放"珏"及右下方的"豆"各为什么意思，有何功能等，指出它含有道德上的含义。紧接着作者通过许慎的《说文解字》的例子说明什么是会意。然后说，以"礼"造词，最常见的是"礼貌"，这两个字最早见于《孟子》，但意思不同；又说礼、仪自古并称，从《诗经》《周礼》到《史记》都有它们，"仪"字与"义"本是一个字，增加了

① 《送给孩子的字》，新经典图文传播有限公司 2011 年版，第 169—171 页。

一个偏旁意思并没多大变化，只是多强调准则。但是它却是一个相当少见的没有负面意义的字，顶多"仪床"可能不大受听。同时指出，它还有一个特点，就是用来代表人物的特别多，并举了"仪尚"（张仪、靳尚）、"仪康"（仪狄、杜康）等为例，最后又说明代笔记小品说，端午节会在墙上倒贴手写的"仪方"二字，并对其表示不理解。[①] 这样，作者在一篇文章里，引经据典地普及了"礼""貌""仪"等字相关知识。

张大春不仅传播、呈现文字本身的知识，还同时呈现其他相关的文学、文化知识。如他曾从清代钮琇的《觚賸》中对"俗字"的言说，说明它的特点，如有的字为钮琇独造的等，尤其是突出他对"卡"的记载，又说钮琇之后两百年的俞樾《茶香室续钞》中说，这个字很普遍了，并通过他的言说，说明太平天国运动让诸如"卡车""卡片"等得以有生发之地。[②] 他也从《晏子春秋》《淮南子》《说苑》等"汉代以前的史料"中寻找诸多例证表明"浮白""浮一大白"指宴会上的罚饮，同时还从自家墙上挂的陆游的《游凤凰山》的解读来证明之。[③] 而《老有所归》中主要言说"考""老"，他却花了一半多的篇幅言说自己所推崇的吴敬梓及其《儒林外史》的书写内容、特色等，还引用胡适等人的观点对其进行评价，而对于两个字的解说，不仅引用《说文解字》，还从王衍的《醉妆词》、晏几道的《少年游》及宋徽宗赵佶的《宴山亭》等词作及原名为《打金枝》的京剧《富贵寿考》等作品中广泛引证说明，其呈现的知识包含了小说、学术、诗词、京剧、文字学等，可见张大春对于知识的博采广收及其多元呈现。

无论是对文字本身的解释，还是对文字相关的语言、文学及文化等诸多知识的呈现，张大春所要做的其实还是要突出文字重要

---

① 《见字如来》，新经典图文传播有限公司2018年版，第24—25页。
② 《送给孩子的字》，新经典图文传播有限公司2011年版，第66—69页。
③ 《认得几个字》，INK印刻出版有限公司2007年版，第204—207页。

性。张大春注意到："有些字实在离我们远去了。你看到它们，会因为太陌生而产生好奇，试着念它的上边儿，试着念它的下边儿，或者左边儿右边儿。心存一些些侥幸，仿佛是有极其微小的可能误打误撞地说对了。不，它们其实比你失去联络四十年的小学同学还难以辨认。它们离开了常人常识的世界，要人花心思去认得这样的字，有一点接近去为鬼唱名的意思。"① 所以几本书中，张大春都以不同的形式回到了他所书写的文字本身，分别将这些字的甲骨文等形式也插入书中，让人对文字的知识有系统性的认知。文字的存留本身就是一门学问，包括现代文、文言文、简化字等诸多问题都是现实中人们会面临的，张大春甚而由此推崇文言文，认为有人主张教材上的文言文比例应该降低，而他自己以"当真正的学习展开的时候，每一个单独的字，都是文言文"作为反驳，② 据说他还有"语文课本可以百分之百是文言文"③ 的观点。不难看出，张大春对于文字的理解是比较全面的，对文字的热爱使得他看到了有的文字"很可能就要死了，而且这字的死亡，还会使得另一个字多出一个新的意思来"。④ 同时也认识到"很多字古已有之，忽然间产生了新用法，扩充了新意义"⑤ 的情况。于是他的作品中的多元知识的呈现，实际上是在尽可能地保存文字的相关知识，呈现文字本身的本来面貌。

二、文章的自主与自在

张大春不仅钟情于对文字进行释义，还对国文教育（即语文

① 《认得几个字》，INK 印刻出版有限公司 2007 年版，第 224 页。
② 《别害怕！每个字都是文言文》，《见字如来》，新经典图文传播有限公司 2018 年版，第 15 页。
③ 毛尖：《张大春的春》，《名作欣赏》2018 年第 5 期。
④ 《送给孩子的字》，新经典图文传播有限公司 2011 年版，第 112 页。
⑤ 《你甚么控？我赞了！》，《见字如来》，新经典图文传播有限公司 2018 年版，第 256 页。

教育）有着深入的思考，并于 2016 年出版了《文章自在》[①] 一书，"除了序文之外，还包括概论三篇，引文三十四篇、例文四十篇，兼收苏洵、鲁迅、胡适、梁实秋、林今开、毛尖等古今诸家文各一篇，以及跋文、附录各一"。[②] 在这本书中，张大春以他独有的理念，对语文教育、文章写作进行了深入的剖析，并以自己的文章及部分名家的名作为例，分析文章写作的种种方法、途径和各个关节所应该注意的地方，从而成了一部特色鲜明指导文章写作的"文章'学'"要著。在该书中，作者也透露出对当下语文教育环境的诸多不满和对文言、古典的重要兴趣。

（一）自在的文章写作"学说"

张大春对写作文和写文章有着强烈的区分意识："作文一般都是命题作文。命作文题，在老师心中就会有关于这个题目必须要表达的意志、宗旨，还会根据这个宗旨表述得清不清楚、华不华丽、丰不丰富，来给学生打分数、做判决。但对学生来说，大部分题目不是他想表达的。"而"写文章回到本旨，是学生想要表达什么。先知道他要表达什么，才会有意愿往表达的途径上走"。[③]《文章自在》可以说就是在这一基本认识的基础上指导"文章写作"的著作，张大春在书中利用自己和几位名家的散文作品作为分析案例，指出文章写作的种种要诀。对文章写作者形成了具有体系性的文章"学"指导。张大春也在该书中提出了其"写文章，不要搞作文"的重要理念。

《文章自在》加上序言、附录共有八十四篇文章，其中主体部分分为两个部分，第一部分共三篇文章，即张大春所言的总论部分，第二部分则均为张大春对写文章的具体指导，每一个侧面或者

---

① 《文章自在》，2017 年出版大陆版。

② 《序：文章自在》，《文章自在》，广西师范大学出版社 2017 年版，第 4 页。按：作者所记有误，引文实际为三十三篇，他自己的例文实际为三十九篇。

③ 彭子敏、朱晓佳：《张大春：让我选课文，我宁可只教苏东坡》，"南方周末"微信公众号，2019 年 12 月 29 日。

要点都结合着例子及对例子的分析。可以说是既有理论又有实践的文章（散文）写作指导教材。正如张大春在序言中所言的那样："小子何莫学夫散文？即使一生尽写一部书而不行于世，但能博得三数学子青眼，以为比课本讲义教材评量等物有趣，便值得了。"[①]

张大春从自己的学习经历出发，说小学时教自己的俞敏之老师教他们作文所使用的教材，是童书作家苏尚耀的《好孩子生活周记》，几年后自己上初中，苏尚耀正是自己的老师，他对他的指导是，要多多替校刊投稿，"写些什么都可以，就是不要写作文"，而苏老师自己的写作，虽然都是属于改写故事的写作，但都是有着他自己的独特体验的。由此，苏老师的作品也提醒，写作的"关键词"，是："纯良、单纯、读书、写文章。""而不是写作文。"为什么呢？张大春直接引用苏老师对他的回答："作文是人家给你出题目：真正写文章，是自己找题目：还不要找人家写的题目。"[②]

既然要的是写文章，而不是作文，那么，如何能够写好作文呢，张大春给出了三种路径：一个是他的小学老师俞敏之通过批评其对"载欣载奔"的使用的不合时宜及写作时上下段落的不连贯性，以及她对语言的"语感协调、结构严密"的强调所感悟到的那样——"什么是语言的美好"。[③]也就是说，学会写作并不是一种功利化的活动，而应该是一种自在的对语言的美感的体验。然而，体制化的教育又似乎是无法避免的，因此张大春强调，如果从将写文章和写作文看作两回事，那么站在"写文章"这一立场上，苏轼的例子已经给出了答案，即他对请教于他的葛延之的回答："天下之事，散在经、子、史中，不可徒使，必得一物以摄之，然后为己用。所谓一物者，意是也。不得钱不可以取物，不得意不可以用事，此作文之要也。"也即是说："好文章是从对于天地人事的体会

---

① 《序：文章自在》，《文章自在》，广西师范大学出版社 2017 年版，第 4 页。

② 《语言美好》，《文章自在》，广西师范大学出版社 2017 年版，第 7—13 页。

③ 《语言美好》，《文章自在》，广西师范大学出版社 2017 年版，第 11—13 页。

中来；而体会，恰像是一个逛市集的人打从自己口袋里掏出来买东西的钱。如何累积逛市集的资本，可能要远比巴望着他人的口袋实在。"① 这也就是第二条途径：充分地对天地万物进行体会。此外，张大春还针对"教作文"这一现状，结合卢梭的话"对于一个少儿来说，真正的兴趣是无穷尽的，只要施教者（或成人）让事物显现其趣味"指出：写文章的另一个重要要素是要"写好玩的"，虽然"自己写好玩"别人不一定觉得好玩，但是"对写作这件事有兴趣、对写作的价值判断有好奇心、对写作的成就或名声有想法，这些兴趣、好奇、想法或者不成熟，无论如何却是自动自发的"。② 很明显，作为"总论"，第一部分的几篇文章凸显了张大春对于文章写作教学的基本观点，首先，他指陈"作文"一词的功利性及其教学中的流弊，而强调"写文章"；其次，对于文章的写作，他突出的是一种自在、自为、自主、自动、自发的状态，而不是为了"作文""考试"而对别人限定了题目的考试行为的应和。

基本理念确定后，张大春在第二部分即用三十三篇引论式文章和四十五篇例子从各个角度对文章写作进行"教学"。这些教学中涉及的文章写作指导包括方方面面。虽然文章写作应该是自在、自为的行为，但实际上，很多人尤其是学习写作的学生，往往需要的是别人限定的题目。但正如张大春所言，既然"以考试取人才是中国人沿袭了一千多年的老制度，以考试拼机会更是这老制度转植增生的余毒，既然不能回避，只能勠力向前，而且非另辟蹊径不可"。③ 因此，面对别人设定的种种题目，无论是写作教学者还是写作者本人都需要有种种转换，在教学者，应该设置两套模式相辅相成地教学，即选取名家文章抹去作者和题目，让学生阅读后为其命题及选取简短段落让学生阅读后自命题目作文章，并以自己的文章

---

① 《文章意思》，《文章自在》，广西师范大学出版社 2017 年版，第 14—17 页。

② 《写好玩的》，《文章自在》，广西师范大学出版社 2017 年版，第 18—20 页。

③ 《文章意思》，《文章自在》，广西师范大学出版社 2017 年版，第 14 页。

《鹦哥与赛鸽》的构思与定名为例，表明文章写作和构思中要懂得对命题及离题的把握（《命题与离题》）；而对于要根据别人的命题进行写作的写作者，他指出："一般说来，真正的好文章不会是他人命题、你写作而成就的。但凡是他人命题，就只好换一副思维，把自己的文章当作谜面，把他人的题目当作谜底。你周折兜转，就是不说破那题目的字面，可是文章写完，人们就猜得出、也明白了题目。"[①] 这也就是说，要通过种种逆向性的操作，化被动为主动，将自己变成真正的"出题人"。

而更多时候，写作是要主动进行的，但是主动进行写作的过程中，也需要有诸多讲究，才能真正地开展有意义的或者说有水平的写作。但是，主动写作也有动机的问题，因此，如何让与自己无关的东西引起自己写文章呢？张大春从写作《看见八年前的吕佩琳》说起：某日早起脑子里盘旋着《你来》一首歌，听新闻发现包括这首歌的很多歌出自一个寓居美国得州的女士，她在一场火灾中受到慈济功德会照护，开始想她会用什么词汇赞美对方，发现协助单位并不知道该女士是名歌作者，发现她写的很多歌都与其晚年很多处境与心境暗合，想到写这篇文章之后自己也要教歌词。这样，一篇文章由于"与我无关"变成了"与我有关"，张大春由此表示，很多人对作文表示无奈和讨厌，其实是他们被动的原因，因此，写作需要主动生发动机。（《引起动机》）而张大春虽然反对为作文而作文的公式化，却也觉得如果自在的文章写作有一定的结构或者形成因素，形成一种"思考游戏"，"锻炼出一种不断联想、记忆、对照、质疑、求解的思考习惯"，也能打造出一种行文能力，由此他具体地总结出一个公式：惯用语＋生命经验＋掌故传闻＝成文。即通过对日常用语和吻合具体情境的掌故传闻，表达出自己的真实的生活经验或经历。这样的构思过程，本身就像写文章一样。（《公式操作》）在具体的写作中，由于有着"自在"的理念，张大春便

---

① 《八股是猜谜》,《文章自在》, 广西师范大学出版社 2017 年版, 第 47 页。

展开了种种顺应"自在"理念的策略，如《开口便是》中，他通过《口头禅四训》和《胡金铨说笑》反对有考试限定的写作的虚假，而提倡"放心说自己想说的话""干净利落地说话"和"出言成章"；《草蛇灰线》中讲到写作时，要埋伏"话里的话"，即隐藏在内、不明显的意思，"它在文章的前段露出一点痕迹，在文章的中间又随时现出一点一点的形影，到了文章的后段，或以直笔点明、或以曲笔附和，好让那看似零零落落的、闪闪烁烁的字句，串连成一个完整的意念"。① 他举的例子是自己的《同里湖一瞥黄昏》，"没有关于黄昏景色的描绘，情调却非常黄昏"；《从容》中，他举林今开的《包龙眼的纸》为例，盛赞该文作者"不疾不徐的从容"，"循循善诱"的写作，"恰恰就是这不说教的意思、善诱人的手段，让散文焕发光彩"②。《率然》中提倡要让文章各个元素自然呼应、有活性，以自己的《毋相忘》为例……

走向"自在"的文章写作，还需要有一些出奇的效果和策略。张大春首先给出的是"设问"，正如他在文中指出的那样，"以设问立体之问不常见"，他以自己的《作文十问》及《我辈的虚荣》为例，说明以虚拟出来的设问让读者听的同时又站在发问的地位的文章的效果。《叙事次第》则主张"持续制造读者对于这故事的多样悬念"，以自己的《雁回塔下雁南回》为例；《强词夺理》中提出，可以把正面说惯、说老甚至说瞎掉的道理翻过面来说，甚至走向"翻案文章"，"翻案，不只有掀桌的隐喻，也有推翻陈言、打破旧说乃至于重新立意的企图。这种文章旨在不落俗套，使人不囿于成见、暗藏弦外之音"。③《齐克果句法与想象》还指出，可以从一个句法发展成一篇文章；《意义与对位》则说在短小的文章中要精准对位；他还提出，写文章要会把原本不相干的词语形成意念的结

---

① 《文章自在》，广西师范大学出版社 2017 年版，第 55 页。
② 《文章自在》，广西师范大学出版社 2017 年版，第 92 页。
③ 《文章自在》，广西师范大学出版社 2017 年版，第 100 页。

构，"让词语不断地跟词语交锋、互访、连缀、顿顽。词语和词语有了合纵连横的各种选择，文章就成为自主思想的训练，而不是他人思想的附庸"。[①] 而对于散漫开去的写作，他也指出要如何将散漫的思路、线索等收回（《将散珠串回》）……

此外，张大春还叙说在散文写作中的议论和故事要精巧布局（《说事与说教》）；文章写作尤其是政论、时评文章中不能人云亦云（《幌子议论》），写一个东西不能仅仅写它，还可以"指东画西、说东道西，或不免于声东击西"，有时甚至是必须（《写东西》）；而准确地用字（《用字不妄》）甚至要讲究音节控制（《音节历落》）、文字和文章的修改（《吹毛求字》、《改文章》），更是他所关注的重要内容，他甚至在《三个"S"》中，从读者的角度说明 surprise（惊喜）、suspense（悬疑）、satisfaction（满足）的重要性；《疑惑生感动》同样站在阅读角度倡导在正常心理习惯之外加入新的因素，以产生意外、错愕之感，制造惊奇。而《文言启蒙》《文言语感》及《作对子》《兴寄》等篇及其例子中，张大春更是从古典的文言、诗词与对子等中，发掘写作文章的重要方法和手段。

（二）"作文"及教育批判

从上述总结可以看出，张大春在《文章自在》中，建立起了一套以文章写作的自在、自主为标的和旨要的"学问"，然而从整本书中的言说我们还可以看到一个因素，那就是张大春在不断言说自成体系的文章"学"，正是因为他对当下的语文教育的不满。由此，虽然《文章自在》言说文章写作，我们也可以从中看出张大春的批判性。

对当下教育的深刻不满，表现在该书的多个地方，如他认为教育体制问题多多，"时下问题的本旨是教育环境整体的崩坏，有人认为升学主义是罪魁祸首；有人强调教改实验才是巨憝元凶；有人更致疑：问题出在欲拒还迎、半推半就却想要包山包海、面面俱

---

① 《连缀句子》，《文章自在》，广西师范大学出版社 2017 年版，第 170 页。

到的摇摆政策，让人无所适从；也有很多人已经看穿了，过往多年以来，那些匆促登程、边走边唱而不免父子骑驴、捉襟见肘的急功短视，并不能解决基础教育在知识大爆发时代必须面对的许多矛盾"。① 他指出："当前的各级升学作文考试，却由于不只一代的大人普遍不会写文章、教文章，而任令中文系所出身的学者，运用文法学、修辞学上极其有限的概念，设局命题，制订评分标准，刻舟求剑，胶柱鼓瑟，更进一步将写文章美好、活泼以及启发思维的趣味完全抹煞。达官显贵以至于贩夫走卒，在这一点上倒是齐头立足皆平等：不会作文章而乃不知如何表达，遂成举国累世之共业。"② 也就是说，整个教育体制和教育环境都不断地在制造不会写文章和不会表达的效果。而罪魁祸首在于考试制度和"大人"的水平不够，"考作文杀害了孩子们作文的能力，让一代又一代的下一代只能轻鄙少儿时代多么言不由衷或人云亦云。一切只归因于年长的我们不会教作文"。③

不仅批判整体的语文教育环境，他还批判作文学习和教育中的"出题"，他指出，这种出题考试模式中，"出题的人就像是主子，作文的人也就成了奴隶。主人若是宽大些，题目显得触机可发，活泼灵动，人们已经称颂不迭，以为这难能可贵了。殊不知题目既出，主奴之分已定，把这份课业操持个十年下来，不免感觉俯仰随人，偏偏上了中学之后，正是青少年想要建立自主性的时代，岂不益发厌恶命题作文？"④ 可见，张大春看到了出题与答题二者之间的权力关系，并将其看作是学生讨厌作文和不会作文章的重要屏障。

在具体的教学中，他更批判"不考作文就没办法教写作文"的观点，批判教学中不去激发学习者的兴趣而是以"不学习就要倒

---

① 《文章自在》，广西师范大学出版社 2017 年版，第 272—273 页。

② 《序：文章自在》，《文章自在》，广西师范大学出版社 2017 年版，第 3 页。

③ 《文章自在》，广西师范大学出版社 2017 年版，第 20 页。

④ 《文章自在》，广西师范大学出版社 2017 年版，第 23—24 页。

大楣"的恐吓手段，"以作文六级分为录取门槛就是这种手段的极致"。① 他还批评说：很多人都会有"作文归本于国文科""中文系毕业的教国文""作家谈起写作文，简直就要把下一代都造就成作家"等推想的荒谬性，"连'教育部'的官员也曾表示有些作家对初中会考作文指指点点，说那是出于'文学'的意见，而距离'作文教育'太离题。我不禁怀疑起来：能出现脑子这么糊的官员，恐怕都是历年历代的作文课真没教好的结果"②。

对于"作文"本身，他更指出："各级考试'诱导'考生学习作文所加强的，不是一种随身携带的能力，而是用后即丢的资格。人们通过了考试，却会更加打从心眼儿里瞧不起作文这件事：以为那不过是一个跨越时费力，跨越后却可以'去不复顾'的门槛；一种猎取功名的、不得已而施之的手段。作文，若不是与一个人表达自我的热情相终始，那么，它在本质上根本是造作虚假的。"③ 总之，张大春看到了教育体制的不良，导致了学生们对于写作文的功利性目的，也导致了学生写文章的能力缺失以及会写文章的人的断层。由此，也不难理解，为什么他会在《文章自在》中一再强调"写文章，不要搞作文"这样的理念了——这，正是张大春的一种间接的抗议方式。

张大春是一个文化责任意识很强的人，他在批判教育的同时自己建立自己的文章写作体系，也正是想要从语文教育或者说教养的角度来让文化在下一代有着良好的传承，"如果不能以写文章的抱负和期许来锻炼作文，不过就是取法乎下而不知伊于胡底，到头来我们所接收的成果就是一代人感慨下一代人的思想空疏、语言乏味、见识浅薄"④。这种责任意识使得他面对对文学有一些初始的

① 《文章自在》，广西师范大学出版社 2017 年版，第 18 页。
② 《文章自在》，广西师范大学出版社 2017 年版，第 78 页。
③ 《文章自在》，广西师范大学出版社 2017 年版，第 198—199 页。
④ 《序：文章自在》，《文章自在》，广西师范大学出版社 2017 年版，第 3 页。

兴趣的学生反而生发了同情心，甚至"我泫然欲泣"，"因为我知道：再过几个月、也许几年，经历过课堂上随时压迫而来的考试恐惧，再加上种种为了应付考作文而打造出来的修辞教学，他们就再也不会相信文学最初的感动，也不再记得曾经骚动他们的文字。他们终将随俗而化，视融入积极竞争而获致主流社会认可的成功为要务"。① 这样的忧患意识，也是他广博的胸襟的体现。不过，这样的责任和担当也使得张大春在面对现实时，只能采取迂回的方式，试图对现实有所改进，"要彻底除升学主义之魅可能很艰难，但是要从作文教学扭转八股流毒的取向倒是可以做到的"。② "以考试取人才是中国人沿袭了一千多年的老制度，以考试拼机会更是这老制度转植增生的余毒，既然不能回避，只能勠力向前，而且非另辟蹊径不可"③。

可以说，我们在《文章自在》中，不仅能看到张大春的建立文章写作体系的"非功利性"，更能够看出他对于"写作文""写文章"这一活动的现状的深深的不满。张大春在出版《文章自在》的十年前就表示：

> 语文教育不是一种单纯的沟通技术教育，也不只是一种孤立的审美教育，它是整体生活文化的一个总反映。我们能够有多少工具、多少能力、多少方法去反省和解释我们的生活，我们就能够维持多么丰富、深厚以及有创意的语文教育。一旦反对教育部政策的人士用教育部长的名字耍八十年前在胡适之身上耍过的口水玩笑，除了显示支持文言文教材比例之士已经词穷之外，恐怕只显示了他们和他们所要打倒的对手一样粗暴、一样媚俗、一样没教养。④

① 《文章自在》，广西师范大学出版社 2017 年版，第 20 页。
② 《文章自在》，广西师范大学出版社 2017 年版，第 18 页。
③ 《文章自在》，广西师范大学出版社 2017 年版，第 14 页。
④ 《认得几个字》，INK 印刻出版有限公司 2007 年版，第 60 页。

这样看来，《文章自在》及其所建立的体系，正是张大春长时间以来思考语文教育的结果，正如他收录在该书中作为例子的文章《文言、白话根本是同一种语文教育》中所说的一样，"我只能这样想象着：有朝一日，国文课本的每一课都是一道人生的谜题，从一句俗语、一篇故事、一首诗、一首流行歌曲、一张照片、一部电影、一出戏剧、一栋建筑、一套时装、一宗古董……一幕又一幕的人生风景，提供学生从其中认识、描述并解释自己的处境"。①《文章自在》批判种种语文教育中的不足，目的也是走向良好的语文教育、作文写作教学环境的营造，更是一种人文素养的提升与继承。

三、"文"的中国性

无论是《认得几个字》《送给孩子的字》和《见字如来》中对"字"的释义、书写，还是《文章自在》中对文章／作文写作的理论性"教学"指导，我们都会发现，张大春在 1990 年代末在小说中加入传统小说写作的模式和内容——书场叙事、志怪、志人小说因素及小说中大量出现诗词及古文的引用与解读等——的同时，也在散文书写方面开启了回归中国传统，张大春关注文字、关注文章写作，似乎有着一种潜在的回归传统中国的"文"的概念实践性展演，并且回到中国文化的本身并发掘其意义的取向。特别是结合张大春越来越显现出来的对于书法、对于旧体诗词及他以《水浒一〇八》及《泼墨》为代表的音乐、戏剧创作中对古典元素的大力使用，不难发现张大春不仅有着浓厚的古典情结，也似乎在刻意地突出"中国性"。

"中国性"一词在很多地方被使用，在研究者、评论家们评价张大春的小说时，就常被使用。胡金伦在研究《寻人启事》时指

① 《文章自在》，广西师范大学出版社 2017 年版，第 108 页。

出，作品中彰显了深厚的文化"中国"意识，也即"文化上、寻根式"的"中国性"；① 李荣洲也指出："张大春在自己的小说里屡次引进了传统中国文学的元素，如《城邦暴力团》里万砚方的绝命词《菩萨蛮》，帮会黑话的运用，传统字谜的破解（李绶武变陶带文）、卷帘格等，为的是增加小说中的中国性，也保留读者阅读武侠小说时应产生的幻想与缥缈的感触。"② 陈建忠认为："追求中国性，甚至是小说形式与精神的中国文化归属，几乎成为张大春自上一世纪末的 90 年代以来，就已逐渐呈现的书写转向。"③ 实际上，我们结合他的新世纪以来的诸多文学、文化活动，可能对其"中国性"的文化属性，体验更深。

此处暂且不具体讨论张大春如何在小说中体现"中国性"，仅从散文就可以看到，他的"中国性"的回归显著性特征。具体而言，大致可以从其对教养的关注、他对文言的独特的认识和特有情怀以及他对汉字及古典文化的重要定位来看。

从教养的角度来说，张大春特别重视对古典传承下来的教养的重视，他表示，"越是从古典中汲取而来的教养，就越是会出现与后世实际人生的时差，我们受教者一方面明知没有一个'放诸四海而皆准'的纲领，却仍然试图在每一点滴的教养过程中抱持'百世以俟圣人而不惑'的守则"④。这就容易理解，为什么张大春在自己的父亲教育自己"晚辈见长辈，是不能拱拱手就算数的。要拜年贺节，就得深深一鞠躬"之后，"但凡与长辈贺节，我都谨守鞠躬之礼"⑤

① 胡金伦：《政治、历史与谎言——张大春小说初探（1976—2000）》，台湾政治大学 2001 年硕士论文，第 221 页。
② 李荣洲：《从游移到回归——张大春小说的离散与认同》，台湾成功大学 2009 年硕士论文，第 69 页。
③ 陈建忠：《以小说造史：论高阳与张大春小说中的叙史情结与文化想像》，《淡江中文学报》2012 年 12 月第 27 期。
④ 《希腊·中国·古典的教养》，《送给孩子的字》，新经典图文传播有限公司 2011 年版，第 229 页。
⑤ 《见字如来》，新经典图文传播有限公司 2018 年版，第 24 页。

了。由此，面对和孩子对话了解到的孩子的"幸福"观，他才反思说："我永远不会忘记这一段毫无深刻意义的对话，也因之必须严肃地提醒办学校、搞教育的人通通弄清楚这一点：你们的教材、作业和教学通通不能提供孩子们幸福的祈望和盼想，能够让他们感觉幸福的诱因，可能只有三个字：'小朋友'。这是惟一不经由校方提供的资源，也是真正幸福的载体。"① 张大春又说，他自己"常在看孩子们玩耍的时候生出怀疑，人总是在与规矩的搏斗中发现游戏的真趣。孩子越来越熟练地玩着，忽然间创造了一个原本不存在的规矩，世界从此豁然开朗"。② 如此种种，显示了张大春对于他从柏拉图、孔子等身上所看到的教养的重要性，即"体验和讨论"所得到的对于人生的东西。这也使得张大春在教授孩子学习或者与孩子的相处中，常常有着对"教养"的反思，如他反思孩子使用"难道""哪有""才怪"作为"顶嘴"的标志时，"始怀疑是因为父母之间毫无恶意的拌嘴却'示范'了一种'柔性无礼'的言谈模式，于是只好更积极地跟孩子解析'顶嘴'的内容，看看是不是起码能让'顶嘴'既锻炼异议的思辨质量，又不那么触怒人"。③ 他说自己写旧体诗，但是"怕我枯燥的解说挫折了孩子们对于古典的兴趣，所以从来不敢带着孩子读诗"。当孩子问及他所写的，是否就是他们所背诵的唐诗时，他竟然回答说，"不是的，差得很远"④。很明显，这种家教风格，也具有传承性，张大春他父亲"说教总趁机会，不轻易出击，想是怕坏了我学习的胃口"。⑤ 这是何其相似！有学者发现："张大春的小说创作和文论中始终回荡着的一种氛围，或曰有时会出现的叙述场景即是关于教化在家庭中的传承与交流，亦即父亲与作者的一些有关文字、文化乃至于知识、史实和典故类

---

① 《认得几个字》，INK 印刻出版有限公司 2007 年版，第 82 页。

② 《见字如来》，新经典图文传播有限公司 2018 年版，第 126 页。

③ 《认得几个字》，INK 印刻出版有限公司 2007 年版，第 134 页。

④ 《认得几个字》，INK 印刻出版有限公司 2007 年版，第 61 页。

⑤ 《文章自在》，广西师范大学出版社 2017 年版，第 109 页。

的传授问答等。"① 这其实是张大春对于教养的重视在他的各类作品中的体现。总之，注意在言行中加入传承自古典的人文教养意识和内容，在张大春的散文作品中体现得很细致，它表明张大春有着传承和延续古典中国教养模式的追求。

其次是张大春对于文言的独特的态度。前文论及《见字如来》时曾指出，张大春对"文言"的重视非同一般，但"语文课本可以百分之百是文言文"的言论并不代表张大春是一个偏激的人，实际上，他还曾经批判和讽刺提倡"增加文言文的教材比例"的呼吁，说倡导者把古典语文教育当群众运动鼓吹，是高估了自己，或者低估了语文教育的复杂性。② 收录于《文章自在》作为例子的《文言、白话根本是同一种语文教育》一文，或许最能体现张大春的观点，他认为，文言和白话并非是对立的，"国语本来就是文白夹杂，使用者随时都在更动、修补、扭曲、变造我们长远的交流和沟通工具"，他甚至表明，"在现代、日常、庶众所使用的白话文（包括方言）中找到古典的来源是一桩令人惊喜的事，却未必能让人就此认定文言文值得学习"③。在《文言语感》中，他更是指出："文言文与白话文不是两种语文，是一种语文里不同语意密度的组织方式。"其实两种语言形式都各有长短，而"文言文教养（或文言文训练）或恐不像许多人所鄙夷的那样，只是该被抛弃、被遗忘、甚至被消灭的腐朽。往深处看，文言文也可能还是一个透过高密度的语意载体，蕴藏着书写者不常暴露或不多自觉的心事情怀呢——说得激进些，不写文言，你就错失了一种开发自己情感的能力，多么可惜！"④ 在《文言启蒙》中，他根据自己的儿时和父亲学习的经验，

① 杨君宁：《文心续铸费思量：从〈小说稗类〉到〈文章自在〉——试析张大春创作理念的发展与演进》，《中国文学研究》2018 年第 4 期。
② 《认得几个字》，INK 印刻出版有限公司 2007 年版，第 59—60 页。
③ 《文章自在》，广西师范大学出版社 2017 年版，第 100—108 页。
④ 《文章自在》，广西师范大学出版社 2017 年版，第 116、117 页。

盛赞《史记》中的记载："公少颖悟，初学书，不成。乃学剑，又不成。遂学医。公病，公自医，公卒。"说这个"九句不超过四个字的叙事，的确到处是事理和思想上的'漏洞'，却有着精严巧妙的章法，读来声调铿锵利落，非常适合朗诵"。他还分析说，文言文之所以让学生觉得痛苦，是因为文言语感不经常反映在日常生活中，但实际上大量被使用的成语，都包含文言，"文化的积淀和传承已经将文言文自然化用在几千年以来的语体之中了"。[1] 可见，张大春用心体会到了文言的重要性及其重要价值："文章就是一回生、二回熟，哪怕是觉来带些古涩轻酸的文言文，多体会两遍，不过是几眨眼的工夫，揣摩出用意与驾驭之道，文章就不只是流利，还显得铿锵琳琅。"[2] 但并没有因此就主张文言文必须要打倒白话文，要成为中国人所使用的唯一语言，相反，他以一个客观的态度看到了白话和文言的独特性，不对它们进行排斥，又对文言加以更多的关注。这就容易推断，张大春对于语言有着客观、理性的看法，但他实际上对于文言文是有着自己独特的感情的。

张大春对于文言的偏爱还与他对古典的文学、文化的热爱相互映衬，前文说过，张大春对于旧体诗词有着他的钟爱，他也曾夫子自道，当有人问他为什么写古体诗时，他说因为古体诗有酬唱的传统，"对我来说，在一个极端受限于文言语感载体的阅读门槛里，古典诗就是写给'那个知道的人'：那个唱酬的对象。这并不是说不能或不该发表，而是借由唱酬的形式，让创作活动发生且完成于两个创作者之间，一场亲密的对话"。[3] 对承载着文言语感的古体诗及其所包含的酬唱文化的热爱之外，张大春也通过旧体诗词的训练增强对于文字的感知，"我发勤力学写了几年旧诗。目的就是为了重新认识一遍自己使用了几十年的字，每每一灯独坐，越是朗读、

---

① 《文言启蒙》，《文章自在》，广西师范大学出版社 2017 年版，第 109—111 页。

② 《文章自在》，广西师范大学出版社 2017 年版，第 233 页。

③ 《文章自在》，广西师范大学出版社 2017 年版，第 156 页。

临摹、体会、琢磨，越是觉得中国文字透过辗转相生的意义累积，发展出'无字不成喻'的一套辨认系统"。^① 由此推广开去看，张大春便不经意间突出或强调了文字中所承载的中国意味，如他说中文不再大规模造字后，同音通假，方便制宜，如果用时音、义都能照顾到，让很多外来字反而都有了汉字的根据，2011 年大陆选出的代表字"控"就有这种意思；^② 他甚至在解释"菌"字时指出，这一个字在指称实物的菇菌之外，还有微小的意思，《山海经》上记载小人国时就说其人为"菌人"，由此指出，以"菌"翻译 germ 一词的人一定读过《山海经》，这一翻译"声义两洽"^③；在解说"达人"时，他也根据《左传》中的最早出现和葛洪《抱朴子》中的解释，以及贾谊、杨炯等古代作家笔下出现的这一词的意思，推测这个词的原意大概也是由中国输出的^④……

这看似无意或者只是出于巧合，但实际上正是张大春探寻中国文化、塑造中国文化自信的途径。因此，当张大春说"那些大声疾呼汉语文化没落，或是有鉴于国人普遍中文竞争力变差而忧心忡忡的人士要知道：不是只有那些晦涩、深奥的字句在孤寂中死亡，即使是寻常令人觉得熟眉熟眼的字，往往也在人们'善保存而不提拎出来摆布'的情况之下一分一寸地死去。残存而赖活的意义，使用者也往往只能任由其互相覆盖、渗透以及刻意误用的渲染"^⑤ 时，我们似乎能感受到他的心痛；而当他说"对联是文章中最精练的文体，决不允许浪费笔墨"^⑥ 时，我们又似乎听到他的自豪的声音；同样，当我们听到他说他四十多年来几乎每天都读法帖，"让一千多年以来那些令后世志人不断揣摩、效法、仿习以及力图恢弘开

---

① 《认得几个字》，INK 印刻出版有限公司 2007 年版，第 98—99 页。

② 《见字如来》，新经典图文传播有限公司 2018 年版，第 257 页。

③ 《见字如来》，新经典图文传播有限公司 2018 年版，第 247—248 页。

④ 《认得几个字》，INK 印刻出版有限公司 2007 年版，第 153—154 页。

⑤ 《认得几个字》，INK 印刻出版有限公司 2007 年版，第 131 页。

⑥ 《文章自在》，广西师范大学出版社 2017 年版，第 143 页。

拓的墨迹一次又一次地烂熟于胸"时，虽然他自己解释是"没有目的性的内在驱动"而只能用"喜欢""加以形容，或者是掩饰"[①]，但连同他那几十首用旧体诗表达的观帖感（以及他那些上千首未公开的旧体诗词），我们看到的，其实也是张大春对中国文化的深深的拥抱。所以，他在《文章自在》中，屡屡用"兴寄""转典借喻""论世知人""借题发挥""句法调度""羚羊挂角，无迹可求"等中国古典文论中的词汇来言说写文章的要诀，他从古代的语言学、文学、史学作品中寻找字词的起源、释义，不仅如此，在《疑惑生感动》中解读古诗（梁简文帝《折杨柳》），在《诗的发生》中说自己的古体诗写作，在《高阳诗拾零》《一枚真字动江湖》中言说别人的旧体诗词创作，在《烧书略得风雅》《雁回塔下雁难回》等中说古人故事……他甚至在对当下的作文考试的强烈愤慨中，对"八股"表示出另类的思考："今天自以为身处新时代进步社会的我们每每取喻'八股'二字以讽作文考试。殊不知眼前的考作文还远不如旧日的考八股——因为八股讲究的义法，还能引发、诱导并锻炼作文章的人操纵文气，离合章句，条陈缕析，辨事知理。"[②]

总之，在《小说稗类》借助对古典作品中的"稗"的言说，建立起了融合"笔记""书场""百科全书式"等中西元素的小说理论体系的十多年后，张大春在《文章自在》中，是以更纯然地回到中国古典、立足中国本身的姿态建立起他的散文理论体系。而这一理论体系的建立又和《认得几个字》《送给孩子的字》及《见字如来》等中对文字本身的源流的发掘，乃至于"春夏秋冬"系列作品中对说书、笔记及诗词等古典小说形式的创造性发挥，以及"大唐李白"系列中纠合着各种资料的呈现和分析、对诗词的呈现及解释等"大文体"的尝试等，是相互补充、映衬的。也就是说，它们之间形成了张大春新世纪以来的各类文学创作（以及文学艺术活动）

---

① 《我读与我写》，《见字如来》，新经典图文传播有限公司 2018 年版，第 348 页。

② 《序：文章自在》，《文章自在》，广西师范大学出版社 2017 年版，第 3 页。

中对"文"的"中国性"的"互文"关系：张大春借助他笔下的文字、文章、文学等的呈现，显示出他对中国文化的认同与寻找，而他的创作，又构成了对中国文化形象的重塑——虽然这种重塑个人化的成分居多，但是它表明了张大春对于"文"这一概念的认识不断扩大，也以身体力行的方式企图扭转他所说的"以汉字写西方小说"的文学异态。

结 语

二十多年前，朱双一在观察张大春的创作时就说：

纵观张大春的创作，除了执着于反省语言与真相关系的主要特点外，尚有若干明显特征。其一，张大春不仅艺术探索是多方面的，对于现实的反映和批判也是多方面的，如何将二者结合起来，张大春提供了自己的答案。诸如魔幻写实、黑色幽默、科幻传奇等种种手段，其艺术功能特征可用"夸大"二字加以涵括。这种夸大，"有一个好处，就是说可以把很多东西压进去"。它们未必是写实的，但却可能比写实具有更丰富的现实蕴含、更大的力度、给予读者更强烈的震撼。其二，张大春"戏路"很宽，举凡历史的、现代的、现实的、幻想的、内心的、外在的、正常的、变态的、传统的、前卫的、通俗的、精致的……种种因素，均被纳入其创作世界中。其中最值得注意的，是作者试图将通俗文化和精致文化加以糅合——既保持着浓厚的前卫艺术探索兴趣，又融入大量通俗文学因素，这种创作取向，一方面顺应了大众消费的时代潮流，另一方面又感应着业已萌芽的公众社会的某些特殊品味读者群的需求，以及文学自身求新求变、汰粗存精、不断精致化的发展规律。张大春为台湾文学开拓了新的艺术想象空间，对于文学发展具有重要的推动，有些新世代或更新时代作家就呈露受其影响的明显痕迹。①

如今看来，将其用来评价和总结张大春的创作也是合适的。张大春几十年来的创作，确然是无法用一个单一的词汇能够形容的。不过如果要在朱双一的基础上进行补充，那也可以说，张大春除了小说创作以外，还力图在文学理论、文学批评、散文、杂文乃至戏剧、音乐、书法、旧体诗词等方面开拓文学的艺术空间，并形成了其重要的成果；也可以说，张大春在小说中加入了武侠的、古典的、说书的、诗词的、历史的种种写作方式和写作内容；甚至还可以说张大春在作品中加入了自身的、家庭的内容书写……总之，张大春的写作价值和文学意义，随着他的创作的不断推进而有着无限的意义和可以不断累加的文学"功劳"。

张大春曾说："小说在何处发生？答案言人人殊，我的只有一句话：不期然而然。小说在不期然而然处发生。""小说的趣味也许并不完全包裹在长着小说外壳的文类之中，一首诗、一阕词，几番琢磨、几层推敲，若是能将那些散落在历史幽暗的回廊之中全无声息影响的细节作串珠收拾，身为读者的我们便能体会小说的种种发现、巧合、伏笔、呼应、结构……俱在对于一首诗或一阕词宛转曲折的探索之中。"② 张大春的厉害之处就在于不仅能够糅合种种写作技法，还能够打破小说、散文、诗歌等文类的界限，所以，他的小说可以看起来像笔记，像论文，像散文，像诗歌评论，他的散文也可以像小说，像学术文字，像诗歌评论，如此等等，"一切都是创作"。张大春自己都毫不谦虚地说，自己是一个"写了四十多年、

---

① 朱双一：《语言陷阱的颠覆》，《联合文学》第 11 卷第 8 期（总 128 期），1995 年 6 月号。

② 张大春：《小说与诗的不期然而然——〈一叶秋〉简体版序》，《一叶秋》，九州出版社 2018 年版，第 1、17 页。

自负各体文章无不能应心试手"①的人。不过，也不能据此就说张大春就是超级狂妄自大的人——张大春确实狂妄，狂妄到敢于用台湾社会都回避的"尹清枫被害案"开刀讽刺军政各界的虚伪，敢于直接用蒋介石、蒋经国的名字书写政治的虚伪和谎言的普遍，也敢于大胆书写李政男、书写陈江美玲的种种虚伪、荒诞的人生行为和经历——相反，张大春在作品中一次次书写逃亡、书写失败和无所适从、书写被社会的挤压、书写江湖世界的狡诈与仇杀（暗杀），由此看来，张大春又是自卑、自省的。不过，不论是狂妄还是自卑，张大春都以其不断变换花样的手法和似乎无止境的创作活力，向世人展示他的文采，展示他的创造力，展示他对小说、对文学的理解，展示他对中国文化和小说的信仰。由此，当人们读完他的作品，大多数人的感觉也许不是崇敬、不是惊叹，而可能是羞愧，甚至可能也会觉得，即使张大春偶尔表现出狂妄姿态，那也是他有成绩、有资本的自信。

即便如此，张大春的作品并没有全然得到呈现，例如由于著者搜集资料的条件，张大春的一些作品如连载于报纸的《刺马》《大云游手》及《极乐东京》《弹子王》等未搜集到，所以它们在本书中并没有得到论述和呈现；而张大春自己也在多个场合言及，他还有"上百万字从未整理收拾的散稿"②，"二〇〇三年之后开始用电脑写作，一键轻敲，百篇庋藏，都在硬碟文档之中，偶尔对屏卷看"。③再加上《大唐李白》系列未出的《长相思》，"春夏秋冬"系列未出的《岛国之冬》，《城邦暴力团》的前传、三部曲、四部曲、后传等等他曾经提到过的或许正在出版途中或许有着残稿的作品，更是无比惊人的创作量了，这还不算有一些在文末的标注预示了还

---

① 《序：文章自在》，《文章自在》，广西师范大学出版社 2017 年版，第 4 页。

② 《无关的有关——〈战夏阳〉简体版序》，《战夏阳》，九州出版社 2018 年版，第 6 页。

③ 《序：文章自在》，《文章自在》，广西师范大学出版社 2017 年版，第 1 页。

有续写的可能性的作品——如标注了"《耿氏王朝》一卷《病变》全文完"的《病变》、标注了"《聆听父亲》首部曲完"的《聆听父亲》等。

不过，就目前张大春所呈现给我们的数量极其可观的作品而言，张大春的确以多变又多面的姿态为读者呈现了文学创作的种种可能性。而更令人惊讶的是，四十多年了，张大春依然笔耕不辍，始终保持着旺盛的精力和创造力，这种不停滞的创作也预示着张大春还会不断以新的姿态创造出新的作品，丰富文学创作的活力。不过，如本书在绪论部分就提及的那样，作家的文学创作风格的形成的确是有一些阶段性的，也与作家的人生经历有关，更与作家所处时代的变迁有关联。因此，在报刊媒介占主要地位的1970—1990年代前期，同时也是张大春还未步入婚姻殿堂、生儿育女的阶段，张大春的实验性便借助报刊媒介的发达，所以"新闻（立即）小说"的火热与他在那个时代的先锋性也正逢其时；而1990年代后期以降，张大春的文学活动借助于电台、网站乃至部落格、脸书等等，其实验性反而有很多在呈现的过程中就流失了——因为记录的形式变了，所以我们所能够见到的，也就仅是其中的一部分。但是结婚、父亲生病到去世、子女出生并成长等，也确实影响了张大春的创作主题和内容，由此，我们无论从作品本身的内容还是作家的创作谈，都可以知道《聆听父亲》与张大春的父亲生病有关，《认得几个字》及《送给孩子的字》与张大春教育子女读书有关，至于《文章自在》，恐怕也能够猜测出与张大春子女上学的过程中语文学习、作文学习是有关系的，而近年来张大春又确实对中小学生的文章（作文）写作教育有着浓厚的兴趣并深入其中……

总之，作为一个以"文学顽童"著称的作家，张大春的创作的的确确以风格多样、富于变化性和试验性著称，虽然到了中年以后的创作状态定有改变，但纵观其创作，张大春依然实践着近三十年前的写作"哲理"："一个作家的成长和磨练不应该因为他写了

一年、五年、十年或三五十年而有什么阶段性之不同……小说家设
若没有随时翻修甚至重塑自己的勇气，他自己最好去编辑国史。"①
那么，我们依然继续期待着这个"老顽童"对自己的新的翻修和
重塑。

① 张大春:《坦白从宽》,《从四〇年代到九〇年代——两岸三边华文小说研讨会论文
集》,时报文化出版企业有限公司 1994 年版,第 363 页。

图书在版编目（CIP）数据

张大春论 / 张自春著 . -- 北京：作家出版社，2021.12
（中国当代作家论）

ISBN 978 - 7 - 5212 - 1005 - 7

Ⅰ. ①张… Ⅱ. ①张… Ⅲ. ①张大春 - 作家评论
Ⅳ. ①I206.7

中国版本图书馆 CIP 数据核字（2020）第 104660 号

张大春论

总 策 划：吴义勤
主　　编：谢有顺
作　　者：张自春
出版统筹：李宏伟
责任编辑：秦　悦
装帧设计：合和工作室
出版发行：作家出版社有限公司
社　　址：北京农展馆南里 10 号　　　邮　　编：100125
电话传真：86 - 10 - 65067186（发行中心及邮购部）
　　　　　86 - 10 - 65004079（总编室）
E - mail: zuojia@zuojia. net. cn
http: // www. zuojiachubanshe. com
印　　刷：唐山嘉德印刷有限公司
成品尺寸：152 × 230
字　　数：603 千
印　　张：41.25
版　　次：2021 年 12 月第 1 版
印　　次：2021 年 12 月第 1 次印刷
ISBN 978 - 7 - 5212 - 1005 - 7
定　　价：68.00 元

作家版图书，版权所有，侵权必究。
作家版图书，印装错误可随时退换。

中国当代作家论

第一辑

阿城论　　杨　肖　著　　定价：39.00 元

昌耀论　　张光昕　著　　定价：46.00 元

格非论　　陈斯拉　著　　定价：45.00 元

贾平凹论　苏沙丽　著　　定价：45.00 元

路遥论　　杨晓帆　著　　定价：45.00 元

王蒙论　　王春林　著　　定价：48.00 元

王小波论　房　伟　著　　定价：45.00 元

严歌苓论　刘　艳　著　　定价：45.00 元

余华论　　刘　旭　著　　定价：46.00 元

第二辑

北村论　　马　兵　著　　定价：48.00 元

陈映真论　任相梅　著　　定价：58.00 元

陈忠实论　王金胜　著　　定价：68.00 元

二月河论　郝敬波　著　　定价：45.00元

韩东论　张元珂　著　　定价：50.00元

韩少功论　项　静　著　　定价：48.00元

刘恒论　李　莉　著　　定价：45.00元

莫言论　张　闳　著　　定价：52.00元

苏童论　张学昕　著　　定价：46.00元

于坚论　霍俊明　著　　定价：55.00元

张炜论　赵月斌　著　　定价：46.00元

第三辑

阿来论　王　妍　著　　定价：49.00元

刘慈欣论　文红霞　著　　定价：50.00元

舒婷论　张立群　著　　定价：46.00元

徐小斌论　张志忠　著　　定价：52.00元

张大春论　张自春　著　　定价：68.00元